Julia Freidank
Die
Fälscherin

JULIA FREIDANK

Die Fälscherin

Historischer Roman

Marion von Schröder

Marion von Schröder ist ein Verlag
der Ullstein Buchverlage GmbH

ISBN 978-3-547-71167-7

© 2012 by Ullstein Buchverlage GmbH, Berlin
Alle Rechte vorbehalten
Gesetzt aus der Granjon
Satz: LVD GmbH, Berlin
Druck und Bindearbeiten: CPI – Clausen & Bosse, Leck
Printed in Germany

Die Personen

Historische Personen sind mit
einem * gekennzeichnet.

Bewohner des Bistums Freising

Bischof Otto von Freising*, Zisterziensermönch aus dem
  hochadligen Geschlecht der Babenberger und Chronist
Rahewin*, sein Schüler und Sekretär
Heilwig von Burgrain*, genannt Blanka, Tochter eines
  seiner Ritter
Rupert*, ihr Bruder
Pero*, Richter des bischöflichen Markts in Föhring, Ministeriale
  Ottos von Freising
Münzmeister Konrad in Föhring*, genannt Cuno,
  Peros Stellvertreter
Rudiger von Diemating*, ebenfalls Ministeriale des Bischofs
  von Freising
Liutprecht*, Steinmetz
Katharina, seine Frau
Hildegard, Tochter eines Freisinger Ritters und Blankas
  Freundin

Wittelsbacher

Otto von Wittelsbach*, der Pfalzgraf, genannt Otho
Otto von Wittelsbach*, sein Sohn, genannt Otho der Rotkopf
Otho (Otto) Kopf*, gefürchtetster Ritter der Wittelsbache, genannt
  Ortolf
Hartnit*, dessen Bruder
Rantolf, Walto, Graman, Gerbrecht: Ritter der Wittelsbacher

Fahrendes Volk

Magdalena
Der Poeta*, entlaufener Lotterpfaffe

Fürsten, hohe Damen und Herren

Herzog Heinrich von Baiern*, später bekannt als Heinrich
    Jasomirgott, Bruder Ottos von Freising
König Konrad III.*, beider Halbbruder
Friedrich von Schwaben*, später als Kaiser bekannt unter dem
    Namen Barbarossa, aus dem Geschlecht der Staufer und
    Neffe Ottos von Freising
Heinrich von Sachsen und Baiern*, genannt Heinrich der Löwe,
    aus dem Geschlecht der Welfen und Vetter Barbarossas
Clementia von Zähringen*, Gattin Heinrichs des Löwen
Rainald von Dassel*, Reichskanzler unter Barbarossa
Wibald von Stablo und Corvey*, Abt und Staatsmann unter
    Konrad III.

Deren Gefolge

Dietmar von Aist*, Ritter aus dem Donauland (Gefolge des
    jeweiligen Herzogs von Baiern) und Sänger
Der Kürenberger*, ebenfalls Ritter aus dem Donauland und
    Sänger
Pfaffe Konrad*, Kaplan Heinrichs des Löwen

Nonnen

Richild, Magistra der Nonnen im Kloster Neustift bei Freising
Eilika, Gertrud, Alba: Laienschwestern

Aussätzige

Meister Jean*, Meister des Lazariterordens zu Jerusalem
Robert, Nicolas: Aussätzige im Spital bei Regensburg

Wer in die Krypta des Doms zu Freising hinabsteigt, steht vor einer rätselhaften Säule: In Stein gemeißelt kämpfen Ritter gegen Bestien, eine Frau blickt nach Osten – nach Jerusalem? Wie ein Brennspiegel scheint diese Säule Hoffnungen und Ängste eines kriegszerrissenen Jahrhunderts in sich zu fassen: den gnadenlosen Kampf zweier Mächte, die Gewissheit des nahen Weltendes – und doch auch die Sehnsucht nach Erlösung. Verweist sie auf den Chronisten der Apokalypse, Otto von Freising? Und wer ist die geheimnisvolle Frau – ein Symbol, eine Anspielung? Ihr letztes Geheimnis wird die Bestiensäule vielleicht niemals preisgeben. Nur eins ist gewiss: Wer immer sie schuf, kannte die Fratze des Todes.

Jerusalem, Frühjahr Anno Domini 1148

»Vorsicht!«, flüsterte der Leichenfledderer. Zwischen seinen Bartstoppeln trocknete Schlamm, und der Saft von Petersilienwurzel rann ihm aus dem Mund.

Er stand in einem der Stadtteiche, in denen man das Wasser der nahen Quellen sammelte. Ein kühler Nachtwind bewegte seine kurze graubraune Cotte, als er nach dem Tempelberg blickte. Noch war die Glocke zur Prim nicht erklungen. Bettler schliefen in den Eingängen der Pilgerspitäler. Hinter den geschnitzten Zedernholztüren waren die Aromen zu erahnen, welche tagsüber die Stadt erfüllten: Paradieskorn, Pfeffer und Rosenwasser, jener verführerische Duft, mit dem die Sarazenen Süßigkeiten und selbst Fleisch parfümierten.

»Er ist nackt.« Sein Weib verjagte eine Ratte und beugte sich wieder über den Toten. Die leichte Strömung hatte den Mann zwischen den Unrat und gelben Schaum am Ufer gespült. »Wir sind zu spät.«

Beide hoben die Köpfe, als sich Hufschlag näherte. Durch die gewundene Gasse sprengte ein Trupp schwarzgekleideter Männer heran. Die grünen Kreuze auf ihren Waffenhemden kannte jedes Kind in Jerusalem.

»Lazarusritter!«, schrie der Fledderer. »Lauf!«

Ohne die beiden ärmlichen Gestalten zu beachten, galoppierten die Reiter vorbei. Mit Blicken voller Entsetzen und Ekel sah das Paar dem Trupp nach.

Er jagte zum nahen Lazarustor. Draußen, vor der Stadtmauer, erstreckte sich eine spärlich mit Ölbäumen und hartem Gras bewachsene Wüste. Dort lag das Spital St. Lazarus, ein Hauptsitz des unheimlichsten aller Ritterorden: ein Spital von Aussätzigen für

Aussätzige. Ein Ort ohne Hoffnung, denn es gab kein Mittel gegen die furchtbare Krankheit. Die Lazarusritter waren die düsteren Engel jener, die zum Leben hier verurteilt waren. Als die Reiter jetzt durch das Tor trabten, erkannten sie den gesattelten Zelter im Hof. Sie wussten, welchen Gast sie antreffen würden.

Im Krankensaal roch es nach Fäulnis und Salbei. Fackeln spendeten mehr Rauch als Licht. Menschen stöhnten im Schlaf, aber die meisten spürten nicht mehr viel. Der Anführer der Lazariter ging auf den Mann in der grauen Kutte zu, der an einem Krankenlager ganz hinten saß. Beim Anblick des Ritters erhob sich der Besucher, und der Lazariter zog das Tuch von seinem Gesicht.

Es war von Geschwüren zerfressen. Schuppige Beulen hatten die Haare ausfallen lassen und Lippen, Brauen und Nase zerstört. An den Rändern färbten sie sich schwärzlich, als würde der Lazariter bei lebendigem Leib verwesen. Ein Auge war durch eine Lähmung des Lids vertrocknet und blind. Jedermann kannte die *facies leonina*. Das *Löwengesicht* war die Fratze der gefürchtetsten Geißel des Heiligen Landes: des Aussatzes.

»Bischof Otto von Freising. Ihr habt Mut, die lebenden Toten täglich zu besuchen«, grüßte der Lazariter. Sein Atem roch nach Wein und Opium, und die brüchige Stimme verriet, dass die Krankheit auch hier ihr zerstörerisches Werk bereits getan hatte. »Sonst wagen sich nur die her, welche aufgenommen zu werden begehren.« Er wies auf das Krankenlager, wo sich auch ein magerer Kinderkörper unter der Kamelwolldecke abzeichnete. »Habt Ihr nach Eurem Schützling gesehen?«

»Ihr Vater ist einer meiner Ritter«, erwiderte Otto von Freising. Der Lazariter schätzte ihn auf Mitte dreißig, in das schulterlange blonde Haar mischte sich kaum Grau. Das von einem kurzen Bart bedeckte Kinn und die ausgeprägte Nase vermittelten den Eindruck von Willensstärke. »Ihre Familie wagt sich nicht her, und ich bin für sie verantwortlich. Sie ist noch ein Kind. Ihr haltet doch, was Ihr versprochen habt, Meister Jean?«

»Und wenn Ihr noch so oft fragt: ja«, antwortete der Lazariter. »Sie bekommt Galgant und Speisen gegen die schwarze Galle. Äußerlich machen wir Umschläge mit Essig und Honig und brennen Salbei ab, um die Luft zu reinigen. Eigentlich neigt die heiße Natur des Mannes der Krankheit eher zu als die feuchtkalte der Frau. Doch die Mühen des Kreuzzugs haben sie geschwächt. Und in den überfüllten Pilgerherbergen gedeiht die Saat des Aussatzes: verseuchtes Wasser und Ungeziefer.«

Otto dachte an die vom Durst gezeichneten Pilger, die er durch die steinige Weite Kleinasiens geführt hatte. Getrieben von der Sehnsucht nach Sündenvergebung, waren sie zum zweiten Kreuzzug aufgebrochen. Vermutlich hatten die meisten nicht einmal gewusst, wo dieses Edessa überhaupt lag, das sie von den Seldschuken zurückerobern wollten. Die meisten Ritter waren unter Ottos Halbbruder, König Konrad, durchs Landesinnere gezogen. So war der Pilgertross auf seinem Weg entlang der Küste fast schutzlos gewesen. Otto erinnerte sich an das Trillern, wenn die Heiden wie aus dem Nichts über sie hereinbrachen. Die wenigen Kreuzfahrer, die Jerusalem am Ende erreicht hatten, waren froh, das nackte Leben gerettet zu haben. Ihm blieb nur, die Menschen nach Hause zu bringen. So viele wie möglich.

»Schade darum.« Der Lazariter beugte sich über das schlafende Kind. Ein zwölfjähriges Mädchen mit goldbraunem Haar, das jetzt stumpf und verlaust war. Auf den ersten Blick wirkte dieses Mädchen inmitten der entstellten Fratzen elfenhaft. Die Lider waren durchscheinend wie Blütenblätter, aber die Lippen trotzig vorgeschoben, als wollte es selbst im Schlaf den Feind in seinem Körper bekämpfen. Auf der Wange war der hellrote raue Fleck deutlich zu erkennen: der Teufelskuss des Aussatzes. »Sie wäre eine hübsche Frau geworden.«

»Oder eine gute Nonne«, entgegnete Otto. »Sie heißt Heilwig, aber ich nenne sie Blanka. Weil ich glaube, dass die Reinheit ihrer Seele die Krankheit besiegen wird.«

»Die Leute sagen etwas anderes. Sie soll ein wahrer Teufelsbraten sein.«

Otto lächelte, und für einen Moment verschwand die Melancholie aus seinen Augen. »Man hat sie mit einer dieser Rittergeschichten erwischt. Der Vater hat es erst begriffen, als sie ihn fragte, was *die Grotte der Venus betreten* heißt.«

»Diese schlüpfrigen Schmierereien sind nichts für ein Mädchen«, fand der Lazariter.

»Er hat sie bestraft. Allerdings sind die Prügel sicher nicht allzu fest ausgefallen. Sie verstand ja nicht einmal, was sie da las.« Noch immer zuckte es um Ottos Mund. »Ihr Geist bedarf der Lenkung, doch er ist wach. Ein wenig erinnert sie mich an die Äbtissin von Paraclete.«

»Man hört von dieser Heloise. Aber ich war seit Jahren nicht in Frankreich, und ich werde es auch nie mehr sehen.« Der Lazariter richtete sich auf. »Kommt wieder, wenn das Schiff da ist, um die Pilger nach Hause zu bringen. Dann werden wir wissen, ob Blanka in die Gemeinschaft der Lebenden zurückkehren kann oder ob Ihr sie hier zum Sterben zurücklassen müsst.«

Die kleine schmutzige Hand des Mädchens schloss sich um das Knochenamulett, das es um den Hals trug. Fröstelnd schlug Blanka die blauen Augen auf und sah Meister Jean nach, wie er den Gast zum Ausgang begleitete.

Beinahe wäre sie wirklich eingeschlafen, anstatt es nur vorzutäuschen. Das vertraute Gesicht ihres Herrn Bischof Otto in dieser Hölle hatte ihr Mut gemacht. Doch nun wusste sie, was sie zuvor nur befürchtet hatte.

Ihre Lippen zitterten. Lautlose Tränen der Angst rannen über ihr Gesicht. Wie alle anderen hatte sie an ihr Seelenheil gedacht, als sie aus Freising aufgebrochen war. Vor allem aber war der Kreuzzug ein lockendes Abenteuer. Städte mit Dächern aus Gold, das Meer, die Orte, wo Jesus gelebt hatte! Er führte sie weit weg von den Fehden, von der Enge ihrer zugigen Burg und von den Wölfen, die nachts um die Palisaden strichen.

Mit ihrer Familie war sie im Pilgertross nach Osten gezogen. Ihre Mutter war bei ihrer Geburt gestorben. Nie hatte sie jemand im Arm gewiegt und zärtliche Kinderlieder für sie gesungen. Aber der Vater war da – und Rupert, ihr bewunderter älterer Bruder! Wenn sie vor Durst und Müdigkeit nicht mehr laufen konnte, hatte er sie hinter sich aufs Pferd genommen und sie zum Lachen gebracht. Als sie bei Laodikäa von den Seldschuken fast aufgerieben worden waren, hatte er sie beschützt. Alles hatten sie gemeinsam überstanden. Bis sie hier, am Ziel ihrer Träume, den Fleck auf ihrer Wange bemerkt hatte: eine raue Erhebung, an der sie nichts spürte.

Verzweifelt schlug Blanka die Hände vors Gesicht. Sie hatte sich fast übergeben vor Schreien, als man sie gewaltsam von ihrer Familie losgerissen und hierhergebracht hatte. Schon der Hauch aus dem Mund eines Aussätzigen war gefürchtet. Niemand durfte es noch wagen, sich ihr zu nähern oder zu benutzen, was sie auch nur berührt hatte. Selbst der Trost, die zu umarmen, die sie liebte, war ihr versagt.

In hilfloser Wut schrie sie auf, kratzte und schlug auf das Geschwür ein. Bald würde das Schiff die anderen abholen. Dann würde sie allein sein in diesem fremden, gleißend hellen, unbarmherzigen Land. Ausgestoßen, zum Sterben zurückgelassen, eine lebende Tote.

»Lass das!« Ein junger Lazariter hastete an ihr Lager. Er holte einen Streifen Leinen und tauchte ihn in die stark duftende Salbeitinktur.

Während er ihr das Blut abtupfte, blickte sie hilfesuchend zu ihm auf. »Ich fühle es nicht«, flüsterte sie. »Ich könnte mich zerfleischen und würde es nicht einmal merken!«

Die Alte neben ihr im Bett kicherte. Mit ihrer verstümmelten Hand, an der die Krankheit zwei Finger zerstört hatte, tastete sie nach Blankas Gesicht.

Das Mädchen fegte die Hand zur Seite und rannte in den Hof. Am Horizont verriet ein fahler Schimmer den Morgen, doch der Wind war noch kalt. Das grobe Wollgewand kratzte. Ihre eigenen Kleider hatte sie gegen die Tracht der Aussätzigen – Tunika, Umhang und Gesichtstuch – tauschen müssen.

Es läutete zur Prim, als sie heimlich das Leprosenhaus verließ. Sie steckte die Klapper unter den Umhang, mit der Aussätzige die Gesunden vor Ansteckung warnen mussten. Das Gesichtstuch ließ sie da, stattdessen zog sie eine Haarsträhne über den Fleck. Ängstlich biss sie sich auf die aufgesprungenen Lippen und kämpfte gegen das Schluchzen in ihrer Kehle. Eine Aussätzige, die sich in die Herberge wagte, würde weggeprügelt werden. Aber sie musste ihren Vater und Rupert noch einmal sehen, wenigstens von weitem.

Der fahle Himmel wurde heller, der Sand unter ihren bloßen Füßen wärmer. Gelbgrau erhob sich die Stadtmauer vor ihr. Als sie das erste Mal hier gewesen war, hatte sie geglaubt, dass nur Riesen diese Mauern gebaut haben konnten. Noch immer beeindruckte sie das Treiben: Halbwilde Kamele brüllten, Bauern trieben ihre Schafe und Ziegen heran. Im Schatten des wuchtigen Torhauses boten Sarazenen Datteln feil, deren Fleisch an den Zähnen klebte und lange seinen süßen Geschmack verbreitete. Zerlumpte Kinder schossen mit ihren Schleudern Steinchen auf die Passanten. Blanka schlüpfte mit ihnen durch das eisenbeschlagene Tor.

In den überbauten Gassen zwischen den Steinhäusern wurde ihr schwindlig. Ein überwältigendes Meer von Farben breitete sich hier aus, wie um die Eintönigkeit der Wüste wettzumachen. Entlang der Straße hatten Händler Körbe auf Holzkarren gestellt und schrien ihre Ware aus: Zitronen, Melonen und Granatäpfel, deren sinnliche Form fast ebenso verführerisch war wie der klebrig süße blutrote Saft. Gewürze, braun, safrangelb und leuchtend rot, in die man nur die Hand zu tauchen brauchte, um den Duft noch stundenlang auf der Haut zu haben. Das Durcheinander von Deutsch, Französisch und Arabisch verwirrte die Ohren. Christen und Juden tauschten

Neuigkeiten aus und machten Geschäfte, Templer bahnten sich einen Weg durch die erwachende Stadt.

Die Pilgerherberge, wo Bischof Otto mit seinem Gefolge wohnte, lag nicht weit entfernt. Die Pforte war schon offen, und verstohlen drückte sie sich in den ummauerten Hof. Unter Palmen und blühenden Sträuchern tränkten Knechte die Pferde. Aus dem Haus dahinter erinnerte ein verführerischer Duft Blanka daran, dass sie noch nichts gegessen hatte. Warmer Getreidebrei mit Honig, dachte sie sehnsüchtig, während sie nach Rupert Ausschau hielt. Der Bischof erschien im Eingang. Sie wollte zu ihm. Da hörte sie den Hufschlag.

Eine Horde von Reitern jagte durchs Tor herein. Zu Tode erschrocken drückte sie sich an die Mauer, um nicht niedergeritten zu werden. Kettenhemden glänzten, Blanka erkannte die neuartigen geschlossenen Helme. Sie starrte auf den Wappenschild des Anführers.

Ein Kreuz mit doppeltem Querbalken über einer gezackten Linie: das Wappen des Hauses Wittelsbach. Als Pfalzgrafen und Domvögte von Freising waren sie eine der mächtigsten Familien Baierns. Und Bischof Ottos erbitterte Feinde.

Der Anführer hatte den Helm abgenommen und stieg ab, um ins Haus zu gehen. Er war etwas unter dreißig, mit rotbraunem Haar und Bart und hellblauen Augen. Der Sohn des Pfalzgrafen, den sie den Rotkopf nannten.

»Bischof Otto!«, grüßte er spöttisch. »Ihr habt Euren geweihten Hintern umsonst gewagt. Eine Streitmacht von keifenden Pfaffen und Weibern, damit kann man die Heiden schon das Fürchten lehren!« Seine Männer lachten laut. »Wir hätten Euch die Kehle aufschlitzen sollen, nicht den Seldschuken!«

»Das hätte Euch entsprochen.« Doch die Ruhe Ottos von Freising hatte etwas Trügerisches. Er wollte an ihm vorbei. Da bemerkte er Blanka und stutzte. Der Rotkopf folgte seinem Blick.

Mit einem unterdrückten Schrei fuhr er zurück. Einen Augenblick starrten alle schweigend auf das Mädchen: die alte Roswitha, die ihr Obst zugesteckt hatte, die Knechte, die sie scherzhaft auf die Schlachtrösser gehoben hatten. Monatelang hatten sie alles geteilt. Die meisten kannte sie besser als ihre Freunde in Freising.

»Der Aussatz!«, kreischte Roswitha.

»Weg hier!«, brüllte ein Knecht sie an. Er hob die Reitpeitsche. Unschlüssig blieb Blanka stehen. Ein harter Schlag traf sie auf den Rücken, dass sie nach Luft rang. Sie hob die Arme, um sich zu schützen. Pilger kamen aus dem Haus, angelockt vom Lärm – der Vater noch im Hemd und ungekämmt, hinter ihm ein braunhaariger Ritter in dunkelblauer Cotte: Rupert. Seine Lippen bewegten sich. Obwohl Blanka es nicht hören konnte, wusste sie, dass es ihr Name war.

»Rupert!«, schrie sie und wollte zu ihm.

Er machte eine Bewegung, aber Roswitha hielt ihn zurück. »Bleibt, oder wollt Ihr sterben?«

Der Knecht schlug erneut zu, und Blanka stürzte zu Boden. Sie schmeckte Blut und körnigen Sand.

»Verschwinde, oder ich schlag dich tot!«, brüllte der Knecht mit angstverzerrtem Gesicht.

Zu Tode erschrocken kam sie auf die Füße. Er holte wieder aus.

Mit wenigen Schritten hatte Otto den Hof durchmessen und fegte den Knecht mit einer Ohrfeige beiseite. Obwohl der Mann viel kräftiger war als der schlanke Geistliche, stürzte er völlig überrascht zu Boden. Fassungslos starrte er den Bischof an. Zwischen Ottos Augen hatte sich eine steile Falte gebildet. Obwohl er keine Waffe trug, wagte niemand auch nur zu atmen.

So plötzlich, wie sie gekommen war, wich die Wut aus Ottos Augen. Er schob Blanka hinaus vor das Tor der Pilgerherberge. »Geh zurück ins Spital!«, beschwor er sie. Seine warme Stimme flößte ihr Vertrauen ein. Ohne das geringste Anzeichen von Furcht packte er ihre Schultern und sah ihr in die Augen. »Ich lasse dich nicht im Stich, Blanka. Ich bringe dich nach Hause.«

1. Buch

Aus dessen Geschlecht entsprossen bisher viele Tyrannen. Doch Pfalzgraf Otto, der würdige Erbe seines treulosen und schurkischen Vaters, übertrifft all seine Vorfahren an Bosheit.

Otto von Freising in seiner »Chronik«
über Pfalzgraf Otto von Wittelsbach

I

Drei Jahre später. Baiern, im Frühjahr 1151

Die Glocke zur Vesper übertönte das Rauschen des Regens. Im Torhaus riss sich der Pförtner von seinem Guckfenster los. Abwechslung war rar, denn Kloster Neustift lag eine halbe Wegstunde von Freising entfernt in den Wäldern. Zur Zeit waren die Isarauen auch noch bis dicht an die Klostermauern überschwemmt. Kein Wunder, denn jeder Fußbreit für die Kirche und die riedgedeckten Wirtschaftsgebäude war mühsam den Sümpfen abgerungen. Frierend, die Kapuzen tief ins Gesicht gezogen, stapften die Mönche zur Andacht. Die Nonnen beteten in ihrem eigenen abgeschlossenen Bereich, den kein Mann betreten durfte. Zwinkernd sah der Pförtner wieder durchs Guckfenster. Er hatte sich nicht geirrt. Draußen im Wald schwankte ein Licht.

Das Mädchen mit der Handlaterne hatte den Wollmantel über den Kopf gezogen, wache Augen blickten darunter hervor. Einzelne Strähnen hatten sich aus den Zöpfen gelöst und klebten in ihrem Gesicht. Längst war Blankas braune Tunika dunkel vor Nässe und schlug schwer gegen die eiskalten Schenkel. Noch immer kam sie sich darin vor wie in einen zu großen Sack gesteckt. Die Wolle kratzte, und sie war sicher, damit alle Sünden abzubüßen, die sie begangen hatte und je begehen würde.

Aufatmend lief sie über die Rodung zum Torhaus. Im Schutz des triefenden Strohdachs löste sie den Lederbeutel vom Gürtel. »Ich habe die Salbe und die Setzlinge für den Bruder Apotheker.« Für den Rückweg von der alten Bertha in Föhring hatte sie zwei Stunden gebraucht. Nur ein mit Bohlen gestützter Pfad führte durch das Gewirr von efeuumrankten Bäumen und Tümpeln. Die Wegsteine waren so von Moos überzogen, dass man sie kaum erkennen konnte.

»Bei diesem Wetter hätte man Euch nicht zur Kräuterfrau schicken müssen«, meinte der Bruder Pförtner mitleidig und zog sie herein. »Ihr wärt nicht die Erste, die wir tot und misshandelt im Wald finden, nur weil man ihren Herrn hasst.«

Lachend schüttelte Blanka den Regen aus dem Mantel. Endlich hing der süßlich-feuchte Duft von Frühling in der Luft. »Ach was! Und der Regen stört mich nicht, ich bin froh, dass ich ihn noch spüren kann.«

»Es ist ein Wunder.« Der Pförtner sprach aus, was er jedes Mal dachte, wenn er sie sah. »Der Finger Gottes hat Euch gestreift, aber nicht getötet. Ihr seid vom Aussatz geheilt! Euer Herr war weise, Euch dem Kloster zu geben.«

»Das ist noch nicht entschieden«, erwiderte Blanka ernst. »Nur Edelfreie können Nonnen werden, ich bin nur eine Ministerialin. Man hat mich zum Dank für meine Heilung als Laienschwester hergebracht. Und jetzt soll ich nach Burgrain zurück. Vielleicht will mich Vater verheiraten.« Nachdenklich berührte sie die Narbe zwischen Wange und Ohr, die sie für immer an die Hölle des Leprosenhauses erinnern würde. Das Geschwür war verheilt, aber die Spur im Gesicht würde bleiben – so wie die in ihrer Seele. »Ich möchte nach Hause«, sagte sie. »Zu meiner Familie.«

Die ganze Woche schon wartete sie, dass Rupert sie holen kam. Niemand wusste, welches Opfer es für sie bedeutet hatte, den Dank für die Gnade Gottes im Kloster abzustatten. Auch eine wunderbare Heilung machte eine junge Frau eben nicht einfach zur Heiligen. Auf Burgrain, dem Lehen ihrer Familie, war sie geboren. Am Isen hatte sie ihre ersten Fische gefangen, und Rupert hatte ihr aus Wurzeln Ritter geschnitzt. Sie wollte zurück in die Welt.

Blanka gab dem Apotheker die Setzlinge nach der Vesper, als er mit dem Cellerar durch den Kreuzgang kam. Es hatte aufgehört zu regnen, nur die Feuchtigkeit hing noch zwischen den gedrungenen Bögen. Die Magistra, die Oberin der Frauen, kam mit zwei Laienschwestern vom Nonnenhaus herüber. Blanka setzte die Kapuze auf und rannte zu ihnen.

»Um diese Jahreszeit schadet der Regen nichts. Alles in allem stehen wir gar nicht schlecht da«, berichtete der Cellerar und sah ihr wohlwollend nach. »Äpfel und Wein waren gut, das Getreide reichlich, und selbst jetzt in der Fastenzeit sind die Grubenhäuser noch voll Käse. Aber der Wittelsbacher drängt uns, ihn auch für Neustift als Vogt einzusetzen. Leider ist er dabei nicht gerade höflich. Ständig muss ich Zäune richten lassen. Seine Panzerreiter galoppieren durch die kaum gepflügten Felder, und letzten Monat hat er sogar einen Grenzstein versetzt.«

Der Apotheker legte die Pflänzchen vorsichtig in seinen Beutel. »Da habe ich Glück, dass mein Herbarium und der Gemüsegarten innerhalb der Klostermauern liegen.«

Nachdenklich verfolgte der Cellerar, wie Blanka hinter ihrer Herrin durch den Regen stapfte. »Man hört, unsere kleine Heilige ist auch in die Fehde verwickelt. Ihr Vater ist ein Ritter des Bischofs und will sie verheiraten, mit Rudiger von Diemating. Das wird dem Wittelsbacher nicht gefallen.«

»Worum geht es da?«, fragte der Apotheker.

»Um Macht und Besitz, wie immer, wenn Männer zu den Waffen greifen«, meinte der Cellerar trocken. »Der Ehrgeiz dieser Wittelsbacher kennt keine Grenzen. Das Amt des Pfalzgrafen könnte weiß Gott genug Ehre für den Alten sein, doch es genügt ihm nicht. Als Vogt des Bischofs, sagt er, sei er auch dessen Verwalter und damit Herr über die Güter und Ministerialen des Bistums. Sein Sohn, der Rotkopf, ist noch schlimmer. Der alte Bischof hat sich wenig ums Weltliche gekümmert. Da konnten sie tun und lassen, was sie wollten. Aber Otto ist entschlossen, mit dem Hirtenstab für die Rechte der Kirche zu kämpfen.«

»Wie der Erzengel Michael mit dem Flammenschwert«, grinste der Apotheker. »Man kann wahrhaftig sagen, dass er den Tempel des Herrn von Geldwechslern und Hurenwirten gereinigt hat. Verweichliche Äbte hat er durch sittenstrengere ersetzt, die Klöster mit harter Hand auf den rechten Weg gebracht. Selbst vom Vogt lässt er sich nicht einschüchtern, dabei ist er von dessen Burgen eingekesselt: Wittelsbach im Westen und Wartenberg im Osten. Manche sagen, der Rotkopf hätte nur Ottos wegen seine Besatzungen verstärkt. Um Krieg zu führen gegen einen Zisterziensermönch!«

»Sie sind längst im Krieg«, erklärte der Cellerar. »Schon lange versuchen der Rotkopf und sein Vater, sich die Ritter des Bischofs samt ihren Ländereien zu unterwerfen. Burgrain liegt nicht weit von ihrer Festung Wartenberg. Es ist ein Stachel im Fleisch der Wittelsbacher. Und es ist Blankas Erbe, über ihre Mutter. Natürlich wird er versuchen, sie mit einem seiner eigenen Männer zu verheiraten, um das Lehen einzustreichen. Ihr Bruder Rupert stammt aus der ersten Ehe des Vaters. Seinen Anspruch kann der Pfalzgraf nach dem alten Recht leicht anfechten. Wir sollten ein Auge auf das Mädchen haben.«

»Ich möchte Euch nicht enttäuschen, Magistra«, antwortete Blanka zur selben Zeit. »Aber die Mauern des Klosters sprechen nicht zu mir. Ich weiß nicht, ob ich berufen bin.«

Sie hatte das große Holzbrett auf einen Tisch im Küchenhaus gestellt und wartete auf das Abendmahl fürs Hospiz. Der Qualm der Feuer und Backöfen machte es schwer zu atmen, und der Bruder Koch und seine Gehilfen waren bestenfalls schemenhaft zu erkennen. Mit züchtig abgewandtem Gesicht stellte ein Novize Brot und Wein auf Blankas Brett und bedeutete ihr, auf die große Schüssel zu warten. Den Gerüchen von Mandelmilch und Forellen nach zu urteilen, gab es Tegernseer Fischbrei.

»Dein Herr, Bischof Otto, sähe dich gern hier.« Magistra Richild war eine Frau von etwa dreißig. Ihr Gesicht ließ die einstige Schönheit noch erahnen, doch unter dem Schleier wirkten alle Frauen älter. »Wie die meisten hält er dich für gesegnet, weil du vom Aussatz geheilt wurdest. Aber zu einer Heiligen gehört doch mehr«, lächelte sie spöttisch. »Wir legen hier Wert auf eine strenge Ordenszucht, und ich sehe, dass dir der Gehorsam schwerfällt. Dein Gürtel sitzt schon wieder zu eng. Man sieht ja, wie sich deine Brüste abzeichnen.«

Das war kaum zu vermeiden, dachte Blanka belustigt. Wenn sich die Magistra an ihnen störte, musste sie sich bei Gott beschweren. Dankbar, in trockene Kleider zu kommen, hatte sie nicht auf den Gürtel geachtet, sondern schleunigst neue Wollstreifen um die kältestarren Zehen gewickelt. Ein schneidender Wind hatte in den ungeheizten Waschraum gepfiffen – Körperpflege bedeutete hier eben nichts. Aber das war erträglich, da Blanka nun bald nach Hause kam. Hoffentlich holte Rupert sie heute noch.

»Die Fingernägel hättest du noch einmal schneiden können«, bemerkte die Magistra. »Es gibt genug verweichlichte Klöster, deren Priorinnen mehr am Wein als an der Regel interessiert sind und wo die Nonnen mit offenem Haar herumlaufen.« Blankas Freundin Eilika, eine der beiden Laienschwestern in Richilds Gefolge, hob vielsagend die Brauen.

»Offenes Haar tragen nur Jungfrauen«, entgegnete Blanka sanft. »Und Nonnen sind doch Jungfrauen, oder?«

Eilika kicherte verstohlen, aber die andere Schwester, Alba, pflichtete der Magistra bei: »Wenn dich heute niemand mehr abholt, will ich dich morgen wieder bei den Gebeten und beim Unterricht sehen. Sie werden dich noch früh genug mit einem versoffenen Vieh verheiraten.«

»Ich wette mein Seelenheil, dass unsere gute Alba ihrem Mann hierher davongelaufen ist!«, flüsterte Eilika. Blanka unterdrückte ein Lachen.

»Hier wird geschwiegen!«, erinnerte die Magistra sie scharf. Der Novize stellte die schwere Schüssel auf das Brett, und Richild nickte. »Bringt es ins Spital, ehe es kalt wird.«

»Mach dir nichts daraus«, meinte Eilika, kaum waren sie außer Hörweite. Jede hatte ein Ende des Bretts auf die Schulter gestemmt, doch die Last war noch immer schwer. »Sie ist neidisch, weil du gesegnet bist. Aber mit sich selbst ist sie am erbarmungslosesten. Einmal kam ich an ihrer Zelle vorbei, da hat sie sich gegeißelt. Und Gertrud behauptet, sie trägt einen Bußgürtel.«

Blanka überlief Ekel, als sie an die stachelgespickten Ketten dachte, die sich manche Menschen um den Oberschenkel banden. Man sagte, dass sie tiefe, eiterschwärende Wunden verursachten, aber gesehen hatte sie es noch nie.

»Es heißt, ihre Mutter sei eine Ehebrecherin gewesen, und der Vater habe sie gepfählt. Du weißt schon, mit dem Geschlecht auf einen Pfahl gespießt, bis sie, von ihrem eigenen Gewicht immer tiefer auf die Spitze gedrückt, ihr Leben aushauchte. Kein Wunder, dass Richild so auf Keuschheit besteht.«

Blanka schauderte. Einmal hatte sie einen Gepfählten gesehen. Nie würde sie den verzerrten Ausdruck des im Tod erstarrten Gesichts vergessen.

Sie verließen die Enklave durch das Torhaus und steuerten mit ihrer Last auf das St.-Alexius-Spital zu, das sich rechts der Straße zwischen die Bäume duckte. Man hätte es für einen Waldbauernhof gehalten, hätten nicht zerlumpte Kinder und Krüppel am Zaun jeden Ankömmling begrüßt. Das Spital nahm nicht nur Sieche auf, auch Arme und Reisende konnten hier auf eine Mahlzeit und ein Nachtlager hoffen. Zur Zeit waren sie drei Laienschwestern, die im Spital arbeiteten.

»Den Mund zu halten ist mit Abstand das Schwerste an der Ordenszucht«, seufzte Blanka.

»Mir macht eher die Keuschheit zu schaffen«, meinte Eilika.

»Bruder Heimo?« Blanka musste lachen. Die Tändelei mit dem hübschen schwarzhaarigen Novizen ging schon länger. »Ein Wunder, dass der Bruder Krankenpfleger noch nichts bemerkt hat.«

»Ach, der ist kurzsichtig wie ein Maulwurf! Und du?«

Blanka hob die Wange. »Sieh mich doch an! Jeder weiß, woher das hier stammt. Das Gerede vom göttlichen Segen soll mich nur trösten, weil ich entstellt bin.«

Eilika reckte den Kopf, um sie an der Schüssel vorbei zu betrachten. »Das sieht man kaum«, beteuerte sie. »Wirklich.«

»Der Rotkopf sagt, ich könnte mich glücklich schätzen, wenn überhaupt jemand diese aussätzige Fratze im Bett haben will«, erwiderte Blanka. Zornig presste sie die Lippen zusammen, als sie daran dachte, wie der Sohn des Wittelsbachers ihren Vater drängte, sie an einen seiner eigenen Männer zu verheiraten. Er hatte ihm sogar ein gutes Angebot gemacht. Doch um Bischof Ottos treuesten Vasallen zu bestechen, hätte es schon etwas mehr gebraucht. »Ich wünschte, der Bader würde ihm die Hämorrhoiden ausbrennen!«, zischte sie. »Mit einem glühenden Stück Eisen im Hintern würde es ihm schwerer fallen, mich zu verspotten!«

Eilika hob die Brauen. »Das habe ich nicht gehört, meine kleine Heilige«, zog sie sie auf. »Immerhin heißt es, dass der Rotkopf mit seinen Rittern die Straßen sicher macht.«

»Kein Wunder«, erwiderte Blanka. »Außer ihm treiben sich ja auch nicht viele Gesetzlose dort herum!« Nachdenklicher meinte sie: »Alle außer Bischof Otto haben Angst vor der Narbe. Dabei ist sie nicht gefährlich, schon lange nicht mehr.«

»Dann bleib doch, hier bist du sicher. Otto wird dich nicht ewig beschützen. Freising ist für einen wie ihn nur ein Meilenstein auf dem Weg zu Höherem. Vielleicht wird er sogar einmal Papst?«

Blanka musste an den Kreuzzug denken. Wenn Otto mit blitzenden Augen durch die Felslandschaft sprengte, hatte sie oft das Gefühl gehabt, er habe viel von einem Ritter. Wenn er sich abends Lieder in der französischen Langue d'Oc vorsingen ließ, hatte Blanka ihn verstohlen beobachtet. Damals war ihr zum ersten Mal aufgefallen, dass er noch nicht alt war. Später, als sie sich verängstigt und halb verhungert nach Osten schleppten, war er die Reihen entlanggeritten. Für jeden hatte er ein tröstendes Wort auf den Lippen gehabt. Und als sie krank und allein gewesen war, hatte er sie als Einziger nicht verlassen. Ohne ihn hätte sie niemals die Kraft aufgebracht weiterzuleben. Das würde sie nie vergessen.

Die zerlumpten Kinder umringten sie und hängten sich an ihre Tracht. Lachend schleppten sie das Brett ins Haus. Der Bruder Krankenpfleger hatte auf der Bank draußen über einigen Pergamenten gehockt. Jetzt folgte er ihnen hinein.

»Gut, dass ihr da seid«, sagte er. Die farblosen Augen in seinem wettergegerbten Gesicht blinzelten. »Hast du die Salbe, Blanka? Und nach dem Essen müssen die Strohsäcke für die Kranken gegen Wanzen behandelt werden, das ist Frauenarbeit.« Blanka gab ihm die Salbe, und er bemerkte, wie sie neugierig nach dem Pergament sah. »Du kannst nicht zufällig lesen? Meine Augen tun es nicht mehr.«

»Ich kann lesen und schreiben«, versicherte Blanka eifrig. Die Tinktur gegen die Wanzen war berüchtigt.

Steifbeinig ging er zu der Truhe im hinteren Teil des Zimmers und förderte eine Flasche zutage. »Gut. Aber macht euch trotzdem zuerst an die Strohsäcke. Durch den Regen ist der Abtritt übergelaufen. Ich muss mich darum kümmern, dass er den Brunnen nicht verseucht.«

»Heilige Jungfrau, was ist das nur?« Blanka hatte die bauchige Flasche geöffnet und war angeekelt zurückgefahren. Die Tinktur stank, als hätte sich jemand erbrochen.

Er schien überrascht über so viel Zimperlichkeit. »Ochsengalle und ein paar Kräuter. Schwester Afra hat nie gemurrt.«

Blanka und Eilika wechselten einen Blick. Angeblich war ihre Vorgängerin gestorben, nachdem sie sich bei einem Kranken angesteckt hatte. Aber manchmal hatte Blanka den Verdacht, dass sie eine Erfindung des Bruders war.

Sie waren fast mit dem Essen fertig, als draußen Hufschlag zu hören war. »Das ist Rupert!« Blanka sprang auf. »Endlich!«

Erwartungsvoll riss sie die Tür auf und rannte ins Freie. Rupert fing sie auf, und sie umarmte ihn stürmisch. Aber ihr Bruder schien sich nicht zu freuen. Mit gerötetem Gesicht ließ sie ihn los. »Hast du Hunger?«

Rupert strich seinen dunkelgrünen Mantel glatt. Die Bewegung war fahrig und sein Gesicht bleich. Er legte Schwert und Wollhut nicht ab, um hereinzukommen, und seine Augen bewegten sich unstet.

»Was ist?«, fragte Blanka überrascht.

»Vater«, sagte er stockend. »Die alte Wunde …«

»Ist sie wieder aufgebrochen? Ich hatte euch doch von unserer Wegerichsalbe gegeben.«

Rupert starrte ihr ins Gesicht, ohne sie zu sehen. »Es ist nicht nur die alte Wunde, Blanka«, flüsterte er heiser. »Es ist ein Geschwür. Und er spürt nichts an den befallenen Stellen.«

Blanka schloss die Augen. Alles in ihr wurde taub. Sie begriff nicht, wollte nicht begreifen. »Ich hole den Arzt, er soll es ausbrennen«, stieß sie hervor. Es war nicht wahr, es durfte nicht wahr sein. »Es wird verschwinden, du wirst sehen!«

Sie spürte die Arme ihres Bruders, die sie festhielten, und brach in Schluchzen aus. »Nein!«, schrie sie.

»Es ist der Aussatz, Blanka«, sagte Rupert.

2

Aufgeregt rannte eine Schar Kinder über den Bohlensteg. Wie ein Geflecht von Adern durchzogen die moorigen Arme der Moosach die Freisinger Unterstadt. Die Kirche St. Georg im Moos überragte Marktplatz und Brunnen. Im leichten Wind flatterte die Marktfahne. Bauern riefen ihre Ware aus, aber die schmutzigen kleinen Füße rannten an den herabgeklappten Läden vorbei. Ein paar Wachsoldaten beobachteten auf ihre Spieße gestützt, wie sich die Kinder durch eine Herde hochbeiniger Schweine drängten. Auf der gegenüberliegenden Seite stand das alte Münzhaus. Klirren und das Fauchen des Blasebalgs verrieten, dass unter dem steinernen Bogengang ein Schmied arbeitete. Daneben führte eine Treppe hinab in die Taverne.

Ehrfürchtig tuschelnd zeigten die Kinder auf die Schilde, die dort lehnten. Einer zeigte das Doppelkreuz und die gezackte Linie der Wittelsbacher. Auf zwei andere war ein Kelch gemalt, das Zeichen der Brüder Otho und Hartnit Kopf – Ministerialen der Wittelsbacher, deren gefürchtetste Ritter und engste Waffenbrüder. Wann immer ihre glänzenden Kettenhemden auftauchten, rannten die Kinder zusammen und begafften sie aus sicherer Entfernung.

Der große schlanke Mann, der an einem Pfeiler lehnte, beachtete sie nicht. Auch hier in der Stadt hatte Otho die Rüstung nicht abgelegt, aber niemand hätte es gewagt, ihn deshalb zur Rechenschaft zu ziehen. Der Sehschlitz des Helms warf einen Schatten auf seine Augen, so dass man nicht sagen konnte, ob er zwanzig oder fünfundvierzig war. Dass man bei den Helmen der Wittelsbacher Ritter, anders als bei den üblichen Eisenkappen mit Nasenschutz, das Gesicht nicht sah, trug zu ihrem unheimlichen Ruf bei. Hinter Otho aus dem

Gewölbe drang das Johlen seiner würfelnden Männer, das alberne Kichern der Huren und das Flötenspiel eines Gauklers. In der regnerischen Kühle fröstelte er. Das Kettenhemd hielt die Kälte eine halbe Ewigkeit.

Sein Bruder Hartnit kam die Stufen zu ihm herauf, ein Riese mit langen dunkelblonden Locken und hellbraunem Bart. »Trink mit uns, das wärmt! – He, du da!«, rief er in das Tavernengewölbe hinab. »Bring noch Met!«

Der Wirt, der unten im Dunst von Bier, Eintopf und Rauch hantierte, beeilte sich, die tönerne Flasche zu holen. Die Brüder ließ man besser nicht warten, sie galten als brutal und rücksichtslos. Der Ältere, Otho, stand außerdem im Ruf, gerissen zu sein wie ein Fuchs. Während sich seine Männer um den Verstand soffen, blieb er vollkommen nüchtern.

»Nun trink schon, ein Becher macht die Arme nicht schlaff!«, forderte Hartnit seinen Bruder auf. Dieser winkte ab.

»Also«, sagte der Rotkopf, der hinter Hartnit heraufgekommen war. Er überzeugte sich, dass niemand sie belauschte, die Sorge war allerdings umsonst. Nebenan hämmerte der Schmied lautstark verbogene Kettenglieder gerade und feilte Scharten aus Schwertklingen. In der feuchten Frühlingsluft mussten sie ständig geschliffen und geölt werden. »Könnt Ihr mir Blanka von Burgrain bringen?«

»Burgrain ist Euch schon lange ein Dorn im Auge.« Unter dem Helm klang Othos Stimme dumpf. »Dennoch, selbst der Teufel würde sich schwertun, eine Laienschwester aus dem Kloster zu entführen.«

Der Rotkopf lachte. »Ihr seid doch sonst nie um eine List verlegen! Aber beeilt Euch. Das Wetter wird schlechter.«

»Der Regen stört mich nicht. Ich bin wie das Moos im Wald. Ich sauge die Nässe ein, sie ist ein Teil von mir.« Otho wusste, dass er besser sein musste als die altgedienten Ritter. Sein Vater hatte den Platz im Dienst der Wittelsbacher mühsam erkämpft. Aber der Grat zwischen einem Ministerialen und einem Leibeigenen war schmal.

Wer keinen Ehrgeiz zeigte, konnte jederzeit wieder in Hunger und Elend gestoßen werden. Nachdenklich blickte Otho über die strohgedeckten Hütten, hinter deren Flechtzäunen Hühner im Schlamm pickten. Torfgeruch vom nahen Moor hing in der Luft. Heimatlos, von allen gejagt, waren sie hierhergekommen. Seit er ein Schwert halten konnte, hatte er kämpfen müssen. Er kannte nichts anderes, und er vermisste nichts. »Verlasst Euch auf mich«, wandte er sich an den Rotkopf. »Ich bringe Euch das Mädchen.«

»Gut!« Hartnit warf den Becher weg, der klirrend zersprang, und griff nach dem Schwert. »Reiten wir!«

Otho hielt ihn mit dem ausgestreckten Arm zurück. Das trübe Licht fing sich in den feinen Eisengliedern seiner Rüstung. »Warte«, befahl er. »Noch nicht.«

Es dämmerte schon, als Blanka hinter Ruperts Sattel sitzend durch das Torhaus zur Oberstadt hinaufritt. Hier war ihr jeder Stein vertraut: die Häuser der Ritter, welche die Straße säumten, die wuchtigen Türme der Kirche, die zur Linken nach Süden über die Isarebene blickte, die Zinnen der Domburg. Bei der Zisterne mit dem brackigen Wasser hatte sie sich als Kind mit ihrer Freundin Hildegard versteckt und wilde Äpfel gepflückt. So sehr hatte sie sich danach gesehnt zurückzukommen, aber jetzt fühlte sie sich einfach nur taub.

Das Stadthaus ihres Vaters war das dritte auf der linken Seite, aus Pfählen, Flechtwerk und Mörtelschlamm gebaut. Im Gemüsegarten begrüßten die Hunde sie schwanzwedelnd. Beim Eintreten schlug ihnen ein starker Geruch nach verbranntem Salbei entgegen. In den Fenstern aufgespannte Schweinsblasen verdunkelten den Raum, hielten aber auch Kälte und Regen ab. Wandbehänge, Scherenstühle und Felle machten das Haus wohnlich.

»Gott sei gelobt!« Der Vater saß in der Mitte des einzigen Raumes am Feuer. Äußerlich war ihm kaum etwas anzumerken. Doch als er den Becher mit warmem Gewürzwein abstellte, musste er die

Linke zu Hilfe nehmen. Unbeholfen schob er einen Beinling nach unten.

Entsetzt schlug Blanka die Hand vor den Mund. Der Schenkel war von rotbraunen Flecken verunstaltet, die sich am Knie zu einer hühnereigroßen Beule verdickten. Aus einer Entzündung rann Eiter und verströmte einen widerlichen Gestank, der sie würgen ließ. An den Rändern färbten sich die roten Hautschuppen dunkel, als würde der Vater bei lebendigem Leib verwesen. Er streifte den linken Handschuh ab. Hier waren die Flecken kleiner, aber dennoch unverkennbar.

Blanka hatte das Gefühl, eine eiserne Hand lege sich um ihre Kehle. Sie hatte gehofft, das alles hinter sich zu haben wie einen bösen Traum: Den Saal im St.-Lazarus-Spital. Die *facies leonina*, die Angst, allein in dem fremden Land zu sterben. Den verzweifelten Drang, sich zu verstümmeln, in der aussichtslosen Hoffnung, wenigstens dabei etwas zu spüren. Und das Schlimmste, das Entsetzen der Lebenden, wenn sie in ihre Nähe kam. Wie oft hatte sie sich nach einer Berührung gesehnt, nach der Wärme eines vertrauten Menschen. Sie umarmte den Vater stumm. Er hatte viele Menschen in Gefahr gebracht, indem er die Krankheit verheimlichte. Aber sie verstand ihn. Das Leben eines Aussätzigen war schlimmer als der Tod.

»Wie kann das sein?« Rupert warf seinen Mantel auf einen Hocker. »Der Kreuzzug ist Jahre her, und hier hatte er nie mit Aussätzigen zu schaffen.«

Im Leprosenhaus hatte Blanka dieselbe verzweifelte Frage ein Dutzend Mal gehört. »Der Aussatz ist nicht so ansteckend, wie viele glauben, aber tückisch«, antwortete sie. »Man kann das erste Geschwür auch erst nach Jahren an sich entdecken. – Bäder helfen manchmal«, versuchte sie sich zu erinnern, wie die Lazariter ihre Kranken behandelt hatten. Lebhaft nahm sie die Hände des Vaters. »Aber nicht im Badehaus, du könntest andere anstecken. Verdorbenes Wasser kann dem Aussatz Vorschub leisten, trink lieber Bier. Ich setze gleich Nesselbier an, wenn wir Brennnesselspitzen und

Hefe haben. Und Andorn, um das Blut zu reinigen. Gleich morgen kaufe ich Galgant, gab es auf dem Markt nicht einen Händler mit orientalischen Gewürzen? Ich nehme dich mit ins St.-Alexius-Spital. Ich kann mich nicht noch einmal anstecken, und vielleicht hört es ja von selbst wieder auf wie bei mir.«

Sie glaubte selbst nicht, was sie sagte. Damals hatte sie einen einzigen Flecken gehabt, ihr Vater hingegen war von Geschwüren förmlich zerfressen. Er war verurteilt zu einem Leben, das keines mehr war, dem Leben eines Ausgestoßenen, der Kälte, Regen und Berührungen nicht spürte. Geboren als Ritter, würde er an den Türen einfacher Menschen um Tischabfälle betteln müssen. Verzweifelt nahm sie ihn in die Arme. Es schnürte ihr die Kehle zu, wie ungeschickt er sie festhielt. Als Kind war er ihr unbezwingbar erschienen: beim spielerischen Zweikampf, abends beim Wein, wenn er ihr scherzhaft das Haar zauste. Während sie an die rauchgeschwärzten Balken starrte, stieg hilflose Wut in ihr auf.

»Wir werden alles verlieren!«, stieß Rupert hervor. »Burgrain ist nur ein Lehen, nicht unser Eigentum. Das bedeutet, Bischof Otto muss entscheiden, was jetzt geschieht, und der ist beim Herzog in Regensburg. Der Wittelsbacher wird das ausnutzen, um Burgrain an sich zu bringen. Er wird sagen, ein Aussätziger gelte als tot und du seist die Erbin. Er wird dich zwingen, einen seiner Leute zu heiraten.« Dann stünde Rupert mit leeren Händen da. Vor ein paar Jahren hatte Dietram, ein Nachbar, sein Lehen verloren. Ohne sein Land war ein Ritter kaum mehr als ein Tagelöhner.

»Ich weiß, es ist nicht deine Schuld«, sagte Rupert mit erstickter Stimme.

Blanka sah die hoffnungslos überfüllten Pilgerherbergen vor sich: Lärm, Schmutz, und in den Kloaken schwammen Kot und tote Ratten. Tagelang hatte sie den Fleck auf der Wange unter ihrem Haar verborgen. Jedes Mal wenn der Vater sie abends vor dem Schlafen küsste, hatte sie Angst gehabt. Niemand wusste, wie der Aussatz sich ausbreitete. Vielleicht hatten sich noch mehr Lepröse versteckt, um dem Spital zu entgehen. Sie wollte nicht glauben, dass er sich die Krankheit bei ihr geholt hatte.

»Warum lässt Gott das zu?«, brüllte Rupert plötzlich verzweifelt. Er versetzte dem Hocker einen Tritt und schlug mit dem Schwert darauf ein. Blanka erschrak. So hatte sie ihn noch nie gesehen. »Verfluchte Hölle! Er verschont ein nutzloses Mädchen, damit es einen Ritter ansteckt!«

»Hör auf!«, schrie der Vater.

Ruperts Lippen begannen zu zittern. Er ließ das Schwert fallen, begriff erst jetzt, was er gesagt hatte. »Verzeih mir, Blanka«, stieß er hervor. »Das wollte ich nicht!«

Blanka presste ihre heiße Stirn an seine Schulter. Sie spürte, wie er krampfhaft atmete und gegen das Aufschluchzen kämpfte. Der Mann, der sie tausendmal getröstet hatte, lag wie ein Kind in ihren Armen.

Alle fuhren herum, als sich die Tür öffnete. Vater Georg, der Kaplan, stand in der Tür.

»Ihr hattet doch erst morgen kommen wollen!« Rupert wollte sich vor den Vater stellen, doch zu spät. Der Blick des Kaplans fiel auf das entblößte Bein des Kranken. Er taumelte zurück. Seine Hand krallte sich in die Holztür, als wäre er am liebsten vor Entsetzen weggerannt. »Gott sei uns gnädig«, kreischte er dann. »Ihr tragt den Tod in Euch!«

Ein Schrei hallte über den Domberg, als die Waffenknechte den Aussätzigen mit gezückten Dolchen aus seinem Haus trieben.

»Nein!«, schrie Blanka. Sie versuchte sie aufzuhalten. Mehrere Männer hielten sie fest, sie wehrte sich vergeblich. Verzweifelt rief sie ihnen nach. »Vater!«

Nach burgundischem Brauch, wie ihn die Reformklöster aus Cîteaux kannten, wurde im Morgengrauen die Totenmesse für den Aussätzigen gelesen. In der Benediktuskirche hinter dem Dom hing der Duft von verbranntem Salbei. Mit Kapuzenmantel, Tuch und

Klapper im Ausgang kniend, konnte der Verdammte alles verfolgen. Man hatte Blanka nicht erlaubt, ihren Vater nach St. Alexius mitzunehmen. Das Hospiz war kein Leprosenhaus, und der Krankenpfleger fürchtete, dass die andern Patienten sich anstecken würden.

Draußen im Regen warteten einige Aussätzige. Niemand wusste, wie sie es erfahren hatten, aber Gerüchte verbreiteten sich schnell. Blanka schauderte, als sie die zerstörten Gesichter unter den Tüchern sah. Manche hatten Krücken, streckten den Schaulustigen ihre Bettelnäpfe hin und entblößten stinkende Schwären, sobald ein Mantel über einem ausgemergelten Arm verrutschte. Ein lahmes Kind rollte sich auf einem Brett mit Rädern hinterher, das es mit den Händen anstieß. In einigem Abstand warteten die Ritter des Bischofs. Von ihren Rundhelmen tropfte das Wasser. Vor kurzem hatten sie noch mit ihrem Vater getrunken, jetzt würden sie ihn vertreiben, wenn er sich zu nahe an menschliche Behausungen heranwagte.

»Und Jesus sprach zu Lazarus: Lazarus, komm heraus.«

Die Worte des Evangeliums prallten von Blanka ab. Mit bleichen Lippen hatte sie die Hände wie Krallen ineinandergeschlagen und starrte auf das Kreuz. Rupert stützte sie, doch auch er schien der Zeremonie nicht recht zu folgen. Natürlich fragte er sich, was nun aus ihm werden sollte.

»*Sis mortuus mundo, sed iterum vivens in Deo*«, sprach der Priester die grausigen Worte aus: »So sei denn tot in der Welt, doch lebe wieder in Gott.«

Der Aussätzige kniete nun im Schlamm, und die Gläubigen warfen mit einer Schaufel Erde auf ihn wie auf einen Toten. Er hatte das Tuch vors Gesicht gezogen, vielleicht sollte niemand sehen, was er fühlte. Hinter ihrem Bruder trat Blanka heran. Er blickte auf und sah sie an.

Blankas Hände zitterten. Der weiße Trauerschleier lag kühl auf Haar und Gesicht. Sie ließ die Schaufel fallen, sank auf die Knie und umarmte ihn.

»Geh zurück ins Kloster!«, stieß der Vater hervor. »Hörst du? Der Wittelsbacher wird Ruperts Anspruch anfechten und sagen, du seist die Erbin. Er wird dich gewaltsam verheiraten wollen. Versprich mir, dass du im Kloster bleibst, bis Bischof Otto alles geregelt hat!«

Rupert hob sie auf und zog sie weg. Die Aussätzigen hatten auf diesen Augenblick gewartet. Unter krächzenden Rufen liefen sie zu dem neuen Mitglied ihrer Gemeinde und schlossen es ein. Blanka fing einen Blick ihres Vaters auf. Dann verschwand er in der gesichtslosen Masse der lebenden Toten.

Sie befreite sich und drängte sich durch die Menschen ihm nach. »Vater!«, schrie sie. »Vater!«

Er blickte nicht zurück. Mit einem erstickten Schrei fiel sie auf die Knie in den aufgeweichten Boden.

Die grausige Prozession der Aussätzigen schlug mit ihren Klappern den eintönigen Rhythmus, der sich schon in Jerusalem in ihr Gedächtnis gebrannt hatte. Ihre Lieder waren schrill, immer wieder mischten sich falsche Töne darunter, wenn die Krankheit die Stimme befallen hatte. Kälte schüttelte Blanka, und eisige Tränen brannten auf ihren Wangen. Die Reiter droschen auf die ein, die nicht schnell genug humpeln konnten. Sie wollten sie so schnell wie möglich aus der Stadt haben. Unter den Lumpen und Tüchern war die Gestalt des Vaters nicht mehr auszumachen. Ein Gesichtsloser unter vielen. Ein Bettler wie sie.

»Ich schwöre es, Vater!«, flüsterte sie verzweifelt. »Und wenn es mich das Seelenheil kostet: Burgrain wird er nicht bekommen!«

3

»Im Namen Gottes, öffnet!«
Blanka fuhr von ihrem Strohsack hoch. Das Dormitorium, die winzige Schlafkammer im St.-Alexius-Spital, lag in tiefster Dunkelheit. Die beiden anderen Laienschwestern, Eilika und Gertrud, schliefen ruhig. Durch die grob verputzten Wände aus Flechtwerk und Balken zog es, und in ihrem dünnen Hemd fror Blanka erbärmlich. Vielleicht hatte sie geträumt, wie so oft in den letzten zehn Nächten, seit ihr Vater aus der Gemeinschaft der Lebenden ausgestoßen worden war. Sturm war aufgekommen und rüttelte an der Tür. Er verstärkte das beängstigende Gefühl, allein im Wald zu sein.

Jemand hämmerte an die Eichentür. Sie hatte sich nicht getäuscht. Jetzt richteten sich auch Eilika und Gertrud schlaftrunken auf. »Sollen wir den Bruder wecken?«

Blanka lauschte. Der Krankenpfleger schnarchte in seiner Dachkammer. Sie verneinte, sprang auf und ging barfuß hinaus auf den Gang. Hinter ihr flüsterten die anderen beunruhigt. Blanka klappte das winzige Guckfenster in der Tür auf. Regen schlug ihr entgegen.

»Öffnet!«, flüsterte eine gehetzte Männerstimme. Gertrud bekreuzigte sich, und Eilika schüttelte den Kopf. Blanka legte das Gesicht dicht ans Fenster. »Um diese Stunde dürfen wir niemanden einlassen, Herr.«

Ein undeutliches Stöhnen war die Antwort. Sie versuchte den Mann draußen zu erkennen, doch der Regen war so stark, dass er ihn wie ein Schleier verbarg. »Herr?«, wiederholte sie. Der Mann sank nach vorne. Jetzt konnte sie sehen, dass aus seinem Haar eine dunkle Flüssigkeit rann.

Entschlossen wollte sie den Riegel zur Seite schieben, doch Gertrud hielt sie am Hemd zurück. »Es ist zu gefährlich!«

»Aber er ist verletzt«, erwiderte Blanka heftig. »Wir können ihn doch nicht vor unserer Tür sterben lassen.«

»Wenn er stirbt, ist es Gottes Wille«, flüsterte Gertrud und bekreuzigte sich wieder. »Und wer sagt dir, dass er nicht einer dieser fahrenden Halsabschneider ist?«

Blanka zögerte. Gertrud hatte recht. Vagantenbanden versuchten manchmal mit solchen Listen in Häuser zu gelangen, um die Frauen zu schänden. Aber in diesen kriegerischen Zeiten hatte sie oft erlebt, wie jemand am Tor ihres Vaters um Zuflucht bat. Sie war die Tochter eines Ritters. Von Kind an hatte sie gelernt, dass es ihre Pflicht war, zu helfen.

Die beiden anderen Mädchen tuschelten. Blanka warf einen unschlüssigen Blick durch das Guckfenster. Wenn Magistra Richild von ihrem Ungehorsam erfuhr, würde sie sie hinauswerfen. Blanka wusste, was das für sie bedeuten würde.

»Legt Euer Schwert ab!«, befahl sie. »Und tretet zurück.«

»Nein!« Gertrud hängte sich an ihren Arm.

Sichtlich unter Schmerzen zog der Mann draußen die Waffe aus der Scheide und ließ sie zu Boden fallen. Er machte einen unsicheren Schritt zurück. Bei diesem Wetter musste er längst bis auf die Haut durchnässt sein.

»Blanka, nein!«

Blanka schüttelte Gertrud ab und öffnete die Tür. Sie war sich jetzt sicher, dass der Mann verletzt war und Hilfe brauchte. Vermutlich ahnte er nicht einmal, wo er war.

Regen durchnässte ihr Hemd. Die biegsame Waffe mit rundem Knauf und geradem Kreuz lag im Schlamm. Ein normannisches Schwert, stellte sie fest, wie es viele Kreuzfahrer trugen. Blanka zögerte. Noch konnte sie die Tür einfach wieder schließen. Wer immer den Mann verfolgte, konnte auch den Weg hierher finden. Vielleicht hatte er etwas verbrochen, oder seine Feinde würden sich an ihnen rächen, wenn sie ihn einließen? Dieses Schwert zu ergreifen schien ihr wie eine Entscheidung, deren Folgen sie nicht absehen konnte.

Unschlüssig blickte sie auf. Der Mann war jung und größer, als er vorhin gewirkt hatte. Zerrissen und schlammig klebten die Kleider an ihm, er blutete aus mehreren Wunden.

Blanka bückte sich und schloss die Hand um das abgenutzte Leder am Griff. Er war kühl und glatt, und trotz ihres Gewichts federte die Waffe. Sie trat zur Seite, um den Mann einzulassen.

Als er näher taumelte, nahm sie den Geruch nach Pferden und Leder wahr. Er war glattrasiert, wie viele, die aus dem Heiligen Land zurückkamen. Das Geräusch galoppierender Hufe näherte sich. Der junge Ritter hob das Gesicht. Seine Nasenflügel zitterten, von Lippen und Kinn tropfte das Wasser.

Blanka zog ihn herein, schlug die Tür hinter ihnen zu und schob hastig den Riegel vor. Dann lehnte sie das Schwert an die Wand und blickte vorsichtig durch das Fenster hinaus.

Der Wind fegte die Zweige der nahen Tannen hoch, und im selben Moment zerriss ein Blitz den Nachthimmel. Rüstungen glänzten, und Blanka glaubte einen geschlossenen Helm zu erkennen. Oder hatte sie sich getäuscht? Hastig schlossen ihre klammen Finger die Klappe des Guckfensters. Sie trat zur Laterne und blies sie aus. Im Dunkeln konnte sie den mühsamen Atem des jungen Mannes hören, sonst war es still.

»Heilige Jungfrau, wer ist das?«, flüsterte Gertrud endlich.

»Ich konnte es nicht genau sehen«, erwiderte Blanka ebenso. »Aber ich glaube, es sind Ritter der Wittelsbacher.« Schon deshalb war sie jetzt entschlossen, dem Fremden zu helfen. Außerdem durften die Wittelsbacher nicht erfahren, dass sie hier war. Wenn Rupert recht hatte, würden sie sich die Gelegenheit nicht entgehen lassen, sie zu entführen.

Gertrud faltete krampfhaft die Hände, als betete sie. »Sie werden gewaltsam hier eindringen, Blanka!«

Der junge Mann blickte auf. Eine Haarsträhne fiel ihm ins Gesicht und verschmierte das Blut. Er hatte kaum Atem zum Sprechen, aber er wollte nach dem Schwert greifen.

Blanka hielt ihn zurück. Sie presste sich an das kalte Holz der Tür und lauschte.

Die Reiter hatten in einiger Entfernung angehalten. Sie hörte das Stampfen der Hufe auf dem Waldboden. Vorsichtig öffnete sie das Guckfenster.

»Er kann nicht weit sein«, hörte sie einen sagen. Stumm betete sie, dass sie nicht wussten, wie nahe das Spital war. In der Dunkelheit und bei diesem Regen konnten sie nicht sehen, wo genau sie waren.

Die Reiter schienen sich zu besprechen. Dann sprengten sie davon. Endlich verschwand die letzte Rüstung hinter den schwankenden Zweigen.

Erst als Blanka das Fenster schloss, spürte sie ihre Hände zittern.

»Wir können Licht machen«, sagte sie leise. »Sie sind weg.«

Sie hob die Laterne, die Eilika wieder angezündet hatte, und wollte dem jungen Mann ins Gesicht leuchten. In diesem Moment brach er zusammen.

Es musste fast Mitternacht sein, bald würde die Glocke zur Matutin den Bruder Krankenpfleger wecken. Hastig brachten sie den Verletzten in das Krankenzimmer. Obwohl zur Zeit nur wenige Sieche hier lagen, wimmerte ständig jemand: ein Vagant, der an einem tödlichen Geschwür litt, eine schwangere Leibeigene, die ihr Herr mit Gewalt genommen und die auf der Flucht Blutungen bekommen hatte. Und ein paar Kinder, die ihre Eltern nicht mehr ernähren konnten. Ihnen fehlte nichts außer Essen und einem Dach über dem Kopf.

Sie legten den Fremden auf ein Strohlager ganz hinten. Auch hier zog es, und so breiteten sie ein Schaffell über ihn. Der Ritter stöhnte, aber er war noch nicht wieder bei Bewusstsein. Blanka zündete einen Kienspan an und betrachtete ihn. Er war jung, um die zwanzig. Auf dem dunkelbraunen, von der Nässe gewellten Haar tanzten Lichtschimmer. Die mit einer schmalen Borte geschmückte dunkelgrüne Cotte war durchweicht und ließ die muskulöse Brust erkennen. So wenig wie die Kleider verriet der Gürtel über seinen Stand: ein metallbeschlagener langer Ledergürtel. Er konnte ein Ministeriale oder kleiner Edelfreier sein, vielleicht auch ein wohlhabender Händler. Das Gesicht war bleich, er musste viel Blut verloren haben. Die Haut fühlte sich kalt an, aber das war kein Wunder. Auch Blanka spürte ihre nackten Füße kaum noch.

»Er sieht aus wie ein edler Herr«, meinte Gertrud.

»Nein«, widersprach Eilika. »Dazu ist er nicht prachtvoll genug gekleidet. Aber er ist schön wie ein Heiliger«, kicherte sie.

»Das sage ich der Magistra«, flüsterte Blanka, und alle drei unterdrückten ein Lachen.

Das Blut am Haaransatz des Mannes trocknete, hier war die Wunde sicher nicht tief. Aber sie hatte bemerkt, dass er die linke Schulter schonte. Vorsichtig schob sie das Fell zurück, mit dem sie ihn bedeckt hatten.

Plötzlich packte er ihre Hand mit eisernem Griff. Seine Augen unter dem wirren Haar waren hellwach. Sie waren blau.

»Ich will nur nach Euren Verletzungen sehen«, beschwichtigte sie leise. »Ihr seid hier in Sicherheit.«

Sichtlich erschöpft ließ er sich wieder zurückfallen. Die anderen Mädchen waren erschrocken zurückgewichen.

»Wer seid Ihr?«, fragte Blanka, während sie ihm aus der Cotte half. Er zuckte zusammen und sog scharf die Luft ein, offenbar hatte er Schmerzen. Trotzdem schien er die Übung eines erfahrenen Kämpfers zu besitzen, sie zu unterdrücken.

»Mein Name ist Ortolf«, antwortete er. Das Sprechen schien ihm schwerzufallen, denn er zögerte, ehe er nachsetzte: »Ich komme aus der Gegend von Nürnberg. Auf dem Kreuzzug fiel ich in die Hände der Seldschuken.«

»Lasst mich den Arm ansehen.« Wie alle Frauen hatte Blanka hin und wieder ihrem Vater und Rupert bei kleinen Verletzungen geholfen. Es war ein leichter Schnitt, das Schwert konnte ihn nur gestreift haben. Allerdings waren die Wundränder gerötet und heiß. »Das könnte eine Entzündung geben«, sagte sie. »Wir werden es mit der Wegerichsalbe behandeln. Aber der Bruder Krankenpfleger sollte es sich morgen früh selbst ansehen. Wer war das?« Sie hatte ein feuchtes Tuch geholt und begann die Verletzungen von Schmutz und getrocknetem Blut zu reinigen. Eilika suchte die Wundsalbe, und Gertrud beobachtete sie scheu vom Eingang aus.

Ortolf warf Blanka einen verstohlenen Blick zu. »Ich glaube, es waren Männer des Pfalzgrafen. Ich suchte einen Platz zum Schlafen und stieß auf sie. In einer fremden Gegend ist man froh, wenn man Standesgenossen trifft, also wollte ich mich ihnen anschließen.« Er lachte, sichtlich unter Schmerzen. »Sie hatten getrunken. Ich habe wohl etwas Falsches über ihren Herrn gesagt, jedenfalls wollten sie mir auf einmal ans Leben.«

Er wäre nicht der Erste, den seine zu schnelle Zunge in Schwierigkeiten brachte. Ritter wurden nicht gerade zum Nachdenken ausgebildet. Blankas Sorge verflog. Sie hatte das Richtige getan. »Ihr solltet einige Tage bleiben«, meinte sie. »Sonst erreicht der Mann, der das getan hat, doch noch sein Ziel. Entzündungen sind gefährlich.«

»Ich habe Euch schon genug in Gefahr gebracht.« Aber seine Augen drohten erschöpft zuzufallen.

»Wir müssen ja nicht sagen, dass wir Euch nachts eingelassen haben«, widersprach Blanka mit einem warnenden Blick zu den anderen Mädchen. »Habt Ihr noch mehr Verletzungen?«

Er bejahte und lächelte müde. »Aber sie zu versorgen, wird Euch Eure Magistra kaum erlauben.«

Blanka erwiderte das Lächeln unwillkürlich. Sie hatte gesehen, wie er das Bein nachgezogen hatte. Vermutlich hatte ihn ein zweiter Hieb am Oberschenkel getroffen. Verlegen schob sie ihr offenes Haar zurück. Sie war noch nicht einmal anständig angezogen!

Entschlossen streifte sie sein Hemd zur Seite und legte den Oberschenkel frei. Eilika reichte ihr die Wegerichsalbe, und sie strich sie auf die Wunden. »Ihr hattet Glück«, sagte sie. »Der erste Hieb hätte Euch von der Schulter bis zur Hüfte in zwei Teile zerschlagen, wenn Ihr ihn nicht abgelenkt hättet. Und hier am Bein, da habt Ihr Euch weggedreht.«

Ortolf sah sie überrascht an. »Wie könnt Ihr wissen ... Blanka, nicht wahr? Eure Mitschwester nannte Euch vorhin so.«

»Ich bin die Tochter eines Ritters.« Blanka stand auf, um das Tuch wegzubringen. Ihre Wangen glühten.

»Für eine Nonne habt Ihr zu viel Feuer«, sagte Ortolf. Aber es klang nicht wie ein Vorwurf. Seine Stimme war dunkel und angenehm warm. »Was hat Euch ins Kloster getrieben?«

Versuchte er mit ihr zu tändeln? »Es gibt Männer, da ist ein Keuschheitsgelübde nicht die schlechteste Wahl«, erwiderte sie schnippisch. Hastig ging sie zur Tür. Aber dann blieb sie doch noch einmal stehen und antwortete ernst: »Es ist sicher.«

In dem Moment, da sie es sagte, wurde ihr klar, dass das eine Lüge war. Was hatten die Männer des Rotkopfs mitten in der Nacht hier am Kloster gesucht? Waren sie auf der Suche nach ihr? Auf einmal bekam sie Angst. Wenn die Magistra erfuhr, was wirklich geschehen war, würde sie sie hinauswerfen. Dann wäre es nur eine Frage der Zeit, bis sie in die Hände ihrer Feinde fiel. Sie hatte ihre Lage alles andere als verbessert.

4

Als Blanka nach der Prim den Morgenbrei aus Hafer und Milch kochte, nahm Eilika sie beiseite. »Lass dich nicht mit Ortolf erwischen«, warnte sie. »Magistra Richild versteht bei Männergeschichten überhaupt keinen Spaß. Sie lässt dich prügeln und dann hinauswerfen. Und wenn du deine Ehre erst einmal verloren hast, findest du auch keinen Ehemann mehr.«

Blanka legte Obst und Käse auf ein Brett, um sie nicht ansehen zu müssen. Ihr Gesicht glühte. »Ich bin kein Bauernmädchen, das sich von ein paar Schmeicheleien und glänzenden Waffen verführen lässt.«

Eilika hob die Brauen.

Nachdenklich sah Blanka ihr zu, wie sie das Obst unter den bettelnden Kindern verteilte. Ortolf kam aus dem Heiligen Land zurück, er musste seit Monaten auf Reisen sein. Ein Mann hätte schon ein Säulenheiliger sein müssen, um dabei keusch zu leben. Blanka würde ihren sicheren Hort nicht aufs Spiel setzen, nur um seine nächste Eroberung zu werden. Schon gar nicht jetzt, da der Rotkopf nach ihren Fersen schnappte.

Obwohl es ihr schwerfiel, sah sie nicht nach Ortolf. Sie schrieb für den Bruder Krankenpfleger eine Liste mit Tinkturen, die vom Apotheker geholt werden mussten. Dann entlauste sie unter viel Geschrei die Kinder mit dem groben Kamm und wusch ihnen die Haare mit Brennnesselsaft. Während die Kranken nach der Terz die Frühlingssonne genossen, behandelte sie die Strohsäcke noch einmal mit Ochsengalle. Danach ging sie Wasser holen – nicht an der nahen Moosach, sondern am Fluss, wo es frischer war als im Moorbach.

Die Strömung war reißend, als sie durch das Kiesbett watete, um ihren Eimer zu füllen. Sie war an der Isar aufgewachsen und kannte ihre Gefahren. Ständig änderten die Flussarme ihren Lauf. Furten konnten auf einmal weggerissen sein, Unterströmungen zerrten an den Beinen, und Felsen und Treibholz drohten die Füße zu verletzen. Immerhin war das erste Frühjahrshochwasser zurückgegangen.

Blanka richtete sich auf und blieb im kalten Wasser stehen. Im zarten Dunst war der Fluss wie eine Grenze zum Elfenreich. Unergründliche Auwälder umschlossen die Isar, Pfade endeten plötzlich an einem Altwasser. Als Kind hatte sie den Wald gefürchtet. Die Mägde hatten von am ganzen Leib behaarten Waldbewohnern erzählt, den Wilden Männern. Angeblich besaßen sie übermenschliche Kräfte und verführten Frauen zur Unzucht. Sie lächelte, und ihr Blick wanderte die Kiesbank entlang. Im silbern überreiften Gras stand Ortolf.

Nur der Wind bewegte seine Cotte mit dem lang herabfallenden Gürtel und das braune Haar. Obwohl er ruhig wartete, war jene gelassene Spannung in seinem Körper, die ein Krieger nie ganz löste. Langsam watete sie ans Ufer.

»Warum habt Ihr mich gestern Nacht eingelassen?«, fragte Ortolf ernst. Er war noch nicht rasiert, um seine Lippen, auf Kinn und Wangen lagen dunkle Schatten.

Blanka stellte ihren Eimer ab und bemühte sich, ihn ihr Erröten nicht sehen zu lassen. »Es war meine Pflicht. Ich bin die Tochter eines Ritters«, erwiderte sie. »Und ich kenne die Leute, die hinter Euch her waren. Sie glauben, mit Gewalt bekommen sie alles. Den Jungen wird das Böse beigebracht, sobald sie nur lallen können, aber die Männer des Pfalzgrafen sind die Schlimmsten.«

Er unterdrückte ein Lächeln. »Ihr scheint nicht viel davon zu halten, Euch aus Männerangelegenheiten herauszuhalten. Dabei macht Schweigen eine Frau erst geheimnisvoll.«

»Wer nichts sagt, hat meistens nur ein Geheimnis, nämlich seine eigene Dummheit«, erwiderte Blanka.

Er nahm die Herausforderung an: »Hat nicht der heilige Paulus den Frauen in der Kirche zu sprechen verboten?«

»Eben«, gab Blanka zurück. »Wir haben also außerhalb davon einiges nachzuholen.« Kein Ritter konnte sich vorstellen, dass ein Mann und eine Frau noch etwas anderes austauschen konnten als Körpersäfte. Vermutlich hatten Männer auch gar nichts anderes auszutauschen als das, zumindest Männer ihres Standes. »Wie geht es Euren Verletzungen?«, wechselte sie das Thema.

»Kämpfen möchte ich noch nicht«, erwiderte er ruhig. Es klang allerdings nicht, als sei er deshalb besorgt. »Ihr seid die Tochter eines Ritters? Wer ist er?«

Blanka bemerkte verwirrt, wie er sie ansah, als sie ihren Krug wieder hochnahm. War er ihretwegen zum Fluss gekommen? Vielleicht hatte sie ihn falsch eingeschätzt. Bisher hatte er nichts getan, das die Grenzen des Schicklichen überschritt. Verstohlen musterte sie ihn. Seine Haut war leicht gebräunt, und die Augen waren schön geschnitten. Sie musste daran denken, wie er gestern halbnackt vor ihr gelegen hatte.

»Mein Vater ist ein Dienstmann des Bischofs. Unser Lehen heißt Burgrain«, antwortete sie endlich. Sie wies auf den Eimer. »Der Bruder wartet auf das Wasser.«

»Ja, beeilt Euch nur«, bemerkte er. Ein Lächeln zuckte um seine unrasierten Lippen. »Es könnte kalt werden.«

Blanka unterdrückte ein Lachen. Zum ersten Mal seit Tagen fielen Angst und Trauer von ihr ab.

»Ich begleite Euch, wenn Ihr erlaubt.« Und ohne ihre Antwort abzuwarten, setzte er nach: »Ihr habt mein Leben gerettet. Ich bin in Eurer Hand.«

Nun lachte sie laut auf. »Wenn ein Ritter behauptet, in der Hand einer Laienschwester zu sein, will er sie entweder verhöhnen oder er verfolgt eine Absicht.«

»Ihr seid also nicht nur schön, sondern auch klug.«

Blanka war so überrascht über diese unverblümte Schmeichelei, dass sie stehen blieb. Sie wollte eine scharfe Erwiderung geben, aber es kam nicht über ihre Lippen. Unwillkürlich tastete sie nach der Narbe. Die meisten Männer scheuten davor zurück, sei es aus Furcht vor der Krankheit, sei es aus Ehrerbietung vor ihrer Heilung. Sie war es nicht gewohnt, dass jemand die Vorzüge ihres Körpers lobte.

Ortolf schien das lange Schweigen unangenehm zu sein. Er räusperte sich und meinte: »Ich bin nicht geübt darin, wie ein Höfling mit Frauen zu sprechen. Kein Mann meines Standes sagt so etwas gern, aber ich bin Euch Dank schuldig.«

Das Laub raschelte unter ihren Füßen. Mehr als einmal berührten sie sich beim Gehen versehentlich. Sein warmer Körper so dicht an ihrem gab ihr ein fremdes, wildes Gefühl der Vertrautheit.

Als sie sich dem Spital näherten, drängten sich Pferde mit farbigen Satteldecken auf der Rodung. An der Klosterpforte warteten Reitknechte in den Freisinger Farben Schwarz-Gold.

»Neustift hat Besuch«, stellte Ortolf fest. »Ich werde Euch allein lassen.« Er bemerkte ihre Überraschung und lachte. »Was würde Eure Magistra denken, wenn sie Euch mit einem Mann aus dem Wald kommen sähe?« Er nickte ihr zu und verschwand zwischen den Erlen.

Mit rotem Kopf sah Blanka ihm nach. Daran hatte sie überhaupt nicht gedacht.

»Blanka!«

Sie fuhr herum. Hatte sie jemand zusammen gesehen?

Ein rothaariger Mann in Klerikertracht war vor dem Spital von seinem Esel gestiegen. Sofort erkannte Blanka das ebenmäßige, aber von Blatternnarben entstellte Gesicht und die tintenbefleckten knochigen Finger.

»Rahewin!« Unendlich erleichtert lief sie auf ihn zu. Rahewin stammte wie sie aus einer Ministerialenfamilie, ihre Väter waren befreundet. Nachdem er die kirchliche Laufbahn eingeschlagen hatte, hatte er ihren Brüdern das Lesen beigebracht. Ohne viel Erfolg: Ulrich war am Hustenfieber gestorben, und Rupert fand die Schreibkunst, wie die meisten Ritter, weibisch und pfäffisch. Doch Blanka hatte sich oft mit in die Kammer gedrückt. Später hatte Rahewin ihr Bücher mitgebracht und sie sogar einmal ins Skriptorium der Domburg mitgenommen. Jetzt war er Bischof Ottos Sekretär. Wenn er hier war, war sein Herr nicht weit.

»Ist der Bischof zurück?«, drängte sie. Gott hatte sie doch nicht verlassen, dachte sie erleichtert. In dem Augenblick, als sie es am nötigsten brauchte, schickte er ihr den einzigen Beschützer, der ihr wirklich helfen konnte. Ihm konnte sie anvertrauen, was sie von Ortolf erfahren hatte.

»Er ist in der Kirche«, sagte Rahewin. »Wir werden die None hier beten, ehe wir nach Freising zurückkehren. Bring deinen Eimer ins Spital, dann warten wir im Skriptorium auf ihn.«

Die Kirche von Neustift lag unterhalb des steil ansteigenden Hangs, wo der Boden fest genug für einen Steinbau war. Noch schmückten nur wenige grob gefügte Rundbögen den Bau – Kirche und Kloster bestanden noch keine zehn Jahre. Ottos eigener Steinmetz hatte den Eingang mit Fratzen gestaltet. Überall lauerte das Böse. Jeder Wald, jede Schlucht, jeder fleischliche Verkehr war eine Brutstätte von Dämonen, die vom heiligen Bezirk ferngehalten werden mussten. Verdammt, dessen Schwelle nie zu überschreiten, drohten die Kreaturen jeden zu verschlingen, der sich von Sünde befleckt hierherwagte.

»Also das ist Euer neuer Vorposten gegen den Wittelsbacher«, sagte Heinrich von Baiern. Der Herzog hatte das vierzigste Jahr schon geraume Zeit überschritten, doch er kleidete sich wie ein junger Höfling. Unter dem pelzgefütterten Mantel aus feiner blauer Wolle war ein Bliaut aus blau-silbernem Brokat sichtbar, das kurze gegürtete Gewand mit weiten Ärmeln. Er wies auf den Altar, wo zwei goldene Schreine standen. »Habt Ihr mich deshalb zu den Heiligen Declanus und Marinus gebracht?«

»Das ist ein Kloster, keine Burg. Ein Ort des Friedens, nicht der Gewalt.« Heinrichs fünf Jahre jüngerer Bruder, Otto von Freising, lehnte an einem Pfeiler beim Altar. Der Himmel draußen war trüb, durch die schmalen Fenster fiel kaum Licht in das niedrige Gewölbe. Im Hof brüllten die Knechte, doch in der Kirche war es ruhig. Scheinbar unbeteiligt beobachtete Otto, wie ein Novize die Dochte an den Wachskerzen zurückschnitt. Obwohl die Brüder sich äußerlich ähnelten, hätten der laute Heinrich und der verhaltene Otto nicht verschiedener sein können. »Hier führen Mönche und Nonnen ein abgeschiedenes Leben in Gott. Sie tun nichts Gefährlicheres, als den Sumpf urbar zu machen. Das ist die wichtigste Aufgabe des Prämonstratenserordens.«

»Zufällig liegt dieser Sumpf zwischen Freising und Burg Wartenberg, die dem Wittelsbacher gehört«, bemerkte Heinrich trocken. »Die Nonnen bringen Euch mit ihrer Mitgift Land in der Gegend ein, und die Prämonstratenser gelten als fähige Güterverwalter. Alles sehr nützlich, wenn man seine Grundherrschaft ausbauen will«, meinte er lauernd.

Otto wurde der Antwort enthoben: Ein Ferkel hetzte in die Kirche, hinterher rannte ein Laienbruder und versuchte es einzufangen. Haken schlagend fegte das Schwein zum Altar. Der Bruder übersah eine Stufe und schlug der Länge nach hin. Erst jetzt bemerkte er die hohen Herren und trollte sich eilig.

»Zu guter Letzt«, forschte Heinrich weiter, »heißt es, die Prämonstratenser verabscheuen es ebenso wie Ihr, wenn ein Vogt ihre weltlichen Güter verwaltet. Haltet mich nicht zum Narren, Otto. Ihr habt wieder Streit mit dem Wittelsbacher?«

»Der Ritter von Burgrain ist tot«, gab Otto zu. »Als mein Vogt will der Wittelsbacher mitreden, an wen ich das Lehen vergebe. Natürlich hat er dabei einen seiner eigenen Männer im Auge. Das ist eine Beleidigung, die ich nicht hinnehmen kann.«

»Ich wusste es«, grollte Heinrich.

»Ihr selbst habt mich doch auf den Bischofssitz berufen, um den Weinberg des Herrn zu bestellen«, erwiderte Otto mit der Ironie, die er immer zeigte, wenn die Rede auf seinen Vogt kam. »Einen reichlich verwilderten Weinberg. Eine Schweineherde hatte sich darin breitgemacht.«

»Wenn Ihr damit den Wittelsbacher und seine Panzerreiter meint, bedeutet das wohl ja.« Herzog Heinrich wurde laut: »Er ist nicht nur Verwalter Eurer weltlichen Güter, sondern auch Pfalzgraf und damit Vertreter König Konrads. Welcher, wie ich Euch erinnern darf, unser beider Halbbruder ist. Also legt es nicht auf einen offenen Streit an! Ich habe genug Ärger.«

Otto hob kühl die Brauen.

»Ja, gebt nur das gelassene Gottesschaf!«, fauchte Heinrich. »Der Kreuzzug war eine Katastrophe und hat dieses zerrissene Land nur noch mehr entzweit. In Schwaben, im Osten und Norden gärt der Aufstand. Zehn Jahre Krieg, Otto, und unsere Feinde sind mächtig! König Konrad ist todkrank aus dem Heiligen Land zurückgekommen. Und statt froh zu sein, dass wenigstens der bairische Pfalzgraf noch zum König hält, wollt Ihr die weltliche Macht der Kirche durchsetzen. Es wird Zeit, dass Ihr Euch darauf besinnt, wer Eure wahren Brüder sind: Konrad und ich oder Eure grauen Mönche?«

Otto lehnte sich fester an den kalten Pfeiler. Manche Menschen fanden die neuen Kirchen kahl, doch er liebte ihre Schlichtheit. Hier fand er zu sich, fern von den Zerstreuungen der Stadt. »Ich wollte dieses Schwert nie führen«, erwiderte er endlich.

»Ihr *habt* es ergriffen«, bemerkte Heinrich unwirsch. »Für ein Amt wie dieses ließ Euch unser Vater in Paris studieren. Nicht um Euch die Hoden wegbeten zu lassen.«

Sein Bruder antwortete nicht, Heinrich hätte nicht verstanden. Von Kind an war Otto zur Geistlichkeit bestimmt gewesen, aber seine eigentliche Wahl hatte er erst viel später getroffen. Auf dem Rückweg von Paris hatte er mit einer Gruppe Studenten in der Zisterzienserabtei Morimond übernachtet. Jung und dumm waren sie gewesen, die Köpfe voll mit lateinischen Vokabeln, Hurerei und ketzerischen Disputen. Dort in den Wäldern der Champagne waren die Verlockungen von Paris unendlich weit. Das Wetteifern um Macht und Gold spielte in Morimond keine Rolle, so wenig wie die ständigen blutigen Kämpfe, ohne zu wissen, wofür. Als er in jener ersten Nacht erschöpft, aber in umso tieferer Andacht die Psalmen mitsang, hatte er das Gefühl gehabt, einer unabwägbaren, gewalttätigen Welt entkommen zu sein. So war er geblieben. »Wollt Ihr mir vorwerfen, dass ich als Bischof anders handle denn als Mönch? Ihr wolltet mich hier in Freising sehen. Ich bin wie Ihr der Enkel eines Königs. Ihr musstet wissen, dass ich für die Regeln kämpfen würde, denen ich Treue geschworen habe.«

»Einen Kampf, den Ihr nur verlieren könnt. Der Wittelsbacher ist kein schlechter Mann. Und ohne Leute wie ihn geht es nun einmal nicht.«

»*Bruti et impetuosi Teutones!*«, stieß Otto abfällig hervor. *Die Deutschen sind ungeschlachte Draufgänger.* »Er ist ein Mordbrenner und stiftet nichts als Zwietracht!«

Heinrich stutzte überrascht über den Ausbruch. Dann warf er den Kopf in den Nacken und lachte schallend. »Weil er sich nicht von Euren Urkunden beeindrucken ließ, sein bevogtetes Gut wieder herauszurücken? Seit Jahren durchforstet Ihr die Schreibstuben, und immer wieder findet Ihr irgendwelche verschollenen Urkunden, die Eure Besitzverhältnisse regeln. Verstaubtes Pergament, Otto, nichts weiter!«

»Es ist Kirchengut, die Urkunden beweisen es!« Otto wusste, dass ihn manch einer wegen dieser unerbittlichen Strenge hasste, aber es interessierte ihn nicht. »Der Rotkopf verlehnt meine Güter und streicht die Gewinne ein. Wenn sich meine Ritter weigern, ihm zu dienen, überfällt er sie und verwickelt sie in Scharmützel. Ich bin der Hirte dieses Bistums, ich nehme nur, was mir zusteht.«

»Eure Vorgänger haben sich nie beschwert. Soll ich deshalb den dritten Kreuzzug ausrufen?«

»Meine Vorgänger haben offenen Kirchenraub zugelassen!« Otto verlor die mühsam aufrechterhaltene Beherrschung. »Jeden, der er wagt, die Hand auf Kirchengut zu legen, werde ich bekämpfen, als sei es der Antichrist!«

»Zur Hölle mit Eurem Glaubenseifer!«, fuhr Heinrich auf. »Ihr habt Euch schon einmal gegen mich gestellt!«

»Ich erinnere mich«, erwiderte Otto ebenso. »Eure Ritter haben damals Freising verwüstet, ohne Rücksicht auf Euren Bruder und Euren Herrn, den Papst.«

»Ich habe keinen Herrn«, erwiderte Heinrich schroff.

Ottos gut geschnittenes Gesicht wurde unnahbar. Aber er hatte sich wieder in der Gewalt. »Ich erwarte, dass der Vogt sich aus der Angelegenheit um Burgrain heraushält«, schloss er kühl. »Das könnt Ihr ihm als Angebot zum Frieden überbringen.«

»Und wenn er es in den Wind schlägt, wollt Ihr dann kämpfen, Mönch?« Heinrich lachte höhnisch und verließ die Kirche. Noch ehe er hinaustrat, brüllte er nach seinen Leuten.

»In der Tat«, erwiderte Otto wie zu sich selbst. Seine Lippen bewegten sich kaum, als er nachsetzte: »Aber nicht jede Waffe ist aus Stahl!«

»*Pessime mus!*«, fluchte Bruder Hilarius indes im Neustifter Skriptorium: »*Ut te Deus perdat!* – *Verfluchte Maus, Gott verderbe dich!* Der kleine Nager war auf den Hocker geklettert, wo das karge Fastenmahl des Mönchs stand, und hatte sich über den Käse hergemacht. Jetzt packte er seine Beute und wetzte davon. Vergeblich warf Hilarius ihm seinen Schwamm hinterher.

Blanka lachte verstohlen. In den letzten Tagen hatten immer dieselben quälenden Gedanken in ihrem Kopf gekreist. Ob der Vater noch lebte. Ob der Rotkopf vorhatte, sie zu verschleppen. Und dann das verwirrende Gefühl, das sie in Ortolfs Nähe empfand. Nächtelang hatte sie wach gelegen, hin- und hergerissen zwischen Hoffnung und Verzweiflung. Doch kaum hatte sie sich mit Lineal und Falzblei Linien auf das Pergament gezogen, die Gänsefeder und das Rinderhörnchen mit Dornentinte bereitgestellt, fiel alles von ihr ab. Sie fühlte sich befreit.

In den meisten Klöstern verrichteten die Laienschwestern die groben Arbeiten und hatten hier, unter den Männern, nichts zu suchen. Dennoch hatten die Schreiber schon immer ein Auge zugedrückt, wenn sich Blanka zu ihnen hereinstahl. Der Raum lag im ersten Stock der Mönchsklause. Die wurmstichigen Lesepulte waren von Feuchtigkeit verzogen. Zum Kreuzgang hin war das Skriptorium offen, und die Mönche hatten die kältestarren Finger mit Wollstreifen umwickelt. Die Lesenden, die wie sie kurz aufgeblickt hatten, begannen wieder zu murmeln. Von neuem ertönte das rhythmische Geräusch des Reisigbesens, mit dem ein Laienbruder den Boden kehrte.

»Das ist verblüffend.« Rahewin, der mit dem Bibliothekar Neuigkeiten ausgetauscht hatte, war zurückgekommen und beugte sich über Blankas Blatt. »Und das bei deiner furchtbaren Schreibhaltung. Wüsste ich es nicht, könnte ich nicht sagen, was das Original ist.«

Bruder Vitus hatte sich daran gewöhnt, ihr die Pergamentfetzen zu schenken, die beim Zurechtschneiden der Bögen übrig blieben. Blanka hatte meistens irgendwo einen in ihrem Beutel oder dem Gürtel. Nur zum Vergnügen hatte sie die Feder genommen und begonnen, das aufgeschlagene Buch zu kopieren. Es war in einer altertümlichen Minuskel geschrieben, die nicht mehr verwendet wurde. Blanka kannte sie nicht, sie malte sie einfach ab.

»Gewöhnlich ist es schwer, die Buchstaben in einem Zug durchzuschreiben, wenn man eine Schrift kopiert«, meinte Rahewin. »Aber du hast kein einziges Mal die Feder abgesetzt. Sogar den kühnen Strich hinten am a hast du übernommen, den dieser Schreiber verwendet. Dort, bei dem Wort *quia*, und hier noch einmal, bei *saecula*. Er geht kaum sichtbar unter die Zeile.« Er beugte sich tiefer darüber. »Erstaunlich.«

Blanka schwieg verlegen. Wenn sie die Feder in die Hand nahm, floss die Zeit durch sie hindurch wie durch eine Sanduhr. Manche Bücher waren mit Gold und teurem Blau verziert, das leuchtete wie der Himmel. Bizarre Gestalten schmückten die Initialen, Ranken und Fabelwesen – Zaubersprüche, die nur zum Leben erweckt werden mussten. Etwas aufzuschreiben bedeutete, es für die Ewigkeit zu erhalten. Wie vergänglich waren dagegen gesprochene Worte!

»Mehr als erstaunlich«, sagte jemand hinter ihr. »Mein verstorbener Schreiber Benno hätte es kaum besser gemacht.«

Beim Klang der vertrauten Stimme sprang Blanka erleichtert auf. Seit sie hier lebte, hatte sie nicht mit Bischof Otto gesprochen, doch sie hätte seine Stimme unter Tausenden wiedererkannt. Er hatte sich nicht verändert: Die graue Zisterzienserkutte ließ die Jahre wirkungslos an ihm vorbeigehen. Sie lief ihm entgegen und küsste den Ring, den er ihr hinhielt. Versehentlich berührte sie dabei mit der Stirn seine Hand, wie so oft als Kind. Seine bloße Nähe machte ihr Mut.

Otto zog seine Hand zurück, sie verstand die unausgesprochene Mahnung und errötete. Sie war kein Kind mehr, dem ein adliger Kleriker so etwas zugestand. Verstohlen suchte sie die Vertrautheit von einst in seinen Augen. »Es steht mir nicht zu, zu schreiben«, gestand sie. »Wenn ich ...«

»Das habe ich nicht gesagt.« Er beugte sich über das Blatt, dann blickte er auf. »Diese alten Schriften sind nicht leicht zu malen. Hast du das schon öfter gemacht?«

Blankas Lippen zitterten. Hastig sah sie sich um, aber niemand achtete auf sie. Dann brach alles aus ihr heraus: die Krankheit ihres Vaters, die Angst vor dem, was der Wittelsbacher mit ihr vorhatte, und dass sich seine Ritter gestern Nacht hier herumgetrieben hatten. »Und wer weiß«, schloss sie. »Wenn Ortolf sie nicht, ohne es zu ahnen, gestört hätte, hätten sie mich vielleicht wirklich entführt.«

Ottos volle Lippen wurden schmal und bleich, er kämpfte sichtlich um seine Beherrschung. Blanka war einfach nur froh, sich endlich alles von der Seele reden zu können. Bischof Otto hatte ihr Mut gemacht, als sie in einer Hölle aus Tod und Angst gefangen gewesen war. Er war da gewesen, als alle anderen sie weggeprügelt hatten wie ein unreines Tier. Wenn sie sonst niemanden auf der Welt hätte, dem sie glauben konnte, ihm würde sie vertrauen.

»Daher weht der Wind«, meinte Rahewin zähneknirschend. »Zwar dürfen seit einiger Zeit Frauen nicht mehr ohne weiteres erben. Doch England zerfleischt sich seit Jahren in einem blutigen Bürgerkrieg genau wegen dieser Frage: ob die Tochter des Königs seine Nachfolge antreten kann oder nicht. Auch bei uns halten sich noch viele Ministerialen an den alten Brauch, so bleiben ihre Lehen länger in der Familie. Blanka hat Burgrain von ihrer Mutter geerbt. Sollte der Wittelsbacher sie an einen seiner Leute verheiraten, kann er das Lehen *iure uxoris* als so gut wie sein Eigen betrachten. Das *Recht der Gattin* erlaubt es einem Ehemann, die Hand auf den Besitz seiner Frau zu legen. Ruperts Anspruch fällt dagegen kaum ins Gewicht. Umso mehr«, sagte er bedeutungsvoll, »wenn ihm etwas zustoßen sollte...«

Blanka erschrak zu Tode.

»Das werden wir zu verhindern wissen.« Otto hatte sich wieder vollkommen in der Gewalt. Sein Gesicht hatte sich gerötet, eine tiefe Falte lag zwischen seinen Augen. »Schick einen Boten zu Wibald von Stablo«, befahl er Rahewin. »Und mach schnell!«

Blanka kannte weder den Mann, von dem ihr Herr sprach, noch ahnte sie, was er vorhatte. Sie kannte nur diese Entschlossenheit. Auf einmal erschien ihr ihre Lage nicht mehr so aussichtslos.

»Diese Wittelsbacher halten sich für die Herren, weil sie ein Schwert tragen. Narren!«, stieß Otto verächtlich hervor. »Die Ehre eines Mannes wird nicht nur mit dem Schwert gemacht. In meiner Chronik habe ich sie Straßenräuber und Diebe genannt, und jetzt singen die Gaukler Spottlieder über den Rotkopf und seine Gesetzlosen. Nur weil ein Geistlicher keine Waffen trägt, ist er noch lange nicht wehrlos.«

Er sah Blanka an, und plötzlich war die alte Vertrautheit wieder da. Sie erinnerte sich, was ihr im Lazarusspital Kraft gegeben hatte. Es war dieser unbedingte Glaube in seinen Augen, dass Unmögliches möglich werden konnte. Damals hatte er sein Versprechen gehalten und ein aussätziges Mädchen nach Hause gebracht.

Otto nahm ihre Hand und legte sie auf das Pergament. Ein leichter Pferdegeruch hing von der Reise in seinen Kleidern wie bei einem Ritter. »Das hier ist Macht«, sagte er. »Die einzig wirkliche Macht. Die Feder ist gefährlicher als das Schwert, denn was aufgeschrieben ist, bleibt für alle Zeiten bestehen.«

Das Pergament war weich, aber unnachgiebig, die noch feuchte Tinte verschmierte auf Blankas Haut zu einem schwarzen Streifen. Zum ersten Mal begriff sie, welche unheimliche Gewalt ein Schreiber in den Händen hielt.

»Gott spricht oft durch seltsame Zeichen zu uns. Wir müssen sie nur verstehen.« Ein Lächeln zuckte um Ottos Lippen. »Ich werde der Magistra sagen, dass sie dich öfter ins Skriptorium schicken soll.«

»Das wird ihr nicht gefallen«, erwiderte Blanka überrascht. »Sie will, dass ich im Spital diene.«

»Sie wird wollen, was ich befehle«, bemerkte Otto kühl. »Du bist die Tochter eines meiner Ritter. Ich erwarte, dass du mir dienst, wie er es tat.«

»Ich würde es, wenn ich könnte«, erwiderte Blanka. »Aber Frauen ist es verboten, Waffen zu führen.« Sie unterbrach sich. Das galt auch für Geistliche. Zweifelnd sah sie zu Rahewin, dann wieder zu Otto. Sie begriff nicht, was er von ihr erwartete.

»Selbst eine Feder, die vom Wind getrieben wird, kann Gottes Werkzeug sein ...« Die Glocke läutete zum Mittagsgebet und unterbrach Bischof Otto. Die Mönche legten ihre Schreibarbeiten weg, und er wartete, bis sie den Raum verlassen hatten. Dann sagte er halblaut: »Was wäre, wenn du die Möglichkeit hättest, dich zu wehren, Blanka? Gegen die Wittelsbacher und ihre Panzerreiter?«

»Ich?« Das kämpferische Aufblitzen seiner Augen bannte und erschreckte sie zugleich.

»Ich erwarte nur eines: Du wirst meinen Anweisungen folgen, als wären sie der Meißel, der dich zur Statue formt. Wenn du das tust«, er beugte sich leicht zu ihr herab, »dann gebe ich dir eine Waffe, der deine Feinde nichts entgegenzusetzen haben.«

5

Wachsam sah der zerlumpte Junge im Auwald auf. Hatte ihm seine Angst das Hufgedonner vorgegaukelt? Es schien alles still. Föhn war aufgekommen. Unwirklich goldene Strahlen fielen durch die aufgerissene Wolkendecke und ließen die Wasserperlen auf dem Farn aufblitzen. An Teichen, in denen modriges Wasser stand, wuchsen Wollgras und Sonnentau. Wenn er nur endlich den Weg zurück zum Alexiusspital gefunden hätte!

Da war das Geräusch wieder. Kein Zweifel, es war Hufschlag. Zu Tode erschrocken duckte sich das Kind in den Farn.

Reiter jagten heran. Der sumpfige Boden zitterte unter den Hufen, Kettenhemden und geschlossene Helme glänzten. Auf den Schild des Anführers war ein Wappen gemalt.

»Der Kelch!«, stieß der Junge gedämpft hervor, als er das Zeichen erkannte. Durchnässt und schmutzig starrte er ihnen nach. Sie kontrollierten den Weg: die Brüder Kopf und ihre unbesiegbaren Panzerreiter.

In der Kapelle flüsterte Blanka die Gebete abwesend mit. Als die weißen Tuniken der Nonnen längst dem Ausgang zustrebten, zermarterte sie sich noch immer den Kopf. Bischof Otto besaß an die hundert waffenfähige Eigenleute und ebenso viele Kleriker. Wozu brauchte er eine Frau? Und mit welcher Waffe sollte sie sich wehren können gegen einen brutalen Kämpfer, den seine eigenen Ritter fürchteten?

Im Spital hing der Malzgeruch von dem Bier, das sie gestern gebraut hatten, vermischt mit dem Duft von Zwiebeln und gekochten Äpfeln. Zwei Kinder spielten mit Ruten Schwertkampf. Als sie

Blanka bemerkten, hängten sie sich an sie, aber sie strich ihnen nur abwesend über die Köpfe.

»Gott sei Dank, dass du hier bist«, begrüßte sie Eilika aufgeregt. »Der kleine Eigil fehlt!«

Ortolf, der gerade aus dem mit Grassoden gedeckten Unterstand für die Tiere trat, kam herüber. Offenbar hatte er sein Pferd wiedergefunden – oder es hatte ihn gefunden. »Eines von den Kindern?«, fragte er. »Nachts im Moor wird es kaum überleben.«

»Ich gehe ihn suchen«, beschloss Blanka.

Der Bruder Krankenpfleger brummte etwas über die nutzlosen Weiber, die kleine Kinder verloren. Schließlich erlaubte er es doch und befahl nur, die Suche bei Einbruch der Dunkelheit abzubrechen. Ortolf zögerte einen Moment, dann meinte er: »Ich habe nicht gelernt, untätig zu Hause zu bleiben, während Frauen sich in Gefahr begeben. Wenn Ihr erlaubt, werde ich Euch helfen.«

Er wollte sie begleiten, aber Blanka bestand darauf, dass sie sich trennten. So konnten sie mehr von dem Sumpf absuchen. Blanka übernahm die Wälder zur Isar hin. Erlengestrüpp zerrte an ihr, der weiche schwarze Boden roch nach Torf und Fäulnis. Nach Stunden waren ihre Füße kalt und starr. Irgendwo war sie in ein Schlammloch getreten, und sie fror.

Zweifelnd sah sie sich um. Vermutlich waren die anderen längst zurück. Es dämmerte, und der Pfad war zwischen totem Holz und Haselsträuchern kaum noch zu erkennen. Sie raffte die nasse Kutte. In der Dunkelheit hatte die Suche keinen Sinn mehr. Vielleicht war der Junge schon wieder im Hospiz.

Ein Eichelhäher schlug an, etwas knackte im Gebüsch. Ein verhaltenes Keuchen, als sei jemand gelaufen. Blanka verfluchte sich, dass sie nicht einmal einen Dolch mitgenommen hatte. Im Gebüsch raschelte es, dann brach etwas heraus und stürzte in ihre Arme.

»Eigil!«, stieß Blanka hervor. Besorgt fuhr sie ihm übers Gesicht. Der Junge war nass und völlig verdreckt. Wo die kurze Cotte Arme und Beine frei ließ, hatte er Schürfwunden, aus dem Haar rann eine dünne Blutspur. Verängstigt zeigte er hinter sich. Ein Mann trat aus dem Dickicht.

»Du warst also doch nicht allein«, grinste er. »Das wird ja immer besser. Von dem Balg ist nicht viel zu holen, aber jetzt muss ich wenigstens nicht allein schlafen.«

Blanka fasste die Hand des Kindes. Der Mann trug einen Kapuzenumhang, der sicher schon bessere Tage gesehen hatte. Er war noch jung, doch an einer Hand fehlten ihm drei Finger – vielleicht ein davongelaufener Waffenknecht. Das triefende Auge verriet, dass er an einer Augenentzündung litt. Ein starker Geruch nach Fusel ging von ihm aus.

»Das Hospiz ist gleich hinter den Büschen«, sagte sie in der Hoffnung, er würde sie ungeschoren lassen, wenn er Menschen in Rufweite wähnte. »Ihr wollt wahrscheinlich zum Bruder Krankenpfleger, wegen des Auges.«

Der Bursche grinste und kam näher. »Das Auge ist zum Teufel, und daran ist mein Herr schuld. Hat mich weggejagt. Ich brauche keinen Arzt, sondern ein Weib für meinen Schwanz und Wein für meine Gurgel.«

Ein Strick stünde deiner Gurgel besser, dachte Blanka wenig heilig, und was das andere betraf, bedauerte sie nun erst recht, keinen Dolch bei sich zu haben. Sie zweifelte, ob sie so gesegnet war, wie die Leute sagten. Ein weggejagter Waffenknecht. Das bedeutete einen kampferprobten Gegner, der nichts zu verlieren hatte, voller Hass auf die ganze Welt.

Aus dem Augenwinkel bemerkte sie die Brennnesseln. Mönche geißelten sich manchmal damit. Sie bückte sich im Zurückweichen, riss ein Büschel ab und verbarg es hinter dem Rücken. Es brannte höllisch, doch sie ließ sich nichts anmerken. Als er näher kam, schlug sie ihm die Nesseln ins Gesicht.

Überrascht brüllte er und taumelte zurück.

»Lauf!«, schrie sie Eigil an. Sie hetzten durch die regennassen Büsche. Zweige schlugen ihnen ins Gesicht. Der Mann hatte Schrecken und Schmerz überwunden und kam ihnen nach. Blankas Herz blieb stehen, als er sie am Arm packte. Gestank nach Fusel und Urin stieg ihr in die Nase. Sein ganzes Gesicht war von roten Pusteln übersät, wo sie ihn getroffen hatte. In seiner Hand blitzte Eisen. Blanka begriff, dass er nun nicht mehr vorhatte, sie zu schänden – zumindest nicht lebend.

Eine Ohrfeige schleuderte den Angreifer mehrere Schritte weit zurück. Mit dem Schwert in der Hand stand Ortolf zwischen ihm und Blanka.

Keuchend vor Erleichterung schob sie das Kind weiter. Sie erwartete, dass Ortolf ihnen nachkommen würde. Aber er blieb stehen und ließ seine Klinge haarscharf über den Kopf des Knechts hinwegzischen. Der Mann hätte sehen müssen, dass er es mit einem Ritter zu tun hatte, aber er war zu betrunken. Er hob sein langes Haumesser, den Sax.

Blanka wusste, wie viel Blut Ortolf verloren hatte und wie tief seine Wunden gewesen waren. Es musste ihn enorme Kraft kosten, das Schwert überhaupt zu halten. An seinen zusammengepressten Lippen erkannte sie, dass er Schmerzen hatte.

Mit schnellen, kraftraubenden Schlägen trieb Ortolf den Mann zurück. Plötzlich ließ er das Schwert wie eine Schlange nach vorne schnellen, drehte es im Handgelenk und setzte einen blitzschnellen Hieb von rechts.

Er hatte die Klinge im letzten Moment gewendet, sie traf den Mann nur mit der flachen Seite. Dennoch genügte die Wucht des Schlages, um ihn rücklings in einen Tümpel zu schleudern, der unter dem Farn verborgen war.

Mühsam kam der Knecht auf die Beine. Über sein Gesicht zogen sich Schlammspuren, er hielt sich den Arm und stierte Ortolf mit einer Mischung aus Angst und Unglauben an. Dann trollte er sich so hastig, dass das Wasser aufspritzte.

Mit schmerzverzerrtem Gesicht starrte Ortolf auf sein Schwert. Warum zögerte er? Sein Blick fiel auf Blanka, dann auf Eigil. Endlich kam er heran und bedeutete ihnen stumm, ihm zu folgen.

»Verdammter Narr!«, schimpfte Blanka, kaum hatte sie den erschöpften Ortolf im Schreibzimmer des Hospizes auf einen Hocker gedrückt. Vor der Tür erzählte Eigil mit überschnappender Stimme, was er erlebt hatte.

»Es wäre nicht nötig gewesen, den Mann zu einem Kampf herauszufordern. Wen wolltet Ihr damit beeindrucken? Ich sollte Euch verbluten lassen!«

Ortolfs Lippen zuckten. Während sie die Wegerichsalbe auf einen Streifen Leinen strich und Kamillensud in eine Schale goss, schaute sie ihn an. Blätter hingen in seinem Haar, eine Strähne fiel ihm in die Stirn und zog einen Schlammstreifen darüber. Durch das feuchte Hemd zeichnete sich sein Oberkörper ab, der sich noch immer sichtbar hob und senkte. Obwohl er müde und verletzt war, konnte sie das kraftvolle Pulsieren des Lebens in ihm förmlich spüren.

Vorsichtig schob sie seinen Ärmel hoch, um den durchgebluteten und verdreckten Verband abzunehmen. Ein leichtes Rauschen von draußen verriet, dass es wieder zu regnen begann. Sie wickelte das alte Leinen ab und tauchte einen Lappen in den Kamillensud. Der Muskel unter ihren Händen zuckte leicht, als sie die Wunde reinigte. Ihr fiel auf, dass er sie verstohlen beobachtete. Sein Haar wellte sich von der Nässe. Die nur von einem Kienspan erhellte Dunkelheit verstärkte die Schatten auf Oberlippe, Wangen und Kinn.

Er bemerkte ihren Blick und sah weg. Hastig beugte sie sich über die Arbeit und war froh, dass der Schleier ihr Gesicht verbarg. Rupert wird niemals zulassen, dass ich einen Fremden heirate, dachte sie, um im selben Moment erschrocken den Kopf zu schütteln. Was träumte sie da!

»Ich habe gehört, was mit Eurem Vater geschehen ist«, brach er endlich das Schweigen. Blanka sah überrascht auf.

»Ich habe mich erkundigt«, lächelte er. »Die Leute halten Euch für eine Art Heilige. Sie müssen blind sein.« Aber es klang nicht, als meinte er das abfällig, im Gegenteil.

Blanka zog sich einen zweiten Hocker heran. Wieder musste sie an den schrecklichen Tag denken, als man ihren Vater den Aussätzigen übergeben hatte, an die Angst vor den Wittelsbachern. Mit zusammengepressten Lippen wickelte sie den frischen Verband um Ortolfs warmen Oberarm. Sie kämpfte mit den Tränen.

»Ihr müsst Euren Vater sehr lieben«, meinte er, ohne seine Augen von ihr zu nehmen.

Sie richtete ihre ganze Aufmerksamkeit auf die Arbeit, doch ihre Lippen zitterten. »Mein Bruder stand ihm näher«, gab sie zu. »Er ist eben der Sohn. Aber das änderte nichts.«

»Man kann einen Menschen nicht mehr lieben, als er es zulässt«, sagte er ruhig.

Es erleichterte Blanka unendlich, nicht allein zu sein. Eine tiefe Dankbarkeit durchströmte sie, so stark, dass ihr doch eine Träne die Wange hinablief.

»Es ist gut zu weinen«, meinte Ortolf ernst. »Man erträgt es leichter so.«

Blanka sah auf. Wusste er, wie es war, um jemanden zu trauern? Zögernd, als fiele ihm die ungewohnte Geste schwer, legte er eine Hand auf ihre Wange. Er streichelte die Narbe, die seit Jahren niemand zu berühren gewagt hatte. Seine Finger waren schmutzig und rochen nach Kleieöl, mit dem der Ritter ihre Waffen pflegten. Aber um nichts in der Welt hätte sie ihn gebeten aufzuhören. Diese Nähe war unendlich tröstend. Langsam, als würde er sich selbst dagegen wehren, näherte er sich ihren Lippen.

»Blanka, könntest du ...«

Blanka zuckte zusammen und sprang auf. Hastig stellte sie Kamillensud und Verband ab. Mit glühendem Gesicht blickte sie zur Tür. Im Eingang stand Gertrud.

Die ganze Nacht hindurch betete Blanka, dass ihre Mitschwester den Mund hielt. Sie wollte sich nicht ausmalen, was Magistra Richild tun würde, sollte Gertrud sie verraten. Aber noch stärker als die Angst war das Verlangen, Ortolfs warme Männerhände wieder zu spüren, die verlockende, erschreckende Nähe seiner Lippen. Noch auf dem Weg zur Prim musste sie immer wieder lächeln.

Blankas Blick fiel auf die steinernen Fratzen am Kirchenportal. Höllendrachen drohten auf sie herabzustürzen, das armdicke Glied schamlos zur Schau stellend, streckten die lüsternen Zungen nach ihr aus, bereit, ihr Opfer zu verschlingen.

Atemlos starrte Blanka hinauf. Sie begann zu zittern. Auf einmal drehte sie sich um und rannte über den Hof davon. Überrascht sahen die anderen Laien ihr nach.

Auch das Gebet in der einfacheren Holzkapelle des Nonnenhauses beruhigte sie nicht. Nach der Andacht schmückte Eilika das grob geschnitzte Marienbild mit Vergissmeinnicht. Blanka wollte zurück ins Spital, doch Magistra Richild hielt sie auf.

»Dein Herr will, dass du in Zukunft im Skriptorium arbeitest. Zwischen Terz und Sext kannst du dorthin gehen.«

Blanka, die erschrocken und mit schlechtem Gewissen stehen geblieben war, atmete auf. Bischof Otto hatte keinen Augenblick vergeudet.

»Wie eine adlige Nonne«, stieß Richild hervor. Ihre Haut hob sich kaum vom Schleier ab, und die rotgeäderten Augen und farblosen Lippen verstärkten ihre Blässe noch. »Die Tochter eines Ministerialen, eine Unfreie! Das ist anmaßend.«

»Es ist der Wunsch meines Herrn«, erwiderte Blanka. Sie senkte den Kopf, allerdings weniger aus Demut, als um ihre Erleichterung zu verbergen.

»Außerdem wirst du in Zukunft nicht mehr im Spital schlafen, sondern hier«, meinte Richild scheinbar beiläufig.

Wachsam sah Blanka auf.

Richild verzog die Lippen. »Hast du geglaubt, du könntest etwas vor mir verbergen?«

Blanka schlug die Augen nieder. Sie war nicht besser als eine Gauklerin, dachte sie verzweifelt, sie hatte alle betrogen. Wegen ihrer Heilung hielten die Leute sie für gesegnet, aber galt der Aussatz nicht auch als Strafe für Unzucht? Der Grat zwischen Heiligkeit und Todsünde war unendlich schmal.

»Wollust ist die erste Versuchung Satans«, redete Richild auf sie ein. Auf ihrer Stirn perlte Schweiß. »Weiber sind besonders anfällig dafür, denn sie haben ein Übermaß an kaltem Schleim in den Körpersäften. Das macht sie wankelmütig und lässt sie nach dem Bocksglied des Mannes gieren. Doch Wollust führt ins Verderben. In der Hölle werden sich Schlangen in die Brüste der Sünderinnen verbeißen und Kröten in ihre feuchte Scham kriechen.« Mit dem Zeigefinger fuhr Richild über Blankas Lippen und Wangen. »Du bist hoffärtig, weil die Leute dich für eine Heilige halten. Aber ich werde dich schon gefügig machen, und du wirst es mir noch danken.« Sie zog etwas aus ihrem Gürtelstrick. »Eine andere hätte ich einfach prügeln lassen. Dir lasse ich die Wahl. Beweise, wie weit es mit deiner Heiligkeit her ist. Und züchtige deinen Leib, wenn er dich anficht!«

Es war eine Geißel. Auf den Knotenschnüren klebte Blut, der Griff war glatt vom häufigen Gebrauch. Blanka dachte an das, was Eilika ihr erzählt hatte: dass Richilds Mutter als Ehebrecherin gepfählt worden war und die Magistra einen Bußgürtel trug. Entsetzt wich sie zurück und schüttelte den Kopf.

»Du wirst gehorchen«, sagte Richild kalt. »Nimm sie!«

Blankas Lippen zitterten.

»Nimm sie, oder ich lasse dich auspeitschen«, drohte die Magistra.

»Wenn ich Strafe verdient habe, straft mich«, erwiderte Blanka leise. Aber sie würde sich nicht freiwillig quälen.

Richild packte ihre Hand und schloss sie gewaltsam um die Geißel. Blanka fuhr zusammen. Sie wollte sich losreißen, aber Richild hielt sie fest. Blanka verlor das Gleichgewicht und taumelte gegen ihren Oberschenkel.

Die Magistra brüllte wie ein Tier. Ein gelber Fleck breitete sich auf ihrer Tunika aus, der Schleier rutschte nach hinten und entblößte kahle Stellen auf der Stirn. Speichel rann ihr über die aufgeplatzten Lippen. Aus der jahrelangen Gewohnheit im Hospiz heraus schlug Blanka ihr unwillkürlich die Kutte hoch. Mit einer Mischung aus Ekel und Entsetzen fuhr sie zurück.

Der Bußgürtel hatte sich tief in den Oberschenkel gegraben. Offenbar war er immer wieder versetzt worden. Manche Risse waren halb zugewuchert, andere frisch und regelrecht zerfleischt. Überall um das eiserne Stachelband herum schwärten die Ränder gelblich und schwarz. Blanka kämpfte gegen die Übelkeit, als sie die Maden in den Wunden bemerkte. An der Innenseite des Schenkels war ein Abszess aufgebrochen, vermutlich als Blanka gegen die Magistra gestoßen war. Eine durchsichtige Flüssigkeit mit Schorfresten rann daran herab. Das bleiche Bein war gerötet und heiß, es war ein Wunder, dass Richild überhaupt gehen konnte.

»Ich hole den Arzt«, flüsterte Blanka. Und wenn es sie das Seelenheil kostete, um nichts in der Welt würde sie sich so misshandeln. Sie rannte hinaus, als seien alle Dämonen der Hölle hinter ihr her.

»Das wirst du büßen!«, hörte sie Richild hinter sich kreischen. »Hörst du? Du wirst es büßen!«

Richild machte ihre Drohung wahr. Bei den Stallungen an der Klostermauer gab es mehrere Pfähle, um Pferde anzubinden. Die Schwestern fesselten Blanka an einen davon. Über ihr ragte das Strohdach vor, von dem noch immer Regenwasser tropfte. Der raue Strick riss ihr die Handgelenke auf, das nasse Haar klebte an ihren Wangen. Bleich stand Eilika unter den Schaulustigen, aber sie wagte keinen Widerspruch. Von Gertrud war nichts zu sehen.

»Wenn der Bischof nicht seine Hand über dich hielte, würde ich dich hinauswerfen«, zischte Richild. Sie hinkte heran. »Aber ich werde dir den Ungehorsam auch so austreiben.«

Ihre Lippen waren farblos und schmal wie vorhin in der Kapelle. Blanka begriff, dass Richild sie hasste. Es war nicht nur der Neid, weil die Leute sie für gesegnet hielten, auch nicht der Zorn über ihren Ungehorsam. Blanka hatte die Magistra in einem Augenblick der Schwäche gesehen. Keine Frau ihres Standes verzieh das.

Der erste Peitschenhieb raubte Blanka den Atem. Ihr ganzer Rücken brannte, und sie spürte den Schmerz bis in die Knochen. Ehe sie Luft holen konnte, schlug die Magistra ein zweites Mal zu.

Keuchend stürzte sie nach vorn und fiel mit der Stirn gegen den Pfahl. Sie biss sich auf die Lippen, aber beim dritten Hieb schrie sie doch auf. Sie presste die Zähne aufeinander und klammerte sich an das feuchte Holz. Blanka verlor das Gefühl für die Zeit. Sie wusste nicht, wie lange sie keuchend nach Atem gerungen hatte. Irgendwann glitt ihre Stirn an dem Pfahl herab. Rinde schürfte ihre Haut auf. Speichel und Regen rannen über ihre geöffneten Lippen, sie schmeckte Blut. Sie nahm nichts mehr außerhalb ihrer selbst wahr. Alles, was zählte, war der nächste Atemzug.

6

Als Blanka zwei Wochen später den Domberg hinaufstieg, ahnte sie, wie ernst und bleich sie aussehen musste. Die Wachposten im Torhaus erkannten sie erst, als Blanka sie mit ihren Namen ansprach. Selbst der Bettler, der wie immer am Tor seine verstümmelten Gliedmaßen zeigte, riss den Mund auf. Es war das erste Mal seit dem Zwischenfall, dass sie das Kloster verließ. Nur weil der Bischof selbst sie zu sich befahl, hatte die Magistra den Arrest gelockert. Es war ihr wohl leichter gefallen, da Ortolf abgereist zu sein schien. Seit Tagen hatte Blanka ihn nicht gesehen, und zu fragen wagte sie nicht. Es schnürte ihr die Kehle zu. Die wenigen Male, die sie ihm noch begegnet war, hatte er ihr von weitem Blicke zugeworfen, wenn er sich unbeobachtet glaubte. Doch er hatte keinen Versuch gemacht, sich ihr zu nähern.

Der Cellerar hatte ihr einen großen Karpfen für den Bischof mitgegeben, dafür sollte sie ihm die seltenen Paradieskörner aus Ottos Küche mitbringen. Also ging sie zuerst in die Küche der Domburg. Doch sie brannte darauf zu erfahren, was Otto ihr zu sagen hatte und ob Rupert hier war.

Düfte nach gebratenem Fisch, einer Sauce aus süßem Wein und frischem Brot wiesen ihr den Weg zur Küche. Als sie in das Gewölbe hinabstieg, knurrte Blanka der Magen. Sie hatte noch nicht gegessen, im Kloster gab es zur Fastenzeit nur eine Mahlzeit am Tag.

Jemand schrie Befehle, das Gesinde warf sich Scherzworte zu, und eine Magd drängte sich heulend an ihr vorbei ins Freie. Zuerst konnte Blanka zwischen den Kupferkesseln am gemauerten Herd nichts erkennen. Der Qualm nahm ihr den Atem, und in der Hitze brach ihr der Schweiß aus. Fast wäre sie über ein Huhn gestolpert, das sich gackernd in Sicherheit brachte. Ein dicker junger Bursche rannte hinterher, um es wieder einzufangen. Blanka erkannte ihn und hielt ihn fest.

»Gelobt sei Jesus Christus«, keuchte der Koch.

»In Ewigkeit, Amen«, erwiderte Blanka. Sie richtete die Botschaft des Cellerars aus.

Neugierig nahm er das Geschenk entgegen. »Ein schöner Fisch«, lobte er. »Fett, aber noch nicht zu alt, und die Augen sind frisch. Bischof Otto ist zwar in der Fastenzeit noch asketischer als sonst, doch natürlich bekommt Euer Cellerar, was er möchte. Wartet einen Augenblick!«

Wenig später stieg sie die Treppe zum Skriptorium der Domburg hinauf. Durch die Fenstercharten fiel wärmendes Sonnenlicht und färbte die schiefgetretenen Stufen heller.

Blanka hatte fast vergessen, wie groß die Schreibstube war, viel größer als die Schreibstube in Neustift. Sie nahm fast das gesamte erste Stockwerk auf dieser Seite ein. Pfeiler unterteilten die bis zur Decke ragenden Regale. Die morschen Leitern erforderten ein gutes Maß an Gottvertrauen von denen, die sie bestiegen. Auf Hockern an hölzernen Pulten, die man zwischen den Säulen aufgestellt hatte, saßen die Mönche. Zu Füßen eines Buchmalers übten Novizen Ranken für die kunstvollen Anfangsbuchstaben. Bei Blankas Eintreten sahen sich einige überrascht an, aber beim Anblick ihrer Ordenstracht wandten sie sich wieder den Büchern zu.

»Da bist du ja«, begrüßte Rahewin sie, der mit Bischof Otto an einem Pult ganz vorne stand. »Wir haben Nachricht von Wibald.«

Otto warf ihm eine scharfe Bemerkung auf Latein zu, und mit hochrotem Gesicht verstummte Rahewin. Der Bischof befahl den Mönchen zu gehen. Ohne zu murren, unterbrachen sie ihre Arbeit. Neugierig drehte sich der letzte noch einmal um, doch schon hatte Rahewin die Tür hinter ihm geschlossen.

»Ich habe Burgrain an Rupert übergeben«, begann Otto, noch

während Blanka seinen Ring küsste. »Er soll es für dich und später für deinen Mann verwalten. Aber der Wittelsbacher will sich damit nicht abfinden und droht mir mit Fehde. Er behauptet, als mein Vogt sei es sein Recht, die Lehen zu vergeben. Du kannst dir natürlich vorstellen, dass er es niemals Rupert geben würde, sondern einem seiner eigenen Leute.«

»Wie kann er es wagen!«, fuhr Blanka auf. »Burgrain gehört zu Freising!«

»So einfach ist es leider nicht. Ich werde es dir erklären.« Otto gab ihr ein Zeichen, sich auf die gemauerte Bank in einer der Fensternischen zu setzen, und nahm ihr gegenüber Platz. Ihre Knie berührten sich dabei, und er rückte ein Stück von Blanka weg zum Fenster. »Ein Bischof kann über seine Güter nicht mehr völlig frei verfügen. Bis vor dreißig Jahren war es gleichgültig, ob ein Hof Eigentum des Bistums oder ein königliches Lehen ist. Aber im Wormser Konkordat von 1122 wurde das geändert: Was der König an einen Kirchenmann verlehnt, ist nur noch eine Leihgabe und wird vom Vogt verwaltet. Das ist in unserem Fall der Wittelsbacher. Nun gehören manche Höfe allerdings seit Hunderten von Jahren zu Freising. Wer kann noch sagen, welcher von ihnen dem Bistum gehört und welcher nur ein Lehen ist? Wenn es Urkunden gab, sind sie verloren.«

Blanka erschrak. »Das bedeutet, der Rotkopf ist im Recht?«

Otto stieß einen zornigen Laut aus. »Nein. Burgrain ist Kirchenbesitz. Aber ich kann es nicht beweisen. Es sei denn ...« Er unterbrach sich. »Erinnerst du dich, was ich dir sagte? Du schuldest mir Gehorsam, als deinem Lehnsherrn und deinem geistlichen Vater.«

Etwas in seiner Stimme hatte sich verändert. Wachsam sah Blanka auf, dann nickte sie zögernd.

»Gut. Rahewin hat sich inzwischen durch die Bibliothek gewühlt. Das hier hat er gefunden.« Er ging zu dem Stehpult, wo die beiden Männer vorhin gestanden hatten. Ein aufgeschlagener Foliant lag darauf. »Lies!«, befahl er ihr.

Blanka trat an das Pult. Das Buch roch nach altem Pergament, die

Seiten knisterten. Sanft strich sie über die klaren Formen der Minuskelschrift. »Was ist das?«

»Eine Sammlung von *notitiae*: aus der Klosterbuchhaltung. Ein Mönch namens Cozroh hat sie zu Lebzeiten Bischof Hittos niedergeschrieben, vor gut dreihundert Jahren.« Ottos Gewand streifte sie, als er neben sie trat, um ihr eine bestimmte Stelle zu zeigen. »Das ist eine *nota de concambio*«, erklärte er. »Ein Tauschhandel: Ein gewisser Rifuinus hat im Jahre des Herrn 810 Burgrain an das Bistum Freising übertragen. Hier«, er fand die Stelle und las laut: »*In loco, qui dicitur Purgreini* – das ist Burgrain – *iuxta monasterium qui dicitur Isna ad eundem episcopium pertinentem* ... Und das hier ist wichtig: *in perpetuam possessionem*, also auf immer und ewig. Der Vertrag wurde gültig, sobald der große Kaiser Karl ihn bestätigte. Leider ist uns diese Bestätigung nicht erhalten geblieben.«

Er nickte Rahewin zu, und der breitete ein weiteres Pergament vor ihnen aus.

»Mein Freund Wibald von Stablo, der Abt und Corvey, schickte mir dies«, erklärte Otto. »Die Abschrift einer Urkunde Ludwigs des Frommen für das Kloster Lorsch.«

»Ludwig der Fromme war ein Nachfolger des großen Kaisers Karl«, erklärte Rahewin. »Und wie es aussieht, wird er als letzte fromme Tat Burgrain den Klauen des Vogts entreißen.«

Blanka verstand nicht, wie ein toter Kaiser das bewirken sollte.

»Eine Vorlage von Karl selbst wäre noch besser«, meinte Otto. »Aber wir wollen wegen weniger Jahre nicht so streng sein. Ich sagte vorhin, ich könnte nicht beweisen, dass Burgrain mir gehört. Es sei denn ...«

Rahewin grinste breit. »Es sei denn, wir helfen nach«, vollendete er.

Blanka erstarrte. Sie sah den Bischof an, doch sein Gesicht war unbewegt. Er meinte es ernst.

»Wir können die verlorene Urkunde wiederherstellen«, erklärte Otto. »Wibald schickt uns hier eine Abschrift aus der Zeit, die wir brauchen. Sie kann als Vorlage dienen – für eine Erklärung des Kaisers, dass die Übereignung Burgrains rechtens ist.«

»Wir nehmen ein schönes altes Pergament«, meinte Rahewin eifrig. »Davon gibt es genug hier, man muss es nur abschaben. Wenn man die Tinte in der prallen Sonne trocknen lässt oder sie Schmutz und Feuchtigkeit aussetzt, wirkt sie schnell abgenutzt. Du müsstest nur ins Reine schreiben, was wir dir vorlegen. Mit den Buchstaben, die man zur Zeit Kaiser Karls und seiner Söhne verwendete. Ich weiß, du hast die Kunst der alten Schriften nicht gelernt. Aber ich kenne niemanden, der eine Minuskel so gut nachmalen kann wie du. Nicht einmal ich vermag das.«

Blanka starrte aus dem Fenster und fühlte dankbar, wie der Wind ihr Gesicht kühlte. Unter sich konnte sie die Schindeldächer der Bürgerstadt sehen. Von hier oben wirkte das Gewirr der Gassen und hölzernen Außentreppen so verschlungen wie ihre Zukunft. Jetzt begriff sie, weshalb Otto von ihrer Schrift so angetan gewesen war. Sie wusste nicht einmal, ob es ein Verbrechen war, eine Urkunde zu fälschen, und welche Strafe darauf stand. Der Münzfälscher fiel ihr ein, der vor ein paar Jahren in Freising gehängt worden war. Das Bild seines Gesichts mit der heraushängenden Zunge hatte sie nächtelang verfolgt.

»Zuerst müsstest du die alten Schriften gründlich studieren. Hier, sieh es dir an! Diese alte Minuskel ist runder, als man heute schreibt.« Rahewin ließ sie das Pergament betrachten.

»Niemand wird etwas ahnen«, beruhigte er sie. »Der Rotkopf erkennt bestenfalls sein Bier, aber die Unterschiede der verschiedenen Minuskeln auf gar keinen Fall.«

»Aber wird er nicht Verdacht schöpfen, wenn plötzlich eine Urkunde auftaucht, die wir so gut brauchen können?«

Rahewin lachte. »Warum denn? Er wird niemals auf den Gedanken kommen, dass man so etwas fälschen kann. Früher hat das auch niemand getan. Erst das Wormser Konkordat zwingt uns dazu. Aber bis der Rotkopf und sein Vater das begreifen, werden sie auf dem Sterbebett liegen.«

Ein unglaublicher Verdacht kam Blanka. »Was willst du damit sagen?«, fragte sie wachsam.

Die beiden Männer sahen sich an. Ein unerwartetes Lächeln zuckte um Ottos Lippen, wie früher, auf dem Kreuzzug. »Ganz recht«, meinte er. »Das wäre nicht die erste Urkunde, die wir ... schreiben lassen.«

»Bisher hat der Rotkopf getobt, gedroht oder ist einfach darüber hinweggegangen – aber er hat nie Verdacht geschöpft«, kicherte Rahewin hämisch. »Und das, obwohl der Schreiber nicht annähernd so gut war wie du.«

»Du tust nichts Unrechtes«, meinte Otto. Zum ersten Mal, seit sie eine Frau war, sah er ihr direkt ins Gesicht wie damals, als Kind. »Es ist der Rotkopf, der sich mit Gewalt meine Güter aneignet. Du hilfst dem Recht nur ein wenig nach.«

Blanka atmete tief durch. Sie war es nicht gewohnt, Entscheidungen selbst treffen zu müssen. Doch mit dem Weggang ihres Vaters war alles zusammengebrochen, was sie in ihrem Leben an Sicherheit gekannt hatte.

»Ich sagte, ich würde dir eine Waffe gegen deine Feinde in die Hand geben«, drang die Stimme des Bischofs in ihr Bewusstsein. »Allerdings solltest du eines wissen: Wer Wind sät, kann Sturm ernten. Ziehe niemals ein Schwert, wenn du nicht bereit bist, es zu benutzen.«

Blanka konnte ihre Unruhe nicht verbergen.

»Ich erwarte deine Antwort nicht heute.« Ihr Herr nickte ihr zu. »Die Schergen des Rotkopfs treiben sich zur Zeit weiter im Süden herum, das verschafft uns etwas Zeit. Geh zurück nach Neustift. Und antworte mir am Sonntag, nach dem Hochamt im Dom.«

Aufgewühlt machte sich Blanka auf den Rückweg. Ein Bauer ließ sie auf seinen leeren Milchkarren aufsteigen. Oben saß schon ihre Freundin Hildegard, die zur Mühle wollte. So hatten sie ein Stück weit denselben Weg. Hildegard war sofort mit der großen Neuigkeit herausgeplatzt: Sie würde heiraten. Eine Weile sprachen sie über den Bräutigam, den jungen Sebastian. Dann besann sich Hildegard, warf ihren hellblonden Zopf zurück und erkundigte sich besorgt nach Blanka. Sie hatte schon gehört, was mit dem Vater geschehen war, schließlich war sie nur ein paar Häuser weiter aufgewachsen. Früher hatten die beiden Mädchen sich in den Grubenhäusern versteckt, wenn ihre Brüder mit Erbsen auf sie geschossen hatten – oder sie selbst auf ihre Brüder. Erleichtert, bei einer Freundin zu sein, erzählte Blanka ihr auch von Ortolf.

»Das muss dir schlimm zusetzen. Du siehst aus wie halb verdaut und wieder ausgespien«, meinte Hildegard. Mitleidig musterte sie Blanka. Unter ihnen rumpelten die hohen Räder über den Waldweg, es roch nach Bärlauch und feuchter Erde. »Bist du sicher, dass er abgereist ist?«

Blanka zuckte die Achseln. »Ich glaube schon. Er hat sich nicht einmal verabschiedet. Vielleicht bereut er, dass er mich küssen wollte.« Sie wies auf die Narbe an ihrer Wange.

»Dann ist er ein Narr, und mit Narren gib dich nicht ab«, riet ihre Freundin trocken. Sie hatten die Abzweigung erreicht, wo es zur Mühle ging, und Hildegard sprang vom Wagen. »Vergiss nicht, am ersten Sonntag im Mai ist die Hochzeit«, rief sie noch. »Wenn du nicht kommst, lasse ich dir einen Schadenszauber schicken, dass dir Hören und Sehen vergeht!«

Blanka winkte ihr nach, dann lehnte sie sich zurück und blickte in die Baumwipfel über ihr. Der Föhn streichelte ihr Gesicht, weiße Wolken zogen nach Norden. Ihre Lippen begannen zu zittern. Sie konnte sich nicht länger einreden, Ortolfs Auftreten habe sie nur ein wenig geblendet. Die Wahrheit war, dass sie ihn vermisste. Die Sehnsucht nach ihm zerriss sie fast, dann fragte sie sich wieder, ob er nur mit ihr gespielt hatte. Er machte sie stark und unsicher zugleich. Es machte sie fast verrückt.

Unvermittelt hielt der Eselskarren an.

»Was ist?«

Der Bauer bekreuzigte sich mit seinen abgearbeiteten Händen und deutete auf die Straße. »Jesus Maria! Ist das ein Mönch von Neustift?«

Am Boden lag eine zusammengekrümmte Gestalt. Hastig sprang Blanka vom Wagen. Der Bauer hatte recht, es war die Kutte eines Prämonstratensermönchs. Sie lief zu ihm und beugte sich über ihn.

»Bruder?«

Schmutzige Finger mit abgebrochenen Nägeln schlossen sich um ihren Arm. Blanka schrie erschrocken auf und versuchte sich loszureißen, doch der Mann hielt sie fest. Sie schlug seine Kapuze zurück. Es war ein verwahrloster Bursche mit gebrochener Nase.

Ein Straßenräuber, jagte es ihr durch den Kopf. Er musste hier gelauert haben, aber es war ihr ein Rätsel, wie er an den Habit eines Mönchs kam. Wütend wehrte sie sich, doch vergeblich.

Mit einer Hand zwang der Mann ihr die Arme auf den Rücken, so grob, dass ihr vor Schmerz die Luft wegblieb. Der Bauer wollte seinen Esel antreiben, aber der Straßenräuber drückte Blanka an den Karren und bedeutete ihm mit vorgestrecktem Dolch anzuhalten.

Der Hufschlag näherte sich vollkommen überraschend. Ehe der Dieb im Gebüsch verschwinden konnte, hatte ein Trupp von vier oder fünf Rittern sie umringt. Der Anführer trieb sein Pferd so dicht heran, dass der Straßenräuber umgeworfen wurde.

»Die Waffe weg!«, herrschte der Reiter ihn an. Die Stimme erinnerte Blanka an jemanden, aber durch den geschlossenen Helm klang alles verzerrt. Das schwarz-silberne Waffenhemd des Anführers streifte sie, und sie spürte den warmen Leib seines Pferdes. Der Straßenräuber wagte keinen Widerstand und ließ den Dolch fallen.

Keuchend ordnete Blanka ihre Kleider.

»Vergelts Gott, Herr!«, stieß der Bauer hervor. Er lief zum Pferd des Anführers und küsste ihm die Hand. »Wenn Ihr nicht wärt, tät man sich nicht mehr auf die Straße wagen.«

Überrascht sah Blanka auf. Dass die Bauern die Schergen des Wittelsbachers liebten, davon hatte sie nichts gewusst.

»Schon gut«, erwiderte der Ritter beiläufig. »Es ist unsere Pflicht, den Landfrieden durchzusetzen. Sag dem Bischof, wir hätten es damit noch leichter, wenn uns seine Männer nicht ständig im Weg wären.«

Er hob den schwarz-silbernen Schild, und erst jetzt erkannte Blanka das Wappen, das daraufgemalt war. Es war der Kelch.

Einen Herzschlag lang war sie unfähig, ihr Erschrecken zu verbergen. Das Zeichen der Brüder Kopf!

Der schlanke Mann im Sattel warf einen Blick unter dem Visier um sich. Blanka kämpfte um ihre Fassung. Er hatte sie nie gesehen und konnte nur aus Beschreibungen wissen, wie sie aussah. Der Schleier verbarg ihr Haar fast völlig und ließ sie älter wirken. Vorsichtig zog sie das Kinnband über die verräterische Narbe.

Der Bauer packte seinen störrisch brüllenden Esel und zerrte ihn weiter. Sie wollte auf den Karren steigen, aber der Ritter mit dem Kelch hielt sie auf. »Ihr nicht, Blanka von Burgrain! Euretwegen bin ich hier.«

Blankas Herzschlag setzte aus.

»Was machen wir mit ihr?«, fragte einer.

»Lass das Othos Sorge sein«, meinte ein anderer, und alle lachten. »Ich habe ihn noch nie in Verlegenheit gesehen, was er mit einem Weib tun soll.«

Blanka senkte die Lider, um ihre Panik zu verbergen. Krampfhaft bemühte sie sich, das Zittern ihrer Hände zu unterdrücken. Die Männer lachten und flüsterten sich Bemerkungen zu, als errieten sie ihre Gedanken.

»Bertram, Ihr schafft den Dieb nach Freising«, befahl der Anführer.

»Und das Mädchen?«

Er zögerte kaum merklich. »Bringt sie zur Köhlerhütte.«

Während sie hinter einem seiner Männer auf dem Pferd saß, versuchte Blanka, einen Blick in Othos Gesicht zu werfen. Aber er nahm den Helm nicht ab, der Sehschlitz ließ nicht einmal erkennen, ob die Augen hinter dem Visier hell oder dunkel waren. Er hatte sie also gesucht. Ein Mann, der für seine Gerissenheit bekannt war, würde sicher versuchen, mehr herauszuschlagen als nur eine Schändung. Allerdings glaubte sie nicht, dass diese Pläne ihr besser gefallen würden, was immer es auch war.

Sie brachten sie zu einer niedrigen, aus Ästen, Erde und Gras gefügten Hütte am Rande des Moors. Blanka wurde hineingestoßen. Durch das einzige Fenster beobachtete sie, wie die Männer den Pferden die Vorderbeine fesselten, Helme und Rüstungen abwarfen und sich ums Feuer hockten. Dann machte ein Fass Wein die Runde. Der Anführer der Reiter war nirgends zu sehen.

»Lasst uns morgen im Kloster anklopfen«, meinte ein schmächtiges Kerlchen, das sie Graman riefen. Es setzte den Becher ab, und Wein lief ihm übers Gesicht. »Vielleicht haben sie noch mehr Novizinnen wie die!« Gelächter war zu hören, und Blanka zog sich vom Fenster zurück.

Im Dämmerlicht sah sie sich um. Die Hütte war tief in den Boden eingelassen, was Blanka das Gefühl gab, in einem Erdloch zu sitzen. Auf der Bettstatt aus Strohsäcken schlief vermutlich die ganze Köhlerfamilie. Möbel gab es nicht, abgesehen von einer grob gezimmerten Truhe. Unter dem Abzug in der Decke war eine Feuerstelle. Wie die Behausung eines Tieres, dachte sie. Was als Waffe hätte dienen können, war entfernt worden, und draußen hockten die Panzerreiter. Ihre Lage war aussichtslos. Verzweifelt sank sie aufs Bett und stützte den Kopf in die Hände.

Offenbar hatte Otho dem Köhler verboten, mit ihr zu sprechen, denn der Mann und seine Familie waren nirgends zu sehen. Nur eine Frau, vermutlich die Köhlerin, brachte irgendwann Dünnbier und Haferbrei. Er schmeckte fad und wässrig, aber Blanka löffelte, während sie fieberhaft überlegte. Von Kind an hatte sie gelernt, mit unbedachten, groben Männern umzugehen. Othos kalte Selbstbeherrschung machte ihr Angst. Womöglich rührte er sie nicht an, weil sein

Herr sie für sich selbst wollte? Schaudernd stellte sie die Schüssel auf den gestampften Boden. Ihr Hals war wie zugeschnürt.

Die Tür öffnete sich. Verängstigt sprang sie auf. Im Gegenlicht konnte sie den Mann nicht gleich erkennen.

»Herr Otho«, murmelte die Köhlerin unterwürfig und drückte sich an ihm vorbei ins Freie. Er hatte Kettenhemd und Helm abgelegt und trug jetzt einen Mantel, dessen Kapuze er tief ins Gesicht gezogen hatte.

»Ich wollte mich überzeugen, ob es Euch an nichts fehlt«, sagte Otho Kopf.

Blanka fuhr zusammen. Niemals würde sie diese Stimme vergessen. Sie wusste, wer er war, noch ehe er die Tür hinter sich schloss und den Mantel ablegte.

»Ortolf«, flüsterte sie.

7

Einen unendlichen Herzschlag lang betrachtete sie ihn. Dunkle Schatten lagen auf seinen Lippen und Wangen, das braune Haar fiel feucht und wirr auf eine kniclange Tunika. Die seitliche Schnürung betonte die Hüften, Borten am Oberarm hoben die Schultern hervor, und im Halsausschnitt war seine nackte Brust zu sehen. So sehr sie sich nach seinem vertrauten Anblick gesehnt hatte, so fremd war er ihr auf einmal.

»Ihr seid Otho Kopf?«, brach sie das Schweigen.

»Ich hätte es Euch sagen müssen. Ortolf ist Otho – derselbe Name. Meine Mutter nannte mich Ortolf, aber mein Vater wollte, dass ich wie der Pfalzgraf gerufen würde.«

»Ihr sagtet, Ihr kämt aus der Gegend von Nürnberg.«

»Das ist die Wahrheit. Ich bin dort geboren. Mein Vater war ein Gefolgsmann Kaiser Heinrichs. Nach dessen Tod suchte er einen neuen Gönner und fand ihn im Wittelsbacher.« Er kam näher, aber sie wich zurück.

»Und nun wollt Ihr mich Eurem Herrn ausliefern, damit er mein Erbe an sich bringen kann?«, schrie sie.

»Ich Euch ausliefern?« Er war so verblüfft, dass es ehrlich wirkte.

Beschämt und verwirrt schwieg Blanka.

»Ich wusste, dass Ihr in Neustift seid«, sagte er endlich. »Ja, ich hatte den Auftrag, Euch von dort zu entführen. Natürlich ahnte ich nicht, dass Ihr im Hospiz wart. Ich wurde an der Mauer überrascht und musste fliehen. Im Nebel konntet Ihr es nicht sehen, aber es waren keine Panzerreiter, die mich verfolgten, sondern Eure Ritter. Ich hätte mich fast verraten, als Ihr mich einließt und Eure Mitschwester Euren Namen nannte. Wie hätte ich Euch die Wahrheit sagen können? Ich war verletzt und brauchte Hilfe. Und dann ...«, er unterbrach sich. In seinen Augen lag ein so unverhohlenes Begehren, dass sie es wie einen brennenden Stich spürte. Blanka wandte den Kopf zum Fenster. Sie konnte ihn nicht ansehen.

»Ich diene meinem Herrn, so wie Ihr Eurem«, fuhr er fort. Blanka hätte ihn am liebsten angeschrien, endlich zu schweigen. Zu vertraut war ihr diese warme dunkle Stimme, zu beängstigend, was sie in ihr weckte. »Ihr wisst so gut wie ich, dass ich dieses Band nicht zerschneiden kann. Ich habe Euch gesucht. Aber jetzt ...« Die Worte kamen zögerlich über seine Lippen. »Jetzt weiß ich nicht, was ich tun soll.«

Wie er es sagte, klang es, als meinte er es auch so. Aber er war nicht irgendein Mann, sondern der gefährlichste Krieger ihrer Feinde. Gewaltsam musste sie sich ins Gedächtnis rufen, was man über ihn sagte.

»Wir stehen auf verschiedenen Seiten«, kam er ihr zuvor. »Aber ich schwöre, dass ich nicht das bin, wofür mich viele halten.«

Wider Willen blickte sie verstohlen zu ihm. Drei Jahre hatte Blanka im Gefühl gelebt, Gott habe an ihr seine Gnade bewiesen. Weltliche Wünsche hatten im Kloster keinen Platz, und nie hatte ihr ein Mann gesagt, dass er sie begehrte. Eine Heilige wurde so wenig umworben wie eine vom Aussatz entstellte Fratze.

Ortolf kam heran und berührte mit den Fingern ihre Wange, dann ihre Lippen. Unter den dunklen Wimpern glitten seine Blicke über ihren Hals auf die Schultern, die sich unter der grobgewebten Tunika abzeichneten, dann weiter auf ihre Brüste.

»Lass mich!«, flüsterte Blanka. So oft sie sich nach seiner Berührung gesehnt hatte, so wenig ertrug sie jetzt diese Nähe.

Er gehorchte, aber er trat nicht zurück, sondern stützte den Arm neben ihrem Kopf an die Wand. Im Halbdunkel wirkten seine Augen größer. »Hast du Angst?«

Blanka war sich nicht sicher. Aber es war nicht er, den sie fürchtete. Jahrelang verleugnete Sehnsüchte bedrängten sie. Hundertmal hatte sie in der Kirche auf den Knien vergeblich dagegen angekämpft. Alles in ihr schrie danach, ihn zu berühren. Langsam schüttelte sie den Kopf.

Ortolf schob ihren Schleier zurück und ließ ihn zu Boden gleiten. Dabei streifte er ihren Hals, und sie stieß einen unterdrückten Laut aus. Aber sie tat nichts, um ihn zu hindern. Er legte die Hand auf ihre Hüfte und küsste sie.

Ihre Lippen öffneten sich. Sie hatte nicht geahnt, was eine bloße Berührung in ihr zu wecken imstande war. Seine unrasierte Haut war warm, und sie sog den Duft von Torf und feuchter Erde ein, der darauf lag. Zögernd erwiderte sie den Kuss, unsicher zuerst, dann leidenschaftlicher. Sie wollte mehr.

Als sie die Arme um seinen Nacken legte, spürte sie das Zittern, das durch seinen Körper lief. Ortolf schob sie an das Flechtwerk der Wand. Der trockene Lehm in ihrem Rücken bröckelte unter der ungebändigten Kraft, mit der er sich an sie drängte. Seine Finger glitten über ihre Brüste, ihren Bauch und auf ihre Schenkel, weckten ihren Körper. Wo er sie berührte, steigerte sich die schmerzhafte Sehnsucht zu einem unstillbaren Hunger. Blanka vergrub die Hände in seinem Haar. Selbst wenn sie gewollt hätte, hätte sie nicht mehr zurückgekonnt.

Ortolf löste ihr Haar und legte es offen über ihre Schultern. Langsam streifte er ihr die Tunika ab. Als sie nackt vor ihm stand, überfiel sie Scheu. Noch nie hatte sie einem Mann erlaubt, sie so zu sehen.

Mit einem unbeherrschten Laut drängte er sie zum Bett. Unter ihr kratzte der Strohsack auf ihrer Haut. Während er seine Kleider abwarf, erkundete Ortolfs Mund ihren Körper, so gierig, dass sie hemmungslos aufstöhnte. Das wild pochende Verlangen ließ sie alles vergessen, was man ihr je über Keuschheit gesagt hatte.

Blanka hatte Schmerz erwartet, als er sich in sie schob, aber es war wie eine weitere Liebkosung. Er beugte sich über sie, und im Halbdunkel erwiderte sie sein Lächeln. Um das kraftvolle Spiel seiner Lenden stärker zu spüren, schlang sie die Beine um ihn. Ihr schwerer

Atem vermischte sich mit seinem, und jeder Stoß steigerte ihr Begehren weiter. Die Lust überwältigte sie mit einer solchen Gewalt, dass sie zu ertrinken glaubte. Ein Zittern durchlief sie, dann sank sie atemlos zurück.

Über ihr stützte Ortolf keuchend den Oberkörper auf die Arme und starrte sie an. Eine verschwitzte Strähne fiel ihm in die Stirn und bewegte sich mit seinem stoßweise gehenden Atem. Im rötlichen Zwielicht schob sich einen Herzschlag lang ein ungläubiger Ausdruck in seine Augen.

Über dem Moor dämmerte der Morgen. Weiße Föhnwolken trieben träge am Himmel, und der Duft des lange ersehnten Frühlings lag in der warmen Luft.

Die Köhlerhütte war ganz von glitzernden Tauperlen bedeckt. Jetzt bei Licht sah man, dass sie nicht weit von der Stadtmauer lag. Nur das weiß schäumende Band der Isar trennte sie vom Domberg. Das Feuer war erloschen, auf Decken schnarchten die Ritter den Rausch des gestrigen Abends aus. Verschlafen knotete die Köhlertochter ihr Kopftuch im Nacken. Während sie die Ziege molk, sah sie verstohlen zur Hütte. Zum ersten Mal hatte sie belauscht, wie ein edler Herr es trieb. Leider hatte der Vater sie erwischt und verprügelt. Doch vermutlich würde er sich sein Schweigen von der unkeuschen Nonne in barer Münze bezahlen lassen.

Etwas berührte Blankas Lippen. Schlaftrunken lächelte sie und drehte den Kopf, ohne die Augen zu öffnen. Es kitzelte, als würde jemand mit einer Feder über ihre Haut streifen, über ihren Hals, zwischen den Brüsten entlang und auf einmal am Ohr. Sie musste lachen und schlug die Augen auf.

Das Halbdunkel in der Hütte betonte die Muskeln an Ortolfs nacktem Oberkörper. Sein Haar fiel auf sie, wieder ließ er die Blume über sie gleiten.

Lachend griff sie danach. Es war eine Osterluzei, mit kleinen verschiedenfarbigen Blüten, als könne sie sich nicht entscheiden, ob sie rosa oder blau blühen wollte. Blanka ließ die Hand auf das Lager sinken und wurde ernst. »Was haben wir getan?«, flüsterte sie.

Er verschloss ihr den Mund mit einem Kuss. Sie hatte das Gefühl, alles stärker wahrzunehmen als vorher: die Bewegungen der Muskeln in seinem Rücken, seine Hände, die ihr Haar zerwühlten, seine warmen Lippen auf ihrer Haut. Für ihn war es sicher nicht das erste Mal, aber sie war in dieser Nacht zur Frau geworden. Auf einmal spürte sie einen Stich und stieß einen Schmerzenslaut aus.

Ortolf hielt inne. »Was ist?«

»Eine Wanze!«

Er lachte leise. »Das Bett ist voll davon. Aber das war es wert.«

Tatsächlich, auf seinen Oberarmen und auf der Brust waren rote Stellen. Seine Haut schimmerte im goldenen Licht, das durch die Flechtwände fiel. Langsam ließ sie ihre Hand auf seine Hüfte gleiten und spürte die verhaltene Kraft in seinem Körper. Sie wünschte, er würde sie noch einmal nehmen.

»Mach dir keine Sorgen. Auch auf Wartenberg gibt es Priester, die uns verheiraten können«, lächelte er. »Keiner von ihnen würde es wagen, mir etwas abzuschlagen. Und Otto wird sich schon damit abfinden.« Er wollte sie wieder küssen, aber sie wich ihm aus und setzte sich auf. Verzweifelt fuhr sie sich übers Gesicht. Was würde ihr Herr von ihr denken, wenn er von dieser Nacht erfuhr!

»Du kennst ihn nicht«, stieß sie hervor. »Er ist entschlossen, den Ruf der Wittelsbacher zu vernichten. Weißt du, was er in seiner Chronik schreibt? Straßenräuber und Diebe, so nennt er euch.« Sie wollte aufstehen, aber Ortolf hielt sie zurück.

»Was sagst du?« Blanka sah ihn wortlos an, und er nahm sie in die Arme. »Komm mit mir«, beschwor er sie. »Auch wenn es niemand so nennt, wir liegen schon in Fehde mit Otto. Davor habe ich keine Angst. Ich kann dich vor ihm beschützen.«

»Ich liebe dich«, flüsterte sie. »Aber ich schulde Bischof Otto mehr als jedem anderen auf dieser Welt. Wenn ich ihn verrate, bringe ich Schande über meine Familie. Und mein Bruder ... Dein Herr würde ihm Burgrain wegnehmen, und Rupert würde eher sterben, als es aufzugeben. Ich habe Angst um ihn.«

»Es wird einen Weg geben«, meinte Ortolf und erhob sich. In seinen Augen lag Zärtlichkeit, aber auch eine beängstigende Entschlossenheit. »Es muss.«

Beunruhigt zog Blanka das Laken über die Brust und beobachtete, wie er seinen Bliaut überwarf. Ortolf verknotete die Schnüre an der Seite, band den langen Gürtel um den Leib und griff nach Handschuhen und Schwert. »Und wenn du in Ottos Dienste trittst?«, fragte sie plötzlich.

Verblüfft starrte Ortolf sie an. Dann warf er den Kopf in den Nacken und stieß einen trockenen Laut aus. »Weißt du, was du da verlangst?«

Sie hatte diese Antwort erwartet. Das Band zwischen einem Ritter und seinem Lehnsherrn war das stärkste, das es gab. Wer es brach, verlor seine Ehre. Kein Mann würde das tun, auch nicht für eine Frau.

Er zögerte, dann stellte er das Schwert an die geflochtene Wand und kam zurück. Langsam ließ er die Finger durch ihr goldbraunes Haar gleiten. Seine unrasierten Lippen zuckten, als wollte er sie wieder küssen. »Ich kann nicht, Blanka.«

Von ihr verlangte er, was er selbst nicht einmal zu denken bereit war. Traurig, aber entschlossen erwiderte sie: »So wenig wie ich.«

Ortolf schien mit sich zu kämpfen. »Du hast bei mir geschlafen«, sagte er endlich rau. »Dir muss doch klar gewesen sein, was es bedeutet, wenn du mich nicht heiratest.«

Fassungslos blickte sie auf. War das eine Drohung? Er hatte ihr die Unschuld genommen. Wenn das bekannt wurde, durch ihn oder seine Leute, verlor sie ihre Ehre und die Zuflucht im Kloster. Dann blieb ihr kaum eine Wahl, als ihn zu heiraten.

»Hast du es deshalb getan? Wolltest du mich zwingen, dein Weib zu werden?«, fuhr sie ihn an. »Um mich gegen meine eigenen Leute auszuspielen?« Wütend sprang sie auf und suchte ihre Kleider. Ein guter Teil dieser Wut galt ihr selbst. Wie hatte sie so töricht sein können, einem Mann wie ihm zu vertrauen! Als sie die kratzige Nonnentunika überwarf, wurde ihr vollends klar, wie unwiderruflich das war, was sie getan hatte.

Ortolf ließ sich aufs Bett sinken. Beunruhigt hielt sie inne und wartete.

»Wir greifen Burgrain an – heute noch«, gestand er. »Der Angriff ist geplant, seit Bischof Otto deinem Bruder das Lehen gegeben hat.«

Blanka starrte ihn an. Das hatte er die ganze Zeit gewusst! Es schnürte ihr die Kehle zu, als sie auf sein wirres langes Haar sah und daran dachte, wie sie es gestern zerwühlt und auf der nackten Haut gespürt hatte. Seine wunderschön geschwungenen Brauen über ihr, seine Lippen auf ihren. Sie war so glücklich gewesen.

»Glaubst du, es macht mir Vergnügen?«, fuhr er sie an. »Aber ich habe einen Eid geschworen, den ich nicht brechen kann. Ich habe gehofft, es verhindern zu können! Wenn mein Herr mit unserer Verheiratung rechnen könnte ...«

Blanka wusste, dass er die Wahrheit sagte: Er hatte keine Wahl. Trotzdem war es unerträglich. So nahe sie sich gestern gewesen waren, so fern erschien er ihr jetzt. »Du drohst, meinen Bruder umzubringen und mich als Hure bloßzustellen, wenn ich mich nicht füge?« Verächtlich spuckte sie vor ihm aus. Am liebsten hätte sie ihm ins Gesicht geschlagen.

Ortolf erhob sich. In dem ungewohnten Bliaut wirkte er fremd und feindlich. »Gut«, meinte er. »Ich hätte dich lieber wie eine Frau von Stand behandelt, doch du zwingst mich, mit dir umzugehen wie mit einem Mann. Du wirst hierbleiben, zwei meiner Leute werden dich bewachen.«

Ohne ein weiteres Wort drehte er sich um und bückte sich unter der niedrigen Tür hindurch. Draußen rief er seinen Rittern einen Befehl zu, die sich eben erst verschlafen aus ihren Decken schälten. Dann schwang er sich auf seinen Braunen.

»Der Pfalzgraf wird alle Psalmen singen, wenn er das hört«, lachte der Mann, den er angesprochen hatte. »Zuerst das Mädchen zu pflücken und jetzt die Burg! Gott sei mit Euch!«

Ortolf winkte zornig ab. Er gab seinem Pferd so heftig die Sporen, dass es stieg. Dann galoppierte er davon.

Hasserfüllt sah Blanka ihm nach. Er täuscht sich, dachte sie. Wenn er Krieger gesammelt hat, muss er sie erst in Marsch setzen. Die beiden Narren da draußen waren bewaffnet, aber noch benommen vom Wein. Es musste ihr gelingen, zu entkommen und Bischof Ottos Ritter nach Burgrain zu schicken!

8

»Darauf lasst uns trinken!« Rupert von Burgrain hob den Tonbecher und stürzte den warmen Met in einem Zug hinunter. Er saß mit Rudiger von Diemating im Meierhof von Burgrain. Hier war es wärmer als in der Burg, und Felle, Scherenstühle und Truhen machten den Raum wohnlich. Besorgt horchte Rupert immer wieder hinaus. Doch man hörte nur die Mägde im Hof lachen. Aus der Schmiede klang das rhythmische Klirren, und vom Backhaus wehte Brotduft herein. Zwischen den dichtbewaldeten Hügeln schienen der Ort und das benachbarte Stift Isen einsam. Rupert war dennoch auf Angriffe aus Wartenberg vorbereitet. Der Meierhof lag auf einer von einem Graben umgebenen künstlichen Erhebung und war mit Palisaden umfriedet. Dahinter ragte die aus Pfosten und gewaltigen Spaltbohlen errichtete Motte auf, die Turmburg. Sie bestand nur aus Waffenkammer und Notunterkünften in den oberen Stockwerken; ein zugiges Vogelnest, das Rupert hoffentlich nicht so bald brauchen würde.

»Wann werdet Ihr Eurer Schwester den Beschluss mitteilen?«, fragte Rudiger und wischte sich den Met aus dem Mundwinkel. Wie ein hoher Herr benutzte er den Handrücken dazu.

»Ich lasse sie in den nächsten Tagen herholen«, erwiderte Rupert. Er kämpfte gegen ein schlechtes Gewissen an, weil er Blanka nichts von seinen Verhandlungen erzählt hatte. Aber Frauen waren zum Heiraten da, nicht dazu, Entscheidungen zu treffen. Und er musste seine Stellung sichern. Ausgiebig musterte er seinen künftigen Schwager. Das lange braune Haar hätte Rudiger waschen können, man merkte, dass er keine Frau im Haus hatte. Aber das konnte man ändern, und sonst war er ein guter, ansehnlicher Mann, der mit Mitte zwanzig nicht alt war. Blanka würde mit ihm glücklich sein.

»Mein Weib, Gott hab sie selig, starb noch im ersten Ehejahr«, sagte der Diematinger. »Sie war erst siebzehn, das furchtbare Hustenfieber vor zwei Jahren. Ich bin der Letzte meines Stammes, ich muss endlich einen Erben zeugen.«

»Macht Euch darum keine Sorgen!« Da keine Frau zugegen war, konnte Rupert reden, wie es unter Männern üblich war. »Ihr seid jung, und Blanka ist gesund und leidlich hübsch. Es wird Euch nicht schwerfallen, sie oft zu besteigen.« Er lachte laut, und Rudiger stimmte ein.

»Zum Geschäft«, lenkte Rupert das Gespräch auf das Wichtigste. »Es bleibt bei dem vereinbarten Muntschatz. Im Gegenzug verschafft Ihr mir die Hand der Erbtochter von Kammer. Ihr Vater ist zu den Wittelsbachern übergelaufen, so können wir das Gut zurückholen.«

Rudiger setzte zu einer Antwort an, als die Tür aufflog und krachend gegen die Wand schlug.

»Die Panzerreiter, Herr!«, brüllte der Waffenknecht. »Eine ganze Streitmacht, sie greifen uns an!«

Kreischend rannten die Mägde durcheinander. Rupert brüllte den Knechten Befehle zu, die Frauen in die Motte zu bringen. Rudiger half, die scheuenden Pferde im Hof zu bändigen. Die Tiere spürten die Gefahr, ihr schrilles Wiehern mischte sich in die Schreie des Gesindes, das verängstigt Zuflucht hinter dem Burgwall suchte. Rupert erreichte den Palisadenzaun.

Panisch rannten einige Waldarbeiter auf die schützende Umfriedung zu. Sie hatten die letzten Baumstümpfe erreicht und näherten sich über den Streifen Land, der um die Burg gerodet war. Als sie durch den Schlamm auf den Burggraben zurannten, spritzte der Boden unter ihren Füßen. »Das Tor auf!«, brüllte Rupert.

Schwerfällig öffneten sich die eisenbeschlagenen Flügel, und die Waldarbeiter hetzten herein.

Reiter in Blau und Gold, den Farben der Wittelsbacher, brachen zwischen den Rotbuchen hervor. Der Anführer ritt dicht an den Hügel.

»Ich bringe Euch ein Angebot meines Herrn!«, rief er hinauf. »Ihr habt ihm die schuldige Treue verwehrt, aber er will Euch verzeihen. Vorausgesetzt, Ihr übergebt uns Burgrain.«

Das Pferd des Mannes musste aus der Zucht der Wittelsbacher stammen. Es war ein großes Tier, schnell und wendig. Über dem üblichen Kettenhemd und Waffenrock mit Kreuz und Zackenband der Wittelsbacher trug er einen geschlossenen Helm. Diese neuartige Panzerung machte die Kämpfer nahezu unbesiegbar. Rupert erkannte den Kelch auf dem Schildzeichen – einer der Brüder Kopf. Der Wind fuhr zwischen den oben angespitzten Pfählen hindurch und peitschte seine Haut. Trotzdem begann er zu schwitzen. Allein einem der Brüder Kopf gegenüberzustehen war eine Herausforderung, der sich der junge Mann alles andere als gewachsen fühlte.

»Das muss Otho Kopf sein.« Rudiger hielt sich neben ihm an den Palisaden fest, um einen Blick darüberzuwerfen. »Sein Bruder Hartnit ist ein unbedachter Hitzkopf. Er würde nicht verhandeln.«

Die beiden Männer sahen sich an. Rudigers Mund zuckte besorgt. »Seid auf der Hut«, meinte er. »Die meisten Ritter fürchten Hartnit Kopf mehr, weil er groß und kräftig ist. Aber sein Selbstvertrauen macht ihn leichtsinnig. Otho hingegen hat die Gerissenheit ihres Vaters geerbt. Und beide haben denselben rücksichtslosen Ehrgeiz.«

Die soliden Pfähle gaben Rupert etwas Sicherheit. »Euer Angebot gefällt mir nicht!«, erwiderte er an Otho gewandt.

»Täuscht Euch nicht!«, schrie Rudiger hinab. »Wir haben genug Leute. Und Ihr habt kein Recht, eine solche Forderung zu stellen!«

Der Gepanzerte lachte. »Sagt Eurem Bischof, ehe er hierherkam, hat sich niemand beschwert. Und nun macht Euch davon, Rudiger«, riet er höhnisch. »Sonst komme ich noch auf den Gedanken, Euch abzustechen. Wenn Ihr auf dem Schlachtfeld so viel zustande bringt wie im Ehebett, seid Ihr ohnehin keine Herausforderung für mich!«

Der Diematinger riss das Schwert aus dem Gürtel. Rupert zerrte ihn hinab in den Schutz der Palisaden und schrie ihn an: »Er will Euch reizen, merkt Ihr das nicht?«

Keuchend starrte Rudiger ihn an. Seine Augen traten zornig hervor, und die Brauen waren zusammengezogen. Doch er stieß das Schwert wieder in die Scheide.

»Ruft die Bogenschützen!«, zischte Rupert. »Sie werden uns keine Zeit geben!«

Außer Atem liefen die beiden Männer zur Motte und kletterten die Leiter hinauf, die außen am Turm angelehnt war.

Ortolf war zu seinen Leuten zum Waldrand zurückgaloppiert. »Ich verfluche diese eiskalten Kettenhemden«, warf er seinem Bruder zu. »Dabei will Rupert uns die Hölle heiß machen.«

Hartnit stülpte den Helm über die langen dunkelblonden Locken. »Ach was«, erwiderte er großspurig. »Wir werden beide in der Taverne sterben statt in der Schlacht. Ich hoffe nur, dass diese Taverne dann auf meinem eigenen Land steht.«

Ortolf lachte hart auf. »Was man sich wünscht, muss man sich erkämpfen. Ganz gleich ob einen Sieg, Land oder eine Frau.«

Er rief einen Befehl. Einige seiner schwergepanzerten Reiter sprengten los und jagten auf die Motte zu. Oben hoben die Bogenschützen ihre Waffen. Der erste Pfeilschauer regnete auf die Angreifer herab.

»Der Narr!«, lachte Hartnit. »Die Pfeile könnte er sich sparen.«

»Rupert ist unerfahren«, bemerkte Ortolf. Er gab den übrigen Männern ein Zeichen. »Es geht los!«

Sie jagten durch den Wald. In weitem Bogen umritten sie die Motte. Das tote Laub vom letzten Jahr war weich und regennass und verschluckte die Geräusche fast. Als sie die Rückseite der Burg erreicht hatten, hob Ortolf die Hand.

Rauch quoll auf der anderen Seite des Turms auf. Vermutlich ließ Rupert brennende Reisigbündel auf die Angreifer schleudern.

Ortolfs Männer hatten aufgehört zu scherzen. Zwei von ihnen

hoben die Deckel von den Tontöpfen, die sie bei sich hatten. Darin schwelten glühende Kohlen. Die Waffenknechte senkten mit Werg und pechgetränkten Lappen umwickelte Pfeilspitzen hinein. Dann richteten sie ihre Bogen auf die Burg.

Die Verteidiger wurden von dem brennenden Pfeilschauer völlig überrascht. Entsetzte Schreie ertönten. Ein paar Bogenschützen wandten sich in Richtung der Angreifer und machten sie zwischen den Bäumen aus. Ortolf sah, wie sie die Sehnen spannten. Er rief einen Befehl, und die Ritter hoben ihre Schilde.

Die Wucht, die hinter den Pfeilen steckte, überraschte Ortolf immer wieder. Seine Hand krampfte sich um den Griff des Schildes. Sieben- oder achtmal hörte er das harte Geräusch, mit dem die Pfeile abprallten. Er hob den mit Schäften gespickten Schild, um einen Blick zu wagen. In diesem Moment jagte der letzte Pfeil auf ihn zu.

Zischend bohrte sich die Spitze in das Kettenhemd über der Brust. Der Schlag war kurz, aber umso härter. Ortolf verschlug es den Atem, er kippte nach vorn. Hastig tastete er nach seiner Brust, aber er spürte kein Blut. Ein Bogen, dachte er erleichtert, keine Armbrust. Aufatmend brach er den Pfeil ab. Er hatte das Kettenhemd durchschlagen, war aber im darunterliegenden Steppwams stecken geblieben.

Ortolf warf den Schaft weg und blickte wieder hinüber zur Burg. Der Wind wehte ihm Rauch ins Gesicht. »Feuer!«, brüllte er.

Wie um seine Worte zu bestätigen, flog ein brennendes Bündel Reisig über ihn hinweg. Ortolf duckte sich. »Jetzt!«, schrie er. »Und geht auf keinen Fall hinein, ehe ich es befehle!«

Die Reiter sprangen von den Pferden. Schon vor Stunden hatten sie mit Grassoden belegte Schutzdächer für mehrere Männer heimlich hier abgestellt. Unter diesen sogenannten Katzen liefen sie auf die Burg zu. Zischend flogen neue Brandpfeile über ihre Köpfe hinweg. Obwohl Ortolf das Gewicht des Kettenhemdes gewohnt war, keuchte er. Qualm fing sich unter dem Helm und trieb ihm Tränen in die Augen. Er kämpfte gegen den Brechreiz an. Sich unter dem Helm zu übergeben war das Letzte, was er sich wünschte.

Seine Knechte hatten Baumstämme mitgebracht und begannen das Tor zu rammen. Mit rhythmischen Schreien feuerten sie einander an. Ortolf hatte das Gefühl, sich zu verlieren, als er seine Stimme in die rauen Schreie mischte. Er wurde einfach mitgerissen. Die erhitzten Männerkörper streiften aneinander. Der Geruch von Eisen, Tieren und Schweiß erstickte sie fast. Die Stämme prallten auf, donnernde Schläge durchliefen den ganzen Körper. Das Tor schwankte in den Angeln.

»Wir sind drin!«, schrie Hartnit mit schlammbespritztem Visier. Er brüllte einen Befehl, und gefolgt von seinen Männern rannte er auf das Tor zu.

Mit dem Instinkt eines Tieres, der ihm den Ruf der Tücke eingebracht hatte, riss Ortolf das Schwert aus dem Gürtel. »Hartnit, nein! Das ist eine Falle!«

Aschefetzen wurden von der Hitze emporgetragen. Er fluchte, als ein Funke unter seinen Helm geriet und die Haut verbrannte. Schemenhaft konnte er erkennen, wie Hartnits Trupp auf das Tor zurannte. Es wurde von innen aufgestoßen – und schloss sich hinter den Angreifern wieder.

»Verflucht!«

Ortolf ließ die Katze fallen und rannte auf das Tor zu. »Alle Männer zu mir!«, brüllte er mit erhobenem Schwert. »Los, ihr Holzköpfe!«

Die Palisaden waren mit den angespitzten Enden leicht nach außen geneigt. Ortolf warf sich gegen das Tor. Lunge und Hals brannten, ihm war übel, aber er ließ nicht davon ab, sich wie ein Verrückter gegen das Holz zu werfen. Sie würden es aufbrechen, aber es würde dauern. Keuchend spürte er, wie ihm unter dem Helm Tränen über die verschmierten Wangen liefen. Sein Leben lang hatte er sich verpflichtet gefühlt, den jüngeren Bruder zu beschützen. Warum hatte dieser Narr nicht warten können! »Hartnit!«, brüllte er verzweifelt. »Hartnit!«

Als seine Männer das Tor von innen verbarrikadierten, triumphierte Rupert. Rudiger hatte recht gehabt – Hartnit war ein unbedachter Draufgänger. Er ließ sein Pferd tänzeln und richtete das Schwert auf das Häuflein Ritter, das nun im Hof zwischen den Wirtschaftsgebäuden eingekesselt war. »Tötet sie!«
Rudiger packte ihn am Arm. »Wenn Ihr sie am Leben lasst, könnt Ihr sie als Druckmittel einsetzen. Ihr könnt Otho Kopf zwingen, sich zurückzuziehen. Es heißt, er liebt seinen Bruder.«
Ruperts verschmiertes Gesicht unter dem runden Helm zuckte, er blickte zu den Wittelsbacher Kämpfern. Hartnit, erkennbar an seinem Schildzeichen, war der Größte. Wachsam hielt er das Schwert erhoben. Seine Männer, die teilweise die einfachen offenen Helme mit dem eisernen Nasenschutz trugen, sahen sich mit bleichen, verschwitzten Gesichtern an. Der Hitzkopf Hartnit würde wie besessen sein, die Scharte wieder auszuwetzen, dass ihn ein Grünschnabel gefangen genommen hatte. Wenn Rupert ihn am Leben ließ, würde er keinen ruhigen Augenblick mehr haben. Umgekehrt war Wartenberg nicht auf einen Rachefeldzug vorbereitet, sollte Hartnit sterben. Wer eine Burg angriff, musste damit rechnen, getötet zu werden.
Rupert hob das Schwert und sprengte auf Hartnit los.

Ortolf hatte seine Männer weiter die Baumstämme gegen das Tor rammen lassen und war zum Waldrand zu seinem Pferd gehetzt. Wie ein Wilder jagte er nun über den aufspritzenden Marschboden zurück. Als er den Hügel hinaufpreschte, gab das Tor endlich nach und brach auf. Ortolf brüllte eine Warnung und sprengte an seinen Männern vorbei in den Hof.
Die Verteidiger bemerkten sie. Hastig ließen sie von Hartnit und seinen Leuten ab, um der neuen Gefahr entgegenzutreten. Ortolf drosch dem Ersten seinen Schild ins Gesicht und setzte mit dem Schwert nach. Mit einer schnellen Folge von senkrechten Hieben und Stößen arbeitete er sich voran. Im Gedränge der durchgehenden

Pferde drückte ein gepanzertes Bein gegen seines und drohte es zu zerquetschen. Da traf ihn Ruperts Schwert aufs Visier.

Benommen taumelte Ortolf zurück. Der Helm war gegen seinen Wangenknochen geprellt worden. Schmerz jagte durch seinen Nacken und die linke Schulter bis hinab ins Bein. Ohne das geschlossene Visier wäre er tot gewesen.

Rupert wollte den Moment nutzen und ihm den Helm vom Kopf reißen. Mit einem waagrechten Hieb verschaffte sich Ortolf Luft.

»Hartnit!«, brüllte er.

Unvermittelt flohen die Freisinger zurück in die Motte. Offenbar hatte man ihnen eingeschärft, es nicht auf einen verlustreichen Kampf ankommen zu lassen. Ortolf sah zum Wald und begriff: Reiter in Schwarz-Gold brachen aus dem Wald hervor.

Bischof Otto war gewarnt worden. Die Überraschung war misslungen.

»Raus hier!« Abrupt wendete er sein Pferd. Da sah er Hartnit.

»Barmherziger Gott!«

Ortolf sprang aus dem Sattel.

Hartnit lag auf einem herabgestürzten Balken. Man hatte ihm den Helm vom Kopf gerissen, und aus seinem Hals schoss rhythmisch das Blut. Ortolf hatte lange genug gekämpft, um zu wissen, dass es keine Rettung gab.

»Ortolf! Wir müssen uns zurückziehen!«, brüllte einer seiner Leute. Ortolf hörte es nicht einmal, sondern nahm den Kopf seines Bruders in die Arme. »Wer war das? Wer?«, schrie er.

»Rudiger von Diemating«, flüsterte Hartnit stockend. »Und ...« Blut erstickte jedes weitere Wort, er gurgelte und rang vergeblich nach Atem. Tränen rannen unter Ortolfs Helm über seine Wangen, als die Augen seines Bruders brachen.

»Ortolf!«

Langsam schloss Ortolf die Lider des Toten. Er nahm ihm den Dolch aus den Händen und erhob sich.

»Das wird Rudiger büßen«, sagte er leise, aber mit einem gefährlich metallischen Ton in der Stimme. »Ich werde ihn finden, wo immer er sich versteckt. Und auch sein Herr, Otto von Freising, wird dafür bezahlen. Solange ich lebe, werde ich nicht davon ablassen, meinen Bruder zu rächen. Das schwöre ich bei Gott!«

Wenige Stunden später sprengten Panzerreiter durch die aufspritzenden Sümpfe im Moos. Ein Waldbauer duckte sich ins Gestrüpp. Mit dem verwitterten Gesicht und in graubraunen Lumpen war er kaum auszumachen. Die Ritter interessierten sich ohnehin nicht für ihn.

Rudiger von Diemating zügelte sein schweißbedecktes Pferd auf einer Lichtung. Gehetzt blickte er sich um. Der Glanz der sinkenden Sonne fiel auf das Altwasser, das ihm den Weg versperrte. Durch das Brombeergestrüpp an den Seiten war kein Durchkommen. Lianen und tote Äste machten die Wildnis undurchdringlich. Es hatte keinen Sinn.

»Rudiger«, sagte Ortolf, als er langsam heranritt. Auch unter dem geschlossenen Visier war der gnadenlose Hass in seiner Stimme nicht zu überhören. »Ich mache Euch ein Angebot: Nur wir beide. Hier. Und jetzt.«

Keuchend lachte Rudiger auf. »Das wäre kein gerechter Kampf. Mein Pferd lahmt. Ihr habt mir aufgelauert wie Straßenräuber!«

Stumm gab Ortolf einem seiner Männer ein Zeichen. Der Waffenknecht schwang sich vom Pferd, führte es auf Rudiger von Diemating zu und reichte ihm die Zügel. Zögernd kam dieser aus dem Sattel und stieg auf das angebotene Tier.

Der Wind zerrte an Ortolfs Waffenhemd, und seine Hand in dem Kettenhandschuh schloss sich um das Schwert. »Ich könnte Euer Land niederbrennen, um meinen Bruder zu rächen. Aber ich liege nicht in Fehde mit Bauern, also tretet selbst für Euch ein!«

Angst kam in Rudiger auf. Ortolf war entschlossen, Rache zu nehmen, und nur der Tod würde ihn davon abhalten. Es begann zu dämmern. Die Tümpel zwischen den Bäumen färbten sich schwarz, und der Atem der Pferde stieg ihnen wie Nebel aus den Nüstern. Ortolf zog das Schwert.

»Ich kämpfe nicht gegen einen Mann, dessen Gesicht ich nicht sehen kann«, versuchte der Diematinger das Unvermeidliche hinauszuzögern.

Der Gepanzerte stieß einen verächtlichen Laut aus. »Soll ich meine Männer sich bis auf die Bruche ausziehen lassen? Aber meinetwegen – gebt ihm auch einen Helm!«

Die Waffenknechte lachten laut. Einer nahm seinen geschlossenen Helm ab. »Vorsicht«, grinste er. »Wenn man es nicht gewohnt ist, kann man es mit der Angst zu tun bekommen. Man sieht nur wenig und kann kaum atmen.«

»Man sagt, Euer Vater sei ein Bastard des Pfalzgrafen«, bemerkte der Diematinger an Ortolf gewandt. Befangen nahm er den Helm entgegen. »Oder ein Verbannter, der hier Zuflucht gefunden habe. Niemand weiß, woher Eure Familie wirklich kommt.« Langsam stülpte er den Helm über, und alles um ihn herum versank in Schwärze. Durch den schmalen Sehschlitz konnte er kaum etwas erkennen, und er hörte nur noch gedämpft. Das Eisen umschloss sein Gesicht und gab ihm das beklemmende Gefühl, keine Luft zu bekommen. Einen Augenblick musste er Panik niederringen. Wie konnte man damit nur kämpfen?

»Wer kann sich seiner Herkunft schon sicher sein?«, erwiderte Ortolf. Doch unter dem Helm presste er die Zähne aufeinander. »Wisst Ihr, mit welchem Stallknecht es Eure Mutter trieb oder von welchem Pfaffen sie sich gegen Lohn einen Bastard machen ließ?«

Der Diematinger riss das Schwert aus dem Gürtel.

Ortolf lachte und trieb seinen Braunen auf eine Seite der Lichtung. Dem Diematinger blieb kaum etwas anderes übrig, als die gegenüberliegende Seite einzunehmen.

Es war noch hell genug, um den anderen Reiter zu erkennen. Aber da die Pferde beide dunkel waren, würde es schwer sein, die Geschwindigkeit abzuschätzen. Bis zur Mitte mussten es vier oder fünf Galoppsprünge sein. Das Schwert erhoben, zwang Ortolf seinen Hass weit zurück in sein Inneres. Es gab nur noch eins: diesen Zweikampf zu gewinnen.

Ein Funke flog von den Klingen, als sie aufeinandertrafen. Unwillkürlich drehten beide das Gesicht weg. Mit wütender Entschlossenheit fuhr Ortolf herum und führte einen waagrechten Hieb nach dem Kopf. Im letzten Augenblick konnte der Diematinger ausweichen. Die Pferde schnaubten und strebten auseinander. Ohne seinem Gegner Zeit zu lassen, jagte Ortolf wieder auf ihn zu.

Klirrend kreuzten sich die Schwerter. Die kraftraubenden Hiebe wurden durch das Tänzeln der Pferde noch erschwert. Keiner von beiden trug einen Schild, das würde den Kampf schneller entscheiden.

Ortolf führte einen diagonalen Schlag, drehte das Handgelenk und drosch seinem Gegner den eisernen Knauf ins Gesicht. Im selben Moment trat Rudiger gegen sein Bein. Ortolf schrie auf, sein Pferd wich zurück auf den weichen Moorboden. Rudiger versuchte offenbar, ihn in die Sümpfe der Altwässer zu treiben. Während Ortolf das scheuende Tier bändigte, schlug der Diematinger nach seinem rechten Oberschenkel, auf die kaum verheilte Wunde.

Das Kettenhemd hielt das Schlimmste ab, aber auch so nahm der Schmerz Ortolf für einen Moment den Atem. Er rang nach Luft und stürzte aus dem Sattel ins Brackwasser.

Der Diematinger stieß einen Triumphschrei aus. Stöhnend kam Ortolf auf alle viere, dann auf die Knie und schüttelte benommen den Kopf. Das durchnässte Wams unter dem Kettenhemd quoll auf und behinderte ihn zusätzlich. Zitternd vor Kälte tastete er im Farn nach Halt. Seine Rechte klammerte sich um die Waffe.

Der Diematinger hatte das Pferd gewendet. In vollem Galopp jagte er auf ihn zu, um ihm den Kopf abzuschlagen.

Im letzten Moment warf sich Ortolf zur Seite und sprang ihn an. Er bekam die Schwerthand seines Gegners zu fassen. Mit seinem ganzen Gewicht hängte er sich daran und riss Rudiger vom Pferd.

Grimmig umschlungen stürzten beide ins niedrige Wasser. Der Diematinger schlug orientierungslos um sich, vermutlich hatte er Schlamm ins Visier bekommen. Mit einer blitzschnellen Bewegung war Ortolf auf den Beinen und stieß seinem Gegner die Klinge senkrecht ins Herz.

Ein Schwall warmes Blut spritzte auf ihn. Das Schwert löste sich aus der Hand des Diematingers. Dann sank der leblose Körper in den blutigen Morast. Keuchend trat Ortolf zurück. Seine Hand bebte, als er auf die Knie sank und die Stirn an den Schwertgriff legte.

Seine Männer kamen johlend heran, um den Toten aus dem Wasser zu ziehen und Beute zu machen. Ortolf hob die Hand. »Nehmt ihn mit, wie er ist. Wir reiten weiter.«

»Zur Köhlerhütte?«, fragte einer. »Blanka von Burgrain?«

Ortolf zögerte. »Später.« Er ging wenige Schritte zwischen die überschwemmten Bäume. Als er langsam Kettenhandschuhe und Helm abstreifte, erkannte man im Nebel kaum noch seine Umrisse. Er wusch sich das Blut von den Händen, erst danach neigte er auch das Gesicht übers Wasser.

»Seht ihr?«, flüsterte einer der Knechte. In seinem schmutzverschmierten Gesicht stand Furcht. »Es ist, als scheute er sich, sein Spiegelbild im Wasser zu sehen.«

9

»Wenn der Rotkopf erfährt, dass ich dir die Verstärkung geschickt habe, bringt er mich um«, sagte Blanka. Rupert hatte sie in Neustift abgeholt, und hinter ihm sitzend ritt sie zur Sonntagsmesse den Domberg hinauf. Noch immer kämpfte sie mit sich, ob sie die Urkunde schreiben sollte, die ihr Herr von ihr verlangte. Mal war sie verzweifelt genug, es zu wollen. Dann wieder machte sie sich klar, wen sie damit herausforderte. Sie kannte nicht einmal einen Mann, der das gewagt hätte.

Rupert drückte die Hand, mit der sie sich an ihm festhielt. Die Spuren des Kampfes waren ihm anzusehen. Schrammen und Blutergüsse bedeckten Arme und Gesicht. »Ich bin so froh, dass dir nichts zugestoßen ist. Wie hast du es nur geschafft, Ortolf zu entkommen?«

Blanka antwortete nicht sofort. »Seine Leute sind weit weniger klug als er«, erwiderte sie endlich. »Die Tölpel ließen mich zum Waschen an den Fluss gehen.« Bereitwillig hatten sie geglaubt, sie wolle sich für ihren Liebhaber schönmachen. Sie konnte ihrem Bruder nicht sagen, dass sie sich verloren fühlte wie ein steuerloses Schiff. Seit Ortolfs Lippen ihre Haut zum Leben erweckt hatten, wusste sie erst, was es bedeutete, etwas zu spüren. Umsonst bemühte sie sich, ihre Sünde zu bereuen. Blanka konnte nur an eines denken: daran, sie wieder zu begehen.

Sie ritten durch die riesigen Arkaden auf den Domplatz. Der ummauerte Hof vor der Kirche war voller Holzbuden und Zelte, zwischen denen sich buntgekleidete Menschen drängten. Manche Händler hatten einfach nur ein Tuch über vier Pfosten gespannt und ihre Ware am Boden ausgebreitet. Auch Gaukler und anderes fahrendes Volk waren wieder unterwegs. Reiter bahnten sich einen

Weg durch die Menge, unterstützt von ihren Dienern, die auf die Passanten einschlugen. Vergeblich allerdings, denn für ein paar Neuigkeiten nahm man schon eine Tracht Prügel in Kauf. Es war zu spüren, wie die Menschen es genossen, wieder ins Freie zu können. Während des Winters waren sie monatelang in ihren Häusern eingesperrt gewesen.

Rupert rief einen Jungen heran und ließ ihn gegen ein Trinkgeld auf das Pferd achten. Blanka nutzte die Gelegenheit, sich an einem Stand einen Schmalzfladen zu kaufen. Aus dem Augenwinkel bemerkte sie, wie der Bauer beim Wiegen auf den Fladen drückte. »Den Finger weg!«, fuhr sie ihn an.

Er grinste unter der Bundhaube. »Nix für ungut«, meinte er und wog noch einmal ehrlich ab.

Dankbar biss Blanka in den warmen süßen Fladen. Rupert lachte. »Geben sie dir im Kloster nichts zu essen? Das da ist schon für jeden guten Christen vor der Messe verboten. Viel mehr für eine Laienschwester in der Fastenzeit!«

Der Fladen verschwand schnell, und Blanka wischte sich die verräterisch fettigen Hände an der Tunika ab. Sie steuerten auf den steinernen Rundbogen des Kirchenportals zu. Wuchtig ragte das Westwerk in den Himmel. Durch den gewaltigen Vorbau mit Kaiserkapelle und Nordturm betraten sie den Dom. Rupert warf dem Krüppel im Eingang eine Münze zu. »Wenn du willst, hole ich dich schon morgen aus Neustift heraus«, schlug er vor.

Überrascht blickte sie auf.

Rupert zog sie unter die Pfeiler in der Eingangshalle, welche die Kaiserempore trugen. Hier war das Gedränge weniger dicht, und die Beutelschneider hatten nicht ganz so leichtes Spiel. Menschen drängten in den Dom, sogar eine verirrte Ziege rannte an ihnen vorbei.

»Wir hatten doch schon einmal über eine Heirat gesprochen«, meinte er. »Bevor Vater krank wurde.«

Erschrocken sah sie ihn an.

»Von Rudiger, den ich dir vorschlagen wollte, habe ich seit dem

Kampf um Burgrain kein Lebenszeichen erhalten«, sagte Rupert langsam. »Ich glaube, dass er tot ist. Vermutlich hat ihn Ortolf in ein Moorloch geworfen, dann werden wir die Leiche niemals finden. Rudiger hat keinen Erben, der Rotkopf kann sich nun sein Land aneignen. Dasselbe könnte auch mit mir geschehen. Doch wenn du einen Verbündeten heiratest, kommt er weder über dich noch über meinen Tod an Burgrain heran.«

Sie dachte an Ortolf und wies sich im gleichen Moment scharf zurecht. Frauen heirateten nicht aus Liebe, sondern nach dem Wunsch ihres Herrn oder ihres Vormunds. Und das war in ihrem Fall Rupert.

»Ich habe an Pero gedacht, den Richter von Föhring«, sagte Rupert. »Ein wichtiger Mann. Die Salzkarren gehen dort über die Isar, und der Zoll spült Geld in die Schatullen des Bischofs. Pero wäre ein mächtiger Verbündeter.« Er küsste sie flüchtig auf die Wange, und besorgt roch Blanka Wein in seinem Atem. Früher hatte er nie vor der Messe getrunken. Der Kampf zehrte an ihm, und das war kein Wunder. Ältere und erfahrenere Männer als er hätten einen Becher gebraucht, um Angst und Entsetzen zu ertragen. »Denk darüber nach«, meinte er. »Ich muss zum Bischof.«

Während er in der Menge verschwand, kämpfte Blanka mit den Tränen. Noch nie hatte sie sich so zerrissen gefühlt. Wenn sie Ortolf heimlich heiratete, verriet sie alles, was ihr etwas bedeutete: ihren Herrn, ihre Familie, den Ort, wo sie geboren war. Und wofür? Ortolfs Leidenschaft war sicher nicht gespielt gewesen. Aber er war auch rücksichtslos über ihre Zweifel hinweggegangen, hatte sogar gedroht, sie zu verraten. Ritter wurden zum Kämpfen erzogen. Liebe war dabei nur Zeitvertreib. Der Gedanke tat unendlich weh, doch es hatte keinen Sinn. Rupert und ihr Herr hatten sie immer beschützt. Konnte sie beide jetzt im Stich lassen, da sie zum ersten Mal etwas für sie tun sollte?

Das Hochamt hatte schon begonnen. Da der Dom am Hang lag, stieg Blanka von der Eingangshalle eine Treppe in die Kirche hinab. Zum Chorraum am anderen Ende ging es wieder einige Stufen hinauf, so dass die Gläubigen wie auf einem riesigen Schiff zum Altar und der gemalten Reihe der Freisinger Bischöfe aufblickten. Sie drängte sich nach vorne, wo Otto unter dem vergoldeten Baldachin die Messe zelebrierte. Sein Anblick war so vertraut, dass ihr die Nacht mit Ortolf plötzlich wie ein Traum erschien.

»Zur Hölle mit Euch, verdammter Mönch!«

Verblüfft unterbrach sich Otto. Stille breitete sich aus. Blanka folgte seinem Blick und sah über die Schulter zurück zum Eingang. Das Licht der gewaltigen Kerzenleuchter glänzte auf einem Surcot aus grünem Brokat. Ein Ritter mit rotbraunem Haar und eisblauen Augen stand am Treppenabsatz. Der Rotkopf.

Rücksichtslos bahnte sich der Wittelsbacher einen Weg durch die Menge und stieß Blanka grob beiseite. Er beachtete sie nicht einmal, dennoch starrte sie seinem rotbraunen Schopf verängstigt nach. Wenn er ihr nicht im Vorbeigehen sein Schwert ins Herz gestoßen hatte, dann nur weil er sie nicht für wichtig genug hielt, es zu heben. Und Bischof Otto wollte, dass sie diesen Mann mit falschen Urkunden zum Narren hielt!

»Du Pfaffenbastard!« Mit der bloßen Waffe schlug er den Lettner nieder, die Holzschranke, welche die Menge vom Chorbereich trennte.

Die Leute schrien auf. Einer der Kanoniker stellte sich ihm in den Weg, er stieß ihn brutal weg. Ein zweiter Kanoniker hielt den Gestürzten fest, der sich aufraffen wollte. »Um Gottes willen!«, brüllte er ihn an.

Rupert und zwei seiner Leute waren in den Chorbereich gesprungen und stellten sich mit gezogenen Schwertern vor ihren Herrn. Klirrend schlugen die Klingen aufeinander, Funken sprühten von den Scharten. Obwohl die Männer des Bischofs zu dritt waren und der Rotkopf nicht einmal ein Kettenhemd trug, hatten sie alle Mühe, den rücksichtslosen Schlägen standzuhalten. Mit einem waagrechten Hieb schleuderte er sie zur Seite.

Otto von Freising verzog keine Miene. »Wenn Ihr mich wissen

lasst, weshalb Ihr die heilige Messe stört, kann ich Eurem so demütig vorgetragenen Anliegen vielleicht stattgeben.«

Blanka bewunderte seine überlegene Gelassenheit. Aus den Reihen kam unterdrücktes Lachen. Die Männer stießen sich an und grinsten, die Frauen kicherten verstohlen.

Dem Rotkopf gelang es nur mühsam, seine Wut zu beherrschen. Feine Schweißperlen bildeten sich auf seiner Stirn. »Die verdammte Tintenschmiererei vom Gottesstaat! Dafür werdet Ihr bezahlen, Pfaffe oder nicht!«

»Mein Geschichtswerk, die *Chronica*? Das ist vor fünf Jahren fertiggestellt worden«, bemerkte Otto trocken. »Ihr habt lange zum Lesen gebraucht. Vermutlich musstet Ihr es Euch erst von einer Eurer Huren buchstabieren lassen.«

Die Leute konnten das Lachen nicht mehr zurückhalten. Stimmengewirr kam auf, und diejenigen, die hinten standen, drängten nach vorn. Ein Turnier der Worte gab es selten genug, und niemand konnte sich darin mit ihrem Herrn messen.

»Ihr nennt uns Straßenräuber und vergleicht uns mit Herzog Arnulf!«, brüllte der Rotkopf. »Ihr habt meine Ehre verletzt, und das werdet Ihr bereuen, Pfaffe! Ich werde Euch in die Finger bekommen, so wie ich Burgrain bekommen werde.«

Blankas Hände klammerten sich eiskalt ineinander. Sie selbst hatte Ortolf von dem Buch des Bischofs erzählt. Nur er konnte den Rotkopf auf das aufmerksam gemacht haben, was Otto über seinen Vogt geschrieben hatte. Aber dann musste er auch erfahren haben, was in der Köhlerhütte geschehen war. Blanka spürte Panik in sich aufsteigen. Sie musste hier weg, sonst würde er sie bloßstellen – vor ihrem Herrn und allen Kirchenbesuchern! Keuchend versuchte sie, sich nach draußen zu stehlen. Aber die Leute drängten nach vorn, es war kein Durchkommen.

»Der verblichene Herzog Arnulf der Böse«, erwiderte Otto ruhig. »Euer Ahne, wie man sagt. Er erhielt seinen Beinamen, weil er versuchte, Kirchengut zu stehlen und an seine Vasallen zu verlehnen. Gewisse Gemeinsamkeiten fielen mir ins Auge. Ein Geschichtsschreiber hält nur das fest, was geschieht, also tadelt nicht mich!«

Der Rotkopf zog das Schwert und brüllte einen Befehl. Einer seiner Leute musste in der Vorhalle gewartet haben. Jetzt trat er in den Eingang und warf etwas zu Boden. Träge rollte es die Stufen herab und blieb unter den Gläubigen liegen. Mit einem Schrei wich die Menge zurück. Es war der blutüberströmte Körper eines Menschen. Blanka stieß einen erstickten Laut aus, als sie Rudiger von Diemating erkannte. Sie blickte auf, und ihr Herz machte einen Sprung. Der Mann, der den Toten gebracht hatte, war Ortolf.

»Dieser Mörder starb in einem ehrlichen Zweikampf«, sagte er laut. Langsam kam er durch das Kirchenschiff heran. Unwillkürlich wichen die Menschen zurück und machten ihm Platz. »Und ich schwöre, alle, die am Tod meines Bruders mit schuld sind, werden genauso enden.« Obwohl er nichts erkennen ließ, war sie sicher, dass er sie bemerkt hatte. Von der Seite wirkte sein Profil schärfer, die dunklen Brauen stachen aus dem bleichen Gesicht hervor.

»Der Tod jedes Menschen ist zu bedauern«, meinte Otto ruhig. »Doch wer in eine Schlacht zieht, wagt sein Leben. Euer Bruder kam als Angreifer nach Burgrain.«

Ortolf verlor so plötzlich die Beherrschung, dass ein erschrockener Laut durch die Menge ging. Niemand wagte es, ihn aufzuhalten. Mit Schwerthieben verschaffte er sich Platz und schlug nach dem verhassten Bischof.

Blanka schrie auf und stieg über den zerborstenen Lettner. Otto war rücklings ins Chorgestühl gestürzt. Benommen griff er nach ihrer Hand. Als sie ihm aufhalf, beschmutzte sie ihre Tunika mit Blut. Das Schwert musste ihn gestreift haben, auch sein helles Ordensgewand war zerrissen.

Die Ritter des Bischofs hatten ihre Überraschung überwunden. Blanka blickte in dem Moment auf, als Rupert das Schwert waagrecht in Ortolfs Seite schlug.

Etwas klirrte, die Klinge prallte auf Stahl. Ortolf rang nach Luft und taumelte, aber offenbar trug er ein Kettenhemd unter der Cotte, sonst wäre er tot gewesen. Rupert drosch ihm den Knauf seiner Waffe ins Gesicht, und auch die anderen Männer des Bischofs begannen auf ihn einzutreten und zu prügeln.

Blanka sprang auf. »Ihr werdet Burgrain niemals bekommen!«, schrie sie den Rotkopf an. »Eine alte Urkunde ist gefunden worden, die beweist, dass Burgrain zu Freising gehört. Rahewin wird sie Euch zeigen, sobald Ihr es wünscht!« Erleichtert bemerkte sie, dass die Männer die Waffen sinken ließen. »Außerdem werde ich Pero von Föhring heiraten«, setzte sie nach. In der plötzlichen Stille klang ihre Stimme vernehmlich durch den Kirchenraum. »Sollte meinem Bruder also etwas zustoßen wie Rudiger von Diemating, dann wird mein Gatte ihn beerben – und nicht Ihr!«

Noch immer totenbleich, starrte Otto sie an. Sie hatte das Gefühl, zwischen den schweren Pfeilern erdrückt zu werden. Ortolf lag stöhnend am Boden. Aus seinem Mund und einer Platzwunde an der Schläfe sickerte Blut. Sie war nicht sicher, ob er sie verstanden hatte.

Der Rotkopf kam so dicht zu ihr heran, dass sie die einzelnen Schweißtropfen auf seiner Stirn sehen konnte. »Sieh dich vor«, drohte er. »Wenn du ein Spiel mit mir treibst, bringe ich dich um!«

2. Buch

I

Um die Türme von Notre-Dame de Paris zogen Nebelschwaden, als wollten sie verschleiern, was im Schatten der Kathedrale vor sich ging. Seit einigen Jahren hatte sich das Studentenviertel – das *Quartier Latin*, das Lateinerviertel, wie die Pariser sagten – über die Seine hinweg ausgedehnt.

»*Erubescat iam lingua frenetica et, quae nescit esse facunda, discat esse vel muta*«, verlas der schwarzgekleidete Professor eintönig die Worte Petrus Damianis. Die Studenten hockten am Boden in dem notdürftig frei geräumten Zimmer seines Wohnhauses. Ungerührt von Petrus' Lob des Schweigens tuschelten sie miteinander:

»Gestern habe ich es mit der dicken Margot getrieben«, prahlte Konrad. Grinsend zeigte er auf die Straße nach dem gegenüberliegenden Haus. Stöhnen verriet, dass die Huren dort nicht weniger fleißig waren als die Gelehrten. Nach der Fastenzeit hatten die Kleriker einiges nachzuholen. »Das Weib ist jeden Denier wert. Solche Brüste!«

»Es heißt, sie furzt beim *Coitus*«, gab Pierre zu bedenken.

»*Alioquin abscidatur sibi ferro praeputium per vindictam, nisi sibi frenum adhibeat per silentii disciplinam!*« Der Professor hatte seine Stimme etwas angehoben und blickte strafend in ihre Richtung. *Andernfalls soll's ihm mit seinem eigenen Messer abgeschnitten werden zur Strafe, so er sich nicht bezwingt durch die Übung des Schweigens!* Die Studenten schluckten und verstummten. Obwohl Petrus Damiani zweifellos die Zunge gemeint hatte, vergewisserte sich Pierre, ob seine Männlichkeit noch an Ort und Stelle war. Heutzutage konnte man leicht beides verlieren, wie der Doctor Abälard, über den viel geklatscht wurde: Wegen einer Liebschaft hatte er zuerst seine

Männlichkeit eingebüßt, danach hatte ihn Bernhard von Clairvaux wegen seiner ketzerischen Ansichten zu ewigem Schweigen verdammt.

»Der Poeta will heute im Badehaus eine Operation vorführen«, teilte Benoît seinen Ordensbrüdern noch verstohlen mit. »Da spritzt das Blut! Kommt ihr nachher mit?«

Die anderen nickten eifrig. Nur Jean-Marie hatte bei der Erwähnung des Chirurgen aufgehorcht. »Der Poeta«, knirschte er in seine Kutte. »Gott sei diesem Hurensohn gnädig!«

Die Badestube schräg gegenüber war noch fast leer. Magdalena, die Gefährtin des Poeta, warf aus dem Seitengemach einen Blick hinein. Feuchte, stinkende Luft schlug ihr durch den Türspalt entgegen, vermutlich waren die Kräuterdüfte wieder einmal aus. Die Zuber waren an die Holzwände gerückt worden, um Platz für das Spektakel und seine Zuschauer zu bieten. Ein paar Studenten hockten auf dem gestampften Boden, sie hörte die Würfel im Lederbecher rasseln. Die ersten Besucher drängten herein. Eine Schauoperation bekam man nicht alle Tage zu sehen.

»Ein Geschwür auszubrennen ist eine ernste Sache«, bemerkte ein ältlicher Mann, der offenbar den Gelehrten gab. »Da muss man sehr erfahren sein.«

»Ich wette eine Runde Wein, dass er den Kranken umbringt!«, rief einer. Sofort fanden sich andere, die dagegenhielten. Die Bademägde, die in ihren leichten Hemdchen Wein feilboten, machten ein gutes Geschäft. Die Leute fingen an, es sich bequem zu machen: Eine Frau packte Brot und gebratenes Geflügel aus, ein Gaukler entlockte seiner Rebec schiefe Töne, und eine Bademagd schlug einem Studenten auf die Finger, der sie in den Hintern gekniffen hatte.

»Beeil dich!«, rief Magdalena ihrem Liebhaber zu. »Die Büttel schnappen nach unseren Fersen. Wenn uns jemand an sie verraten hat, kannst du deine nächsten Gedichte am Galgen schreiben statt in der Taverne.«

»Hast du etwa Angst?« Er kam zu ihr ins Licht. Ein gutaussehender Mann, dachte sie zufrieden. Nicht so stark wie ein Krieger, aber für das, was er mit ihr tat, weiß Gott stark genug. Sie fuhr ihm mit dem Kamm durch das wirre dunkelblonde Haar und spielte dabei mit der Borte an seinem Halsausschnitt. Seinen richtigen Namen kannte nicht einmal sie, obwohl sie seit einigen Wochen beieinander schliefen. Aber das störte sie nicht. Von ihrem Vater wusste sie auch nicht viel mehr.

»Bist du bereit?« Er küsste sie gierig. Dann packte er den Kranken und schob ihn hinaus.

Der stickige Raum war zum Brechen voll. Die Studenten hatten sich eingefunden, ein paar Huren nutzten die Gelegenheit, für eine Weile im Warmen zu sitzen. Wie üblich mieden die Professoren das Spektakel. Magdalena war es recht so.

»Kommt näher, Leute, seht her!«, rief sie. Der Poeta hatte den Kranken auf einem Strohsack gefesselt. Ängstlich rollte der Mann die Augen. Die Aussicht, sein Geschwür billig beseitigt zu bekommen, hatte ihn hergebracht, aber er schien seinen Entschluss schon zu bereuen. Nun, wenn genügend Wein durch seine Gurgel floss, würde er es schon über sich ergehen lassen.

Prompt packte der Poeta ihn am Kragen und setzte ihm gewaltsam die große Flasche an den Mund. Der Rotwein lief dem Burschen übers Kinn, und er hustete.

»Hier ist er, der berühmte Poeta!«, schrie Magdalena. »Kommt näher, Leute, so einen Mann bekommt ihr nicht alle Tage zu sehen! Er hat die Kunst der Medizin in Salerno studiert, der größten Universität der christlichen Welt. Seht nur«, sie zog ihren Liebhaber heran und entblößte seinen Unterarm: »Hier hat er sich selbst ein tödliches Geschwür entfernt. Er hat am Hof des Sarazenenkaisers gelebt«, flunkerte sie. »In einer Burg aus Gold, so prunkvoll, das könnt ihr euch gar nicht vorstellen! Also kommt näher und lasst mich gutes Geld sehen!«

Mit offenen Mündern starrten die Leute sie an. Während der

Poeta, Zauberformeln murmelnd, den Patienten umkreiste und Kräuter über ihn warf, drängte sich Magdalena durch die Menschenreihen und sammelte das Geld ein: »Ein Denier! Danke, edler Herr! Noch jemand, der den Medicus sehen will? Ihr? Zwei Deniers, Gott segne Euch!«

Ungewaschene Hände streckten sich Magdalena entgegen, und in fast jeder war ein Geldstück. »*Ubi tres medici, duo athei!*«, zischelte ein Zisterziensermönchlein. »Wo drei Ärzte, da zwei Heiden!« Aber die Leute lachten nur und stießen den Mahner hinaus. Magdalena grinste verstohlen. Gerade die Ketzerei zog die Menschen an wie das Licht die Motten. Ein junger Kerl kämpfte mit sich, ob er die Münze ihr oder der Hure geben sollte, die sich um ihn bemühte. Schweren Herzens reichte er sie endlich der triumphierenden Magdalena.

Der Poeta hatte das Brenneisen ins Feuer gelegt und selbst noch einen guten Schluck aus der Flasche genommen. Magdalena entblößte das Geschwür, einen stinkenden, nässenden Auswuchs am Knie, so groß wie ihre Handfläche. Murmelnd rückten die Leute näher. Mit Ellbogenstößen verschafften sie sich Platz, um besser sehen zu können.

»Schaut nur her!«, rief sie. »Dieser Ausgeburt des Teufels wird der Medicus mit Gottes Hilfe den Garaus machen. – Leidet Ihr schon lange darunter?«, wandte sie sich an den Kranken. Der Bursche konnte inzwischen nur noch lallen.

»Er sagt, seit Jahren«, behauptete sie. Der Poeta holte das Eisen aus der Glut und nickte ihr zu. Magdalena packte das Bein des Kranken und kniete sich darauf, nicht ohne dabei kokett ihre Unterschenkel zu zeigen. Nun musste sie den Mann gut festhalten.

Der Patient brüllte. Gestank von verbranntem Fleisch stieg auf, der Qualm nahm ihr den Atem. Kreischend vor Schmerz begann der Kranke, sich zu wehren, aber Magdalena drückte ihn ohne allzu viel Zartgefühl auf das Lager. Grob schob sie ihm ein Stück Holz zwischen die Zähne. Das Draufbeißen linderte nicht nur den Schmerz, sondern machte es auch schwerer zu schreien.

Die Menschen applaudierten und johlten. Der Poeta wollte das Eisen zum zweiten Mal ansetzen, als sich jemand gewaltsam einen Weg durch die Menge bahnte.

»Mörder!«, schrie der Mann. »Der Kerl hat meinen Vater auf dem Gewissen!«

Magdalena erschrak zu Tode. Mehr als einmal waren ihnen die Büttel schon wegen verbotener Magie auf den Fersen gewesen. Ein Arzt, dessen Patient das Zeitliche segnete, lief immer Gefahr, dafür verantwortlich gemacht zu werden.

»Ich habe ihm ein Geschwür aufgeschnitten«, entgegnete der Poeta würdevoll. »Aber von seinem Ableben weiß ich nichts.«

Zornbebend kam der Ankläger näher. »Das wundert mich nicht. Ihr habt es ja auch mit seiner Magd getrieben, während er seine Seele aushauchte!«

Magdalena ließ den Kranken los. »Du hast was?«, fuhr sie ihren Liebhaber an.

Der Patient nutzte die Gelegenheit: Er spuckte das Beißholz aus und fing an, wie ein Wilder zu zetern und sich zu wehren. Magdalena versuchte ihn festzuhalten, doch vergeblich. Die Leute begannen durcheinanderzuschreien. Diejenigen, die für den Störenfried Partei ergriffen, gerieten mit denen aneinander, welche die Operation vollendet sehen wollten.

Unschlüssig, was er tun sollte, setzte der Poeta das Eisen wieder an, aber in diesem Moment kam der Patient frei. Mit einem grässlichen Schrei rannte er davon und sprang in einen der Zuber. Der Poeta wollte ihm nach, um ihn wieder einzufangen. In diesem Moment verschaffte sich ein schwarzgekleideter Büttel Eingang. Der Ankläger schrie seine Vorwürfe laut heraus. Und auf einmal zeigten alle auf den Poeta.

Magdalena begriff schneller als er. Hastig zerrte sie ihren Geliebten zur Hintertür. Fahrendes Volk hatte so gut wie keine Rechte. Wer immer von ihnen es mit der Gerichtsbarkeit zu tun hatte, bekam deren ganze Härte zu spüren. Der Büttel schrie ihnen einen Befehl nach, aber Magdalena dachte gar nicht daran zu gehorchen. Während die aufgebrachte Menge zur Verfolgung ansetzte, wateten sie hastig durch die Gosse in die nächste Seitenstraße.

Kaum waren sie um die Ecke, packte Magdalena ihren Gefährten und begann auf ihn einzuschlagen. »Du dreckiger Bankert! Ist das wahr, hast du es mit der Metze getrieben?«

Der Poeta duckte sich und jammerte etwas Unverständliches. »Glaub nicht, ich hätte dich aus Liebe gerettet!« Unerbittlich hieb sie weiter auf ihn ein. »Aber wenn es jemandem zusteht, dich umzubringen, dann bin ich das!«

Er begann zurückzuschlagen, aber Magdalena war alles andere als wehrlos. Endlich gelang es ihm, sie gegen eine Hauswand zu drücken, und für einen Moment blieb ihr die Luft weg. Dann aber warf sie sich mit einem spitzen Schrei gegen ihn und trat ihn so gezielt, dass er nach Luft japste.

»Du Prachtweib!«, stieß er hervor. Er zog sie an sich und begann sie wild zu küssen.

»Und jetzt? Wir haben Glück, dass wir dem Galgen entronnen sind«, meinte sie, als sie zerzaust und mit geröteten Gesichtern voneinander abließen. Einträchtig gingen sie nebeneinander die Straße hinab. Es war nicht die beste Gegend. Zerlumpte Kinder beäugten sie misstrauisch aus ihren Bretterverschlägen heraus. In der Gosse wühlten hochbeinige behaarte Schweine zwischen Kohlresten und Rübenschalen. Der Boden war von Tierhufen zerstampft. Kot und ein Hundekadaver faulten vor sich hin. Am Straßenrand stand eine Hure.

»Komm näher, schöner junger Mann«, rief sie einem pickligen Studenten von höchstens vierzehn zu. Sie hob ihre Cotte bis zu den Hüften. Der Junge lief rot an und beeilte sich weiterzukommen.

»Verdammter Sodomit!«, schrie sie ihm mit überschnappender Stimme nach. »Treibst es wohl nur mit Hunden, was?« Sie schickte ihm eine obszöne Geste hinterher und grollte: »Der Teufel soll die neuen Eiferer holen. Dieses Mönchlein aus Clairvaux macht die Kleriker zu nutzlosen Kastraten!«

Magdalena gab ihr wortlos zu verstehen, dass sie vom Poeta die Finger zu lassen hatte, und die Hure trollte sich.

»Wir müssen weg aus Paris«, meinte Magdalena. »Sonst hängen sie uns doch noch auf.«

»Weg aus Paris!« Der Poeta klang melancholisch. »Ich weiß nicht, ob der Galgen nicht besser wäre.«

Angriffslustig sah sie zu ihm hinüber. »Wegen der Gelehrten oder wegen der Huren?«

»Lass gut sein, Magdalena«, flehte er.

Misstrauisch ließ sie von ihm ab. »Mein natürlicher Vater lebt in Baiern«, meinte sie. »Er ist ein Ministeriale des Bistums Freising.« Ihre Mutter war eine Magd gewesen, die ihrem Herrn ein Kind geschenkt hatte. Aber dann hatte er seinen Bastard und sie weggeschickt, weil sein Weib selbst ein Kind hatte und sie aus den Augen haben wollte. Magdalena hasste ihn dafür – ihn und die legitimen Geschwister, die sie von ihrem Platz verdrängt hatten. So waren sie nach Paris gekommen. Und vor zwei Jahren war die Mutter hier am Fieber gestorben.

»Kein besonders wohlhabendes Bistum«, zweifelte der Poeta. »Und Otto von Freising ist ein Zisterziensermönchlein, das sicher nicht viel übrighat für unsereins.«

»Damals, als mein Vater uns wegjagte, kamen wir bei einer alten Kräuterfrau unter. Sie sagte, bei ihr wäre immer ein Platz für mich.« Er schwieg, und sie zuckte die Achseln. »Wenn du einen besseren Plan hast, nur zu. Du hast mir nie gesagt, wo du eigentlich herkommst.«

»Nicht der Rede wert.« Aber Magdalena spürte, dass er nicht darüber sprechen wollte. Sie hob die Brauen.

»Also meinetwegen«, gab er nach. »Aber nur weil du es wünschst, meine Liebste. Dieser Hals«, schmeichelte er, »ist aber auch wahrhaftig zu hübsch, um am Galgen zu baumeln.«

2

»Ihr seid ein Alchimist«, sagte Blanka. Für den Augenblick fühlte sie sich etwas besser. Bischof Otto hatte ihr befohlen, bis zu ihrer Hochzeit in der sicheren Domburg zu bleiben und weiter die Tracht einer Laienschwester zu tragen. Jetzt stand sie in der Küche hinter einem Schild aus Weidengeflecht. Eigentlich sollte er vor der Hitze der Feuerstelle schützen, aber trotzdem glühte ihr Gesicht. Gebete murmelnd rührte Bruder Salacho in dem bitter riechenden Topf, der an einer Eisenkette über dem Feuer hing. Vor Stunden hatte Blanka dem hageren braunhaarigen Benediktiner geholfen, getrocknete Galläpfel zu zerkleinern. Diese Wucherungen, die durch Wespenlarven auf Eichenlaub entstanden, hatte sie schon oft an den Altwässern der Isar gesehen. Sie wusste, dass die Mönche ihre Tinte daraus machten, aber es war das erste Mal, dass sie bei der Herstellung dabei war.

In den letzten Tagen war sie fast verrückt geworden. Man hatte Ortolf in einen Kerker der Domburg geworfen. Was er getan hatte, würde ihn an den Galgen bringen. Immer wieder hatte sie Bischof Otto um Gnade gebeten, doch ihr Herr hatte ihr nichts versprochen. Kleriker oder nicht, man würde es ihm als Schwäche auslegen, wenn er diesen Angriff nicht mit dem Tod bestrafte. Das Schlimmste war, dass sie sich niemandem anvertrauen durfte. Sie hätte Ortolfs Lage nur verschlimmert. Für einen Mann und eine Frau, die verfeindeten Herren dienten, gab es keinen Ausweg. Ihre einzige Hoffnung war, dass der Rotkopf das demütigend hohe Lösegeld bezahlte.

»Durch Gottes Güte, der Sirup ist eingekocht.« Mit einem Stoßseufzer stellte Bruder Salacho den Topf zum Abkühlen auf den Tisch neben dem Feuer. Vor einer Ewigkeit hatten sie begonnen, die zerkleinerten Galläpfel zu kochen, abzuseihen und wieder zu kochen, bis nur noch wenig Flüssigkeit übrig war. Neben ihnen, umgeben von Küchengerät, Fässern und Säcken, hackten Novizen Gemüse, Eier und Fisch für eine Pastete. Hühner pickten die Reste auf. Hinter Blanka brüllte der Koch seine Befehle, sichtlich erleichtert, dass die Fastenzeit vorbei war.

Salacho schlug das Kreuzzeichen über sein Gebräu, murmelte einen weiteren Spruch und warf Kräuter um den Topf. Blanka erinnerte es ein wenig an die Zauber, mit denen die Bauern ihr Vieh fruchtbar machten und böse Geister vom Bier vertrieben. Bischof Otto würde das sicher nicht gerne sehen. »Wo habt Ihr das Tintekochen gelernt?«, fragte sie, während sie begann, einen Harzklumpen zu zerstoßen. Salacho hatte ihn von einem Pflaumenbaum aus dem Obstgarten des Bischofs geholt.

»In Scheyern«, antwortete er.

»Scheyern?« Blanka starrte ihn erschrocken an. Das war das Hauskloster der Wittelsbacher. Wieder dachte sie an die Drohung des Rotkopfs, sie zu töten.

»Aber ich lebe schon ein Jahr in Benediktbeuern«, setzte Salacho schnell nach. Zu schnell.

Misstrauisch beobachtete sie ihn, wie er zwischen Fischabfällen, Eiern und Brotteig nach dem Fläschchen suchte, das er mitgebracht hatte. Salacho fegte ein paar glitzernde Schuppen und ein Ei zu Boden. Es zerplatzte und verteilte sich auf dem Lehm. Aber Salacho hielt nun das Fläschchen in Händen. »Kupferwasser, in Wein gelöst«, erklärte er. »Unser Apotheker bekommt es aus den Bergwerken nördlich der Donau. So, das wird nun mit dem Sud gemischt … und das Pflaumenharz dazu. Nicht zu viel, sonst wird die Tinte zäh und verstopft die Feder, aber auch nicht zu wenig, sonst tropft sie.« Salacho schüttete die Mischung in ein Rinderhörnchen und tauchte einen Gänsekiel hinein. Vorsichtig malte er einen Buchstaben auf einen Fetzen Pergament. Das A war zunächst blassviolett, aber während Blanka es bewunderte, färbte es sich allmählich dunkler.

»Das ist Magie!«, stieß sie hervor.

Salacho lächelte, aber seine Augen blieben ernst. »Nein, keineswegs. Jetzt können wir die Tinte ins Skriptorium bringen.«

Heute war es selbst in der Schreibstube warm. Blanka schnupperte, irgendjemand musste einen alten Käse mitgebracht haben. Überrascht bemerkte sie, dass heute die Novizen am Boden hockten. Unter Anleitung der erfahrenen Buchmaler übten sie wieder einmal das Zeichnen von Ranken. Bei ihrem Anblick flüsterte einer seinem Nachbarn etwas zu und fing sich eine Ohrfeige ein.

Rahewin kam ihnen entgegen und zog Blanka zu einem der hintersten Pulte. Hier lag die Urkunde, die sie als Vorlage für ihre Fälschung verwenden sollte. Daneben hatte er selbst auf eine Wachstafel geschrieben, was Blanka in den alten Buchstaben malen sollte.

»Wusstest du, dass Bruder Salacho aus Scheyern kommt?«, flüsterte sie ihm verstohlen zu.

Rahewin stutzte. »Er soll eine Handschrift für Benediktbeuern kopieren.«

»Ja, aber zuvor war er in Scheyern.« Besorgt sah sie ihn an. »Sag es dem Bischof. Ich habe Angst.« Die Mönche hoben, aufmerksam geworden, die Köpfe, und schnell wechselte sie das Thema: »Ich habe Tinte.«

Rahewin winkte ab. »Sie muss drei Tage stehen, ehe man sie verwenden kann. Nimm diese hier.« Er reichte ihr ein Rinderhörnchen und flüsterte: »Wenn du fertig bist, lassen wir es noch einmal altern. Eisengallustinte wird rötlich, wenn man sie Hitze und Sonne aussetzt. Sobald sie mit Feuchtigkeit in Berührung kommt, greift sie das Pergament an. Das ist in unserem Fall kein Schaden, im Gegenteil.«

»Für einen Mann Gottes hast du ziemlich viel Gaunerblut«, tuschelte Blanka. Aber es erleichterte sie. Alles, was den Betrug verbarg, schützte ihr Leben.

Sie setzte sich und strich über das Pergament. Die Oberfläche war weich, mit Kreide geweißt und geglättet. Auf der Rückseite war, anders als bei den neuen Pergamenten, die Haut noch zu erkennen.

Offenbar hatte Rahewin schon ganze Arbeit geleistet und irgendetwas über das Pergament gekippt, was, wollte sie gar nicht so genau wissen. Jedenfalls hatte es einen großen Fleck hinterlassen. Danach musste er das Blatt unsanft am Feuer getrocknet haben, denn es wirkte brüchig. Neben dem Pergament lag das Kratzmesser, um einen falschen Strich oder einen Fleck zu entfernen. Da das Messer das Blatt verletzte, musste sie es sparsam einsetzen, denn über eine radierte Stelle konnte man nicht schreiben. Ihr Blick fiel auf den Gänsekiel, und sie strich darüber, ohne ihn aufzuheben.

Blankas Lippen zitterten. Sie musste von Sinnen sein. Der Rotkopf würde sie umbringen. Mit einer Feder, so leicht, dass man sie kaum in der Hand spürte, gegen das Schwert!

Zur selben Zeit klang rhythmisches Hämmern aus der Werkstatt des Steinmetzen auf der Domburg. Sie lag gleich links neben dem Tor, im offenen Raum zwischen Schmiede und Backhaus, den man mit einem Strohdach vor Regen geschützt hatte. Übermorgen früh würde der junge Liutprecht zu seiner großen Reise aufbrechen. Niemand wusste, was ihn erwartete, da tat ihm die Arbeit an dem vertrauten Ort gut. Er hatte fast sein ganzes Leben hier verbracht, seit sein Vater, ein fahrender Bauarbeiter aus der Lombardei, hier sesshaft geworden war. Längst hatte Liutprecht vergessen, wie es war, auf der Suche nach Lohn und Brot von einer Stadt zur anderen zu ziehen. Hier waren seine Kinder geboren. Seine Frau Katharina brachte ihm Zwiebeln, Brot und Dickmilch, und ab und zu kam einer der Knechte, die in der Schmiede Neuigkeiten austauschten, auch zu ihm herein.

Zum hellen Klingen seines Meißels summte Liutprecht einen Gassenhauer. Ein neues Domportal! Das war der Auftrag seines Lebens, etwas anderes, als Mauern auszubessern! Er erinnerte sich, wie der Vater vor ein paar Jahren aus Frankreich zurückgekommen war. Auf Mauseln hatte er furchterregende steinerne Fratzen gebracht und am Kirchenportal im Kloster Neustift aufgestellt. Er war verändert gewesen, und Liutprecht hatte sich gefragt, ob es mit den

Fratzen zusammenhing. Bald darauf war der Vater gestorben, und nun hatte er den Auftrag bekommen. Ganz wohl war ihm nicht dabei. Katharina hätte ihn am liebsten gar nicht gehen lassen. Er würde nur herumhuren und schließlich Straßenräubern und Krankheiten zum Opfer fallen, hatte sie geschimpft, während seine Kinder schutzlos waren.

»Wann reist du ab?«

Aus seinen Gedanken gerissen, blinzelte der Steinmetz und legte Hammer und Meißel weg. Er wischte sich die schwieligen Hände mit den runden Nägeln an dem Leintuch ab, das er in den Gürtel seiner Cotte gesteckt hatte. Als er den Besucher erkannte, bewegte er sich schneller.

»Übermorgen, Herr.« Dienstfertig fegte Liutprecht ein paar Splitter von dem groben Holztisch und blies weißen Staub von seinen behaarten Unterarmen. Auf so hohen Besuch war er nicht vorbereitet. Ihm fiel auf, wie hell die Augen Bischof Ottos aus dem blassen Gesicht stachen. Aber das mochte an der grauen Kutte und dem Steinstaub liegen, der überall in der Luft hing. »Ein Pilgerzug bricht nach der Prim zum Jakobsweg auf. Ich werde das erste Stück mit den Pilgern reisen. Und dann weiter nach Souillac.« Er sprach den fremdartigen Namen zögernd aus, seine Zunge musste sich noch daran gewöhnen: Su-jak.

»Gut. Geh zum Steinmetz Romain im Kloster Sainte-Marie. Dein Vater hat viel von ihm gelernt.« Otto unterbrach sich, als er sich an den Mittelpfeiler am Portal dieser Kirche erinnerte, an die Darstellung des Jüngsten Gerichts. Was von weitem wie ein streng geordnetes Muster ineinander verschlungener Leiber ausgesehen hatte, wurde beim Näherkommen zu einem verstörenden Kampf, zum absoluten Chaos: Greife stiegen aus dem Boden auf, die Krallen der Hinter- und Vorderfüße jeweils auf ihresgleichen gestützt, die ebenfalls wieder halb aufgerichtet nach oben strebten. Bestialische Gestalten, die in blinder Gier ihre Schnäbel in alles schlugen, was in ihre Schlünde stürzte: Schafe, Wölfe, Affen. Ein mitleidloses Ringen bot sich dem ungeübten Auge, in dem der Gierigste herrschte, bis er selbst zerhackt wurde. Es gab kein Leben nach dem Tod, nicht einmal die Hölle – nur ein erbarmungsloses, alles verschlingendes Nichts. Die Erinnerung war lebhafter, als er es nach all den Jahren erwartet hatte.

»Ich will, dass du dir besonders den Mittelpfeiler ansiehst«, befahl er Liutprecht. »Ich habe diese Art Säulen selbst erst in Frankreich kennengelernt, wo sie damals gerade aufkamen. Du wirst erschrecken. Sie warnen uns vor Sünden, für die wir uns im Jüngsten Gericht verantworten müssen.« Seit er in Blankas Ehe mit Pero eingewilligt hatte, kam Totgeglaubtes aus den Tiefen seiner Seele wieder an die Oberfläche. Er musste es niederringen, um jeden Preis. Und deshalb musste diese Säule bald entstehen. Wie zu sich selbst meinte er: »Der Glaube ist kein Kinderspiel. Die Dämonen sind in uns selbst.«

Neugierig sah Liutprecht seinen Herrn an. Für die Leute war Bischof Otto schon beinahe ein Heiliger. Jetzt klang es, als hätte er mit diesen Dämonen durchaus Erfahrungen.

»Du hast eine schnelle Auffassungsgabe«, meinte der Bischof. »Und keine Angst vor der Reise, du warst schon auf dem Kreuzzug dabei. Darum schicke ich dich. Du wirst lernen, Figuren aus dem Stein zu hauen, Flechtwerk und Ranken. Diese kunstvollen Portale kennt man hier nicht. Man braucht einen Steinmetz, der ihre Sprache versteht.«

Liutprecht errötete stolz. Das hier war keine Mauer oder aus Quadern errichtete Kirche. Er, ein einfacher Handwerker, würde etwas schaffen, das Bedeutung hatte!

Rahewin kam vom Hof zu ihnen unter das Dach. In der staubigen Luft blickte er sich suchend um, dann hatte er seinen Herrn erkannt. Hastig flüsterte er ihm etwas zu.

Otto blickte auf. »Wo ist sie jetzt?«, fragte er scharf.

»Noch mit ihm im Skriptorium.«

Ohne ein Wort drehte sich der Bischof um und hastete hinaus.

Blankas ganze Aufmerksamkeit war auf die Pergamente vor ihr gerichtet. Buchstabe für Buchstabe malte sie das, was ihr Rahewin auf eine Wachstafel notiert hatte, auf die gelbliche Unterlage. Die Minuskel übernahm sie von der Vorlage, der alten Urkunde, die Abt Wibald geschickt hatte. Sie bemühte sich sogar, die ungelenke Schrift des Schreibers nachzuahmen. Nur hin und wieder legte sie die Feder ab, um ihre schmerzende Hand zu lockern.

Ein Schatten fiel auf ihre Arbeit. Wachsam blickte sie auf.

»Ach, das Schreiben ist eine Qual«, ächzte Salacho. »*Oculos gravat, renes frangit, simul et omnia membra contristat. Tria digita scribunt, totus corpus laborat.*«

Mit wild schlagendem Herzen zog Blanka die Blätter übereinander. Das, an dem sie gearbeitet hatte, war noch feucht, sie konnte es nicht bedecken, ohne es zu zerstören. Salacho war stehen geblieben, als sie aufsah. Ihr Pult war eines der hintersten. Doch wenn er nur einen Schritt näher käme, würde er alles lesen können. »Mein Latein ist nicht sehr gut«, erwiderte sie hastig.

»Es macht schlechte Augen, zermalmt dir die Nieren und quält alle Glieder gleichzeitig. Drei Finger schreiben, der ganze Körper schindet sich«, übersetzte er. Aber er lächelte nicht. Blankas Gedanken jagten sich.

»Ich ... ich übe erst«, versuchte sie abzulenken. »So lange, dass es weh tut, musste ich noch nie arbeiten.«

»Was ist das?«, fragte er und kam näher.

»Geht an Eure Arbeit, Bruder Salacho!«, befahl jemand. »Bei uns wird im Skriptorium geschwiegen.«

Streng und unnahbar in der hellgrauen Zisterziensertracht stand Bischof Otto im Eingang. Unwillkürlich hoben alle Mönche die Köpfe. Niemand wagte zu sprechen, selbst die Novizen waren verstummt. Salacho gehorchte und verschwand wieder an seinen Platz.

Blanka atmete auf. Sorgfältig zog sie die letzten Striche und kniff die Augen zusammen, um ihr Werk zu betrachten.

Otto war herangekommen. Mit einem fragenden Blick wies er auf das Blatt.

Blanka steckte die Feder zwischen die Zähne, um es mit beiden Händen vorsichtig aufzuheben und ihm zu reichen. Aufmerksam verglich er die Buchstaben mit denen des Originals, um endlich zufrieden zu nicken. Er legte es zurück und bedeutete ihr, ihm zu folgen. Rahewin stand schon mit gerötetem Gesicht bereit, um das Pult zu übernehmen und alles wegzuschaffen.

Scheu neigten die Mönche und Novizen die Köpfe über ihre Arbeit. Blanka wusste, dass sie Ottos Strenge fürchteten. Aber sie würde in ihm immer den Mann sehen, der an ihrem Krankenbett gesessen hatte, als ihr eigener Vater es nicht wagte.

»Salacho, kommt mit!«, befahl der Bischof.

Überrascht hob der Benediktiner das Gesicht. Besorgt biss er sich auf die schmalen Lippen und kratzte sich im Kragen seiner schwarzen Kutte. Aber es blieb ihm keine andere Wahl, als seine Arbeit wegzulegen und ihnen zu folgen.

Kaum standen sie in dem engen gemauerten Treppenhaus, packte Otto ihn und stieß ihn hinunter. Überrascht schrie Salacho auf und hielt sich im letzten Moment an der Wand fest. Wie ein unerbittlicher Racheengel folgte Otto ihm, trieb ihn Stufe für Stufe abwärts. Blanka erschrak vor dem ungewohnten Hass in seinen Augen. In Salachos verzerrtem Gesicht stand eine solche Angst, als würde Otto ihn mit dem Schwert vor sich hertreiben. Am unteren Ende der Wendeltreppe warteten einige Waffenknechte. Salacho stürzte die letzten Stufen hinab und ihnen vor die Füße.

»Habt Ihr geglaubt, mich zum Narren halten zu können?«, fuhr Otto ihn an. »Der Rotkopf hat Euch geschickt!«

Die Knechte rissen Salacho auf die Beine. Einer trat ihm von hinten in die Kniekehlen, so dass er nach vorn fiel. Wimmernd blieb er im Staub liegen.

»Seid Ihr ein Spion?«, fragte Otto kalt.

»Nein!«, heulte Salacho. Er hob das Gesicht. Aus einer Platzwunde auf seiner Stirn lief Blut und mischte sich mit Schmutz und Angstschweiß.

Otto maß ihn mit einem verächtlichen Blick. »Es verletzt meine Ehre, dass mich dieser Emporkömmling für so leichtgläubig hält. Fürs Erste, Bruder Salacho, seid Ihr mein Gast. Allerdings solltet Ihr an die Unterkunft keine allzu hohen Ansprüche stellen!«

3

»Jetzt werdet Ihr Euch gleich den Tod herbeisehnen!« Die Stimme des Waffenknechts drohte das niedrige Steingewölbe zu sprengen. Unter dem grobgewebten Kapuzenmantel sahen nur das bärtige Kinn und die breiten Lippen hervor. Seine Haut war von der ständigen Arbeit hier unten bleich und gelblich. Er zwang Ortolf auf den Boden des Verlieses. Die fiebertrockenen Lippen des Gefangenen zitterten vor Kälte, sein nackter Körper bedeckte sich mit kaltem Schweiß. Blut und Schmutz waren überall, in seinem strähnigen langen Haar, auf dem unrasierten Gesicht.

Seit er in der Domburg gefangen gehalten wurde, hatte er jedes Zeitgefühl verloren. An den Wänden faulte Kalkwasser, am Boden Stroh und Schlimmeres, und ständig musste er Ratten vertreiben. Die Atemluft schlug sich, kaum ausgestoßen, wieder auf den Wangen nieder, so dass er zu ersticken glaubte. Er hatte versucht, die Tage daran abzuzählen, wie oft ihm jemand Brot und Wasser brachte. Mehr als einmal hatte er verzweifelt gegen die absolute Stille angeschrien. Als sich die niedrige, halb in den Boden eingelassene Tür öffnete, war er unendlich erleichtert gewesen. Doch seine geröteten Augen waren inzwischen so empfindlich, dass ihn selbst das unruhige Flackern der Fackel blendete.

»Legt dem Bischofsmörder den Bußgürtel an«, befahl der Knecht, der Ortolfs Arme festhielt, seinen Helfern. »Die frommen Herren tun das freiwillig, um ihren Glauben zu stärken«, grinste er. Auf seinem Gesicht glänzte Schweiß. »Aber bei Euch wird da Hopfen und Malz verloren sein.«

Die Schatten der Knechte wurden vom Fackellicht übergroß an die Wand geworfen. Jetzt erst bemerkte Ortolf den Bußgürtel, den

einer bereithielt. Langsam ließ der Mann die schmutzgeränderten Finger über die mehrgliedrige stachelgespickte Kette gleiten.
»Ihr braucht ihn nicht zu schonen«, meinte der Anführer. »Ich habe Männer gesehen, die nach einigen Tagen im Kerker schlechter aussahen.«
»Nässe, Kälte und ein paar Ratten«, keuchte Ortolf verächtlich. »Habt Ihr geglaubt, mich damit zu beeindrucken?«
Der Knecht schlug ihn so brutal ins Gesicht, dass er sich stöhnend auf dem Boden wälzte. Der Schmerz ließ glühende Punkte vor seinen Augen tanzen.
»Fangt an!«, brüllte der Knecht. Er packte den sehnigen Arm des Gefangenen und legte das Stachelband darum. Dann griff er nach der Schnur, mit der man den Bußgürtel befestigte, und zog sie ruckartig zusammen.
Ortolf rang stumm nach Atem, als sich die messerscharfen Stacheln in seinen Körper bohrten. Erbarmungslos drehte der Knecht das eiserne Band, als hätte sich ein wütender Hund in seinen Muskel verbissen. Ortolf hatte das Gefühl, zerfleischt zu werden. Endlich nahm der Knecht den Bußgürtel ab. Der Schmerz ließ nach, und Ortolf spürte sein eigenes warmes Blut auf der Haut.
Keuchend warf er den Männern einen Blick zu, der diese zurückweichen ließ. Dann spuckte er vor ihnen aus.
Der Tritt in seinen Bauch war so hart, dass ihm die Luft wegblieb. Halb bewusstlos blieb er liegen. Ein säuerlicher Geruch stieg ihm in die Nase, er spürte Speichel und warmes Blut über seine Lippen rinnen. Der Knecht beugte sich über ihn, er roch ihn mehr als er ihn sah.
»Nun? Wollt Ihr immer noch stolz sein?«
Alles in Ortolf wehrte sich dagegen, Schwäche zu zeigen. Zugleich wusste er, dass er seine Lage nur verschlimmerte. Er erwiderte nichts.
Der Knecht legte den Bußgürtel um seinen Oberschenkel. Brutal riss er an der Schnur, und der Gürtel bohrte sich tief in die empfindliche Innenseite des Schenkels. Dieses Mal konnte sich Ortolf nicht beherrschen. Mit einem Schrei bäumte er sich auf. Lachend ließ der

Mann ihn los, und er stürzte wieder auf den feuchten, stinkenden Boden.

Stöhnend blieb er liegen. Er fragte sich, warum sie nicht weitermachten. Mühsam öffnete er die zuschwellenden Lider. Im rötlichen Licht glänzte Eisen. Er musste die Augen schließen und noch einmal hinsehen, ehe er erkannte, was es war.

Keuchend vor Entsetzen fuhr Ortolf zurück. Die Stacheln waren länger als die an einem gewöhnlichen Bußgürtel. Allerdings legte man ihm diesen Gürtel nicht um die Gliedmaßen, sondern um den Hals. Wenn der Knecht ebenso ruckartig zuzog wie vorhin, würde sich das Eisen tief in Nacken und Kehle bohren. Er würde krepieren wie ein Hund, bis ihn der Wundbrand nach tagelanger Qual endlich erlöste. Er hatte den Tod erwartet, aber nicht so.

Mühsam kam er auf die Knie. Für einen Mann wie ihn war das Ende so allgegenwärtig, dass es längst jeden Schrecken verloren hatte. Diese Gleichgültigkeit dem eigenen Leben gegenüber hatte ihn stark gemacht. Doch jetzt musste er daran denken, wie Blanka in seinem Arm eingeschlafen war – dem Arm, in dem jetzt unerträglicher Schmerz pochte. Er hatte ihren leichten Atem auf seiner Brust gespürt, ihren Kopf an seiner Schulter.

Die Knechte legten ihm den Gürtel an. Ein Fieberschauer überlief Ortolf, als er das kalte Eisen auf der Haut spürte. Auf Gnade zu hoffen war sinnlos. Sie hatten den Mann in ihrer Gewalt, den sie immer gefürchtet hatten.

»Was geht hier vor?«

Ortolf taumelte nach vorn, als ihn die Knechte unvermutet losließen. Trotz seiner Benommenheit gelang es ihm noch, die Arme auf den Boden zu stützen, sonst wäre er in die Stacheln gestürzt.

»Nehmt das ab!«, herrschte jemand die Männer an.

Ortolfs Atem ging stoßweise. Durch die verklebten Haarsträhnen stierte er auf den Boden, ohne zu begreifen. Wieder brüllte er, als der Bußgürtel aus seinem Schenkel gerissen wurde. Blut rann über seine Gliedmaßen und mischte sich mit den bereits getrockneten Rinnsalen. Keuchend glitt sein Blick die hellgraue Kutte hinauf: die Tracht der Zisterzienser.

»Wer hat das befohlen?«, fragte Bischof Otto.

Die Knechte zögerten.

»Wer?«, schrie er.

Sichtlich furchtsam trat der Anführer vor. Otto griff nach der Geißel, die am Boden lag, und schlug sie ihm mit voller Wucht übers Gesicht. Brüllend taumelte der Mann zurück. »Ihr tut nichts ohne meine Anweisung!«, sagte Otto kalt. »Hatte ich das nicht deutlich gesagt?« Sein Blick streifte den Gefangenen. »Zieht ihm etwas an und bringt ihn hinauf in die Wachstube«, befahl er. Er musterte Ortolf, der mühsam auf die Beine kam und die Hand auf den Arm presste. »Und schickt mir den Medicus. Mit einem halbtoten Mann kann ich nichts anfangen.«

Ortolf zitterte noch immer vor Kälte, als er etwas später in einer frischen Cotte in der Wachstube saß. Der Kerker musste sich direkt unterhalb der Außenmauer der Domburg befinden, denn sie hatten ihn nur eine schmale Stiege hinaufgebracht. Durch die offene Tür zum Torhaus zog es, und er konnte das Wiehern der Pferde aus dem Innenhof hören. Seine Lunge schmerzte in der frischen Luft, er fühlte sich schwach auf den Beinen und war froh um die gemauerte Bank. Noch immer brannten seine Augen im Licht, vermutlich waren sie entzündet. Als ihm ein hagerer Mönch die Wunden an Arm und Schenkel verband, hätte er am liebsten aufgeschrien.

»Dilectus meus mihi et ego illi…«, las ihm ein zweiter Mönch monoton aus der Bibel vor. *»Vulnerasti cor meum, soror mea sponsa, vulnerasti cor meum. Pulchra es amica mea, terribilis ut castrorum acies ordinata. … Fortis est ut mors dilectio, lampades eius lampades ignis atque flammarum aquae multae non poterunt extinguere caritatem nec flumina obruent illam…«*

»Was ist das?«, fragte Ortolf auf einmal.

Überrascht von dem unerwarteten Interesse blickte der Mönch

auf. »Das Hohelied«, sagte er. Er suchte die Stelle und übersetzte stockend: »Mein Geliebter ist … mein, und ich … bin sein … Du hast mein Herz … verwundet … meine Schwester … meine Braut … du hast … mein Herz verwundet. Du bist schön, meine Freundin, und furchterregend wie eine feindliche Schlachtreihe … Stark wie der Tod ist die Liebe. Ihre Strahlen sind von Feuer, mächtige Wasser sind nicht in der Lage, die Liebe auszulöschen, und Ströme schwemmen sie nicht fort. – Seltsame Lektüre«, meinte er schnüffelnd. »Der Bischof hat es ausgesucht.«

Ortolf schwieg. Männer seines Standes lernten nicht, über Gefühle nachzudenken. In einer Welt, in der ständig gekämpft wurde, verlor man sich nicht in Träumen. Schönere Frauen als Blanka hatten sich ihm angeboten, seit er ein Mann war. Er hatte angenommen und sie vergessen, sobald es Wichtigeres zu tun gab. Auch nach der Nacht mit ihr war er aufgebrochen, um seine Pflicht zu erfüllen. Doch er hatte sich dabei gefühlt wie ein Verräter.

Ein Geräusch riss ihn aus seinen Gedanken. Bischof Otto kam herein und schickte die Mönche und den Wachposten hinaus.

»Wenn Ihr mich nur verschont, um mich später dem Henker zu übergeben, dann spart Euch die Mühe«, kam Ortolf ihm hasserfüllt zuvor. Er hatte das unangenehme Gefühl, gemustert zu werden, während er keinen beeindruckenden Anblick bot. Das ungewaschene Haar klebte, er roch nach Fieberschweiß, und Bartstoppeln bedeckten sein Gesicht. Ganz zu schweigen von den aufgeplatzten Lippen, den Blutergüssen und den frischen Blutflecken auf der Cotte.

Ottos Gesicht verriet nicht, ob er über Lösegeld verhandeln oder nur mit seiner Beute spielen wollte, ehe er sie dem Henker übergab. Trotz seines Rufs als Asket vernachlässigte er keineswegs die Körperpflege. Sein blondes Haar glänzte, und auf der hellgrauen Kutte war nicht ein Staubkorn zu sehen. Die beiden Männer hätten nicht unterschiedlicher sein können. »Es hieß, Ihr wärt weniger unbedacht als Euer Bruder. Aber mir scheint, Ihr seid ein ebensolcher Raufbold wie er.«

»Lasst Hartnit aus dem Spiel!« Ortolf wollte aufspringen, aber ein stechender Schmerz zwang ihn wieder zurück auf die gemauerte Bank.

Mit der Gelassenheit des Hochadligen gegenüber einem Unfreien hatte Otto nicht einmal die Brauen gehoben. »Für das, was Ihr getan habt, könnte ich Euch exkommunizieren«, bemerkte er. »Und Euch dann meinen Waffenknechten überlassen. Ihr habt gesehen, dass ihnen nicht viel an Eurem Wohlbefinden liegt. Im Bann zu sterben bedeutet die Hölle.«

Ortolf starrte auf das gemauerte Sims. Nur seine Augen, die einen Moment forschend zu dem Geistlichen blickten, verrieten seine Gefühle. »Wie viel?«, fragte er scharf.

»Wenn es ein Lösegeld gibt, wird es zwischen Eurem Herrn und mir verhandelt. Zerbrecht Euch nicht den Kopf darüber.«

Diese priesterliche Überlegenheit machte Ortolf wütend, denn sie gab ihm das Gefühl, selbst plump und bäurisch zu sein. Der Rotkopf hätte gedroht oder zugeschlagen, aber er hätte ihn behandelt wie seinesgleichen. Verzweifelt bemühte er sich, Klarheit in seine Gedanken zu bekommen. Er verstand nicht, warum er noch lebte. »Was wollt Ihr dann von mir?«

Otto setzte sich ihm gegenüber und verschränkte die Arme. Vom Hof drang das Brüllen der Knechte herein. In der nahen Schmiede zischte die Esse, und der Hammer schlug rhythmisch auf klirrendes Eisen. Der Duft von frisch gebackenem Brot erinnerte Ortolf daran, dass er seit Tagen kaum etwas gegessen hatte. Otto ließ das Schweigen bis ins Unerträgliche dauern.

»Kämpft für mich«, erwiderte er endlich. »Dann verschone ich Euch und gebe Euch ein Lehen.«

Sein Gefangener brauchte einen Moment, um seine Verblüffung zu überwinden. »Niemals!«, stieß er verächtlich hervor. »Eure Leute haben meinen Bruder getötet. Bis zu meinem Tod werde ich Euch bekämpfen.«

Otto verzog die Lippen. »Ich wusste, dass Ihr das sagen würdet, und ich bin froh darüber. Ich kann keinen Mann brauchen, der seinen Herrn beim ersten rauen Windstoß verrät.«

»Dann wisst Ihr auch, dass Ihr Euch die Frage hättet sparen können«, entgegnete Ortolf abweisend.

Otto lachte. Er stand auf, rief einen Befehl hinaus, und ein Knecht brachte ein Brett mit Brot, etwas Käse und Wein. »Ihr müsst hungrig sein.«

Zögernd griff Ortolf nach dem warmen Brot. Er wollte es nicht annehmen, aber sein Körper schrie nach Nahrung. Die Natur war stärker als die ungenügende Erziehung, die er genossen hatte. Hastig begann er zu essen und stürzte den Wein hinunter. Eine wohlige Wärme breitete sich in ihm aus.

»Lehnseide werden fast so oft gebrochen wie Eheversprechen«, meinte Otto, der ihn beobachtete. »Aber Ihr seid aus anderem Holz geschnitzt. Habt Ihr das Hohelied gehört? Gefiel es Euch? Ihr braucht etwas, für das Ihr kämpfen, das Ihr leidenschaftlich lieben könnt, Ortolf. Wir beide haben viel gemeinsam.«

Ortolf warf das Brett um. Klirrend schlug der Becher auf, und ein Rest Wein spritzte auf den Boden. »Wir haben nicht das Geringste gemein!«

»Ihr helft, das Bistum Freising zu bestehlen«, erwiderte Otto ebenso heftig. »Kaiser Konstantin hat die Kirche mit weltlichem Besitz beschenkt, um sie zu ehren. Ihr tretet diese Achtung mit Füßen und sät Zwietracht zwischen den Geistlichen und dem König. Beide müssen zusammenwirken, sonst bricht unsere gottgegebene Ordnung zusammen. Wodurch unterscheiden wir uns sonst von den Heiden, und mit welchem Recht kämpfen wir gegen sie? Zwietracht ist der Antichrist!«

Ortolf spuckte aus. »Weltliche Macht ist Sache des Königs und seiner Vertreter. Kaiser Heinrich mag seinerzeit vor Papst Gregor im Schnee von Canossa gewinselt haben, aber deshalb ist die Kirche noch lange nicht Herrin der Welt!«

»Sie würde Männern wie Euch wenigstens Manieren beibringen«, bemerkte Otto mit einem Blick auf das umgeworfene Tablett. Er hatte sich wieder in der Gewalt, und auch ein weniger kluger Mann als Ortolf hätte den Spott gespürt. Ein Hund, der in der Ecke gedöst hatte, machte sich knurrend über die Reste her, und Otto kraulte das graubraune Fell.

»Meint Ihr mit Manieren die Regel der Zisterzienser?«, erwiderte Ortolf scharf. Sein Arm und der Oberschenkel brannten wie Feuer, und der Schmerz reizte ihn noch mehr. »Sollen wir vor Euch den Nacken beugen wie damals, als Eure Ordensbrüder zu diesem sinnlosen Kreuzzug aufriefen? Ihr Mönche glaubt, Ihr seid die Stimme Gottes! Wir hätten Euch allein ins Heilige Land ziehen lassen sollen, vielleicht hätten die Sarazenen die Sache für uns erledigt.«

»Noch mehr so fromme Männer wie Ihr, und Gott könnte auf die Apokalypse verzichten«, entgegnete Otto trocken. Er stand auf. »Nun gut. Ihr hört von mir, was Euer Schicksal betrifft.«

In der Tür blieb der Bischof noch einmal stehen. Wäre es nicht so absurd gewesen, hätte Ortolf gedacht, dass er erst jetzt die Frage stellte, die ihn hergetrieben hatte.

»Ihr hattet Blanka von Burgrain in Eurer Gewalt«, sagte Otto zögernd. »Habt Ihr ihre Ehre unberührt gelassen?«

Ortolf blickte abrupt auf. Schon der Gedanke an sie ließ seine Lenden pochen. Er dachte an ihre zitternden Lider, ihre geöffneten Lippen so dicht unter seinen, dass ihr Seufzen sich als warmer Hauch mit seinem Atem mischte. Am liebsten hätte er Otto die Wahrheit ins Gesicht geschrien. Der Triumph war verführerisch. »Vielleicht«, erwiderte er lauernd. Er verschränkte die Arme. »Vielleicht auch nicht.«

»Seht Euch vor!« Von einem Moment auf den anderen fiel die priesterliche Gelassenheit von Otto ab. Mit völlig unerwarteter Brutalität packte er Ortolfs Arm an der Stelle, wo der Bußgürtel gesessen hatte. Rücksichtslos zerrte er den Gefangenen heran und zwang ihn auf die Knie. »Redet!«

Der Schmerz raubte Ortolf den Atem, er brachte nur ein ersticktes Keuchen hervor.

Verächtlich stieß Otto ihn von sich weg. Nach Luft ringend taumelte Ortolf zurück und legte die Hand auf seine Verletzung. Ungläubig starrte er seinen Feind an. »Ihr wollt sie für Euch!«, stieß er überrascht hervor. »Wollt Ihr sie deshalb diesem Pero geben? Damit er sie Euch für Euer eigenes Bett überlässt?«

»Narr!« Otto spuckte das Wort aus, als ekelte er sich davor. »Ihr seid wie ein Tier, und so sprecht Ihr auch.«

Ortolf sprang auf.

»Nur zu, Ritter«, sagte Otto ruhig.

Mit einem zornigen Laut blieb Ortolf stehen. Seine Hand suchte noch immer das Schwert und schloss sich um den schmucklosen langen Ledergürtel. Er beherrschte sich nur mühsam, aber er begriff, dass er herausgefordert wurde. Fast bewunderte er Otto von Freising. Diesem Pfaffen gelang es, dass er sich benahm wie ein törichter Knappe!

»Ihr seid zum Töten ausgebildet, das ist Euer Geschäft«, sagte der Bischof hart. »Ihr nennt es Liebe, wenn Ihr tut, was auch ein Schwein macht. Aber Liebe, die mit Hurerei besudelt ist, vergisst man, sobald sich die verschwitzten Leiber aus ihrer unkeuschen Umarmung lösen.«

Ortolf fragte sich, ob der Bischof wusste, wie der Schweiß auf einem warmen, atmenden Frauenleib schmeckte. Aber er war klug genug, den Mund zu halten.

»Es gibt Geistliche, die glauben, Frauen seien nur zur Zeugung geschaffen«, sagte Otto ruhiger. »Ein missglückter Mann, ein Fehler der Schöpfung. Aber selbst Gottes Sohn war sich nicht zu schade dazu, von einer Frau geboren zu werden. Was Blanka betrifft, so war es ihr eigener Wunsch zu heiraten. Ich habe es ihr gestattet, obwohl ich sie lieber im Kloster sähe. Nur dort wäre sie frei, sich so zu bilden, wie sie es verdient. Es ist, als hätte Gott sie in einen weiblichen Körper gesperrt, um uns zu mahnen, in jeder noch so niedrigen Kreatur sein Werk zu sehen.«

Und er selbst hatte sich auf sie geworfen wie ein Vieh, kaum war sie in seiner Gewalt. Noch nie hatte Ortolf jemanden so von einer Frau sprechen hören. Dass es ausgerechnet Blanka war, machte ihn rasend vor Wut.

»Wenn Ihr sie befleckt habt, werdet Ihr es bereuen«, sagte Otto plötzlich leise. Seine Stimme hatte sich verändert, sie bebte in einer Weise, die unheimlich war. »Dann lasse ich Euch mit dem Kopf nach unten über der nächsten Kloake aufhängen, bis der Tod eintritt!«

Überrascht starrte Ortolf ihn an. Die Augen des Bischofs waren grau und erbarmungslos. Er meinte es ernst.

Otto wandte sich abrupt ab. Er klopfte an die Tür, und der Wachposten öffnete. »Solange ich keine Antwort auf meine Frage habe, bleibt Ihr in der Domburg.« Dann trat er ins Freie. Ortolf hörte noch, wie er seinen Männern draußen den Befehl gab, den Gefangenen in eine der Strafzellen zu bringen.

Als der Riegel vorgeschoben wurde, trat Ortolf gegen die Zellentür. Verzweifelt drosch er die Fäuste dagegen, bis sie bluteten. Er musste hier heraus, ehe ihn Fieber oder die Knechte des Bischofs umbrachten. Dann würde niemand mehr da sein, um Hartnit zu rächen.

Er presste die glühende Stirn an das Holz und legte die Hände daneben. Die rauen Bartstoppeln kratzten seine Haut. Sein Leben lang hatte er gekämpft, alles geopfert, um nie wieder arm und rechtlos zu sein. Mit den Jahren jedoch hatte er mit der Furcht vor dem Tod auch die Fähigkeit verloren zu trauern. Es schnürte ihm die Kehle zu und raubte ihm die Luft zum Atmen. Er bereute nicht, was er getan hatte. Er hätte Otto umgebracht, wenn er so seinen Schmerz um Hartnit und seine Wut wegen Blanka hätte ersticken können.

Stark wie der Tod ist die Liebe, und alle Wasser können sie nicht auslöschen. Ortolfs Lippen zitterten, und ein rauer Laut rang sich aus seiner Kehle. Aber er konnte nicht um seinen Bruder weinen.

4

Kreischend lachte die bemalte Fratze des Gauklers auf. Er sprang in die Menge, die ihn johlend auffing. Vor das Becken hatte er sich ein lächerlich großes Glied aus Leder und Holz gebunden, mit dem er obszöne Bewegungen machte. Ein anderer gab das Mädchen, erkennbar an der Perücke aus Pferdehaar und dem langen weißen Hemd. Spielleute sangen die anzüglichen Verse dazu: »Ia wold ich an die wiesen gan, *flores adundare*. Da wollte mich ein ungetan *ibi deflorare!*«[1]

Brüllendes Gelächter ertönte. Auch wer kein Latein sprach, begriff, was deflorieren bedeutete. Die obszönen Schwänke gehörten zu einer Hochzeit wie das Blut auf dem Laken.

»Ist Blanka von Burgrain noch nicht da?«, fragte Cuno. Der Gehilfe des Bräutigams, des Richters Pero, musste heute allein über Markt und Zollbrücke wachen. Zu gern hätte er die junge Frau wenigstens kurz gesehen, ehe er wieder ins Münzhaus zurückkehrte.

»Es heißt, sie sei eine Heilige.«

»Oder eine Verdammte.« Ein junger Bursche grinste ihn verschlagen an. Das haselbraune Haar war verfilzt, und der beißende Geruch nach Ziegen verriet den Hirten. »Weißt scho', dass der Aussatz die Strafe für Unzucht ist, Herr?«

Cuno bejahte nachdenklich. »Manche sagen, Gott hätte sie gesegnet, die andern, gezeichnet. Ich frage mich, was davon wahr ist.«

Der Bursche kraulte sich an seiner Männlichkeit. »Beides vermutlich.«

»Du Sau, treibst es doch mit deinen Ziegen«, fuhr ihn ein Weib an, das mit zwei Freundinnen in der Menge stand. Entschuldigend wandte sie sich an Cuno. »Hört nicht auf Gundbold, Herr. Er ist nicht ganz bei Trost.«

»Aber bei Kräften«, prahlte der Hirte und machte eine schamlose Bewegung mit den Hüften. Lachend brachten sich die Frauen in Sicherheit. Gundbold grinste über das ganze verschmierte Koboldsgesicht. Eine von ihnen würde er schon noch in einer einsamen Gasse erwischen. Aber zuerst kam die Arbeit. Ortolf Kopf hatte ihm schon vor Wochen ein Säckel versprochen, wenn Gundbold ihm die Befestigung von Föhring beschreiben konnte und in welchem Zustand sie war. Seit damals hatte der Hirte nichts mehr von dem Herrn gehört. Aber wenn er sich an ihn erinnerte, würde Gundbold bereit sein.

»Er warf mir uf das hemdelin, *corpore detecta*. Er rante mir in daz purgelin, *cuspide erecta*.« Der Gaukler auf der Bühne stellte sich breitbeinig in Positur. Unter dem Gejohle der Zuschauer hob er dem anderen das Hemd über den Hintern und stieß seinen Lederphallus dagegen. Cuno seufzte. Er würde wohl warten müssen, ehe er die Braut zu sehen bekam.

Er verließ den Markt, der sich unterhalb des Steilhangs entlang der Isar erstreckte. Vor ihm lag die Zollbrücke, ein breiter überdachter Steg aus schweren Stämmen. Bischof Otto hatte sie über der alten Furt errichten lassen. Inzwischen war sie mit Palisaden und sogar hölzernen Türmen befestigt, mit etwas Wohlwollen konnte man es eine Mautburg nennen. An den Schilden der Waffenknechte leuchteten die Farben des Bistums Freising und der Babenberger. Jenseits der Isar lagen das Münzhaus und der Ministerialenhof. Von dort aus verwalteten Pero und Cuno die Geschäfte. Dank Bischof Otto war Föhring in wenigen Jahren zu einer wichtigen Zollstelle auf der Straße von Reichenhall nach Augsburg geworden. Peros neue Frau hatte es gut getroffen, dachte Cuno, sie heiratete einen wohlhabenden Mann: Täglich rumpelten die mit teurem Salz beladenen Karren über die Bohlen und bezahlten Brückenzoll. Cuno warf einen letzten Blick das Steilufer hinauf. Oben konnte er das Rieddach der nur über eine gewundene Sandstraße zu erreichenden Föhringer

Kirche sehen. Dort lag auch das Wohnhaus des Bräutigams, des Richters Pero.

»Wenn es ein Hindernis für diese Hochzeit gibt, sag es lieber jetzt.« Im Inneren des Hauses zupfte Blankas Freundin Eilika an deren rot glänzendem Surcot, damit die Falten richtig fielen. Hildegard und Peros alte Magd Johanna legten am Brautbett den Schmuck zurecht und stießen entzückte Rufe aus. »Die Leute reden«, fuhr Eilika fort. »Du warst in Ortolfs Gewalt, und die Männer des Pfalzgrafen sind nicht gerade für ihre Zurückhaltung bekannt.«

»Ich bin rechtzeitig geflohen.« In der letzten Zeit hatte Blanka sich ans Lügen gewöhnt. Niemand ahnte, wie sehr sie die Angst um Ortolf zermürbte. Draußen war es warm, und von den Kräutern, die um das Brautbett gestreut waren, stieg ein betörender Duft auf. Dennoch fröstelte sie.

Der Wittelsbacher musste Verdacht geschöpft haben, sonst hätte er Salacho nicht geschickt. Umso mehr hatte sie sich gewundert, wie eindringlich Otto betonte, dass niemand sie zu dieser Ehe zwang. Wenn sie statt Pero Christus ewige Treue schwören wollte, sei das ebenso gut. Blanka wollte ihren Herrn nicht enttäuschen. Aber als Ortolf ihr die Unschuld genommen hatte, hatte er ihr zugleich ihren Körper geschenkt. Der Gedanke, Nacht für Nacht in einer Klosterzelle zu liegen, allein mit ihrer Sehnsucht nach ihm, mit ihren Erinnerungen und Begierden, war unerträglich. Trotzdem hatte sie Angst. Wie sollte sie Pero verheimlichen, dass sie keine Jungfrau mehr war?

Johanna hängte ihr etwas um. Ihr Gesicht, verschrumpelt wie ein Wildapfel, grinste und entblößte Zahnlücken. »Es macht Euch fruchtbar«, tuschelte sie und schloss Blankas Hand um das Amulett. »Aber lasst es den Herrn Bischof nicht sehen.«

Blanka ließ die hölzerne Kröte unters Hemd gleiten und spürte sie zwischen den Brüsten. Sie musste an die Amulette denken, welche die Bauern ihren Kühen umbanden, damit sie warfen.

Eilika kam mit einem Spiegel. »Sieh dich an!«

Ein bleiches Gesicht mit unnatürlich großen Augen erschien in der Metallfläche. Wangen und Lippen waren mit Rotholzfarbe geschminkt, Wimpern und Brauen geschwärzt. Unter dem roten Surcot, der mit Borten und Knöpfen verziert war, trug Blanka eine elfenbeinfarbene Cotte und ein fein gefälteltes Hemd. »Ist es wahr, dass die Liebe in der Ehe kommt?«, fragte sie nachdenklich.

»Liebe«, wiederholte Johanna. Sie zog eine Falte gerade. »Schenkt ihm einen Sohn, wenn Ihr für ihn wichtig sein wollt. Ihr seid jung und unerfahren, das ist gut. Männer wollen eine Frau, bei der sie sich stark fühlen.«

»Wenn das nur mit einer schwachen Frau geht, kann es mit der Stärke der Männer nicht so weit her sein«, murmelte Blanka.

»Ach was. Und mit ihrer Klugheit erst recht nicht.« Hildegard bemerkte einen losen Faden an der Borte von Blankas Surcot und holte Nadel und Faden. Während sie den Fehler ausbesserte, erzählte sie ihr den neuesten Klatsch. »Die Frau von Moosen soll nicht als Jungfrau in die Ehe … Was ist?«

Blanka war zusammengezuckt. »Die Nadel«, sagte sie schnell. »Hat ihr Eheherr das denn nicht gemerkt?«

Hildegard verneinte. »In der Hochzeitsnacht hat sie ihm eine unberührte Magd ins Bett gelegt, stell dir vor!«

Das war klug. Aber wo zum Teufel sollte Blanka jetzt so eine Magd herbekommen?

»Der Bursche war vermutlich betrunken«, lachte Hildegard. Sie trennte den Faden ab und legte das Messer neben Blanka auf das Brautbett. »Oder die Magd war hübsch, und er wollte es nicht merken! Na, Hauptsache, das Blut war auf dem Laken. Entschuldige.«

Blanka war wieder zusammengezuckt, aber nicht wegen der Nadel. Ihr war ein Gedanke gekommen.

Eigentlich ist all das zu groß für diesen Ort, dachte sie, als sie inmitten der Hochzeitsgäste und Schaulustigen an Ruperts Hand vor der Kirche stand. Der gestampfte Hauptplatz war klein. Einige Seitengassen waren mit Weidenmatten überdacht, um Fässer oder Holzvorräte zu schützen. Aus einer davon trieb gerade ein Bauer seine Schafe. Mit offenem Mund begaffte er die buntgekleideten Menschen, die Gaukler mit ihren Flöten und Trommeln. Auch Rupert hatte sich herausgeputzt, trug einen dunkelblauen Wollhut und einen vorne geschlitzten Surcot mit brettchengewebter Borte. »Ich hätte mir gewünscht, dass Vater dich deinem Mann geben könnte«, sagte er ernst.

Die Zeremonie war einfach. Zwei Männer hielten ein Tuch über das Paar. Rupert legte Blankas Hand in Peros und übergab ihm so die Muntgewalt über sie.

Verstohlen musterte Blanka ihren Mann. Sie schätzte ihn auf Ende zwanzig, ein mittelgroßer Ritter mit weißblondem Haar und einem kleinen Bauchansatz. Die vollen Lippen bedeckte ein heller Bart. Auch er trug Rot, was seine Hautfarbe betonte. Zuverlässig und stark hatte Rupert ihn genannt. Sie fror noch immer. Konnte er eine Frau zärtlich berühren, oder war er einer von den Männern, die sie beim Beilager grob behandelten? Vorhin hatte er sie kaum beachtet und sich nur mit Rupert unterhalten. Wütend versuchte sie, nicht mehr an Ortolf zu denken. Sie musste lernen, Pero zu lieben. Es war der einzige Weg, der ihr blieb.

Viele Hochzeiten wurden noch nach dem alten Brauch ohne Geistlichen vollzogen. Umso dankbarer war Blanka, dass Otto gekommen war, um die Ehe zu segnen. Es tat gut, sein vertrautes Gesicht unter all den fremden Menschen hier zu sehen, auch wenn er seltsam angestrengt wirkte. Sie hatte erwartet, dass er sie beglückwünschen würde. Aber nach einer knappen Begrüßung drehte er sich sofort um und ging in die Kirche.

»Dass die sich net schamt«, flüsterte jemand hinter ihr. »Der Herr heiratet, und sei Flitscherl traut sich her!«

Blanka verschlug es den Atem. Eine Geliebte? Sie suchte die Frau, auf welche die Sprecherin gezeigt hatte, und machte flachsblondes Haar aus. Aber schon war das Mädchen hinter den Bettlern verschwunden, die sich jetzt um das Paar scharten: Ein Junge führte seine schwachsinnige Mutter, ein Krüppel mit schiefem Bein, ein paar Blinde. Blanka verteilte eine Handvoll Münzen unter sie.

Als sie nach der kurzen Messe an Peros Hand wieder ins Freie trat, riefen die Leute Segenswünsche. Die Mädchen versuchten, ihr Kleid zu berühren, manche warfen Getreidekörner, welche die Braut fruchtbar machen sollten. Pero führte sie durch die feiernde Menge in sein Haus gleich bei der Kirche.

Auf der Schwelle blieb Blanka stehen. Sie hatte das Gefühl, erst jetzt Ortolf unwiederbringlich zu verlieren. Pero nahm sie am Arm und zog sie ins Innere, wo Otto schon das Brautbett segnete. Blanka verlor das Gleichgewicht.

Sie spürte das Erschrecken der alten Johanna. Es verhieß Unglück, wenn die Braut auf der Schwelle stolperte.

Pero schien nicht abergläubisch zu sein. Er hielt sie nur fest und nickte ihr kurz zu.

»Und denkt daran«, wandte sich Otto an ihn, ohne Blanka zu beachten:»Enthaltet Euch drei Nächte lang, mindestens aber die erste.« Er wirkte, als wolle er die Sache möglichst schnell hinter sich bringen. Vielleicht war er insgeheim enttäuscht, dass sie sich nicht für das Kloster entschieden hatte?

Pero küsste den Ring des Bischofs, und sie tat dasselbe. Ich habe ein schlechtes Gewissen, dachte Blanka, weiter nichts. Geistliche mussten sich schon wegen der obszönen Lieder von Hochzeitsfeiern fernhalten. Dennoch wünschte sie, er würde sie nicht allein lassen.

Otto befreite sich ruckartig und trat ins Freie. Blanka sah ihm nach. Einen Augenblick lang hatte sie in seinen Augen etwas gesehen, das sie nicht verstand: Zorn.

Pero wartete, bis der Zelter des Bischofs und sein Gefolge zwischen den Fachwerkhäusern verschwunden waren. Dann lachte er und riss die Tür auf.»Jetzt beginnt der fröhliche Teil dieses Festes!«

Johlen und Trillern von draußen auf dem Platz war die Antwort. Wein wurde ausgeschenkt, Musik fiel ein, und die Leute tanzten.

Die meisten bewegten sich anzüglich. Ausgelassen fielen sie sich in die Arme, Frauen ließen sich herumschwenken und stampften im Rhythmus. Die Gaukler, die Pero geholt hatte, verstanden ihr Handwerk nicht gerade besonders gut – die Fideln klangen schrill, aber das schien niemanden zu stören. Die alten Weiber tauschten sich über die Vorzüge der jungen aus, und die nächste Ehe wurde bereits angebahnt.

»Wer ist die kleine Blonde da drüben? Das wär' was für mein' Korbinian.«

»Die heißt Eva. Soll ich mit ihren Eltern reden?«

Jemand brüllte etwas, und plötzlich drängten sich sieben oder acht junge Männer um das Brautpaar. »Los, jetzt zeig, was du in der Bruche hast«, lachte einer.

Beklommen sah Blanka sich um.

»Sie wird so geschmeidig sein, dass er gar nicht wieder herauskommt«, rief Rupert. Er wirkte erleichtert und trank schnell. Dann zwinkerte er ihr zu, und sie begriff, dass er ihr Mut machen wollte. Dieser Moment war für keine Frau leicht, ob sie unschuldig war oder nicht.

Die alten Weiber brachten sie wieder ins Haus: Peros Mutter und zwei Mägde. Blanka errötete, während die Frauen sie bis auf das Hemd entkleideten. Gemeinsam mit Pero trank sie warmen Gewürzwein aus einem Holzbecher. Hier drangen die obszönen Lieder nur noch schwach herein: »Er warf mir uf das hemdelin, *corpore detecta*, er rante mir in daz purgelin *cuspide erecta*!«

»Na, haben sie ihr das Hemdchen schon ausgezogen?«, rief einer von draußen. »Und steht die Lanze, um sie ihr ins Bäuchlein zu rammen?«

Blanka atmete tief durch. Oft genug hatte sie selbst über die derben Scherze bei Hochzeiten gelacht, aber jetzt demütigte es sie so, dass sie am liebsten davongerannt wäre. Beschämt fuhr sie sich durch die goldbraunen Haare und sah zum Bett. Dann stieg sie mit zusammengepressten Lippen hinein und zog das Fell bis zum Kinn.

Auch Pero hatte sich inzwischen entkleidet. Nackt war er ihr noch fremder. Wie sollte sie unter diesem massigen Körper atmen? Ihr Blick glitt nach unten, wo das Glied noch schlaff zwischen seinen Beinen hing.

»Na, seht euch diesen Prügel an!«, rief eines der Weiber.

»Das liegt daran, dass ich seine Amme war«, behauptete Johanna. »Meine Milch macht einen Mann stark.«

»He, der zuckt ja schon! Du kannst es wohl gar nicht abwarten! Heb dir das für deine Frau auf!«

Blanka dachte daran, wie zärtlich und leidenschaftlich ihre Nacht mit Ortolf gewesen war. Auf einmal kam sie sich vor wie in einem Hurenhaus. Sie fühlte neben dem Bett nach dem Messer, das sie dort versteckt hatte. Wenn alles vorbei war, würde sie sich damit am Finger ritzen, um eine Blutspur auf das Laken zu schmieren.

Johanna hängte Pero eine Kette aus Eicheln um. »Die machen dich stark beim Beilager. Zeig ihr, was du kannst!«, feuerte sie ihn an. Dann rannten die Weiber kreischend hinaus. Allerdings war Blanka sicher, dass sie draußen ihre großen behaarten Ohren an die Tür pressen würden. Sie war so beschämt, dass sie es kaum fertigbrachte, ihn anzusehen.

Langsam kam Pero zum Bett. Sein Glied reckte sich ihr nun entgegen. »Zieh das Hemd aus«, befahl er. »Und dreh den Kopf, diese Narbe will ich nicht sehen.«

Blankas letzte Sicherheit verließ sie, mit einem Schlag war sie wieder das entstellte Mädchen von einst. Ungelenk zog sie das Hemd über den Kopf und schlug die Arme vor der Brust zusammen. Nur noch das Krötenamulett lag auf ihrer nackten Haut.

Pero zog das Fell herab, schob ihre Beine auseinander und warf sich auf sie.

Blanka schrie auf. Der Schmerz war trocken und hart, und sie hatte das Gefühl, sein Glied würde sie aufreißen.

»Gut so!«, hörte sie die Amme von draußen rufen. »Die Braut muss schreien, sonst taugt der Mann nichts!«

Peros Atem strich über ihren Hals. Er war so schwer, dass sie kaum Luft bekam. »Jetzt stell dich nicht so an!«, fuhr er sie an. Die Stöße hörten auf, er seufzte und stützte sich auf die Arme. »Na gut, woher sollst du es wissen. Mach einfach die Augen zu und lass mich machen.«

Blanka gehorchte. Er berührte ihre Brüste und ihre Scham. Sie versuchte sich vorzustellen, es sei Ortolf. Aber das Verlangen, das sie so oft gequält hatte, kam nicht. Sie war taub und leer wie damals im Lazarusspital. Sein Glied in ihr schwoll an, er konnte sich nicht mehr zurückhalten. Stöhnend presste er sich in sie und nahm sie mit gierigen Stößen.

5

Eine Woche später trieb ein Floß die Isar hinab. Der Gebirgsfluss, der zur Schneeschmelze Wurzeln und Bäume mitgerissen hatte, floss noch immer schnell. Doch die ersten gleißenden Kiesbänke säumten schon wieder die Ufer. Hans, der Flößer, stand auf sein Ruder gestützt und korrigierte hin und wieder den Kurs. Er war hier aufgewachsen, niemand kannte nach dem Hochwasser die neuen Untiefen besser als er. An diesem warmen Tag trug er nur eine knielange Cotte aus grobgesponnener Wolle in derselben Farbe wie sein Haar. Seine Glieder waren dünn wie das Ruder, doch das täuschte. So mancher Flößer hatte diese drahtigen Arme im Ringen unterschätzt und es bereut. Jetzt pfiff Hans ein Liedchen und dachte an seine Braut, die auf ihn wartete.

Sein Fahrgast, ein Händler, döste mit seinen Dienern in der Sonne. Die Gugel, den Kapuzenüberwurf, hatte er lässig über die Knie gelegt. Der Depp hat sich für die Fahrt sauber über den Tisch ziehen lassen, dachte Hans grinsend. Aber dafür reist er sicher. Mit einem Blick streifte der Flößer die ordentlich vertäute Holzladung. Eine unregelmäßige Verteilung erschwerte das Lenken, aber bei ihm hing nie etwas schief.

Das Sirren kam wie aus dem Nichts. Im selben Moment durchschlug ein Pfeil seine Hand. Hans brüllte auf, warf sich zu Boden und riss den rostigen Dolch aus dem Gürtel.

»Gott sei uns gnädig«, kreischte der Händler und sprang hinter die Ladung. »Das sind Panzerreiter!«

Hans robbte über die rauen Stämme zu ihm in den Schutz des aufgetürmten Holzes. Keuchend zog er den Pfeil aus der Wunde. Ein stechender Schmerz jagte durch seinen Körper, sein Gesicht verzerrte sich. Wild schoss das steuerlose Floß durchs Wasser und schleuderte ihn wieder auf die Balken. »Ich muss ans Ruder«, schrie er dem Händler zu. »Gebt mir mit den Bogen Deckung!« Der Mann keuchte vor Angst, seine Augen rollten orientierungslos umher. Doch er nickte. Er hatte verstanden.

Stöhnend vor Schmerz kroch Hans zurück, die blutende Hand an die Brust gepresst. Das Ruder schlenkerte, von den Wassergewalten getrieben, knirschend hin und her, schleuderte kalten Schaum aus den smaragdgrünen Fluten an Bord. Er musste es geraderichten, sonst würde es brechen.

Pfeile schossen über seinen Kopf hinweg, als er den Holzbalken herumriss. Das Wasser brodelte, als sich das Floß quer stellte, und eine eiskalte Welle überspülte ihn. Er dankte Gott, dass das rechte Ufer immer steiler anstieg. Sie hatten Föhring fast erreicht, und an der Zollbrücke gab es Waffenknechte.

Auch der Händler war zu sich gekommen und hatte seinen Männern Befehle gegeben – zwei der drei waren Bogenschützen, die nun zurückschossen. Aber in den dichten Büschen und Weiden am Ufer waren die Feinde kaum zu erkennen. Die silbrig grünen Blätter zitterten im Wind, und die Zweige wurden vom Wasser getragen, so dass man nicht sagen konnte, ob Mensch oder Natur sie bewegte.

Etwas an einer tief über den Fluss hängenden Weide erregte Hans' Aufmerksamkeit. Er stieß einen Fluch aus. Mehrere ungepanzerte Männer hatten sich fast unbemerkt im Schutz der Zweige ins Wasser gleiten lassen.

Das ist ja der Teufel!, fuhr es ihm durch den Kopf. Er rief dem Kaufmann eine Warnung zu. Den Schmerz in der Pfeilwunde missachtend, schob er sich das Messer zwischen die Zähne, um beide Hände für das Ruder frei zu haben.

Die ersten Angreifer waren heran und versuchten, auf das Floß zu gelangen. Es war geradezu unheimlich, wie sie mit den Elementen vertraut schienen. Hans schrie wütend auf, als sich der erste muskulöse Arm an den feuchten Stämmen festklammerte.

Die Diener des Kaufmanns hatten neue Pfeile auf die Bogen gelegt. Zischend bohrte sich einer neben Hans in das Floß, andere klatschten ins Wasser. Der erste Angreifer hatte sich an Bord geschwungen und warf seinen Dolch. Mit einem erstickten Laut starrte der Bogenschütze auf die Waffe in seiner Brust und brach zusammen. Geradezu unheimlich schnell waren auch die anderen Fremden heraufgeklettert und umkreisten sie mit gezückten Schwertern. Widerstand war zwecklos.

»Halte aufs Ufer zu!«, befahl der Anführer. Braunes langes Haar klebte an seinen Wangen, der sehnige Oberkörper war nackt. Das Wasser war sicher noch eiskalt, aber das schien ihn nicht zu stören. »Die Waffe weg!«

Hans blickte nach vorn und konnte ein erleichtertes Aufseufzen nicht unterdrücken. Vor ihnen näherte sich ein massiver Holzbau. Gewaltige Streben aus Baumstämmen, die sich vom Wasser aus über dem reißenden Fluss erhoben: die Föhringer Brücke.

»Ortolf!«, schrie einer der Männer. Die Bogenschützen von der Brücke hatten das Floß bemerkt und befahlen ihnen anzulegen. Einer der Angreifer antwortete ihnen mit einer abfälligen Geste. Sie begannen zu schießen.

»Das Ruder«, brüllte Ortolf. Er stieß Hans zur Seite und riss es herum. Er war nicht schnell genug. Das Floß schoss weiter auf die Brücke zu – und auf das Seil, das knapp über dem Wasser gespannt war, um Boote an der Zollbrücke aufzuhalten.

Ortolf ließ sich ins Wasser gleiten und schwamm hinüber. Eisen blitzte in der Sonne auf – dann hatte er das Seil durchtrennt. Keuchend kam er wieder an die Wasseroberfläche und fluchte. Der Strick war nicht das einzige Hindernis gewesen: Auf der Höhe des Pegels war eine eiserne Kette gespannt.

Hans begriff nicht sofort. Aber dann begann er zu johlen. Das Floß hatte sich in der Sperre verfangen und wurde von den aufschäumenden Fluten überspült. Ortolf konnte es nicht befreien, ohne von den Bogenschützen getroffen zu werden.

Pfeile schlugen ins Wasser. Ortolf vergewisserte sich, dass Hartnits Dolch, den er nie ablegte, noch in seinem Gürtel steckte. Dann tauchte er unter der Kette hindurch in den Schutz der Brücke und kam ans Ufer.

»Die Brücke! Panzerreiter greifen die Brücke an!« Blanka stand mit ihren Mägden am Brunnen auf der Rückseite des Richterhauses, als der Junge angerannt kam. Überrascht schob sie das Tuch aus der Stirn. An diesem warmen Tag trug sie fast die gleichen Kleider wie die einfachen Frauen, eine schlichte dunkelrote Cotte und das rechteckige Kopftuch, das im Nacken geknotet war.

»Die Panzerreiter!« Peros Stellvertreter Cuno hatte mit einem der Mädchen getändelt. Jetzt wirkte er wie ein Kind, das ein stolzer Vater in eine zu große Rüstung gesteckt hatte. Pero hatte zwei Tage nach der Hochzeit mit Bischof Otto nach Regensburg reisen müssen und Föhring so lange an Cuno übergeben.

Blanka nahm seinen Arm. »Ich kenne die Männer des Wittelsbachers«, zischte sie. »Schickt jeden Mann zur Brücke: Kaufleute, Salzknechte – jeden, der ein Schwert halten kann. Es sind auch ihre Waren, die in Gefahr sind!« Besorgt musterte sie ihn. Gerade erst vom elterlichen Hof gekommen, hatte der Junge vermutlich kaum erwartet, mehr als ein paar Diebereien oder eine Tavernenschlägerei bewältigen zu müssen. Warum war sie nur kein Mann!

Sie liefen die sandige Hauptstraße entlang zum Ende des Orts. Unter ihnen fiel der Hang steil zur Isar hin ab. Selbst von hier aus konnte Blanka Flüche, das Brüllen von Tieren und Waffengeklirr hören. Am Zollhaus waren Panzerreiter in einen hitzigen Kampf mit den Brückenwächtern verstrickt. Offenbar versuchten sie, ein Floß und zwei Fuhrwerke, die auf der Straße gewartet hatten, in ihre Gewalt zu bringen. Im Wasser ruderten Verletzte und Ertrinkende. Das vordere Fuhrwerk kippte, und eine der kostbaren Salzscheiben stürzte ins Wasser. Der Händler schrie verzweifelt, doch seine Ochsen drohten von den Wittelsbacher Männern weggetrieben zu werden.

Blanka sah sich um. Die Waffenknechte und Bogenschützen waren hinter ihr zusammengelaufen. »Worauf wartet ihr noch?«, schrie sie. »Lasst sie nicht entkommen!«

Unschlüssig sahen sie sich an, dann zu Cuno. Der zögerte. Was hätte Otto an ihrer Stelle getan? Geistlichen war es wie Frauen verboten, Waffen zu tragen. Trotzdem hatte er auf dem Kreuzzug den Tross befehligt. Blanka packte den nächsten Knecht und zog ihm das Schwert aus dem Gürtel. »Hinunter!«

Überrascht starrten die Männer sie an. Sie schloss die Hand fest um den mit Lederbändern umwickelten Griff.

Endlich gehorchten sie. Die Waffenknechte, angeführt von Cuno, rissen die Schwerter aus den Scheiden und rannten die steile gewundene Straße hinunter. Der Weg war von unten zwar gut zu sehen, aber die Bogenschützen von der Motte gaben ihnen, erleichtert über die Hilfe, Deckung. Blanka atmete auf. Sie gab dem Reisiger seine Klinge wieder und fuhr sich mit der schmutzigen, nach Öl riechenden Hand über die Nase. Einige bange Augenblicke lang war sie nicht sicher gewesen, ob man sie für diese Anmaßung bei Pero anzeigen würde. Aber kein Mann ließ eine Frau zur Waffe greifen, während er selbst untätig danebenstand.

Ortolf hatte, kaum hatte er sein angebundenes Pferd erreicht, das Kettenhemd übergeworfen. Ohne sich die Zeit zu nehmen, den Helm aufzusetzen, schwang er sich in den Sattel. Er jagte an der Taverne vorbei, die sich unter den ersten Brückenpfeiler duckte. Über einen betrunkenen Gaukler hinweg setzte er die Böschung hinauf.

Die Straße war zerstampft. Blutspuren, Pfeile, ein zerbrochener Dolch und Holzsplitter bedeckten den Morast. Waffen klirrten, Tiere schnaubten und brüllten, und die Kaufleute fluchten. Von der Brücke aus begannen die Bogenschützen jetzt, die Panzerreiter zu beschießen. Ortolf fand den Schild am Sattel hängen, riss ihn hoch und duckte sich darunter. Sein Brauner scheute, und er prallte mit dem Bein schmerzhaft gegen eines der Fuhrwerke. Er hörte das scharfe kurze Knacken, als sich die Pfeile in den Lederbezug und das mehrfach verleimte Holz des Schilds bohrten, die Schreie der Getroffenen. Ruckartig hob er den Arm und warf das Haar aus dem Gesicht, um sich umzusehen.

Einer seiner Waffenknechte schloss gurgelnd die Hände um den Hals, aus dem ein Pfeil ragte. Aber auch die Männer der Händler waren getroffen – einer versuchte, schreiend vor Schmerz, einen Schaft aus seinem Körper zu ziehen, ein anderer war mit blutiger Bundhaube über den Rand des hinteren Fuhrwerks geschleudert worden. Auch dieses neigte sich jetzt bedrohlich zur Seite, und die Salzscheiben, schwer wie Mühlsteine, rutschten auf Ortolf zu. Die Luft roch nach den Ochsen, die brüllend auszubrechen drohten. Wenn diese riesigen Tiere durchgingen, würden sie alles niedertrampeln.

»Schnell!«, rief Ortolf. Er beugte sich aus dem Sattel, um das am Boden schleifende Seil des Gespanns zu greifen. Die Wälder waren nahe, dort kannte er jeden verborgenen Pfad. Widerstrebend folgten ihm die Tiere, während ihr Besitzer zeterte und jammerte.

»Lasst gut sein«, spottete Ortolf. »Ich treibe für den Vogt den Zoll ein. Euch kann es ja gleich sein, ob Ihr die Abgaben dem Bischof oder meinem Herrn entrichtet.« Der Markt war schon unter Ottos Vorgängern entstanden. Er hatte keine Ahnung, ob diese ihre Einnahmen mit ihren Vögten geteilt hatten. Aber der Rotkopf hatte ein Vermögen für Ortolfs Freilassung bezahlt. Es war an ihm zu beweisen, dass er diese Demütigung wert gewesen war.

Blanka hatte den Pfeilregen genutzt, um mit den übrigen Männern zur Brücke hinab und ins Innere der Mautburg zu gelangen. Geschützt von mehreren Holzschilden und den Bogenschützen, erreichte sie die Palisaden. Sie schob den schweren Schild beiseite, den ein Knecht noch immer vor sie hielt, und wollte den Sand aus ihren Schuhen schütten. Da hörte sie Ortolfs Stimme.

Für einen Moment schnürte es ihr die Brust zusammen, und sie hatte das Gefühl, nicht atmen zu können. Der bloße Klang rief alles wieder in ihr wach, das Verlangen, die Tränen. Wenn sie neben Pero auf dem Bett lag, hatte sie mit sich gekämpft, um diese Erinnerungen auszulöschen. Aber jetzt überfielen sie sie wieder mit ganzer Macht. »Ortolf ist frei?«, flüsterte sie.

Sie sah in die verschwitzten Gesichter ihrer Männer und bezwang ihre Gefühle. Entschlossen packte sie die erste Sprosse der Leiter. Sie stieg auf den Turm, beugte sich nach draußen und schrie Ortolfs Namen.

Überrascht riss Ortolf so hart an den Zügeln, dass sich sein Pferd aufbäumte. Auf dem steigenden Tier musste er um sein Gleichgewicht kämpfen. Verblüfft starrte er zurück. Sie war es wirklich. Ihr Gesicht war bleich und schmal, und der Anblick ihrer weit aufgerissenen Augen ließ seinen Schwertarm wie gelähmt herabsinken. Das Haar, das unter dem Kopftuch herabfiel, glänzte in der Sonne wie dunkler Honig. Für einen Moment hatte er das Gefühl, es wieder auf den Lippen zu spüren.

»Ist das der beste Kämpfer, den Föhring aufbietet?«, höhnte Gerbrecht, der direkt unterhalb der Befestigung stand. »Wollt Ihr uns mit den Waffen einer Frau bekämpfen?«

Ortolf wollte ihm eine Warnung zurufen, doch zu spät – Blanka hatte einen Befehl gezischt. Ein kräftiger Salzknecht wuchtete einen Eimer auf den Wall und kippte ihn aus.

Brüllend taumelte Gerbrecht zurück. Offenbar war es Seifenlauge. Durch den Sehschlitz des Helms drang sie in seine Augen und musste höllisch brennen. Die Föhringer Waffenknechte nutzten die Gelegenheit. Das Tor öffnete sich, und sie brachen aus der Deckung hinaus. Gerbrecht kämpfte noch mit der Lauge in seinen Augen, als er ein Schwert an der Kehle spürte. Fast ohne Widerstand zerrten die Föhringer ihn und zwei weitere Wittelsbacher Kämpfer hinter die Palisaden.

»Ihr solltet die Waffen einer Frau nicht zu gering schätzen!«, schrie Blanka herab.

»Verflucht!« Einige von Ortolfs Leuten wendeten ihre Pferde. Schlamm spritzte nach allen Seiten. Sie hoben die Schwerter, aber im Gedränge der brüllenden Händler, Ochsen und Kämpfer konnten sie nicht gezielt anreiten. Trotzdem machten sie Anstalten, die Brücke anzugreifen.

»Zurück!«, brüllte Ortolf. Überrascht hielten sie inne.

»Nehmt die Gespanne und verschwindet!«, schrie er. Er wusste selbst nicht genau, warum.

Schulterzuckend gehorchten seine Männer. Der Boden zitterte unter dem Donner der Hufe, als sie zum Wald zurückgaloppierten. Bei den ersten Haselsträuchern hielt Ortolf sein Pferd an. Mit geschlossenen Augen presste er die verschmierte Stirn an den kühlen Schwertgriff. Keuchend blickte er endlich auf. Aber Blanka war hinter dem Wall verschwunden.

6

Der Biber kämpfte verzweifelt, aber der Junge hielt ihn fest und zerrte das Tier an der Schlinge zum Uferrand. Die hungrigen Augen des Kindes funkelten, und es griff nach dem Messer an seinem Gürtel. Da Biber im Wasser lebten, galten sie als Fisch. Die Familie beging also keine Sünde, wenn sie ihn aß, obwohl Freitag war. Den Zähnen seines Opfers geschickt ausweichend, sprang der Junge ins hüfttiefe Wasser. Es wurde noch einmal von dem breiten Schwanz aufgepeitscht, dann färbte es sich blutrot.

Nicht weit entfernt trieb ein Kahn auf dem Altwasser bei Föhring. Es war früher Morgen. Noch war es kühl, und es hingen kaum Mücken über der glitzernden Oberfläche.

»Ich danke Euch, dass Ihr selbst gekommen seid, um die Gefangenen abzuholen«, sagte Blanka. »Die Wittelsbacher haben sich nicht nur das Lösegeld für Ortolf zurückgeholt. Ich habe mit den Kaufleuten gesprochen. Angeblich behauptet der Pfalzgraf, als Eurem Vogt stünden ihm die Einnahmen aus dem Brückenzoll zu. Was sollen wir tun?« Es war der Einfall Ottos von Freising gewesen, begleitet von einem Knecht hier herauszufahren, wo sie ungestört reden konnten. Verstohlen kratzte sie sich unter dem Kinnband ihres Gebendes. Das Leinenkrönchen, das zu dieser Kopfbedeckung gehörte, gefiel ihr, aber das Band hatte sie schon an der Nonnentracht gehasst. Es war eng, juckte und störte beim Sprechen und Hören. Blanka hatte den schlimmen Verdacht, dass genau das die Absicht war. Selbst Ortolf kannte den Spruch des heiligen Paulus, das Weib solle in der Gemeinde schweigen. Doch das Band zu lockern, noch dazu in Gegenwart eines Geistlichen, wäre hurenhaft gewesen.

Otto presste die Finger auf die Nasenwurzel. »Ich kann nichts tun«, erwiderte er. Es klang resigniert. »Der König ruft mich ins Rheinland. Danach reise ich zum Generalkapitel meines früheren Klosters Morimond in die Champagne. Vielleicht sollte ich dort bleiben.«

Überrascht versuchte sie, in seinem Gesicht zu lesen, doch er hatte die Kapuze tief über die Augen gezogen.

»Aber Ihr könnt uns nicht im Stich lassen«, beschwor sie ihn. Seit Blanka denken konnte, war Otto ihr Herr. Und mehr als das – ihr Beichtvater, ihr Beschützer, ihr Vertrauter. Er wusste mehr von ihr als sonst irgendjemand auf der Welt. Der Gedanke, dass er eines Tages Freising verlassen könnte, machte ihr Angst. Wenn er ging, würde der Wittelsbacher sich an allen rächen, die sich ihm widersetzt hatten. Wem konnte sie dann überhaupt noch vertrauen?

Otto blickte ins Wasser. Langsam steuerte der Knecht das Boot zwischen den halb überschwemmten Stämmen durch den faulig riechenden Algenteppich. Hin und wieder schwamm eine Ringelnatter vorbei und zog eine Spur durch den hellgrünen Film. Tausend kleine Inseln und bizarr aufgetürmte Biberburgen ragten aus dem Wasser, und das Licht brach sich in der grünen Unendlichkeit. Mehr zu sich selbst als zu Blanka fuhr er fort: »König Konrad ist krank. Statt für die Einheit der Gläubigen zu kämpfen, verprassen die Äbte mit ihren Weibern die Kirchenschätze. Gierige Emporkömmlinge haben nichts im Sinn, als sich rücksichtslos zu bereichern. Der Kreuzzug sollte geistliche und weltliche Herren versöhnen, stattdessen sind sie nun zerstrittener denn je. Soll ich dem Rad des Schicksals in die Speichen fallen?«

»Ich verstehe nichts von diesen Dingen«, sagte sie. »Ich bin keiner Eurer Kleriker, nur eine Frau, die Euch vertraut.«

»Dann bemüh dich!«, erwiderte Otto heftig und warf die Kapuze zurück. »Dass du eine Frau bist, gibt dir nicht das Recht, deinen Verstand mit Füßen zu treten!«

Blanka starrte ihn an. Noch nie hatte er in ihrer Gegenwart die Beherrschung verloren. Sein Gesicht hatte sich gerötet, und seine Lippen waren schmal. Womit hatte sie seinen Zorn erregt?

»Das Scheitern des Kreuzzugs und der Streit zwischen weltlicher und geistlicher Gewalt weisen uns auf das Jüngste Gericht hin«, entgegnete Otto ruhiger. »Sie sind Zeichen, die wir begreifen müssen. Vielleicht geht es einfach dem Ende zu. Die Welt verändert sich, und sie wirft uns hilflos von einer Grausamkeit zur nächsten. Davor wollte ich dich schützen, als ich dir das Kloster vorschlug.«

»Alles, was lebt, verändert sich«, erwiderte Blanka ernst. »Niemand kann sich entziehen.« Als sie Ortolf wiedergesehen hatte, waren ihre Gefühle für ihn wie eine Woge über sie hereingebrochen. Es hatte sie unendlich viel Überwindung gekostet, aber sie hatte seinen Angriff zurückgeschlagen. War das nun umsonst?

»Damals auf dem Kreuzzug habt Ihr uns Mut gemacht«, redete sie auf Otto ein. Sie beugte sich zu ihm. »Wir sind ins Heilige Land gezogen, weil man uns sagte, dass wir dort unsere Sünden auslöschen können. Als der Kreuzzug scheiterte, verkündete Bernhard von Clairvaux, dass unsere Schuld zu groß gewesen sei. Aber Ihr habt uns zurückgebracht. Ihr, nicht Bernhard und nicht unser König! Und jetzt wollt Ihr vor Eurem Vogt fliehen?«

»Sieh dich vor!«

Blanka biss sich auf die Lippen und setzte sich zurück. Sie hatte nicht das Recht, ihren Herrn in Frage zu stellen.

Otto starrte ihr ins Gesicht. Seine Lippen bebten, die Hände klammerten sich an die Holzwände des Kahns. Sie hatte den Eindruck, als kämpfte er mit aller Kraft gegen etwas an, und es war nicht nur Wut. »Bernhard ist ein Eiferer«, erwiderte er endlich. »Vermutlich muss es Männer wie ihn geben. Aber Eiferer sind nicht sicherer, sondern unsicherer in ihrem Glauben. Nur aus diesem Grund setzen sie alles daran, dass andere diesen Glauben teilen. – Du bist jung, Blanka«, sagte er plötzlich versöhnlich. »Du hast einen Kreuzzug miterlebt, aber trotzdem weißt du nicht viel vom Leben – von den Abgründen, die Menschen in sich tragen.«

War es das, was ihn ins Kloster getrieben hatte? Abscheu vor einer Welt, in der Gewalt, Hurerei und Untreue alltäglich waren? Hatte er sich deshalb in den starren Rhythmus des Mönchslebens geflüchtet? Und, dachte sie beunruhigt, hatte er sie deshalb ausgerechnet Blanka genannt: die Reine?

Sie konnte ihn nicht ansehen und blickte ein paar Blesshühnern nach, die zwischen abgebrochenen Ästen und gelben Schwertlilien durchs Wasser zogen. Sie dachte daran, wie sie in den Armen seines Todfeindes auf einem zerwühlten Bett gelegen und später ihre Männer auf dem Wall von Föhring angefeuert hatte. Otto wusste längst nicht alles von ihr, und das war vielleicht auch besser so.

»Nun gut, Föhring ist ein wunder Punkt«, überlegte der Bischof laut. »Ortolf ist klar, dass ich mein Recht nicht beweisen kann. Der Markt bestand, lange bevor ich aus Morimond kam, und niemand störte sich daran. Allerdings gibt es wirklich keine Urkunde, die Föhring klar als mein Eigentum ausweist.«

Blanka hob die Brauen. »Nein?«

Otto stutzte. Dann lachte er, aber es war ein kurzer, harter Laut, unentschlossen, ob er das sein wollte, was Lachen eigentlich bedeutete.

»Wenn wir es nicht tun, wird Ortolf unsere Rechte mit Füßen treten«, meinte Blanka. Eifrig rutschte sie auf ihrer Bank ein Stück nach vorne zu ihm. Hundertmal hatte sie sich gefragt, warum sie vom Aussatz geheilt worden war und ihr Vater daran starb. Otto und sein Auftrag, die Urkunden zu schreiben, hatten ihr eine Antwort auf diese Frage gegeben. Sie konnte jetzt nicht aufhören. »Werdet Ihr Abt Wibald treffen, wenn Ihr im Rheinland seid? Vielleicht findet Ihr eine Vorlage, nach der ich die Urkunde schreiben kann.«

Otto war sofort wieder ernst geworden. »Und das Rad des Schicksals – wer versucht nun, sich ihm zu entziehen?«, tadelte er. Aber der strenge Zug um seinen Mund war milder.

»Ich will mich ihm nicht entziehen«, erwiderte Blanka. Mit einem verstohlenen Lächeln setzte sie nach: »Ich will es nur ein wenig anstoßen.«

Rupert erwartete sie schon auf dem Hauptplatz bei den Gefangenen. Blanka hatte alle Männer, die in ihre Hände gefallen waren, hier heraufbringen lassen. Jetzt hockten sie fröstelnd unter dem vorragenden Dach des Richterhauses. Rupert war sofort aufgebrochen, als Blankas Bote bei ihm eintraf. Offenbar war er gerade erst angekommen, denn sein Pferd war noch schweißfeucht und wurde von einem Knecht in den Stall gebracht.

»Nehmt Ihr die Gefangenen mit«, befahl Otto ihm kurz. »Treibt das Lösegeld hoch, so weit es geht. Der Rotkopf soll sich daran gewöhnen, dass ich mit Straßenräubern nicht verhandle.« Kurz wandte er sich an Blanka. »Das war ein ausführlicher Bericht. Für den Moment genügt das.« Damit verschwand er im Haus.

»Cuno hat sich bewährt«, meinte Rupert, als er die Reihen der Gefangenen abschritt, die blutverschmiert und nur in der Cotte mit gefesselten Händen dahockten. Blanka fiel auf, dass ihr Bruder leicht hinkte, aber als sie ihn darauf ansprach, winkte er ab. »Der Überfall auf Burgrain«, meinte er. »Es heilt nicht sehr gut.«

Besorgt bemerkte sie, dass er wieder getrunken hatte. Das war der Heilung nicht gerade förderlich. Er wirkte unruhig. Natürlich machte er sich Sorgen, und die meisten Männer betäubten das lieber mit Wein, als dass sie zugaben, Angst zu haben. Blanka hatte ihre eigene Rolle bei der Verteidigung nicht erwähnt. Es war besser, ihr Fehlverhalten zu verschweigen. Auch wenn der Erfolg ihr recht gab, Männer verdankten die Rettung ihres Besitzes nun einmal lieber einem Knaben als einer Frau.

»Ich will, dass du mir ein paar von deinen Männern schickst«, meinte Rupert. Die halbverheilten Schnitte im Gesicht machten ihn älter. »Wer weiß, wo die Wittelsbacher demnächst plündern.«

»Das kann ich nicht«, widersprach sie. »Ortolf ist besiegt worden, von einer Frau und einem Knaben. Ein Mann würde eher rückwärts auf einem Schwein reiten, als das auf sich sitzen lassen. Er wird wiederkommen.«

»Was soll das?«, fragte Rupert scharf. »Tu, was ich dir sage!«

Seit sie denken konnte, hatte sie zu ihm aufgesehen. Blanka schüttelte den Kopf. Es war Zeit, dass sie endlich erwachsen wurde. »Ich bin für die Menschen hier verantwortlich, Rupert. Und der Bischof würde es auch nicht erlauben.« Sie legte ihm die Hand auf den Arm. Zögernd legte er seine Hand auf ihre. Sie küsste ihren Bruder auf die Wange und ging ins Haus.

»Herr!«

Einer der Gefangenen, offenbar ein einfacher Fußsoldat, hatte Ruperts Cotte gepackt. Ein verschmiertes, unrasiertes Gesicht mit weißblonden Wimpern, die Hand war mit einem schmutzigen Streifen Leinen verbunden.

»Ich bin Köhler, von Herrn Ortolf. Wenn Ihr mich freilasst, werde ich Euch etwas sagen, was Euch von Nutzen sein wird.«

Rupert spuckte verächtlich aus. »Und was sollte mir ein Köhler Nützliches mitzuteilen haben?«

»Mir gehört die Hütte, in der Ortolf Eure Schwester eine Nacht lang festgehalten hat. Da hört man schon mal was, das man nicht hören soll.« Der Mann hob seine gefesselten Arme und öffnete eine Hand. »Und was auch sonst niemand wissen soll.«

Rupert schlug ihn brutal ins Gesicht. »Halt dein dreckiges Maul!«, fuhr er ihn an. »Wenn du so etwas noch einmal zu behaupten wagst, hänge ich dich am nächsten Baum auf!«

Wütend ging er seiner Schwester nach. Nach wenigen Schritten blieb er unschlüssig stehen und presste die Fäuste an die Schläfen. Dann aber folgte er Blanka.

7

»Der Ritt hier heraus dürfte sich für Euch gelohnt haben«, sagte Wibald von Stablo. Der gewiefte Abt und Ratgeber des Königs hatte die fünfzig sichtlich hinter sich. Mit dem zerfurchten Gesicht hätte man ihn für einen Bauern aus den Ardennen halten können. Doch seine Bewegungen waren noch voll Energie. Otto von Freising hatte eine gute Woche ins Rheinland gebraucht. Als Wibald von seinem Kommen gehört hatte, hatte er ihn sofort um ein Treffen gebeten. Jetzt standen sie im Kreuzgang des Benediktinerklosters St. Maximin vor Trier. Das niedrige Gewölbe verriet, wie alt das Kloster war. Obwohl die Kirche seit der Gründung mehrmals erweitert worden war, wirkte sie noch immer altmodisch mit ihren wuchtigen Türmen aus zartrosa Sandstein.

Otto überflog die Urkunde, die ihm der Freund reichte. »Ah, für das Kloster Lorsch.« Er blickte auf. »Wir sind hier sicher vor Spionen?«

»Der Abt hat es mir zugesichert. Sein Vogt, der Graf von Luxemburg, weiß von nichts. Das Kloster ist reichsunmittelbar, wie der Papst erst vor wenigen Jahren bestätigt hat. Die Richter des Bischofs von Trier haben hier also keinen Einfluss.«

»Gut.« Otto rollte das Pergament zusammen und rief den Mönch heran, der ihnen in einigem Abstand gefolgt war – weit genug entfernt, um die Unterhaltung der edlen Herren nicht mit anzuhören, aber nahe genug, um ihnen jederzeit zu Diensten zu sein. Der höchstens Siebzehnjährige beeilte sich, den Befehl entgegenzunehmen.

»Mein Freund Abt Wibald bittet Euch, das hier nach Tegernsee schicken zu lassen«, sagte Otto und reichte ihm die Urkunde. »Das

Kloster dort ist eine Eurer Tochterabteien, und es gehört zu Freising. Es ist unauffälliger, als wenn Ihr es direkt an Rahewin sendet. Ich würde es selbst mitnehmen, aber ich werde noch von meinem Bruder gebraucht.« Er wartete, bis der junge Mann das Pergament eingesteckt hatte, dann rief er ihm noch nach: »Und sie sollen es nur Rahewin übergeben, hört Ihr? Niemandem sonst!«

»König Konrad fühlt sich besser«, meinte Wibald, während der Mönch sich durch den Kreuzgang entfernte. Er lächelte ein wenig selbstgefällig. Otto wusste, warum. Es war Wibald gewesen, der den Staufer Konrad gegen den Welfen Heinrich den Stolzen als König maßgeblich mit durchgesetzt hatte.

»Der Pfeilschuss vom Kreuzzug ist geheilt«, stimmte Otto zu.

»Aber er hat sich ein Fieber geholt, das ihn töten wird. Magistra Hildegard von Bingen schickt ihm Kräuter und Tinkturen. Eine kluge Frau, wir werden noch von ihr hören.«

»Eine arme Närrin«, widersprach Wibald. »Es heißt, sie tritt auf Marktplätzen auf. Das ist doch keine Nonne!«

Otto kannte Wibald seit langem als engen Freund Bernhards von Clairvaux und glühenden Kämpfer für die Kirche. Der Wittelsbacher hätte ihn einen Fanatiker genannt. Aber Otto hielt ihn weit eher für einen ehrgeizigen Kleriker, der ein Gespür dafür hatte, wie man es nach oben schafft.

»Gebe Gott, dass ihre Heilmittel ihm noch ein paar Monate schenken! Wir brauchen ihn. Konrads Thronfolger ist tot, wie Ihr wisst, und die Welfen sind noch immer die mächtigste Familie des Reichs. Den jungen Heinrich, den sie den Löwen nennen, haben wir alle unterschätzt. Dass wir seinem Vater das Herzogtum Baiern entzogen haben, nimmt er nicht hin. Während Konrad im Heiligen Land war, hat er mit Clementia von Zähringen die Tochter seiner mächtigsten Feinde geheiratet und seine Macht ausgebaut. Dem Ulmer Hoftag, wo sein Anspruch verhandelt werden sollte, ist er ferngeblieben, und ich fürchte, wir werden auch im Juni in Regensburg vergeblich auf ihn warten. Es ist klar, was er damit sagen will: Über Baiern gibt es nichts zu verhandeln. Angeblich sucht er eine Entscheidung mit den Waffen.«

»Ihr seht in letzter Zeit recht schwarz, mein Freund«, meinte Wibald und legte dem über zehn Jahre Jüngeren die Hand auf die Schulter. Gemeinsam schlugen sie den Weg zurück zum Haus des Abts ein, wo dieser sie zum Essen erwartete. »Vielleicht besiegt Konrad die Krankheit.«

Ohne zu antworten, blickte Otto in den duftenden Garten hinaus, der vom Kreuzgang und von der Kirche an der Querseite umschlossen wurde. Einige Novizen rissen das Unkraut aus, sonst war alles still.

»Meint Ihr nicht?« Wibald blickte auf.

Otto hob die Hand. »Hört Ihr das?«

Ein gedämpfter Schrei war aus der Kirche zu hören. Die beiden Geistlichen sahen sich an.

»Das war eine Frau«, stellte Wibald trocken fest.

»Heilige Afra!«

Das Bauernmädchen stand an der unverputzten Kirchenwand in einer Seitenkapelle. Blondes Haar fiel ihr offen über die kleinen, festen Brüste, und die vollen Lippen waren geöffnet. Der Mönch hatte ihren Rock gehoben. Immer wieder rief er die Schutzpatronin der Huren an und verrichtete keuchend sein Werk. Seit sie den neuen Abt hatten, war es schwerer denn je, an Frauen zu kommen. Aber jetzt erwartete der missgünstige Tropf den Bischof von Freising und Wibald von Stablo – eine ausgezeichnete Gelegenheit, das hübsche junge Ding mit ein paar Schlachtabfällen für ihre hungernden Geschwister gefügig zu machen. Seine Lenden steigerten sich in den heftigen Schmerz kurz vor der erleichternden Ergießung. Er drückte die Handgelenke seiner Buhle fester gegen die Wand.

Die Kirchentür schlug krachend auf. Das Mädchen fuhr zusammen. Sie sah zum Eingang und stieß einen Schrei der Scham aus. Langsam drehte der Mönch sich um. In der Tür stand Otto von Freising.

Die Lippen weiß vor Zorn, ließ der Bischof dem Sünder kaum die Zeit, sich notdürftig zu bedecken. Mit schamgeröteter Tonsur tappte der Mönch in den Hof hinaus, wo ihn der Abt und seine Brüder erwarteten. Vergeblich bemühte er sich, das erkennbar aufgerichtete Corpus Delicti unter seiner Kutte zu beruhigen. Es hatte im Gegensatz zu seinem Herrn noch nicht begriffen, dass das Spiel ein abruptes Ende gefunden hatte.

»Seit Jahren kämpfen wir gegen diese Verweichlichung an«, sagte Bischof Otto hart. »Unzucht ist eine Todsünde, und die Regel der Mönche ist kein Spiel. Ihr seid tot für die Welt. Wie wollt ihr Gott dienen, wenn ihr befleckt seid von Lastern und jedem Lockvogel Satans folgt?«

Der Abt kaute unschlüssig auf der Unterlippe. Otto hatte den Eindruck, der Benediktiner wollte trotz allem Nachsicht mit einer allzu häufigen Verfehlung üben. »Manchmal ist es nötig, den Körper zu peinigen, um die Seele rein zu halten«, sagte er streng. »Der Körper eines guten Mönchs gehört ohnehin nicht ihm. Er hat ihn Christus geopfert.«

Das Klostergericht war schnell, und das Urteil wurde sofort vollstreckt – vor allem um die hohen Gäste zu beeindrucken und zu beweisen, dass die Benediktiner nicht weniger streng gegen Verfehlungen vorgingen als die Zisterzienser. Trotz der Abendkälte rissen die Brüder dem Sünder die Kutte vom Leib, so dass er zitternd und bleich im Hof stand.

Der Bruder Subprior übernahm die Peitsche.

Der erste Schlag ließ den Mönch brüllend zu Boden stürzen. In einiger Entfernung schrie das Mädchen ebenfalls unter den Hieben. Nackt lagen der Mönch und seine Buhle auf den Steinfliesen, blutige Striemen zogen sich über Rücken und Lenden. Abrupt verließ Otto den Hof und lief zum Hauptgebäude. Wibald sah ihm überrascht nach.

Im Halbdunkel seiner Zelle fiel Otto vor dem Marienbild auf die Knie. Lautlos bewegten sich seine flehenden Lippen, und bei jedem Peitschenhieb, der, gefolgt von einem Schrei, zu hören war, fuhr er zusammen, als fiele der Schlag auf seinen eigenen Rücken.

»*Ave Maria, gratia plena* ...« Seine Augen suchten das holzverwitterte Gesicht der Madonna. Die Farbe war nicht mehr ganz frisch. Dennoch war der kleine rote Mund deutlich zu erkennen, Lippen und Augenlider wie Blütenblätter, die Brüste unter dem weiten Gewand und die langen braunen Locken, die ihr über den Rücken fielen.

Das Bild des buhlenden Paares verfolgte ihn, der lüsterne Ausdruck im Gesicht des Mannes, die tierischen Laute. Wütend kämpfte er dagegen an, doch in seinen eigenen Lenden erinnerte ihn ein Pochen, dass er selbst noch nicht alt war. Er presste die eiskalten Hände an die Stirn, als jagte ihm die Madonna, in deren Gesicht nur grenzenlose Demut und Keuschheit zu sehen waren, Angst ein.

Auf einmal sprang Otto auf und riss sich die Kutte von den Schultern. Das Licht, das durch das einzige Fenster der kahlen Zelle hoch über ihm hereinfiel, warf einen grauen Schimmer auf ihn. Die Geißel klatschte auf den nackten Rücken. Er schrie auf, doch das Pochen verstummte nicht. Blutspritzer sprenkelten die hellgraue Kutte. Über seine Hand zogen sich rotbraune Spuren, der Griff der Geißel war klebrig und warm. Zischend sog er den Atem ein. Sein Hass steigerte sich mit dem Rhythmus der Schläge, der Schmerz berauschte ihn, wie es andere Männer berauschte, bei einer Frau zu liegen. Die Geißel schlug in die Wunden, er schrie auf und genoss zugleich die warmen Rinnsale auf seinem Rücken.

Endlich fiel er keuchend nach vorne und presste die glühende Stirn auf den kalten Boden. Er breitete die Arme aus, so dass sein liegender Körper ein Kreuz bildete. Der blutüberströmte Rücken brannte wie Feuer, doch er lächelte. Endlich hatte der andere Schmerz nachgelassen.

Er hatte geglaubt, diese jugendlichen Anfechtungen überwunden zu haben. Als er aus Paris in die Abtei Morimond gekommen war, hatte er Frieden gesucht. Seit damals hatte er die fleischliche Begierde im Zaum gehalten. Ausgestreckt auf dem eiskalten Boden flüsterte er: »Und führe uns nicht in Versuchung. Beschütze mich, Herr, vor den Anfechtungen meines Leibes. Hilf mir, sie niederzuringen und zu vernichten!« Seine brüchige Stimme versagte. Endlich bewegten sich die bleichen Lippen noch einmal und flüsterten stockend: »Beschütze die, Herr, die mir anvertraut sind. Halte deine Hand über sie, wie du sie über die Jungfrau Maria gehalten hast.«

8

Magdalena hatte das Gefühl zu schweben. Ihr war, als hätte sie im Stehen geschlafen. Entweder war sie noch immer betrunken oder jemand hatte ihr genug Bilsenkraut in den Wein gemischt, um einen Ochsen damit zu töten.

Mühsam versuchte sie sich zu erinnern. Sie war mit dem Poeta auf dem Weg nach Baiern, wo sie ihren Geschwistern die Augen auskratzen würde, sollten sie sich begegnen. Gestern hatten sie Ulm erreicht und in der »Schwarzen Ente« ihre abenteuerlichen Geschichten zum Besten gegeben. Aus den Büttéln, die sie aus Paris verjagt hatten, waren darin die Soldaten des Königs geworden und aus der eher angenehmen Reise durch die Weinberge von Burgund eine wilde Jagd um ihr blankes Leben. Die »Schwarze Ente« war beim fahrenden Volk beliebt. Mehr als einmal hatte der Poeta einen Vaganten daran hindern müssen, Magdalena in einer dunklen Ecke zur Unzucht zu zwingen. Und diese hatte die zerlumpten Zehnjährigen verdroschen, die ihnen die letzten Deniers aus den Taschen stehlen wollten. Schließlich waren sie in der Wirtsstube eingeschlafen.

Auf einmal war Magdalena hellwach. Beinahe hätte sie sich an einem schilfgedeckten Balken den Kopf angeschlagen. Sie befand sich in einem niedrigen Dachgeschoss. Durch die Ritzen zwischen den Bodenbrettern drangen Essensdünste und Qualm herauf. Auf Brusthöhe hatte man Seile quer durch den Raum gespannt und die betrunkenen Gaukler einfach mit den Achseln darübergehängt – vermutlich war dem Wirt selbst das Geld für Strohsäcke zu viel.

Magdalena überzeugte sich, dass ihr Säckel noch prall gefüllt zwischen den Brüsten hing. Dann suchte sie ihren Gefährten.

Durch das Strohdach pfiff der Wind, trotzdem war der Gestank nach abgetragenen Kleidern, Schweiß und Alkohol betäubend. Der Raum war voller Gesindel, das die gleichen Lumpen trug wie Magdalena und ihr Liebhaber. Arme und Köpfe hingen vorn herab, den meisten fiel das lange Haar übers Gesicht, und fast alle waren blond. Sie musste die Reihen einzeln abgehen und dabei mit dem Fuß ein paar vorwitzige Mäuse verjagen. Unter dem nur vom Schnarchen bewegten Schopf hätte sie den Poeta fast nicht gefunden. Magdalena stemmte die Fäuste in die Seiten und betrachtete sein dreckverschmiertes Gesicht. Hoffentlich hatte er sich nicht bestehlen lassen. Sie wusste, wo er seinen Beutel versteckte: Wenig zartfühlend griff sie ihm zwischen die Beine.

Mit einem Schrei fuhr der Poeta hoch.

»Ich bin es«, flüsterte sie. »Es ist Tag, komm endlich! Oder willst du ewig in den Seilen hängen?«

Sie erreichten Föhring vier Tage später. Der Marktplatz unten am Fluss war noch verlassen, vermutlich fing das größte Treiben erst an, wenn die weiten Kiesbänke wieder frei waren und der Sommer das Reisen angenehm machte. Als sie das Steilufer hinaufstiegen, wurde Magdalena schweigsam. Wenn sie hier nicht unterkamen, wohin konnten sie dann gehen? Jedenfalls würde sie lieber auf der Latrine um ein Stück Brot huren, als ihren Vater um Hilfe zu bitten.

Sie war ein kleines Kind gewesen, als sie Föhring verlassen hatte, und erinnerte sich nur vage an die alte Bertha und ihren Kräutergarten. Jetzt standen sie auf einem Platz, der ihr nach den Städten, die sie in der Zwischenzeit gesehen hatte, erbärmlich klein vorkam. Offenbar hatte es morgens geregnet, denn sie sanken tief in den Schlamm ein. Abfälle und Kot mischten sich mit der aufgeweichten Erde.

»Verglichen mit Paris hat Gott diesen Ort wahrhaft verlassen«, seufzte der Poeta. Magdalena musste ihm recht geben. Schon zu dieser Jahreszeit hing der Geruch nach Kohl in der Luft, der überall in den Gärten angebaut wurde. Das Vieh lief frei auf den Straßen herum und fraß die Reste aus den Abwasserrinnen. Im Kirchenportal hatten sich ein paar Gaukler in ihre Decken gehüllt und schnarchten ihren Rausch aus.

Vor der Kirche predigte ein Mönch. Er trug die ungefärbte Kutte der Zisterzienser, ein sommersprossiger, rothaariger Junge von höchstens achtzehn, aber mit einer lauten, klangvollen Stimme. »Reinigt eure Seelen!«, schrie er, während eine Sau an seinen nackten Füßen schnüffelte. »Wahres Rittertum besteht im Kampf für den Glauben. So spricht Bernhard von Clairvaux: ›Steige über deinen Vater hinweg, tritt deine Mutter mit Füßen und folge trocknen Auges dem Kreuzesbanner nach. Für Christus grausam sein ist die höchste Stufe der Seligkeit!‹«

Die meisten Leute gingen weiter, sie wollten sich nicht ihre Schuhe mit dem Unrat auf dem Platz besudeln. Der Poeta und Magdalena sahen sich an. Vielleicht konnten sie sich hier ein Abendessen verdienen. Sie hockten sich ein paar Schritte von dem Mönchlein entfernt in den Schutz der Kirche und packten ihre Arzneien aus.

»Mittel gegen die Krätze!«, rief Magdalena. »Medizin für die Lust und um die Liebe einer Frau zu gewinnen!«

Sofort scharten sich die Leute um sie.

Der Prediger warf ihnen einen wütenden Blick zu, aber er gab nicht auf: »Sucht in Christi Leiden den Weg!«

Magdalena begann Gefallen an der Sache zu finden. Für einen Moment vergaß sie ihre Sorgen und nahm die Herausforderung an. »Männer, kommt näher! Dieser Trank hat in Paris einem Greis noch zu einem Sohn verholfen – von den Bastarden nicht zu reden!«

»So bringt doch Euer Weib zum Schweigen!«, fuhr der Mönch den Poeta an. Der zuckte die Achseln.

»Sie ist nicht mein Weib. Ich schlafe nur mit ihr.«

Fast tat Magdalena der Bursche leid. Sein schmales Mädchengesicht lief feuerrot an. Er war noch jung, vermutlich wagte er sonst kaum, zur heiligen Jungfrau aufzusehen.

»*Erubescat iam lingua frenetica et, quae nescit esse facunda, discat esse vel muta*«, rettete er sich ins Latein. »Es erröte die geschäftige Zunge, und, da sie nicht nützlich zu sein versteht, lerne sie, stumm zu sein.«

»Umso besser«, entgegnete Magdalena trocken. »Du schweigst, ich rede.«

Zufrieden bemerkte sie, wie sich immer mehr Leute um sie scharten. Hinter ihnen hatten sich die Gaukler aufgerafft, die im Kirchenportal geschlafen hatten. Eine Disputation gab es nicht jeden Tag zu sehen, und schon gar nicht so eine.

»Bernhard von Clairvaux lehrt uns, dass das Schweigen eine Tugend ist«, versuchte der Mönch es weiter. »Denn es bedeutet Gehorsam und Unterwerfung.« Ein paar alte Männer nickten bedächtig, und angefeuert setzte er nach: »Einem Weib steht Demut an!«

»Von Demut verstehe ich noch weniger als von Tugend«, hielt Magdalena dagegen. »Aber dafür kann ich nichts, ich bin schon in Schande geboren.«

Pfiffe und Gejohle bewiesen, dass ihre Anhänger darin keinen Schaden sahen. Im Gegenteil, die jüngeren Männer drängten sich jetzt geradezu um sie. Sogar ein Krüppel stieß mit seiner Krücke rücksichtslos ein paar Schaulustige zur Seite.

»Du verstockte Sünderin!«, predigte der Junge. »Selbst Salomon hat gegen das *multiloquium*, das überflüssige Geschwätz, gepredigt.« Doch sein Widerstand wurde im selben Maße schwächer wie die zitierte Autorität gewichtiger. »Sprüche 10, Vers 19.«

Magdalena grinste und schnitt ihm ein obszönes Schmähmaul. »Dafür, dass dieser Salomon sie überflüssig fand, hat er ziemlich viele Sprüche verfasst.«

Das war zu viel. »Man sollte dem Weib die Zunge abschneiden!«, ereiferte sich der Mönch. Die Alten machten Anstalten, auf das Paar loszugehen, aber Magdalenas Partei stellte sich dazwischen. In kürzester Zeit war eine wilde Prügelei vom Zaun gebrochen.

Der Mönch raffte seine Kutte und machte sich aus dem Staub, aber die Dorfleute um den Poeta und Magdalena rangen miteinander. Jemand versetzte Magdalena eine Ohrfeige, die sie rücklings in den Schlamm schleuderte. Mit brennender Wange kam sie auf die Beine und drängte sich zwischen die ineinander verkeilten Leiber. Gestoßen und getreten, selbst aber auch alles andere als zimperlich austeilend, arbeitete sie sich vor. Der Poeta hockte rittlings auf einem Waffenknecht und versuchte dessen muskulöse Arme von sich fernzuhalten. Gerade als Magdalena herankam, warf ihn der Mann seinerseits zu Boden und drückte ihm die Kehle zu.

Ohne zu überlegen, klammerte sie sich an den Rücken des Knechts und begann kreischend auf ihn einzutrommeln. Der Mann grunzte widerwillig. Er griff nach hinten und schleuderte sie so hart auf den Boden, dass ihr die Luft wegblieb. Stechende Schmerzen jagten in Wellen durch ihren Oberkörper. Magdalena trat nach ihm. Im selben Moment bereute sie es.

Die kräftige Hand ihres Gegners schloss sich jetzt um ihre eigene Kehle. Sie rang nach Luft, ihr wurde heiß und kalt zugleich. Feurige Punkte und Kreise überdeckten das wutverzerrte Gesicht des Mannes und seine gelb verfärbten Zähne. Vergeblich schrie ihre Lunge nach Atem. Krampfhaft schlug sie in Todesangst um sich, vor ihren aufgerissenen Augen wurde es schwarz.

Jemand rief etwas.

Ganz plötzlich ließ er sie los. Magdalena sog gierig Luft ein und stöhnte im selben Moment auf vor Schmerz. Sie hustete, kam auf alle viere und übergab sich. Aus ihren Haarsträhnen tropfte Erbrochenes, ihr Hals schmerzte, als wäre er ein einziger Bluterguss.

Irgendwo hörte sie eine Frau scharfe, zornige Befehle erteilen. Ein paar Männerstimmen hielten dagegen und verstummten dann. Verkehrte Welt, dachte Magdalena, während sie sich keuchend die Galle von den Lippen wischte. Ich bin tot, ich muss tot sein. Auf Erden gibt keine Frau den Männern Befehle. Aber das Paradies hatte ich mir anders vorgestellt, nicht mit diesen höllischen Schmerzen.

»Geht es wieder?«, fragte die Stimme. Mühsam hob Magdalena den Kopf und starrte die Frau aus geröteten Augen an. Goldbraunes

Haar unter dem Gebende, blaue Augen, eine Frau in ihrem eigenen Alter.

»Niemand wird dir etwas tun. Ich bin Blanka von Burgrain«, sagte die Frau. »Die Zollherrin.«

Blanka brachte Magdalena zum Richterhaus und schickte nach einer gewissen Johanna. Ächzend fiel Magdalena auf die Bank, warf die durchnässten Schuhe auf den Boden und streckte die Füße aus. Hier ragte das strohgedeckte Dach etwas vor und wurde von zwei efeuumwucherten Balken gestützt. Darunter saß man, vor Blicken geschützt, wie in einem Kreuzgang. Kübel mit Frühlingsblumen standen neben der Bank und Körbe mit duftendem Waldmeister. Die Dame liebte es offenbar, etwas zu hegen und zu pflegen. Magdalena hätte erleichtert sein sollen, aber mit dem Atem kam die Wut zurück.

Johanna, eine alte Magd mit peinlich sauberem Kittel, machte ihr einen Umschlag aus Ringelblumensalbe gegen Schwellungen und Blutergüsse. Außerdem hatte sie Salbei und Thymian mitgebracht, um Schmerzen und Heiserkeit zu lindern. Immer wieder schielte Magdalena mit verstohlenem Zorn nach dem Weib, das sich ihr als Zollherrin vorgestellt hatte. Eine hübsche Frau, musste sie zugeben, feine Knochen und durchscheinende Haut, die allerdings auf einer Wange durch eine Narbe entstellt war. Schöne Gewänder trug sie, ein feines Hemd mit Stickerei und einen Surcot, mit Borten geschmückt und einer goldenen Fibel!

Blanka wollte sich überzeugen, dass der Umschlag saß, aber Magdalena fegte ihre Hand weg. »Geht tanzen oder stickt Eurem Gemahl eine Borte für sein Hemd!«, giftete sie.

Sichtlich überrascht wechselte die junge Zollherrin einen Blick mit ihrer Magd.

»Die weiß nicht, was sich gehört«, meinte Johanna achselzuckend. »Sie ist eine Hur'.«

Magdalena hob die Hand. »Sag das noch einmal!«, krächzte sie.

Das meinten zwar die meisten Leute, aber gefallen ließ sie es sich deshalb noch lange nicht, schon gar nicht hier.

Blanka hielt die Alte mit dem Arm zurück und drückte Magdalena wieder auf die Bank. »Du musst dich ausruhen.«

»Ich bin keine Hure. Ich nehme ja kein Geld dafür, dass ich bei meinem Liebhaber schlafe«, setzte Magdalena hasserfüllt nach. Mitleid war das Letzte, was sie wollte. Sie war verletzt und gekränkt, sie stank, und ihre Cotte war mit Dreck und Erbrochenem besudelt. Obwohl jeder Laut schmerzte, konnte sie sich nicht zurückhalten: »Aber frag mal deine Herrin, wie viel ihr Mann für sie bezahlt hat!«

»Sieh dich vor!«, fuhr Blanka sie an.

Verblüfft unterbrach sich Magdalena. Sie hatte erwartet, dass Blanka beim ersten harten Wort umknicken würde. Krächzend lachte sie auf. Sie wies auf die Narbe an Blankas Wange, die unter dem Gebende hervorsah. »Es war sicher nicht wenig. Wer beschläft denn freiwillig einen Krüppel?«

Blanka packte sie am Arm, zerrte sie auf die Beine und über den mit Reisig belegten Boden zum Ausgang. Zwischen ihren Brauen bildete sich eine steile Falte, der Mund war plötzlich schmal. Sie hatte nichts Verletzliches mehr. »Du nennst mich nicht in meinem eigenen Haus eine Hure!«, schrie sie die Vagantin an. »Verschwinde! Ich will dich nicht mehr sehen!«

Ein paar Herzschläge lang starrte Magdalena sie fassungslos an. Sie war völlig überrascht, und ihre schmutzigen, kalten Füße schmerzten. Dann riss sie sich los. »Ja, werft mich nur hinaus!«, gab sie heiser zurück. Das Wasser stieg ihr in die Augen. Aber sie konnte sich nicht mehr zurückhalten und spuckte aus. »Das kenne ich schon, von unserem Vater!«

Jetzt war es an Blanka, sie ungläubig anzustarren.

Wütend kämpfte Magdalena dagegen an, aber die Tränen liefen unaufhaltsam über ihre Wangen. Erschöpft schlug sie die Hände vors Gesicht. Eine Weile sagte niemand ein Wort.

»Meine Mutter, Anna, hat als Magd für Euch gearbeitet«, gestand sie endlich. Sie blickte auf. »Vorhin habt Ihr doch Burgrain erwähnt, oder nicht? Eine junge, schöne Magd im Haus einen Ritters, was glaubt Ihr wohl? Er hat sie genommen, gegen ihren Willen, in einem dunklen Winkel im Stall. Und als sie dann von ihm niederkam, war sie ihm nicht mehr gut genug. Sein Weib wollte den Bastard aus den Augen haben, da hat er uns weggeschickt. – Eure Mutter war die Hure!«, schrie sie plötzlich. Die Enttäuschung, die sie jahrelang in sich verschlossen hatte, brach sich Bahn. »Sie hat sich für die Morgengabe ins gemachte Nest gesetzt, aber meine Mutter musste sich verkaufen: für ein Stück Brot, für einen Arzt, damit ich noch einen Tag auf dieser verdammten Welt leben konnte!«

»Du lügst doch!«, schrie Blanka zurück. »Ich kannte …« Sie unterbrach sich. Auf einmal schien sie unschlüssig. Fast alle Ritter nahmen sich hin und wieder eine Magd, um sie dann mit ihrem Bastard auf die Straße zu schicken. Blanka schien sich den Kopf zu zermartern. Unter ihrem Gebende fielen die goldbraunen Haare nach vorn und rahmten ihr plötzlich hilfloses Gesicht.

»Du weißt es«, sagte Magdalena hart. Aber der Triumph fühlte sich schal an. Ihre Wut brannte so quälend wie vorher. Dem, den sie wirklich hasste, hatte sie das alles nicht sagen können.

Blanka schwieg.

»Du bist wie er«, sagte Magdalena verächtlich. »Aber du musst mich nicht durchfüttern. Ich brauche dich nicht, so wenig, wie ich ihn gebraucht habe!« Damit ging sie an Blanka vorbei ins Freie.

9

Die Aprilwolken, die seit Tagen über Föhring hinweggezogen waren, öffneten am nächsten Nachmittag ihre Schleusen. Während der Regen von den Brückenbohlen in die darunterliegende Taverne tropfte, platzte der Poeta schier vor Selbstmitleid. Er war wild entschlossen, sich in kürzerer Zeit denn je um den Verstand zu trinken.

»Der Bastard hat mich einen Lotterpfaffen genannt!« Er hockte allein am Tisch, aber das schadete nichts. Schließlich war er selbst sich der einzig ebenbürtige Gesprächspartner.

Vermutlich hatte dieser Rahewin, der Sekretär, sofort den Bierdunst gerochen, den er verbreitete. Dabei hatte er seine ganze Gelehrsamkeit ausgespielt, doch Rahewin war leider auch nicht auf den Kopf gefallen. Statt ihm einen Platz am Tisch des Bischofs zu versprechen, hatte er ihn weggeschickt. So saß er nun hier, geschlagen von Fortuna. Eines Tages, tröstete er sich, würde das Schicksal auch die Großen unter seinem Rad zermalmen. Aber so lange wollte er nicht warten.

Er zog ein schmieriges Stück Pergament aus seinem Beutel und spitzte die Feder, die er ebenfalls dort verwahrt hatte. Er würde eine Ode schreiben, dachte er zornig: eine gelehrte lateinische Ode wider die Reformgeistlichen. Er würde sie verhöhnen, ihre Askese und ihre zerknirschten Beichten, vernichten würde er sie! Entschlossen nahm er einen tiefen Schluck und zog sich die niedergebrannte Kerze heran.

Die Spelunke ist voller Gesindel, dachte Ortolf. Genau die richtigen Männer für das, was er vorhatte. Er blieb kurz im Eingang stehen, um seine Augen an die Dunkelheit zu gewöhnen.

Ein triumphierendes Lächeln zuckte um seinen Mund, als er den Schmuggler Lantpert erkannte. Der Alte mit den dünnen gelben Haarsträhnen war kaum zu übersehen. Ortolf hatte ihn schon mehr als einmal prügeln lassen, weil er den Landfrieden gebrochen hatte. Aber für Arbeiten, die kein Gewissen erforderten, war er genau der richtige Mann. Außerdem kannte Lantpert alles, was das Licht scheute.

»Ich tue dir nichts«, rief er, als Lantpert bei seinem Anblick den Met abstellte und das Weite suchen wollte. Unsanft hielt er ihn fest, obwohl ihn der Dunst betäubte und er die Flöhe förmlich auf seine Hand hüpfen spürte.

»Ich hab nix gmacht, Herr, bei meiner Seel'«, jammerte der Schmuggler.

»Das interessiert mich nicht – nicht heute«, zischte Ortolf. »Kannst du mir ein paar Männer suchen, die gegen jeden Herrn kämpfen?«

Die feuchten Lippen unter dem ungepflegten Bart grinsten. »Da schau her!«

»Wenn du klug bist, stellst du keine Fragen«, bemerkte Ortolf. »Sonst bringe ich dich doch noch an den Galgen. Also?«

Lantpert beeilte sich zu nicken.

Ortolf ließ ihn los. »Dann hol sie her, binnen einer Stunde!«

Der Schmuggler willigte hastig ein und verdrückte sich.

Ortolf winkte dem Wirt, einen Becher Wein zu bringen, und setzte sich. Der Mann gegenüber am Tisch beäugte ihn über das schmierige Pergament hinweg, an dem er schrieb.

»Gegen jeden Herrn«, sprach er Ortolf an. »Das klingt, als wäre es ein hoher Herr, den Ihr befehden wollt. Einer, für den Eure eigenen Männer nicht genügen.«

Ortolf musterte ihn kurz. Ungepflegtes, an den Schläfen zu Zöpfen geflochtenes Haar, vom Wein rotgeäderte Augen und abgetragene Kleider – ein Vagant, dachte er. »Das geht dich nichts an.«

»Von mir aus könnt ihr Freising niederbrennen. Meinetwegen

reißt dem Bischof die Haut in Streifen vom Leib, reibt ihn mit Salz ein und fresst die Reste roh!«, lamentierte der Kerl. Er rückte näher und tippte mit der schmutzigen Hand auf den Fetzen vor ihm. »Ich bin Geistlicher. Man nennt mich den Poeta. Wenn Ihr mir einen ausgebt, verrate ich Euch auch, warum.«

So unverschämt war Ortolf selten angebettelt worden. Aber der Narr amüsierte ihn, und er winkte dem Wirt, noch einen Becher zu bringen.

»Gott segne Euch!« Der Poeta nahm einen tiefen Schluck. »Glaubt Ihr, ich trinke zum Vergnügen?«, fragte er beleidigt, als er Ortolfs Miene bemerkte. »Nein, Herr, mein Leben drauf! *Ego numquam potui scribere ieunus*, ich konnte noch nie nüchtern schreiben!«

Da war etwas dran. Vorhin hatte er jedenfalls kein Latein gesprochen. Je mehr der Bursche soff, desto gelehrter schien er zu werden.

»Also, hört her: *Meum est propositum/in taberna mori,/ut sint vina proxima/morientis ori!/Tunc cantanbunt letius/angelorum chori:/Sit Deus propitius/huic potatori!*« Er bemerkte Ortolfs fragendes Gesicht, grunzte einen Fluch und übersetzte: »In der Schenke möchte ich/hauchen aus mein Leben,/dass den Mund des Sterbenden/laben noch die Reben!/Fröhlich singt ein Engelschor/dann für mich auf ewig:/Lieber Herr im Himmelreich,/sei dem Säufer gnädig!«

Ortolf hob die Brauen. »Das klingt nach großer Kunst.«

»Nicht wahr?« Der Poeta rückte vertraulich näher. »Dabei tut dieses Zisterzienserpack alles, um uns fahrende Scholaren zu verleumden. Sie behaupten, wir würden Unzucht treiben!« Gekränkt trank er aus und rülpste. Auf einmal grinste er und stieß Ortolf an. »Für ein kleines Trinkgeld bringe ich Euch Liebesverse bei, damit bekommt Ihr jede Frau ins Bett!«

Ortolf verschluckte einen Fluch. Blanka hatte ihm eine unerträgliche Schande zugefügt, als sie seinen Überfall zurückgeschlagen hatte. Am zornigsten machte es ihn, dass er selbst nicht imstande gewesen war, sie anzugreifen. Und jetzt kam dieser verdreckte Scholar und wollte ihm erklären, wie man mit Frauen umging! Er lachte hart auf.»Wenn ich eine Frau will, hole ich mir sicher nicht bei einem Kleriker Rat!«

»Ah, aber das solltet Ihr! Wie heißt es doch: *Clerus scit diligere virginem plus milite* – der Pfaffe ist ein besserer Liebhaber als der Ritter!« Er stieß ihn an.»Ein paar Pfennige!«

Wütend kämpfte Ortolf gegen seine Gefühle an. Er wollte nicht mehr an sie denken. Sein ganzes Leben lang hatte ihn nur der Ehrgeiz beflügelt. Er hatte keine Zeit für Zärtlichkeit.

»Mein Vater war auch ein Ritter, ich weiß, wovon ich rede«, beteuerte der Poeta.

Ein betrunkener Flößer stolperte an ihm vorbei und rempelte ihn an. Der Poeta schickte ihm einen Fluch hinterher und wandte sich wieder an Ortolf:»Mein Vater hätte zehn Burgen niedergebrannt, um sich eine Frau zu nehmen. Dabei hätte es ihn nur ein paar Verse gekostet, sie freiwillig zu haben. Aber ...« Er bemerkte Ortolfs Zögern und hob den Hintern, um einen Furz gehen zu lassen.»Einen Krug Met für das Geheimnis?«

Ortolf lachte trocken.»Du siehst mir nicht aus, als wärst du unwiderstehlich!«

»Wollt Ihr mich beleidigen?« Der Flößer kam mit einem frischen Becher zurück, und der Poeta grinste. In dem Moment, als der Mann an ihm vorbeiging, schob er das eine Bein vor, und der Bursche flog der Länge nach hin. Jammernd tastete er in den Scherben nach seinem Met. Er schien nicht einmal mehr auf die Füße zu kommen.

Triumphierend lehnte sich der Poeta zurück und winkte den Huren, die wie immer auf Kundschaft warteten. Die beiden mageren Weiber kamen eilig heran und schubsten einander zur Seite.

Ortolf wollte aufstehen.»Damit kann ich nichts anfangen. Eine Hure spielt ihren Liebhabern die Leidenschaft nur vor. Ich lasse mich ungern zum Narren halten.«

»Oh, Ihr seid Eurer Freundin also schon ins Netz gegangen«, lachte der Poeta.»Ihr habt bei ihr gelegen, und jetzt ist Euch keine andere mehr gut genug?«

Abrupt starrte Ortolf zur Theke, wo sich zwei Salzknechte in die Haare geraten waren und die Schimpfwörter lauter wurden. Er bekam Blanka einfach nicht aus dem Kopf. Wusste der Teufel, warum es so war. Dieser Narr von Vagant traf den Nagel auf den Kopf.

»Ihr seid alle gleich«, bemerkte der Poeta. Er bestellte einen neuen Krug Met und wandte sich wieder an Ortolf. »Mit einer Lanze einen Mann vom Pferd zu heben, nennt ihr eine Kunst. Ihr übt jahrelang, wie man sein Schwert in einen Kerl stößt. Aber wenn ihr euren Schwanz in eine Frau rammen sollt, versteht ihr das Handwerk nicht besser als eure Bauern.«

Ortolf musste sich gewaltsam zurückhalten, sein Schwert nicht auf der Stelle in diesen vorlauten Vaganten zu rammen.

»Also«, sagte der Poeta schnell und schob ihm den Krug hinüber. Seine sinnlichen Lippen verzogen sich anerkennend, als er Ortolf musterte: Die Wangen wurden von dem Bartschatten betont, der lange Ledergürtel war mit Kupfer beschlagen, die Waffen gepflegt. Von seinem Vater hatte Ortolf gelernt, dass Sauberkeit die erste Regel für einen Mann war, der nach oben wollte. »Euer Äußeres ist gar nicht übel für einen Anfänger. Nicht zu glatt, aber auch nicht schmutzig. ›Nachlässig schön zu sein steht den Männern‹, sagt Ovid. Wie Ihr Euer Liebchen herumkriegt, davon findet Ihr in seiner *Ars amatoria* jedenfalls mehr als bei Bernhard von Clairvaux. Da sind sich alle Männer vom Fach«, er zeigte auf seine breite Brust, »einig. Wer ist sie? Eine Jungfrau Eures Standes? Eine Magd? Eine verheiratete Dame?«, fragte er schamlos.

Ortolf, der abfällig auf den wurmzerfurchten Tisch gestarrt hatte, blickte auf.

Der Poeta grinste. »Ihr macht ein Gesicht wie ein Franzose: in Eurer Mannesehre gekränkt. Der Lateiner Ovid gab nicht so leicht auf, er hilft Euch auch hier weiter. Zeigt ihr, dass Ihr sie begehrt, aber nicht zu plump. Sprecht mit Blicken zu ihr, mit einer verstohlenen Berührung. Und macht Euch ihren Mann gewogen! Wenn er einmal nicht da ist ... das ist dann eben Schicksal. So etwas zwingt den Ehebruch ja geradezu herbei.«

»Das genügt jetzt!« Ortolf verpasste ihm eine schallende Ohrfeige.

»Warum schlagt Ihr mich, Herr?«, jammerte der Poeta. Hastig packte er seinen Becher, ehe Ortolf diesen vom Tisch fegen konnte. »Wartet!« Er winkte eine der Huren zu sich und steckte ihr einen Pfennig zu. »Da, wenn du mir bei einem *exemplum* für den hohen Herrn hier hilfst.«

»Ich trau dem gelehrten Zeug net.« Misstrauisch biss das Mädchen auf die Münze. »Die Walburga hat sich mal auf so ein Spiel mit Waffenknechten eing'lassen. Die haben sie zuschanden g'macht und ihr dann die Gurgel durchg'schnitten.«

»Den Teufel werd ich tun«, grinste der Poeta und zog sie an der schmutzigen Hand heran. »*Pulchra tibi facies, oculorum acies* ... Was für ein herrlicher Anblick, dieses schöne Gesicht ...« Er streichelte ihre fahlen Wangen und setzte sie auf den Tisch, so dass Ortolf seinen Weinbecher hochheben musste. Das Hemd der Dirne roch schlecht, und ihre Lippen waren rau, aber er schmeichelte weiter: »Röter als eine Rose ...«

»Also, wenn du an mei' Rose magst, kost' das noch amal drei Pfennig«, meinte sie trocken. Sie hob den Rock und öffnete die Schenkel, und der Geruch von getrocknetem Samen stieg auf. »Im Voraus. I lass mich net b'scheißen.«

»Alles zu seiner Zeit.« Der Poeta befingerte ihre Brüste und Schenkel, und das Mädchen ließ es gleichgültig zu. »Das hier sind die Stellen, wo eine Frau berührt werden will. Lasst Eure linke Hand nicht untätig, Herr. Erregt sie, bis sie vor Lust stöhnt und Euch anfleht, sie zu nehmen!«

Die Dirne stierte gelangweilt zur Seite. Wie anders hatte Blanka Ortolf angesehen, damals auf dem zerwühlten Bett! Ihr Herr hätte sie exkommunizieren müssen für diese Blicke.

»Vor allem seht zu, dass Ihr niemals vor ihr zum Ziel kommt«, fuhr der Poeta ungerührt fort. »Und dann schreibt auf Eure Beute: *Poeta magister erat* – Das hat mich der Poeta gelehrt!«

»In dieser Handschrift?« Zornig, dass er sich von einer zärtlichen Erinnerung überwältigen ließ, wies Ortolf auf die geschwollene Wange der Frau, die Blutergüsse auf ihren abgemagerten Schenkeln. Vermutlich hatte ihr letzter Freier nicht ganz so viel von diesem Ovid gehalten.

»I lass nix auf mich schreiben!«, krakeelte die Hure. »Die Tinten krieg ich a ganze Woch' lang net ab.«

Ortolf stieß einen abfälligen Laut aus. »Lass das arme Ding gehen. Eine Dirne tut alles für Geld, das ist keine Kunst.« Doch wider Willen dachte er an die Worte, die er bei Otto von Freising gehört hatte. *Stark wie der Tod ist die Liebe. Ihre Strahlen sind von Feuer, mächtige Wasser sind nicht in der Lage, die Liebe auszulöschen, und Ströme schwemmen sie nicht fort.* Obwohl er durchschaute, welche Absicht Otto damit verfolgt hatte, bekam er sie nicht aus dem Kopf. So wenig wie Blankas Haar, das sich nicht zwischen Blond und Braun entscheiden konnte. Er hatte sie für ein zartes, unschuldiges Mädchen gehalten. Aber in jener Nacht war ihm klargeworden, dass er nichts von ihr wusste. Zornig trank er aus. Er war keine fünfzehn mehr und damit weiß Gott zu alt für weiche Regungen. In der Welt, in der er aufgewachsen war, gab es nur ein Gefühl, das annähernd so stark war, wie es die Worte des Hohenliedes beschrieben: die Treue eines Mannes zu seinem Herrn. Er hatte geschworen, Otto zu bekämpfen und Hartnit zu rächen.

Lantpert kam zurück, und erleichtert stellte Ortolf den Becher weg. Der Schmuggler hatte einige Männer im Schlepptau, denen er ungern nachts allein begegnet wäre. Zerlumpte Gestalten mit Gesichtern, die Hunger, Krätze und Verkrüppelungen älter wirken ließen, als sie vermutlich waren. Einer war einäugig, dem anderen fehlte ein Ohr, offenbar war er schon mit dem Henker aneinandergeraten. Wieder ein anderer zog ein Bein nach, als hätte man es ihm auf der Folter zertrümmert. Alle hatten den ausdruckslosen Blick der Straßenräuber, die Ortolf sonst an den Galgen brachte. Aber heute brauchte er genau solche Männer.»Und?«, fragte er scharf.

Lantpert nickte.»Jeder von ihnen hat ein paar Leute für Euch.« Mit einer Kopfbewegung gab ihnen Ortolf zu verstehen, dass sie ihm nach hinten folgen sollten. Hier war es dunkel wie in einer Höhle, so dass sie sich kaum noch untereinander erkennen konnten. Er ließ Bier für alle kommen und wartete, bis der Schankknecht außer Hörweite war.

»Kloster Tegernsee liegt auf einer Halbinsel«, erklärte er und schob den Männern die Holzbecher zu.»Es untersteht Otto von Freising und wird von den Grafen von Andechs bevogtet. Aber Otto ist im Augenblick im Rheinland.«

Die Männer stießen sich an. Der mit dem fehlenden Ohr grinste bis zu der schlecht verheilten Narbe.»Ihr wollt es überfallen?«

»Bischof Otto wird barfuß nach Rom pilgern, nur damit der Papst Euch exkommuniziert«, meinte der Einäugige.»Dann kann Euch jeder Landstreicher straflos erschlagen.«

»Hast du Angst?«

Der Mann lachte laut.»Ich bin schon geächtet, Herr!«

»Es gibt keinen Grund zur Sorge. Heinrich der Löwe stellt sein Heer auf, um nach Baiern einzufallen und sein Erbe einzufordern. Früher oder später wird er Herzog sein. Der Rotkopf und er sind sich einig ...« Ortolf stockte. Sein Blick war auf den Poeta gefallen, der seiner Hure noch immer Verse ins Ohr flüsterte. Das Mädchen war vielleicht noch nicht lange in dem Gewerbe, jedenfalls hatte sich ein weicher Zug um seine aufgeplatzten Lippen gelegt. *Stark wie der Tod ist die Liebe ...* Der Poeta zwinkerte ihm zu, und wütend wandte sich Ortolf wieder an die Männer:

»Tegernsee ist eines der reichsten und bedeutendsten Klöster des Bischofs. In seiner Schreibschule lassen Könige ihre Prachthandschriften fertigen. Es steht in Verbindung zu seiner Bruderabtei St. Maximin vor Trier. Aber inzwischen überziehen seine Benediktiner Baiern mit immer neuen Klöstern: Benediktbeuern, St. Ulrich und Afra in Augsburg und viele mehr. Sie wählen ihre Äbte selbst und genießen Zollfreiheit. So entziehen sie sich der weltlichen Macht. Diesem Treiben will mein Herr Einhalt gebieten. Und für euch springt auch etwas heraus. Tegernsee besitzt nicht nur Land, sondern auch Salzpfannen in Reichenhall.«

Die Schmuggler wechselten Blicke. Der Einäugige hob unschlüssig die Oberlippe und entblößte verfaulte Zähne. »Mein Herr zahlt gut. Aber wer mit seinem Gewissen hadert, ein Kloster anzugreifen, soll es lieber gleich sagen«, fuhr Ortolf fort. »Er kann jetzt gehen.« Allerdings würde er nicht weit kommen, ergänzte er in Gedanken, denn vor der Tür warteten Ortolfs Knechte.

Unwillkürlich blickte er wieder nach dem Poeta, der mit der Hure tändelte und ihre Schultern und Brüste berührte.

Erregt sie, bis sie vor Lust stöhnt und Euch anfleht, sie zu nehmen … Ortolf holte tief Atem. Das Geschwätz dieser Pfaffen macht mich ganz närrisch!, maßregelte er sich. Es gab nur eines, das zählte, und das war das Schwert. Blanka war ihrem Herrn gefolgt, sie musste ihren Weg gehen. Und er würde seinen gehen, so wie er es immer getan hatte. Es gab nichts anderes.

»Also«, sagte er kalt. »Wer ist dabei?«

10

Tegernsee wurde vom Angriff der Wittelsbacher völlig überrascht. Beim Läuten zur Prim donnerten die Panzerreiter durch die Klostersiedlung. Kreischend duckten sich die Bewohner unter den Schilden mit der Zickzacklinie weg und flohen in ihre Hütten. Mit Kisten und Truhen verrammelten sie die Türen und beteten, dass der Raubzug nur der Abtei galt, getreu dem frommen Wunsch: »Heiliger Sankt Florian, verschon mein Haus, zünd andre an!«

Wie ein Schiff schob sich die Landzunge, auf der das Kloster lag, in den eiskalten Gebirgssee. Während die Mönche erschreckt wie eine Herde Schafe zum Nordtor rannten, näherten sich von Süden her Fischerboote. Lautlose Ruderschläge durchbrachen die Umrisse der sich im Wasser spiegelnden Berge. Kettenhemden blitzten in der Morgensonne. Ortolf richtete sich mit einem halblauten Befehl auf. Mit gezogenem Schwert sprang er ins knietiefe Wasser. Vorsichtig arbeiteten sich die Männer durch Schilf und Ried. Hinter einem grasbewachsenen Uferstreifen erhob sich die Mauer.

Der Laienbruder, der Wäsche zum Bleichen auslegte, schrie erschrocken auf, als die Männer wie böse Wassergeister aus dem Schilf brachen. Er rannte zur Pforte, doch Ortolf war schneller. Mit seinem ganzen Gewicht warf er sich gegen die Tür, ehe der Riegel vorgeschoben wurde.

Auf der Landseite hatten wenige Stöße mit einem Baumstamm genügt, um das Tor aufzubrechen. Der völlig verängstigte Pförtner hatte sich in sein Häuschen verkrochen. Rauchschwaden verdunkelten die Sonne, aber insgesamt war es ein leichter Sieg gewesen. Als der Rotkopf über zerbrochene Waffen zu Ortolf in den Hof ritt, lagen kaum Tote dort.

»Lasst die Männer Beute machen«, befahl der Wittelsbacher. »Und dann verschwinden wir von hier, ehe der König Wind von der Sache bekommt.«

Er galoppierte zum Tor zurück und überließ den Rest seinem Waffenbruder. Ortolf zog das Tuch herab, das er zum Schutz gegen den beißenden Qualm vors Gesicht gebunden hatte. Zwischen seinen Bartstoppeln perlte Schweiß, und in den Lederstiefeln stand noch immer unangenehm das Wasser.

»Sollen wir die Kirche unbehelligt lassen?«, fragte Rantolf. Der baumgroße schwarzhaarige Kämpfer mit dem schmalen Bart war einer von Ortolfs zuverlässigsten Männern.

Ortolf zögerte. Dies war eines der ältesten, ehrwürdigsten Klöster Baierns, hervorgegangen aus einer Bluttat: Der Anführer des Stammes der Huosi hatte es gestiftet, nachdem man in einem Streit seinen Sohn erschlagen hatte. Wäre es besser, zu vergeben? Als Ortolf seinen sterbenden Bruder in den Armen gehalten hatte, waren halb vergessene Erinnerungen in ihm wach geworden. Wie Vaganten hatten sie durch das Land ziehen müssen, wehrlos jeder Gewalt ausgeliefert. Viel zu oft hatte er mit ansehen müssen, wie ein Freund sein Leben, seine Familie oder sein Weib verlor. Otto von Freising hatte ihm nicht nur seinen Bruder genommen, sondern auch die Frau, die er wollte. Kalter Hass schnürte Ortolf die Brust zusammen. Hart erwiderte er: »Nein.«

Rantolf wirkte überrascht. »Nein?«

Die niedrige Kirche warf ihren Schatten über den Hof zwischen den trutzigen Mauern und ließ Ortolf frösteln. »Verschont nichts und niemanden!«, befahl er. »Aber macht schnell!«

Für die angeworbenen Söldner und die Waffenknechte der Wittelsbacher begann damit das eigentliche Vergnügen: Brüllend und sich Scherzworte zurufend, begannen sie in den Scheunen, Vorratshäusern und Sakristeien nach Verwertbarem zu suchen. Vergeblich versuchten die Mönche, sie von den Bier- und Weinfässern fernzuhalten. Einer der Schmuggler zog den Dolch und schnitt einem Novizen durchs Gesicht. Der Junge schlug die Hände vor die blutende Wange und wurde unter Beten und Fluchen zum Hospital gezerrt. Danach wagte niemand mehr, die Plünderer zu hindern.

Wein floss über den gestampften Boden, Prachthandschriften fielen in den Schlamm, sobald die gierigen Hände die Juwelen von den Einbänden gerissen hatten. Binnen kurzem scheuten und wieherten Pferde im Hof. Ochsen brüllten vor einem Fuhrwerk, das bis zum Rand mit Dinkelsäcken, Fässern und Kostbarkeiten beladen wurde. Die bestickten seidenen Messgewänder, die goldenen Becher und juwelenbesetzten Kreuze waren eine gefährliche Beute. Doch Ortolfs Wut war zu groß. Er würde das Schiff der kirchlichen Macht zum Kentern bringen, lieber heute als morgen!

Während seine Männer Beute machten, lehnte er sich an die sonnendurchwärmte Außenmauer der Enklave. Von hier aus blickte er über die Anlegestelle mit ihren moosbewachsenen Pfählen über den See nach Süden, auf die Berge. Ein leichter Wind raute die Wasseroberfläche zu silbrig glitzernden Furchen auf. Der Lärm der Plünderung war hier kaum zu hören. Seine Füße in den durchnässten Stiefeln waren kalt, doch die Sonne erwärmte das Kettenhemd. Wie ein türkis schillernder Edelstein tauchte ein Eisvogel ins Wasser, um mit seiner Beute wieder aufzufliegen. Glitzernde Tropfen regneten aus seinem Gefieder, und sein lockendes Ti-ti durchbrach die Stille. Als Kind hatte Ortolf diese Vögel als Glücksbringer verehrt. Sie galten als Inbegriff von Liebe und Treue.

Was hätte sein Vater dazu gesagt, ihn hier zu sehen – als Kirchenräuber? Ortolf presste die Finger auf die Nasenwurzel. Sein ganzes Leben lang hatte er gewusst, wohin er ging. Aber jetzt war er seinen Leidenschaften ausgeliefert wie Treibholz dem Fluss. Der Grat zwischen Kämpfer und Gesetzlosem war nicht breiter als die Schneide eines Schwerts.

»Ortolf! Den da haben wir im Skriptorium gefunden!«
Johlend stießen seine Männer einen Benediktinermönch vor sich

her. Gerbrecht, ein kleiner, aber umso bissigerer Panzerreiter mit wolligem Kinnbart, hatte sich eine Handschrift unter den Arm geklemmt: »Was steht da, he?«

Der dunkelhaarige junge Mönch hob das bleiche Gesicht. Er warf einen verängstigten Blick auf den Text und las: »Du bist min, ich bin din, des solt du gewis sin. Du bist beslossen in minem herzen. Verloren ist daz sluzzelin, du muost och immer darinne sin.«[2]

Zum Teufel, verfolgte ihn dieses neuartige Liebesgesäusel bis in die Klöster? Ortolf riss Gerbrecht die Handschrift aus den Fingern und warf sie Rantolf zu. »Wir müssen hier weg!«, fuhr er seine Männer an. »Weshalb bringt ihr ihn her?«

»Das da wollte er in seinem Skapulier verstecken, als wir kamen.« Rantolf reichte ihm einen Bogen Pergament.

Ortolf warf einen Blick darauf und zuckte die Achseln. »Es sieht aus wie eine alte Urkunde. Da ist ein königliches Siegel.« Er reichte ihm den Bogen zurück und rieb die Hände aneinander. Das Pergament roch, und der gelbliche Belag darauf färbte ab.

Rantolf packte den Mönch und zog ihn zu sich heran. »Sag es ihm!«

Der große, kräftige Gerüstete hätte auch einem kriegerischeren Mann Angst eingejagt. Im Kettenhemd und mit der Bundhaube auf dem kurzen schwarzen Haar wirkte er bedrohlich. Dennoch schwieg der Gefangene.

Rantolf versetzte ihm eine Ohrfeige, die ihn zu Boden schleuderte.

»Das ist eine Urkunde, ausgestellt für das Kloster Lorsch, vor langer Zeit«, zeterte der Mönch verängstigt. Mit zitternden Händen wischte er sich die dünne Blutspur ab, die aus seinem Mund rann. Er kam auf die Knie und sah sich hilfesuchend um, doch hier gab es keine Flucht. Hinter ihm war die Mauer, und vor ihm lag das schilfbewachsene Ufer mit den Klosterkähnen. Nur der Wind im Rohr und die entfernten Rufe der Plünderer waren zu hören. »Ich sollte sie nach Freising bringen.«

Ortolf horchte auf.

»Dachte ich mir, dass Euch das interessiert«, meinte Rantolf. »Gewöhnlich schicken sich die Mönche Bücher, um sie zu kopieren. Dass sie das neuerdings auch mit alten Urkunden tun, ist ungewöhnlich.«

Strähniges gelbes Haar tauchte auf, der Schmuggler Lantpert drängte sich zwischen den Rittern hindurch wie eine räudige Maus. »Herr Ortolf, der Fetzen da muss wertvoll sein. Ich weiß scho', was für Güter das Schmuggeln lohnen.«

Ortolf wandte sich an den Mönch. »Ihr habt es gehört, Bruder. Ich möchte meinen Leuten ungern den Befehl geben, es aus einem Geistlichen herauszuprügeln. Also: Wer hat Euch diese Urkunde gegeben?«

»Wibald von Stablo.« Angesichts von Rantolfs Berserkergestalt war der Bursche auf einmal gesprächig. Er leckte sich unruhig die Lippen. »Ich komme aus dem Bruderkloster St. Maximin vor Trier. Das Blatt ist für Rahewin bestimmt, den Sekretär des Bischofs. Er soll es aufbewahren, bis Otto zurück ist.«

»Rahewin?« Ortolf wurde nachdenklich.

»Ich sollte es nur ihm geben«, bestätigte der Mönch. »Ich habe mich auch gewundert, aber das waren die Worte.«

Ortolf dachte nach. Wibald von Stablo war ein enger Vertrauter des Königs. Was hatte er mit Otto und Rahewin zu schaffen, das niemand wissen durfte?

»Schickt Wibald öfter solche Urkunden an Otto von Freising?«, fragte er. Der Mönch zögerte. Ortolf gab Rantolf ein Zeichen, und der furchteinflößende Kämpe trat etwas näher.

»Ja!«, beeilte sich der Bruder hervorzustoßen. »Ja … und nicht nur an Otto, auch an andere Bischöfe.«

»Warum?«

Der Mönch schwieg. Rantolf drosch ihm den gepanzerten Handrücken ins Genick, und er schrie erschrocken auf.

»Hört auf! Das ist eine Besitzurkunde für das Kloster Lorsch«, gestand der Mönch. Er taumelte und betastete seinen Nacken. »Es

geht darum, dass der fragliche Besitz Eigentum des Klosters ist ...«
Er unterbrach sich.

»Sollen wir ihn taufen?«, fragte Gerbrecht mit einer Geste zum Ufer.

»Nein!«, kreischte der Mönch in Todesangst. »Ich glaube, Otto benutzt diese alten Dokumente als Vorbilder. Er lässt Urkunden anfertigen, die seine Besitzverhältnisse regeln sollen.« Er fiel vor Ortolf auf die Knie und drückte das Gesicht ins morgenfeuchte Gras.

Ortolf starrte ihn verständnislos an. »Was sagst du?« Ein unglaublicher Verdacht kam ihm. Er fuhr sich mit der Hand über die Augen und schüttelte den Kopf. Nein, dachte er, unmöglich!

»In dieser Urkunde werden dem Kloster Güter als Eigentum übergeben«, heulte der Mönch. Seine Kutte hatte dunkle Flecken, als er sich auf den Knien aufrichtete. Er lief rot an, und Gras klebte auf seiner schweißfeuchten Haut. »Hier stammt das Gut von einer königlichen Frau. Frauengut scheidet aus dem königlichen Besitz aus und kann nicht mehr als Lehen vergeben werden. Das bedeutet, es gehört der Kirche.«

Für einen Moment schwiegen alle. Ortolf starrte den Kleriker ungläubig an. In seinem Kopf jagten sich die Gedanken. Es war teuflisch, dachte er, teuflisch – und bewundernswert! Dieser verfluchte Pfaffe hatte damit gerechnet, dass seine Gegner kaum lesen konnten. Diesen Umstand hatte er eiskalt ausgenutzt.

»Ich verstehe gar nichts«, meinte Gerbrecht endlich.

»Jetzt ist mir alles klar«, stieß Ortolf mit unverhohlener Bewunderung hervor. »Was für ein Plan! Wenn der Bischof nach diesem Vorbild eine Urkunde für seine eigenen Güter fertigen lässt, kann er sie seinem Vogt entziehen. Vermutlich ist es für einen geübten Mann ein Leichtes, Schrift und Pergament alt aussehen zu lassen. Otto besitzt eine ganze Schreibschule, wo die Mönche genau dieses Handwerk lernen. Daher also kommen die Urkunden, die er immer wieder aus dem Ärmel zaubert!«

Brüllend vor Zorn riss er den zu Tode erschrockenen Mönch auf

die Beine und stieß ihn vor sich her zum See. Die Kiesel knirschten unter ihren Füßen, das eiskalte Wasser spritzte auf. »Er hat uns zum Narren gehalten, die ganze Zeit! Wer ist der Fälscher? Rede!«
»Ich weiß es nicht, Herr!«, heulte der verängstigte Kleriker. »Ich bin nur der Bote, damit hatte ich nie etwas zu tun!«

Ortolf versetzte ihm einen Faustschlag, der ihn ins knöcheltiefe Wasser schleuderte. Dann beruhigte er sich so plötzlich, wie er in Zorn geraten war. Eine Fälschung zu beweisen war unmöglich. Feder und Pergament waren Ottos Schlachtfeld, sich hier mit ihm zu messen wäre sinnlos. Aber es gab eine andere Möglichkeit. Ein schmales Lächeln umspielte seine Lippen. »Nun gut. Du wirst die Urkunde so überbringen, wie man es dir befohlen hat.«

Der Mönch starrte ihn verständnislos an. Er tastete nach seiner Nase, aus der eine dünne Blutspur lief. Ortolfs Leute waren genauso verblüfft. »Aber ...«, begann Gerbrecht.

»Meine Männer werden dir auf den Fersen sein«, fuhr Ortolf fort. »Du wirst die Urkunde an Rahewin übergeben. Wenn er nicht selbst der Mann ist, den wir suchen, wird er uns zu dem Fälscher führen. Ich werde herausfinden, wer es ist«, sagte er kalt. »Und wenn ich den Burschen habe, dann gnade ihm Gott!«

11

»Er hat Kloster Tegernsee überfallen?« Konrad III. kam so hastig von seinem Hocker hoch, dass der Bader einen Protestschrei ausstieß.

Die Badestube in der Kölner Domburg war niedrig, doch der König musste nicht auf den gewohnten Luxus verzichten. Zuber, Reisigbüschel und Ölflaschen schälten sich aus dem Dampf, verbrennende Kräuter erfüllten die schweißgeschwängerte Luft mit ihren Düften. Konrad wirkte bleich und geschwächt vom Sumpffieber, und an die Amulette um seinen Hals glaubte er wohl selbst nicht mehr. Er war noch im Hemd, damit der Bader seine Arbeit tun konnte. Mit achtundfünfzig reichte Kamillensud nicht mehr, um das frühere Blond wiederherzustellen. So war Konrads Haar mit Walnussschalen braun gefärbt, was seine grünen Augen betonte. Obwohl er vom Alter drahtig war, sah man, dass der König einmal ein gutaussehender Mann gewesen war. Früher hatte er das ausgenutzt, jetzt indes verleidete ihm das Gliederreißen die Freuden der Venus. Tugendhaftigkeit wurde im Alter zunehmend leichter.

Langsam setzte sich der König wieder. Der Bader hatte Eiweiß im frisch gefärbten Haar verteilt und griff nun nach dem Brenneisen, das er im Kohlenbecken erhitzt hatte. Begleitet von lautem Zischen begann er, Locken in die dünnen Strähnen zu brennen. Atemberaubender Gestank stieg auf.

»Ein Eilbote brachte die Nachricht. Es ist kaum eine Woche her. Das ist eine Tat, die eines Heiden würdig ist!« Konrads Halbbruder Otto von Freising wusste, dass es schwer sein würde, den König zum Handeln zu bewegen. Ganz besonders wenn er damit einen mächtigen Mann wie den Wittelsbacher gegen sich aufbrachte. Schon immer hatte Konrad dazu geneigt, Unsicherheit hinter Schweigen zu verbergen. Auf dumme Bauernmägde mochte das geheimnisvoll wirken, aber Otto brachte es nur in Rage.

»Der Rotkopf und sein Vater sind Eure Stellvertreter in Baiern«, sagte er scharf. »Könnt Ihr zulassen, dass sie Euren Namen mit dem Makel des Kirchenraubs beflecken? Ein einfacher Mann würde für dieses Verbrechen gehängt werden!«

Zwei halbnackte Bademägde, die kichernd mit einer Flasche Duftöl hereinkamen, hielten beim Anblick des geistlichen Herrn unschlüssig inne. Dann wagte sich eine zum König, doch Konrad scheuchte sie weg. Erschrocken ließ sie die Flasche fallen. Starker Mandelduft stieg auf, der Bader fluchte, und heulend rannte sie hinaus.

»Erinnert Ihr Euch noch, wer Euch gegen den Welfen Heinrich den Stolzen als König durchgesetzt hat?«, fragte Otto eindringlich, während das andere Mädchen hastig Öl und Scherben aufwischte. »Die Kirche und wir Babenberger haben Euch den Thron verschafft.«

Der junge Friedrich von Schwaben hatte Otto hergebracht und bisher unter dem niedrigen Türbalken gewartet. Nun mischte er sich ein. »Kloster Tegernsee gehört zum Bistum Freising«, erklärte er in jenem liebenswürdig singenden Tonfall, hinter dem er seine Verschlagenheit zu verbergen pflegte. »Es wird von den Grafen von Andechs bevogtet. Dieser Überfall ist auch eine Beleidigung für sie. Sie werden das sicher nicht auf sich sitzen lassen.«

Otto warf ihm einen anerkennenden Blick zu. Auch wenn er sonst seine Vögte hasste, in dieser Sache waren die Grafen von Andechs einmal seine Verbündeten.

Resigniert sah Konrad von einem zum anderen. In der grauen Zisterziensertunika wirkte Otto abgezehrter als früher, und die ersten Falten um die Nase machten sein Gesicht härter. Dagegen strahlte der gutaussehende Friedrich mit den rotblonden Locken Tatkraft und den Optimismus der Jugend aus.

»Es könnte auch für Euch gefährlich werden, zu lange zu zögern. Heinrich der Löwe erhebt Anspruch auf Baiern und das Herzogsamt, das unser Bruder innehat. Ihn hinzuhalten wird nicht mehr genügen, er ist bereits mit seinem Heer von Braunschweig nach Süden aufgebrochen. Der Löwe hat nur wenige Güter in Baiern, vor allem im Lechrain, an der Grenze zu Schwaben. Also wird er Verbündete brauchen. Was läge näher, als sich mit den Wittelsbachern zu einigen? Ihr müsst sie ausschalten oder ihnen die Hand reichen«, redete Otto auf Konrad ein. Als dieser schwieg, meinte er nachdenklich: »Es ist Eure Entscheidung. Aber sollten sich die Wittelsbacher mit den Welfen verbünden, könnte das Euren Thron herausfordern. Und natürlich wird man Euch jedes Zögern als Schwäche auslegen.« Jetzt war es an Friedrich, ihm einen verstohlen anerkennenden Blick zuzuwerfen. Konrad war alt und krank, und er hatte nie eine große Hausmacht besessen. Schwäche war sein wunder Punkt.

Der König schob den Bader abrupt zur Seite und sprang auf. »Niemand wird mich einen Schwächling nennen!«

Ein Lächeln der Genugtuung legte sich um Ottos Mund.

»Ihr habt recht. Es geht um meine Ehre, um die der Kirche und unserer Familien. Der Wittelsbacher wird bereuen und Euch entschädigen«, knirschte Konrad. »Oder er wird sterben. Ich verhänge die Acht – über ihn und seine Panzerreiter!«

Zur gleichen Zeit betrat Blanka mit Rahewin das Freisinger Gerberviertel. Sie war noch nie hier gewesen, und unbehaglich blickte sie sich um. Verfolgt von einer Schar bettelnder Kinder, gingen sie zwischen Laugenfässern hindurch, durch ein Inferno aus Verwesungsgestank, Taubenkot und Eichenlohe. Rinnsale aus Blut, Fett und Kalklauge liefen über den Weg. Trotz der hölzernen Trippen, die Blanka unter ihre Schuhe geschnallt hatte, sank sie bis über die Knöchel ein. Außer Sumpfschachtelhalm und verkrüppelten Weiden schien hier nichts zu wachsen. Mitleidig betrachtete sie die schmutzigen Kinder und dachte an Magdalena. Die Vagantin hatte sie beschimpft, und Blanka war keineswegs sicher, ob sie ihr glauben sollte, dass sie Schwestern waren. Fahrendes Volk verschaffte sich oft mit solchen Tricks Zugang zu den Häusern der Reichen. Aber zum ersten Mal dachte sie nun mit Wärme an sie. Wie musste es sein, so aufzuwachsen?

Der Mann, den sie suchten, war ein gedrungener Bursche, unter dessen Bundhaube blondes Haar herabfiel. Vor ihm war eine Haut auf einen hüfthoch abgesägten Gerberbaum gestülpt. Trotz des unbeständigen Wetters hatte er den verschwitzten Oberkörper frei gemacht und war damit beschäftigt, die Haut mit dem halbmondförmigen Schabmesser von Fleischresten zu befreien. Blutige Fetzen am Boden bewiesen, dass er schon eine Weile daran arbeitete.

»Herr Rahewin«, begrüßte er den Mönch. Er wischte sich die Hände an einem Tuch ab, das er in den Gürtel gesteckt hatte. Auch die nackten Füße waren mit Blutresten und Dreck beschmiert.

Vorsichtig tastete Blanka nach der Wachstafel, die ihr Rahewin gegeben hatte und die unter der Cotte zwischen ihren Brüsten lag. Sie selbst hatte vorgeschlagen, die Urkunde zu Hause zu schreiben. Eine verheiratete Frau im Skriptorium wäre mehr als sonderbar. Pero war so oft unterwegs, dass er nichts merken würde, außerdem war sie in Föhring vor Spionen wie Salacho sicher. Niemand würde eine Frau verdächtigen.

Die in der Gerberhütte aufgehängten Kräuterbüschel halfen kaum gegen den Gestank. Vorn waren Kalbshäute zum Trocknen auf Rahmen gespannt, die beißend nach Kalklauge rochen. Hinten lagen die fertigen Blätter. Der Mann musterte Blanka und zögerte.

»Sie weiß alles«, sagte Rahewin. »Sprich nur ohne Furcht.«

»I hab's scho' zugeschnitten.« Er erschlug eine Fliege und reichte dem Mönch ein längliches Stück Pergament. Rahewin hielt es gegen das Licht. An manchen Stellen schimmerte das Licht heller durch als an anderen. Ansonsten war es fleckig, brüchig und wirkte insgesamt gebraucht. Blanka fiel auf, dass eine Seite dunkler und unregelmäßiger war als die andere.

»Sehr gut.« Rahewin nickte zufrieden. »Ich wusste, dass ich mich auf dich verlassen kann.«

Der Gerber grinste, zufrieden, dass seine Arbeit gelobt wurde. »Heut' sind die Pergamente wie die aus Italien oder Frankreich auf beiden Seiten glatt, gut zum Malen. Meistens nimmt man Ziegenhaut dafür. Aber Ihr wolltet ja eins, wie man's früher hier hergestellt hat. Also hab ich's so gemacht wie die alten Pergamente aus dem Norden, vom Kalb, die Fleischseit'n schön glatt, die Haarseit'n a weng grober.«

»Und wie hast du dieses brüchige, alte Aussehen erzeugt?«, fragte Blanka interessiert.

Er zuckte die Achseln. »Pergament ist empfindlich. Wennst es in die Sonn' legst oder Wasser draufgießt, geht des fast von selber. Mei, und der Taubenscheiß halt.«

Taubenkot. Naserümpfend betrachtete Rahewin das Pergament in seinen Händen. Blanka lachte verstohlen, als draußen eine scharfe Stimme einen Befehl rief.

Hastig nahm sie das Pergament an sich und schlug den Mantel darüber. Rahewin warf dem Gerber einen Lederbeutel zu und legte den Finger auf die Lippen.

»Er ist hier!« Die verhasste goldene Zickzacklinie der Wittelsbacher war auf dem blauen Waffenhemd des Reisigers deutlich zu erkennen. Hinter ihm bückte ein großer schlanker Mann den Kopf unter dem Türsturz.

»Das ist allerdings eine Überraschung«, sagte Ortolf.

Seine Stimme brachte eine halb verstummte Saite in Blanka zum Schwingen. Hier drinnen wirkte er größer, das Haar dunkler. Sie wollte es nicht, aber ihre Blicke wanderten über seine gebräunte Haut, die fein gezeichneten Brauen und fielen auf seine Hände. Diese sehnigen, gebräunten Hände kannten mehr von ihrem Körper, als Pero je erfahren würde.

»Ihr kauft hier Euer Pergament?«, fragte Ortolf Rahewin. Er überging Blanka so offensichtlich, dass sie seine unterdrückte Wut spürte.

»Manchmal«, antwortete Rahewin endlich. »Die Leute hier verstehen ihr Handwerk.«

»Habt Ihr keinen Mönch, der Euch diesen Gang abnehmen könnte?«, fragte Ortolf unschuldig.

Rahewin war auf der Hut. »Das überlasse ich nicht dem Zufall. Warum sollte ich einen Novizen schicken, nur um hinterher festzustellen, dass er für schlechte Ware zu viel bezahlt hat.«

»Ich bin ein Mann des Schwerts, nicht der Feder«, sagte Ortolf. Das Kettenhemd klirrte leise, als er näher trat. Ohne Blanka zu beachten, ging er nach hinten. Sein Waffenhemd mit dem Kelch streifte sie, beinahe berührte er sie mit der Schulter. »Ich habe sonst keine Gelegenheit dazu, da würde ich diese Ware gern einmal sehen.«

Ihm so nahe zu sein war unerträglich. Doch zu gut kannte sie das verschlagene Funkeln in seinen Augen, das ihm den Ruf der Heimtücke eingebracht hatte. Er konnte unmöglich wissen, weshalb sie wirklich hier waren. Vielleicht hatte er eine Ahnung und wollte Rahewin dazu bringen, sich zu verraten. Da er so bemüht war, sie zu übersehen, würde er kaum überprüfen, was sie bei sich trug. An den Gerber gewandt, sagte sie ungeduldig: »Du hörst es. Wo sind die Pergamente für die Schreibstube?«

Der Bursche starrte sie verständnislos an. Rahewin begriff schneller. »Du fauler Hund, soll das heißen, sie sind noch nicht fertig?«, fuhr er ihn an. »Ich werde mir überlegen, ob ich noch einmal zu dir komme!«

Ortolfs helle Augen schweiften unauffällig in alle Richtungen. Er weiß selbst nicht genau, wonach er sucht, dachte Blanka. Scheinbar beiläufig hob er ein paar Bogen hoch. »Ich habe gehört, manche Mönche beschreiben auch alte Pergamente.«

»Alte?«, echote Rahewin. Doch sofort hatte er sich wieder in der Gewalt. »Ihr versteht wirklich nichts von der Schreibkunst«, sagte er beleidigt. Im Tonfall eines Lehrers, der einen unfähigen Schüler maßregelt, dozierte er: »Unsere Codices schreiben wir doch nicht auf Abfall! Altes Pergament ist wellig und brüchig, die Buchstaben werden darauf ganz schief. Keiner meiner Schreiber würde es wagen, so etwas abzugeben. Und wenn es dann auch noch Feuchtigkeit zieht, zerstört der Tintenfraß die ganze mühevolle Arbeit. Wisst Ihr, was die Farben kosten, die wir verwenden, Pulvergold, Spanischgrün und Lapislazuliblau? Selbst Auripigment für Ocker und *folium rubrum* für Rot haben ihren Preis. Altes Pergament!«, schnaufte er entrüstet. »Nein, Herr Ortolf, so etwas geben wir höchstens den Novizen zum Üben.«

Blanka stockte der Atem angesichts dieser dreisten Lüge. Die Novizen übten auf Wachstafeln, und wer schon einmal ein Skriptorium von innen gesehen hatte, wusste das.

Ortolfs helle Augen forschten im Gesicht des Mönchs. »Wir werden sehen.« Er rief einen Befehl, und drei Knechte in Blau und Gold betraten die Hütte. »Nehmt ihn mit und durchsucht ihn!«

»Dazu habt Ihr kein Recht!«, fuhr Blanka ihn an. Sie kannte Ortolf, und es machte ihr Angst. Er würde erfahren, was er wissen wollte. Es war nur eine Frage der Zeit, bis er Rahewin durch Tücke oder auf der Folter zum Reden brachte.

Der Mönch warf ihr einen warnenden Blick zu, und sie besann sich. Welchen Verdacht Ortolf auch hatte, er würde nichts finden. Nicht bei Rahewin. Sie raffte ihre Röcke und wollte hinaus, aber Ortolf versperrte ihr mit dem ausgestreckten Arm den Weg.

Mit wild schlagendem Herzen blieb sie stehen. Sein Geruch, selbst der Rhythmus seines Atems war ihr vertraut. Für einen Moment war er wieder der Mann, dessen feuchtes Haar in der Köhlerhütte auf sie fiel, dessen Lippen ihre streiften. Vergeblich kämpfte sie gegen das an, was diese Nähe in ihr wachrief: Begierden, für die sie in der Hölle brennen würde, Erinnerungen, die nicht einmal die Flammen des Fegefeuers auslöschen würden.

»Ihr solltet Eure Gesellschaft sorgfältiger wählen«, bemerkte er. Seine Stimme war dunkel und warm wie damals. Sie hatte das Gefühl, dass er genau spürte, wie verletzt sie war.

»Das dachte ich mir auch, nachdem ich das letzte Mal in Eurer

Gewalt war«, erwiderte sie schroff. »Deshalb ziehe ich auch die Begleitung eines alten Freundes vor.«

»Eure Entscheidung war falsch«, sagte er ernst. »Dass ich mein Erbe nicht Euch gegeben habe, sondern einem Mann mit Anstand?« Blanka stieß einen abfälligen Laut aus. Dann drängte sie sich an ihm vorbei ins Freie.

12

Der Hirte Gundbold duckte sich unter die duftenden Holunderbüsche. Zwischen den Dolden wirkte sein schmutzverschmiertes Gesicht mit dem verfilzten Haar wie das eines Kobolds. Er sollte nach Süden gehen, hatte Herr Ortolf befohlen, und eine Nachricht überbringen: Der Rotkopf sei geächtet. Er solle auf keinen Fall den Weg über Föhring, sondern den über Kloster Ebersberg nehmen. Angespannt war der Herr gewesen, als läge ihm viel daran, Föhring ungeschoren zu lassen. Aber die Angelegenheiten der hohen Herren konnten warten. Auf ein paar Augenblicke kam es nicht an.

Die Ziege hatte sich von der Herde abgesondert und stand am Waldbach, der hier über die Lichtung mäanderte. Mit einem Satz erreichte Gundbold sie und brachte sie mit einem geschickten Wurf zu Fall. Aufgeregt versuchte das Tier, sich zu befreien, doch er war kräftig. Gierig hielt er seine Beute mit den nackten Beinen fest und griff unter die Cotte, wo es in seinem steifen Glied zog. Mit einem erleichterten Grunzen stieß er sich in die Öffnung unter dem Schwanz.

Erschrocken und vor Schmerz meckerte die Ziege. Gundbold wurde von einem Huf getroffen, aber er spürte es kaum. Natürlich wusste er, dass ihn sein sodomitisches Tun auf den Scheiterhaufen bringen konnte, doch hier auf der einsamen Waldwiese bei Föhring kam nie jemand vorbei. Und heute war er so ausgehungert, dass er schon nach wenigen Stößen zum Erguss kommen würde.

Reiter brachen durch Rotbuchen und Holunder. Gundbold fluchte. Die Männer trugen die Farben Freisings auf den Waffenröcken: Reisiger aus Föhring! Er ließ die Ziege los, die erleichtert auf die Beine kam, und wollte sich ins Unterholz verkriechen. Doch zu spät, sie hatten ihn umringt.

»Du Schwein!« Einer schlug ihm vom Pferd herab mit der Peitsche ins Gesicht. »Schon wieder?«

Gundbold stürzte ins Gras und schrie auf. Seine Cotte war hochgerutscht und entblößte den von Kotspuren und Blättern besudelten Hintern. »Erbarmen, Herr!«, heulte er verzweifelt. »Ich bin ein armer Leibeigener, zum Heiraten habe ich kein Geld. Es langt ja nicht einmal für eine Hure!«

Der Knecht griff nach dem Seil hinter seinem Sattel. Mit geschickten Händen fesselte er den zeternden und jammernden Gundbold am Hals. Seine Männer fingen die Ziege ein. »Diese Bauern sind wie Tiere!«, sagte der eine abfällig. »Lass uns hier verschwinden. Der Herr sagt, es treiben sich marodierende Wittelsbacher herum, die uns angreifen könnten. Und der da gehört endlich auf den Scheiterhaufen.«

Männer, Weiber und Kinder rannten zur Richtstätte, die ein Stück in den Wald hinein lag – weit genug von den Feldern und der umfriedeten Siedlung entfernt, um die Geister der Toten fernzuhalten. Das Marktgericht war schnell und hart.

Im Galopp jagten Peros Waffenknechte durch die Menge. Sie schleiften ein erbärmliches Bündel hinter sich her. Der zerschundene Körper wurde über Wurzeln und Steine geschleudert und war völlig von Erde und Blut bedeckt.

Barfüßige Kinder drängten sich zwischen den Erwachsenen nach vorne und begafften mit offenen Mäulern den Verurteilten. Der leichte Nieselregen hielt sie nicht davon ab. »Stimmt es, dass den Gehängten die Zunge aus dem Maul hängt?«, fragte ein Junge neugierig.

»Ja«, flüsterte ein anderer. »Das liegt daran, dass ihre Seelen zu Dämonen werden. Auch Teufel blecken die Zunge.«

»Sodomiten werden verbrannt«, erklärte ein Halbwüchsiger. »Damit sie durch ihr ketzerisches Tun keinen Schaden über Ernte und Vieh der guten Bauern bringen können.«

Von den Waffenknechten gestoßen, stolperte der Verurteilte über den strohbedeckten Boden auf den Richtplatz. Gundbold konnte kaum noch gehen. Seine Haut war überall aufgeschürft, und er hatte das Gefühl, jeder Knochen im Leib sei gebrochen. Barfuß in seiner mit Samen und Kot besudelten Cotte schämte er sich. Durch das regennasse Haar warf er einen Blick in die Menge. Die meisten kannte er, aber er wusste, dass ihm niemand helfen würde. Oft hatte er selbst unter den Zuschauern gestanden, wenn es eine Hinrichtung gab. Am ganzen Leib zitternd bestieg er den Hocker, der aus dem Stroh ragte, und wurde an dem Pfahl festgebunden. Die wild meckernde Ziege, seine Buhle, versuchte immer wieder auszubrechen, doch sie hatte mehr Glück und bekam den Strick um den Hals.

Im selben Augenblick hatten die Henkersknechte unter Gundbold das Stroh angezündet. Verzweifelt versuchte er, den hoch aufschlagenden Flammen zu entkommen. Seine Augen traten hervor, in Todesangst versuchte er unter dem Knebel zu schreien. Der Rauch nahm ihm den Atem, er würgte, hustete quälend und spürte Erbrochenes in seine Lunge dringen. Sein letzter, triumphierender Gedanke war, dass nun der Rotkopf auf seiner Flucht Föhring niederbrennen würde. Dann verlor er das Bewusstsein, während sein Körper als lebende Fackel im Wind schwankte.

Als Blanka aus dem Spinnhaus ins Freie trat, bemerkte sie überrascht, wie die Leute zurück ins Dorf strömten. Pero sprach nie mit ihr über seine Amtsgeschäfte, aber vermutlich hatte er ein Urteil vollstreckt. Noch immer nieselte es, und sie blieb einen Moment unter dem triefenden Strohdach stehen. Bis hier draußen roch sie den süßen Duft nach Trockenpflaumen und Äpfeln, die unterm Dach gelagert wurden. Auch das rhythmische Summen der Räder und die Stimmen der Mägde drangen heraus.

»Ein herrschsüchtig's Luder ist sie«, hörte sie Gretl drinnen tuscheln. »Gibt sogar den Knechten Befehle! Der Herr wird scho' wissen, wieso er lieber beim Bischof ist.«

Blanka seufzte. Es brauchte wohl Zeit, bis die Mägde sie als Herrin annahmen.

Später, als sie im Haupthaus den Tisch deckte, dachte sie wieder an Ortolf. Warum hatte er ihr heute Mittag das Gefühl gegeben, dass sie ihm noch etwas bedeutete? Wir hätten uns niemals begegnen dürfen, dachte sie verzweifelt. Und hoffentlich ist Rahewin nichts geschehen! Die Sorge machte sie ganz krank.

Einige freie Stunden hatten es ihr ermöglicht, die neue Urkunde zu schreiben. Sie nahm das Pergament, das sie auf die schwere Truhe aus Eichenholz gelegt hatte, und warf noch einen letzten prüfenden Blick darauf.

»*Tradimus atque firmamus, eo rationis tenore, ut iam dictus honorabilis episcopus eiusque successores ... perenniter habeat potestatem ...*« *Und so übertragen und bestätigen wir, dass der genannte ehrenwerte Bischof und seine Nachfolger auf ewig die Macht haben sollen ...*

Die Buchstaben waren etwas klein geraten, aber sonst hätte sie nicht alles auf dem Blatt untergebracht. Dafür war ihr die Schrift dieses Mal gut gelungen. Mit einem schmutzigen Lappen fuhr sie noch einmal über das Blatt, um es gebraucht aussehen zu lassen. Nun musste es bleichen wie Flachs. Wenn die nächsten Tage wieder mehr Sonne brächten, würden Tinte und Pergament schnell altern.

»Ist das Essen fertig?«

Blanka schrak zusammen und stellte sich vor das Blatt. »Pero!«, stieß sie hervor.

Ihr Mann hatte polternd die Tür aufgestoßen und streifte auf der Schwelle die schmutzigen Stiefel ab. Das lange hellblonde Haar war feucht, und er schüttelte sich wie ein nasser Hund. »Ich brauche trockene Kleider, sonst hole ich mir den Tod«, wies er sie an. »Und mach mir das Bier warm.« Sein Blick fiel auf die Truhe. »Was ist das?«

Blanka rollte das Pergament hastig zusammen. Ihr Herz raste, und sie bemühte sich krampfhaft, es ihn nicht merken zu lassen. Otto hatte ihr eingeschärft, dass niemand, nicht einmal ihr Mann, etwas wissen durfte. »Nichts. Ich habe mir ein paar Dinge für den Markt notiert.«

»Auf Pergament? Lass sehen«, befahl er und streckte die Hand aus.

Blanka stockte der Atem. »Du reitest weg, vielleicht für Monate, und am Abend vor deiner Abreise findest du ein Notizblatt interessanter als deine Frau?«, fragte sie endlich in beleidigtem Ton.

»Warst du bei einer Hure?«

Pero lachte. »Weiber! Hol mir frische Kleider!«

Blanka atmete auf, erleichtert, dass er sich nicht weiter für das Pergament interessierte. Sie steckte es in ihren Gürtel aus grün und blau gewebter Borte, setzte Bier aufs Feuer und öffnete dann die Truhe. Ein älteres Leinenhemd legte sie weg – sie glaubte nicht, dass es Pero noch passte. Darunter fand sie ein neueres, das weiter geschnitten war, und eine blaue Cotte, die an Hals und Ärmeln mit Borten verziert war. Für ein einfaches Essen zu Hause die richtige Kleidung. Während er sich auszog, musste sie an Magdalena denken. Sie würde sich von niemandem sagen lassen, sie hätte sich verkauft. Trotzig half sie ihm, das Hemd zurechtzuziehen. Die Liebe würde schon noch kommen!

Pero schlüpfte in die Cotte und kam zum Tisch, wo Blanka Brotscheiben, Räucherforellen und Apfelmus mit Zwiebeln aufgedeckt hatte. Nun holte sie auch das gewärmte Bier vom Feuer.

»Hast du nichts anderes als Fisch und Brot?«

Blanka schenkte ihm ein. »Es ist Freitag.«

»Das auch noch.« Pero zog sich den Holzbecher heran. Wie gewöhnlich schenkte er der Mahlzeit mehr Aufmerksamkeit als ihr. Umso mehr wunderte sie sich, als er auf einmal sagte: »Rahewin ist von Panzerreitern belästigt worden.«

Obwohl Blanka das nur zu gut wusste, stockte ihr der Atem. »Wie geht es ihm? Ist er frei?«

Pero nahm sich eine Forelle. »Bischof Otto macht dem Rotkopf offenbar die Hölle heiß«, erklärte er, während er das helle Fleisch mit den Fingern von den Gräten zog und ein zarter Rauchduft aufstieg. »Das Brot ist hart heute. Lass es nicht so lange im Ofen.«

»Was ist mit dem Bischof?«

»Ach, es geht um die Urkunden, die er ständig findet. Der Rotkopf fragt sich schon, ob der Bischof das Zeug irgendwo einkauft. Das wollten sie wohl aus Rahewin rauskriegen.«

»Und, haben sie es geschafft?«, fragte sie atemlos.

Pero lachte schallend. »Närrin! Wo sollte es denn so etwas zu kaufen geben! Sie waren offenbar nicht gerade zart mit dem Ärmsten, geistliche Würde hin oder her. Er blutete aus Nase und Mund, und sein Arm war ausgerenkt. Aber letztlich mussten sie ihn laufenlassen.«

Blanka hätte am liebsten einen Triumphschrei ausgestoßen. Sie waren dem Rotkopf durch die Finger geschlüpft! Mühsam beherrscht schenkte sie ihrem Mann nach. Ihre Hand zitterte, und sie verschüttete etwas. Hastig entschuldigte sie sich und holte einen Lappen.

»Wirst es schon recht machen, wenn ich weg bin«, meinte Pero auf einmal wohlwollend. Er legte seine Hand auf ihre. »Du brauchst keine Angst zu haben. Alle Frauen müssen die Geschäfte führen, wenn ihre Männer nicht da sind.«

Sie lächelte, dankbar für die unerwartete Aufmerksamkeit. Zwischen ihren Fingern klebte das Bier, und ihre Hände bebten noch immer. Aber sie fühlte sich nicht mehr ganz allein. Eigentlich war es nicht so schlecht, dass er älter war. Er hatte Erfahrungen, die sie nicht besaß. Ob sie sich ihm anvertrauen sollte? Sie standen auf derselben Seite. »Diese Urkunden ...«, begann sie.

Er stand auf. »Männerangelegenheiten. Ich gehe in die Taverne, warte nicht auf mich.«

Pero riss sie aus dem Schlaf, als er nach Mitternacht hereinpolterte und die Tür hinter sich zufallen ließ. Blanka richtete sich auf und schob ihr goldbraunes Haar aus dem Gesicht. Sie beobachtete ihn, während er sich auszog. Das unter Torfscheiben glimmende Feuer warf seinen Schatten an die Wand. Als er zu ihr ins Bett stieg, verbreitete er eine Wolke Metgeruch.

»Es ging schon wieder um diese Urkunden«, meinte er, ohne zu fragen, ob sie weiterschlafen wollte. »Der Rotkopf scheint zu glauben, dass der Bischof ihn zum Narren hält. Womöglich schreibt er die Urkunden selbst!« Er lachte laut wie über einen Scherz.

»Und wenn es so wäre?«, fragte sie leise. Wieder hatte sie das Bedürfnis, mit jemandem zu reden. Pero war grob, aber er war nicht schlechter als andere Männer. Die Nacht war kühl, und er hatte einen Stoß kalte Luft mit hereingebracht. Nackt, wie sie war, fror sie, und unwillkürlich rückte sie näher zu ihm.

Wieder lachte er laut auf. »Wenn es so wäre, dann würde ich zusehen, den Burschen in meine Gewalt zu bekommen. Was für ein Schatz! Ich würde ihn jeden Tag eine neue Urkunde schreiben lassen.«

Blanka beschloss zu schweigen. Als Peros Frau war sie ihm Gehorsam schuldig. Sie wollte nicht in die Lage geraten, dass sie sich zwischen Otto und ihrem Mann entscheiden musste. Eine Weile lagen sie schweigend, jeder unter seinem Fell. Sie ahnte Peros nackten Körper mehr, als dass sie ihn spürte. Einen Moment lang fragte sie sich, wie es wäre, so neben Ortolf zu liegen. Sie wünschte, Pero würde sie nehmen und jede Erinnerung an ihn von ihren Lippen küssen. Würde er sie für unkeusch halten, wenn sie ihn bat? Die alte Johanna hatte ihr geraten, nicht zu fromm zu sein. Eine Frau, die ihrem Mann zu Willen war, bewahrte ihn vor Sünden, die er sonst mit Huren begehen würde. Einen Versuch war es wert.

»Ich sollte schwanger werden«, sagte Blanka.

Pero seufzte. »Jetzt? Ich habe getrunken.«

Natürlich – niemals nach dem Essen, dem Saufen oder wenn er gerade müde aus dem Sattel stieg. Jesus, Maria!, dachte sie, ihr habt es uns Frauen wirklich nicht leichtgemacht. Oder lag es an ihrer Narbe? Jeder wusste, woher sie kam. Auf dem Rücken liegend starrte Blanka an die Decke, bemüht, ihn ihre Enttäuschung nicht spüren zu lassen.

»Sei vorsichtig, wenn ich weg bin«, warnte Pero auf einmal. »Heinrich der Löwe soll auf dem Weg nach Baiern sein. Kann sein, dass es wieder Krieg gibt, dann werden wir ihm entgegenziehen. Und es gehen Gerüchte um, der Rotkopf hätte das Kloster Tegernsee überfallen.«

»Was sagst du?« Erschrocken richtete sie sich auf. Ein Kloster zu überfallen! Der Rotkopf musste den Verstand verloren haben. »Weiß der König davon?«

»Er soll die Acht über die Wittelsbacher und ihre Leute verhängt haben.«

Die Reichsacht! Sie war sich sicher, dass Ortolf dabei gewesen war. Das erklärte, warum er Rahewin so schnell freigelassen hatte. Sie begriff, dass sie dieser Acht ihr Leben verdankte. Aber als Geächteten konnte ihn jeder straflos töten. Wider Willen schnürte ihr Angst um ihn die Kehle zu.

»Möglich, dass versprengte Panzerreiter hier marodieren«, bestätigte Pero ihre nächste Sorge. »Ortolf soll schon bis Freising gekommen sein, aber vermutlich war er nur die Vorhut. Wenn der Rotkopf von der Acht erfährt, wird er auf einer seiner Stammburgen Zuflucht suchen. Schlimmstenfalls wird er sich den Weg brennend und mordend freikämpfen. Sorg also dafür, dass die Mautburg immer gut bewacht ist. Wittelsbach liegt weiter im Westen, aber der Weg nach Wartenberg und Kelheim führt die Isar herab. An Föhring vorbei.«

Nach Peros Abreise lastete die ganze Verantwortung für Föhring auf Blanka. Sein Stellvertreter Cuno war entweder im Münzhaus oder unterwegs, um die Straßen für die Händler zu sichern. So war sie die meiste Zeit allein. Manchmal fühlte sie sich wie ein Mädchen, das eigentlich noch an den elterlichen Herd gehörte. Den muskelbepackten Salzknechten Befehle zu geben, hatte sie nie gelernt. Aber die ungewohnte Aufgabe gab ihr auch zum ersten Mal das Gefühl, für

Pero wichtig zu sein. Vor ihrem Beichtvater beteuerte sie, eine gehorsame Frau sein zu wollen. Aber sie senkte dabei den Kopf, um das Aufblitzen ihrer Augen zu verbergen. Gleich am ersten Tag ließ sie die Acht ausrufen, die der König verhängt hatte. Wenn jeder davon wusste, würde das die Panzerreiter am ehesten von hier fernhalten.

Das Wetter war noch immer unbeständig. Trotzdem ließ Blanka die Palisaden an der Mautburg und dem Ministerialenhof verstärken. Manche Pfähle waren von Regen und Unwettern aus ihrer Verankerung geschwemmt worden, andere von Schimmel und Fäulnis morsch. Man musste die Befestigung ohnehin nach jedem Frühjahrshochwasser reparieren. Und die Männer des Rotkopfs hatten sicher nicht vergessen, dass sie hier schon einmal besiegt worden waren.

Die Leibeigenen murrten, als sie im Regen in der überlaufenden, stinkenden Gosse arbeiten sollten. Blanka warf ihre Kappa über, den Wollmantel, und kam mit hinunter zum Fluss, um sie zu beaufsichtigen. »Es tut mir leid, aber die Arbeit duldet keinen Aufschub«, erklärte sie. Sie blickte an den Stämmen hinauf, über deren Borke das Wasser rann. »Euer Herr kann euch nicht beschützen, wenn ihr nicht eure Pflicht tut. Sonst haben wir hier bald Wölfe – vielleicht auch menschliche«, setzte sie nach.

Zu ihrer Überraschung gehorchten die Männer. Kurz darauf ertönte der knirschende Klang der Axthiebe, mit denen sie die Stämme oben anspitzten. Kinder und Bettler scharten sich neugierig um die Arbeiter. Sogar der Krüppel Bernhard faselte mit speichelfeuchten Lippen wirre Ratschläge. Der Regen drang allmählich durch Blankas Mantel. Fröstelnd lief sie über die Brücke zurück und wollte ins Dorf hinauf. Als sie am Markt vorbeikam, bemerkte sie eine Frau, die unter dem schilfgedeckten Dach der Schmiede verschwand. Sie zögerte, kämpfte mit sich. Dann rief sie Magdalena heran.

Mit trotzig vorgeschobener Unterlippe gehorchte die Vagantin. Ihre schmucklose rote Cotte war durchnässt, aus dem Haar triefte das Regenwasser und perlte über ihr hübsches Gesicht. Sie sahen sich nicht direkt ähnlich, dachte Blanka. Oder doch?

Anfangs war sie einfach nur wütend auf dieses Weib gewesen, das hierher kam und sie beschimpfte. Aber dann hatte sie sich herzlos genannt. Gerade sie sollte wissen, wie es war, ausgestoßen zu sein. In den letzten Nächten hatte sie sich einige Sätze zurechtgelegt. »Du kannst hier arbeiten«, sagte sie mit belegter Stimme.

Magdalena hob die Brauen. »Erwartest du, dass ich vor dir auf die Knie falle?«

»Ich habe gesagt, du kannst – nicht, du musst«, erwiderte Blanka scharf.

»Ist gut.« Magdalena biss sich auf die Lippen und brachte ein schiefes Lächeln zustande. Vermutlich war das ein Danke.

Blanka atmete auf. Die Verlegenheit der anderen erleichterte sie. Vielleicht hatte Magdalena genauso viel Angst vor diesem Moment gehabt wie sie. »Du könntest den Frauen in der Spinnstube helfen«, schlug sie vor. »Reinhild bekommt immer Ausschlag von der Wolle. Du würdest dann auch bei den Mägden schlafen. Das ist wärmer als die Hütte der alten Bertha.«

Magdalena brummte etwas und wandte sich zum Gehen. Blanka ließ sie einige Schritte laufen, dann rief sie ihr nach: »Ich habe mich nicht verkauft!«

Magdalena blieb stehen.

»Warum hast du das gesagt?« Blanka kam ihr nach und packte sie wütend an der Schulter.

Die Vagantin pfiff durch die Zähne. »Sieh einer an! Die goldhaarige Elfe hat Feuer in ihrem edlen Hintern.«

»Denkst du das wirklich? Oder wolltest du mich nur verletzen?«

Magdalena befreite sich, und Blanka spürte, wie mager die Arme unter der Cotte waren. Zorn und Mitleid stritten in ihr.

Magdalena hob entschuldigend die Hände. »Beruhige dich. Ich verstehe nur nicht, wieso alle Mädchen heiraten wollen. Alles, was dabei herauskommt, ist, unter der Muntgewalt eines Mannes zu stehen.« Sie warf einen Seitenblick nach den vom Regen triefenden nackten Oberkörpern der Männer an der Brücke. Einer sah herüber, und sie lächelte zufrieden.« Warum als Ehefrau einem Mann gehorchen und das Maul halten, wenn man genauso gut seine Hure sein kann?«

Verblüfft über die losen Worte, starrte Blanka sie an. »Lieber seine Hure als seine Frau?« Sie musste lachen. »Wir gehören zum Bistum Freising. Pass auf dein Vagantenmaul auf, sonst bringt es dich noch an den Pranger.«

»Da muss Bischof Otto die Äbtissin von Paraclete an den Pranger stellen, nicht mich«, verteidigte sich Magdalena. »Heloise, die hat sich das nämlich ausgedacht. Aber so was erzählen einem die Pfaffen natürlich nur, wenn man sie zwischen den Beinen hat.«

Blanka errötete, als das Weib so offen von Unzucht sprach. Seit sie Ortolf wiedergesehen hatte, musste sie ständig daran denken. Sosehr sich ihr Verstand dagegen sträubte, ihr Körper wollte ihn. Magdalena schien sie hingegen für prüde zu halten, denn sie walzte das Thema nun erst recht genüsslich aus: »Da staunst du, was? Ja, Heloise sollte beim Magister Abelard das gelehrte Zeug lernen, das sie in Paris *Universalien* nennen. Ob die einzelne Rose, die am Strauch blüht, wirklicher ist als der Allgemeinbegriff ›Rose‹. Also, ob die Rose echter ist als der Name der Rose. In seinem Eifer pflückte Abelard dann aber auch gleich noch die Rose zwischen den Schenkeln seiner Schülerin. Immerhin hat er sie geheiratet, allerdings nur, um sie sofort ins nächste Kloster abzuschieben. Leider hatte er nämlich vergessen, ihr mitzuteilen, dass er Geistlicher war. Pech für ihn, dass Heloises Vormund kein Philosoph war. Der fragte nicht nach dem Namen der Hoden, sondern griff sich Abälards reale Eier und schnitt sie ab.«

Die Schamlosigkeiten kamen ihr so leicht über die Lippen, dass Blanka nach Luft schnappte. Ihr Vater hätte sie von den Hunden weghetzen lassen, wenn sie auch nur eine einzige davon gewagt hätte. Der Regen drang nun unangenehm durch ihre Kappa. Dennoch blieb sie.

»Also«, fuhr Magdalena ungerührt fort. »Solange du seine Hure bist, sagt Heloise, schläft ein Mann bei dir, weil er will, nicht weil er muss. Aber wehe, er kommt dir mit dem Priester! Dann ist es vorbei mit der Liebe. Und schneller, als du das Wort *Universalie* sagen kannst, verflüchtigt sich sein Glied zu einem bloßen Namen, und du hast einen Entmannten im Bett. *Stat rosa pristina nomine, nomina nuda tenemus*«, verkündete sie stockend, was sie von ihrem Liebhaber aufgeschnappt haben musste. »Die Rose von damals steht bloß noch dem Namen nach. Wir haben nur nackte Namen.«

»Das stimmt nicht«, fuhr Blanka sie an. »Liebe kommt in der Ehe, sie ist niemals von Anfang an da.« Sie musste einfach kommen, sonst wäre alles umsonst. Am liebsten hätte sie Magdalena grün und blau geschlagen. Zugleich hatte sie das Gefühl, in Tränen ausbrechen zu müssen. Es hatte doch keine Wahl gegeben zwischen Ortolf und Pero! »Lust ist nicht alles. Eine Frau will sich einem Mann auch anvertrauen können.«

»Ja schon, aber doch nicht ihrem Eheherrn!« Magdalena lachte sie aus. »Was redet wohl ein Mann mit seiner Frau? *Brau das Bier, hol die Knechte rein, das Brot war zu lang im Ofen?*«

Blanka verschlug es die Sprache. War sie eine so schlechte Ehefrau, dass ihr diese Gedanken ins Gesicht geschrieben standen?

»Oh, es stimmt also«, grinste die Vagantin.

Blanka ließ sich auf die Bank vor der Schmiede sinken. Das rhythmische Klirren des Hammers pochte schmerzhaft in ihrem Kopf. Auf einmal beneidete sie ihre Schwester. Magdalena war im Elend aufgewachsen. Ihr Leben lang hatte sie für sich selbst sorgen müssen. Aber sie konnte sich einen Luxus leisten, an den Blanka nicht einmal denken durfte: zu lieben, wen sie wollte.

Magdalena trat von einem Bein aufs andere. Sie hatte bemerkt, dass sie ihre Schwester verletzt hatte, und es schien ihr leidzutun. Zögernd ließ sie sich neben sie auf die Bank fallen. Durchnässt wie zwei Mäuse saßen sie nebeneinander. Die Vagantin blickte auf ihre nackten Füße, auf das Wasser, das aus dem Strohdach triefte, und endlich zu Blanka. Ihre Blicke trafen sich, und beide mussten lachen.

»Herrin!«

Quirin, einer der Waffenknechte, kam von der Brücke herübergerannt. Sofort erkannte Blanka, dass etwas passiert war. Er blutete aus der Nase, seine Wange war geschwollen und die Bundhaube an einem der Bänder eingerissen.

»Der Poeta«, keuchte er. »Streit, in der Taverne. Sie bringen ihn um!«

Zu dritt liefen sie zur Taverne. Schon von der Straße aus hörten sie Gebrüll und das Krachen von splitterndem Holz. Magdalena griff nach Blankas Hand, die aber packte sie ungeduldig am Arm und zog sie weiter. Als sie die Brücke erreichten, zog Quirin sein Schwert. Erst jetzt erinnerte sich Blanka an Peros Warnung vor Marodeuren. Aber Magdalena, durchnässt und bleich, wie sie war, wirkte so verängstigt, dass sie entschlossen weiterlief.

Abgestandene Luft schlug ihnen entgegen. Zunächst war es unmöglich, etwas zu erkennen. Offenbar waren sich ein paar Trinker in die Haare geraten, während die anderen sie anfeuerten. Der Bettler, der sonst im Eingang hockte, trommelte mit seiner Krücke auf die Tische. Einer der Kämpfenden war nackt, vermutlich hatte er seine Kleider verspielt. Nun drosch er umso leichteren Herzens auf den Gewinner ein, wobei Bauch und Männlichkeit unfreiwillig komisch tanzten. Zwei andere lagen am Boden verkeilt und scheuten sich nicht, die Zähne als Waffen einzusetzen. Und einer setzte dem Poeta ein Messer auf die Brust.

»Aufhören!«, schrie Blanka und packte ihn am Kragen. Der kräftige Salzknecht drehte sich um und schlug zu.

Die Ohrfeige schleuderte sie rücklings auf einen Hocker. Einen Moment raubte ihr der Schmerz den Atem. Etwas Warmes lief über ihr Kinn.

»Du Narr!«, brüllte Quirin. »Das ist die Zollherrin!«

Jemand packte ihren Arm und half ihr auf. Er trug eine kurze Bauerncotte und ausgebleichte Beinlinge, der Kopf war mit einer Gugel bedeckt. »Seid Ihr verletzt?«, fragte er. Unter der Kapuze blickte sie in ein vertrautes Gesicht mit schulterlangem braunem Haar und blauen Augen.

Blanka musste sich beherrschen, Ortolfs erschöpftes Gesicht nicht zu berühren. Spuren von getrocknetem Blut und Schmutz zogen sich über seine unrasierte Haut, ein dünner Schnitt teilte eine Braue. Haar und Kleider waren verdreckt und rochen, als hätte er die letzten Tage auf der Straße gelebt wie ein Vagant. Ein Gejagter.

»Verrate mich nicht!«, flüsterte er. Er hielt sie dicht an seinem Körper, und sie war sich nicht sicher, ob es eine Liebkosung war oder das Gegenteil. Er packte ihren Arm so fest, dass sie einen unterdrückten Schrei ausstieß. »Ich brauche eine Zuflucht.«

Warum bat er ausgerechnet sie um Hilfe? Es hatte Augenblicke gegeben, da hatte sie ihn gehasst, so maßlos, wie sie ihn geliebt hatte: dafür, dass er ihre Gefühle ausgenutzt hatte, für seinen Stolz und seinen Ehrgeiz. Aber nun, da er vor ihr stand, hungernd, heruntergekommen und von allen gejagt, konnte sie es nicht mehr. Umrahmt von dunklen Ringen, wirkten seine Augen größer, die schön geschwungenen Lippen waren aufgeplatzt und bleich. In diesem Moment wusste sie, dass sie Pero niemals lieben würde.

»Männer der Wittelsbacher, Geächtete!«, schrie Quirin von der Tür her. »Sie greifen uns an!«

Blanka starrte Ortolf an. Er wirkte genauso überrascht wie sie. »Aber ich hatte doch eine Nachricht …«

Der Poeta kam, ebenfalls nackt, unter dem zertrümmerten Tisch hervor und schüttelte den Kopf. »Ihr solltet sie *ver*führen, Herr, nicht *ent*führen«, murmelte er vor sich hin. »An Eurer Liebeskunst werdet Ihr noch hart arbeiten müssen!« Aber er nutzte die Gelegenheit, raffte seine Kleider zusammen und verdrückte sich.

Ortolf zog Blanka an sich. »Das habe ich nicht befohlen. Ich hatte sie einen anderen Weg geschickt.«

»Lüg mich nicht an!« Und Pero hatte sie noch gewarnt! Verächtlich riss sie sich los und schlug zu. »Nehmt ihn fest!«, schrie sie gellend.

Ortolf riss das Schwert heraus und wich zur Mauer zurück.

Die Tür flog auf, und die Geächteten brachen herein. Blankas Knechte ließen von Ortolf ab. Den Panzerreitern des Rotkopfs hatten sie nichts entgegenzusetzen.

»Was für ein Fang«, rief Walto. Sie kannte ihn, er gehörte zu Ortolfs Männern. »Das ist ja Blanka von Burgrain!«

Ortolf wischte sich mit dem Handrücken das Blut von der Lippe und kam heran. Er starrte sie an, als könnte er noch nicht glauben, dass sie sich gegen ihn gestellt hatte.

Der Anführer der Panzerreiter hatte den Helm abgenommen, so dass man das wilde rotbraune Haar und die eisblauen Augen erkennen konnte. »Blanka von Burgrain«, grinste der Rotkopf anerkennend. »Was für eine Geisel!«

13

»Im Namen Gottes! Helft!«
Der Mann stolperte über eine Wurzel und kam wieder auf die Beine. Keuchend hetzte er den steilen Pfad hinauf. Die Knechte der Eisenhütte liefen wachsam zusammen. Auf dem Michelsberg hoch über Kelheim sahen sie oft monatelang keinen Fremden. Kaspar, der Jüngste, fasste sich endlich ein Herz und ging dem Ankömmling entgegen. Aus der Nähe hatte er nichts Furchterregendes, ein verängstigter Junge, sicher nicht älter als siebzehn. Überall auf dem zerfetzten Waffenrock waren Ruß und Blut – zu viel Blut, um nur sein eigenes zu sein. Offenbar war er auch gestürzt, Ellbogen und Knie waren aufgeschlagen.

Kaspar zog ihn die letzten Schritte auf das Hochplateau. An warmen Tagen wie heute schien der Boden unter den Füßen zu qualmen. Die Karstgruben hier waren voll von den daumennagelgroßen Bohnerzklumpen, die an Ort und Stelle in Tonöfen geschmolzen und von der Schlacke getrennt wurden. Kaspar half dem Jungen über die Scherben aufgeschlagener Öfen, aus denen die sogenannte »Ofensau« schon entnommen war: gereinigtes Erz, das nach einem zweiten Schmelzgang zu schmiedbarem Eisen wurde. Sichtlich erleichtert folgte der Junge. Die kohlegeschwärzten Gesichter schienen ihn weit weniger zu erschrecken als das, was er hinter sich hatte.

Neugierig kamen die Familien der Arbeiter aus den Hütten am Rande der Rodung heran. Der Ankömmling fiel auf einen Baumstumpf und nahm dankbar das Wasser entgegen, das eine Frau ihm brachte.

»Bist du aus Kelheim geflohen? Hast du Neuigkeiten?«
Fast unmerklich war der Sommer gekommen, und mit der war-

men Jahreszeit auch der Krieg – jetzt, da kaum Kirchenfeste Waffenruhe forderten und man im Freien schlafen konnte. Seit Wochen belagerte König Konrad Burg Kelheim.

»Die Wittelsbacher hatten keine Zeit, sich vorzubereiten«, stieß der Junge hervor. »Sie konnten kaum genug Getreide für Brot mahlen lassen. Alle Belagerten hungern.« Er warf einen sehnsüchtigen Blick nach dem Feuer, wo ein Eintopf aus Saubohnen brodelte. Kaspar bedeutete seinem Weib, ihm davon zu geben. Der Junge löffelte gierig, dann wies er nach unten. »Ich bin geflohen.«

Wenn ihn sein Herr erwischte, bedeutete das den Galgen. Kaspar blickte hinab. Tief unter ihnen bahnte sich die Donau ihren Weg zwischen zwei Felsmassiven hindurch. Am Ende des Durchbruchs, am Nordufer, schob sich die Burg ins Wasser, kurz bevor sich die Fluten der Donau mit denen der Altmühl vereinten. Der Junge zeigte mit dem Löffel auf das Lager der Angreifer. »Der König«, meinte er ehrfürchtig. »Man kann doch nicht gegen den König kämpfen.«

Kaspar folgte seinem Blick. Die Belagerer hatten Wald gerodet und die Baumstümpfe abgebrannt, ihre weißen Zelte und Grashütten lagen wie eine zweite Stadt vor der Burg. Zwischen den Bannern der Staufer flatterte das schwarz-goldene der Babenberger. Konrads Truppen hatten ihr Lager auf der Nordseite aufgeschlagen, so dass seine Feinde samt der Burgsiedlung zwischen ihm und dem Fluss eingeschlossen waren. Jetzt erklangen Fanfaren.

»*Here frouwe!*« Der Junge bekreuzigte sich. »Es geht wieder los!«

Ortolf schrie seinen Bogenschützen einen Befehl zu. Der Rotkopf kam die Leiter herauf zu ihm auf den Wehrgang und streifte den Helm über den Kopf. Mit einer Hand prüfte er den Sitz, mit der anderen zog er das Schwert. Der Wind zerrte an ihren Waffenröcken und fegte ihnen leichten Nieselregen entgegen. Obwohl es nach ein paar Stunden im Kettenhemd kalt sein würde, war Ortolf dankbar um alles, was Bränden vorbeugte. Von der Donau her war die Burg nicht zu nehmen. Wie der Bau eines Bibers ragte die gelblich graue

Mauer aus dem Strom. Zur Landseite hin war die Befestigung durch einen Graben verstärkt, jenseits davon hatten die Königlichen ihr Kriegsgerät aufgestellt: Wurfmaschinen, mit Grassoden gedeckte Katzen und Holzschilde, hinter denen die Angreifer den Rammbock heranschaffen konnten. Ortolf wollte sich überzeugen, dass im Hof jeder auf seinem Platz war, und bemerkte Blanka. »Hast du den Verstand verloren?« Er machte eine wütende Geste zum Herrenhaus unterhalb der beiden wuchtigen Türme. »Verschwinde!«

»Fahr zur Hölle!«, fauchte sie zurück. Im Waffenrock auf der gewaltigen Mauer war er wieder der gefürchtete Ritter ihrer Feinde. Zugleich ertrug sie es kaum, ihn täglich zu sehen. Einmal hatte er mit einer hübschen blonden Magd gescherzt. Die Frage, ob er bei ihr schlief, hatte sie so gequält, dass sie nur aus Zorn am Abend mit seinen Männern getändelt hatte. Ortolf war abrupt aufgestanden. Aber sein Bemühen, sie zu übergehen, verriet, dass sie ihm nicht so gleichgültig war, wie er sie glauben machen wollte.

Jemand brüllte eine Warnung, eine Fanfare gellte in Blankas Ohren. Trommeln donnerten so laut, dass sie den Klang in ihrer Brust vibrieren spürte. Die Männer brüllten sich Befehle zu, Flüche und Gebete. Verständnislos sah Blanka hinauf. Ein dunkler Brocken schwebte lautlos über ihren Kopf hinweg und schlug in den Turm.

Krachend barsten die Mauern. Steinsplitter spritzten und fuhren wie messerscharfe Pfeilspitzen in den Boden. Zu Tode erschrocken warf sich Blanka hin und schützte den Kopf mit den Armen. Etwas Weiches prallte neben ihr auf, es knirschte entsetzlich. Blanka wollte beten, aber sie spürte nichts als Angst, Todesangst. Ihr keuchender Atem schlug sich auf der Haut ihrer Arme nieder. Das Beben ließ nach, sie spürte nur noch den Regen. Mit wild schlagendem Herzen hob sie das Gesicht.

Neben ihr lag der schlaffe Körper eines Bogenschützen, der offenbar von der Mauer gefegt worden war. Der Angriff hatte ein wildes Durcheinander ausgelöst. Burgmannen brachten stöhnende Verletzte in Sicherheit. Aus dem Loch in der Mauer des einen Turms rieselte Schutt herab. Erst jetzt bemerkte sie den brennenden Schnitt auf ihrem Arm. Blanka überzeugte sich, dass er nicht tief war. Nur ein paar Schritte von ihr entfernt lag ein Waffenknecht mit einem Pfeil im Bauch im Schlamm. Sie kam auf die Beine und lief geduckt hinüber.

Der Mann brüllte vor Schmerz, als sie ihn unter das Strohdach der Schmiede zog. Wieder zitterte der Boden. Der beißende Qualm hinterließ einen widerlichen Geschmack im Mund, und Blanka würgte. Doch unter den in der Mauer verankerten Dachbalken waren sie halbwegs geschützt.

Mit sanfter Gewalt löste sie die blutbeschmierten Hände des Verletzten von dem Pfeilschaft. Ein Rinnsal sickerte über sein Lederwams, doch es schien keine lebenswichtige Ader verletzt zu sein. Vorsichtig versuchte sie, den Pfeil herauszuziehen.

Der Knecht brüllte wie ein Tier. Warmes Blut quoll auf ihre Hände und Cotte, aber die Muskeln waren so versteift, dass sich der Schaft keinen Zoll bewegte. »Es ist gut«, schrie sie, »es ist gut.« Wimmernd und totenbleich sank der Mann zurück. Sie drückte ihren Schleier auf die Wunde. Mehr konnte sie jetzt nicht für ihn tun.

Verzweifelt sah sie sich nach Hilfe um. Eine schemenhafte Gestalt winkte sie durch die schweren Rauchschwaden im Burghof heran. Die Angreifer mussten Brandpfeile abgeschossen haben. Einen Zipfel ihres Kleids vor Mund und Nase gezogen, kämpfte sie sich hustend hinüber. Ungeduldig drückte der Knecht ihr mit seiner verbundenen Linken einen Eimer in die Hand. Blanka zögerte, dann nahm sie ihn. Wenn sich das Feuer ausbreitete, würden die Befreier nur noch ihre verkohlte Leiche finden.

Der Boden unter ihren Füßen zitterte. Das Tor bebte unter dem Rammbock, ein Wachposten wurde zurückgeschleudert. Blanka kam der Gedanke, dass Waffenknechte im Siegesrausch oft wahllos töteten und schändeten. Sie konnte leicht zum Opfer ihrer eigenen Leute werden.

»Schießt auf die Männer am Rammbock!«, brüllte Ortolf auf

dem Wehrgang. Blut floss über den Waffenrock mit dem Kelch. In Qualm und Hitze hatten die Ritter die Helme abgenommen. Regen rann, vermischt mit Ruß, über sein verzerrtes Gesicht.

Ein neuer Pfeilregen sirrte heran, und Blanka presste sich keuchend an die Mauer. Der Bogenschütze neben Ortolf fiel gurgelnd auf die Knie, Brust und Hals mit Schäften gespickt, ein anderer krallte die Hand um einen Pfeil im Hals. Als sei nichts geschehen, nahm Ortolf dem ersten Toten den Bogen aus der Hand und sandte einen Pfeil nach unten. »Sie haben den Wehrgang über dem Nordhof abgebrannt!«, überschrie seine dunkle Stimme die Trommeln. »Ohne Schutz von oben können wir den Hof nicht halten. Ruft die Leute zurück!«

Der Rotkopf kam über die schwelenden Bohlen zu ihm herüber. Auch über sein Waffenhemd lief Blut, in seinem Oberarm steckte ein Pfeil. Sein rotbraunes Haar war strähnig, er war genauso schmutzig wie seine Männer.

»Früher oder später holt uns der Teufel«, begrüßte ihn Ortolf.

Lachend legte der Rotkopf einen Pfeil auf den Bogen. »Ich kenne ein Dutzend Huren und Schankwirte, die damit nicht einverstanden wären. Also lieber später, mein Freund!«

Unter den rauchenden Balken starrte Blanka zu ihnen hinauf. Sie begriff, dass die Scherze keine Gleichgültigkeit gegenüber diesem grausamen, sinnlosen Sterben waren. Die Männer wussten, dass sie jeden Augenblick tot oder für immer verkrüppelt sein konnten. Die Erregung, die aus dieser Gewissheit kam, machte sich Luft. Um bei Besinnung zu bleiben, betäubten sie jedes Gefühl. Vermutlich hatte Ortolf das sein Leben lang stark gemacht und ihm den Ruf eingebracht, kaltblütig und tückisch zu sein wie ein Fuchs.

Über ihr brach ein Stück des schwelenden Wehrgangs herunter. Es regnete immer noch, aber anstatt das Feuer zu löschen, ließ das Wasser nur dicke Rauchschwaden aufsteigen. Blanka kämpfte gegen ein Würgen und Brennen in ihrer Kehle. Sie hustete, konnte nicht mehr aufhören, stützte sich an die Mauer. Dankbar sog sie die frische Luft ein, die durch eine Spalte kam. Auch an dem hölzernen Turm, hinter dem Ortolf auf dem unversehrten Teil des Wehrgangs stand, leckten jetzt die Flammen. Blanka nahm sich einen neuen Eimer und kletterte die Leiter hinauf.

»Verschwinde!«, brüllte Ortolf sie erwartungsgemäß an.

Ohne sich darum zu kümmern, wuchtete sie ihre Last auf den Gang und zog sich hinauf. Der Regen hörte auf. Lichtstrahlen brachen durch die dunklen Wolken, ein leichter Wind ließ sie in ihrer feuchten Cotte frösteln, erleichterte aber das Atmen. »Sie werden mehr Brandpfeile schießen«, schrie sie zurück. Wie um ihre Worte zu bestätigen, schlugen hinter ihr am Turm die Flammen höher. Die nächste Pfeilwolke jagte heran wie ein todbringender Schwarm. Blanka packte Ortolfs Waffenhemd und ließ sich fallen.

Krachend brach der brennende Turm hinter ihnen zusammen und riss einen Teil des Wehrgangs mit sich in die Tiefe. Für einen Moment wurde Blanka schwarz vor Augen. Unter ihr zitterten die rauchenden Bohlen. Schreie, Knistern und zusammenstürzende Balken verschwammen zu einem gedämpften Summen. Ortolfs Kettenhemd drückte auf ihre Brust, so dass sie kaum Luft bekam. Er stützte sich auf die Arme. Sein rußverschmiertes Gesicht war dicht über ihr, sein keuchender Atem mischte sich mit ihrem, das feuchte Haar fiel auf sie. Es roch nach Öl und Pferden und Schweiß. Trotzdem war diese Nähe so überwältigend, dass sie ihn wortlos anstarrte, als wären sie allein.

»Seid Ihr verletzt?« Jemand packte seinen Arm, der Rotkopf brach den Bann. Ortolfs Blicke ließen sie widerwillig los. Er kam auf die Beine und berührte eine Stelle an der Schulter. Blut klebte auf seinem Handschuh, doch er winkte ab. »Nichts von Bedeutung.« Mit einem Blick über die Mauer überzeugte er sich, dass niemand schoss, und zog sie auf die Beine.

Blankas Herz raste. Sie konnte ihn nicht ansehen und blickte über den Wall hinab. Jetzt begriff sie, warum der Pfeilregen aufgehört hatte. Die Männer des Königs versuchten, den Nordhof unterhalb von ihnen zu stürmen. Leitern krachten von außen an die Mauern. Mit großen hölzernen Gabeln versuchten die Verteidiger, sie umzukippen. Die stürzenden Gerüste splitterten auf dem Boden, doch die ersten Waffenknechte hatten die Mauer erklommen. Vergeblich versuchten die Burgmannen, sie aufzuhalten. Immer mehr Angreifer schwangen sich über die Brustwehr.

Schreiend brachten sich die Mägde in Sicherheit, aber nicht alle waren schnell genug. Ein blutbeschmierter Waffenknecht hatte eine hellblonde Frau erreicht. Er fiel über sie her wie ein Tier. Entsetzt starrte Blanka hinab. War das die Magd, mit der sie Ortolf gesehen hatte? Die Frau brüllte und versuchte sich zu wehren. Als der Mann mit ihr fertig war, ließ er sie wimmernd mit entblößtem Unterleib liegen. Beiläufig hob er den Sax und schlug zu.

Entsetzt taumelte Blanka zurück. Die Angreifer hatten das Tor für ihre Reiter geöffnet. Im Qualm erkannte sie ein starkknochiges Pferd, das in den eroberten Hof sprengte. Der Reiter schien keine Rüstung zu tragen, sondern eine graue Kutte. Außer sich beugte sie sich über die Mauer hinab und kreischte: »Otto!«

Ortolf riss sie zurück. Er brüllte einem Waffenknecht einen Befehl zu. »Bring sie weg!«, schrie er.

Der Mann zerrte Blanka die Leiter hinab. Unten rauchten die Trümmer des Wehrturms, die schwelenden Seile verbreiteten ihren Gestank. Knechte schütteten Wasser in das Gewirr aus angekohlten Balken, Brettern und gebrochenen Pfosten. Der Reisiger brachte Blanka zu einem Verschlag unterhalb der Mauer, stieß sie hinein und verriegelte von außen.

Keuchend starrte sie ins Dunkel und schrie ihre Wut hinaus. Die gedämpften Geräusche ließen nicht erkennen, wie der Kampf draußen verlief. Sie hämmerte gegen die Tür, aber das Einzige, was sie erreichte, war, dass sie sich einen Splitter einzog. Verzweifelt ließ sie sich auf den feuchtkalten Boden fallen. Es roch nach Urin, und irgendwo quiekten Ratten. Wenn sich diese Tür wieder öffnete, konnte es ebenso gut Freund wie Feind sein. Im Dunkeln würden nicht einmal ihre eigenen Männer sie erkennen. Sie war völlig ausgeliefert. Es lag in Gottes Hand, ob man sie befreien oder sie schänden und ihr danach die Kehle durchschneiden würde.

Der Angriff dauerte mehrere Stunden. Es gelang den Wittelsbachern, den letzten Burghof zu halten. Aber als Ortolf und der Rotkopf erschöpft und schmutzig vom Wehrgang herabkamen, war ihnen klar, dass die endgültige Niederlage nur noch eine Frage der Zeit war. Sie stolperten über zerbrochene Waffen und Tote. Das Stöhnen der Verletzten, die sie kaum noch versorgen konnten, das Wimmern der Frauen, die ihre Männer oder Söhne verloren hatten, erfüllte die Burg. Manche fielen, blutbeschmiert, wie sie waren, auf die Knie und dankten Gott, dass sie noch lebten.

Müde presste Ortolf die Hand auf seine pochende Linke, aus der ein Pfeil ragte. Jetzt, da sein Leben nicht mehr davon abhing, hatte er das Gefühl, die überlasteten Muskeln kaum noch bewegen zu können. Seit Tagen hatte er keine Ruhe gefunden. Wenn er sich doch vom Schlaf überwältigen ließ, dann nur, um bei jedem Knacken im Gebälk hochzufahren und nach dem Schwert zu greifen. Seine geröteten Augen brannten. Gedämpft hörten die vom Schlachtenlärm summenden Ohren, wie Knechte die letzten Brände an den Holzbauten löschten. Sie mussten sich beeilen, die Toten loszuwerden, sonst würden sich Seuchen ausbreiten.

Unter dem Kettenhemd des Rotkopfs sickerte Blut hervor. Die ganze Zeit hatte er mit seinen Männern auf den Mauern gestanden. Jetzt legte er Ortolf entmutigt die Hand auf die Schulter. Ortolf wusste, dass er es seinem Freund und Waffenbruder gegenüber nicht aussprechen musste: Mit dem Überfall auf Tegernsee waren sie zu weit gegangen.

»Und?« Der Pfalzgraf kam ihnen entgegen, der Vater des Rotkopfs. Er war ein strenger, aufbrausender Mann von über sechzig Jahren. Der Sohn hatte seine Augen und das dunkle Haar geerbt, das auch bei dem Alten kaum Grau aufwies.

»Wir werden nicht mehr lange standhalten«, erwiderte Ortolf ernst. »Die Leute in der Burgsiedlung sitzen seit Wochen zwischen uns und Konrad gefangen. Sie werden verhungern. Und auch unsere Männer sind erschöpft. Die Streitmacht ist zu groß. Noch einen Angriff wie heute halten wir nicht aus.«

Der Pfalzgraf unterdrückte einen Fluch. »Das ist deine Schuld, du verfluchter Heißsporn«, wies er seinen Sohn zurecht. »Der Angriff auf Tegernsee war Wahnsinn! Konrad hat einen Boten geschickt. Er will sich zurückziehen, wenn ich dich ausliefere.«

»Niemals!«, warf Ortolf zornig ein. »Oder ich biete mich ebenfalls als Geisel an.«

»Ich sollte euch beide ausliefern«, knirschte der Pfalzgraf. Seine kleinen eisblauen Augen blieben an den Verletzten hängen, die sie aus Platzmangel im Hof versorgten. Einer wollte nicht begreifen, dass er zum Krüppel geworden war, und schrie verzweifelt nach dem Arzt.

»Bischof Otto wird mich tot sehen wollen. Aber wenn Ihr es wünscht, tut es, Vater«, erwiderte der Rotkopf rau.

Der Pfalzgraf hielt dem Blick seines Sohnes nicht stand. »Was ist mit der Frau, die du mitgebracht hast? Ist sie nicht eine Ministerialin von Otto?«, fragte er.

Ortolf blickte erschrocken auf. Die Kälte, die sich nach dem Kampf klamm um seine Glieder geschlossen hatte, verflog.

»Blanka von Burgrain, die Zollherrin von Föhring«, bestätigte der Rotkopf. Seine fleischigen Züge hellten sich auf. »Ihr glaubt, Konrad würde sich ihretwegen zurückziehen?«

»Ich würde es nicht«, erwiderte der Pfalzgraf trocken. »Andererseits wäre es eine Schande für ihn, wenn er zuließe, dass wir sie töten.«

»Sie töten?«, fiel ihm Ortolf ins Wort. Alle schwiegen und sahen ihn an. Rasch setzte er nach: »Sie ist eine Eigenfrau des Bischofs.«

Der Pfalzgraf zuckte die Achseln. »Dann sollte er sie nicht zu lange in der Gewalt unserer Knechte lassen.«

Ortolf packte ihn am Ärmel. »Das könnt Ihr nicht tun!«

»So rücksichtsvoll kenne ich Euch gar nicht«, erwiderte der Pfalzgraf. Er streifte die Hand des jungen Mannes ab und musterte ihn forschend. Ortolf biss sich auf die aufgesprungenen Lippen.

»Wie dem auch sei, sie ist die Gefangene meines Sohnes, nicht Eure. Schickt einen Boten in Konrads Lager, dass wir sie haben!« Ortolf blickte auf. Dann nahm er wortlos seinen Helm. Aber die Bewegung war langsam, als brauchte er all seine Kraft, um ihn zu heben.

»Blanka von Burgrain?« Konrad III. sprang wütend auf. »Als ob der Überfall auf Tegernsee nicht schon genug wäre!«

Das Innere des Zelts aus roten und weißen Stoffbahnen war erleuchtet, Feuerbecken und Öllampen tauchten die wenigen Möbel und die Felle am Boden in gelbes Licht. Truhen enthielten, was für die Bedürfnisse des Königs nötig war. Konrad hatte auf einem holzgeschnitzten Faltstuhl gesessen. Er war bereits umgezogen und trug einen roten, von einem silberbeschlagenen Gürtel gehaltenen Surcot. Das weiche Licht schmeichelte dem Gesicht mit dem nachgefärbten Bart, doch Konrads Wut war nicht zu übersehen.

Der Bote des Pfalzgrafen drehte unruhig seine Bundhaube in den Händen, als fürchtete er, jederzeit gefangen gesetzt zu werden. Immer wieder blickte er nach den Wachsoldaten und den hohen Herren im Zelt: den Brüdern des Königs, Herzog Heinrich von Baiern und Otto von Freising, sowie dem rothaarigen Friedrich von Schwaben.

»Wir werden das besprechen«, beendete Konrad das Gespräch. Sichtlich erleichtert verließ der Bote das Zelt. Die Wachsoldaten, welche die Stoffbahnen für ihn angehoben hatten, ließen ihn schweigend durch.

»Wir greifen an«, beschloss Konrad.

»Aber dann wird er sie töten!« Otto von Freising, der sich bisher im Hintergrund gehalten hatte, trat zu seinem Bruder. »Sie ist eine von meinen Eigenleuten. Nur meinetwegen ist sie seine Geisel, es ist meine Pflicht, sie zu beschützen.«

»Was soll ich sonst tun? Es ist schlimm genug, dass ich meinen eigenen Stellvertreter belagern muss«, erwiderte Konrad heftig. »Ihr selbst habt mich doch in diesen Krieg getrieben! Und zu Recht: Der Pfalzgraf sollte meine Macht hier in Bayern durchsetzen. Stattdessen überfällt er meine Klöster und beraubt meine Bischöfe. Diese Beleidigung kann ich nicht hinnehmen. Es heißt, Heinrich der Löwe sei mit seinem Heer auf dem Weg nach Baiern. Ich muss Stärke zeigen, ich kann auf eine Ministerialin keine Rücksicht nehmen.«

Otto starrte ihn an. Mühsam kämpfte er gegen die Wut, die in ihm kochte. Es kostete ihn seine ganze Kraft, die übliche beherrschte Miene zu behalten.

»Aber Onkel, bedenkt die Schande, die das bedeuten würde«, mischte sich Friedrich von Schwaben ein. Wie viele junge Leute trug er einen kurzen Bliaut, aber Otto wusste, dass man ihn trotz seiner Jugend nicht unterschätzen durfte. Obwohl er noch keine dreißig war, hatte er als Herzog von Schwaben schon Geschick bewiesen. »Wenn sie eine Ministerialin von Freising ist, ist auch ihr Mann unter unseren Kämpfern. Was wird er sagen, wenn er das hört – und seinesgleichen, die ihre eigenen Frauen zurückgelassen haben, denen jederzeit dasselbe zustoßen könnte? Ich kenne den Rotkopf vom Kreuzzug. Er ist ein Heißsporn, aber er hat auch Verstand. Bietet ihm Sicherheit und lasst ihm seine Ehre, dann wird er kommen und die Frau mitbringen. Außerdem«, meinte er praktisch, »ist Euch diese Belagerung schon teuer genug gekommen.«

»Und wenn er nicht kommt?«, widersprach Konrad. »Kelheim ist eine der wichtigsten Stammburgen der Wittelsbacher. Der Rotkopf ist hier geboren. Die Leute lieben ihn, darauf verlässt er sich. Selbst wenn er nachgibt, wird das die Frau überhaupt noch retten? Auf einer belagerten Festung zu überleben, Hunger, Durst und die ständigen Angriffe zu ertragen ist schon für einen Mann schwer genug. Womöglich ist sie längst tot.«

Otto trat an den Wachposten vorbei ins Freie. Kühle Abendluft schlug ihm ins glühende Gesicht. Reglos standen die beiden Bliden in der Dämmerung. Mit den beweglichen Balken auf den Gestellen wirkten die Holzkonstruktionen wie die Skelette riesiger Tiere. Otto hatte gesehen, mit welcher Wucht die Steinbrocken damit zur Burg katapultiert wurden, sobald die Knechte das Seil nach unten rissen. Ein einziger aus der Mauer gesprengter Splitter genügte, um eine Frau zu töten.

Hastig ging er durch das Lager. Am Feuer blickte der Kürenberger, ein Ministeriale aus dem Donauland, neugierig von seiner Laute auf. Andere würfelten, tranken, und zwischen den Bäumen schimmerten die bleichen Hinterbacken einer Hure, die sich ihrem Freier darbot. Das Stöhnen verfolgte Otto noch, als er es längst nicht mehr hören konnte.

Er starrte über die gerodete Fläche zur Festung. Zwischen Lager und Burg duckte sich die Siedlung verängstigt auf die Donauinsel. Schattenhaft waren Leichenfledderer zu sehen, die noch nach Verwertbarem suchten. Auf den Wehrgängen loderten die Fackeln. Steinhaufen verrieten das zerstörerische Werk des Kriegsgeräts, doch noch waren die Mauern unüberwindlich. Fröstelnd schlug Otto die Kutte fester um den Leib. Auf einmal fiel er auf die Knie und flüsterte Gebete. Wenn er ein Krieger gewesen wäre – nur ein einziges Mal!

Auf einem der Wehrgänge stand ein anderer Mann, der keinen Schlaf fand. Wind zerrte an Ortolfs Haar und schlug ihm den Waffenrock gegen die Knie. Auf dem Michelsberg stachen die Feuer der Eisenhütte wie glühende Nadeln aus dem Dunkel. Eine trügerische Ruhe hing über Burg und Strom. Er fühlte sich zerschlagen, aber das kam nicht nur von den Wunden.

Tief atmend stützte Ortolf die Ellbogen auf die Mauer und legte die Stirn auf die schwieligen Fäuste. Unten im Heerlager sang jemand. Vielleicht der Kürenberger, der sich diesem weibischen Zeitvertreib hingab. Wann hatte Ortolf zuletzt eine Laute gehört? Seit er ein Mann war, hatte es für ihn nur die Fanfaren und die Trommeln in der Schlacht gegeben. Er hatte gekämpft, um nicht mehr zu den armen Teufeln zu gehören, denen der Krieg alles nahm. Aber in all den Jahren war der Friede so weit weg gewesen.

»Ih zoch mir einen valken, mere danne ein jar. Do ih in gezamete, als ih in wolte han und ih im sin gevidere mit golde wol bewant, er huop sich uf vil hohe und floug in anderiu lant.«[3]

Ortolf dachte an seine Jagdfalken. Die meisten hatte er selbst aufgezogen, bis sich ihr graues Gefieder goldbraun färbte. Goldbraun wie Blankas Haar. Verzweifelt fuhr er sich mit dem Handrücken über die unrasierten Lippen. Er würde mit der Gewissheit leben müssen, dass er Hartnit nicht hatte beschützen können. Rache konnte seinen Bruder nicht zurückbringen – sie konnte ihn nur Blanka endgültig verlieren lassen.

»Sit sach ih den valken schone fliegen: Er fuorte an sinem fuoze sidine riemen und was im sin gevidere alrot guldin. Got sende si zesamene, die geliep wellen gerne sin!«[4]

Ortolf starrte auf den nächtlichen Fluss, und der kühle Hauch der Mauern schlug sich auf seinem Gesicht nieder. Ihr Gefängnis lag direkt unterhalb von ihm. Verärgert fragte er sich, warum er nicht einfach tat, was die meisten Männer an seiner Stelle getan hätten. Diese letzte Nacht nutzen und sie nehmen, mit oder gegen ihren Willen. Er wusste selbst nicht, wann er angefangen hatte, mehr in Blanka zu sehen als nur einen Körper, den er begehrte. In dieser Welt gab es zwei Dinge, die Menschen verbanden, und beide waren gottgegeben: Gehorsam und Lehnstreue. Zwischen Blanka und ihm war weder das eine noch das andere – nur Liebe. Und doch war dieses Seidenband unzerreißbar wie eine Kette.

Der Herold rief Mitternacht aus. Unaufhaltsam verrann die Zeit.

Als sich die Tür ihres Gefängnisses öffnete, hob Blanka den Kopf. Blinzelnd schob sie das wirre Haar aus dem Gesicht und schirmte die geblendeten Augen mit der Hand. Nein, das war kein Tageslicht, nur eine Handlaterne. Ein Mann kam herein und zog sie auf die Beine.

Verängstigt taumelte sie zur Tür. Sie holen sie – warum? Die in dem engen Gefängnis steif gewordenen Beine gehorchten ihr noch nicht ganz. Zischend holte sie Luft, als die Taubheit einem schmerzhaften Prickeln wich. Der Mann stellte die Laterne ab, um sie zu stützen, und das gelbe Licht hob sein Gesicht halb aus dem Dunkel.

»Ortolf«, flüsterte sie.

Er legte den Finger auf die Lippen und löschte die Laterne. Verwirrt versuchte Blanka zu begreifen, was er vorhatte. Niemand erwartete sie, und ihr fiel auf, dass er außer dem Dolch keine Waffe trug. Überall stöhnten Verwundete. Nur geleitet von den Fackeln auf den Wällen, liefen sie an den Holzschuppen vorbei. Blanka stolperte über ein umgestürztes Fass. Er griff nach ihrer Hand und zog sie dicht an sich. Über ihnen auf dem Wehrgang näherten sich Schritte. Vergeblich kämpfte Blanka gegen das wilde Schlagen ihres Herzens an. Reglos warteten sie, bis sich der Wachposten wieder entfernte.

Endlich erreichten sie den Schutz eines gemauerten Pfeilers. Der eine Bergfried lag jetzt hinter ihnen. Das bedeutete, dass sie sich auf der dem Fluss zugewandten Seite der Burg befinden mussten. Ortolf öffnete eine Pforte, kaum mehr als ein verborgener Spalt in der Mauer, und schob sie hindurch.

Mit einem erschrockenen Laut blieb Blanka stehen. Im selben Moment hatte er ihren Arm gepackt und hielt sie fest. Unter ihren Füßen glänzte schwarzes Wasser, und über ihnen ragten die steinernen Mauern in den Himmel. Kühler Nachtwind streifte ihr Gesicht. An einem in die Wand eingelassenen Ring vertäut schaukelte ein Boot. Er half ihr hinunter und sprang hinter ihr hinein. Vorsichtig löste er das Seil.

Keiner von ihnen sprach ein Wort, als er sie über den Fluss setzte. Wasserperlen tropften von den knirschenden Rudern. Die Burgmauern verschwammen, nur die Fackeln auf den Wehrgängen waren noch zu sehen. Vergeblich versuchte Blanka, in Ortolfs Gesicht zu lesen. Es war in der Dunkelheit kaum zu erkennen, aber seine

Aufmerksamkeit schien nicht so auf den Strom gerichtet, wie er sie glauben machen wollte. Verstohlen blickte er auf, und ihre Blicke trafen sich.

Am anderen Ufer sprang Ortolf ins knietiefe Wasser. Er half ihr ans Ufer, vertäute das Boot aber nicht, sondern zog es an dem Seil hinter sich her. Es ging einen Pfad durch den sumpfigen Auwald flussaufwärts. Beunruhigt bemerkte Blanka, dass Ortolf sie in die Felsen des Donaudurchbruchs brachte. Zu ihrer Rechten gurgelte der Strom, links stieg das Steilufer immer schroffer empor. Dornen zerrten an ihr, einmal trat sie ins Wasser. Sie begann zu frieren.

Sie mussten mitten im Felsdurchbruch sein, als er sie wieder zurück auf die andere Seite der Donau brachte. Das Wasser war jetzt tief und reißend, und er brauchte sichtlich Kraft zum Rudern. Offenbar wollte er die Wachposten seines Herrn vermeiden, dachte sie überrascht. Sonst hätte er das Boot nicht gebraucht.

Am andern Ufer lag ein lecker Kahn. Ortolf bedeutete Blanka, an Land zu klettern, und zog dann das Boot die steile Böschung hinauf. Atemlos blickte sie sich um. Der senkrecht aufragende Fels öffnete sich hier zu einer weiten Höhle. Halb hineingebaut lag eine baufällige, von einem Zaun aus Reisern umgebene Schilfhütte.

»Früher wohnte hier einer unserer Bootsleute.« Ortolf war hinter ihr herangekommen. »Wenn ein Kahn flussaufwärts gebracht werden musste, treidelte er ihn mit seinen Maultieren hinauf. Jetzt ist die Hütte verlassen, und der Pfad endet hinter der Biegung. Du brauchst keine Angst zu haben. Niemand wird dich hier suchen.«

Und es hatte keinen Sinn zu fliehen, weil ihre Feinde zwischen ihr und ihrem Herrn lagen. Allein mit ihm in der Wildnis war Ortolf ihr schmerzhaft vertraut. Stumm umarmten sie seine Blicke, und sie wusste, dass er dasselbe dachte. Mit wild jagendem Puls sah sie weg und ins Innere der Hütte, die sich im Felsen verlor. Ehebruch war eine Todsünde. Es würde in Peros Ermessen liegen, sie zu bestrafen. Und er würde sicher nicht nachsichtiger sein als andere Männer, sondern sie im Sumpf ertränken.

»Wir haben nicht viel Zeit.« Ortolfs Stimme klang gepresst. »Ich komme wieder und bringe dich in Sicherheit. Wenn ich nicht selbst kommen kann, schicke ich einen Mann.«

Langsam drehte sie sich um. »Was heißt das, wenn du nicht selbst kommen kannst?«

Das gleichmäßige Rauschen des Flusses verstärkte das Schweigen. Er musste nichts sagen. Beide wussten sie, dass er morgen tot sein konnte. Es war dunkel, aber ihre Finger kannten jede Linie der Bartschatten auf seinem Kinn, der Brauen über den ausdrucksvollen Augen. Sie sehnte sich danach, seine Lippen zu schmecken, seine warmen Hände auf ihrem Körper zu spüren, seinen Duft nach Leder und feuchtem Laub. Die Nachtluft war schwer von Lindenblüten.

»Man wird mich auf der Burg vermissen, wenn ich nicht zurückkomme«, sagte er endlich rau.

Blanka starrte ihn an. »Dein Herr weiß nichts davon?«

Hart erwiderte er: »Nein. Er weiß nichts.« Damit verschwand er in der Dunkelheit. Sie hörte das Boot ins Wasser gleiten. Dann war sie allein.

14

»Die Spitze kann ich nicht entfernen«, sagte der Arzt. Besorgt betrachtete er Ortolfs geschwollene Linke, in der noch immer der abgebrochene Pfeilschaft steckte. Die Wunde begann zu eitern. »Wir müssen warten, bis das Fleisch darum herum verfault.«

»Schon gut.« Ortolf hoffte nur, dass er kein Fieber bekam. Er legte dem Medicus die rechte Hand auf die Schulter und erhob sich von der Pritsche in der Waffenkammer, auf der er gelegen hatte. Hinter ihm wehrte sich einer der Männer brüllend gegen die Gehilfen des Chirurgen. Die blutbefleckten Tücher in ihren Gürteln und die verschmierten Hände bewiesen, dass sie seit Stunden auf den Beinen waren. Mit einem dumpfen Laut sauste das Beil herab. Der Mann brüllte wie ein Tier.

»Stillt das Blut! Brennen!«, schrie der Chirurg. Blut spritzte rhythmisch auf sein Gesicht und den Oberkörper. »Brennen!«

Endlich zischte es, und der Gestank von verbranntem Fleisch stieg auf. Die Schreie des Verwundeten waren verstummt.

Ortolfs Augen brannten, als er ins Freie trat. Die ganze Nacht hatte er wach gelegen. Er hatte gehandelt wie ein Verräter, und wenn es bekannt wurde, verlor er seine Ehre. Trotzdem hätte er wieder dasselbe getan.

Der Pfalzgraf kam selbst, um seine Gefangene zu holen. Aus Blankas Verschlag schlug ihm Rauch entgegen. Staub tanzte in dem hereinfallenden Lichtstreifen. Doch niemand lag auf dem strohbedeckten Boden. Offenbar war es Blanka gelungen zu fliehen.

Der Pfalzgraf brüllte vor Wut. Aber ihm blieb nichts übrig, als die angebotene Kapitulation anzunehmen.

»Ich reite mit Euch«, sagte Ortolf ernst, als sein Herr im Hof aufs Pferd stieg. Dass der Rotkopf sich dem König als Geisel auslieferte, war eine von Konrads Bedingungen gewesen. »Ich habe nicht weniger gegen die Gesetze verstoßen als Ihr.«

»Nein, Ortolf. Ihr reitet auf Euer Lehen Eichenkofen. Ich will, dass Ihr mehr über unseren geheimnisvollen Fälscher herausfindet. Der Bursche hat meine Ehre verletzt. Dafür werde ich ihm persönlich den Hals umdrehen.« Der Wittelsbacher bändigte seinen unruhig stampfenden Braunen. »Macht nicht so ein Gesicht«, lachte er, und die eisblauen Augen blitzten. »Mein Vater flucht, aber er wird mich auslösen. Und sollte mir doch etwas zustoßen, müsst Ihr dem Bischof weiterhin zusetzen.« Er gab dem Tier die Sporen, dass es beinahe ausglitt. Dann jagte er zum Tor.

Ein Eisvogel stürzte sich zwischen den Felsen kopfüber ins Wasser und tauchte, den winzigen Fisch im Schnabel, wieder auf. Wie ein türkis schillerndes Juwel schüttelte er sich und versprühte glitzernde Tropfen. Dicht über der Wasseroberfläche flog er ans Ufer.

Der knarrende Ruf des Vogels riss Blanka aus dem Schlaf. Angst und die Anstrengungen der letzten Tage hatten ihren Tribut gefordert. Sie lag auf dem harten Boden der Schilfhütte, durch die geborstenen Balken fiel Sonnenschein. Mit kälteschmerzenden Gliedern richtete sie sich auf und rieb sich die verquollenen Augen. An ihrem Lager saß Ortolf.

»Es ist lange her, seit du zuletzt neben mir aufgewacht bist.«

Blankas Herz schlug so wild, dass sie ihn einfach nur anstarrte. Er war bleich und sehr ernst. Aber auf seinem Gesicht lag ein zärtlicher Ausdruck, den sie an ihm nicht kannte. Nicht einmal als er sie zur Frau gemacht hatte, hatte er sie so angesehen.

Draußen hörte sie sein Pferd und seine Knechte. Jemand holte Wasser vom Fluss, offenbar waren sie gerade erst gekommen. Jetzt fiel ihr alles wieder ein. Hitze stieg ihr ins Gesicht, als sie an den gestrigen Abend dachte und daran, wie sehr sie sich danach gesehnt hatte, dass er sie liebte.

»Es ist vorbei«, sagte er müde. Schwerfällig erhob er sich. »Ein Bote brachte heute früh die Nachricht, Heinrich der Löwe sei auf dem Weg nach Baiern. Er will das Erbe seines Vaters, die Herzogsmacht, gewaltsam erobern. Ich bringe dich vorerst auf eines meiner Lehen. Sobald die Straßen sicher sind, wird dich jemand nach Föhring begleiten.«

Er bückte sich, um hinauszutreten. Blanka rief ihn beim Namen, und er blieb stehen. »Ich war euer letztes Faustpfand«, sagte sie leise. »Warum hast du das getan?«

Ortolf wartete reglos, ohne sich umzusehen. Endlich erwiderte er: »Ich war deine Geisel, Blanka. Lange bevor du meine wurdest.«

Der Ritt durch das verwüstete Land war hart. Überall waren die Spuren der Fehde zu sehen, offenbar zogen herrenlose Marodeure den Kriegern hinterher. Verkohlte Pfosten niedergebrannter Hütten ragten anklagend in den Himmel. Der Geruch von Qualm ließ die Lunge schmerzen. Kadaver und verstümmelte Leichen lagen in den Ruinen, Männer, Frauen und Kinder. Blanka hielt den Anblick der verbrannten und geschändeten Körper nicht aus und sah weg.

Schon am ersten Abend war sie steif vom Reiten. An einem Bach auf einer Lichtung hielt Ortolf ein Ochsenfuhrwerk mit Holz an, um Neuigkeiten zu erfragen. Auf Kelheim waren sie völlig abgeriegelt gewesen.

»Genau weiß es niemand«, erwiderte der einäugige Bauer auf dem Bock. »Aber es heißt, der Löwe sei schon an der Donau.«

»Er wird also dem Reichstag in Regensburg fernbleiben«, nickte Ortolf. »Das dachte ich mir. – Schlagt das Lager auf«, befahl er seinen Leuten.

Blanka fühlte sich wie gerädert. Dankbar rutschte sie hinter Walto vom Pferd und lief zum Bach, um sich Wasser zu schöpfen, aber Ortolf rief sie zurück.

»Nimm das hier.« Er stieg aus dem Sattel und reichte ihr eine hölzerne Flasche. Seine Linke musste höllisch schmerzen, unter dem notdürftigen Verband war sie geschwollen und verklebt von getrocknetem Blut. »Du bist das Wasser nicht gewohnt und könntest krank werden.«

Es war ein leichter Wein, das übliche Getränk Reisender. Verstohlen beobachtete sie ihn. Er schien Fieber zu haben. Auf seiner Stirn perlte Schweiß, und seine Lippen waren rau, aber er ließ sich nichts anmerken. Sein Geständnis in der Hütte brachte sie umso mehr durcheinander, als er keinen Versuch machte, sich ihr zu nähern. Früher hätte er ihre Verunsicherung ausgenutzt. Doch etwas an ihm hatte sich verändert.

Er überließ ihr die Flasche und ging zu seinen Männern, die Brot auszuteilen begannen. Es schmeckte nach Pferdeschweiß, und zwischen Blankas Zähnen knirschte Steinstaub. Die tragbaren Mörser zum Mahlen sind eine Pestilenz, dachte sie angewidert. Nach ein paar Jahren dieser Kost mussten einem die Zähne so abgeschliffen sein, dass jeder Bissen schmerzte.

Tags darauf erreichten sie das Moor. Schon bevor sich der Pfalzgraf hier festgesetzt hatte, waren Gerüchte über Dämonen umgegangen. Und tatsächlich goss Walto im Reiten Wein auf den Boden, um die Geister zu besänftigen. Nebel hing über den Bachläufen wie Elfenschleier. Das vollgesogene Moos verschluckte jeden Schritt, smaragdgrüne Tümpel blitzten im Gras. Verfallene Hütten dienten Gesetzlosen und wilden Tieren als Unterschlupf. Mehr als einmal musste Ortolf den Pfad durch die bemoosten Baumleichen mit dem Sax freihacken.

Blanka war erleichtert, als sich das Dickicht zu einer nach Holunder und frischem Brot duftenden Lichtung öffnete. Selbst Ortolf atmete auf. Im Vorbeireiten berührte er mit der Breitseite seines Schwerts eine der Eichen, als Dank für eine glückliche Heimkehr. Dann trabte er auf die Palisaden zu und rief einen Befehl.

Es war einer der umfriedeten Wehrhöfe, die Wartenberg im Abstand von einer Wegstunde zu Fuß umgaben. Waldnester, um die

Burg zu warnen, sobald sich jemand näherte. Ortolf schien bei seinen Leuten beliebt zu sein. Kinder rannten ihnen entgegen und hängten sich an seinen Steigbügel. Lachend glitt er aus dem Sattel, um ein Mädchen von vielleicht dreizehn und zwei Jungen von etwa fünfzehn und zwölf Jahren zu umarmen.

»Seine Schwester Margaretha und seine Brüder Sigfrid und Heinrich«, erklärte Rantolf. »So jung sie sind, haben sie schon den Kreuzzug hinter sich, auf dem ihr Vater starb. Und auch heute wird Ortolf ein paar Frauen die Nachricht bringen müssen, dass sie ihre Männer verloren haben.«

Blanka versetzte es einen Stich. Dass Ortolf noch für jüngere Geschwister sorgen musste, hatte sie nicht gewusst. Sie wurde in einer eigenen Hütte beim Haupthaus untergebracht, wo ihr eine Magd Hände und Füße wusch. Verärgert ertappte sie sich dabei, das hübsche braunhaarige Mädchen zu mustern. Es ging sie nicht das Geringste an, ob Ortolf es oder eine andere beschlief. Vergeblich zermarterte sie sich den Kopf, was er vorhatte. Er konnte ihre Anwesenheit nicht ewig geheim halten. Wenn Pero herausfand, wo sie war … Sie wollte nicht daran denken.

Ortolfs Waffenknechte bestanden darauf, noch am Abend die glückliche Rückkehr zu feiern. Ein Fass Wein wurde gebracht, und der hagere Bursche am Spund mit Gejohle begrüßt. Sie nannten ihn Zaccho die Nase, weil ihm ein Vagant einmal dieselbe gebrochen hatte. Irgendjemand hatte eine Flöte, und die Leute sangen falsch, aber umso lauter mit.

»Wir haben dem König gezeigt, was Männer sind!«, brüllte Gerbrecht, und alle lachten. »Und den Weibern auch, jeden Abend hatte ich eine andere.«

Die Mägde lachten ihn aus, und eine gab ihm eine Ohrfeige. Die Ersten begannen zu tanzen, ihre Umrisse zeichneten sich als dunkle Schatten vor dem Feuer ab.

Sehnsüchtig sah Blanka ihnen zu. Es kam ihr vor, als hätte sie ihr halbes Leben in Klöstern verbracht, umgeben von Pflichten.

»Wenn Bischof Otto das sehen könnte, hätte er tausend Gründe, warum du nicht hier sein solltest.« Den Humpen in der Hand, trat Ortolf zu ihr. Wie seine Bauern trug er eine einfache kurze Cotte, und das Feuer warf einen goldenen Schimmer auf sein Gesicht und Haar. Er wirkte so gelöst wie lange nicht.

»Ja, und sie wären alle gut«, lachte sie.

»Was weißt du von Ottos Urkunden?«, fragte Ortolf unvermittelt.

Blanka erstarrte. Er war ernst geworden, seine hellen Augen berechnend wie die eines Jägers.

»Sind sie gefälscht? Ist es Rahewin?«

»Welche Urkunden?« Blanka zwang sich zu einem neuen Lachen, aber sie überlegte fieberhaft. Die wenigsten Männer sprachen mit Frauen über ihre Geschäfte. Er konnte nicht sicher sein, ob sie etwas wusste. »Willst du Bischof Otto für alle Übel dieser Welt verantwortlich machen?«

Ortolf zog nachdenklich die Brauen zusammen. Doch er begriff, dass sein Versuch, sie zu überrumpeln, missglückt war. »Du solltest das eher als ich«, erwiderte er. Spöttisch fuhr er fort: »Er hat dich aus dem Aussätzigenhaus geholt, um dich im Kloster zu begraben. Ein einfacher Krieger wie ich sieht da keinen großen Unterschied. Ihr lebt in Angst vor dem Jenseits und verspielt das Hier und Jetzt für eine vage Hoffnung. Jedes Verlangen ist Sünde, und wenn ihr es nicht abtöten könnt, beweist das nur, was für Fehler der Schöpfung ihr seid.« Er wies mit dem Humpen auf die feiernden Menschen. »Wann hast du das letzte Mal getanzt?«

Es war lange her, aber das ging ihn nichts an. Verstohlen warf sie einen Blick zu den Mägden, die von den Knechten in der Luft herumgeschwenkt wurden. Das Hochfliegen der Röcke wurde mit lautem Johlen bedacht. Sie bemerkte, dass Ortolf sie mit seinen eindringlichen Augen beobachtete. Verlegen zupfte sie an ihrem Kinnband, dann fiel ihr ein, wie unsittlich diese Geste war. »Du bist ein unverbesserlicher Heide«, verspottete sie ihn. »Wein und Hurerei, mehr interessiert euch nicht.«

Er warf den Kopf in den Nacken und lachte laut. »Soll ich wie ein altes Weib jammern, dass wir am Ende aller Zeiten leben? Was schert es mich, ob das Jüngste Gericht kommt? Mein Leben ist so oder so irgendwann zu Ende, ob die Welt mit untergeht oder nicht. Die Zeit bis dahin will ich nicht auf den Knien vergeuden. Und du bist auch zu jung dazu«, sagte er ernster.

Blanka nahm ihm den Becher aus der Hand, trank ihn aus und drückte ihn einem Knecht in die Hand. »Wie du willst. Keine Frau lässt sich sagen, sie sei eine blutleere Nonne.«

Mit lautem Gejohle begrüßten die anderen sie, als sie ihn unter die Tanzenden zog. Jemand drückte ihnen Efeukränze aufs Haar. Lachend schüttelte Ortolf das Laub ab. Blanka genoss die harmlosen Schmeicheleien. Walto wollte ihren Rockzipfel heben, sie stieß ihn zurück, und Zaccho die Nase verpasste ihm eine Ohrfeige. Alle brüllten vor Lachen.

Blanka versank in einem Rausch aus Farben, fliegenden Röcken und Musik. Ein halb vergessenes Gefühl überkam sie. Sie war jung, sie war übermütig, sie war glücklich! Ihre Füße stampften mit den anderen, das Zittern des Bodens hallte in ihr wider, ihr Herz schlug im Takt der Musik. Die erhitzten Körper rochen in der Enge, schweißfeuchte behaarte Männerarme streiften sie. Mit geweiteten Nasenflügeln und offenen Lippen sog sie die Luft ein, die nach Leben schmeckte. Es war ein Gefühl wie das, als der Aussatz zu heilen begann, als sie zum ersten Mal in ihrer tauben Wange wieder ein leichtes Kribbeln gespürt hatte.

Auf einmal packte Ortolf sie an den Hüften und hob sie hoch wie die anderen Männer ihre Tänzerinnen. Kreischend hielt sie sich an seinen muskulösen Armen fest, dann kam sie atemlos auf den Boden. Ortolfs Hände lagen auf ihren Hüften, ihre Finger auf seinen.

Ihre Lippen zitterten, wortlos starrte sie in seine Augen. Er zog sie nicht an sich, hielt sie nur in dieser unerträglichen Nähe fest. Nur das kaum spürbare Beben seiner Hände verriet, wie viel Kraft es ihn kostete. Abrupt streifte Blanka sie ab und drängte sich durch die Feiernden zu ihrem Haus.

Ortolf überging die Situation wie alle vorher. Seine Kräuterfrau hatte den Pfeil entfernt und die Wunde gereinigt, sie heilte jetzt gut. Offenbar hatte er Anweisung gegeben, dass Blanka sich frei bewegen konnte, solange sie den Hof nicht verließ. Obwohl sie eine Gefangene war, hatte sie sich selten so unbeschwert gefühlt. Niemand schrieb ihr vor, was sie zu tun hatte, niemand erwartete, dass sie ihn bediente.

Ein paar Tage später stand er in einer kurzen braunen Cotte und Lederstiefeln vor Blankas Tür. »Hast du schon einmal mit dem Falken gejagt?«

Blanka lachte. »Das ist etwas für Edelfreie!« Schon als sie noch ein Mädchen gewesen war, waren Ortolf und sein Bruder dafür berüchtigt gewesen, dass sie sich dieses und andere Privilegien des hohen Adels anmaßten.

Ungerührt machte Ortolf eine Kopfbewegung. »Dann komm!«

Es war ein sonniger Tag, nur ein leichter Wind kühlte Blankas Gesicht. Ortolf hatte den Mantel vor sich über den Sattel gelegt, auf seinem braunen Haar spielten Licht und Schatten. Wie ein Geschöpf des Waldes, dachte Blanka, die hinter seinem Falkner auf dem Pferd saß. Sie musste daran denken, wie sie ihre Finger in diesem Haar vergraben und seine Hüften auf ihren gespürt hatte. Ortolf drehte sich um.

Blanka blickte zur Seite. Schon damals hatte es sie viel gekostet, zu viel. Ganz gleich, was Magdalena sagte: Wenn sie denselben Fehler noch einmal machte, würde sie es mit dem Leben bezahlen.

Nicht weit vom Hof erweiterte sich der Bach zu einem erlenbestandenen Weiher, in dem sich Enten, Blesshühner und Reiher tummelten. Ortolf trieb sein Pferd in die Furt. Der Falkner ließ Blanka absteigen und setzte das flatternde Tier auf den Arm seines Herrn. Neugierig betrachtete sie die schweren Lederhandschuhe. Der Kopf des Vogels war mit einer Kappe bedeckt und der Fuß mit einem Riemen gefesselt. Ortolf streichelte das goldbraune Gefieder. Es wirkte zärtlich, in einer Weise, wie sie es ihm nicht zugetraut hatte. Blanka musste an das Lied denken: *Ih zog mir einen valken*...

»Lassen wir ihn fliegen!« Ortolf löste den Riemen und nahm dem Vogel die Binde von den Augen. Dann warf er ihn mit einem kräftigen Schwung empor.

Der Falke hob sich in die warme Luft, und Blanka verfolgte ihn mit den Augen. Am Fuß zog er den Lederriemen hinter sich her, und sie sah das rotgoldene Gefieder in der Sonne blitzen. »Fliegt er nicht weg?«, fragte sie neugierig.

Ortolf schüttelte den Kopf. »Er weiß, wohin er gehört.«

Und sie – wusste sie es? Verstohlen beobachtete sie ihn. Sein Pferd stand jetzt ganz ruhig im seichten Wasser, über dem die Mücken tanzten. Der ganze Wald duftete nach Sommer.

Er wies nach oben. »Da!«

Der Falke hing in der Luft und rüttelte. Dann stürzte er senkrecht herab.

Laut schnatternd flatterten die Wasservögel auf und zogen Streifen aus funkelnden Tropfen hinter sich her. Der Falke hatte sein Opfer erfasst und hielt es im Uferschilf fest.

»Er hat etwas!« Blanka lief hinüber, und Ortolf sprengte neben ihr durch das aufspritzende Wasser. Übermütig kreischte sie, als sie ein paar kalte Tropfen abbekam. Sie bückte sich und spritzte ihn ebenfalls nass. Lachend brachte er sich in Sicherheit.

Der Falke hielt die tote Ente unter den ausgespannten Flügeln fest. Er wartete, bis sein Herr das Messer aus dem Gürtel gezogen und die Beute aufgeschnitten hatte. Mit ruckartigen Bewegungen verschlang der Vogel die blutigen Innereien, während Blanka das Wasser aus ihrem Kleidersaum wrang.

»Soll ich schon eine Stelle für die Kaninchenjagd suchen?«, fragte der Falkner.

Sein Herr bejahte und leinte den Falken zwischen den gelben Sumpfiris und lila Orchideen an. Der Mann verschwand im Wald, und Ortolf wusch sich die Hände.

Verstohlen beobachtete Blanka ihn. Er schöpfte sich Wasser ins Gesicht und ließ es über die geschlossenen Lider abperlen. Die ärmellose Tunika entblößte seine Schultern. In den Bartstoppeln auf dem Kinn und am knielangen Saum seiner Cotte glitzerten Tropfen.

Zögernd ließ sie das Kleid herabfallen und tastete nach dem Kinnband. Ihr Herz jagte vor Scham. Noch nie hatte sie gewagt, das Gebende vor einem Mann zu lösen. Er konnte sie wegen ihrer Unkeuschheit verachten, doch sie hielt es nicht mehr aus. Langsam löste sie die Nadel.

Ortolf richtete sich auf und wurde ernst.

Mit wenigen Schritten war er bei ihr und küsste sie. Ihre Sinne sogen seinen Geschmack hungrig auf. Der Falke flatterte an der Leine, als Ortolf sie ins Gras zog. Das Kinnband rutschte herab, und ihr Haar fiel auf ihn. Blanka spürte seinen stoßweise gehenden Atem auf ihren Lippen, seine Erregung unter den Kleidern. Er warf sie auf den Rücken und stützte sich auf die nackten Arme.

Sie schrie vor Lust auf, als er in sie eindrang. Die Küsse, mit denen er ihr den Mund verschloss, hätten selbst eine Nonne zu einer lüsternen Hure gemacht. Hemmungslos genoss sie seine Lippen auf ihrer Haut, seine Hand, die ihren Schenkel zu sich hob. Es gab nur noch ihn, seinen Körper in ihren Armen, dem sie sich leidenschaftlich entgegenschob. Und wenn sie es mit dem Tod bezahlte, es war ihr gleich.

Als sie irgendwann erschöpft zurücksank, klebte das Haar auf ihren Wangen. Wieder und wieder glitten ihre Hände über seinen Nacken und seinen Rücken. Ortolf strich ihr eine Strähne aus dem erhitzten Gesicht und küsste ihre geöffneten Lippen. Noch immer ging sein Atem keuchend. Aber er lächelte.

3. Buch

I

Fast unmerklich war der Herbst gekommen. Er hatte das Laub zuerst in funkelnde Farben getaucht und dann nach und nach von den Bäumen fallen lassen wie Blattgold. Jeden Tag waren Mönche und Domschüler im Freisinger Bischofspalast damit beschäftigt, den raschelnden Teppich zu Haufen aufzufegen. Wie üblich tuschelten sie verstohlen, als Bischof Otto in den schmucklosen Kreuzgang trat. Seit er im Sommer aus Kelheim zurückgekehrt war, wirkte er unruhig und fahrig. Erste Falten schnitten sich in Stirn und Wangen, und mehr silberne Fäden durchzogen das blonde Haar.

Sie unterbrachen sich verblüfft, als ein junger Mann wie ein Wilder in den Kreuzgang stürzte. Die lauten Schritte seiner Lederstiefel durchbrachen die klösterliche Ruhe.

»Ich weiß, wo sie ist!«, stieß Rupert von Burgrain hervor und fiel vor seinem Herrn auf die Knie.

Otto hatte ihn wegen seines ungebührlichen Hereinplatzens zur Rede stellen wollen, aber er erstarrte in der Bewegung. Schlagartig wurde er bleich. »Blanka?«

Rupert neigte keuchend den Kopf, er musste geritten sein wie der Teufel. Sein Haar war dunkler als Blankas, aber es hatte denselben warmen Goldton.

»Wo?«, schrie Otto.

Überrascht von dem Ausbruch antwortete der junge Ritter nicht gleich. »In Eichenkofen, keine zwei Stunden von hier«, erwiderte er nach einigen unerträglichen Augenblicken. »Als Geisel von Ortolf Kopf. Er muss sie auf der Flucht abgefangen haben. Einer meiner Jäger hat sie gesehen.«

Otto packte seinen Arm so fest, dass die Knöchel seiner Hand hervortraten. »War sie gesund?«

»Der Jäger meint, ja.«

»Ortolf Kopf«, flüsterte Otto. Alle Gerüchte über diesen beunruhigenden jungen Mann fielen ihm ein: über seine Rücksichtslosigkeit, seine Brutalität und Gerissenheit. Er ließ Rupert los und trat unter einen der kahlen Bögen, um in den Garten des Kreuzgangs zu sehen.

»Ich hole sie«, beschloss er. Er winkte einen Mönch heran. »Rahewin soll an meiner statt die Beichte hören«, befahl er. Entschlossen drehte er sich zu Rupert um. »Ich lasse sie keinen Augenblick länger in der Gewalt dieses Barbaren. Stellt mir eine Eskorte zusammen! Wir reiten sofort.«

»Sie macht ihn zum Wilden Mann«, maulte zur gleichen Zeit Ortolfs Waffenbruder Walto. Sein Freund Rantolf und er führten ihre Pferde in die Palisadenbefestigung von Eichenkofen. Drei erlegte Hasen an Waltos Sattel verrieten, dass sie von der Jagd kamen. Unter Geschrei trieben Ortolfs junge Geschwister und die Dorfkinder eine Schweineherde ihnen entgegen und in den Wald zur Mast. Unter den knorrigen Eichen wartete schon ein Knecht und warf seinen Stock hinauf, um die Eicheln herabzuholen. Neue vernehmliche Lustgeräusche lenkten Waltos Aufmerksamkeit wieder auf Blankas Hütte. »Er kommt ja überhaupt nicht mehr aus ihrem Bett heraus«, brummte er missmutig.

Rantolf lachte laut. »Ich habe es ja gleich gesagt«, meinte er. »Dieses neue höfische Gehabe mit Schmeicheleien und Verführung ist närrisch. Ein Weib will einen Mann zwischen den Beinen, keine pfäffischen Verse. Er hat sie entführt, und jetzt bekommt sie nicht genug von ihm.«

Walto kratzte sich zweifelnd am Kopf. »Er hat sie nicht entführt, sondern zufällig gefunden«, warnte er dann. »Wenn du dem Rotkopf nach seiner Rückkehr etwas anderes sagst, bringst du Ortolf und uns alle in Teufels Küche.«

»Ach, der Rotkopf«, winkte Rantolf ab. »Um seine königliche Geiselhaft kann man den wirklich beneiden. Fast jeden Abend betrinkt er sich mit dem rothaarigen Friedrich von Schwaben, was man so hört.« Er unterbrach sich und blickte zurück zum Waldrand. Die Kinder waren mit ihren Schweinen erschrocken auseinandergewichen. Unter den Eichen erschien ein Reiter, dann noch einer. »Hol mich der Satan!«, zischte Rantolf, als er die schwarz-goldenen Waffenröcke und das Wappen erkannte. »Jetzt wird Ortolf aus Blankas Bett herausmüssen. Halte sie am Tor auf!«

Ortolf ließ sich auf das Fell zurückfallen und zog eine pelzverbrämte Decke über sich und Blanka. Sein nackter Körper wärmte sie, und sie genoss seine sehnigen Hände auf ihrer Haut. Sie beugte sich über ihn und ließ ihre Lippen über seine behaarte Brust gleiten.

»Wenn dein Bruder wüsste, was du hier treibst, würde er dich umbringen«, flüsterte er und zog sie an sich.

In den letzten Monaten hatte Blanka nach und nach aus ihm herausbekommen, was ihn zu seinem Hass auf Rupert trieb. Obwohl er die Rachegedanken für seinen Bruder Hartnit aufgegeben hatte, würde er Rupert dessen Tod nie verzeihen. Und selbst wenn er dazu bereit gewesen wäre, hätte es nichts geändert. Der Pfalzgraf hatte Ortolf aus dem Elend und von der Straße geholt. Das band ihn für immer an ihren Feind. Aber daran wollte sie jetzt nicht denken. Sie konnte nicht aufhören, ihn zu küssen, und er vergrub die Hände in ihrem Haar. Langsam rutschte die Decke über ihren Rücken auf die Hüften. Das Feuer, das neben ihnen in einer Kuhle brannte, erhitzte ihre nackte Haut noch mehr.

Die Tür flog auf. Erschrocken fuhr Blanka herum und zog die Decke vor die Brust. Rantolf stand in der Hütte. »Reiter des Bischofs«, stieß er hervor. »Es ist Otto selbst!«

Otto atmete sichtlich auf, als Blanka ins Freie trat. Er trug einen langen dunklen Reitmantel, eine Kapuze bedeckte Haar und Tonsur und erinnerte sie an den Kreuzzug. Er musterte ihren hastig geflochtenen und zu einem Knoten geschlungenen Zopf. In der Eile hatte Blanka ihren Schleier nicht gefunden, den sie seit Wochen nicht getragen hatte. So hatte sie nur ein Leinenband notdürftig um die Frisur gewunden. »Bist du gut behandelt worden?«

Er hatte kein großes Gefolge mit, aber natürlich waren Rupert und Pero dabei. Blanka konnte sie nicht ansehen und senkte mit wild schlagendem Herzen die Augen. War ihr Gesicht gerötet, verriet sie eine lose Haarsträhne? »Ja«, brachte sie endlich hervor. »Niemand hätte es gewagt, eine Eigenfrau des Bischofs von Freising zu misshandeln.«

Das war nicht einmal gelogen. Misshandeln konnte man das, was Ortolf mit ihr tat, wahrlich nicht nennen. Walto grinste, ihm schien derselbe Gedanke durch den Kopf zu gehen. Auch Gunda, die braunhaarige Magd, unterdrückte ein Kichern. Ihren Ratschlägen verdankte es Blanka, dass sie nicht auch noch mit gewölbtem Bauch vor ihrem Mann und ihrem Bruder stand.

Blanka hatte gewusst, dass dieser Moment kommen würde. Aber in den unbeschwerten Monaten mit Ortolf war er so weit weg gewesen. Sie wollte nicht zu Pero zurück, der bloße Gedanke daran machte ihr Angst. Niemals würde sie ihm wieder zu Willen sein können. Verstohlen beobachtete sie, wie Pero Ortolf mit Blicken maß. Der Föhringer wirkte massiger, als sie ihn in Erinnerung hatte, und fremder. Für den Ritter, der sein Weib gefangen gehalten hatte, schien er sich weit mehr zu interessieren als für sie. Die Rivalität zwischen den beiden Männern war förmlich zu spüren. Ortolf erwiderte die Blicke herausfordernd. Plötzlich kam er heran und nahm ihren Arm.

Blanka verschlug es den Atem, als er sie vor ihren Leuten berührte.

»Warte auf meine Nachricht«, flüsterte er. »Ich schicke dir einen Boten.«

Wortlos starrte sie ihn an. Aber sie wäre lieber gestorben, als ihm zu sagen, dass sie ihn nicht wiedersehen wollte. Sie hielt es kaum aus, neben ihm zu stehen und ihn nicht berühren zu dürfen.

»Nehmt Eure Hände weg!«, stieß Otto hervor.

Ortolf nickte ihr zu, dann schob er sie ein Stück in Richtung ihres Herrn.

»Wenn Ihr sie entehrt habt, werdet Ihr es bereuen!«, schrie Rupert. Wütend riss er das Schwert aus dem Gürtel und trieb sein Pferd auf Ortolf zu.

Blanka stockte der Atem, aber sie wagte nicht einzugreifen. Jeder Blick konnte sie verraten.

Der Bischof rief einen Befehl. Rupert hielt sein Pferd direkt vor Blanka an. Das Tier stampfte unruhig, sein Steigbügel streifte sie. Er stieß die Waffe wieder in den Gürtel, spuckte aus und ritt zurück.

»Warum habt Ihr nie Lösegeld gefordert?«, fragte Otto. Er musterte Blanka noch einmal lange und forschend. Ihr Gesicht glühte, aber sie wirkte nicht wie eine Frau, die man monatelang geschändet und misshandelt hatte.

»Sie fiel mir auf dem Rückweg von Kelheim in die Hände. Ich wollte abwarten«, behauptete Ortolf. Er warf einen warnenden Blick zu seinen Männern, aber keiner von ihnen hätte es gewagt, die Wahrheit zu sagen. Seine Augen blitzten tückisch auf. »Mein Herr ist noch immer eine Geisel des Königs.«

Otto richtete sich im Sattel auf, und sein schmales Gesicht war hart. »Ich kann mich bei meinem Bruder dafür einsetzen, dass er den Rotkopf freilässt. Eine Ministerialin gegen einen Fürsten, das ist ein großzügiges Angebot.«

Ortolf sah Blanka an. Sie hatte das Gefühl, dass schon die Art, wie ihre Blicke voneinander Besitz nahmen, alles über sie verriet. »Ich handle nicht mit Frauen«, erwiderte er endlich rau. »Sie gehört Euch.« Bleich, aber äußerlich unbewegt trat er zurück und ging zum Haupthaus.

Ehe Bischof Otto sie in Peros Freisinger Stadthaus entließ, bat er Blanka noch in den Kreuzgang des Bischofspalasts. Unter den Augen der Novizen, welche die wenigen Bäume im Garten schnitten, konnten sie ungestört reden, ohne den Anschein unzüchtiger Heimlichkeit zu erwecken. Blanka war dankbar für jeden Augenblick, der das unvermeidliche eheliche Beilager noch ein wenig aufschob.

»Ich bin unendlich erleichtert«, sagte Otto ernst. Er setzte sich auf die niedrige Mauer, die den Kreuzgang zum Garten hin begrenzte, und erlaubte ihr, sich ihm gegenüber niederzulassen. Blanka fiel auf, wie erschöpft er wirkte. Er hat sich wirklich Sorgen um mich gemacht, dachte sie überrascht. Eine warme Zuneigung erfüllte sie und machte die Trennung von Ortolf und die Angst vor der Rückkehr zu Pero erträglicher. Zum zweiten Mal hatte sie für Otto den Mann aufgegeben, den sie liebte. Allerdings hatte Ortolf dieses Mal keinen Zweifel daran gelassen, dass es nicht für lange sein würde.

»Du hast einen guten Bruder. Er hat dich gefunden«, bemerkte ihr Herr.

Blanka nickte, sie konnte ihn nicht ansehen. Obwohl der Stein kalt war und schon ein kühler Novemberwind wehte, fror sie nicht. Jeder Gedanke an Ortolf war Verrat an ihrem Herrn. Und doch fieberte sie dem Moment entgegen, in dem sie wieder in seinen Armen liegen würde. Ständig musste sie daran denken, wie er sie mal zärtlich liebte, mal an der Wand ihrer Hütte heftig nahm und ihre keuchenden Atemzüge mit gierigen Küssen aufsog.

»Die Wittelsbacher haben Verdacht geschöpft wegen der Fälschungen«, berichtete sie, um Ottos Blick nicht mehr auf ihrem Gesicht spüren zu müssen. Sie schob die Strähnen, die sich vom schnellen Ritt gelöst hatten, wieder unter das Leinenband. »Ihr wisst, dass sie Rahewin damals verhört haben. Ortolf hat versucht, von mir etwas darüber zu erfahren.«

»Hat er?« Auch der Bischof schien die Kälte nicht zu spüren, obwohl er nur in seiner grauen Kutte und ohne Mantel in dem zugigen Kreuzgang saß.

Blanka wies auf die Rosensträucher im Garten, an denen verschrumpelte Hagebutten hingen. Die Zisterzienser pflanzten überall solche Sträucher, weil die Blume für sie ein Symbol des Schweigens war.

Otto folgte ihrem Blick, und sie tauschten ein verstohlenes Lächeln. Das wortlose Verstehen zwischen ihnen gab Blanka das Gefühl, doch wieder zu Hause zu sein.

»Ich habe mich gefährlich nah an einen Abgrund gewagt, als ich anbot, mich für den Rotkopf einzusetzen«, bestätigte er ihre Befürchtung. Er unterbrach sich, als ein Mönch den Kreuzgang entlangkam, und wartete, bis die schwarze Kapuze hinter der nächsten Biegung verschwunden war. »Einerseits ist es gut, denn der Rotkopf kann sich während seiner Haft bei Hof beliebt machen. Wenn wir ihn zurückholen, fällt ihm das schwerer. Aber er wird dann natürlich auch wieder den Fälscher jagen. Ich werde dein Leben nicht weiter aufs Spiel setzen. Du weißt nicht, was er dir antun kann.«

Blanka fragte sich, ob er sich diese Möglichkeiten ausgemalt hatte, während sie spurlos verschwunden gewesen war. Er blickte wieder zu ihr herüber, wie um sich zu vergewissern, dass sie wirklich hier war. Plötzlich hatte sie das beschämende Gefühl, ihn weit mehr betrogen zu haben als Pero.

»Und wenn Ihr den Rotkopf lasst, wo er ist?«, schlug sie vor. Jetzt begann sie doch zu frieren und schlug die Kappa eng um sich. »Ortolf hat seine Freilassung nicht zur Bedingung gemacht. Es wäre auch ein hoher Preis für eine Frau.«

Otto schüttelte den Kopf. »Ich werde mich für den Rotkopf einsetzen, schon weil meine Ehre es verlangt. Ortolf ist gerissen, er weiß das genau. Wenn er seine Gefangene umsonst freigibt, beschämt er mich. Das kann ich nicht zulassen.«

Blanka traute Ortolf durchaus zu, dass er diesen Hintergedanken gehegt hatte. Aber den wahren Grund, warum er kein Lösegeld verlangt hatte, konnte sie ihrem Herrn nicht sagen.

Otto erhob sich und blieb noch einmal stehen. Seine Augen schweiften über die verblühten Rosen und dann zu ihr. »Ich hätte jeden Preis für dich bezahlt«, sagte er ernst. »Jeden.«

2

Die ungewohnte Aufregung ließ die Mönche und Laienbrüder von Weihenstephan ziellos wie aufgescheuchte Hühner über den Klosterhof laufen. Das Ochsengespann, das vorhin noch im Stall des Klosters gestanden hatte, setzte sich in Bewegung und hinterließ eine breite Spur im ersten dünnen Dezemberschnee. Ortolfs Knechte in ihren blau-goldenen Tuniken feuerten die Tiere mit Zurufen an, und einer warf noch einen letzten Sack Weizen hinauf, dass es staubte.

»Beladet das Fuhrwerk nicht zu hoch, nehmt lieber eins mehr«, befahl Ortolf. Er hatte den Helm abgenommen und fühlte den schneidend kalten Wind im feuchten Haar. Seine hellen Augen waren erbarmungslos. »Der Weg nach St. Veit und in die Stadt hinunter ist steil.«

Er trat an die Klostermauer. Unter ihm fiel der Weihenstephaner Berg nach Süden zur Isar hin ab. Bleigrau hing der Himmel über dem verschneiten Moor, durch das sich schwarze Tümpel und Bäche zogen. An seinem Rand sah Ortolf die Mühle, die im Sommer ausgebrannt war. Vor einer Stunde hatte er dort wieder mit Blanka gelegen.

Die erste Zeit in Eichenkofen hatte er in ihren Armen Gott und seinen Herrn vergessen. Sie war ihm nähergekommen als irgendjemand sonst seit Hartnits Tod. Ihre aufmerksamen Augen forderten ihn heraus und brachten ihn um den Verstand. Sie verrieten, dass Blanka mehr über Otto und seine Geheimnisse wusste, als sie zugab. Trotzdem hatte er nicht mehr nach den Fälschungen gefragt. Als er vorhin gegangen war, hatte sie sich vergeblich bemüht, ihn ihre Tränen nicht sehen zu lassen. Er hatte vor ihr Frauen gehabt, aber keine hatte beim Abschied geweint.

»Ihr wagt es, das Kloster zu berauben?«

Aus seinen Gedanken gerissen, drehte sich Ortolf um. Abt Gunther von Weihenstephan war ein hochgewachsener Mann, in dessen dunkles Haar sich bereits Grau mischte. Er war einer der neuen strengen Äbte, die Otto von Freising in all seinen Klöstern einsetzte.

»Mein Herr ist Euer Vogt«, erwiderte Ortolf mit falscher Höflichkeit. »Er nimmt sich nur, was ihm zusteht.«

»Unsere Einkünfte stehen dem Bistum Freising zu!«, erwiderte Gunther mit bebenden Lippen. Ortolf fielen die dunklen Ringe unter seinen Augen auf. Offenbar versäumte Gunther keine Nachtwache. Allerdings hatte Otto ihn sicher weit mehr wegen seines unbeugsamen Halses berufen als wegen seiner gebeugten Knie.

»Dessen Vogt mein Herr ebenfalls ist«, erwiderte Ortolf kalt.

»Und deshalb rate ich Euch, uns unsere Arbeit machen zu lassen.« Die Drohungen der Äbte, die er um ihre Abgaben erleichterte, beeindruckten ihn nicht besonders. Er stülpte Bundhaube und Helm aufs Haar und stieg aufs Pferd.

Gunther legte die Hand auf den Hals des Tieres und blickte zu dem Reiter auf. »Überspannt den Bogen nicht, Ortolf«, warnte er leise.

»Was ist denn so dringend?«

Langsam kam Blankas Freundin Hildegard hinter ihr den Pfad zwischen den abgeernteten Obstbäumen herab. Der Südhang des Dombergs war mit Apfelbäumen für die bischöfliche Küche bepflanzt. Jetzt waren die Früchte geerntet und lagen auf den Scheunenböden zum Trocknen aus. Auch die Schafe, die im Sommer zwischen den Bäumen die Schösslinge abweideten, waren längst in ihren Pferchen. Um diese Jahreszeit kam niemand hierher.

»Du musst mir helfen«, erwiderte Blanka unruhig. »Meine unreinen Tage kommen nicht.«

Hildegard ächzte und hielt sich den gewölbten Bauch. Der ausgetretene Pfad war steil. »Was wird das schon sein?«, maulte sie. »Es ist höchste Zeit, dass du schwanger wirst, du bist seit dem Frühjahr verheiratet. Musstest du mich wie einen Ochsen aufs Feld jagen, um mir das zu sagen?«

Verzweifelt blieb Blanka unter einem reifüberzogenen Baum stehen. Das braungefrorene Gras knirschte unter ihren Füßen. »Es ist schon das zweite Mal, dass sie ausbleiben.«

Hildegard stutzte. »Aber vor zwei Monaten ...« Sie unterbrach sich und schlug die Kapuze vom flachsblonden Haar, um Blanka ungläubig anzusehen. »*Here frouwe*! Pero bringt dich um.«

»Hildegard, bitte!« Blanka fuhr sich über das Gesicht. Die Kälte biss in ihre Wangen und rötete sie.

Die Freundin überlegte. »Und wenn du behauptest, dass Ortolf dich gegen deinen Willen genommen hat?«

Blanka schüttelte den Kopf. Sie zeigte zum Nachbarhügel, wo sich das Kloster Weihenstephan aus dem reifüberhauchten Wald hob. »Er treibt die Abgaben von den bischöflichen Klöstern und Ministerialen ein. Sie suchen doch nur einen Vorwand, um ihn zu töten.« Die mühsam unterdrückten Tränen kamen nun doch hoch. Sie brannten in der Kälte, und Blanka fuhr sich mit dem Ärmel über die Wangen.

»Triffst du ihn noch?«, fragte Hildegard.

Blanka starrte zum Moor hinab, dann stahl sich ein Lächeln auf ihre Lippen. Während der kurzen Zeit in der Mühle hatten sie so viel zusammen gelacht. Ortolf hatte sie zweimal genommen, und als er aufbrach, hatten sie noch immer nicht aufhören können, sich zu küssen und zu berühren.

Hildegard pfiff durch die Zähne. »Du hast Mut.«

Blanka war sich nicht sicher, ob es Mut war. Sie konnte einfach nicht anders. Nur in der Gewissheit, bald in Ortolfs Armen zu liegen, ertrug sie das eheliche Beilager. Pero war kein schlechter Mann, vermutlich war ihr Vater nicht viel anders gewesen. Mit jeder Nacht bei Ortolf setzte sie ihr Leben aufs Spiel, ihre Ehre und sogar ihre Seele, die in der Hölle brennen würde. Sie sah es in seinen Augen, wenn seine bebenden Hände die Kleider von ihrem Körper streiften. Und doch konnte sie nur daran denken, seine Lippen wieder auf sich zu spüren.

»Die Bertha in Föhring kann dir doch sicher einen Sud machen«, schlug Hildegard vor.

Blanka schüttelte den Kopf. Natürlich konnte sie die Schwangerschaft gewaltsam beenden. Aber sie wollte es nicht. Es war Ortolfs Kind.

»Man hört nicht viel Gutes von Ortolf. Aber du strahlst von innen heraus«, sagte Hildegard aufmerksam. »So habe ich dich noch nie gesehen. Nein, es wäre unlauter, dir zu raten, du sollst ihn vergessen.«

»Er kann die Wittelsbacher so wenig verraten wie wir Bischof Otto«, sagte Blanka. In den letzten Monaten hatte er einige Male zögernd über seine Vergangenheit gesprochen, und allmählich fügte sich das Bild zusammen. »Sein Vater war ein Vertriebener, nicht besser als ein Landstreicher, als der Pfalzgraf ihn aufnahm. Der Rotkopf und er sind zusammen aufgewachsen.«

»Also gut, dann musst du Pero eben den Bastard unterschieben«, schlug Hildegard vor. »Er muss dich besteigen, dass die Wände wackeln. Dann wird er schon glauben, dass das Kind von ihm ist.«

»Wenn das so leicht wäre«, stöhnte Blanka. »Er fasst mich nur an, wenn er unbedingt muss.« In Ortolfs Armen hatte sie die hässliche Narbe auf ihrer Wange vergessen, aber Pero hatte sie in der ersten Nacht wieder daran erinnert. Er hatte ihr befohlen, sich auszuziehen und die Beine zu spreizen. Dann hatte er in ihr Gesicht gesehen – und sofort die Lampe ausgeblasen. Es hatte sie unendlich verletzt. »Er liegt lieber bei seiner Metze, bei dieser blonden Kalksammlerin.«

Hildegard lachte. »Er ist eben ein Mann. Lass ihn aufsitzen, dann sag ihm, dass du schwanger bist, und jeder geht seiner Wege. Womöglich macht dich Bischof Otto doch noch zu einer Heiligen, wenn er hört, dass du eine Josephsehe führst.«

Blanka musste mitlachen. Wie viele Priester predigte Otto die größtmögliche Keuschheit in der Ehe als Ideal. Aber sicher dachte er dabei nicht daran, dass sich Mann und Weib ihr Vergnügen außerhalb des Ehebettes suchten.

»Ich muss zurück nach Föhring«, sagte sie und umarmte die Freundin. Hildegards wollene Kappa streifte ihre Wange. Es tat gut, die Freundin bei sich zu wissen.

»Wegen Rupert?«, fragte Hildegard mitfühlend.

»Ortolf hat seine Ehre verletzt, indem er mich gefangen hielt. Zumindest sieht er es so«, bestätigte Blanka. »Ich habe versucht, es ihm auszureden, aber er will Genugtuung. Er bringt es vor den Richter.«

Und das war der Pfalzgraf. Blanka wünschte, ihr Bruder hätte einmal auf sie gehört. Sie drückte die kalte Hand der Freundin, ehe sie die Finger wieder in den wollenen Falten ihrer Kappa barg. Sie hoffte nur, dass Rupert nie erfahren würde, was zwischen ihr und Ortolf war. Niemals durfte sie ihn vor die Wahl stellen zwischen seiner Schwester und seiner Ehre.

Ein heiserer Schrei gellte aus der Hütte unter dem Wehrgang von Wartenberg. Die Panzerreiter, die im Hof warteten, sahen sich an. »Verdammter Kurpfuscher«, fluchte Walto. Besorgt fuhr er sich mit der Hand über die roten Bartstoppeln. Die schmutzigen Gesichter der anderen zuckten, und Graman hob die Oberlippe über den Zähnen.

Der Mann in der Holzhütte brüllte noch einmal, dann trat der Medicus mit blutbefleckter Schürze ins Freie. »*Fistula in ano*. Ihr Ritter holt euch ständig Hämorrhoiden vom Reiten. Ich habe sie ausgebrannt und ihm einen Einlauf gegeben. Noch jemand?«

Angesichts der blutigen Instrumente schüttelte Walto hastig den Kopf. Zwar juckte es ihn auch gewaltig, aber ehe er sich etwas in den Hintern spritzen ließ, würde er lieber sterben. Da konnte man sich ja gleich einem Sodomiten anvertrauen!

»Verdammte schlechte Straßen«, meinte Rantolf und spuckte ein Stück Rinde aus, auf dem er herumgekaut hatte. Hufschlag erklang im breiten Torhaus der Burg, und er blickte auf. »Ortolf kommt zurück. Der wird sich wundern.«

Als Ortolf, gefolgt von den Ochsenkarren und beladenen Eseln, in den Hof ritt, fiel ihm eine ungewohnte Anspannung auf. Vorsichtig hob er den Topfhelm vom Kopf. Er warf einem Knecht in Blau und Gold die Zügel seines Braunen zu und stieg die schmale Steintreppe zum Rittersaal hinauf.

»Das ist frech«, schrie der Pfalzgraf, als Ortolf, noch im schwarzsilbernen Waffenhemd mit dem Kelch, hereinkam. Unwillig bedeutete er dem Ankömmling, die Tür zu schließen. Hier drinnen war es genauso kalt wie draußen, nur zugiger. »Ich soll Ortolf Kopf wegen der Entführung Eurer Schwester bestrafen?«

Rupert ist jung und heißblütig, anders ist diese Tollkühnheit nicht zu erklären, dachte Ortolf. Natürlich war der Pfalzgraf dem Buchstaben nach der Richter der bischöflichen Ministerialen. Sie unterstanden ihm wie aller weltliche Besitz des Bistums. Aber Blankas Entführung überhaupt noch einmal zu erwähnen war gutgläubig. Oder erwartete Rupert Hilfe, weil sich Otto auch für die Freilassung des Rotkopfs eingesetzt hatte? Der junge Mann sah Blanka nicht besonders ähnlich, trotzdem war die Verwandtschaft offensichtlich. Ortolf warf seine Handschuhe auf einen Hocker und trat näher.

»Ihr habt die Widerspenstigkeit Eures Vaters geerbt«, fluchte der Pfalzgraf. »Ich hatte Euch ein Lehen angeboten. Warum habt Ihr es ausgeschlagen, wenn Ihr wollt, dass ich für Euch Recht spreche?«

»Ich bin ein Ministeriale des Bischofs. Er würde es als Verrat betrachten, wenn ich Lehen von anderen Herren nehme«, verteidigte sich Rupert.

»Wollt Ihr mich beleidigen?«, fuhr der Pfalzgraf auf. Er riss das Schwert aus dem Gürtel, die starken schwarzen Brauen zogen sich über den eisblauen Augen zusammen. Rupert wich zurück. Er wagte es nicht, seine eigene Waffe zu ziehen. Hastig blickte er sich um und bemerkte Ortolf. Erschrocken keuchte er.

Ortolf hätte liebend gerne zugesehen, wie der Pfalzgraf diesem verfluchten Hund für immer das Maul stopfte. Aber Rupert war Blankas Bruder. Er konnte nicht zulassen, dass sein Herr ihn in der

Wut tötete. Entschlossen trat er zwischen die beiden Männer und versetzte Rupert eine Ohrfeige.

Der junge Mann taumelte. Er griff sich an die Wange und starrte Ortolf ungläubig an. »Verfluchter Straßenräuber!«, schrie er dann. Er riss das Schwert aus dem Gürtel und ging auf Ortolf los.

Mit einem gleitenden Schritt duckte sich dieser unter der Klinge weg. Er gab Rupert einen Tritt in die Kniekehlen, der ihn straucheln ließ, und setzte ihm das eigene Schwert auf den Nacken. Als er sich über ihn beugte, stieg ihm der Geruch von Wein in die Nase. »Hört auf, verdammter Narr, Ihr bringt Euch um!«, zischte er.

Rupert stierte ihn verständnislos an. Dann wischte er sich Speichel und Blut von den Lippen und kam unsicher auf die Beine. In seinen Augen stand Hass, aber er wagte nicht noch einmal anzugreifen.

»Ihr hättet ihn töten können«, bemerkte der Pfalzgraf.

Mit einer Schulterbewegung schob sich Ortolf das Haar aus dem Gesicht, und der gepanzerte Arm hinterließ eine Talgspur. Langsam schob er seine Waffe wieder in den Gürtel.

»Der Junge ist doch betrunken«, erwiderte er abfällig. Aber seine Stirn glühte, als hätte er Stunden gekämpft, und seine Hand krampfte sich immer wieder um den Schwertgriff. Den Mann vor sich zu haben, der am Tod seines Bruders schuld war, und ihn zu verschonen kostete ihn mehr Kraft als alle Kämpfe bisher.

»Meinetwegen«, sagte der Pfalzgraf achselzuckend. In kaltem, metallischem Ton wandte er sich an Rupert: »Verschwindet, Knabe. Und überlegt Euch mein Angebot mit dem Lehen gut, ehe Ihr es noch einmal ausschlagt. Ich werde es kein weiteres Mal machen.«

3

Als Blanka auf ihrem Maultier über die Föhringer Brücke zurückritt, sah sie schon die Marktfahne am anderen Ufer wehen. Händler brüllten, und hin und wieder mischte sich der Wutschrei eines Passanten hinein, dessen Pferd vor der Steinschleuder eines Kindes scheute. Sie ritt durch das Torhaus der hölzernen Mautburg. Auf der anderen Seite, unter den Schilden mit dem Wappen des Bischofs, wuchteten wie immer Knechte Salzscheiben von ihren Ochsenkarren. Eines der Fuhrwerke rumpelte Blanka entgegen zur Brücke und rollte prompt in das Loch, das endlich zugeschüttet werden musste. Vergeblich schlug der Kutscher auf die Ochsen ein. Er sprang vom Bock, um den Schaden zu begutachten.

»Fahr weiter, du Tölpel!«, brüllte der Nächste hinter ihm.

»Pass auf, du Hundskerl!«, erwiderte der Kutscher und krempelte die Ärmel hoch. Kinder sprangen heran und drängten sich mit anfeuernden Rufen an der Straße. In kürzester Zeit war die schönste Rauferei im Gange.

Auf dem Markt unterhalb des Steilufers war die Stimmung nicht friedlicher. Der Bauer Matthäus stritt sich mit einer Frau herum.

»Meine Gewicht' san einwandfrei«, protestierte er. »Wenn du was anders sagst, ruck mer zamm!« Die Frau, die bei ihm Saatgut hatte kaufen wollen, sah Blanka hilfesuchend an.

Blanka packte den Bauern an der Kapuze und stieß ihn unsanft zur Marktwaage, wo der Eichmeister die Gewichte überprüfen konnte. Es war nicht das erste Mal, dass dieser Lump versuchte, seine Kunden zu betrügen. Sie legte die Ware auf die Waage, und wie erwartet blieb die Schale oben hängen.

Die Frau schimpfte wie ein Rohrspatz und begann auf Matthäus einzuschlagen. Blanka überließ ihn ihr und dem Eichmeister. Die beiden Streithähne am Torhaus hatten inzwischen ihre Prügelei beendet. Nun, da sie aufgewärmt waren, arbeiteten sie einträchtig daran, den steckengebliebenen Karren zu befreien.

»Wie ich sehe, hast du den Markt besser im Griff als dein Mann.« Überrascht drehte sie sich um. »Rupert!«

Er sprang aus dem Sattel. Lachend fiel sie ihm um den Hals, tastete ihn ab und überzeugte sich, dass er gesund war. »Du bist ernst«, sagte sie aufmerksam. Innerlich war sie erleichtert. Wenn der Pfalzgraf Ruperts Anliegen abgelehnt hatte, würde Ortolf nicht bestraft werden.

Blanka nahm ihren Bruder mit hinauf ins ruhigere Richterhaus oben in Föhring. Zum Dank für seine Rückkehr hängte sie glückbringenden Efeu über die Tür, und bald erfüllte der warme, fruchtige Duft von Zwetschgenmus die Stube. Auch Pero kam, um Ruperts Bericht zu hören. Blanka stellte ein Brett mit Schinken auf den Tisch, setzte sich zu den Männern auf die Bank und legte den Arm um ihren Bruder. »Ich bin so froh, dass du wieder hier bist, ganz gleich, was du erreicht hast. Hast du die Eicheln noch, die ich dir mitgegeben hatte?« Er hatte die Glücksbringer nur widerstrebend eingesteckt, Bischof Otto sah diesen Aberglauben nicht gern.

Rupert öffnete seinen Beutel und förderte die Früchte zutage. »Eure Frau ist tüchtig, der Markt blüht«, bemerkte er an Pero gewandt. »Es war eine gute Idee von ihr, noch Salzstadel zu bauen. Das bringt viel Geld.«

»Ja, die Heirat mit Eurer Schwester hat sich gelohnt«, nickte Pero und nahm sich Schinken. »Wenn sie sich als fruchtbar erweist, habe ich keinen Grund, unzufrieden zu sein.«

Blanka stockte der Atem. Noch hatte sie ihm nichts von der Schwangerschaft gesagt. Sie musste warten, um jeden Verdacht auszuräumen, das Kind könnte nicht von ihrem Mann sein. Mit glühendem Gesicht warf sie den locker geflochtenen Zopf auf den Rücken und schnitt Brot ab.

»Wir sollten die Augen offen halten, Rupert«, sagte ihr Mann.

»Was Ihr vom Pfalzgrafen berichtet, beunruhigt mich. Es gehen Gerüchte um, dass er und seine Männer auch anderen Rittern des Bischofs ein Angebot gemacht haben. Offenbar versuchen sie, Ottos Männer zum Überlaufen zu bewegen, mit Versprechen und Drohungen, vielleicht sogar mit Gewalt. Und Ihr steht sicher ganz oben auf seiner Liste. Er hat damals Burgrain nicht bekommen, diese Beleidigung hat er kaum vergessen. Ortolf war dabei, sagt Ihr?«

Blanka rutschte mit dem Messer ab. Mit einem Schrei steckte sie den Finger in den Mund. Sie verfluchte die Männer, die alles, was sich nicht ihren Wünschen fügte, als Beleidigung ihrer Ehre ansahen. Manchmal fühlte sie sich so zerrissen, dass es ihr den Atem abschnürte. Sie liebte Ortolf, aber sie liebte auch ihren Bruder. Und sie wusste nicht mehr, für wen sie beten sollte.

Peros Worte schienen Rupert zu beunruhigen. Unter seinen Augen lagen tiefe dunkle Schatten, als hätte er länger nicht geschlafen, und schon vorhin war ihr wieder Alkoholgeruch aufgefallen. »Wir müssen vorsichtig sein, die Dinge ändern sich nicht zum Guten.« Dankbar griff er nach dem Wein, den Blanka ihnen hinstellte, und trank seinen Becher in einem Zug leer. »Dieser Welpe, Heinrich der Löwe, wirbelt jede Menge Staub auf. König Konrad ist alt und krank, und die Welfen schicken sich an, ihre frühere Macht zurückzuerobern. Wenn sich Heinrich mit den Wittelsbachern verbündet, sind wir von ihnen fast eingeschlossen.«

Blanka wickelte ein Stück Leinen um den verletzten Finger und stellte eine Holzschale mit Äpfeln auf den Tisch.

»Ach was«, widersprach Pero. »Heinrich hat einen Fehler gemacht, hierher nach Baiern und Schwaben einzufallen. Jetzt zieht König Konrad gegen seine Residenz Braunschweig, nach Sachsen. Der Hitzkopf könnte selbst das eine Herzogtum verlieren, das ihm noch geblieben ist. Angeblich soll er auf dem Weg zurück nach Braunschweig sein, verkleidet wie ein Flüchtling. Er ist kein Gegner mehr. Nächstes Jahr ziehen wir zu Konrads Kaiserkrönung nach Italien, Ihr werdet sehen.«

»Und der Rotkopf? Er soll bald wieder hier sein. Ich hatte schon gehofft, ein kluger Bursche würde ihm in der Geiselhaft Gift in den Wein mischen«, stöhnte Rupert. »Wenn der alte Wittelsbacher stirbt und er ihm nachfolgt, wird alles noch schlimmer. Dann wird er mit Gewalt versuchen, uns auf seine Seite zu ziehen.«

Und er wird Gelegenheit haben, den Fälscher zu suchen, der ihn zum Narren gehalten hat, dachte Blanka unbehaglich.

Pero legte ihrem Bruder beruhigend eine Hand auf die Schulter und stand auf. »Blanka, wo ist mein grüner Surcot?«

»In der Truhe neben dem Bett. Warte.« Sie ging und holte das Überkleid. Als sie es ihm reichte, meinte sie leise: »Ich will eine gute Frau sein, aber ohne Beilager kann ich keine Söhne gebären.« Es fiel ihr schwer, aber sie setzte nach: »Rupert reitet nachher zurück.« Jedes Mal wenn sie Pero zu Willen war, dachte sie an Ortolf und wünschte, er wäre es. Nur für das Kind in ihrem Leib zwang sie sich dazu – und für ihren Bruder. Wenn Pero sie als Ehebrecherin verstieß und eine Fehde anfing, konnte Rupert nicht nur viel Geld verlieren, sondern auch seine Ehre. Sie warf einen Blick zum Feuer, wo ihr Bruder die Augen schloss und sich zurücklehnte.

»Nicht heute, ich muss noch weg«, wehrte Pero ab. Er warf den wollenen Surcot über, und Blanka biss sich auf die Lippen. Jeder in Föhring zerriss sich das Maul über die Bauernkate am Fluss, zu der Pero so oft ritt. Der Grund dafür war flachsblond und sammelte im Sommer mit bloßen Beinen Kalk auf den Kiesbänken.

»Der Winter ist kalt heuer«, wechselte er das Thema und ging zum Tisch zurück. »Aber vielleicht kommt es mir nur so vor. Was riecht hier so?«

Hastig nahm Blanka das Zwetschgenmus vom Feuer. Sie löste die angebrannten Stellen mit einem Holzlöffel und stellte den Topf zum Abkühlen auf den Boden. Jemand klopfte, und dankbar für die Unterbrechung ging sie, um zu öffnen.

Es war der Junge, der für Magdalena arbeitete. Blankas Bastardschwester betrieb inzwischen eine Taverne in einem Flecken namens München, gute zwei Stunden oberhalb von Föhring an der Isar. Ihr Liebster, der verlauste Poeta, trieb sich auf der Suche nach Lohn und Brot mal bei den Leuten der Wittelsbacher herum, mal bei denen des Bischofs.

Blanka seufzte. »Steckt sie wieder in Schwierigkeiten?«

Der Junge nickte. Vermutlich hatte Magdalena wieder einmal ihre Scheune als Salzstadel vermietet, obwohl sie kein Stapelrecht besaß. Wenn ein Mann das tat, scherte sich niemand darum, aber eine geschäftstüchtige Frau hatte immer Neider, die sie verrieten.

Rupert kam heran, den Becher in der Hand. »Wer ist das?«

»Geh, es ist gut«, wies sie den Jungen an. »Er gehört Magdalena«, erklärte sie nur. Keiner der Männer würde gerne sehen, dass sie die Herumtreiberin wieder einmal auslöste.

Rupert ritt nach Freising zum Bischof, und Pero würde sicher auch nicht zu Hause übernachten. Blanka legte noch Äschen in teure Salzlake, um die Fische morgen zum Adventssonntag zu räuchern. Dann befahl sie zwei Knechten mit Bogen, sie nach München zu begleiten.

Der Flecken gehörte zu dem Freisinger Kloster Schäftlarn, das im angrenzenden Wald einen Meierhof unterhielt. Wenn Magdalena mit dem Gesetz in Konflikt geriet, wurde sie entweder dort festgehalten oder in der winzigen Motte der Bogenhausner Ritter. Von ihrem Vorposten mitten im Wald aus verwalteten die Bogenhausner auch die Dorfmark Schwabing im Norden. Dieses Mal wurde Blanka schon am Meierhof fündig.

»Ich kann die Frau nicht ohne Erlaubnis herausgeben. Ich habe meine Befehle.« Der Waffenknecht bemühte sich nicht einmal um einen höflichen Ton. Breitbeinig stand er vor dem Eingang, im Bewusstsein seiner Macht.

Im letzten Jahr hatte Blanka gelernt, Männern Befehle zu geben. »Ich verhandle nicht mit Knechten«, erwiderte sie. »Wo ist sie?«

Er stützte sich auf seinen Speer. »Ich sagte doch, ich habe meine Befehle.«

Blanka zog die Brauen zusammen. Ein hagerer Kerl mit hervortretenden Augen und mottenzerfressenem Bart. Der geborene Hofhund, dachte sie, der jeden verbellt, den er für einen Feind seines Herrn hält. »Wie du willst«, meinte sie dann und winkte ihre beiden Knechte heran.

Der Bursche leckte sich unruhig die Mundwinkel.

»Du kannst von Glück sagen, dass ich dir aus weiblicher Milde die Wahl lasse«, sagte Blanka. »Bring mir die Gefangene! Oder erstick an deinem Blut, während meine Leute sie holen.«

Sie hatte keine Ahnung, was sie tun würde, wenn der Bursche hart blieb. Aber sie stammte ebenso von Kriegern ab wie jeder Ritter. Er konnte nicht wissen, ob es für sie einen Unterschied machte, einer Gans den Hals umzudrehen oder einem leibeigenen Knecht die Kehle durchschneiden zu lassen.

Als sie mit einer zerzausten, aber grinsenden Magdalena nach Munichen ritten, dämmerte es bereits. Blanka war froh, ihre Knechte bei sich zu haben. Unter den Maultierhufen quoll Schneematsch aus dem übersättigten Boden, doch aus Angst vor Vipern wagte sie nicht abzusteigen. Zwischen den bereiften Erlen hing Nebel über den Waldbächen. Sie hörte Stimmen.

Blanka musste an die Geschichten über Dämonen denken, die in den Auen ihr Unwesen trieben. Zwischen den efeubewachsenen Stümpfen bewegte sich etwas, Tiere schnaubten. Es war eine Gruppe von Kriegern. Ein herrischer Mann mit schulterlangem schwarzem Haar war offenbar der Anführer. Er trug einen einfachen Waffenrock, aber sein Gürtel war mit Silber beschlagen. Also kein Wegelagerer, dachte sie beruhigt. Vielleicht ein Reisender, der vom Weg abgekommen war. Sie ließ ihr Gefolge warten und ritt den Männern entgegen.

»Seid gegrüßt, edle Herren. Mein Name ist Blanka von Föhring«, stellte sie sich vor. »Ich gehöre zu den Ministerialen Bischof Ottos von Freising.«

Die Männer wirkten erleichtert. »Endlich eine gute Nachricht. Diese verdammten Wälder sehen alle gleich aus.«

Einer der Kriegsknechte nahm die Kettenhaube ab und legte eine Hand auf die Zügel ihres Tiers. »Kennt Ihr ein Quartier, wo mein Herr übernachten kann?«

»Ihr seid hier bei dem Flecken Munichen. Dort werdet Ihr kaum eine standesgemäße Unterkunft finden.«

»Wir sind Ritter und gewohnt, schlecht zu schlafen«, meinte der Schwarzhaarige. »Wir werden Euch begleiten, wenn Ihr erlaubt.« Obwohl er sich um einen freundlichen Ton bemühte, hatte sie das Gefühl, dass man diesem Mann besser nicht widersprach. Seine dunklen Augen verrieten nicht, was er tun würde, wenn sie ablehnte. Aber Blanka war klug genug zu begreifen, dass sie keine Wahl hatte.

»Gerne, Herr. Wer gibt uns die Ehre?«

Sein strenger Mund blieb unbewegt, nur die schmalen schwarzen Brauen zogen sich ein wenig zusammen. »Ihr seid neugierig.«

Obwohl er nicht drohte, war es offensichtlich, dass sie es bereuen würde, wenn sie auf ihrer Frage bestand. Blanka überkam eine Ahnung, wen sie vor sich hatte. Wortlos gab sie ihm ein Zeichen, dass er ihr folgen konnte.

Auf dem kurzen Weg wurde Blankas Ahnung zur Gewissheit. Der Mann war gekleidet und benahm sich wie ein Fürst. Seine Männer, die ihn mit scheuer Achtung behandelten, nannten ihn Herr Heinrich. Es konnte nur er sein: Heinrich der Löwe, der junge Welfe, Herzog von Sachsen und, wenn es nach ihm ginge, auch bald von Baiern. Rupert hatte erzählt, dass er auf der Flucht von Schwaben nach Braunschweig war.

Sie fragte sich, was der Herzog von ihr halten würde, wenn er sah, wohin sie ihn brachte. Munichen war einer der illegalen Märkte, die an der Isar wie Pilze aus dem Boden schossen. Seinen Namen hatte der Ort, weil der Meierhof und die Holzkapelle am Petersberg zum Kloster Schäftlarn gehörten. Von Mönchen war hier allerdings nicht viel zu sehen. Wilde und zahme Schweine wühlten in den Gossen, balgten sich grunzend mit Hunden um die fauligen Reste. Sogar einen räudigen Wolf sah sie. Eine Frau keifte, und unter einem Vordach befriedigte sich ein Betrunkener schamlos selbst mit der Hand. Sofort waren die hohen Herren von einer Traube bettelnder Menschen umgeben.

Als Heinrichs Ritter lärmend in Magdalenas Taverne strömten, dachte Blanka an die Worte ihres Mannes. Natürlich musste Heinrich auf dem Heimweg durch Baiern, aber womöglich verfolgte er auch andere Absichten. Er besaß nicht viel Land hier. Wenn er wirklich Herzog werden wollte, brauchte er die mächtigen bairischen Adligen als Verbündete. Männer wie die Wittelsbacher.

Innerhalb weniger Augenblicke war die Taverne voll. Der einzige fensterlose Raum diente als Gaststube, eine morsche Leiter führte zum Heuboden hinauf, wo Reisende schlafen konnten. Magdalena fuhr auf, was Grubenhaus und Weinkeller hergaben. Sie weichte Dörrobst in Wasser ein und holte eingelegtes Kraut. »Geh nur«, flüsterte sie, während sie aus mehreren Weinkrügen einschenkte und Käse, Brot und Schinken auf Holzbretter stellte. »Ich werde alleine fertig.«

»Danke«, flüsterte Blanka. Sie warf einen Blick zum Herzog, der kurz zu ihnen herübersah. »Achte ein wenig auf das, was sie reden«, bat sie ihre Schwester. »Und darauf, wen sie treffen.«

Magdalena hob das gerötete Gesicht. »Wer ist der Mann?«

Blanka schob die Kerze ein wenig zurück, und ihr eigenes Gesicht verschwand im Schatten. »*Nomina nuda*«, lächelte sie. »Nichts als nackte Namen, oder wie sagtest du? Ist nicht so wichtig.« Sie gab ihr einen Kuss auf die Wange und rief ihre enttäuschten Knechte zum Aufbruch. Magdalena hatte eine Schwäche, und das waren Männer. Wenn sie wusste, wen sie beherbergte, ließ sie sich womöglich mit ihm ein. Dann würde er mehr über Blanka erfahren als umgekehrt.

Achselzuckend sah Magdalena ihrer Schwester nach. Wer der Mann war, war ihr letztlich gleich, solange er im Voraus für das

Quartier bezahlte. Sie war bester Stimmung. Einen Moment überlegte sie, ob sie den Schmuggler Lantpert hinauswerfen sollte, der sich unter die Gäste gemischt hatte. Aber als ihm der Schwarzhaarige einen Wein bestellte, ließ sie ihn bleiben. Offenbar unterhielten sich die beiden bestens.

»Habt Ihr Salz, Herr?«, hörte sie Lantpert fragen. »Falls Ihr den Zoll des Bischofs umgehen wollt, da kann ich Euch helfen. Wissen die Leut net, die net von hier sind, aber im Sommer könnt Ihr auch hier über die Isar. Und Magdalena da«, er wies auf sie, »hat einen Stadel, wo Euer weißes Gold grad so gut liegt wie zu Föhring.«

Der schwarzhaarige Anführer hatte aufmerksam zugehört. Als Lantpert Magdalena erwähnte, warf er einen Blick zu ihr. Heilige Afra, hatte der Mann Augen! Magdalena öffnete das Band ein wenig, das den Ausschnitt ihrer grobgewebten Cotte hielt. Dann brachte sie den Wein.

Er zog sie auf seinen Schoß, und sie dachte nicht daran, ihn abzuweisen. Wie oft hatte sie den Poeta gebeten, für immer bei ihr zu bleiben! Der Hurenbock hatte sie inzwischen sicher ein Dutzend Mal betrogen. Der Herr war jung und sah gut aus, auch wenn sie seinen Dialekt kaum verstand. Die Wärme eines Männerkörpers hatte ihr gefehlt, und es gefiel ihr, wie er sie dicht an seine harten, fordernden Lippen zog. Sie tastete nach seinem Glied. Wenn es hielt, was diese Wölbung versprach, war der Bursche der reinste Stier. Als er seine Hand um ihre Brust schloss und die andere über ihren Schenkel gleiten ließ, wollte sie ihn in die Küche ziehen. Sie wusste schon, wie sie einen Mann erleichtern konnte.

Er kam ihr zuvor. Rücksichtslos warf er sie auf den harten Tisch und hielt ihre Schenkel mit den Armen an sich gepresst. Magdalena stieß einen überraschten Laut aus. Seine Leute zogen nur ihre Becher etwas näher zu sich heran und scherten sich nicht weiter darum. Dann nahm er sie vor seinen Männern, so gierig, dass ihr Hören und Sehen verging.

4

Einige Male war der Winter und nach ihm der Frühling gekommen. Die erste Sommerhitze des Jahres 1156 ließ die Sümpfe um Freising dampfen. Ein junger Mann taumelte den schlammigen Pfad entlang. Sein leichtes Leinenhemd und das Wams waren voll stinkender Flecken. Bei jedem Schritt spien die fauligen Pfützen Wolken von Mücken aus. Der Weg verschwamm im flirrenden Dunst. Bald vor ihm, bald hinter ihm schienen die Kähne und flachen Wirtschaftsgebäude von Weihenstephan an Land zu kriechen. Er legte den Kopf in den Nacken und starrte in die Sonne. Auf der totenbleichen Haut perlte Schweiß, fiebrige Lippen bewegten sich. Um diese Zeit haben wir früher als Kinder das Heu geschnitten, dachte er. Seine Mutter hatte ihnen Brot und Wasser hinausgebracht. Er hatte die duftenden grünen Haufen vor Augen, als er vornüber ins niedrige Wasser kippte und leblos darin liegen blieb.

»He, Wanderer!«

Das Bild verblasste. Jemand zog ihn aus dem Wasser, drehte ihn um und gab ihm einen Klaps auf die Wange. »Lieber Herr Jesus Christus, du stinkst!«

Etwas wurde an seine Lippen gesetzt, und er schluckte. Es war ein scharfer Branntwein, der ihn zum Husten reizte. Aber er belebte. Mühsam öffnete der junge Mann die Augen.

»Wer bist du?«, fragte der Unbekannte, der ihn im letzten Moment von der Pforte des Jenseits zurückgezogen hatte. Der Teufel hole ihn, dachte der Wanderer. Mit dem Leben kamen auch Übelkeit, Bauchkrämpfe und Fiebertrockenheit zurück.

»Liutprecht«, antwortete er mühsam. »Steinmetz des Bischofs

von Freising. Mein Herr hat mich auf eine Reise geschickt … um zu lernen.« Er versuchte sich zu erinnern, wo er sich befand.

»Nicht sehr fürsorglich von deinem Herrn. Du hast dir die Ruhr eingefangen.«

Liutprecht kam mühsam ein Stück hoch. Er lag in einer widerlich stinkenden Pfütze. Bäche durchzogen das hohe Ried, und er erkannte die Ruine einer Mühle. Jetzt erinnerte er sich an den Berg mit den Türmen. Er war bis unterhalb von Kloster Weihenstephan gekommen, an den Rand des Sumpfs.

»Dein Bauchfluss ist schleimig und blutig, wie ich sehe«, stellte der Mann mit einem Blick auf Liutprechts besudelte Cotte fest. »So werden sie dich auf gar keinen Fall in die Stadt hineinlassen. Die Ruhr ist sehr ansteckend, man muss die Kranken schnell heilen oder sterben lassen. Für dich bedeutet das, du scheißt dir innerhalb der nächsten Stunden den Lebenssaft aus dem Leib. Dann wirst du auf irgendeinem Schindanger verscharrt, und den Rest besorgen die Hunde und Aasfresser.«

Stöhnend sank Liutprecht zurück. Er würde nicht einmal bis ins nächste Spital kommen.

»Oder du lässt dir von mir einen Aufguss aus Flohkraut machen«, meinte der Fremde und grinste von einem verlausten Zopf zum anderen. »Wenn du Glück hast, hilft es.«

»Mein Weib wird dich bezahlen«, keuchte der Steinmetz. Alles war besser, als hier im Sumpf wie ein Tier zu verenden. »Sie wohnt oben am Domberg in der Burgsiedlung.«

Der Fremde nickte. »Ich mache dir ein besseres Angebot. Ich bin nämlich Geistlicher.«

Überrascht blinzelte Liutprecht. Narrten ihn seine fiebertrockenen Augen? Wie ein Geistlicher wirkte der Bursche nicht gerade, er hatte ihn für einen Landstreicher gehalten.

»Du kannst mich den Poeta nennen. Und ich verlange nicht viel für meine Hilfe.«

Liutprecht war es vollkommen gleich, wer der Bursche war. Er hätte dem Teufel seine Seele versprochen, nur um nicht noch einmal brechen zu müssen.

Mit gerunzelter Stirn hörte sich Otto von Freising einige Tage später an, was der Steinmetz zu erzählen hatte. Sie standen vor dem Dom, im Schatten des gewaltigen Westwerks. Die Kaiserkapelle erhob sich wie eine geistliche Burg vor der eigentlichen Kirche. Liutprecht war noch bleich und ernst, gezeichnet von der Krankheit. Aber Bauchfluss und Übelkeit hatten aufgehört, und von der Brühe aus gekochter Schafshaut hatte er auch schon wieder etwas Kraft bekommen.

»Das klingt glaubwürdig«, sagte Otto endlich. Er gab Rahewin, der hinter ihm wartete, ein Zeichen. »Meinetwegen, soll dieser Poeta bekommen, was er will. Lass ihn scheren und waschen und gib ihm eine Kutte. Er soll am Unterricht in der Domschule teilnehmen. Dann werden wir sehen, wozu er zu gebrauchen ist.«

Er hob die Hand zum Zeichen, dass die Audienz beendet war. Naserümpfend musterte Rahewin den Poeta mit seiner ungewaschenen Cotte und dem langen verfilzten Haar. Dann bedeutete er ihm, dass er ihm in die Domburg folgen solle.

Der Bischof zog einen Brief seines Freundes Wibald aus der Kutte, den ihm ein Eilbote vorhin gebracht hatte. Er war noch nicht einmal zum Lesen gekommen, so eilig hatte es dieser schlecht erzogene Poet gehabt, sich seine Belohnung zu holen. Otto entfaltete das Pergament und las:

Mein teurer, verehrter Freund,
Ihr wolltet von mir aus der Kanzlei unseres neuen Kaisers berichtet haben. In der Tat erregt in diesen düsteren Tagen vieles Sorge.
   Das Unheil begann schon, als Euer Bruder, König Konrad, im Februar vor vier Jahren von uns ging. Den immer strahlenden Friedrich von Schwaben, Euren Neffen, haben wir alle unterschätzt. Erinnert Euch: In aller Hast ließ er Konrad in Bamberg verscharren, um in Gewaltmärschen und mit einem Heer von zweitausend Rittern rechtzeitig zur

Königswahl zu erscheinen. Mit diesem Aufgebot hat er die Kurfürsten schlicht erpresst. So übergingen sie Konrads Sohn bei der Nachfolge und wählten Friedrich. Als er vor zwei Jahren zur Kaiserkrönung nach Rom zog – ich höre, die Italiener nennen ihn »Barbarossa«, also Rotbart –, hat er eine Spur von Blut hinterlassen und den Papst vor den Kopf gestoßen. Unsere schlimmsten Befürchtungen sind eingetreten: Der neue Kaiser wird der Kirche die eben erst gewachsenen Flügel stutzen.

Es gibt allerdings einen Mann, der in wenigen Jahren noch mächtiger sein könnte als der Kaiser: Heinrich der Löwe hat sich seine Unterstützung teuer bezahlen lassen. Ich ahne, dass auch das Herzogtum Baiern Teil seiner Abmachung mit Friedrich ist. Sollte er eines Tages Herzog von Baiern werden, bedeutet das große Gefahr für Euch. Die Welfen und die Wittelsbacher sind nun Verbündete, und gemeinsam stehen sie Friedrich zur Seite. Nicht nur durch ihr etwa gleiches Alter, sondern auch durch ihren grenzenlosen Ehrgeiz sind sich diese Fürsten vertraut. Die neuen Männer bei Hof könnten Euch als Ratgeber des Königs verdrängen.

Wenn Ihr auf den Vorschlag eines Freundes hören wollt, bemüht Euch daher um Friedrichs Gunst. Schickt ihm eine Fassung Eurer Chronik, aber seht zu, dass sie nicht zu pessimistisch daherkommt. Friedrich schätzt keine apokalyptischen Szenarien, er will ein Erneuerer sein. Wenn Ihr ihm gebt, was er will, dient Ihr der Kirche am besten.

In tiefer Sorge,
Euer Freund Wibald von Stablo, Abt von Corvey.

»Niemals!« Wütend schleuderte Otto den Brief zu Boden. Seine Chronik verändern, zu einem amüsanten, leichtverdaulichen Loblied auf einen eitlen jungen Narren machen!

Er starrte auf das Westwerk des Doms. Der wuchtige Bau war das Sinnbild kaiserlicher Macht. Jeden Bischof erinnerte es daran, dass er seinen Platz dem weltlichen Herrn verdankte und ihm verpflichtet war. Otto spuckte aus.

»Herr, braucht Ihr mich noch?« Liutprecht wartete unschlüssig in seiner kurzen Cotte, die bleiche, rot behaarte Beine frei ließ. Eingeschüchtert von dem ungewohnten Ausbruch drehte er seine Bundhaube in den schwieligen Händen.

»Ich danke Gott und diesem verlausten Heiden, die dich aus Frankreich zurückgebracht haben«, erwiderte Otto. Er packte den Arm des Steinmetzen und zog ihn vor den gewaltigen Bau. »Sieh es dir genau an!«, befahl er. »Es ist ein Symbol kaiserlicher Macht. Aber keine Macht der Welt dauert ewig. Komm mit in deine Werkstatt!«

»Ich sagte dir, dass ich ein neues Domportal will«, begann Otto, als sie in der Werkstatt standen. Liutprechts Weib Katharina hatte sie in den letzten Tagen schon wiederhergerichtet, während er krank war. Nie vollendete Kapitelle und grob behauene Quader standen in dem Raum, der noch rein war von Steinstaub. Nach der langen Lehrzeit kamen Liutprecht seine alten Arbeiten grob und unbeholfen vor.

Der Bischof zögerte, dann fragte er: »Hast du die Mittelsäule des Portals in Souillac gesehen?«

Liutprecht erinnerte sich an dieses Portal besser, als ihm lieb war. Es stellte den Sturz der sündigen Seelen im Jüngsten Gericht dar. Ein beängstigendes Durcheinander von sich gegenseitig zerhackenden gierigen Schnäbeln und Reißzähnen. Am Anfang hatte er sich kaum daran vorbeigewagt. Es schien ihm unglaublich, dass ein Mensch so etwas geschaffen haben konnte, ohne mit dem Teufel im Bunde zu sein. »Ich bekam es mit der Angst zu tun, Herr.«

»Das ist gut«, meinte Otto kalt. »Genau das soll sie erzeugen: Angst. Aber die Angst ist für das Volk, du bist der Steinmetz. Hast du bei Romain gelernt, deine Gefühle zu beherrschen?«

Liutprecht bejahte zögernd.

»Gut. Ich will genau so eine Mittelsäule für das neue Eingangsportal. Jeder, der die Kirche betritt oder verlässt, muss daran vorbei.« Er machte eine Pause, dann erklärte er: »Weißt du, wie viele Menschen das sind? Am Tag vielleicht hundert, sonntags viel mehr. Woche für Woche. Jahr für Jahr. Du musst ihnen etwas sagen, durch

Bilder, die sie im Vorbeigehen sehen, vielleicht fürchten, und die sich so in ihr Gedächtnis prägen. *Res per signa discuntur*, sagt Augustinus: Wir begreifen über Symbole.«

Liutprechts Herz schlug schneller, ihm brach der Schweiß aus. Als ihn Bischof Otto auf Wanderschaft geschickt hatte, hatte er geglaubt, er würde neue Flechtmuster für Kapitelle lernen, vielleicht Tierfiguren, wie man sie in Italien machte. Diese Aufgabe war verlockend und bedrohlich zugleich.

»Ich will, dass Drachen gegen die himmlischen Heere kämpfen«, wand sich Ottos Stimme in seinen Kopf. »Ein apokalyptischer Kampf, dem Zerrissenheit und Zwietracht auf Erden den Weg bereiten. Ganz besonders auf der Westseite. Sie zeigt nach außen, in die Welt. Wer die Kirche betritt, sieht diese Seite zuerst.«

Liutprecht trat zu einem mit Gips verputzten Quader. Mit einem großen eisernen Nagel ritzte er zunächst die Konturen einer Säule in die Oberfläche. Dann füllte er sie ungelenk mit Figuren: Drachenköpfe, die aus der Erde stiegen, Ritter in Kettenhemden.

Nachdenklich ließ Otto die Hand mit dem Bischofsring über den Entwurf gleiten. Liutprecht war keiner der französischen Meister geworden, aber er hatte gelernt. »Der Antichrist versucht, König und Kirche zu entzweien«, sagte er. »Aber wenn das Jüngste Gericht kommt, ist alle weltliche Macht am Ende, selbst die des Kaisers. Deshalb muss der Kaiser mit der Kirche Frieden halten. Er darf nicht auf die Verleumder hören, welche sie berauben, um sich selbst zu bereichern!«

Liutprecht begriff und grinste erleichtert. Da sein Herr zufrieden schien, kam seine verschmitzte Natur durch. Wenn er einem dieser Drachen einen roten Kopf gab, wäre es unmissverständlich, dass sein Herr die Wittelsbacher als Bestien in Stein meißeln ließ. Jeder, der in die Kirche kam, würde den Rotkopf als apokalyptische Bestie sehen. Die meisten würden Angst haben, aber viele würden auch über den Pfalzgrafen spotten. Die Gaukler würden die Bilder auf dem Domplatz nachspielen, und die Leute würden lachen.

»Und die Ostseite, die ins Innere der Kirche weist?«, fragte er.
»Man sieht sie, wenn man aus der Kirche ins Freie tritt. Wenn die Menschen kommen, sehen sie die Schrecken der Welt. Aber die Kirche entlässt sie mit einer Hoffnung. Wie soll ich das zeigen?«
Otto starrte nachdenklich auf die Ritzzeichnung im Gips. »*Mulier amicta sole* ... *Eine Frau im Strahlenkranz der Sonne, den Mond unter den Füßen und gekrönt mit zwölf Sternen.*«
»*Und sie schrie vor Schmerz und kreißte*«, vollendete Liutprecht. Er begann eine zweite Säule neben die erste in den Gips zu ritzen und skizzierte eine Frauengestalt. »*Und siehe, ein weiteres Zeichen erschien am Himmel: ein großer roter Drache mit sieben Häuptern und zehn Hörnern* ... Das apokalyptische Weib, das gebiert und dessen Leibesfrucht der rote Drache zu verschlingen droht«, sagte er begeistert.
»Nein!« Ottos Augen waren kalt und grau. »Ich will sie nicht gebärend und nicht im Kampf. Alles um sie ist Schmutz und Blut und Grausamkeit, aber sie ist rein, wie die Kirche. Sie mahnt zur Keuschheit. Eine Kämpferin, trotz der gottgegebenen Schwäche ihres Geschlechts.« Er richtete sich auf und starrte zum Hof, wo Liutprechts Kinder unter Geschrei mit einem Hund herumjagten.
Der Steinmetz nickte. Ihm würde etwas einfallen.
»Ich möchte, dass du dir über eins im Klaren bist«, sagte Otto. »Der Rotkopf wird die Sprache dieses Portals früher oder später verstehen. Natürlich wird sich sein Hass gegen mich richten, aber es ist möglich, dass er auch dich trifft. Bist du bereit, das Wagnis einzugehen?«
Liutprecht dachte an den Rotkopf und seine Panzerreiter. Mehr als einem Kloster hatten sie die Abgaben weggenommen und damit seinen Lohn gemindert, wenn die Äbte ihn nicht mehr bezahlen konnten oder wollten. Nein, er hatte nichts für die Wittelsbacher übrig. Er bejahte.
»Gut. Lass mich wissen, was ich für dich herbeischaffen soll. Du bekommst alles, was du willst.« Jetzt endlich zuckte doch ein Lächeln um Ottos Lippen, wenn auch ein bitteres. Der Kaiser würde

seine Chronik bekommen. Wenn er es wünschte, würde Otto sogar noch ein weiteres, nur Friedrichs Taten gewidmetes Werk schreiben. Aber gleichzeitig würde das neue Portal jedem Besucher einschärfen, dass weltliche Macht, selbst die des Kaisers, im Jüngsten Gericht endete. Die Waffen der Geistlichen waren nicht weniger scharf als die der Ritter.

5

Der Sommer 1156 neigte sich dem Ende zu. Im Juni war der alte Wittelsbacher gestorben. Nicht einmal auf dem Totenbett war er zur Versöhnung bereit gewesen. Von seinen Söhnen folgte ihm der als Pfalzgraf nach, der Bischof Otto abgrundtief hasste: der Rotkopf. Wenigstens würde der Kaiser im September endlich den Streit um das Herzogtum Baiern entscheiden: zwischen Heinrich dem Löwen und Ottos Bruder, dem Babenberger Heinrich.

»Die beiden Herzöge streiten sich um Baiern wie zwei Hunde um einen Knochen«, trompetete der Gaukler, der in Munichen vor einer Taverne stand. Er warf einen Knochen zwischen seine beiden struppigen Hunde und ließ sie knurrend und unter dem Gejohle des Publikums daran zerren. »Aber aus dem Welpen ist ein Löwe geworden!«

Gereizt blickte Rupert unter dem vorragenden Strohdach auf. Er wollte zur nahen Mönchsklause und vertrieb sich die Zeit bis zum Ende der None mit Würfeln. Auch heute fühlte er sich dumpf und zerschlagen nach einer schlaflosen Nacht. Eines der üblichen heftigen Sommergewitter stand Munichen bevor, schwarze Wolken zogen über den gelblichen Himmel. Ein Lahmer bewegte sich auf zwei Holzstützen langsam über die aufgeweichte Straße. Magdalena hatte sich einen Karren herangeschoben, um Met, Fladen und wahrscheinlich auch Zaubermittel gegen Läuse, Durchfall und Augenkrankheiten feilzubieten.

»Wenn es mit den Babenbergern zu Ende geht, wird Euer Herr auch den Schwanz einziehen müssen«, meinte der Knecht, mit dem er würfelte, ein schwarzhaariger Bursche mit langem Gesicht.

»Halt das Maul, davon versteht ein Bauer wie du nichts«, erwiderte Rupert wütend.

»Ich bin ein Bauer? Wenigstens schau ich nicht aus wie der Sohn eines Aussätzigen.« Der Knecht zog mit den Händen die Lippen zu einer obszönen Geste auseinander, dem Schmähmaul.

Rupert riss den Dolch aus dem Gürtel. Mit einem Aufschrei wichen die Umstehenden zurück.

Auch der Knecht hatte seine Waffe gezogen. Blitzschnell flogen die Klingen dicht vor den Gesichtern der Zuschauer vorbei. Rupert stach nach dem Bauch seines Gegners. Er verfehlte ihn, wechselte die Haltung und stieß mit der Rückhand zu.

Eine Schwertklinge fegte ihm den Dolch aus der Hand. Der Knecht flog, von einer Reitpeitsche getroffen, rückwärts in die Arme der Gaffer. Berittene in staubbedeckten Rüstungen umringten sie. Die Sommerhitze hatte den Pferden intensiv riechende Schweißflecken auf die Flanken getrieben. Der Anführer ließ sein Pferd steigen, um es zu wenden, und es gehorchte, als sei es eins mit dem Reiter. Er nahm den Helm ab, und walnussbraunes Haar fiel auf seine Schultern.

»Verdammter Hund!«, stieß Rupert hervor. »Ihr habt nur auf eine solche Gelegenheit gewartet. Aber früher oder später werdet Ihr enden wie Euer Bruder.«

Hass verzerrte Ortolfs Gesicht. In lautloser Wut riss er das Schwert hoch und trieb sein Pferd auf Rupert los.

»Ortolf!«, brüllte einer seiner Leute.

Er hielt die Zügel an, das Tier stieg schnaubend und keilte aus. Ortolfs Hand krampfte sich um den Griff seiner Waffe, in seinen Augen blitzte Hass. Er bändigte das Pferd und schien mit sich zu kämpfen. Endlich ließ er das Schwert sinken. »Ihr habt den Landfrieden gebrochen«, stellte er fest. »Ich nehme Euch fest, im Namen Eures Richters, des Pfalzgrafen.«

Sie brachten den Gefangenen nach Wartenberg auf dem ersten Höhenzug des Holzlandes, gleich hinter dem Moor. Zuerst sah Rupert nur einen efeuumwucherten Bergfried aus dem Wald ragen wie ein

Nest böser Geister. Goldgrünes Buchenlaub neigte sich über den Weg und teilte sich nur widerstrebend. Rupert hatte das beklemmende Gefühl, dass unsichtbare Augen auf ihn gerichtet waren.

Je näher sie der Burg kamen, desto deutlicher war die Anwesenheit von Menschen aus Fleisch und Blut. Der enge, steile Pfad, der in einem Bogen zur Burg hinaufführte, war von Hufen zerstampft, der Wald gerodet. Am Hang hatte es offenbar einen Erdrutsch gegeben, halbnackte Burgsassen waren damit beschäftigt, herabgestürzte Felsen und herausgerissene Wurzeln wegzuschaffen. Als sie den Pfad hinaufkamen und der Wald die Steinmauern preisgab, kaute Rupert beklommen auf der Unterlippe.

Zwei gewaltige Vorburgen erhoben sich auf dem Hügel, der zum Moor hin steil abfiel. Jenseits des Halsgrabens ragte der Bergfried empor, von dem aus man die Ebene bis Freising überblicken konnte. Die hölzernen Motten, die seinesgleichen bauten, waren Mooshütten verglichen mit dieser Festung. Sie war unbesiegbar.

»Dafür werdet Ihr hängen«, sagte der Rotkopf hart, kaum hatten sie den Gefangenen vor ihm auf den Burghof gestoßen. Rupert stolperte und fiel schmerzhaft auf die Knie. Keuchend blickte er sich um. Die Burg nahm die ganze Spitze des Hügels ein, und die Mauern zogen sich weit den Hang hinunter. Zur Linken des Bergfrieds erhob sich ein abweisender Steinbau über dem Abhang, vermutlich das Herrenhaus. Von hier konnte niemand fliehen. Das Klirren aus der Schmiede hatte aufgehört, neugierig scharten sich Waffenknechte und Arbeiter um den Gefangenen. In plötzlichem Jähzorn drosch der Rotkopf seinem Gefangenen das flache Schwert über den Rücken.

Der Schmerz verschlug Rupert den Atem, er stürzte zu Boden. Mit wild schlagendem Herzen versuchte er sich zu sammeln. Der Pfalzgraf mit dem rotbraunen Haar und den eisblauen Augen hätte auch einem kaltblütigeren Mann Angst eingeflößt. Ortolf, der schweigend im Hintergrund gewartet hatte, kam heran und flüsterte seinem Herrn etwas zu.

»Ich bin der Richter über die Ministerialen des Bischofs von Freising. Ihr habt Euer Leben verwirkt«, sagte der Rotkopf erbarmungslos. Rupert blickte an dem langen geschlitzten Surcot hinauf, dessen Falten sich leicht bewegten. Kalter Schweiß brach ihm aus. Er hatte Angst. Todesangst.

»Andererseits«, meinte der Wittelsbacher langsam, und ein verschlagenes Lächeln umspielte seine Lippen, »ist der Buchstabe des Gesetzes oft ein zweischneidiges Schwert. Ich wiederhole das Angebot meines Vaters zum letzten Mal: Ihr bekommt Eure Freiheit und eine Königshufe Land. Wenn Ihr mir Treue schwört!«

Zur selben Zeit klirrte der Meißel in der Werkstatt des Steinmetzen auf der Freisinger Domburg. Einzelne Blöcke standen am Boden, und auf den größten hatte Liutprecht sein Werkzeug gelegt. Die Wärme staute sich unter dem offenen Strohdach. So hatte er den Oberkörper frei gemacht und schützte sich nur mit einer Lederschürze vor den messerscharfen Splittern, die er aus dem Stein trieb. Hoffentlich bekam er bald sein Geld! In der Erleichterung, von seiner jahrelangen Reise zurück zu sein, hatte er weit mehr ausgegeben, als er besaß. Jetzt hockten ihm die Gläubiger im Nacken und machten ihm größere Sorgen als die Wittelsbacher. Seufzend betrachtete er sein Werk.

Die ganze Nacht hatte er gestern an der Säule gearbeitet, aber die Konturen waren noch immer grob. Der Adler, der das Kapitell schmücken sollte, sah aus wie eine fette Ente, der Drache wie ein Fisch. »Man darf den Ansatz des Meißels nicht sehen«, hatte Meister Romain in Souillac gesagt. Aber das war nicht so einfach.

Zuerst hatte Liutprecht die Säulenform zurechtgeschlagen: einen einfachen viereckigen Block, den er anschließend auf Holzklötze aufgebockt hatte. Das war eine schweißtreibende Arbeit gewesen, wie er sie in seiner Lehrzeit als Bauknecht oft hatte machen müssen. Reliefartig meißelte er nun die Figuren heraus. Später würde er die Zwischenräume vertiefen, um den Eindruck zu erwecken, dass die

Säule aus lauter einzelnen Figuren zusammengesetzt war. Dabei musste er sich besonders vorsehen. Wenn er den falschen Winkel nahm, würde er das Bild und schlimmstenfalls die ganze Säule zerstören. Zum Schluss würde er die letzten Kanten und Unebenheiten glätten, wie ein Ritter Scharten aus seinem Schwert feilte. Liutprecht fuhr sich mit der Zunge über die trockenen Lippen. Zögernd griff er nach dem feineren Meißel.

»Bist du Liutprecht?«

Er blickte auf. Der Duft von frisch gebackenem Brot wehte herein, und die Kinder, die sonst unter dem Rand des Strohdachs spielten, flüsterten scheu. Im sonnenfunkelnden Staub stand eine Frau. Er erkannte sie sofort wieder, obwohl sie noch ein Kind gewesen war, als er sie zum letzten Mal gesehen hatte. Auf dem Heimweg vom Kreuzzug hatte sie auf dem Schiff gestanden und nach Osten geblickt, nach Jerusalem. Das Morgenlicht hatte ihr Gesicht mit der vernarbten Wunde rosig überhaucht und ihre Zöpfe wie Gold glänzen lassen. Seit seiner Rückkehr hatte er gehört, was die Leute über sie redeten: Vor wenigen Jahren hatte sie ein Kind noch im Leib verloren. Ihre Seele, sagte man, hatte den Schmerz verwunden, ihr Körper niemals. Es hieß, sie hätte nicht wieder empfangen.

»Ich wollte zum Bischof«, sagte Blanka, als er sie wortlos anstarrte. »Man sagte mir, er sei hier. Ich mache mir Sorgen. Mein Bruder wollte mich besuchen, aber er ist nicht gekommen.«

»Der Herr muss gleich da sein«, brachte der rothaarige Steinmetz heraus. Seine blassblauen Augen musterten Blankas Zöpfe, ihr Gesicht. Dieses unverwandte Anstarren machte sie verlegen. »Ist das die neue Säule für den Dom?«, lenkte sie ab. »Bischof Otto hat sie einmal erwähnt.«

Sie raffte ihren Surcot aus feinem blauem Leinen, um näher zu treten, und erschrak. In wütendem Hass verschlungene Leiber schienen aus dem Stein zu wachsen und den Betrachter anzuspringen. Ein Ritter war halb im Rachen einer Bestie gefangen, ein anderer kam ihm zu Hilfe. Von der kreißenden Erde ausgestoßen, wuchsen

Schlangen aus dem Boden. Hungrig reckten sie sich nach den Kämpfenden, als würde jeder abgeschlagene Kopf einen neuen Dämon gebären. Die Bilder waren ungeordnet, aber sie hatten eine enorme Kraft. Mit geweiteten Augen starrte sie auf die Säule, unfähig wegzusehen, aber auch nicht imstande, den Anblick auszuhalten. Wie konnte man so etwas schaffen, ohne selbst besessen zu sein?

»Die Bilder schrecken Dämonen ab«, erklärte Liutprecht. Er wischte sich den Schweiß mit einem Lappen ab. »Wenn sie ihr Spiegelbild hier erkennen, flüchten sie und kommen nicht in die Kirche.« Er bückte sich und wies mit seinem rötlich behaarten Arm auf eine andere Seite der Säule, wo er ein weiteres Bild herausgemeißelt hatte. Dienstfertig blies er Steinstaub von den Konturen. »Von innen wird man das hier sehen: das apokalyptische Weib, die *mulier amicta sole*.«

Überrascht, dass er eine Frau darstellte, kam Blanka näher. Sie kniete sich neben ihn, ohne darauf zu achten, dass sie ihren neuen Surcot beschmutzte. Mitten im Kampfgetümmel zeichneten sich tatsächlich die Umrisse einer Frau ab. Wie träumend blickte sie in die Ferne. Blanka deutete auf ein Detail, und der pudrig weiche Staub haftete an ihren Fingern. »Was hält sie da in der Hand?«

»Die Rose ist ein Symbol des Schweigens.« Liutprecht musterte sie von der Seite, und sie hatte das sonderbare Gefühl, er interessierte sich für ihre Zöpfe.

Überrascht sah sie ihn an, dann wieder das Bild. Es war grob, dennoch … die Nase, der kleine Mund, die großen Augen. Jetzt bemerkte sie erst, dass auch die Frau auf der Säule Zöpfe trug. Verwirrt schüttelte sie den Kopf.

»Man sagt, der Atem von Drachen könnte töten, genau wie der von Aussätzigen«, erklärte der Steinmetz. Er räusperte sich, stand auf und steckte den Meißel in den Gürtel. Seine mit hellbraunen Malen übersäte Haut rötete sich, nun war er es, der verlegen wirkte. »Jeder hier kennt Eure Geschichte. Ihr habt die Geißel Satans besiegt, durch die Gnade Gottes.«

Blanka erhob sich abrupt. Sie schob die Zöpfe unter ihren Schleier und schlug die Hände aneinander, um sie von dem trockenen Staub zu befreien. »Ihr täuscht Euch, und Bischof Otto auch. Ich bin keine Heilige.«

Auf einmal machte ihr die Säule Angst. Aber nicht vor den Bestien. Sondern vor dem Mann, der sie in Auftrag gegeben hatte. Sie erinnerte sich an Ottos Worte vor langer Zeit, als sie zum ersten Mal eine Urkunde gefälscht hatte: *Du wirst meinen Anweisungen folgen, als wären sie der Meißel, der dich zur Statue formt.*

»Sie ist hier.«

Blanka fuhr zusammen, als Ottos Stimme in ihrem Rücken ertönte. Er gab Liutprecht ein Zeichen zu verschwinden. Hinter ihm erschien ein rotgesichtiger Rahewin. »Es gibt ernste Neuigkeiten von Rupert.«

»Was ist mit ihm?« Blanka erschrak zu Tode.

»Er ist gefangen«, kam Rahewin seinem Herrn zuvor.

»Wir werden das Lösegeld bezahlen«, beruhigte Otto sie. Er kam heran, und seine Wange zuckte, als er Blanka neben der Säule stehen sah. Ohne ein Wort ließ er sich auf einem der Holzklötze nieder und schien ein angefangenes Kapitel zu betrachten.

»Verzeiht, Herr«, mischte sich Rahewin ernst ein. »Aber der Rotkopf hat keines gefordert.«

Blanka starrte ihn an. »Er ist der Richter über die Ritter des Bischofs«, flüsterte sie. »Er wird ihn töten.« Rupert hatte sich ihm widersetzt, indem er Otto treu blieb. Das würde der Wittelsbacher nicht verzeihen. Der Rotkopf hatte das Schwert und die Macht. Für einen Augenblick fühlte sie sich entsetzlich ohnmächtig. »Erst Vater ... und jetzt er!«

»Der Rotkopf muss aufhören, meine Ritter zu bedrängen. Ich werde mich auf dem Hoftag darum kümmern«, versprach Otto. Aber seine schmalen Lippen waren bleich.

»Bis dahin sind es noch Wochen, Rupert kann morgen tot sein!«

Tränen erstickten ihre Stimme, und sie unterbrach sich. Ihr Bruder brauchte sie, sie konnte ihn doch jetzt nicht im Stich lassen!

Auf einmal kam ihr ein Gedanke. Sie kniete sich neben ihren Herrn auf den mit Reisern belegten Lehmboden. Verstohlen berührte sie seine grobgewebte Kutte und blickte zu ihm auf. »Und wenn der Vater des Rotkopfs auf das Richteramt über uns verzichtet hätte?«

Otto stand hastig auf. Er wischte ihre Hand weg wie ein lästiges Staubkorn, als sei ihm die Nähe unangenehm. Seine Handflächen waren gerötet und heiß. »Nein!«, befahl er scharf. »Das erlaube ich nicht. Auch nicht für Rupert.«

»Er ist mein Bruder!«

»Und mein Eigen«, ergänzte der Bischof hart. Er stand unter einem der schweren Balken. Der breite staubgeschwängerte Lichtstreifen, der ihm ins Gesicht fiel, ließ ihn bleicher wirken. »Eine neue Urkunde ist zu gefährlich. Für so etwas gibt es keine Vorlage.«

»Ortolf hat Verdacht geschöpft«, bestätigte Rahewin. »Er hat geschworen, den Fälscher zu töten. Der Mann ist der Teufel, und wie der Teufel hat er zwei Gesichter. Er ist nicht nur gewissenlos und brutal, sondern auch klug. Das macht ihn so gefährlich. Damals haben wir Blankas letzte Fälschung nicht mehr benutzt. Der Einfall Heinrichs des Löwen und die Reichsacht haben davon abgelenkt. Aber jetzt ist der Rotkopf Pfalzgraf, und er steht in allem hinter Ortolf. Wenn wir es noch einmal wagen, wird er wissen, wo er zu suchen hat.«

»Ich kann meinen Bruder doch nicht im Stich lassen!«

»Ich verbiete es!«

Blanka erschrak. So hatte sie ihren Herrn noch nie gesehen. Seine Augen waren grau und unter den zusammengezogenen Brauen schmal. Er stand auf und ging zum Ausgang, wo Rahewin auf ihn wartete. Unter den niedrigen Balken musste er sich bücken.

»Aber was bleibt Rupert dann übrig, als das Angebot des Rotkopfs anzunehmen«, flüsterte sie verzweifelt. Sie hatte sich Otto nahe gefühlt. Manchmal hatte sie den unüberbrückbaren Graben fast vergessen, den ihr Stand und sein Amt zwischen ihnen auftaten. Auf einmal war er der Herr, vor dem sie keine Rechte hatte – eine Leibeigene, die ihm auf Gedeih und Verderb ausgeliefert war.

Otto blieb stehen. »Wenn Rupert dem Rotkopf Gefolgschaft gelobt, verrät er mich. Ich habe geschworen, das Böse in diesem Bistum zu bekämpfen. Diesen Kampf werde ich weiterführen, ganz gleich, was er mich kostet. Und du wirst tun, was ich dir sage. Nicht mehr und nicht weniger«, sagte er. In seiner Stimme schwang eine unüberhörbare Drohung mit. »Ich verzeihe dir deine Anmaßung, weil du Angst um deinen Bruder hast. Als Seelsorger verstehe ich das. Aber du bist nur eine Frau und nicht von edelfreier Geburt. Also halte dich aus den Angelegenheiten derer heraus, die zu bestimmen haben!«

Blanka starrte ihrem Herrn nach. Otto schien nicht einmal darauf zu achten, dass er in die kotigen Pfützen trat, die der Regen heute Vormittag hinterlassen hatte. Er ging an den Strohballen vorbei, die von seinen Stallknechten in die Scheune gebracht wurden. Liutprecht und der Schmied, welche die Gelegenheit zu einem Schwatz genutzt hatten, blickten ihm überrascht nach. Leise, aber entschlossen sagte sie: »Ich lasse Rupert nicht im Stich.«

Rahewin war bei ihr geblieben und hatte tröstend den Arm um sie gelegt. Jetzt schüttelte er erschrocken den Kopf. »Gegen den Willen des Bischofs?«

Sie wusste selbst, wie gefährlich es war. Ein Dokument, in dem der alte Pfalzgraf auf das Richteramt über die bischöflichen Ministerialen verzichtete! Jeder wusste, dass der Alte so etwas nie getan hätte. Verzweifelt sah Blanka hinaus in den Hof, wo Kinder mit ihren Holzschwertern und Bogen spielten. Als Kind hatte sie hier genauso mit ihren Brüdern Pfeile auf die Strohballen geschossen. Ein Dutzend Mal hatte Rupert sie beschützt, wenn ihre Erbsenschleuder einen wütenden Diakon getroffen hatte. »Wechselbalg«, hatten ihr die Knechte nachgerufen. Es war ihnen unheimlich, dass sie sich lieber mit den Jungen herumschlug, als bei den Mägden in der Spinnstube zu sitzen. Gewalt war für Männer, den Frauen blieb nur Gehorsam.

Etwas zischte, dann blieb ein Pfeil in einem der Pfosten stecken, die das Strohdach der Werkstatt abstützten. Mit hochrotem Kopf rannte ein Junge hinterher. Blanka zog den Pfeil aus dem Balken. Nachdenklich ließ sie ihre Finger über den Schaft gleiten. Ortolf hatte sie zur Frau gemacht. Aber vielleicht war sie erst da wirklich erwachsen geworden, als sie sich entschieden hatte, die erste Urkunde zu fälschen.

»Überleg dir genau, wohin du zielst«, sagte sie und fuhr dem Kind durch das blonde, über den Ohren abgeschnittene Haar. Sie nahm ihm den Bogen ab, legte den Pfeil darauf und sandte ihn in die Strohballen im Hof. »Wenn man den Pfeil einmal abgeschossen hat, gibt es kein Zurück mehr.« Der Junge nahm seinen Bogen und lief zu seinen Freunden zurück. Blanka wandte sich an Rahewin. »Ich tue es. Mit dir oder ohne dich.«

»Du bringst dich um!«, stieß er hervor. Er starrte sie an, aber er begriff, dass er sie nicht davon abhalten würde. Wütend spuckte er aus. »Dann tu es wenigstens mit mir«, sagte er endlich.

Blanka umarmte ihn. Es tat gut, wenigstens einen Freund an ihrer Seite zu wissen. »Wir müssen vorsichtig sein«, erwiderte sie. »Schreib eine Vorlage und bring mir die Wachstafel und ein passendes Pergament in Peros Freisinger Haus. Mein Mann ist den ganzen Tag beim Bischof. Selbst wenn er zu Hause übernachtet, wird er kaum Zeit haben, in den Truhen zu wühlen. Und«, setzte sie mit einem kurzen Lächeln nach, »mach bitte keine Fehler im Latein.«

6

Als die hohen Herrschaften aus seiner Werkstatt verschwunden waren, fiel es Liutprecht schwer, seine Aufmerksamkeit wieder auf die Arbeit zu richten. Er beschloss, heute früher nach Hause zu gehen. Seine Katharina würde sich freuen. Die Obsternte stand an, und sie konnte jede helfende Hand gebrauchen. Angeblich hatte sie gestern während seiner Abwesenheit einer seiner Gläubiger bedroht. Aber vielleicht hatte sie sich das auch nur ausgedacht. Seit seiner Rückkehr war das Weib zänkisch geworden. Liutprecht nahm seine Gugel von dem Nagel am Eingang und zog sie über den Kopf.

Er hatte es nicht weit. Die Handwerker wohnten gleich unterhalb der Ritterhäuser entlang der steilen Straße, die vom Domberg hinab nach Kloster Neustift führte. Schon von weitem sah er seine Tochter Afra mit den Gänsen. Der siebenjährige Johannes hing im Apfelbaum und pflückte Obst in seinen Korb. Ein süßer Duft aus dem Haus verriet, dass schon Most angesetzt wurde. Katharina war nicht da.

Als er das Mädchen nach der Mutter fragte, druckste Afra herum. Sie beeilte sich, ihrem Bruder den Korb abzunehmen, den Inhalt in einen größeren zu schütten und ihn wieder hinaufzureichen. Liutprecht zerrte sie heran und schlug ihr ins Gesicht. »Wo ist die Mutter?«

Das Mädchen begann zu weinen. Sie duckte sich, und er holte von neuem aus.

Johannes schrie erschrocken auf und kam die Leiter so hastig herab, dass die Äpfel ins Gras rollten. »Bei Herrn Ortolf«, stieß er hervor. Verzweifelt schüttelte Afra den Kopf. Liutprecht wollte wieder zuschlagen, da rief der Junge: »In der Köhlerhütte, unten beim Fluss!«

Liutprecht spürte, wie die Farbe aus seinem Gesicht wich. Seine

Katharina betrog ihn mit einem Wittelsbacher Ritter! Womöglich schon all die Jahre lang, in denen er auf Reisen gewesen war. Eine hitzige Zornwelle trieb ihm Schweiß auf die Stirn. Er riss das Messer aus einem Baumstumpf, das die Kinder zum Obstschneiden benutzt hatten, und rannte die Straße hinab.

Von außen sah die mit Moos gedeckte Köhlerhütte aus wie ein runder Erdhügel. Mücken tanzten über den Tümpeln. An den Rändern der Lichtung, wo das winzige Dinkelfeld begann, wuchs Labkraut. Der Wald drohte ständig das zurückzuholen, was man ihm abrang. Auf dem Feld schnitten der Köhler und seine Familie mit Sicheln das Getreide. Nur hin und wieder blieben sie stehen, um sich die Garben auf den Rücken zu schnallen und zum Haus zu blicken, wo Herrn Ortolfs Pferd stand.

»Kannst du etwas tun?« Ortolf hielt seinen scheuenden Braunen am Halfter fest und flüsterte beruhigende Worte.

Katharina hatte sich gebückt und betastete das geschwollene Bein des Pferdes. Sie war Mitte zwanzig, eine blonde, hochgewachsene Frau in einfacher blauer Cotte. »Ich glaube schon. Es ist nur verstaucht, nicht gebrochen.« Sie wunderte sich nicht über Ortolfs Erleichterung. Ein ausgebildetes Schlachtross hatte den Wert eines kleinen Lehens, einer guten Bauernhufe. Ihren Ahnen waren Pferde heilig gewesen, und bei manchen Herren hatte sich daran nichts geändert. Die meisten Ritter hatten zu ihren Pferden weit innigere Beziehungen als zu ihren Frauen.

Sie umfasste das heiße Bein und besprach es mit den uralten heilenden Worten: »*Sôse bênrenki, sôse bluotrenki, sôse lidrenki/Bên zi bêna, bluot zi bluoda./Lid zi geliden, sôse gelîmida sîn.*«[5]

Ortolf beruhigte das schnaubende Tier. Die Besprecherin richtete sich auf und wartete, bis er den Beutel vom Gürtel gelöst und den vereinbarten Pfennig bezahlt hatte. »Er wird das Bein drei Tage schonen, Herr. Danach solltet Ihr eine Besserung merken. Wenn er in einer Woche noch lahmt, kommt wieder.«

Als sie Schritte hörten, blickten beide über den Rücken des Pferdes zum Weg.

Zornbebend war Liutprecht herangestürmt, in der festen Gewissheit, sein Weib in den Armen ihres Liebhabers zu überraschen. Als er sie bei Ortolfs Pferd stehen sah, wurde er langsamer. Er bemerkte, dass das Tier einen Huf schonte, und begriff. Gesicht und Hals wurden heiß. In neu aufwallendem Zorn schob er das Messer in den Gürtel und versetzte Katharina eine Ohrfeige.

»Bist du närrisch, Weib?«, schrie er sie an. »Wenn der Bischof erfährt, dass du eine Zauberin bist, wirft er mich hinaus!«

Katharina war zurückgetaumelt. Aus ihrem Zopf hatten sich blonde Strähnen gelöst, und ihr Gesicht schwoll an. Empört presste sie die Hand auf die schmerzende Wange. »Wir brauchen das Geld«, verteidigte sie sich. »Und schlag mich nicht!«

»Du bist mein Weib, ich schlage dich, wann es mir passt.«

Liutprecht wollte seinen Worten Taten folgen lassen, doch Ortolf war schneller. Brutal drosch er dem Steinmetz den Ellbogen ins Gesicht und fegte ihn von den Beinen. Mit einer Hand am Schwert stand er über ihm. »Du solltest dankbar sein, dass dein Weib dir die Gläubiger vom Hals schafft«, sagte Ortolf ruhig, doch die Drohung in seinen Worten war unüberhörbar. »Bitte sie um Vergebung!«

Liutprecht starrte ihn an. Er konnte nicht recht gehört haben. Er sollte sein Weib um Vergebung bitten? Besorgt leckte er sich die Lippen, spürte Blut und einen pochenden Schmerz im Kopf. Ortolfs schlanker Körper über ihm war gespannt wie der einer Viper. Er wirkte keineswegs zornig. Dennoch war Liutprecht klar, dass er tot wäre, wenn er auch nur versuchen sollte, nach seiner Waffe zu greifen. Widerwillig brummte er eine Entschuldigung.

Auf dem Weg durch den Auwald nach Hause murmelte Liutprecht unterdrückte Flüche vor sich hin. Mit verstocktem Gesicht lief Katharina neben ihm her. Als er verstohlen hinübersah, bemerkte er, wie rot und geschwollen ihr Auge war. Sie musste Schmerzen haben.

Nun tat es ihm wirklich leid, sie geschlagen zu haben. »Seit wann arbeitest du als Besprecherin?«, fragte er.

Bockig presste sie die Lippen aufeinander und schaute weg. Sie erreichten die Isar. Jetzt im Sommer konnten sie den Weg über die Kalkbänke und durchs Wasser nehmen. Sie hob ihren Rock, um durch den Fluss zu waten. Mittendrin blieb sie stehen.

»Seit ich vierzehn bin«, gab sie zu. »Ich hatte eine Vision, da bin ich mit der Göttin Frija Peraht geflogen. Zuerst dachte ich, ich bin besessen. Also ging ich zur alten Bertha und wollte mir ein Heilmittel dagegen holen. Die hat mich dann eingeweiht. Und seit sie vor zwei Jahren gestorben ist, kommen die Leute eben zu mir.«

Liutprecht spuckte einen Fluch aus. Das ketzerische Treiben ging also schon länger als ihre Ehe, und sie hatte es ihm verschwiegen! Er wollte sie wieder schlagen, doch stattdessen starrte er wütend über den Fluss, wo auf dem Domberg die Spitze der Kirche zu sehen war. Was der Herr Bischof zu Katharinas Geheimnis sagen würde, wollte er sich nicht ausmalen.

»Es gibt viele Frauen, die solche Visionen haben.« Mit schmutzigen, nach Pferd riechenden Fingern zog Katharina ein Amulett unter dem Hemd hervor und reichte es ihm. Verständnislos drehte Liutprecht es in den Händen. Das Wurzelholz war vom häufigen Gebrauch glatt. Auf den ersten Blick wirkte es wie ein unförmiger Knoten. Dann erst erkannte er drei Frauen darin, zwei mit Hauben. »Das sind die zauberkundigen Mütter«, sagte sie andächtig. »Die Jungfrau, die Mutter und die Alte. Sie werden schon viel länger verehrt als die Dreiheit von Vater, Sohn und Heiligem Geist.«

Achselzuckend gab er ihr das Wurzelding zurück. »Bischof Otto sagt, diese Geschichten seien Einbildung.«

»Mehr Einbildung, als dass ein Kind von einer Jungfrau geboren wird oder ein Gekreuzigter von den Toten aufsteht?«, erwiderte sie heftig. »Gott ist nicht nur für euch Männer. Die Mönche nennen uns die Quelle der Sünde, einen Suhlplatz fetter Säue. Meine Göttin hat nichts gegen Lust.«

»Soll das heißen, du hast mit anderen Männern geschlafen? Nennst du das fliegen?« Er packte sie und zerrte sie heran, aber auf den glatten Kieseln unter seinen Füßen drohte er auszugleiten. Notgedrungen hielt er sich an ihr fest.

»Das sind nur Visionen.« Widerwillig befreite Katharina sich und watete ans andere Ufer. »Die Zisterzienser reden dir ein, unsere Götter seien Teufel und Dämonen, und du meißelst sie dann auch noch an die Portale! Du kämpfst gegen den Glauben deiner eigenen Väter.«

Liutprecht kam unbeholfen hinter ihr an Land und hockte sich hin, um das Wasser aus seinen Schuhen zu gießen. »Also meinetwegen«, meinte er zögernd. »Wir brauchen das Geld. Aber lass dich nicht vom Bischof erwischen!«

Das letzte Tageslicht verschwand, als sie den Domberg erreichten. Die Konturen der Bischofskirche hoben sich schwarz vor dem ins Violette spielenden Himmel ab wie die einer Trutzburg. Aus einem der Ritterhäuser, die oberhalb von Liutprechts Heim lagen, fiel Licht durch die Ritzen der geschlossenen Fensterläden.

Eine Lampe, nicht mehr als ein Docht in einer Schüssel stinkendem Talg, verbreitete einen warmen gelben Lichtkreis. Er reichte gerade aus, um das Pergament mit den schwarz glänzenden Buchstaben zu beleuchten. Wenn sich die junge Frau darüberbeugte, um im spärlichen Licht besser sehen zu können, glänzte ihr locker geflochtener Zopf, und die fein gezeichneten Brauen warfen Schatten auf ihre aufmerksamen Augen. Im Halbdunkel hinter ihr war vage der Kessel über der Feuerstelle zu erkennen, bauchige Metflaschen und Getreidesträußchen. Auf dem Tisch lag Rahewins Wachstafel, von der sie den Text auf das Pergament übertrug. Sie bemühte sich um sichere Buchstaben, wie sie die Notare des Königs verwendeten, aber sie konnte nicht vermeiden, dass sie ihr größer gerieten als sonst.

Es ist Wahnsinn, dachte sie, die Zeit reicht nicht. Rahewin besaß zwar einen Vorrat an künstlich gealtertem Pergament, und dieses

Mal musste es nicht mehrere Hundert Jahre alt wirken. Doch an den Schnittstellen, die er nicht mehr hatte behandeln können, würde ein geübtes Auge den Betrug erkennen. Vorsichtig stutzte sie mit dem Federmesser die Spitze ihres Kiels. Sie legte die Feder auf den Tisch, um die Kante abzuschrägen, aber das Messer rutschte ab. Mit einem Fluch steckte sie den blutenden Finger in den Mund. Dann wickelte sie einen Streifen Leinen um die Wunde und arbeitete weiter. Es gab keinen anderen Weg.

Sie bemühte sich um die richtige Schreibhaltung: alle drei Finger gerade an der Feder und der Unterarm vom Körper gestreckt. So erzeugte man lesbare Buchstaben. Außerdem konnten sie nicht aufgrund einer Besonderheit in der Federführung einem bestimmten Schreiber zugeordnet werden. Da sie diese Kunst nicht in den Skriptorien gelernt hatte, neigte Blanka dazu, den Zeigefinger gekrümmt zu halten, um einen festeren Griff zu haben. Rahewin hatte sich vergeblich bemüht, es ihr abzugewöhnen.

Sie zog den letzten Buchstaben und radierte mit dem Messer vorsichtig einen zu langen Strich weg. Besorgt blickte sie auf die Zeile. Das geschmeidige neue Pergament darunter war jetzt eindeutig zu erkennen. Sie überlegte, dann nahm sie etwas Ruß vom Feuer und schmierte eine Schmutzspur auf die Stelle. Atemlos blickte sie auf, als sie ein Poltern an der Tür hörte. Pero. Hastig warf sie die Wachstafel in eine Truhe. Sie schob das Pergament hinter die mit Wachs versiegelten Flaschen, in denen sie Met ansetzte. Jetzt hing ihr Leben, Rahewins und das ihres Bruders davon ab, dass die Wut des Rotkopfs größer war als sein Verstand.

7

Den Dolch zwischen den Zähnen, hing Ortolf an der Unterseite einer Leiter, die an den Bergfried gelehnt war. Das Kettenhemd drückte auf seine verschwitzte Kehle, nur der Gürtel hielt einen Teil der Last. Mit angespannten Bauchmuskeln versuchte er, dicht an der Leiter zu bleiben und kein leichtes Ziel zu bieten. In seinem Rücken war der glatte, senkrecht abfallende Stein des Turms. Während er sich keuchend höherarbeitete, klirrten tief unter ihm Waffen. Er holte Atem und wollte sich auf die Oberseite der Leiter schwingen, da hörte er Hufschlag.

Mit einer erneuten Kraftanstrengung der Arme zog er sich eng an die Sprossen und blickte über die Schulter, so weit es die Kettenhaube zuließ. Pferde trabten in den Hof von Wartenberg. Der Schmied blickte von den Schwertern auf, die er schon den ganzen Morgen mit dem Hammer geradebog. Sein Geselle ließ den Schleifstein sinken, mit dem er die Scharten in den Klingen auswetzte. Selbst die Knechte, die Kettenhemden in Sandfässern vom Rost reinigten und mit Talg einrieben, begafften die Ankömmlinge neugierig.

»Wir bekommen Besuch«, rief Rantolf hinauf.

Ortolf hielt sich mit der Rechten fest und steckte mit der Linken den Dolch in den Gürtel. Verärgert, dass er die Übung unterbrechen musste, arbeitete er sich langsam abwärts. Als er auf der Höhe eines Reiters war, ließ er sich herabhängen und sprang federnd zu Boden. Andere hätten sich in den vergangenen zwei Tagen Ruhe gegönnt, solange das Pferd nicht belastet werden durfte. Aber wenn er Erfolg haben wollte, durfte er sich keine Muße gönnen. Er nahm die Kettenhaube ab, löste das Leinenband der gepolsterten Bundhaube und schob sie von seinem schweißfeuchten Haar.

»Gott beschütze Euch«, grüßte Rahewin salbungsvoll.» Wir wollen zum Pfalzgrafen.«

Ortolf antwortete nicht. Atemlos wie seine Knechte starrte er die Frau an, die mit dem Sekretär des Bischofs gekommen war. Blanka trug einen Schleier über der Kinnbinde und hatte das Haar zu zwei Zöpfen geflochten. Trotz dieses züchtigen Auftretens zuckte ein herausforderndes Lächeln um ihren Mund. Sie wusste genau, wie tollkühn es war, fast ohne bewaffnete Begleitung hierherzukommen. »Wir bringen eine Botschaft von Bischof Otto«, sagte sie. »Es geht um meinen Bruder.«

»Niemals!«, brüllte der Rotkopf im Rittersaal. Außer sich vor Wut drosch er das Schwert auf den Tisch und fegte einen Tonkrug zu Boden. Das Gefäß splitterte, Wein spritzte auf die Dielen. Ortolf bemerkte, wie sich Rahewin besorgt umsah, als fürchte er, jeden Augenblick einen Dolch zwischen den Rippen zu spüren. Er wusste, wie Wartenberg auf Menschen wirkte, die das erste Mal hier waren. Das Licht fiel nur spärlich durch die Fensterscharten, die in tiefen Nischen lagen. Dass der Raum abgesehen von dem Tisch und wenigen Scherenstühlen fast schmucklos war, verstärkte den kriegerischen Eindruck. Und nun standen auch noch seine Männer in ihren Kettenhemden an den Ausgängen. Rahewin wirkte, als sei er keineswegs freiwillig hier.

»Verdammter Mönch«, schrie der Rotkopf. In der Sommerhitze hatte er die Ärmel seines Bliaut hochgeschoben. Das dunkle Haar fiel ihm über das gerötete Gesicht, als er tobte: »Wagt es nicht, mich mit einer so dreisten Lüge narren zu wollen! Eine solche Entscheidung des Königs hätte mein Vater nicht hingenommen. Niemals hätte er auf das Richteramt über die Ritter des Bischofs verzichtet.«

Ortolf musste ihm recht geben. Auf eine Macht zu verzichten, die er einmal in Händen hielt, sah weder dem alten noch dem jungen Wittelsbacher ähnlich.

»Vielleicht hat ihn einmal im Leben doch die Reue für seine Taten übermannt?« Blanka hielt die Hände züchtig vor dem Schoß verschränkt, doch sie hatte sichtlich Mühe auf ihr Äußeres verwendet: Ihr leichter blauer Bliaut war mit Borten verziert und betonte Brüste und Hüften. Sie wirkte weit entschlossener als ihr Begleiter. Ihr aufmerksamer Blick streifte Ortolfs muskulöse, vom Talg der Rüstung verschmierte Arme. Vermutlich hatte er schwarze Druckspuren von der Kettenhaube im Gesicht und roch nach Schweiß und Pferden. Dieser Blick unter niedergeschlagenen Lidern hervor verriet den trügerischen Schein ihrer Keuschheit. Obwohl er sie ein Dutzend Mal mit aufgelösten Haaren in den Armen gehalten hatte, schien sie ihm auf einmal fremd – und begehrenswerter denn je.

Der Rotkopf hatte wütend sein Schwert zu Boden geschleudert. Ohne Blanka zu beachten, zischte er Rahewin zu: »Wagt es nicht, mich zu betrügen, Pfaffe!«

Rahewin war bleich, aber er zuckte mit keiner Wimper. »Bischof Otto befahl uns, Euch das Schriftstück zu zeigen und Rupert zurück nach Freising zu bringen. Er hat sich übrigens eine Kopie anfertigen lassen und den Herzog unterrichtet. Für den Fall, dass uns unterwegs etwas zustoßen sollte.«

Der Rotkopf unterdrückte einen neuen Fluch.

»Und das würden wir nun gern«, sagte Rahewin sanft. »Rupert mitnehmen.«

Einen Moment lang überlegte der Rotkopf sichtlich, ob er den Geistlichen erschlagen sollte. Seine Faust schloss sich um den Schwertgriff, die Sehnen an seinen Unterarmen traten hervor. Dann ließ er die Waffe sinken.

»Hol den Gefangenen«, befahl er Rantolf. Und an Rahewin gewandt drohte er: »Verschwindet, ehe ich es mir anders überlege! Wenn ich herausfinde, dass Ihr mich zum Narren haltet, lasse ich Euch lebendig begraben.«

Hasserfüllt blickte der Rotkopf den Besuchern nach. Er wartete, bis sie den Raum verlassen hatten, dann wandte er sich an Ortolf: »Diese Urkunden passen ein wenig zu gut zu den jeweiligen Wünschen Ottos von Freising. Die Sache stinkt.« Er musterte seinen Waffenbruder und fauchte: »Hört Ihr mir überhaupt zu?«

Ortolf riss sich los und bejahte. Dass er mit Blanka schlief, würde ihm niemand übelnehmen. Aber wenn er ihretwegen noch einmal seine Pflicht vergaß, würde es ihn alles kosten, wofür er gekämpft hatte. »Otto will die Fehde auf ein Schlachtfeld ziehen, auf dem er uns überlegen ist«, erwiderte er. »Er weiß, dass er uns mit Waffen nicht besiegen kann.«

»Und es wäre ihm gelungen, wenn Ihr damals in Tegernsee nicht Verdacht geschöpft hättet.« Der Rotkopf rief einen Befehl, und ein Diener brachte frischen Wein. Er schenkte ihn in zwei Becher und reichte Ortolf einen davon. »Mein Vater wollte nicht glauben, dass diese Urkunden gefälscht seien. Hirngespinste, sagte er. Und doch … Erinnert Ihr Euch an das Dokument über Burgrain, das gerade auftauchte, als Otto in der Klemme saß? Helft mir nachdenken, Ortolf, ich brauche Euren Verstand.«

Ohne sich die vom Kettenhemd geschwärzten Finger zu waschen, nahm Ortolf die Urkunde, die ihm der Freund reichte. Der Wein wärmte und belebte ihn. Blanka brachte ihn weit mehr durcheinander, als ihm lieb war. Es tat gut, seine Aufmerksamkeit wieder auf eine Aufgabe zu richten. Er betrachtete die regelmäßigen schwarzen Buchstaben. Daran war nichts Auffälliges. Er überflog den Text noch einmal und stutzte.

»Das Dokument soll aus dem Jahr 1142 stammen. Angeblich wurde es in der Kanzlei des Adalbert von Mainz gefertigt, für König Konrad. Adalbert von Mainz …« Er dachte nach. Damals waren sie als Flüchtlinge noch nicht lange in Baiern gewesen. Sein Vater war überzeugt gewesen, dass Klugheit und geistige Übung einen Mann weiterbrachten. Also hatte er darauf bestanden, dass seine Söhne alle wichtigen Männer bei Hof dem Namen nach kannten. Ortolf erinnerte sich an den Erzkanzler Adalbert. »Allerdings«, bemerkte er langsam, »war dieser unbescholtene Mann Gottes anno 1142 schon ein ganzes Jahr tot.«

»Was sagt Ihr?« Krachend stieß der Rotkopf einen der Scherenstühle zurück.

Verächtlich warf Ortolf das Pergament auf den Tisch. »Es sei denn, Ihr glaubt an das Wunder, dass der Bischof aus dem Grab stieg, um das Dokument auszufertigen. Es ist eine Fälschung«, meinte er und leerte den Becher in einem Zug. »Und eine schlechte, wenn Ihr mich fragt. Hastig, ohne die üblichen Hilfsmittel geschrieben. Seht Ihr den Schreibfehler bei *Frinsingensis*? Hier hatte es jemand eilig. Ich wette meinen Kopf, dass der Verfasser im Skriptorium von Freising sitzt. Zuletzt hat die königliche Acht verhindert, dass ich Rahewin so zusetzen konnte, wie ich es wollte. Aber ich finde den Burschen, der das hier geschrieben hat, verlasst Euch darauf. Wer immer es ist, er hat meine Ehre verletzt. Dafür wird er sterben.«

Der Rotkopf lachte laut. »Diesen Blick kenne ich an Euch, Bruder, so gefallt Ihr mir am besten!« Er prostete Ortolf zu, trank und dachte nach. »Andererseits ist seit Jahren kein verdächtiges Dokument mehr aufgetaucht. Mönche sind jämmerliche Gestalten, man fragt sich, wie Otto sie überhaupt durch den Winter füttert. Vielleicht ist der Fälscher längst tot.«

Ortolf beugte sich zu ihm hinüber. Das Licht fiel in seine hellen blauen Augen und verlieh ihnen einen kalten Glanz. »Es sieht nicht so aus.«

»Ist das nicht gleichgültig? Wir haben schon länger keinen Angriff mehr gegen Otto geritten.« Der Rotkopf grinste, ließ sich auf einem Stuhl nieder und legte die Beine auf den Tisch. »Dem Bischof können wir nicht ans Leder, seinen Männern schon. Wir nehmen Rupert gefangen, und schon taucht eine Fälschung auf, die ihn rettet. Was läge näher, als dass er seine Hand im Spiel hat?«

Ortolf lachte trocken. »Rupert kann nicht einmal richtig lesen.«

Er unterbrach sich und wurde ernst. Ein ungeheurer Verdacht kam ihm. Rupert konnte kaum lesen, das war die Wahrheit. Aber Blanka war im Kloster aufgewachsen. Sie ging beim Bischof ein und aus. Als er damals Rahewin verhaftet hatte, war sie bei ihm gewesen.

Die meisten Männer hätten keine Frau verdächtigt. Aber neuerdings behaupteten Äbtissinnen, Visionen zu haben, schrieben Bücher und predigten auf Märkten. War es so abwegig, dass eine Frau, die ihre Familie schützen wollte, alles für dieses Ziel tat?

Seine Hand begann zu zittern. Er musste herausfinden, wer der Fälscher war, schon um diesen irrsinnigen Gedanken aus seinem Kopf zu bekommen. Und er musste Blankas warmen Körper unter seinem spüren, fühlen, wie sie ihren Hals seinen Lippen darbot und ihm ihre Hüften entgegenpresste.

Der Rotkopf stand auf und schlug ihm auf die Schulter. Ein hartes Lächeln spielte um seine breiten Lippen, doch die gerötete Haut am Hals verriet seine Wut. »Findet es heraus, Ortolf. Begleitet Rupert und die Leute des Bischofs nach Freising und lasst ihn nicht mehr aus den Augen. Sucht Euch so viele Männer aus, wie Ihr braucht. Ich nehme Euch beim Wort: Der Bursche hat Eure Ehre verletzt und meine. Dafür wird er sterben.«

8

Mit finsterem Gesicht hockte der Poeta im zugigen Skriptorium. Verstohlen schielte er immer wieder zum vordersten Pult, von wo aus ihn Otto von Freising streng im Auge behielt. Ein hoher Preis für Lohn und Brot, dachte er rebellisch. In seinen Augen diente dieser erzwungene Besuch der Domschule nur einem Zweck: dass Kleriker nicht auf Wanderschaft gingen und ihre Sitten verdarben. Voller Selbstmitleid dachte der Poeta an die erniedrigende Prozedur, die er hinter sich hatte: Zuerst hatte man ihm schier die Haut vom Leib geschrubbt, danach mit einer widerlich stinkenden Brühe ein ganzes Heer von Läusen vernichtet und sein Haupt mit einer Tonsur entstellt. Zu guter Letzt hatte er eine graue Kutte anlegen müssen, da Bischof Otto den hohen Reitschlitz weltlicher Gewänder unzüchtig fand. Bei den Frauen kam das gar nicht gut an. Seufzend las er laut seinen Ovid:

»*Quas quia Pygmalion aevum per crimen agentis*
viderat, offensus vitiis, quae plurima menti
feminae natura dedit, sine coniuge caelebs
vivebat thalamique diu consorte carebat.«[6]

Er unterbrach sich und brummte leise: »Das kann mir nicht passieren. Ihre Laster sind bei Gott das Beste an den Weibern!«

Die anderen Schüler kicherten verstohlen. Der Novizenmeister kam heran und drosch ihm die Rute über den Rücken. Jammernd zog der Poeta den Kopf ein und beeilte sich weiterzulesen:

»*Interea niveum mira feliciter arte*
Sculpsit ebur formamque dedit, qua femina nasci
Nulla potest, operisque sui concepit amorem.«[7]

»Hör auf!«

Der Poeta duckte sich. Was hatte er jetzt schon wieder falsch gemacht?

Reizungen eines jungen Körpers und eines wachen Geistes, dachte Otto. Nicht mehr. Jeder Kleriker, wenn er nicht abseits der Welt in Morimond lebte, musste mit diesen Versuchungen umgehen können. Mit über vierzig stand er an der Schwelle des Alters. Aber Blankas aufmerksame Augen und ihr honigfarbenes Haar verfolgten ihn. Er wünschte, er hätte die Fälschungen rückgängig machen können und mit ihnen die sonderbare Verbundenheit zwischen ihnen. Nicht einmal seine Mutter war ihm je so vertraut gewesen. Diese furchterregende, überwältigende Nähe weckte in seinen Lenden erkaltet geglaubte Begierden.

Er presste die Hände gegen die Schläfen. Vor langer Zeit hatte er ein Gelübde abgelegt, das er so wenig verraten konnte wie ein Ritter seinen Lehnsherrn. Weder Blanka noch eine andere Frau durfte seine Entscheidungen beeinflussen. Jedes Staubkorn, das er sich im Umgang mit der Welt zuzog, musste abgewaschen und ausgemerzt werden.

Er fuhr zusammen, als die Tür aufflog. Rüstungen blitzten zwischen den fahlen Steinmauern. Ein Raunen ging durch das Skriptorium, als die Mönche erkannten, wer sich mit blankem Schwert gewaltsam Einlass verschafft hatte.

Ortolf!, dachte der Poeta hoffnungsvoll. Er schickte ein Stoßgebet zum Himmel, des Rotkopfs gefürchtetster Haudegen möge die Schule niederbrennen.

»Wo ist der Fälscher?«, fragte Ortolf direkt. Er setzte das Schwert vor seinem langen Waffenrock auf den Boden und stützte sich locker darauf. Seine Haltung ließ keinen Zweifel daran, dass er es auch gegen einen Geistlichen erheben würde.

Otto war überrascht aufgesprungen. »Was wollt Ihr damit sagen?« Seine Stimme erstarb. Langsam ließ er sich wieder auf seinen gemauerten Sitz sinken.

»Ihr wisst, was ich meine. Die Urkunde, nach welcher der alte

Pfalzgraf die Gerichtsgewalt über Eure Ministerialen verloren haben soll.« Nachsichtig schüttelte er den Kopf. »Ihr beleidigt meinen Verstand. Ich soll einem Dokument glauben, das die Kanzlei eines Toten ausgestellt hat?«

Otto wirkte überrascht, ja, erschrocken. Worum es auch ging, der Poeta war sicher, dass er nichts wusste.

Rahewin drängte sich durch Ortolfs Männer ins Skriptorium und flüsterte etwas. Otto wurde totenbleich. Er umschloss das Pult mit den Händen, deren Knöchel weiß hervortraten. Dann rötete sich sein Gesicht. Von einem Moment auf den anderen war er wieder der Fürstensohn, der es mit einem kleinen Ritter zu tun hatte.

»Ihr wagt es, mit dem Schwert in der Hand hierherzukommen?«, wandte er sich überheblich an Ortolf. Er trat dicht an den Eindringling heran und sah ihm ins Gesicht. »Die Waffe weg!«

Einen Herzschlag lang war der Poeta unsicher, ob Ortolf den Bischof nicht erschlagen würde. Die beiden Männer waren fast gleich groß. Sie hätten nicht unterschiedlicher sein können. Dennoch hatte das Leben im Gesicht des Ritters ebenso seine Spuren hinterlassen wie bei dem strengen Zisterzienser. Ortolfs Züge hatten die letzte Weichheit der Jugend verloren, er trug jetzt einen Bart, der seine Wangen hervorhob. Endlich reichte er das Schwert einem seiner Knechte. »Ich bin nicht gekommen, um Streit zu suchen«, erwiderte er mit erzwungener Höflichkeit. Nur das tückische Aufblitzen seiner Augen verriet, dass er es nicht dabei würde bewenden lassen. »Ich bringe Euch Rupert von Burgrain.«

Als Ortolf in den Hof der Domburg trat, fegte der Sturm ihm Regen ins Gesicht. Obwohl es bis zur Vesper noch dauerte, war der Himmel dunkel. Blitze zuckten über den wuchtigen Mauern. Im gewölbeartigen Säulengang rollte Donner, und vom nebeldampfenden Moor wehte der Geruch von Torf herüber. Im Hof stand Peros Pferd. »Ihr lasst Rupert nicht aus den Augen«, wies er seine Leute an. »Ich habe noch zu tun.«

»Bei Eurer Geliebten?« Der anzüglich grinsende Graman duckte sich unter Rantolfs Schlag weg.

Ortolf fuhr sich mit der Hand übers Gesicht. Vergeblich kämpfte er gegen das Pochen seiner Lenden. Als er Blanka mit Rahewin und Rupert hergebracht hatte, hatte sie ihr Pferd zurückfallen lassen und wie zufällig seine Hand gestreift. Abrupt hatte er sein Tier angespornt, ehe seine Blicke ihn verrieten. Er hatte Angst vor dem, was er herausfinden könnte. Aber es ließ ihm keine Ruhe. Es gab etwas, das er über Blankas Vergangenheit in Erfahrung bringen musste. Es duldete keinen Aufschub. Und dazu musste er an den Ort gehen, wo sie vor ihrer Heirat gelebt hatte.

Wenig später huschten die Nonnen von Kloster Neustift aufgeregt an die vergitterten Fenster. Alle blickten zum wuchtigen Turm der Kirche, wo ein Mann das Bein über den Hals seines Pferdes schwang und federnd aus dem Sattel sprang. Braunes Haar fiel ihm auf die locker zurückgeworfene Gugel, und sein Wams wurde von einem kupferbeschlagenen Gürtel gehalten. Ungeduldig wartete er, bis die weißen Schleier der Magistra und Albas erschienen.

»Wie Eilika ihn anstarrt!«, flüsterte Bertrade. »Diese lüsterne Vettel, vor der ist doch kein Mann sicher.«

Eilika hörte es nicht. Stirnrunzelnd fragte sie sich, was Ortolf hier wollte. Seit einiger Zeit hatte sie den Verdacht, dass zwischen ihm und Blanka mehr war als nur die Erinnerung an jene kalte Regennacht damals. Wenn das Gespräch auf ihn kam, lächelte Blanka verstohlen oder sie wechselte hastig das Thema. Der Anblick des jungen Mannes erinnerte Eilika daran, wieder einmal mit Bruder Heimo das Bett zu teilen. »Geht zurück an eure Stickarbeit!«, befahl Schwester Jutha und scheuchte die Nonnen in das holzgetäfelte Gemach. »Die Mönche warten auf das Altartuch.«

»Ich werde die Klosterruhe nicht lange stören, Magistra Richild«, sagte Ortolf, als er mit der Oberin und Alba durch den Kreuzgang ging. Von den Bögen tropfte der Regen, und von den Steinfliesen stieg kalte Luft auf.»Sobald ich erfahren habe, was ich wissen will, reite ich zurück.« Aus Achtung vor dem heiligen Ort hatte er das Kettenhemd abgelegt. Seine Gugel hatte er nun tief ins Gesicht gezogen. Anscheinend wollte er nicht, dass man in seine unruhigen Augen sah.

Die Magistra hatte den gefährlichen Unterton seiner Stimme sehr wohl herausgehört.»Droht nicht, Ritter«, mahnte sie kühl.»Ihr befindet Euch auf geweihtem Boden und steht vor einer adligen Nonne. Also benehmt Euch nicht wie ein Stallknecht. Was kann ich für Euch tun?«, fragte sie mit einem schmalen Lächeln.

Ortolf bezwang mühsam seinen Zorn und seine Erregung. Er wartete, bis ein Novize mit gesenkten Lidern an ihnen vorbeigehastet war.»Arbeiten die Laienschwestern auch im Skriptorium?«

Richilds bleiche Züge wurden hart.»Nein«, erwiderte sie kalt.»In Schäftlarn ja, aber nicht bei uns.« Der Nebel wurde dichter, umhüllte die steinernen Pfeiler und ließ sie seltsam unwirklich scheinen. Der Regen ließ nach, doch von fern grollte noch Donner.»Wenn Ihr in die Stadt zurückwollt, solltet Ihr bald aufbrechen«, bemerkte sie. Sie nickte ihm zu und wandte sich zu der schmalen hölzernen Pforte, die in den abgeschlossenen Bereich der Nonnen führte.

Ortolf ließ sie einige Schritte gehen, dann fragte er:»Und Blanka von Burgrain?«

Die Magistra blieb stehen.

Obwohl er es befürchtet hatte, wurde Ortolf kalt. Mit einem Schlag wurde ihm klar, dass er nichts von Blankas Welt wusste, obwohl sie nur wenige Fußstunden von seinem Hof aufgewachsen war. Seine Stimme schwankte, als er feststellte:»Sie hat schreiben gelernt.«

Die Magistra presste die farblosen Lippen aufeinander.»Ich hielt nichts davon. Aber Bischof Otto war ja wie besessen von dem Gedanken, dass Freising unter seiner Herrschaft eine Heilige hervorbringen könnte. Er glaubte, sie sei gesegnet, weil sie vom Aussatz geheilt wurde. Doch ich schwöre Euch, sie ist verflucht. Der Teufel hat sie gezeichnet!« Das bleiche Gesicht war verzerrt. Sie packte seinen Arm und starrte ihn aus wimpernlosen Augen an.

Ortolf riss sich los. Mühsam kämpfte er gegen den Impuls an, seine Faust um ihre Kehle zu schließen und sie zu würgen, bis sie ihre Worte widerrief oder tot war.

»Hat Blanka von Burgrain auch die alten Schriften studiert?«, fragte er endlich heiser.

»Ich weiß es nicht«, erwiderte Richild. »Aber Rahewin lobte ihre Begabung, alles zum Verwechseln ähnlich abzuschreiben.«

Feine Regentropfen schnitten eisig in Ortolfs Gesicht, als er den kurzen Weg zur Stadt zurückjagte. Es war ein Wunder, dass sein Pferd nicht strauchelte, so wild trieb er es an. Die Büsche griffen mit feuchten Zweigen nach ihm, in seinem Inneren kämpften Wut und Leidenschaft. Überrascht trat der Steinmetz Liutprecht aus seinem Haus, als Ortolf in vollem Galopp den Domberg hinaufpreschte. Der Handwerker sah ihm nach. Dann zuckte er die Achseln und verkroch sich wieder ins Trockene.

Blankas Haus lag östlich der Bischofskirche. Von dem kleinen Kreuzgang hinter dem Dom wehten im Sommer betörende Kräuterdüfte herüber. Ortolf bemerkte den Efeu über ihrer Tür, der bösen Geistern den Weg über die Schwelle verwehren sollte. Als wäre sie eine gute, einfache Hausfrau, dachte er und fuhr sich mit beiden Händen über das Gesicht. Es war unmöglich.

Blanka öffnete selbst auf sein Klopfen hin. Sie hatte den Schleier abgelegt, und ihre Zöpfe glänzten im Feuerschein. Vom ersten Moment an hatten ihn ihre aufmerksamen Augen fasziniert. Sie waren wie der Zugang zu einer Welt, die ihm, dem Krieger, verschlossen war. Er versuchte die Antwort auf seine Frage in ihrem Gesicht zu lesen, doch vergeblich.

Sie zog ihn ins Haus und berührte sein feuchtes Haar und den dunklen Schatten in seinem Gesicht. »Seit wann hast du das?«

Ortolf kämpfte gegen eine ungewohnte Verlegenheit. Vorhin im Kloster war er sicher gewesen, dass sie die Fälscherin war. Doch jetzt wirkte sie so verletzlich, dass ihm sein Verdacht absurd vorkam.

»Wir sprechen uns zum ersten Mal seit Wochen, und du fragst, seit wann ich einen Bart trage?«

»Wo warst du so lange?« Sanft ließ sie ihre Hand über sein grünes Wams gleiten und suchte seine Lippen. Wochen waren vergangen, aber ihm kam es vor, als hätten sie sich gestern zuletzt geliebt. Ortolf überlief ein Schauer. Er wusste, wie gefährlich es war. Jeden Augenblick konnten Rupert oder Pero hier sein. Doch sein Körper hatte sich zu lange nach ihr gesehnt. Er löste ihr Haar und streifte den Bliaut von ihrer Schulter. Sein Bart kratzte leicht auf ihrer Haut, als seine Lippen dem Stoff folgten. Er spürte ihren stoßweise gehenden Atem. Ohne sich die Zeit zu nehmen, ihn zum Bett zu ziehen, riss sie seinen Gürtel auf. Im ersten Moment war er überrascht, aber dann überfiel ihn die Begierde umso heftiger. Er drängte sie gegen die Wand und hob einen ihrer Schenkel zu sich. Sie nahm ihn hungrig in sich auf, erstickte ihre unterdrückten Schreie an seiner Schulter und mit gierigen Küssen. Ihre erhitzten Körper stießen sich ineinander, als fühlten sie sich beide dem Tod nahe.

Seufzend erwiderte Blanka Ortolfs Küsse, nachdem die Leidenschaft längst befriedigt war. Sie konnte sich nicht von ihm lösen. Viel zu lange hatte sie sein Haar vermisst, das in der Sonne das Braun fallender Blätter annahm, das Spiel der Muskeln an seinem Rücken, den Geruch seiner schweißbedeckten Haut. »Es ist gut, dass du hier bist«, flüsterte sie. »Auch wenn du mir wahrscheinlich ein Heer Dämonen ins Haus trägst, du unverbesserlicher Heide.«

Er ließ seine warme, sehnige Hand über ihre Brüste und Hüften gleiten, und ihre Lider fielen herab. Den Mund dicht vor ihrem, erwiderte er: »Gott oder Dämon, das ist eine Frage des Betrachters.«

Sie sah ihn forschend an. Dann legte sie ihm den Finger auf den Mund und befreite sich. »Ich will jetzt einen Becher Met.«

Er hielt sie fest. »Hast du noch mehr Überraschungen für mich heute Nacht?«

Blanka lächelte. Sie ging nach hinten, wo die Küchengeräte an der

Wand hingen, und holte die Flasche, die auf einer Truhe stand. Während Ortolf seine Kleider richtete und nachlässig die Augen durch den Raum schweifen ließ, schenkte sie die goldgelbe Flüssigkeit in zwei Tonbecher. »Kannst du das Feuer löschen?«, rief sie ihm über die Schulter zu. »Es ist heiß.«

Sie hörte sein warmes, dunkles Lachen. »Kein Wunder.« Doch das Feuer brannte noch, als sie sich umdrehte. Ortolf hatte sich über eine der Truhen gebeugt. Jetzt richtete er sich auf. Sie reichte ihm einen Becher, doch er stellte ihn achtlos ab und zog sie zu sich heran. Blanka genoss es, wie er über ihren Handrücken strich, dann über die Innenfläche bis zum Zeigefinger. Auf dessen Kuppe war ein dunkler Tintenfleck zu erkennen. Sie wollte ihre Hand zurückziehen, da hob er die Wachstafel auf, die in der Truhe hinter seinem Rücken gelegen hatte.

Blanka erstarrte. Sonst löschte sie den Text sofort mit der breiten Rückseite des Griffels, nachdem sie ihn auf Pergament übertragen hatte. Aber dieses Mal musste sie es in der Hast vergessen haben. Als Pero kam, hatte sie die Vorlage einfach in die Truhe geworfen.

Ortolfs Lippen bebten, und die hellen Augen stachen aus seinem gebräunten Gesicht. »Also ist es wahr«, flüsterte er.

Blankas Gedanken jagten sich. Krieger lernten kaum die Anfänge des Lesens. Er konnte nicht wissen, was es war. »Ach, hier ist das«, erwiderte sie beiläufig. »Ich hatte es schon gesucht. Ich muss so viel auf dem Markt kaufen, dass ich die Hälfte vergessen würde ohne diese Liste.«

»Halte mich nicht zum Narren!«, fuhr er sie an. Er schleuderte sie gegen die Wand, dass ihr die Luft wegblieb. Vergeblich versuchte sie sich zu sammeln. Ortolf konnte lesen!

Langsam kam er ihr nach und starrte sie an. In seinem schlanken Körper war jetzt dieselbe Spannung, die sie auf den Wehrgängen von Kelheim an ihm gesehen hatte. Obwohl er seine Waffe nicht gezogen hatte, strahlte er eine fremde, bedrohliche Kraft aus. Mit einem Mal war er wieder der gefürchtete, brutale Kämpfer, von dem die Leute redeten. »Der Rotkopf wird dich umbringen lassen!«, schrie er sie an.

»Und ich müsste es tun! Ist dir klar, wen du beleidigt hast?«

»Beleidigt!« Verächtlich schob sie die Unterlippe vor. »Der Rotkopf fühlt sich von allem beleidigt, was nicht nach seiner Pfeife tanzt.«

Er schlug mit der Faust so dicht neben ihr gegen die Wand, dass sie zusammenzuckte. So hatte sie ihn noch nie gesehen. Sein ganzer Körper bebte, als kämpfte er mit sich, ob er sie töten oder küssen sollte. »Der Rotkopf hat geschworen, den Fälscher lebendig zu begraben«, stieß er hervor. »Und er wird seine Meinung sicher nicht ändern, wenn er erfährt, dass es eine Frau war, die ihn jahrelang zum Narren gehalten hat. Dann werde selbst ich dich nicht schützen können!«

»Ich will deinen Schutz nicht, Ortolf!«, schrie sie zurück. »Mein Herr ist Otto von Freising, ich brauche weder dich noch sonst einen Ritter der Wittelsbacher. Das Einzige, was ich je von dir gewollt habe, ist deine Liebe!«

Ortolfs Lippen öffneten sich stumm. »Verstehst du nicht, in welche Lage du mich bringst?«, fragte er endlich heiser. »Ich bin an meinen Herrn gebunden, mit allem, was ich bin.«

»Und hast du je gefragt, was mich mit Otto verbindet?«, erwiderte sie heftig. »Selbst wenn ich ihn hassen würde, wäre ich an ihn gekettet! Ich war eine aussätzige Bestie. Ein Tier, das man auf der Straße nicht einmal berührt, um es zur Seite zu treten! Er war der Einzige, der in mir nie die lebende Tote gesehen hat, sondern nur ein krankes Mädchen.« Sie zwang ihn, ihre Narbe anzusehen. »Ich bin mit denselben Legenden aufgewachsen wie du. Wir sind vom gleichen Stand. Warum sollte ich weniger für meinen Herrn kämpfen als du für deinen?«

»Du bist kein Ritter«, erwiderte er hart. »Du musst nicht für ihn kämpfen. Oder willst du deinen Vater ersetzen, den er durch deine Krankheit verloren hat?« Er schob Blanka von sich fort und hob sein Schwert auf, das er beim Hereinkommen an die Wand gelehnt hatte.

Aber er legte den Waffengurt nicht um, und über die Schulter warf er ihr einen verstohlenen Blick zu. Trotz allem war Blanka froh, dass es heraus war. Auch wenn Ortolf es niemals zugeben würde, sie war sich sicher, dass er sie jetzt mit anderen Augen sah. Das Feuer tauchte seine Haut in goldenes Licht. »Warum hast du mir nicht gesagt, dass du der Fälscher bist?«, fragte er endlich.

Blanka schüttelte den Kopf. »Du bist der wichtigste Ritter meines Feindes. Ich wollte dich nicht vor die Wahl stellen zwischen ihm und mir.«

Ortolf schleuderte die Waffe krachend auf den Tisch. »Eine solche Wahl gibt es nicht, Blanka!«, brüllte er sie an. »Es gibt sie nicht und es kann sie niemals geben!«

»Ich weiß, dass eine Frau gegenüber deinem Herrn nichts bedeutet«, schrie sie zurück. »Dann geh doch zu ihm und verrate mich!«

Ortolf griff nach dem Waffengurt und legte ihn um. Mit wütenden Schritten ging er zur Tür. Dort aber blieb er stehen und schlug beide Hände gegen das Holz.

Auf einmal kam er zurück, nahm sie in die Arme und küsste sie hungrig. »Ich würde dich auch lieben, wenn du aussätzig wärst«, stieß er hervor.

Er packte ihr Gesicht und zwang sie, ihn anzusehen. »Noch verdächtigt der Rotkopf keine Frau, aber es ist nur eine Frage der Zeit, bis er darauf kommt. Geh ihm aus dem Weg«, beschwor er sie. »Versprich mir, im September nicht mit auf den Hoftag zu kommen!«

9

Otto von Freising war nicht der Einzige, der hoffte, der Hoftag Anno Domini 1156 würde endlich den ersehnten Frieden bringen. Sonderbar, dachte er, während er durch den sich rotgolden färbenden Wald ritt. Die alte Fehde zwischen den Geschlechtern der Staufer und der Welfen würde sich nun auf bairischem Boden entscheiden – an der Frage, wer dieses gepeinigte Land in Zukunft beherrschen sollte.

An der Richtstätte am Galgenberg hockten Vaganten. Otto warf eine Handvoll Münzen unter sie. Der Wald machte hügeligen Viehweiden Platz. Mit lauten Zurufen führte eine Frau ihren Ochsen über ein abgeerntetes Feld. Dahinter drückte der Bauer die Pflugschar in den Boden und hinderte das schwere Eisen mit aller Kraft daran auszubrechen. Am Ende brachten Kinder die neue Saat aus und vertrieben die Krähen. Unterhalb des Galgenbergs öffnete sich die Donauebene mit den Türmen von Regensburg. Normalerweise liebte Otto den Anblick der Stadt. Er lockte ihn wie die aufgeschlagene Seite in einer Handschrift aus vergangenen Jahrhunderten, voller Geheimnisse und Geschichten. Aber heute fühlte er sich alt und müde. Und gerade jetzt standen ihm wichtige, ja, entscheidende Kämpfe bevor, denen er sich keineswegs gewachsen fühlte.

In gebührendem Abstand von den Toren hatten die ersten Fürsten ihr Lager aufgeschlagen – jede Stadt hätte Plünderungen fürchten müssen, wenn sie so viele Krieger in ihren Mauern beherbergt hätte. Bunte Zelte füllten die Ebene. Banner flatterten, Knechte in den Farben ihrer Herren liefen umher. Schon von weitem roch man den Qualm unzähliger Feuer. Als sich Otto mit seinen Leuten der Zeltstadt näherte, drängten sich die Leute bereits raunend entlang der Straße.

Herzog Heinrich von Baiern, Bischof Ottos Bruder, kam soeben mit großem Gefolge in seiner Hauptstadt an. Eine fremdartig dunkle schöne Frau ritt an seiner Seite, seine Gattin Theodora. Allein ihr Brokatbliaut musste ein Vermögen wert sein. Sie war der deutlichste Ausdruck von Heinrichs Streben nach der Macht, dachte Otto. Eine byzantinische Prinzessin zu heiraten bedeutete, sich allen Herrschern des Abendlandes ebenbürtig zu fühlen.

Dem herzoglichen Paar folgten seine Ritter und der Tross: Heinrichs Köche, Spielleute, Knechte und Huren. Zuletzt heischten Bettler und fahrendes Volk brüllend um Aufmerksamkeit. Barfuß humpelte einer auf seinen Krücken hinter dem Zug her und scheute sich nicht, diese auch als Waffe gegen einen Rivalen einzusetzen.

Die Zeltstadt war wie eine richtige Stadt angelegt. Die Unterkünfte des Herzogs und der hochrangigen Männer befanden sich in der Mitte, weiter draußen die der Ritter und am Rand jene der Knechte. Straßen führten zwischen den Zelten hindurch, und ganz außen bildeten die Unterkünfte der Handwerker eine Art Mauer. Während die Männer des Bischofs schon Hütten für die einfachen Knechte bauten, half ihm der Poeta aus dem Sattel. Nach dem langen Ritt war Otto steif, und sein Rücken schmerzte.

»Nun werdet Ihr mir doch huldigen müssen.«

Otto hob die Brauen und drehte sich um. Heinrich der Löwe hatte das dunkle Haar und die Augen seines Vaters, und je älter er wurde, desto ähnlicher wurde er ihm. Er gab sich kriegerisch und trug das Waffenhemd mit dem Löwen, dem Symbol der Welfen.

»Stolz ist Eurem Vater zum Verhängnis geworden, junger Mann«, erwiderte Otto kühl. »Er vertraute zu sehr auf seine Macht und verlor am Ende alles.«

»Habt Ihr gehofft, ich würde denselben Fehler machen?« Heinrich lachte trocken. »Ich habe keinen schlechten Tausch gemacht. Friedrich hat mir meinen Verzicht auf die Krone mit den Silberbergwerken von Goslar bezahlt. Jetzt wird er mir mein Erbe zurückgeben. Und wir, mein Herr, müssen über die bairischen Märkte sprechen.« Er wies zwischen den Zeltbahnen hindurch zu seinem Lager, wo seine Knechte bereits Scherenstühle mit Decken polsterten. Otto folgte seinem Blick, blieb aber stehen.

»Wir wissen beide, dass man mit Zöllen, Märkten und Münzprägung viel Geld verdienen kann«, fuhr Heinrich verbindlich fort und überging, dass er abgewiesen wurde. »In Zukunft werden es die Märkte sein, nicht das Land, welche Macht bringen.«

Otto reichte dem Poeta die Zügel des Zelters und ging voraus zu seiner Unterkunft. Zurückhaltend fragte er: »Worauf wollt Ihr hinaus?«

»Die Hälfte der Einkünfte aus Markt und Münze in Föhring an mich«, schlug der Löwe unumwunden vor. Obwohl er kleiner war als der Bischof, hielt er mühelos mit ihm Schritt. »Ihr wisst so gut wie ich, dass der Markt nicht rechtmäßig ist. Aber ich kann ihn dulden und beschützen, wenn Ihr mir die Maut für Euer Salz bezahlt. Und natürlich bestätige ich Euch das Markt- und Münzrecht in Föhring, wenn Ihr mich, wie es Brauch ist, beteiligt. Es ist zu unser beider Nutzen.«

Otto blieb stehen. »Der Markt ist Eigengut des Bistums, kein persönliches Lehen an mich. Die Einnahmen daraus stehen der Kirche zu.«

Heinrichs Gesicht verdüsterte sich. »Ich werde keinen Wildwuchs von Märkten in meinem Herzogtum mehr dulden. Ich scherze nicht«, sagte er leise, und seine Stimme gewann einen gefährlich metallischen Klang. »Wer sich mir widersetzt, wird es bereuen.«

»So wie jeder, der die Kirche bestehlen will.« Die überhebliche Art des jungen Mannes ärgerte Otto. Glaubten diese jungen weltlichen Herren allesamt, die Kirche ungestraft beleidigen zu können? Heinrich schien die Raffgier seiner Ahnen geerbt zu haben. »Seid Euch nicht zu sicher«, warnte Otto. »Der Kaiser braucht Euch und vergibt Rechte an Euch, die Euch nicht zustehen. Aber Ihr könntet eines Tages in denselben Abgrund stürzen wie Euer Vater – als Dieb und Verräter!«

Der Löwe riss das Schwert aus der Scheide.

»Wagt es!«, fuhr Otto ihn an. Er starrte dem jungen Mann ins Gesicht. Dann stieß er einen abfälligen Laut aus, schlug die Plane seines Zelts zurück und ließ den Löwen stehen.

»Ja, das Schicksal ist ein Weib, und Weiber sind launisch«, brummte der Poeta wie ein missmutiger Zerrspiegel seines Herrn. »*Fronte capillata, sed plerumque sequitur occasio calvata:* Von hinten blonde Locken, vorne nichts als kahle Stellen und Falten. Oder andersrum.«

Im Inneren des Zelts war Otto erschöpft auf sein Lager gesunken. »Leg die Beichte ab, und zwar aus reinem Herzen«, befahl er dem Poeta. »Unter euch Possenreißern ist es Mode, eure Sünden so zu übertreiben, dass euch keiner mehr glaubt. Aber wenn du willst, dass ich dich weiter füttere, bemüh dich gefälligst um Demut!«

Der Poeta verließ das Zelt. Draußen, wo Otto ihn nicht mehr sehen konnte, schnitt er dem Bischof ein Schandmaul. Mit geübtem Auge hatte er bald eine Gruppe Spieler ausgemacht, die ihrem verbotenen Zeitvertreib nachgingen. Sie hockten am Rand des Lagers, wo die Knechte kniehohe Pflöcke in die Erde geschlagen und mit Grassoden abgedeckt hatten – eher Unterkünfte für Tiere als für Menschen. Es roch nach Urin, weil jeder seinen Bedürfnissen freien Lauf ließ, in den Abfällen wühlten Schweine. Aber das störte ihn nicht.

Der Poeta hockte sich dazu und kritzelte in den Spielpausen auf seine Wachstafel. Er würde Otto zeigen, was eine übertriebene Beichte war! Seine gelehrte Ode wider die Reformgeistlichen würde er zu einem Spottlied auf die Zisterzienser machen. Er würde sich Sünden ausdenken, die diesen Tugendprediger vor Scham im Erdboden versinken lassen würden!

»*Estuans interius ira vehementi …*« Er überlegte. *Interius* oder *intrinsecus*? Brennend im Inneren vor Zorn …

Der dreckige blassblonde Halbstarke, den sie Arbo nannten, reichte ihm den Lederbecher. »He, Mondsüchtiger. Du bist dran.«

Der Poeta trank einen tiefen Schluck Met, schüttelte und warf die Würfel auf den Boden. »Achtzehn!«, triumphierte er.

»Du bescheißt doch!«, fuhr ihn der Knecht an. Er sprang auf und zog das Messer. Die anderen johlten, überrascht taumelte der Poeta zurück und flog in eine Urinpfütze.

»Was ist hier los?«, fragte eine herrische Stimme.

Der Poeta blickte an sich herab. Der Urin stank; er würgte und übergab sich. Keuchend wischte er sich das Erbrochene vom Maul und blickte mit triefenden Augen auf.

Der Mann, der gesprochen hatte, war Mitte dreißig. Sein rundes Gesicht wurde von kurzen blonden Locken umrahmt. Der pelzverbrämte blaue Surcot mit dem hohen Reitschlitz hätte auf einen reichen weltlichen Herrn hingewiesen. Wenn da nicht das schwere silberne Brustkreuz eines Klerikers gewesen wäre.

»Herr Rainald von Dassel«, keuchte Arbo erschrocken. Ohne seine Würfel mitzunehmen, machte er sich aus dem Staub. Die anderen Spieler verschwanden ebenfalls in den Büschen. Nur der Poeta kam, benommen vom Met und vom Würgen, nicht schnell genug hoch. Er zog den Kopf ein. Wenn der hohe Herr glaubte, das ketzerische Teufelszeug gehöre ihm, würde er nichts zu lachen haben.

»Du trägst die Tracht der Zisterzienser. Wessen Mann bist du?« Die tiefe Stimme klang nicht so streng, wie er befürchtet hatte.

»Otto von Freising hat mich in diese Kutte gesteckt. Der Teufel soll ihn und seine grauen Mönche holen«, fluchte sich der Poeta seine schlechte Laune von der Seele. »Bitte um Vergebung, Herr. Ich bin betrunken.«

»Das ist nicht zu übersehen.« Rainald von Dassel wirkte eher belustigt als erbost. Er hob die Wachstafel auf und überflog sie. Interessiert blickte er auf. »Ist das von dir? Du schreibst gutes Latein und hast eine scharfe Zunge. Wer bist du?«

Schwankend kam der Trinker auf die Beine. »Der Poeta, Herr. Zu Euren Diensten, mit Zunge und Schwert, womit auch immer Ihr Eure Feinde zum Schweigen gebracht haben wollt. Mein Vater war ein Ritter in Hildesheim. Ich lief aus der Domschule weg, nach Salerno und dann nach Paris. *Sit Deus propitius huic potatori* [8] – Lukas, Kapitel 18, Vers 13.«[9] Er rülpste, und eine Wolke Metgeruch wogte in Richtung des Herrn von Dassel.

Ein Lächeln zuckte um dessen Lippen.»In Hildesheim bin ich auch aufgewachsen, ehe ich in Paris studierte. Gott scheint mich mit der Nase auf dich zu stoßen.« Er musterte die verschwitzte Tonsur und die von Urin und Erbrochenem besudelte Kutte.»Man müsste dich waschen, doch ich könnte einen Mann wie dich brauchen – nicht jetzt, ich bin neu in der Kanzlei des Kaisers. Aber in wenigen Jahren ...«

»Ich bitte Euch«, flehte der Poeta. Er fasste den mit einer glänzenden Borte verzierten Saum des hohen Herrn.»Wenn Ihr ein wohltätiges Werk tun wollt, befreit mich aus den Klauen dieses Asketen! Meine Knie sind vom Beten aufgeschürft, mein Bauch ist vom Fasten hohl und ausgezehrt und mein Schwanz vertrocknet wie eine Reliquie.«

»Zwei Ketzer wie du und ich wären der Ruin der Welt«, erwiderte Rainald. Aber sein Lächeln wurde zu einem breiten Grinsen.

»Herr, seid Ihr wach? Mein Mann schickt mich.«

Beim Klang der bekannten Frauenstimme setzte sich Otto hastig auf. Blanka hatte die Zeltplane zurückgeschlagen und kam mit einer Schüssel Wasser herein. Sie hatte den Schleier abgelegt und trug nur das Gebende.»Ich soll Euch die Füße waschen.«

Er wollte abwinken und sie wegschicken. Aber damit würde er Pero unnötig beleidigen. Selbst Jesus hatte sich von Frauen die Füße waschen lassen. Langsam nickte er.

Blanka stellte ihre Schüssel ab und legte das Handtuch daneben. Als sie vor ihm kniete und seine Füße in die Schüssel stellte, verrutschte das Leinenkrönchen auf ihrem glänzenden Scheitel. Die schmalen Frauenschultern bewegten sich unter der Cotte. Sanft begann sie mit ihren kleinen Händen Wasser über seine Füße und Unterschenkel zu schöpfen. Seine Muskeln versteiften sich.

»Ich weiß, es steht mir nicht zu«, sagte Blanka. Sie blickte verstohlen auf, und ein Lächeln zuckte um ihre Lippen. Er traute ihr zu, diese Gelegenheit, ihn allein zu sprechen, selbst herbeigeführt zu haben. »Aber ich habe gehört, was der Löwe über Föhring sagte. Wir haben doch noch die Urkunde, die ich darüber geschrieben habe. Damals haben die Reichsacht und die Belagerung von Kelheim alle Pläne vernichtet, und wir haben sie nie eingesetzt. Jetzt könnten wir es tun.«

»Hier geht es nicht um ein Besitzrecht«, erwiderte Otto. Vermutlich dachte sie an ihren Bruder, der ein Vermögen in die Föhringer Salzstadel gesteckt hatte. Sie kämpfte um Ruperts Liebe, und sie wagte nicht weniger dafür als ein Ritter für seine Ehre. »Die Urkunde würde uns nicht viel helfen. – Wir werden nach dem Hoftag darüber sprechen.« Blankas honigfarbener Zopf fiel nach vorne und kitzelte seine Knöchel.

»Verzeihung.« Lächelnd warf sie das Haar wieder auf den Rücken, und ihre Augen blitzten auf. Sie nahm seinen Fuß, legte ihn in ihren Schoß und begann ihn zu trocknen.

Hastig zog er ihn zurück. »Es ist gut«, presste er hervor.

Überrascht blickte sie auf. »Ich habe die Buße vollzogen, die Ihr mir wegen der Fälschung für Rupert auferlegt habt.«

»Ich habe nur Schmerzen«, sagte er rau. »Lass mich allein.«

Als ihr schlanker Schatten draußen verschwunden war, sog Otto pfeifend den Atem ein. Er packte die Kanne und kippte den eiskalten Inhalt auf seine Lenden. Dann sank er auf die Knie und presste die Stirn gegen die gefalteten Hände. In den Jahren in Morimond hatte er gelernt, mit dem Stachel des Fleisches umzugehen. Eine Keuschheit, die nur durch Verstümmelung auszuhalten war, bedeutete kein Opfer. Er beugte sich zum Boden und presste die Stirn darauf, bis der Schmerz unerträglich wurde.

Wenn er die Regeln verletzte, für die er sein Leben lang gekämpft hatte, wäre alles umsonst. Er musste sich erinnern, dachte er, vor welcher Welt er damals ins Kloster geflohen war.

Als Student hatte er im Haus seines Lehrers in Paris gewohnt: auf der Insel der Kirche von Notre-Dame, entlang der Mauer über der

Seine. Er erinnerte sich an die junge Wäscherin, Ségolène. Einmal hatte er sie beobachtet, wie sie ihren Holzeimer unter dem vorragenden Hausdach abstellte. Ihr Rücken hatte Schweißflecken, und sie roch nach Arbeit und Leben. Sie warf den Kopf zurück und öffnete ihr blondes Haar, unschuldig wie eine Heilige und zugleich verführerisch. Er hatte sich danach gesehnt, dieses Haar zu berühren, es aber nie gewagt.

Nur ein paar Tage später war er an einem kleinen Platz in den Gassen des Lateinerviertels vorbeigekommen. Mit einer Mischung aus Neugier und Abscheu hatte er sich unter die Schaulustigen gemischt. Eine nackte Frau kniete, an den Schandpfahl gebunden, im stinkenden Unrat. Ihr Kopf hing in einem unnatürlichen Winkel nach hinten, aus dem blonden Haar sickerte Blut. Rücken und Schultern waren mit dunklen Flecken bedeckt, Blutstropfen übersäten ihre Haut. Er musste mehrmals hinsehen, um zu begreifen, dass dieses geschundene Stück Fleisch Ségolène war.

Hinter ihr hob ein kräftiger Mann in einer abgewetzten Cotte seinen Stock.

»Ihr Mann hat das Recht, sie zu bestrafen. Sie hat die Ehe gebrochen«, flüsterte jemand. »Mit einem Geistlichen.«

Stöhnend presste Otto in seinem Zelt die Stirn auf den Boden. In diesem Augenblick hatte er begriffen, dass die Dämonen, von denen das Volk faselte, in seinem eigenen Inneren lauerten. Er erinnerte sich an das Gefühl, machtlos zu sein in einer Welt, in der die einen sündigten und die anderen nur Gewalt kannten. Und an den letzten Schlag, der den Schädel der Ehebrecherin zertrümmerte.

»Herr?«

Keuchend kam Otto hoch und fuhr sich über das schweißnasse Gesicht. Vom langen Knien schmerzte sein Rücken noch stärker, das eiskalte durchnässte Gewand klebte an Bauch und Beinen. Dankbar griff er nach dem angebotenen Arm des Poeta.

»Der Kaiser ist da.«

Als er ins Freie trat, liefen schon Herren, Knechte und Frauen auf den Barbinger Wiesen zusammen. Die improvisierten Straßen zwischen den Zeltbahnen waren voll buntgekleideter Menschen. Die Sonnenwärme auf Ottos Rücken tat gut. Er fühlte sich noch immer müde, aber er schöpfte neuen Mut.

Dem Kaiser lag offenbar daran, die wichtigste Angelegenheit dieses Hoftags schnell hinter sich zu bringen. Jahrelang war immer einer der beiden Rivalen um die Herzogswürde dem Hoftag ferngeblieben. Friedrich schien zu fürchten, dass sie es sich im letzten Moment noch anders überlegen könnten.

Die Zeremonie war kurz, aber eindeutig: Ottos Bruder Heinrich trat mit den sieben Fahnen vor, die das Herzogtum Baiern symbolisierten. Es war deutlich zu sehen, wie er sich auf die zornweißen Lippen biss. Widerwillig reichte er dem Kaiser die Fahnen, das alte Zeichen der Herzogswürde. Dieser gab sie an den jüngeren Heinrich weiter.

Erleichtert begannen die Zuschauer zu jubeln. Die Männer des Löwen brüllten vor Begeisterung über ihren Sieg, die anderen waren einfach froh, dass der Streit beigelegt war. Theodora, die Gattin des Babenbergers, hatte gemeinsam mit Clementia von Zähringen, der Frau des Löwen, im Hintergrund gewartet. Die raffiniert frisierte Byzantinerin hatte sich sichtlich Mühe gegeben, die Rivalin neben sich verblassen zu lassen. In schwere schwarz-goldene Seidenstoffe gekleidet, mit dem funkelnden Diadem im Haar wirkte sie neben der schmalen Clementia wie eine Edelfrau neben einem Kind.

Triumphierend hielt der Löwe die Fahnen in den hoch erhobenen Händen und drehte sich, damit man ihn deutlich sehen konnte. Die Sonne glänzte auf dem Brokat seines braun-goldenen Bliaut und dem metallenen Reif in seinem Haar. Das herrische Auftreten dieses Mannes war beängstigend, dachte Otto. Als fühlte er sich insgeheim als weit mehr denn nur Herzog von Baiern. Der Löwe zögerte einen Moment länger, als nötig gewesen wäre. Dann nahm er zwei der sieben Fahnen und reichte sie dem Kaiser zurück.

»Eine salomonische Entscheidung«, bemerkte Abt Wibald von Stablo, während das *iudicium* des Kaisers verlesen wurde: das endgültige Urteil. »Der Löwe wird Herzog der bairischen Stammlande. Für ihn hat sich die Freundschaft mit unserem Barbarossa wahrhaft gelohnt. Die Ostmark wird von Baiern abgetrennt und geht an Euren Bruder und seine Gemahlin. Indem der Babenberger den Titel eines Herzogs behält, kann er sein Gesicht wahren. Er bekommt die unbeschränkte Gerichtsbarkeit, das Recht auch auf weibliche Erbfolge und muss dem Kaiser nur in unmittelbarer Nähe seiner Grenzen Kriegsdienst leisten. Euer Bruder hat sich seinen Verzicht gut bezahlen lassen.« Er wies auf den Kaiser, der dem Babenberger Heinrich die beiden letzten Fahnen zurückreichte. »Wir werden noch von diesem neuen Herzogtum Österreich hören.«

Und er selbst war nun auf sich gestellt, dachte Otto bitter: eingekesselt von dem Rotkopf und einem Herzog, der ihn hasste und sich über kurz oder lang mit seinem Todfeind verbrüdern würde. Die Dinge drohten ihm zu entgleiten. »Ihr hattet recht«, bemerkte Otto. »Der Kaiser setzt nicht mehr auf die alten Kräfte bei Hof. Er hat sich in Italien nicht gescheut, den Papst vor den Kopf zu stoßen. Aber Friedrichs Schwäche ist seine Eitelkeit. Seine jungen Hitzköpfe können ihm mit den Schwertern den Weg freischlagen. Doch ich kann ihn mit einer Chronik unsterblich machen. Wir werden sehen«, bemerkte er bitter, »in wessen Netz sich dieser Vogel lieber verfängt.«

Heinrich der Löwe genoss es sichtlich, als ihm seine Grafen und Bischöfe als Herzog huldigten. Trotz seiner gedrungenen Gestalt hob er sich mit seinen selbstsicheren Bewegungen von ihnen ab. Nach der offiziellen Übergabe der Fahnen war die Anerkennung eine reine Formsache. Er dankte seinen Bischöfen. Dann trat er Otto von Freising gegenüber, dem Einzigen, dessen offizielle Huldigung noch fehlte. In seinem von der Hitze geröteten Gesicht stand Triumph. Deutlich war darin zu lesen, dass er den morgendlichen Streit nicht vergessen würde.

Die kühlen graublauen Augen des Bischofs blieben unbewegt.

Um seine Lippen spielte ein ironisches Lächeln. Otto war es unendlich leid, ständig Beleidigungen hinzunehmen.

Der schwarzhaarige junge Mann schien einen kurzen Augenblick verunsichert.

Otto drehte sich auf dem Absatz um und ging zu seinem Zelt.

10

»Warum habt Ihr uns gerufen?«, fragte Ortolf zurückhaltend. »So misstrauisch? Entspannt Euch.« Heinrich der Löwe legte die behaarten Arme auf den Rand des Badezubers. Der Mann besteht nur aus Muskeln, dachte Ortolf, der mit Heinrich und dem Rotkopf die Wanne teilte. Der Löwe hatte offenbar nicht weniger Ehrgeiz als er selbst. Das konnte von Vorteil sein – oder das Gegenteil. Sie saßen in einem der Badehäuser, die sich seit jeher vor den Toren Regensburgs an die Stadtmauer drückten. In der Schwüle des niedrigen Raums stauten sich betäubende Gerüche nach Kräutern, Ölen und Schweiß. Rufe und Lachen drangen zu ihnen herein. Der hintere Teil mit dem Zuber war durch aufgespannte Tücher von der Taverne am Eingang abgeteilt, was den ohnehin dunklen Raum vollends wie eine Abteilung der Hölle wirken ließ. Aber das störte nur Pfaffen und Asketen.

»Der Teufel hole das verdammte Bier.« Der Rotkopf stellte seinen Becher ab und stieg aus dem Wasser, um sich in einen der Eimer zu erleichtern. Die dunkelhaarige Bademagd wartete kichernd, bis er wieder in der Wanne saß. Dann kippte sie den Urin auf die Straße, füllte den Eimer mit heißem Wasser und goss es in den Zuber. Aufreizend setzte sie sich auf den Rand und hob ihr dünnes Hemd über die Schenkel.

»Geld wird in Zukunft mehr Bedeutung haben als Land«, begann der Löwe und scheuchte sie weg wie eine lästige Fliege. Zuerst kam das Geschäft, die Huren konnten warten. »Ich will dieses Geld, und es liegt im wahrsten Sinne des Wortes auf der Straße. In Sachsen mache ich gute Erfahrungen damit: Brückenzoll, Marktzoll, Stapelzoll ... was man will. Mit dem Salzhandel kann man reich werden.

Die Händler kommen, weil sie auf meinen Straßen von mir beschützt werden. Dafür zahlen sie gern etwas mehr, wenn sie ihre Ware lagern oder ihre Münzen umprägen lassen.«

Ortolf schöpfte die Kelle voll und goss sie über seinem Kopf aus. Während das Wasser aus seinem Haar und über sein Gesicht rann, meinte er ruhig: »In den Bergen in Reichenhall wurden neue Salzlager entdeckt. Das bedeutet auch in Baiern mehr Fuhrwerke, die nach Schwaben ziehen. Und die müssen Isar und Lech überqueren, wo man solche Zölle erheben kann.«

Heinrich lachte schallend und schlug ihm kräftig auf die nasse Schulter. »Ihr habt mir nicht zu viel versprochen«, wandte er sich an den Rotkopf. »Der Bursche hat Köpfchen.«

Der Wittelsbacher hob seinen Becher, damit die Magd neu einschenken konnte. »Mag sein, dass Geld irgendwann eine größere Rolle spielen wird, aber noch braucht man vor allem Land, wenn man Macht will. Auch Euren Brückenzoll könnt Ihr nur erheben, wenn Euch das Land gehört, auf dem die Brücke steht. Und wenn Ihr Ritter habt, die sie verteidigen.«

»Mein Familienbesitz liegt abgelegen am Lech, unweit der Furt von Kaufering«, gab Heinrich zu. »Das meiste Land in Baiern gehört auch nicht dem Herzog, sondern Bistümern und Adligen. Deshalb schlage ich Euch ein Bündnis vor.«

Der Rotkopf wischte sich den Schaum von den Lippen. »Was springt für mich dabei heraus?«

»Die Freundschaft des Herzogs. Außerdem haben wir einen gemeinsamen Feind«, grollte der Löwe. »Ich habe Otto von Freising angeboten, die Einnahmen aus dem Föhringer Markt und Zoll zu teilen. Aber der Narr besteht darauf, dass alles der Kirche gehört. Ich kenne meinen Ruf«, bemerkte er ruhig. »Die Leute nennen uns Welfen gierig, das ist falsch. Ich will nicht mehr, als mir zusteht, aber ich lasse es mir auch von niemandem ungestraft streitig machen. Er hat ein Jahr, um mich anzuerkennen, so ist es Brauch. Tut er es nicht, verliert er seine Lehen.«

»Seife?« Die andere Bademagd stemmte ein Brett mit duftenden Kräuterseifen auf den Rand des Zubers. Ortolf kannte sie flüchtig. Sie hieß Magdalena, vermutlich war sie mit Otto gekommen und verdiente sich hier etwas dazu. »Ich habe sogar Lavendel.« Verstohlen zog sie ihren Beutel und förderte ein seltsam geformtes Amulett zutage. »Oder einen Liebeszauber?« Sie blickte Heinrich an und stutzte. Ein schmales Lächeln umspielte die Züge des Herzogs. Offenbar kannte er sie, und wenn man ihre überrascht erlahmenden Gesichtszüge richtig deutete, auch im biblischen Sinne. Sie starrte den Herzog mit offenem Mund an, bis er ihr ein Zeichen gab zu verschwinden.

»Otto wird alt und störrisch, er wird nicht einlenken. Ich will eine Brücke über die Isar, und es ist mir gleich, ob das in Föhring ist oder in irgendeinem anderen Räubernest.« Heinrich blickte Magdalena nach und überlegte. »Zwei Stunden südlich von Föhring liegt ein Hof des Klosters Schäftlarn«, meinte er nachdenklich. »Dort gibt es einen kleinen Sonntagsmarkt, natürlich nicht rechtmäßig. Aber das Land darum gehört zu Wolfratshausen, und der Graf hat keine Erben. Damit wird es nach seinem Tod an mich fallen.«

»Munichen.« Ortolf und der Rotkopf wechselten einen Blick.

»Ich kenne den Ort.« Ein Lächeln zuckte um Heinrichs Lippen. »Die Grenzsteine in diesem Wald haben ein bemerkenswertes Eigenleben. Im Sommer kann man über eine Furt. Nach allem, was ich weiß, verläuft dort ein richtiger Schmugglerpfad. Genau das, was ich suche. Wenn Otto eine Brücke bauen kann, warum ich nicht?«

Ortolf griff nach seinem Becher, um keinem der beiden Männer in die Augen sehen zu müssen. Hastig stürzte er den Wein hinunter. Wenn er dasselbe am Lech täte, bekäme Heinrich die gesamte Salzstraße von den Reichenhaller Bergen bis Schwaben in die Hand. Er könnte ein Vermögen verdienen. Ottos Widerstand würde ihn teuer zu stehen kommen. Und Blanka mit ihm. »Und der Kaiser?«, fragte er rau. »Otto ist sein Onkel.«

Heinrich lachte. »Friedrich setzt nicht mehr auf die Babenberger, wie König Konrad es getan hat. Die Babenberger sind alte Männer aus einer vergangenen Zeit. Um zu herrschen, braucht er mich. Ich bin die Zukunft.«

»Der Hund hat mich einen Dieb und Straßenräuber genannt«, grollte der Rotkopf. »Wir sind uns einig.«

»Gut.« Heinrich erhob sich, und das Wasser bahnte sich in kleinen Rinnsalen einen Weg durch die Behaarung an Bauch und Geschlecht. Er stieg aus dem Zuber und schlang sich ein Handtuch um die Hüften. »Wenn Otto klug ist, wird er einlenken. Wenn nicht«, sein Gesicht hatte auf einmal einen unbarmherzigen Ausdruck, »dann werde ich es ihn lehren.«

In Peros Zelt breitete Blanka ein blaues Kleid auf dem Bett aus. Unruhig und erwartungsvoll strich sie über den weichen Stoff. Es war im Schnitt des Bliaut gefertigt, mit am Handgelenk weiten Ärmeln, auf einer Seite der Taille geschnürt, Säume und Ausschnitt mit glänzenden Borten verziert. Ortolf hatte sie gebeten, nicht nach Regensburg zu kommen. Aber sie hätte es niemals so lange ohne ihn ausgehalten. Seit er alles wusste, waren ihre Begegnungen leidenschaftlicher denn je. Zum ersten Mal vertraute sie jemandem ganz und konnte sich ihm rückhaltlos hingeben.

Sie schlüpfte in das Kleid und fuhr sich mit einem langzinkigen Holzkamm durch das goldbraune Haar. Prüfend betrachtete sie sich in ihrem Handspiegel, legte Rotholzfarbe auf die Lippen und betonte Lider und Wimpern mit Ruß.

Jemand schlug die Leinwand vor dem Eingang zurück, und sie blickte auf. Barfuß und im Hemd stürmte Magdalena herein. Überrascht bemerkte Blanka, dass die Schminke im Gesicht ihrer Schwester zu rot-weißen Streifen verschmiert war. Das lebende Banner der Babenberger, dachte sie belustigt.

»Wieso hast du mir nichts gesagt?«, fuhr Magdalena sie an. »Der schwarzhaarige Kerl, den du mir damals nach Munichen gebracht hast! Das war der Herzog. Ich habe mit dem Herzog geschlafen! Warum sagt mir das niemand?«

Blanka musste lachen. »Ich war mir nicht sicher. Und wie hätte ich ahnen sollen, dass du ihn gleich in dein Bett nimmst?«

Magdalena ging zu der Kanne mit Met, die am Boden stand, schenkte sich ungefragt ein und leerte den Becher in einem Zug. Dann sank sie auf die hölzerne, mit Stroh und Fellen gepolsterte Bettstatt und jammerte: »Mein erster Liebhaber hat mich in Paris in einen Hinterhof gelockt und sich verdrückt, kaum war er fertig. Mein Lebtag bin ich auf Lotterpfaffen hereingefallen, die mich weder heiraten noch aushalten. Einmal erwische ich auch das dicke Ende von der Wurst, und dann erfahre ich es nicht einmal! Ich hätte die Hure des Herzogs werden können!«

Blanka musste wieder lachen. »Ich dachte, du liebst deinen Poeta.«

»Ich muss auch sehen, wo ich bleibe«, fuhr Magdalena sie an. Sie sprang auf und ging zum Ausgang. »Ich sage dir, dieser Fisch geht mir nicht mehr aus dem Netz. Ich werde Heinrichs Geliebte. Und dir werde ich das nie verzeihen!«

Blanka hoffte, dass sich Magdalenas aufgebrachtes Gemüt bald wieder beruhigen würde. Es war ein sonniger Septembertag. Während ihre Herren in der Stadt verhandelten, tranken die Ritter vor ihren Zelten oder vertrieben sich die Zeit mit Waffenübungen. Überall klirrten Schwerter oder erklang Musik, auch Rupert und Pero kreuzten zu Pferde die Klingen. Doch die angespannte Stimmung war deutlich zu spüren. Männer des alten Herzogs und des neuen, Männer von Freising und die des Pfalzgrafen, das konnte nicht lange gutgehen.

Da der Hoftag ein festlicher Anlass war, hatten viele Ritter ihre Frauen mitgebracht. Auch Gaukler und Spielleute hatten sich eingefunden, Fahnen flatterten, und Huren strichen durch das Zeltlager in Rot und Weiß. Jetzt am Nachmittag trafen sich die Frauen bei den Vagantinnen.

»Fischblasen«, rief eine. »Der beste Schutz vor Schwangerschaft, edle Damen. Ihr streift sie nur über das Glied eures Liebhabers. Viel einfacher, als euch einen Weidenbausch einzuführen, an dem er sich womöglich noch seine Männlichkeit verstaucht.«

»Die Zunge eines schwarzen Hundes, um Unheil abzuwehren!«, rief ein Weib, das trotz des Gebendes und fehlender Zähne noch erstaunlich redegewandt war. Angefeuert von zwei zerlumpten Kindern bemühte es sich, die Rivalin auszustechen: »Liebeszauber! Ein Tropfen davon in seinen Wein, und er sieht keine andere mehr an.«

»Ja, weil er dann tot ist, du Giftmischerin!«, zischte diese.

Die Zuschauerinnen lachten. Ungeduldig hielt Blanka nach Ortolf Ausschau. Sie wusste nie, welchen Frauen er begegnete, wenn sie sich länger nicht sahen. Im selben Augenblick nannte sie sich närrisch. Sie war nicht mehr die aussätzige Vogelscheuche von damals. Und Ortolf hatte ihr nie Anlass zur Eifersucht gegeben. Im Gegenteil, er hätte längst heiraten können und hatte es nie getan. Sie entdeckte ihn bei den Kämpfern und lief hinüber, um zuzusehen.

Sein Waffenbruder Gerbrecht wich zurück, und Ortolf setzte mit einem wuchtigen Hieb nach. Mit einem gleitenden Schritt tauchte er unter dem nächsten Angriff weg und fegte seinem Gegner die flache Klinge waagrecht in die Rippen. Gerbrecht taumelte, und Ortolf rief ihm einen Scherz zu. Blanka liebte es, ihn mit seinen Freunden kämpfen zu sehen. Seine entschlossenen, kraftvollen Bewegungen, das Aufblitzen seiner Augen erregten sie. Wenige Menschen konnten sich so hingeben wie er.

Als könnte er ihre Nähe spüren, sah Ortolf herüber. Er erkannte Blanka und hielt überrascht inne. Dann hob er kaum merklich das Schwert, um sie zu grüßen. Sie war sicher, dass er ihr folgen würde, sobald er konnte.

Hildegard kam mit ein paar Frauen herüber. »Los, komm, der Donauländer Dietmar singt die Lieder, die seit neuestem in aller Munde sind«, rief sie Blanka zu. »Endlich einmal keine Helden und ständiges Gemetzel, sondern Frauen und Liebe und«, sie kicherte verstohlen, »unanständige Dinge.«

Die Frauen nahmen Blanka in die Mitte und liefen ein paar Zelte weiter, wo sich die jungen Leute bereits neugierig drängten. Schon von weitem hörten sie Lachen.

»Der Gestank der Unzucht zieht die Weiber an wie Kot die Fliegen!«, zeterte ein Mönchlein, um im nächsten Moment in der vordersten Reihe aufzutauchen und wie ein Nagetier zu schnüffeln. Als Blanka mit ihren Begleiterinnen dazustieß, warfen Frauen dem Sänger Blumen zu und johlten. Blanka konnte nur erkennen, dass er noch jung und dunkelhaarig war. Eine Laute erklang, und schrille Schreie aus dem Publikum begleiteten den Gesang:

»Ez stuont ein frouwe alleine/und warte uber heide
und warte ire liebe,/so gesach si valken fliegen.
sô wol dir, valke, daz du bist!/du fliugest swar dir liep ist:
du erkíusest dir in dem walde/einen bóum der dir gevalle.
alsô hân ouch ich getân:/ich erkós mir selbe einen man,
der erwélten mîniu ougen./daz nîdent schoene frouwen.
owê wan lânt si mir mîn liep?/jô engerte ich ir dekeiner trûtes niet.«[10]

Die lockende, schwermütige Melodie machte Blanka traurig und glücklich zugleich. Sie berührte Saiten in ihr, die zu schwingen begannen. Während die anderen dem Sänger zujubelten, stahl sie sich davon.

»Zu viel Met, Gerbrecht?«, verspottete Ortolf seinen Gegner. »Du bist heute lahm wie ein Ochse.« Er parierte einen Hieb, duckte sich in einer Drehung unter der Klinge hinweg und versetzte seinem Gegner einen Schlag mit der flachen Klinge auf den Hintern. Gerbrecht ging in die Knie, und lachend half er ihm auf.

»Mit dem Löwen als Herzog werden wir den Bischof von Freising das Fürchten lehren«, grinste Gerbrecht mit einem Seitenblick zu Rupert und Pero. »Er ist ein Mann, auf den man sich verlassen kann, im Guten wie im Bösen.«

Rupert sprang vom Pferd und spuckte aus. »Heinrich ist ein Krämer«, erwiderte er abfällig. »Raffgierig und geizig wie alle seine Ahnen. Er würde eher zum Lumpenhändler taugen.«

»Pass auf, was du sagst«, warnte Gerbrecht. »Du sprichst vom Herzog.«

Pero lachte. »Hat der noch mehr Speichellecker wie den da?«

Gerbrecht raffte seine Streitaxt auf und wollte auf ihn losgehen. Ortolf hielt ihn gewaltsam zurück, und er schrie: »Vielleicht bin ich ein Speichellecker, aber ich lasse mich nicht von meinem Weib betrügen!«

Rupert riss das Schwert aus der Scheide, doch Pero war schneller. Er zog den Dolch aus dem Gürtel und schnitt Gerbrecht quer übers Gesicht.

Brüllend vor Schmerz taumelte der zurück. Er fasste sich an die Wunde, sah das Blut und wollte auf den Föhringer los. Ortolf packte ihn an den Armen. Obwohl Gerbrecht eher klein und hager war, brauchte er seine ganze Kraft, um ihn zu halten.

»Ihr hättet sie besser zu Hause gelassen«, kreischte Gerbrecht und kämpfte vergeblich, um sich zu befreien. »Wie sagt man: Die Reise einer Frau ist nicht mehr wert als der Flug einer Henne über den Zaun. Da könnt Ihr sie gleich auf die Straße setzen, wo jeder Hahn sie bespringen kann.« Er spuckte aus. »Fragt doch Eure Blanka, was sie hier treibt und vor allem, mit wem sie es treibt!«

»Schweig, du Narr!«, fuhr Ortolf ihn an. Er versetzte Gerbrecht eine Ohrfeige, die ihn zu Boden schleuderte. Gerbrecht starrte ihn an, dann kam er auf die Beine. Humpelnd trollte er sich und hielt sich die blutende Wange.

»Er ist betrunken«, spottete Ortolf. »Der hässliche Bursche macht keinem die Frau abspenstig. Nicht einmal Euch, Pero.«

Die Männer lachten, und die angespannte Stimmung löste sich.

Aber Peros Wange zuckte, und seine blassblauen Augen hatten jede Farbe verloren.

Blanka hatte den Waldrand erreicht, wo eine kleine aus Naturstein gemauerte Rundkapelle stand. Hier war es ruhig und friedlich wie in einer anderen Welt. Sonnenstrahlen fielen durch die goldbelaubten Bäume, über ihr war der Himmel mit tausend violetten Wolken bedeckt. Langsam löste sie das Kinnband ihres Gebendes.

Sie musste nicht lange warten, bis Ortolf hinter ihr in den kühlen Schatten trat. In dem langen geschlitzten Surcot wirkte er besonders groß und schlank.

Er nahm ihre Hände, zog sie an sich und küsste sie. Ihre ineinander verschränkten Finger spielten miteinander. Er musste nicht fragen, warum sie trotz seiner Warnung gekommen war.

Das Gras war trocken und der Boden noch warm. Das Spiel ihrer Küsse wurde fordernder. Ortolf ließ seine Hand über ihre Schenkel gleiten und beugte sich über sie. Ihre Lippen öffneten sich zu einem zitternden Seufzen. Mit langsamen, leidenschaftlichen Bewegungen begannen sie sich zu lieben.

Der Morgen war am Horizont noch kaum zu erahnen, als Pero von Föhring müde und wie gerädert aus der Stadt zurückritt. Den Abend hatte er mit dem Bischof beim Kaiser verbracht, und die Nacht war mit draufgegangen. Stundenlang hatte sein Herr mit Kaiser Friedrich über eine Chronik gesprochen, die er verfasst hatte. Am Ende hatte Friedrich dem Bischof erlaubt, ihm eine Kopie davon zu schicken. Die bleichen Zeltbahnen waren in der Dunkelheit nur vage zu erkennen, leises Schnarchen mischte sich in den Hufschlag seines Pferdes. Pero gähnte. Hoffentlich konnte er Blanka wecken. Er hatte Hunger und wollte etwas essen, ehe er noch eine oder zwei Stunden schlief.

Hinter der kleinen Kapelle dämmerte es. Zarter Dunst stieg aus den feuchten Wiesen. Harzduft hing in der Luft, und über dem goldenen Streifen im Osten färbten sich die Wolken zartrosa. Ein zerlumpter Junge kam um den Bau und betrachtete die beiden engumschlungenen Körper. Das Haar der Frau war zerwühlt und offen. Das Lächeln auf ihren roten Lippen verriet, dass sie die Nacht genossen hatte. Sie war sicher keine Hure, dafür waren ihre Kleider auch zu gut.

Vorsichtig schlich der Bengel näher. Vielleicht konnte er ihren Beutel zu sich heranziehen. Er warf einen Blick auf den Mann. Er war schlank, aber ziemlich groß, und neben ihm lag ein Schwert. Der Bursche kaute auf den Lippen. Das wagte er lieber nicht. Es gab leichtere Beute hier.

Ein Geräusch ließ Blanka hochschrecken, aber sie sah nur noch die Zweige des Haselstrauchs schwanken. Ein aufgescheuchter Vogel flog auf einen Ast. Die Kappa, die Ortolf über ihre nackten Körper gebreitet hatte, rutschte auf ihre Hüften. Sie überzeugte sich, dass Beutel und Waffen noch da waren, und beugte sich über ihn. »Schläfst du?«, lächelte sie.

»Ja. Und ich denke nicht daran aufzuwachen.«

Sie genoss es, wie seine warmen, sehnigen Hände über ihren Körper und durch ihr Haar glitten. Die ganze Nacht hatten sie sich geliebt, aber das Verlangen war so stark wie gestern Abend. Ihre Lippen spielten miteinander und tauschten hungrige Küsse aus. Blanka hasste und liebte den Morgen nach einer gemeinsamen Nacht. Die Gewissheit, dass sie sich trennen mussten, tat weh. Aber sie ließ sie auch jede Zärtlichkeit tiefer empfinden. »Ich muss gehen«, flüsterte sie.

Widerwillig blickte Ortolf nach dem Stand der Sonne, dann ließ er sie los. Während sie sich anzogen, trafen sich ihre Blicke. Blanka flocht ihr Haar zu einem Zopf. Kinnband und Leinenkrönchen nahm sie lose in die Hand, das verhasste Gebende konnte sie auch noch im Zelt anlegen. Zärtlich fuhr sie Ortolfs leicht hervorstehende Wangenknochen nach, seine schön geschwungenen Brauen. Sie wollte gehen, aber er hielt sie fest. »Sag deinem Herrn, er soll sich Herzog Heinrich beugen«, meinte er ernst. »Keine Fälschungen mehr.«

Forschend sah sie ihn an. Es sah Ortolf nicht ähnlich, so etwas einfach nur dahinzusagen.

Er schien nicht weiter darüber sprechen zu wollen. »Ich bringe dich zurück.«

»Nein, das gibt nur Gerede.« Sie küsste ihn leicht und ging den schmalen Pfad in Richtung des Lagers. Als sie in den kühlen Schatten der Kapelle trat, rief er sie noch einmal beim Namen. Barfuß blieb sie im taufeuchten Laub stehen.

»Hör dieses Mal auf mich«, beschwor Ortolf sie. Es fiel ihm sichtlich schwer, sie alleine gehen zu lassen. »Keine weiteren Urkunden! Meinen Bruder konnte ich nicht beschützen. Ich will dich nicht auch noch verlieren.«

Lächelnd und zugleich aufgewühlt lief Blanka durch das schlaftrunkene Lager. Dass Ortolf seine Sorge so ungewohnt deutlich zeigte, verriet ihr, wie viel sie ihm bedeutete. Sie hatte die Angst in seinen Augen gesehen. Nicht um sich selbst. Sondern um sie.

Sie schlug die Leinwand am Eingang zu ihrem Zelt zurück.

»Wo hast du denn gesteckt?«, fragte Pero unwillig. Er hatte das hellblonde Haar nach hinten gebürstet und trug noch das Kettenhemd. Es ließ ihn massiger wirken, als er ohnehin war.

Aus dem Halbdunkel des Zelts trat Rupert ins Licht. An den Händen und in den Gesichtern der Männer waren noch die dunklen Talgspuren der Rüstung zu sehen. Blanka betete, dass sie eben erst vom Dienst beim Bischof gekommen waren.

»Hier gibt es keine Latrine.« Die Ausrede war durchschaubar, aber ihr fiel nichts Besseres ein. Hastig sah sie an sich hinab, ob nicht ein verräterischer Fleck oder ein Geruch die Nacht mit Ortolf verriet. »Ich musste mich übergeben. Ich glaube, ich bin endlich wieder schwanger.«

»Lüg nicht, du Hure!« Pero versetzte ihr eine Ohrfeige, die sie zu Boden schleuderte. Die große, schwielige Hand erhoben, kam er ihr nach. Wenn er wollte, konnte er sie mit dieser einen Hand erwürgen. »Dieser Wittelsbacher Hund sagte also die Wahrheit. Du bringst Schande über mich!«

Verängstigt wischte sich Blanka Haare und Speichel aus dem Gesicht. Höllische Schmerzen jagten durch ihr Genick, ihre Wange brannte, und sie schmeckte Blut.

Rupert beugte sich über sie. Dankbar griff sie nach seinem Arm und kam auf die Beine. »Ist es wahr?«, fragte Rupert heiser.

Blankas Kopf war benommen und summte.

»Ob das wahr ist!?«, schrie Rupert. Er packte sie am Hals und drückte so fest zu, dass sie keine Luft bekam. Blanka rang nach Atem und schlug um sich.

Plötzlich ließ der Druck nach. Jemand hatte Rupert von ihr weggerissen und ihm mit dem Schwertgriff einen Schlag in den Nacken versetzt. Die erhobene Waffe in der Hand, stand Ortolf im Zelt.

Die Männer stießen überraschte Rufe aus und griffen zu den Waffen. Keuchend rang sie nach Luft, hustete und spuckte gekrümmt.

»Ich habe alles für dich getan!«, schrie sie ungläubig. Wut und Verzweiflung trieben ihr Tränen in die Augen. Rupert war ihr Bruder, sie konnte nicht glauben, dass er sie nicht verteidigte. »Ich habe mein Leben für dich aufs Spiel gesetzt!«

»Du bringst nur Unglück über uns!«, brüllte er zurück. »Zuerst schleppst du den Aussatz ein, und jetzt entehrst du deinen Mann und deine Familie!« Er wandte sich an Pero. »Töte sie!«

Blanka starrte ihn ungläubig an.

Ortolf stieß sie ins Freie. Mit einer blitzschnellen Bewegung hatte er die Zeltbahn oben aufgeschlitzt. Die Leinwand fiel herab und den beiden Männern hinter ihnen ins Gesicht.

Rupert brüllte wütend, Pero schlug den Stoff mit dem Schwert beiseite und kam ihnen nach.

Blanka war klug genug, aus der Reichweite der Klingen zu verschwinden, aber Ortolf hätte sie ohnehin nicht mehr wahrgenommen. Die Zelte im fahlen Morgenlicht, die vom Lärm geweckten Männer, die schlaftrunken aus ihren Lagern krochen, verschwammen. Seine ganze Aufmerksamkeit richtete sich auf seine Gegner. Beide waren noch gewappnet, während er kein Kettenhemd trug. Er musste sich auf sein Schwert und seinen Dolch verlassen.

Die Waffe wie einen Schild über den Kopf erhoben, wehrte er Peros Schlag ab. Mit dem Dolch in der Linken durchtrennte er eines der Seile, welche die Zeltpflöcke hielten. Es schnellte herüber und traf Rupert. Ortolf riss den gelockerten Pflock heraus und schleuderte ihn nach Blankas Bruder. Im selben Moment setzte er einen Stich nach Pero.

Der Föhringer wehrte das Schwert ab. Sie prallten gegeneinander, und Ortolf stieß schmerzhaft gegen das harte Kettenhemd. Mit dem Dolch hielt er das Schwert seines Gegners von sich weg, drosch seinem Feind den eigenen Knauf ins Gesicht und wollte mit dem scharfen Kreuz der Waffe nachsetzen.

Jemand rief einen Befehl.

Keuchend fuhr Ortolf herum. Im Hemd und barfuß hastete Bischof Otto durch die Gasse zwischen den Zelten. Hinter ihm stand Blanka.

»Verdammte Ehebrecherin!«, brüllte Pero. »Ich erschlage dich wie eine Hündin!«

Otto zuckte zusammen. Totenbleich drehte er sich zu Blanka um und starrte sie an.

»Es gibt keinen Beweis dafür als das Geschwätz eines betrunkenen Narren«, keuchte Ortolf.

»Und was ist mit Eurem Köhler?«, schrie Rupert. »Und ich wollte ihm nicht glauben!« Ohne sich um den Bischof zu kümmern, wollte er wieder auf ihn los.

Ortolf stieß das Schwert in den Boden. »Dann lasst Gott entscheiden, wer hier lügt!«, erwiderte er.

Unwillkürlich ließen die Männer die Waffen sinken, als sie die alten, magischen Worte hörten. Zwischen Ottos Brauen bildete sich eine steile Falte. »Ein Gottesurteil?«

11

Fahrendes Volk und Knechte verbreiteten die Nachricht wie ein Lauffeuer. Obwohl am Nachmittag schwarze Wolken aufzogen und es zu regnen begann, rannten zerlumpte Kinder, Frauen und selbst Stadtväter mit ihren Amtsketten durch die Straßen von Regensburg. Schmutzverschmierte Arme unter geflickten Gugeln, Krüppel und Verletzte mit verklebten Verbänden drängten sich an den Stadtbütteln vorbei. Die Scharniere des schweren Eichentors ächzten, wenn die Leute im Gedränge dagegenstießen. Aus offenen Fensterläden unter Rieddächern reckten die Alten die Köpfe.

In der Zeltstadt drängten sich die Menschen aufgeregt flüsternd zusammen. Die Waffenknechte Ottos von Freising brachten eine Frau mit aufgelöstem goldbraunem Haar.

Neugierig stießen sich die Leute beiseite. Jemand warf verfaulte Kohlblätter nach der Ehebrecherin, ein altes Weib spuckte sie an und schrie Beschimpfungen. Blanka duckte sich, war totenbleich, schlug aber nicht die Augen nieder. In den Gesichtern der Frauen mischte sich Neid mit Bewunderung. Wie musste es sein, zwei Männern zu gehören?

»Sie wirkt so mädchenhaft«, meinte eine.

»Täuschung«, zischelte die nächste. »Seht euch die Augen an! Sie hat etwas Durchtriebenes. Und die Narbe auf der Wange – als hätte der Teufel sie geküsst.«

»Sie ist ein Wolf im Schafspelz, selbst Bischof Otto hat sie für eine Heilige gehalten.«

»He, Metze!«, rief ein Mann. »Wenn du mit deinem Liebhaber fertig bist, kannst du zu mir kommen!«

Blanka war froh, als sie endlich die Wiese hinter den Zelten erreichten. Es nieselte, ihre Kleider waren klamm. Frierend blickte sie zum Himmel, aber dort zogen noch immer dunkle Wolken auf.

Die Banner der Fürsten flatterten im stürmischen Wind, aber sonst legte niemand Wert auf Prunk. Otto von Freising hatte auf großes Gefolge verzichtet und auf einem Stuhl Platz genommen. Er blickte nicht einmal in ihre Richtung. Obwohl Blanka ahnte, wie enttäuscht er sein musste, tat ihr seine Verachtung weh. Seit sie denken konnte, war er an ihrer Seite gewesen, selbst in den Wochen, in denen alle anderen sie verlassen hatten. Heute behandelte er sie zum ersten Mal wie eine Aussätzige.

Die Schaulustigen drängten sich hinter den gekreuzten Lanzen, die den Kampfplatz markierten. Die Wiese stieg zum bewaldeten Galgenberg an. Sollte der Verlierer überleben, würde man ihn dort hängen. Es war die Hölle, hier stehen zu müssen, ohne eingreifen zu können. Blanka wollte für Ortolf beten, aber sie unterbrach sich mit zitternden Lippen. Damit wünschte sie ihrem Ehemann den Tod. Verzweifelt fragte sie sich, warum sie sich nicht wegen seines Rangs und Besitzes mit Pero hatte begnügen können. So viele Frauen gaben sich mit diesen Dingen zufrieden und vermissten die Liebe nicht einmal. Wilde, leidenschaftliche Gefühle lernten sie nie kennen.

Die beiden Kämpfer ritten ein. Sie trugen bereits Helme und die dreieckigen Reiterschilde. Wegen des ernsten Anlasses hatte man auf die üblichen bunten Pferdedecken verzichtet. Ortolfs Hengst folgte jeder Verlagerung seines Gewichts, als seien sie eins. Kurz hob Ortolf die Lanze, und Blanka fing einen aufmunternden Blick aus dem Augenschlitz seines Helms auf. Obwohl er sich selbstsicher gab, hatte sie das Gefühl, er sei froh, dass sie hier war. Sie fühlte sich ihm näher denn je.

Mit einem Neigen des Kopfs grüßten die Kämpfer den Bischof. Dann trabten sie an die einander gegenüberliegenden Schmalseiten des Platzes. Sie waren etwa gleich groß, aber Pero war schwerer. Er konnte so mehr Wucht in seine Stöße legen. Umgekehrt würde Ortolf hinter dem schwankenden Pferdehals schwieriger zu sehen sein.

Er musste sich vorsehen, schon jetzt war das feuchte Gras von den Hufen zerstampft. Nach wenigen Lanzengängen würde der Boden schwer sein. Regen drang in Ortolfs Visier und lag kalt auf seinem Gesicht. Das klamme Kettenhemd drückte auf seinen Nacken, mit einer Schulterbewegung rückte er es zurecht und kontrollierte den Sitz seines Gürtels. Er blickte nicht an sich hinab, der Helm machte das ohnehin unmöglich.

Das Signal ertönte.

Ortolf riss sein stampfendes Pferd herum und gab ihm die Sporen. Die Schnelligkeit jagte ein absurdes Hochgefühl durch seinen Körper. Gedämpft dröhnten Schreie und Hufgedonner durch den Helm. Er stützte die Lanze auf den Unterarm. Im rasenden Galopp verkürzte sich die Entfernung schnell. Er hob den Arm fast auf Schulterhöhe. Das Schwerste war es nun, die Waffe ruhig zu halten. Er bemerkte, dass Pero das Gewicht ein wenig verlagerte, und lächelte kalt. Manche Kämpfer taten das, um einen sicheren Stoß zu haben, falls das Pferd den Hals hochriss. Pero ließ sich tatsächlich verlocken, Körper und Kopf preiszugeben.

Die Tribüne verschwamm vor Ortolfs Augen. Das Einzige, was er wahrnahm, war sein Gegner. Unter ihm donnerten die Hufe, vibrierten in seinem Körper, betäubten ihn. Er war eins mit diesen ungeheuren Kräften, der Arm, der ihnen die Richtung gab, ohne sie zu bewirken. Kurz vor dem Ziel hob er die Lanze noch ein Stück, neigte sich nach links und stieß zu. Im selben Moment warf er den Oberkörper zur Seite, um dem gegnerischen Stoß auszuweichen.

Der Aufprall war so heftig, dass ihm die Luft wegblieb. Die Lanzen zerbarsten, messerscharfe Splitter bohrten sich durch das Kettenhemd in Ortolfs Wams. Trotz der Lederbandage um seine Hand fühlte er, wie das Gelenk gestaucht wurde, und der Schmerz raubte ihm den Atem.

Einen Augenblick lang schoss ihm der Gedanke durch den Kopf, als gelähmter Krüppel zu enden. Hastig bewegte er Arme und Beine. Sie schienen ihren Dienst noch zu tun. Mit einer gewaltigen Anstrengung kam er hoch. Sein Keuchen beeinträchtigte die ohnehin schwere Sicht durch das Visier.

Die Tiere spürten die Anspannung ihrer Herren und stampften unruhig. Pero hatte offenbar im allerletzten Moment seine Haltung verändert, vielleicht war er misstrauisch geworden, als Ortolf in der Deckung blieb. Daher auch der ungewöhnlich schräge Aufprall.

Ortolf hatte längst aufgehört zu zählen, wie oft sie die schnaubenden Pferde gewendet und wieder aufeinander losgejagt hatten. Sein Arm war fast taub und zitterte vor Anstrengung, Schulter und Nacken zogen schmerzhaft, und sein schwerer Atem behinderte die Sicht unter dem Helm. Jetzt fiel ihm auf, dass Pero gerade im Sattel saß. Hinter dem Pferdehals war seine Brust gedeckt. Aber sein Kopf bot ein leichtes Ziel. Ebenso wie Ortolfs eigener.

Pero hielt die Lanze erhoben und auf sein Gesicht gerichtet. Ortolf war sicher, dass sein Gegner diese Haltung nicht mehr ändern würde. Die schwankende Lanze ruhig zu halten war schwer genug, er würde kaum einen unsicheren Stoß nach seiner Brust oder Seite wagen. Ortolf würde das auszunutzen wissen. Er hob die Lanze und richtete die Spitze auf eine Stelle zwischen Peros Augen.

Erneut donnerten die Pferde aufeinander zu. Die Zuschauer verschwammen zu bunten Streifen. Selbst wenn die Männer es gewollt hätten, hätten sie ihr Ziel jetzt nicht mehr ändern können. Zu spät wurde Ortolf klar, dass sie beide sterben würden.

Mit einer enormen Anstrengung duckte er sich, um der Lanze auszuweichen. Die Pferdeleiber prallten aneinander. Schnaubend glitten die Tiere auf dem schweren Boden aus. Ortolf wurde zur Seite geschleudert. Etwas prallte gegen seinen Bauch. Ein sengender Schmerz fuhr durch seinen ganzen Körper, nahm ihm den Atem und lähmte ihn. Er hörte noch, dass die Lanzen splitterten und brachen, spürte am Widerstand, dass auch er getroffen hatte. Dann wurde alles schwarz.

»Ortolf!«, schrie Blanka. Sie riss sich von ihren Bewachern los und rannte zu der Absperrung. Einige Männer versuchten sie aufzuhalten, doch sie wand sich aus ihrem Griff und lief auf den Turnierplatz. Knechte stellten sich den Pferden entgegen und versuchten die scheuenden, sich bäumenden Tiere einzufangen. Peros Fuß hatte sich im Steigbügel verfangen, in vollem Galopp wurde sein lebloser Körper über Gras und Steine geschleift, ehe sie ihn endlich befreien konnten. Blanka hatte keine Augen für ihn.

Ortolf lag reglos im zerstampften Gras. Verzweifelt betete sie, dass er lebte, und wollte ihn von dem Helm befreien. In diesem Moment hatten die Knechte sie erreicht und zerrten sie weg.

»Er wird sterben.« Der Mann, der sich um Pero bemüht hatte, richtete sich auf. »Er atmet, aber er kann sich nicht bewegen. Und vermutlich ist ihm ein Splitter in den Kopf gedrungen.«

Blanka starrte den Mann entsetzt an. Peros Gesicht war blutüberströmt, als hätte ihn die Lanze mitten auf die Stirn getroffen. Sie hatte ihn nicht geliebt, aber er war nicht schlechter als andere Männer. Es ist meine Schuld, jagte es ihr durch den Kopf. Immer wieder meine Schuld.

»Und Ortolf?«, flüsterte sie. Sie war sich nicht sicher, ob sie die Antwort hören wollte.

Der Knecht, der sich über ihn beugte, zuckte die Achseln.

Die Schreie des Verwundeten waren durch das ganze Lager zu hören. Man hatte Pero von Föhring auf das Lager in seinem Zelt gebettet und die Holzsplitter aus dem Kettenhemd gezogen, damit er gerade liegen konnte. Es war schwierig, in dem blutüberströmten Gesicht überhaupt etwas zu erkennen, dachte Otto von Freising, der sich über seinen Ritter beugte. Der Lappen, mit dem der Arzt das Blut abwischte, war völlig durchnässt, das Gesicht darunter unnatürlich angeschwollen. Weiße Knochensplitter ragten aus der verformten Wange, und die Haut war blaurot verfärbt. Der Verletzte atmete schwer. Die Lanze seines Gegners hatte den Wangenknochen zerschlagen. Ein hervorstehender messerscharfer Splitter war in Peros Auge gedrungen. Unaufhaltsam strömte hellrotes Blut nach.

»Was tun wir?«, fragte der junge Gehilfe, den man dem Arzt zugeteilt hatte. Mit bebenden Händen wrang er den blutigen Lappen in einer Wasserschüssel aus. Er war bleich und schien mit der Übelkeit zu kämpfen. Offenbar hatte er noch nie einen Mann an einer Kriegsverletzung sterben sehen. Der Poeta, der mit seinem Herrn gekommen war, wirkte ruhiger.

»Ich kann nicht einmal erkennen, welche Splitter von der Lanze kommen und welche vom Knochen.«

Vorsichtig versuchte der Arzt, den Lanzensplitter im Auge zu entfernen. Der Verletzte warf den Kopf herum, doch vom Hals abwärts lag er erschreckend reglos auf dem Fell.

»Ihr bringt ihn um«, schrie der Poeta. »Seht Ihr nicht, dass er gelähmt ist? Die Wucht des Aufpralls hat das Genick verletzt.«

Pero bewegte die Lippen. Otto näherte sich dem blutigen, stinkenden Lager und beugte sich erneut über ihn.

»Mein Weib«, flüsterte Pero mühsam. »Ich verstoße sie. Schickt sie zu den Aussätzigen!«

Entschlossen setzte der Arzt die Zange an und zog den Splitter heraus. Pero brüllte, dann sank sein Kopf bewusstlos zurück. Er atmete flach, und wieder quoll Blut aus dem zerstörten Auge. Der Arzt legte ein Tuch mit zerdrückten Kräutern darauf und wandte sich Bischof Otto zu: »Mehr kann ich nicht tun. Vielleicht ist der Splitter nicht bis ins Gehirn gedrungen, aber das Fieber werde ich nicht verhindern können. Er wird sterben, morgen oder in einer Woche, je nachdem, wie schnell es kommt. Allerdings wird er nicht mehr viel bei Bewusstsein erleben.« Er räumte sein Werkzeug zusammen und packte alles ein. »Wer bezahlt mich?«

Die beiden Geistlichen traten ins Freie, und der Poeta atmete auf. Er war sichtlich erleichtert, dem Gestank von Blut und Erbrochenem entkommen zu sein. Ein letzter goldener Schein brach durch die schwarzen Wolken über dem Galgenberg und tauchte die Zeltstadt in ein unwirkliches Licht. »So zerschmettert, wie sein Körper ist, ist der Tod wohl das Beste für den Mann«, bemerkte er leise.

Otto fuhr sich mit der Hand übers Gesicht. »Ich werde ihm die Letzte Ölung geben«, erwiderte er gepresst.

»Wollt Ihr seinem Wunsch entsprechen?«, fragte der Poeta. »Und Blanka zu den Aussätzigen bringen lassen?«

Otto starrte den zerstampften Weg entlang. Als sei nichts geschehen, führten Knechte wieder ihre Pferde zum Schmied. Schwerter klirrten, und schwarzer Rauch wurde vom Regen tief in die schmale Gasse zwischen den Zelten gedrückt.

Otto dachte an das Spital in Jerusalem. An das magere Kind mit den aufmerksamen Augen, die weit mehr begriffen, als ihrem Alter angemessen war. An die junge Laienschwester. Er hatte Blanka vor der Welt beschützen wollen. Davor, dass ein Mann ihre Talente in der Spinnstube erstickte und ihre Glieder mit seiner Lüsternheit befleckte. An dem Tag, als er sie Pero gegeben hatte, war Otto wie benommen gewesen. Er hatte sich an seiner Pflicht festgehalten, an den jahrelang vertrauten Worten. Nur weil sie es wollte, hatte er es zugelassen. Und sie hatte ihn verraten.

»Gott hat beide gestraft. Das Urteil ist also ungültig, und die Anklage bleibt bestehen. Es ist Peros Recht, sie nach seinem Gutdünken zu bestrafen«, erwiderte er hart. »Als sein Herr bin ich für ihn verantwortlich. Wenn er es nicht kann, muss ich es für ihn tun.«

Überrascht zwirbelte der Poeta einen seiner strohfarbenen Schläfenzöpfe. Otto zog die Kapuze übers Haar, und seine Finger krallten sich in den groben Stoff. Wie eine Heilige hatte er Blanka vergöttert. Er hatte sich gegeißelt, um sie nicht mit niederen Begierden zu beschmutzen. Gott wusste, wie oft er auf seinem Bett die Gedanken an ihre Lippen niedergerungen hatte, den Wunsch, seine Hände in ihrem langen Haar zu vergraben und die weiche Rundung ihrer Brüste zu berühren. Die Vorstellung, dass sie in den Armen seines Todfeindes lag, die Geheimnisse ihres Körpers seiner Wollust darbietend, alle Versuchungen der Hölle bis zur Neige auskostend, war unerträglich. Eine heiße, gleißende Wut überfiel ihn. Er fühlte sich ebenso betrogen wie Pero.

»Ehebruch ist eine Todsünde«, stieß er hervor. »Ein Verbrechen gegen Gott und seine Gesetze.«

»Eine Sünde«, bemerkte der Poeta, »die Gottes Sohn vergeben hat.«

Otto zuckte zusammen. Sein Gesicht war fast grau, als er hervorpresste: »Ich kann es nicht!«

Zwei Waffenknechte holten Blanka beim ersten Glockenläuten aus ihrem Kerker. Sie spürte die Kälte kaum, als sie die schiefgetretenen Stufen hinauf in den Septembermorgen taumelte. Ihre Kehle war eng, die Tränen wie ein schmerzendes Geschwür in ihrem Hals vergraben. Sie hatte weder ihren Geliebten noch ihren Herrn wiedergesehen. Ortolf war tot oder so schwer verletzt, dass er ihr nicht helfen konnte. Hatte Otto sie aufgegeben? Seinetwegen hatte sie so lange gegen ihre Gefühle für Ortolf gekämpft. Weil er sie aus Jerusalem zurückgebracht hatte, weil sie ihm dafür Treue schuldete, viel mehr als dem Mann, der das Recht auf ihren Körper gekauft hatte. Er konnte sie doch nicht zurückstoßen in die Hölle von damals!

Grau und düster hoben sich die Stadtmauern aus dem Nebel. Blökend strebte eine Schafherde auseinander und machte ihnen Platz. Die lebensvollen Körper drängten sich um sie und wärmten Blankas frierende und müde Glieder. Gesenkten Blickes beeilte sich die Schäferin, vom Weg fortzukommen. Doch unter gesenkten Lidern musterte sie die Ehebrecherin durch das lang übers Gesicht fallende schwarze Haar. Wieder wehte der sonore Klang einer Glocke aus der Stadt hinaus und in die Freiheit der Wälder.

Das Spital duckte sich links der Straße in eine Mulde. Es war ein niedriges, von einem Reiserzaun umfriedetes Gebäude mit Strohdach. Die bloße Erinnerung an die entstellten Fratzen, den Gestank und die Gerüche von Kräutern und fauligem Fleisch jagte Blanka

Schauer über den Rücken. Damals in Jerusalem hatte man sie genauso vor die Tore gebracht und mit langen Spießen gestoßen, um sie nicht mit der Haut zu berühren. Lieber würde sie sterben, als diese Hölle noch einmal zu erleben.

Blankas Glieder wurden taub, Kälte schüttelte sie. Kreischend begann sie um sich zu schlagen. Sie bekam keine Luft mehr, ihre Schreie wurden kürzer, abgehackt, sie rang nach Atem und stürzte. Keuchend beschützte sie den Kopf mit den Händen. Sie hörte die Männer rufen, einer packte ihren Arm, sie schrie weiter, bis sich nur noch stöhnende, gierige Atemzüge über ihre Lippen rangen.

»Sollen wir noch ein bisschen Spaß mit ihr haben?«, hörte sie einen der beiden Knechte fragen. Der andere wehrte ab. »Lieber nicht. Sie ist besessen, das siehst du doch.« Er stieß ihr seinen Speer in den Rücken. »Los, steh auf, ich habe nicht den ganzen Tag Zeit. Oder du bekommst die Lanze zwischen die Schulterblätter.«

Am ganzen Körper zitternd, mit aufgeschürften Ellbogen und Knien kam sie auf die Beine. Sie wusste, dass die Männer ernst machen würden. Zögernd ging sie auf das Spital zu und läutete.

Das Tor öffnete sich. Blanka stieß einen Schrei aus. So oft sie die Bilder der Aussätzigen im Traum verfolgt hatten, so lange hatte sie die *facies leonina* nicht mehr in Wirklichkeit gesehen. Der Mann im Eingang war sicher noch nicht alt, aber sein Gesicht war kaum zu erkennen. Die Lippen waren auf der linken Seite halb zerfressen und nach oben verzerrt, schuppige blutige Beulen mit schwärzlichen Punkten bedeckten seine Wangen und die Stellen, wo einmal die Brauen gewesen waren.

»Willkommen bei den Kindern Lazarus'«, begrüßte er sie. Er maß sie mit einem langen Blick und leckte sich die zerfressenen Lippen. Dann streckte er eine zur Kralle verformte, mit Bändern umwickelte Hand aus. »Komm herein, Frau. Mein Name ist Robert.«

4. Buch

I

Er musste aufbrechen, dachte der Steinmetz Liutprecht. Wenn er sich im Wald versteckte, machte er es nicht besser, und ihm wurde kalt. Der Herbst war fortgeschritten. Das Licht der tiefstehenden Sonne brach durch die Äste und ließ die Tümpel im braunen Gras aufglühen. Er erhob sich von dem morschen Stumpf, auf dem er gesessen hatte. Zu Hause musste er Katharina erinnern, die Bäume im Garten zu beschneiden und die Gemüsebeete mit Rindenstücken abzudecken. Ein Gläubiger hatte gestern seinen Johannes bedrängt. Weinend und verängstigt war der Junge nach Hause gekommen. Wenn Liutprecht die Säule nicht endlich fertigstellte, würde er nicht zahlen können.

Auf dem Heimweg kam er an einer alten Eiche vorbei, an der bunte Bänder hingen. Ein Wunschbaum – Liutprecht hatte den heidnischen Brauch immer belächelt. Jetzt wurden seine Schritte langsamer. Er zog einen Streifen rotes Leinen aus seinem Kittel und knotete ihn an einen Zweig. Mit schlechtem Gewissen blickte er über die Schulter, als fürchte er, Bischof Otto könnte ihn sehen. Diese Säule drohte ihn aufzureiben. Er musste sie vollenden, notfalls mit Hilfe der heidnischen Götter. Verstohlen wie ein Dieb zog er die Kapuze der Gugel tiefer und rannte zum Stadttor.

Nebel stieg aus der Moosach, dem Bach, der Freising in unzähligen Armen durchfloss. Die langgliedrigen Algen im Wasser glänzten. Liutprechts Lederschuhe waren längst klamm und feucht vom Moorschlamm, nur hin und wieder lagen Bretter auf den aufgeweichten Straßen. Aus einer öffentlichen Latrine stank es, irgendwo stritten ein Mann und eine Frau.

Jemand packte ihn und zerrte ihn in einen Hauseingang. So heftig, dass ihm die Luft wegblieb, wurde er gegen die Wand geschleudert.

»Stefan!«, stieß Liutprecht hervor. »Du bekommst dein Geld, ich schwöre es.«

Der kräftige Bauknecht musterte ihn aus seinen Echsenaugen und verschränkte die Arme. »Und wann? Ich habe deine Werkstatt vergrößert und mir Schwielen an die Hände gearbeitet. Aber meinen Lohn habe ich noch nicht gesehen.«

»Der Bischof hat noch nicht bezahlt.« Natürlich würde der geistliche Herr das erst tun, wenn die Säule fertig war. Niemand wusste, welche Mühe den Steinmetz die Frauenfigur kostete, die er meißeln sollte. Er konnte die Säule nicht vollenden, ohne sie zu begreifen. Liutprecht bekam es mit der Angst zu tun. Es war dunkel, niemand würde ihm helfen. Wenn Stefan ihn niederstach, würden die Leute einfach weiterlaufen. Keiner würde das Wagnis eingehen, am Ende selbst den kalten Stahl zwischen die Rippen zu bekommen.

»Ich habe genug von deinen Ausflüchten, du Langobardensau.« Stefan packte ihn und schlug ihm die Faust ins Gesicht.

Liutprecht brüllte auf und hielt sich die Nase. Der Mann schlug wieder zu, dieses Mal in seinen Bauch. Liutprecht rang nach Luft. Alles fühlte sich taub an, und er stürzte auf die Straße. Keuchend, das Gesicht mit Blut und Speichel beschmiert, blieb er liegen. Er würgte, aber er konnte sich nicht erbrechen.

»Bis zum Winter will ich mein Geld«, sagte Stefan hart. »Sonst komme ich wieder und nehme es deiner Leiche ab.«

Liutprecht nickte hastig. Er wischte sich das Blut von der Nase. Ihm war so schwindlig, dass er sich an die nächste Wand stützen musste, um sich aufzurichten.

Als er nach Hause kam, schnürte ihm ein banges Gefühl die Kehle zu. Er warf einen Blick in die einzige Stube. Katharina hatte die Kinder gerade in das Familienbett gelegt und geküsst. Schwerfällig von der neuen Schwangerschaft richtete sie sich auf. Er beobachtete, wie sie Milch in eine kleine Schale goss und neben die Feuerstelle stellte. Das fehlte noch, dass Bischof Otto sie dabei erwischte, wenn er vom Hoftag zurückkam: wie sie die Kobolde mit Milch bestach, damit sie Haus und Hof vor Brand beschützten. Liutprecht beschlich das seltsame Gefühl, die Frau kaum zu kennen, mit der er das Bett teilte. Er zog die Tür zu und lief zur Werkstatt hinauf.

Eine schiere Ewigkeit lang starrte er verzweifelt auf die Säule. Etwas daran gefiel ihm noch nicht, aber er wusste einfach nicht, was es war. Ausgerechnet jetzt, wo alles davon abhing, dass er schnell fertig wurde, war sein Kopf wie vermauert. Schräg über ihm hämmerten Knechte an dem neuen Dachstuhl und machten ihn vollends verrückt.

Vorsichtig blickte er sich um, dann ging er zu einer Truhe ganz hinten in der Werkstatt. Er nahm das Säckchen heraus, in dem er den getrockneten Fliegenpilz aufbewahrte, und steckte sich etwas davon zwischen die Zähne. Die Wirkung setzte schnell ein. Alles schien größer, die Säule gewaltiger, die Schatten an den Wänden länger. Das Hämmern dröhnte dumpf und hohl durch seinen Leib. Die Drachen an der Säule schienen ihn anzuspringen. Er riss den Meißel von der Wand.

»Kommt her!«, brüllte er. Die Drachen bleckten die Zungen. Er fühlte sich stark, er war der Herr über ihr Leben und ihren Tod. Mit rhythmischen Schlägen begann er eine Ranke unter den Füßen der steinernen Frau herauszuarbeiten: bedrohlich und schön wie der neblige Auwald.

In seinem Rausch bemerkte Liutprecht nicht, wie der Reitertrupp um den Zelter des Bischofs in den Hof der Domburg trabte. Otto kam aus dem Sattel. Erschöpft und steif von der Reise stützte er sich auf Rahewins Arm. Der Sekretär wollte ihn in seine Gemächer bringen, aber Otto winkte ab. Langsam ging er hinüber zur Werkstatt, aus der das schnelle Klirren des Meißels zu hören war.

Liutprechts blassblaue Augen waren glasig. Die rötlich behaarten Arme schlugen den Meißel schnell und kraftvoll auf den Stein. Seine feuchten Lippen bewegten sich, er sprach mit sich selbst. Lange Speichelfäden rannen ihm auf die Brust. Jetzt erst erkannte Otto, woran er arbeitete.

Es war, als würde Blanka selbst ihn ansehen. Diese Augen hatten ihn schon gefesselt, als sie noch ein halbes Kind gewesen war. Er hatte ihren Geist geschult. Er hatte sie geformt wie der Bildhauer Pygmalion in Ovids Versen seine Statue. Ohne Zögern hätte er über ihren Stand hinweggesehen und ihr eine Gemeinschaft frommer Frauen anvertraut. Mit aller Gewalt hatte er sich gezwungen, den Reizungen ihres Körpers zu widerstehen. Und sie trieb schamlos Unzucht! Den ganzen Weg zurück hatte ihn die Vorstellung gepeinigt, wie sein Todfeind diesen Leib mit seinen lüsternen Lenden befleckte. Hass und Wut überwältigten ihn, und er schrie: »Zerstöre sie!«

Liutprecht, der völlig versunken gewesen war, zuckte zusammen. Er wusste nicht, wie lange der Rausch durch den Pilz gedauert hatte, vielleicht zwei Stunden. Als er sich umdrehte, war er schlagartig nüchtern.

Die ungefärbte Kutte und der graue Himmel hinter ihm ließen den Bischof bleicher erscheinen. Seine Augen waren wie mit einem Schleier verhängt, und unter ihnen lagen tiefe dunkle Ringe. Otto trat dicht an die Säule heran. Er beugte sich darüber und starrte der steinernen Frau ins Gesicht. »Sie ist verführerisch«, flüsterte er. »Aber gerade das macht sie zum schlimmsten Dämon von allen. Unter der schönen Larve ist die zerfressene Fratze der Sünde!«

Mit einer Handbewegung fegte er Meißel, Zirkel und die anderen Instrumente von ihrem Steinquader. Sie schlugen klirrend am Boden auf, doch Liutprecht wagte nicht, sie aufzuheben. »Und ich dachte, sie sei frei davon«, presste Otto hervor. Die priesterliche Gelassenheit war völlig von ihm abgefallen. Er sprach wie der Mann aus edlem Haus, als der er geboren war, erfüllt von Hass und Zorn. »Ich glaubte, die Versuchungen des Teufels seien nur in mir.«

Einen Moment lang fragte sich Liutprecht, wer von ihnen vom Fliegenpilz genommen hatte. So hatte er den Herrn Bischof noch nie gesehen.

Otto betrachtete die Ranke, die Liutprecht eben gemeißelt hatte. »Wie passend, dass die Barbaren der Wittelsbacher im Wald hausen. Dämonen in Menschengestalt. Zentauren, Wilde Männer mit behaarten Leibern und Gliedern wie Hirsche. Obszöne Ranken wachsen ihnen aus den Mäulern. Ihre sündigen Zungen recken sich nach der Öffnung des Weibes und verstricken sie in Sünde.«

Liutprecht wagte nicht einzuwenden, dass ihm sein Herr verboten hatte, die Frau in Sünde verstrickt zu zeigen.

»Das wird er bereuen.« Der Bischof richtete sich auf, und Liutprecht erschrak. Otto wirkte um Jahre gealtert. Sein hageres Gesicht war zum Zerreißen angespannt, die Kiefer so fest aufeinandergepresst, dass die Knochen hervortraten. Um Nase und Mund gruben sich tiefe Furchen in die fahle Haut.

»Zerstöre sie!«, wiederholte er tonlos.

»Aber, Herr …« Eiskalte Furcht lähmte Liutprecht. Wenn die Säule nicht fertig wurde, bekam er kein Geld. Was würde aus den Kindern werden?

Otto starrte ihn mit brennenden Augen an und schrie: »Zerstöre sie!« Er packte den Meißel und schlug auf die steinerne Frau ein. Liutprecht brüllte vor Entsetzen auf. Verzweifelt wollte er seinen Herrn hindern. Doch er wagte es nicht, ihm in den Arm zu fallen. Splitter spritzten nach allen Seiten, der Stein ächzte. Jeder Schlag drang in seine Seele. Endlich schleuderte Otto das Werkzeug zu Boden und lief hinaus.

2

»Unrein!«, rief Blanka und betätigte die hölzerne Klapper. Die Reiter trieben ihre Tiere auf die andere Straßenseite. Ihre Gesichter unter den offenen Helmen verzogen sich angewidert. Einer wandte das Gesicht ab, als fürchtete er selbst den Atem der Aussätzigen. Aus einem Handwerkerhaus vor der Stadtmauer urinierte ein Junge auf die Straße. Bei ihrem Anblick verschwand er hastig im Inneren.

Nur Blankas helle Augen verrieten, wie sehr es sie demütigte, mit Robert auf der Straße betteln zu müssen. Obwohl sie als Kind genauso vor den Aussätzigen weggerannt war und ihnen sogar Flüche nachgerufen hatte, hätte sie schreien können.

Die morgenkühle Luft prickelte in ihrem Gesicht und rötete ihre Wangen. Es roch nach feuchter Erde. Wenn sie nur gewusst hätte, wohin, wäre sie längst weggelaufen. Die ersten Tage war sie verzweifelt genug gewesen, in allem eine Strafe Gottes zu sehen. Irgendwann waren die Tränen versiegt, und glühender Hass war an ihre Stelle getreten. Otto hatte sie wieder in die Hölle zurückgestoßen, aus der er sie in Jerusalem gerettet hatte. Niemals würde sie ihm das verzeihen, und ihrem Bruder ebenso wenig. Sie hatte sogar schon daran gedacht, sich dem Rotkopf zu stellen. Er würde sie umbringen, aber auch Otto würden die Fälschungen teuer zu stehen kommen. Doch sie konnte es nicht tun, solange ein Funke Hoffnung in ihr war, dass Ortolf vielleicht noch lebte.

»Herr, eine Gabe!« Robert hielt dem letzten der Reiter seinen Napf hin. »Für einen Krüppel«, er warf einen herausfordernden Blick auf Blanka, »und sein Weib.«

Der Ritter trieb sein Pferd an. Robert zog die zerrissene Decke fester um sich, hinkte ihm nach und fasste mit seiner umwickelten Kralle den Steigbügel. »Herr, erbarmt Euch eines kranken Mannes!«

Der Reiter brüllte erschrocken auf. Er stieß seinem Falben die Stiefel in die Flanken, hob die Peitsche und schlug zu. Unbeirrt lief Robert mit, ohne den Steigbügel loszulassen. Mit seinem lahmen Bein strauchelte er auf dem zerstampften Weg. Wie viele Aussätzige spürte er offenbar an Teilen seines Körpers nichts mehr. Das Gesichtstuch rutschte herab und entblößte die von Geschwüren zerfressenen Lippen und Wangen.

Das Gesicht des Ritters verzerrte sich vor Ekel. »Zurück, du Tier!«, schrie er. Mit einem gepanzerten Fuß trat er nach Robert und drosch wieder mit der Peitsche auf ihn ein. Robert stürzte. Blut spritzte auf die Rüstung des Gepanzerten, er schlug weiter zu. Der Kranke schien nicht zu spüren, dass seine Haut aufgerissen wurde und Fetzen der Kleidung darin klebten. Er kam hoch und griff erneut nach dem Steigbügel.

»Hör auf!«, rief Blanka.

Entsetzt ließ der Ritter sein Pferd steigen. Ein Huf traf Robert, er wurde zur Seite geschleudert. Stöhnend wälzte er sich am Boden, sein Arm stand in einem unnatürlichen Winkel vom Körper ab. Blanka schrie und schlug die Hände vor den Mund. Sie wagte nicht zu helfen, die rudernden Hufe hätten sie selbst getroffen. Der Ritter ließ das Pferd auf den Körper des Aussätzigen trampeln, bis Robert sich nicht mehr bewegte.

Auf einmal war es totenstill. Keuchend kam der Mann zu sich. Die anderen Reiter hatten in einigem Abstand gewartet und ihn scheu beobachtet. Er gab seinem Pferd die Sporen und galoppierte zu ihnen.

Blanka rannte über den aufgeweichten Boden zu Robert und richtete ihn auf. Sie sah auf den ersten Blick, dass es zu spät war. Blutüberströmt hing er in ihren Armen wie eine zerbrochene Puppe. Jeder Knochen in seinem Leib musste zerschmettert sein. Der Mann hatte ihn niedergeritten wie einen tollwütigen Hund.

Mit zitternden Händen ließ Blanka ihn sinken. Sie würde in diesem verdreckten Spital sterben. Nicht weil sie krank war, sondern weil man sie erschlagen würde wie ein Tier, sobald sie es verließ. Sie ließ den Leichnam auf der Straße liegen und rannte zurück. Schon als sie das Tor hinter sich zuschlug, schnüffelte ein Schwein an dem Toten.

Als am nächsten Morgen die Glocke am Tor läutete, schreckte Blanka hoch. Ortolf, dachte sie. Vielleicht hatte er den Zweikampf doch überlebt, und Pero war gestorben. Dann war das Gottesurteil entschieden, und er kam sie holen!

Mit wild schlagendem Herzen schlug sie die schäbige Wolldecke zurück. Sie war Otto nichts mehr schuldig. Selbst vor der Hölle hatte sie keine Angst mehr, sie war längst dort. Hurerei oder nicht, wenn Ortolf noch lebte, würde sie es mit ihm treiben, bis die Welt unterging! Atemlos lauschte sie in die Dämmerung. Nur unruhiges Seufzen und Schnarchen erfüllte den Schlafraum der Frauen. Hatte sie sich getäuscht?

Es roch noch immer nach dem Qualm der Kienspäne von gestern. Der kalte Rauch fing sich in Kleidern und Haaren. Blanka hatte in den letzten Jahren fast vergessen, wie es war, keine Öllampen zu haben. Ihre Füße waren eiskalt, und fröstelnd schlang sie sich die Decke um die Schultern. Ein zartgelber Schimmer färbte die nachtschwarzen Wolken, als sie in den Hof trat. Wieder läutete die Glocke.

Blanka rannte zum Tor. Fieberhaft beeilte sie sich, den schweren Riegel zurückzuschieben. Sie riss den Torflügel auf, um im nächsten Moment mit einem enttäuschten Laut zurückzutreten.

Die Frau hieß Gepa. Früher musste sie hübsch gewesen sein. Die Gesichtshälfte, die noch erkennbar war, verriet regelmäßige Züge. Sie war schon älter und hatte sich den Aussatz nach dem Tod ihres Mannes bei einem Reisenden geholt. Blanka wollte sie nach Neuigkeiten aus der Stadt fragen, von Ortolf. Doch in diesem Moment hinkte Nicolas, der selbsternannte Anführer der Kranken, gähnend aus dem Schlafraum der Männer.

»Willst du nach Süden?«, fragte Blanka, als sie und Gepa später die Wäsche wuschen. Sie hatte die neue Bewohnerin unter dem strohgedeckten Vordach mit Haferkuchen und Dünnbier versorgt. Danach hatte sie sie zum Bach mitgenommen, der gleich hinter dem Spital durch eine lehmige Wiese floss. Hier konnte sie allein mit ihr sprechen, und sie brauchte Gepas Hilfe wirklich. Die meisten Frauen hier hatten keine Gewalt mehr über ihre Arme und konnten die schwere Arbeit nicht verrichten. Blanka leerte den mitgebrachten Eimer in einen hölzernen Zuber. Ihn würden sie nachher mit ins Haus nehmen, um Wasser zum Trinken und Kochen zu haben.

»Ich komme aus der Grafschaft Wolfratshausen. Dort wollte ich eigentlich auch sterben.« Gepa musterte sie. »Man sieht gar nichts bei dir«, wunderte sie sich. »Das da an der Wange scheint lange verheilt zu sein.«

»Ich bin nicht krank«, bestätigte Blanka. Sie zögerte, dann sagte sie lauernd: »Mein Mann schickte mich her, als Strafe für Ehebruch.«

»Und, hast du die Ehe gebrochen?«

Blanka füllte den Eimer neu. Keine Frau hätte so ein Verbrechen gerne zugegeben. Aber sie musste das Gespräch auf Ortolf bringen. »Ja«, erwiderte sie kurz. Sie schüttete das Wasser in den Zuber. Gepa stieß einen erschrockenen Schrei aus. Blanka packte einen kleinen Fisch und warf ihn wieder in den Bach. Sie blickte auf, und beide mussten lachen. Es befreite, das erste Lachen, seit Blanka hier war.

Sie machten sich an die Wäsche. Ein ganzer Berg Cotten, Umhänge und Gesichtstücher wartete, und dazu kamen die Tücher, mit denen die Kranken ihre Wunden umwickelten. Blanka, die nie in ihrem Leben selbst Wäsche gewaschen hatte, ekelte sich. Aber Leinen war teuer, und wenn sie sich weigerte, hätte sie die dreckigen Lumpen anziehen müssen.

»Hat es sich wenigstens gelohnt?«, fragte Gepa. »War der Mann es wert, meine ich.«

Blanka antwortete nicht, aber ihr verstohlenes Lächeln verriet sie. Sie tauchte ein Tuch ins eisige Wasser und blickte zur Stadtmauer. »Ich weiß nicht, ob er noch lebt.«

»Ach, das Gottesurteil. Die Leute reden noch immer davon. Du bist das?« Gepa warf einen nassen Umhang auf einen Stein und schrubbte mit ihrem Seifenstück daran herum. »Weißt du nicht, dass der neue Herzog dich für unschuldig erklärt hat?«

Blanka ließ das Tuch fallen. »Das ist unmöglich«, flüsterte sie.

Gepa zuckte die Achseln. »Die Kämpfer sind wohl beide vom Pferd gestürzt. Ich weiß nicht, ob sie auch beide tot sind. Jedenfalls gibt es Streit. Der Herzog sagt, du bist unschuldig, der Bischof meint das Gegenteil.« Sie grinste. »Der Bischof hat also recht?«

Und niemand hatte sie geholt! Blanka bearbeitete ihr Tuch mit der beißend riechenden Seife, bis ihre Hände eisig und rot waren. Der Hass auf Otto war so stark, dass ihr übel davon wurde. Fast noch zorniger war sie auf Rupert. Er war ihr Bruder!

Nicolas kam heraus, setzte sich mit seinem Becher in die schwache Septembersonne und streckte ächzend das lahme Bein aus.

»Schrubb dir nicht die Haut weg«, riet Gepa. »Ich kann mir vorstellen, dass du deinen Herrn am liebsten umbringen würdest. Aber du wirst ihn brauchen. Ohne ihn bist du nicht besser als eine Vagantin. Versuch, ihn versöhnlich zu stimmen.«

Ruckartig sah Blanka auf.

Gepa hob die Hände. »Ich weiß, ich weiß. Aber was willst du machen. Er ist der Herr, und du bist bloß eine Frau. Männer denken nur an ihre Ehre. Eine Frau steht immer weit unterhalb davon. So ist die Welt, und du wirst sie nicht ändern. Wir müssen unsere eigenen Wege finden, um zu bekommen, was wir wollen.«

Blankas Hände und Unterarme waren längst schrumpelig, aber

sie arbeitete mit zusammengebissenen Zähnen weiter. Weit lieber, als sich mit ihm zu versöhnen, hätte sie sich an Otto gerächt. Sie hatte zwar noch nie gehört, dass sich jemand zweimal mit dem Aussatz ansteckte, aber sicher wusste sie es nicht. Er hatte sie zum zweiten Mal in diese Hölle geschickt, und das, obwohl der Herzog sie für unschuldig erklärt hatte! Was hatte sie ihm nur angetan, dass er sie so hasste?

»Ich will in ein paar Tagen weiter, sobald die Entzündung an meinem Bein nachlässt.« Gepa hob den Rock und zeigte ein blutendes Geschwür. Dann bückte sie sich und begann, mit der Seife an einer Gugel zu reiben. »An deiner Stelle würde ich mitkommen.«

»Warum wollt ihr weg?«, fragte Nicolas mit rotgeäderten Augen. »Du wirst das Leben hier schätzen lernen«, meinte er zu Blanka und legte den Arm auf die Rückenlehne der Bank. »Es gibt keine Regeln. Du kannst schlafen, bei wem du willst.«

»Bei dir?«, erwiderte Blanka abfällig und spuckte ins Gras.

Nicolas lachte trocken. Breitbeinig drehte er sich zu ihr und hob seine Cotte. Blanka bückte sich wütend und hob den Umhang wieder auf, der ihr aus der klammen Hand gerutscht war. Natürlich war er in der Hinterlassenschaft einer Kuh gelandet. Sie wollte nicht nach Nicolas sehen, tat es zögernd schließlich doch.

Das Geschlecht war verkrümmt und schwarz verfärbt von einem Geschwür, das sich am linken Bein hinaufzog. Stockendes Blut und abgestorbene Hautfetzen vermischten sich und verbreiteten einen Gestank, der bis zu ihr drang. »Ich spüre nichts mehr dran. Aber ich werde meine Kraft wiedergewinnen«, grinste er, »und dann sieht es anders aus. Hier.« Er zeigte ihnen ein verschrumpeltes Ding. »Die Zunge eines schwarzen Hundes. Hab dem Quacksalber ein Heidengeld bezahlt. Aber wenn mich der Teufel schon stückweise holt, soll er wenigstens mit den weniger edlen Teilen anfangen.«

Blanka dachte, dass sich Nicolas mit dem Ding vermutlich mehr Krankheiten einfangen als heilen würde. In Jerusalem hatte sie oft gesehen, wie Aussätzige sich ihre Wunden an Unrat vergifteten und daran starben.

Blankas Sorge schien sich zu bewahrheiten. Sie hatte keine Ahnung, wie lange Nicolas seinen Zauber schon mit sich herumtrug. Doch gegen Abend begann er zu fiebern und über steife Muskeln zu klagen. Die Männer brachten ihn in ihren Schlafraum. Blanka erinnerte sich an Magdalena, die Fieber mit Salbei behandelt hatte. Sie rief nach Gepa und trug ihr auf, Kräuter aus dem kleinen Herbarium zu holen. Gemeinsam setzten sie Salbeisud an und hängten den Tontopf an einer Kette über das Feuer.

Als sie in den fensterlosen Schlafraum kam, um nach dem Kranken zu sehen, lag Nicolas mit Schweißperlen auf der Stirn auf seinem Strohsack. Seine Kiefer waren zu einem unheimlichen Grinsen verzerrt, doch er schien Schmerzen zu haben. Vorsichtig legte sie ihm sudgetränkte Tücher auf die Stirn und die Geschwüre. Blanka war froh, als sie den nach Krankheit stinkenden Raum verlassen durfte.

Im anderen Schlafraum rückten die Frauen besorgt zusammen. Blanka, die in den ersten Tagen kaum etwas mitbekommen hatte, begriff schnell, warum. Offenbar hatte Nicolas sie vor den Annäherungen der anderen Männer beschützt. Sicher weniger aus Anstand als aus Eifersucht, weil er selbst nicht mehr konnte, was er den anderen untersagte. Jetzt hörten sie ihn nebenan brüllen. Rhythmisches Krachen verriet, dass er sich in Krämpfen hin und her warf.

»Er wird sterben«, flüsterte Gepa besorgt.

»Dann sollten wir von hier verschwinden«, erwiderte Blanka leise. Wenn Ortolf noch am Leben wäre, wäre er gekommen, um sie zu holen. Sie konnte den Gedanken nicht ertragen, in Regensburg Gewissheit über seinen Tod zu erlangen. Aber sie konnte auch nicht bleiben. Vielleicht hatte Gepa recht. Sie musste ihren Hass verbergen, auch wenn sie das Gefühl hatte, daran zu ersticken. Wenn eine Frau etwas wollte, musste sie geschickt sein. Und es gab jemanden, der ihr helfen konnte, Otto und ihren Bruder versöhnlich zu stimmen. Die Hoffnung war verschwindend gering. Aber sie hatte keine andere und klammerte sich daran mit allem, was sie war.

»Ich würde dich gerne nach Süden begleiten«, sagte sie an Gepa gewandt. »Aber ich kann nicht. Ich habe einen anderen Weg.«

3

Als die Tür aufging, richtete sich Ortolf mühsam auf. Noch immer verursachte ihm jede plötzliche Bewegung Schmerzen. Er hatte inzwischen mitbekommen, dass man ihn in eine Strafzelle des Klosters St. Emmeram bei Regensburg gebracht hatte: ein kahles, nur von einem schmalen Fensterschlitz hoch über ihm erhelltes Loch, dessen einziger Schmuck ein Kruzifix war. Die ersten Tage hatte er sich ständig übergeben, bis er sich vor sich selbst ekelte. Rasende Kopfschmerzen und Schwindel hatten jeden Schritt zu einer Qual gemacht. Verzweifelt hatte er in Erfahrung zu bringen versucht, was mit Blanka geschehen war und was man mit ihm vorhatte. Doch vergeblich. Ihm war nichts anderes übriggeblieben, als zu liegen und abzuwarten. Als er seinen Besucher erkannte, war sein Kopf schlagartig klar.

»Ich weiß nicht, warum Gott Euch verschont hat«, zischte Rupert. Anders als sein Gegenüber, den man in eine kratzende Kutte gesteckt hatte, trug er den Waffenrock des Bistums Freising. »Aber was immer es bedeutet, ich weiß, dass Ihr mit meiner Schwester gehurt habt.«

Bevor er wusste, wie ihm geschah, spürte Ortolf Ruperts Hände um seine Kehle. Er rang nach Luft. Seine Ohren summten, und vor seinen Augen verschwamm alles. Aber trotz seiner Benommenheit hatte sein Körper die jahrelange harte Übung nicht vergessen. Er schob die Arme zwischen Ruperts und befreite sich ruckartig aus dem Würgegriff. Gekrümmt hustete er und drohte sich wieder zu übergeben. Haltsuchend tastete er nach der kalten Wand. »Was ist mit Pero?«, stieß er hervor.

»Er ist vor einer Stunde gestorben«, schrie Rupert. Wütend

spuckte er auf den Boden in das faule Stroh. »Der Bischof ist sofort nach dem Kampf abgereist. Er befahl mir zu bleiben, bis einer von euch tot sei.«

»Wenn Pero tot ist, ist das Gottesurteil gefallen. Dann seid Ihr im Begriff, eine Sünde zu begehen«, keuchte Ortolf. Er wischte sich Speichel vom unrasierten Kinn. In der weibischen Kutte fühlte er sich wie in einer fremden Haut und konnte sich nicht so bewegen, wie er es gewohnt war. Außerdem trug er keine Waffe, während sein Gegner den Dolch im Gürtel stecken hatte. Immerhin ließ der Schwindel nach, und er konnte wieder gerade stehen.

Rupert lachte trocken. »Ihr seid beide gestürzt und habt euch nicht mehr bewegt. Für meinen Herrn bedeutet das, Gott hat sich von euch beiden abgewandt.« Ob der Herzog das anders sah, würde Otto kaum interessieren. Ortolf erinnerte sich, was der Bischof ihm angedroht hatte, sollte er Blanka befleckt haben. Er begriff, dass er diesen Raum nicht lebend verlassen würde.

Rupert versetzte ihm einen Faustschlag, der ihn zu Boden schleuderte. Ortolf brüllte vor Schmerz, als er auf die verletzte Schulter fiel. Er rollte sich zur Seite und kam hoch. Doch Rupert war schneller, warf ihn auf den Rücken und riss den Dolch aus dem Gürtel.

Die Tür flog auf. Zwei Waffenknechte packten Rupert und zerrten ihn von Ortolfs Kehle weg. Ein kräftiger Mann versetzte dem Burgrainer mit der gepanzerten Hand einen Hieb. Verschwommen erkannte Ortolf die eisblauen Augen und das rotbraune Haar des Pfalzgrafen. Mit weichen Knien kam er auf die Beine. Zwischen den Bartstoppeln an seinem Hals spürte er Blut.

»Das werdet Ihr bezahlen!«, brüllte Rupert, während ihn die Männer des Wittelsbachers hinauszerrten. »Hört Ihr? Eines Tages bekomme ich Euch in die Hände!«

»Verschwindet«, schrie ihm der Rotkopf nach, »oder ich lasse Euch von meinen Männern in Stücke hacken! Und sagt Eurem Herrn, dass ich ihn für diesen Überfall zur Rechenschaft ziehen werde.«

Ortolf hatte sich keuchend auf seinen Strohsack fallen lassen. Schulter und Hals zogen nun wie verrückt, und in seinem dumpfen Kopf pochte der Schmerz. Der Rotkopf winkte jemanden zu sich. Der Mann presste sich ein Tuch vor die Nase und hob angeekelt den Saum seiner Cotte, als er hereinkam. Ortolf fiel der Gestank des Erbrochenen überall am Boden nicht einmal mehr auf.

Der Mann streckte einen Arm aus. Ein Knecht reichte ihm einen Krug Schnaps, und er setzte ihn an die Lippen. Er wirkte schlecht gelaunt, und es war sichtlich nicht sein erster Schluck an diesem Tag. Erst jetzt erkannte Ortolf, dass es der Poeta war. Das fehlte noch, dass ein sternhagelvoller Lotterpfaffe an ihm herumschneiden wollte!

Der Poeta blickte ihm in die Augen und drehte seinen Kopf wenig zartfühlend hin und her. Ortolfs verspannter Hals schmerzte so sehr, dass er dabei aufschrie.

»Wisst Ihr, was geschehen ist?«, fragte der Rotkopf.

Ortolf verneinte und sog gierig die frische Luft ein, die von draußen hereinströmte. Für einen Moment schmerzte es in seiner Brust, dann atmete er freier.

»Pero muss noch eine Armbewegung gemacht haben, sonst wäre die Lanze über Euch hinweggegangen. So hat sie Euch schräg getroffen. Euer eigener Schild ist durch den Stoß auf den Bauch unterhalb der Rippen geprallt. Dadurch wurdet Ihr sofort bewusstlos. Es war ein wuchtiger Stoß, wir haben jede Menge Lanzensplitter aus Eurem Kettenhemd gezogen.«

»Der steife Hals kommt auch vom Sturz«, ergänzte der Poeta lustlos. Er nahm noch einen Schluck und rülpste. »Ihr werdet noch einige Tage Schmerzen haben. Ansonsten solltet Ihr Euch nicht beschweren: Blutergüsse am ganzen Körper und ein angeschlagener Kopf vom Aufprall, aber nichts weiter. Kann sein, dass Schmerzen und Übelkeit Euch den Rest Eures Lebens begleiten werden, besonders wenn der Föhn weht. Und wenn Ihr in den nächsten Wochen Krämpfe oder Lähmungen bekommt, betet. Dann holt Euch Gott nämlich doch noch zu sich.«

»Dann solltest du selber beten!« Der Rotkopf versetzte dem Poeta eine Ohrfeige, die ihn zu Boden schleuderte. Wütend Flüche brummend, ohne allerdings offenen Protest zu wagen, rappelte sich der Poeta auf.

»Gib ihm etwas gegen die Schmerzen«, befahl der Rotkopf.

»Was ist mit Blanka?«, fragte Ortolf hastig, ohne das Gebräu, das man ihm reichte, zum Mund zu führen. Es roch nach Wein, vermutlich vermischt mit Bilsenkraut, und er brauchte einen klaren Kopf. Widerwillig schob er auch das Amulett weg, das ihm der Poeta in die Hand drücken wollte. »Ist es wahr, dass es kein Urteil gab?«

»Wie man es nimmt«, erklärte der Rotkopf und sah zu dem kreuzförmigen Fenster hinauf. »Otto von Freising hat das Urteil für ungültig erklärt.« Er pfiff durch die Zähne. »So habe ich ihn noch nie erlebt. Ein psalmodierendes Zisterziensermönchlein schaut anders aus, hol mich der Teufel! Jeder Zoll ein Ritter, sage ich Euch, und einer, der vor Rachsucht platzt. Als man Euch vom Platz trug, blickte er Euch nach, als würde er Euch am liebsten den Schweinen vorwerfen. Herzog Heinrich dagegen erkennt das Gottesurteil an. Er findet, wenn ein guter Mann überlebt, wäre es Verschwendung, ihn danach aufzuknüpfen. Ihr seid frei, zumindest solange Ihr Otto von Freising nicht begegnet.«

Ortolf atmete tief durch. Er versuchte sich zu sammeln, aber jetzt war ihm wieder so übel, dass er das Gefühl hatte, sich gleich übergeben zu müssen. »Was tust du eigentlich noch hier?«, fragte er den Poeta.

»Zum Teufel mit Otto!«, knirschte der. »Und zum Teufel mit Magdalena. Sie ist auf und davon, Gott verfluche sie. Aber Herr Rainald von Dassel nimmt mich mit.«

»Und Blanka?«, wiederholte Ortolf die Frage, die ihm am meisten von allen am Herzen lag.

Der Rotkopf legte ihm die Hand auf die Schulter. »Im Aussätzigenhaus vor der Stadt. Ich konnte es nicht verhindern. Es war der letzte Wille ihres Mannes.«

Ortolf nahm sich nicht die Zeit, zu baden und sich rasieren zu lassen. Er schäumte lediglich sein verklebtes Haar und seinen Körper mit einer nach Kräutern duftenden Seife ein und goss mehrere Eimer Wasser über sich aus. Danach fühlte er sich besser. Der Rotkopf hatte ihm eine frische Cotte, einen neuen Surcot und einen wollenen Hut herschaffen lassen. Endlich wieder Kleider zu tragen, wie er es gewohnt war, war für Ortolf die größte Erleichterung. Er stürzte einen Becher Dünnbier hinunter, dann stieg er aufs Pferd. Sein Kopf schmerzte, aber die frische Luft auf seiner Haut belebte ihn. Er gab seinem Braunen die Sporen, und befreit galoppierte er durch das schwere steinerne Tor des Klosters.

Die Straße war schlammig, es musste geregnet haben. Ortolf trieb sein Pferd rücksichtslos durch den zerstampften Boden, obwohl es immer wieder zu straucheln drohte. Endlich sah er das niedrige, in eine Mulde geduckte Strohdach des Spitals und den Reiserzaun.

Obwohl er wie ein Wilder die Glocke läutete, dauerte es eine Weile, bis eine ältere Frau öffnete.

»Wo ist sie?«, stieß er statt eines Grußes hervor. »Blanka.«

Die Alte kicherte, und ihr Gesichtstuch zitterte. Mit gelb unterlaufenen Augen musterte sie den unrasierten, aschfahlen Besucher, der sich sichtlich mühsam aufrecht hielt. »Seid Ihr auch aussätzig?«

Er riss das Schwert aus dem Gürtel. »Wo?«

Die Alte kreischte entsetzt und verschwand im Inneren des Gebäudes. Ortolf trat nach einem Huhn und lief wie ein gefangenes Raubtier auf und ab. Sein Brauner graste am Straßenrand, und er starrte in den dunkler werdenden Himmel mit den blassvioletten Wolken. Trotz des kalten Windes fror er nicht, doch der Kopfschmerz pochte noch heftiger als vorhin. Stinkende Haufen voller Fliegen verrieten, dass die Aussätzigen ihren Bedürfnissen hier direkt am Tor nachkamen. Irgendwo betete jemand laut und wimmernd. Ortolf presste die Stirn gegen den Schwertknauf. Auf einmal musste er an die Herbergen denken, in denen er als Kind oft hatte übernachten müssen. Abends, wenn sie auf stinkenden Strohsäcken lagen, hatte er Hartnit von einer glänzenden Zukunft als Ritter erzählt. Das Gefühl, seinen jüngeren Bruder beschützen zu müssen, war eine Bürde gewesen, hatte aber auch Armut und Gefahren erträglicher gemacht. Er wollte nicht schon wieder einen Menschen verlieren, den er liebte. Verzweifelt kämpfte er gegen die Tränen an. Aber es gelang ihm nicht.

In seinem Rücken quietschten die Torflügel. Hastig fuhr er sich mit der schmutzigen Hand übers Gesicht. »Und?«

»Nichts und. Sie ist weg«, erklärte das aussätzige Weib. Sie blieb im Tor stehen, offensichtlich hatte sie mehr Angst vor ihm als umgekehrt. »Die lebenden Toten kommen und gehen, wie sie wollen. Niemand weiß, wohin sie ist.«

4

Der Löwe macht seinem Namen Ehre, dachte Magdalena, als sie mit gespreizten Beinen an dem Zuber im Badehaus stand. Die kräftigen Hände auf ihren Brüsten, den keuchenden Atem in ihrem Nacken, nahm sie der Herzog von hinten. Gewaltsam packte er ihren Arm und drehte sie um. Magdalena warf das offene Haar aus dem Gesicht und lehnte sich aufreizend gegen die Wand. Seine Blicke verschlangen sie. Er ließ die Hände über ihren Hals und die Brüste hinab auf die Hüften gleiten. Feuchte Schmutzspuren zogen sich über ihren Körper, aber es schien ihn nicht zu stören. Mit einem gierigen Laut hob er sie hoch. Magdalena ertappte sich bei dem sehnsüchtigen Gedanken, statt seiner den Poeta zwischen den Beinen zu haben. Aber dann vergrub sie die Hände in seinem schwarzen Haar und genoss die Kraft, die der Mann trotz seiner mittleren Körpergröße hatte. Er stieß sie so heftig gegen die Wand, dass sie aufschrie. Schließlich ließ er sie schwer atmend los.

Heinrich ging zu dem Badezuber und goss einen Eimer Wasser über sich aus. Die holzgezimmerte fensterlose Stube war leer, er hatte alle Gäste hinausgeworfen. Magdalena wusste inzwischen, dass er keine Badespielchen nach dem fleischlichen Akt schätzte. Sie ließ ihn in Ruhe und beobachtete ihn mit einem zufriedenen Lächeln. Der Mann bestand nur aus Muskeln, und er hatte etwas Unberechenbares, das sie reizte. In ein paar Jahren würde er zur Fettleibigkeit neigen, auch wenn er Beherrschung genug besaß, um nie wirklich zu dick zu sein. Aber das spielte keine Rolle, solange er weiter so gut zahlte. Liebevoll strich sie über den feinen grünen Surcot, den er ihr hatte machen lassen: mit Schlitzen, durch die man die Ärmel der elfenbeinfarbenen Cotte steckte. Wie eine Dame, dachte sie zufrieden.

Draußen wartete sein Tross. Die Männer grinsten breit. Ihr Herr war recht plötzlich von der Lust übermannt worden. Unvermittelt hatte er den Halt an der nächsten Badestube befohlen. Magdalena wunderte sich, warum er sie nicht einfach vor seinen Leuten genommen hatte wie früher. Vielleicht wollte er seine anderen Huren nicht verärgern. Oder es ging ihm um seine Frau, Clementia, diese magere Bergziege mit der schmalen Nase. Außer ihren adligen Ahnen hat sie nicht viel zu bieten, dachte Magdalena im Bewusstsein ihrer Überlegenheit. Clementia blickte finster von ihrem Zelter, als Heinrich und seine Geliebte aus der Badestube kamen. Magdalena grinste. Das Schicksal rollte jeden mal auf- und mal abwärts, und die feine Dame lag jetzt eben unten.

Während der Tross weiterzog, erinnerte sie sich wieder an den Poeta. Als sie Heinrichs Angebot, ihn zu begleiten, angenommen hatte, hatte er gebrüllt und getobt und sich schließlich sogar aufs Bitten verlegt. Hätte sie nachgeben sollen? Zu ihrem Leidwesen musste sie sich eingestehen, dass er ihr fehlte. Aber der Hurenbock hatte sie mehr als einmal betrogen. Er verdiente es nicht, dass sie ihm auch nur eine Träne nachweinte. Magdalena beschloss, nicht mehr an ihn zu denken. Hinter einem von Heinrichs Waffenknechten auf dem Pferd sitzend, genoss sie den goldenen Herbst. Die Bauern pflügten die letzten Felder um. In den Obstgärten hingen Kinder in den Zweigen und halfen ihren Eltern, die Äpfel mit Stöcken von den Bäumen zu schlagen. Bald schon, dachte sie triumphierend, würde sie auf ihrem eigenen Pferd sitzen.

Clementia ließ sich zurückfallen, bis sie neben ihr ritt. »Bei der nächsten Rast gehst du deiner Wege«, befahl sie kurz.

Magdalena runzelte die Stirn. Die edle Dame schien nicht ganz bei Verstand zu sein.

»Ich bin höhergestellt als eine schäbige Straßenhure«, stieß Clementia zwischen den Zähnen hervor. »Du wirst dich gefälligst hinten anstellen.« Verächtlich blickte sie an ihr herab. »Dich hat er sich ohnehin nur für zwischendurch mitgenommen. Ich bin seine Frau.«

Die Hilflosigkeit dieser Worte hätte Magdalena sonst vielleicht gerührt. Aber der Ton dieses Weibs gefiel ihr nicht.

»Dann hat er mit Euch nicht viel Freude«, erwiderte sie herausfordernd. »Sonst würde er sich bei mir nicht so oft und so gierig holen, was er im eigenen Bett nicht bekommt.«

Clementia starrte sie an. Dann gab sie ihrem Zelter die Sporen und trabte nach vorne. Über die Schulter warf sie Magdalena wütende Blicke zu.

»Nimm dich in Acht«, warnte der Waffenknecht gutmütig, hinter dem die Vagantin saß. »Ihr Vater ist mächtig, und das weiß auch Heinrich. Du solltest sie dir zur Freundin machen, nicht zur Feindin.«

Magdalena dachte überhaupt nicht daran. Sie hatte sich entschlossen, Hure zu sein, und sie fuhr gut damit. Es gab keinen Grund, etwas zu ändern. Der Herzog genoss es, mit ihr zu schlafen. Clementia von Zähringen würde bald nur noch eine lästige Pflicht für ihn sein.

Ein herzogliches Gefolge auf der Heimreise brauchte Platz, und so schickte Heinrich Männer voraus nach Bamberg, um ein Quartier zu suchen. Die einfachen Knechte breiteten ihre Decken auf den Wiesen unten am Fluss aus und mussten zusehen, dass sie die Zügel ihrer Pferde nicht aus der Hand ließen. Der Hofstaat wurde in der Domburg untergebracht. Als sie durch das breite Tor in den Innenhof der Burg trabten und Magdalena die efeubewachsenen steinernen Gebäude mit den hölzernen Wehrgängen sah, hatte sie das Gefühl, jetzt ganz oben mit dabei zu sein. Ihr Hochgefühl wurde ein wenig gedämpft, als man sie im Stall schlafen hieß. Aber bald, da war sie sicher, während sie einen pikenden Strohhalm wegschob, würde sie die Nächte in Heinrichs Bett verbringen.

»Ich will, dass Ihr dieses Weib wegschickt!«

Clementia von Zähringen stand im Schlafgemach ihres Mannes und zitterte vor Wut. Der Bischof hatte dem Herzog ein getäfeltes

Zimmer mit Kohlenbecken zur Verfügung gestellt. An den Wänden hingen Felle und gewebte Teppiche, und ein Kaminfeuer machte den Aufenthalt angenehm. Heinrich hatte sich eine Öllampe herangezogen. Mit seinem Kaplan ging er noch einige Schriftstücke durch. Nur ein kleiner Lichtkreis erhellte das dunkle, von schwarzem Haar umrahmte Gesicht. Er blickte kaum auf. »Wollt Ihr mir sagen, was ich zu tun habe?«

»Ich bin Euer Weib, und mein Vater ist einer Eurer wichtigsten Verbündeten. Als Ihr vor vier Jahren nach Baiern eingefallen seid, musstet Ihr Euch am Ende verkleidet wie ein Straßenräuber nach Braunschweig zurück durchschlagen. Ich habe die Stadt für Euch gehalten, obwohl die Streitmacht des Königs mich bedrohte.«

»Ich habe zu tun.« Er blickte nicht einmal mehr auf. »Unser Erstgeborener ist gestorben, Clementia. Wenn Ihr mir Achtung erweisen wollt, schenkt mir einen neuen Erben. Bisher habt Ihr in den Angelegenheiten, die Euch zustehen, noch nicht viel geleistet.«

Clementia presste die Lippen aufeinander, bis sie weiß und kalt waren. Für den Tod ihres Erstgeborenen, des kleinen Heinrich, konnte sie nichts. Gott wusste, dass dieser Tod sie mehr getroffen hatte als den Vater. Auch um ihre Tochter Richenza hatte sie getrauert, und jetzt war die kleine Gertrud, die in Braunschweig geblieben war, ihre einzige Hoffnung.

»Ich bin fruchtbar und kann Söhne gebären, das habe ich bewiesen«, verteidigte sie sich. »Wer etwas anderes behauptet, tut mir Unrecht.«

»Nur keine, die überleben. Ich brauche starke Söhne«, erwiderte Heinrich trocken. »Kümmert Euch darum, nicht um andere Weiber.«

Clementia starrte ihn an. Sie hatte fest damit gerechnet, dass er nachgeben würde. Aber lange würde er an dieser Straßenhündin nicht hängen. Und wenn doch, würde ihr schon etwas einfallen, wie man das Weib aus seiner Nähe entfernen konnte.

5

Als Blanka aufbrach, ahnte sie nicht, wie beschwerlich die wochenlange Reise nach Sachsen sein würde. Sie ging barfuß, nur von der Klapper der Aussätzigen beschützt. Eine seltsame Müdigkeit lähmte sie. Als sie an einem Bach im Wald rastete und der Regen allmählich in Schnee überging, musste sie es sich eingestehen: Ihre unreinen Tage waren zum zweiten Mal ausgeblieben. So wunderbar der Gedanke einer neuen Schwangerschaft war, so schrecklich erschien er ihr zugleich. Eine Ehebrecherin, die den Bastard ihres Liebhabers erwartete! Einen Augenblick spielte sie mit dem Gedanken, sich von einer Hebamme einen Sud machen zu lassen. Aber dieses Kind war alles, was ihr von Ortolf blieb.

Vielleicht war es dieser verzweifelte Augenblick, in dem sie begriff, wie viel sie Otto trotz allem verdankte. Er hatte ihr einen Stolz gegeben, den andere Frauen niemals kennenlernten. Und den Mut, für das zu kämpfen, was sie liebte. Sie raffte sich auf und ging weiter.

Je näher sie Corvey kam, desto mehr schwand ihr Hass. Sie hatte mehr Erinnerungen an Otto als an ihren Vater. Das Gefühl des Verbündetseins, das verstohlene Lächeln zwischen ihnen konnte er genauso wenig vergessen haben wie sie. Auch die Gedanken an Rupert verloren allmählich ihre Bitterkeit.

Das letzte Stück nahm sie ein Fischer auf seinem Kahn die Weser hinab mit. Schneeflocken tanzten im zarten grauen Nebel, als Blanka vor der Klosterkirche von Corvey wartete. Fröstelnd zog sie den schäbigen Umhang vor der Brust zusammen und sehnte sich nach ihrer pelzverbrämten Kappa. Sie fühlte sich unendlich erschöpft, und ihre geröteten Augen brannten vor Müdigkeit. Hoch über ihr zogen Knechte unter Scherzen Körbe an Seilen auf das

Westwerk hinauf. Offenbar vergrößerte man das Glockenhaus. Ein Zimmermann hämmerte am Dachstuhl, und in schwindelerregender Höhe mauerten Arbeiter zwei neue Türme mit Zwillingsfenstern. Es tat gut zu sehen, wie gelassen sie ihre gefährliche Arbeit verrichteten. Blanka fühlte sich plötzlich nicht mehr so unendlich allein.

»Der Abt erwartet Euch jetzt.«

Ein junger Benediktiner führte sie durch mehrere Obstgärten zum Haus des Abts. Bei diesem Wetter hatte er die Kapuze tief ins Gesicht gezogen. Blanka hoffte, dass sie nachher jemand zum Gästehaus zurückbrachte. Dieses Kloster war wie eine Stadt. Zwischen den weitläufigen Gärten, Scheunen und Ställen würde sie sich alleine hoffnungslos verlaufen.

Das Fachwerkhaus des Abts lag in einem von einer Hecke umgebenen Garten. Der Mönch begleitete sie in das getäfelte Sprechzimmer und blieb in der Tür stehen. Erleichtert rieb Blanka die rotgefrorenen Hände aneinander und begrüßte den stämmigen Benediktiner, der sie in einem breiten Scherenstuhl erwartete. Er ging sicher schon auf die sechzig zu.

»Willkommen, mein Kind. Ihr habt gut daran getan, in unserem Gästehaus um Unterkunft zu bitten. Die Straßen sind unsicher und nicht das Richtige für eine junge Frau. Wie kann ich Euch helfen?«

»Ich danke Euch, dass Ihr mich empfangt, Abt Wibald von Stablo und Corvey«, erwiderte sie. Dem Gottesurteil in Regensburg hatte er nicht beigewohnt, und sie konnte nur beten, dass er ihren Namen nicht damit in Verbindung brachte. So erleichtert sie war, hier zu sein, wusste sie doch auch, dass ihr das Schwerste noch bevorstand.

In knappen Worten berichtete sie von dem Streit zwischen Otto und Herzog Heinrich auf dem Regensburger Hoftag: dass der Herzog Ansprüche auf die Einkünfte aus der Münzstätte erhob, dass Otto Heinrichs Recht darauf bestritt und dem neuen Herzog nicht gehuldigt hatte.

Wibald von Stablo hörte ruhig zu, ein Teil ihres Berichts war ihm sicher nicht neu. Aber er überlegte sichtlich, woher sie all das wusste. Fragend hob er die Brauen. »Und warum habt Ihr Euch auf den weiten Weg zu mir gemacht?«

Blanka sah zu dem Mönch, der noch immer in der Tür wartete.

»Ich habe keine Geheimnisse vor Bruder Pancratius«, bemerkte Wibald.

Sie zögerte. »Ich bin eine Ministerialin von Freising. Ich diene Bischof Otto, so wie es mein Vater und mein Mann getan haben. Ihr habt nach Eurer Wahl zum Abt hier viel Gutes für Euer Kloster bewirkt. Nun bitte ich Euch um Hilfe für meinen Herrn.«

»Und warum schickt mir Otto keinen Kleriker?«, fragte Wibald misstrauisch. »Ich habe ihn erst vor wenigen Wochen auf dem Hoftag gesehen. Er hat nichts dergleichen gesagt.«

»Er hat mich nicht geschickt.« Blanka rieb sich erneut die kältestarren Finger. Sie hatte lange Zeit gehabt nachzudenken. Otto war hart mit ihr gewesen. Aber war es ein Wunder, dass ein glaubensstrenger Geistlicher wie er enttäuscht von ihr war? Kein Mann konnte zurücknehmen, was er im Zorn beschlossen hatte. Aber nun hatte sie ihre Strafe erhalten. Irgendwann auf dem langen Weg hierher hatten Erschöpfung und die vielen guten Erinnerungen Wut und Enttäuschung besänftigt. Otto brauchte ihre Hilfe, auch er würde ihr vergeben. »Erinnert Ihr Euch an die königliche Urkunde über das Münzrecht für Corvey? Sie wurde gefunden, kurz nachdem Ihr Abt wurdet.« Sie betonte das Wort *gefunden*.

Wibalds Gesicht hatte sich gerötet. »Was, Frau ...« Er unterbrach sich und wandte sich auf Latein an Bruder Pancratius: »*Parte!*«

Seine hellen Augen musterten sie aufmerksam. Er überzeugte sich, dass die Tür geschlossen war, kam zurück und setzte sich langsam wieder.

»Ihr habt diese Urkunde gefälscht«, sagte Blanka direkt. »Ich weiß das von Rahewin. Ihr habt Eure eigenen Gerber, ich habe ihre Hütten am Fluss gesehen. Vermutlich lasst Ihr dort auch Pergamente fertigen, wie sie in früheren Zeiten verwendet wurden. Ich weiß außerdem, dass Ihr Otto von Freising mit den Vorlagen für seine eigenen Fälschungen versorgt.«

»Und woher wollt Ihr das so genau wissen?«, fragte Wibald misstrauisch.

Blanka lächelte und legte die Hände scheinbar ergeben in den Schoß. »Ich habe sie geschrieben«, antwortete sie bescheiden.

Sie konnte es sich als Verdienst anrechnen, dass der gesetzte Benediktiner die Fassung verlor. Wibald sprang so heftig auf, dass sein Stuhl krachend gegen die Wand stieß. Die Tür wurde aufgerissen, und das erschrockene Gesicht von Pancratius erschien.

»*Parte, dixi!*«, schrie der Abt, und eingeschüchtert verschwand der junge Mönch. Wibald starrte sie wieder an.

»Ich bitte Euch um eine Vorlage, um eine solche Urkunde für Otto von Freising zu schreiben«, sagte Blanka einfach. »Wenn auch Freising die Münzprägung als bistumseigenes Privileg besäße, wäre es vom Herzog so gut wie unabhängig. Mit dieser Urkunde im Gepäck kann ich Bischof Otto vielleicht überzeugen, Heinrich den Löwen als Herzog anzuerkennen. Ihr kennt ihn«, meinte sie. »Er ist zornig, und Heinrichs hochfahrende Haltung hat ihn bitter gemacht. Aber wenn er jetzt nicht einlenkt, verliert er seine Lehen.«

Wibald schenkte sich aus der Kanne auf dem Tisch Wein ein und trank seinen Becher in einem Zug leer. »Ich habe in Regensburg mit Otto gesprochen«, erwiderte er endlich. »Der Wittelsbacher ist ihm auf den Fersen. Nein, eine neue Fälschung ist zu gefährlich. Ihr würdet sterben und Otto als Betrüger dastehen. Ich werde Euch nicht geben, was Ihr wünscht.«

Keiner der Klosterbewohner, die Blanka im nächsten Monat zur Kirche gehen sahen, ahnte etwas von ihrem verzweifelten Ringen um das Einverständnis des Abts. Der Winter versprach lang und hart zu werden. Längst lag morgens Reif auf den kahlen Ästen. Die letzten Nüsse fielen von den Bäumen, und das Gemüse war fasrig und zäh geworden. Hirten hatten die Schweine im November noch einmal zur Eichelmast in die Wälder getrieben und die letzten Früchte mit ihren langen Stöcken von den Ästen geschlagen. Jetzt war es Zeit, die Tiere zu schlachten. Ihr aufgeregtes Grunzen und Kreischen hallte zwischen den Wirtschaftsgebäuden von Corvey wider, und immer wieder auch das dumpfe Knirschen des Schlachtbeils.

Bis zwischen die wuchtigen Säulen der großen Abteikirche drangen die Laute nicht. Graues Licht fiel in das zweigeschossige Gewölbe, wo Blanka fröstelnd ihre Gebete murmelte. Ein schmaler Schatten bewegte sich auf sie zu, und sie sah sich verstohlen um.

»Gelobt sei Jesus Christus«, flüsterte sie und sank auf die Knie. Eine schwarze Benediktinerkutte streifte sie im Vorbeigehen, sie spürte Pergament und eine Wachstafel. Während sie die Hände hob, um das Kreuzzeichen zu schlagen, griff sie zu und ließ beides in ihrer Kappa verschwinden.

Schneeluft rötete Blankas Wangen, als sie ins Freie trat und durch einen kahlen Obstgarten zum Herbarium ging. Es lag nicht weit von den Wirtschaftsgebäuden. Hin und wieder hörte man noch ein Schwein kreischen und die Knechte beim Umrühren des Bluts Klatsch austauschen. Doch hinter der Hecke im sonnigen Kräutergarten des Bruders Apotheker war man ungestört und sicher vor fremden Blicken.

Der Bruder begrüßte sie mit einem wissenden Lächeln.

»Man schickte mich zu Euch«, sagte Blanka und legte die Hand auf den Bauch. »Ich habe Beschwerden mit der Schwangerschaft. Meine Füße schwellen an, und ich kann kaum gehen.«

Das breite Gesicht des Bruders rötete sich. »Wartet nicht in der Kälte, Frau. Kommt herein und trinkt einen Kräuteraufguss, während ich Euch die richtige Mischung zusammenstelle.«

Es wäre geheuchelt gewesen, wenn Blanka sich nicht dankbar gezeigt hätte, im Trockenen sitzen und etwas Warmes trinken zu dürfen. Sie duckte sich unter Büscheln hindurch, die von der niedrigen Decke hingen. Es war eng zwischen den mit Flaschen und Tontöpfen beladenen Regalbrettern. An einer Kette über dem Feuer brodelte etwas in einem Topf, das betörend roch. Dankbar setzte sie sich auf die angebotene Holzbank und streckte die mit Stoff umwickelten Füße zum Feuer aus. Sie achtete darauf, das Kleid nicht zu weit zu heben, auch wenn sie gerne mehr Wärme an ihre Haut gelassen hätte. »Ich wusste, dass Abt Wibald sich überzeugen lassen würde.«

»Er hasst die neuen Kräfte bei Hof genauso wie Bischof Otto«, grinste der Mönch und stellte eine Ölschale mit brennendem Docht neben sie. Eine gespitzte Feder und ein Rinderhörnchen mit Eisengallustinte hatte er schon bereitgelegt. »Habt Ihr genug Licht?«

»Es wird reichen. Und anders als die Urkundenschreiber der vergangenen Jahrhunderte habe ich es warm.« Sie legte die Hände um den heißen Tonbecher, den er ihr reichte. Das Gebräu roch gut, und sie nahm einen tiefen Schluck. Dann rollte sie die Pergamente aus und überflog die Wachstafel.

Wibald hatte sich selbst übertroffen, dachte sie mit einem verstohlenen Lachen. Großzügig verlieh er Freising das Recht auf einen täglichen Markt samt Marktfrieden und daneben ein Zoll- und Münzrecht, wie es Regensburg besaß. Das bedeutete, dass der neue Herzog nicht wie üblich beides an Otto vergeben und dabei einen guten Teil in die eigene Tasche stecken konnte. Denn laut diesem Dokument besaß die Domkirche beides längst, ganz gleich, wer Herzog und wer Bischof von Freising war. Das gab Otto eine Stellung, die fast an die eines Landesherrn herankam. Blanka legte Tafel und Pergament vor sich hin und begann zu schreiben. Die Öllampe brannte langsam nieder, und im Halbdunkel verschwammen die Zahlen des Datums. Sie kniff die Augen zusammen.

»Noch mehr Kräuteraufguss?«

Blanka blickte auf und bejahte lächelnd. Sie hielt dem Bruder ihren Becher hin und schrieb weiter: »... *imperialis consecrationis tertii Ottonis, data XII. kal. Iun.*« Diese Stelle gefiel ihr besonders, dafür reichte selbst ihr Latein. Der verblichene Kaiser Otto hatte also am Tag seiner Krönung nichts Besseres zu tun gehabt, als Freising das Münzrecht zu verleihen! Wibald wurde wirklich immer unverschämter. Verstohlen lachend, bemerkte sie nicht, dass sie das Datum um einen Tag nach hinten verschob.

Der Abt hatte zwei Urkunden entworfen, und die Niederschrift dauerte einige Zeit. Am Ende hatte sie mehrere Becher von des Apothekers Aufguss getrunken. Ächzend hielt sie sich den schmerzenden Rücken, legte die Feder weg und lockerte die steifen Finger.

»Hier«, grinste der Mönch und reichte ihr ein Leinensäckchen. »Eure Kräuter. Zerstoßen müsst Ihr sie selbst, sie wirken besser, wenn Ihr es direkt vor der Zubereitung tut. Nehmt einen Löffel auf einen Becher heißes Wasser und trinkt, so viel Ihr wollt. Das schwemmt schlechte Säfte aus dem Körper, und Ihr werdet den Rest der Schwangerschaft kaum Beschwerden haben.«

Der Frühling kam spät. Bis in den April hinein verbannte heftiger Schneefall die Menschen in die Häuser ans Feuer. Blanka hatte ihre Urkunden Abt Wibald anvertraut, im Gästehaus wären sie doch nur gestohlen worden. Obwohl sie von Tag zu Tag ungeduldiger wurde, wäre es Selbstmord gewesen, im Winter zu reisen. Sie musste warten. Immerhin war es Sitte, den Fürsten ein Jahr Zeit zu geben, um einem neuen Herzog zu huldigen.

Endlich taute es. Die funkelnden Schollen am Ufer der Bäche verwandelten sich in dünne Scheiben und wurden mitgerissen. Zärtlich strich Blanka über ihren gerundeten Bauch. Morgen würde eine Gruppe von Händlern nach Süden aufbrechen, in der auch Frauen waren. Das Kind würde zu Pfingsten kommen, bis dahin wollte sie in Freising sein. Obwohl sie es nicht sicher wusste, spürte sie tief in ihrem Inneren, dass es von Ortolf war. Es war tröstlich, dass sie wenigstens etwas von ihm haben würde, selbst wenn er tot wäre.

Der Frühling, der so lange auf sich hatte warten lassen, kam jetzt mit Macht. Die Reise war angenehm, dennoch kostete sie jeder Schritt Kraft. Sie war dankbar, wenn sie hin und wieder ein Händler auf seinen Karren steigen ließ. Kurz vor Freising trennte sie sich von der Gruppe, um den Rest des Wegs allein nach Föhring zu gehen.

Schon von weitem sah sie Dom und Burg von Freising auf dem Hügel thronen. Das warme Gefühl, wieder zu Hause zu sein, überkam sie. Die Obstwiesen am Südhang, wo sie vor so vielen Jahren mit Rupert und Hildegard gespielt hatte, hatten sich nicht verändert. Mehr als einmal hatte sie dort ein Laienbruder von den Apfelbäumen vertrieben, natürlich ohne ihnen die gefüllten Schürzen abjagen zu können. Die Isar gab nach den Frühjahrshochwassern schon wieder die weiten Kiesbänke frei. Blanka konnte den Fluss an der Furt überqueren. Die ersten Kalksammlerinnen hatten sich zwischen die unzähligen Kanäle gewagt, und der vertraute Anblick trieb ihr Tränen in die Augen. Sie hatte den Fluss gerade hinter sich gelassen, als plötzlich ein starker Schmerz durch ihren Leib jagte.

Einen Moment lang blieb ihr die Luft weg, dann schrie sie auf und krümmte sich. Schweiß brach ihr aus und bedeckte ihre Stirn. Aus ihrem Zopf lösten sich Strähnen und klebten auf ihrer kalten Haut.

Keuchend blickte sie sich um. Es ist zu früh für Wehen, dachte sie verzweifelt. Hier war niemand, um ihr zu helfen. Schwer atmend kämpfte sie sich weiter. Gleich musste die Köhlerhütte kommen, wo Ortolf und sie sich zum ersten Mal geliebt hatten. Die Erinnerung überfiel sie so gewaltig, dass es ihr den Atem abschnürte. Es war, als sei sie erst gestern hier in seinen Armen aufgewacht, seine Küsse auf den Lippen. Ein neuer Schmerz jagte durch ihren Bauch. Sie schrie auf und stützte sich gegen einen Baum.

Als sie aufblickte, sah sie vor sich die in den Boden eingelassene Hütte. Im Eingang spielte ein Kind. Als es sie bemerkte, rief es etwas. Eine Frau mit Kopftuch und einem Leintuch im Gürtel kam heraus. Überrascht blieb sie stehen.

»Ich war schon einmal hier, mit Herrn Ortolf«, brachte Blanka hervor. Keuchend rang sie nach Atem. »Habt Ihr eine Wehmutter?«

6

Katharina hörte die Schreie aus der Köhlerhütte schon von weitem. Die Hebamme war bei einer anderen Geburt, also hatten sie die Besprecherin gerufen. Glück für die junge Mutter, dachte Katharina boshaft. Die alte Vettel, die sonst die Kinder holte, war halb taub und brachte vermutlich mehr Frauen um als die Ruhr und der Aussatz zusammen. Sie befahl der Köhlersfrau, heißes Wasser und Tücher zu bringen. Energisch drückte sie dem Köhler ihren eigenen Säugling, den sie in einem Tuch auf dem Rücken getragen hatte, in den Arm. Dann trat sie ein.

Auf den ersten Blick sah sie, dass es schwer werden würde. Die Frau auf dem Bett war totenbleich, kalter Schweiß perlte auf ihrer Stirn. Offenbar hatte sie sich erbrochen, der Gestank erfüllte die Hütte.

Katharina nahm die Köhlerstochter beiseite. »Sie ist sehr schwach. Hol ihren Mann, und beeil dich, sonst schafft sie es nicht.« Sie bemerkte, dass das Mädchen unschlüssig stehen blieb, und fragte: »Was ist? Hast du nicht gehört?«

»Aber ...«

»Tu, was ich sage!«

Katharina half der jungen Frau auf einen Stuhl. Sie tastete den Bauch ab und nickte zufrieden. »Das Kind liegt richtig.« Sie löste das Haar der Gebärenden und hängte ihr das Holzamulett mit den drei Müttern um. Die Köhlersfrau brachte das warme Wasser. Katharina wusch sich die Hände und schob die Rechte unter den Rock der Schwangeren, um die Haut um das Kind mit den Fingernägeln zu öffnen. Das würde zwar die Schmerzen verschlimmern, die Geburt aber auch beschleunigen.

Blanka hatte jedes Zeitgefühl verloren. Sie schrie und warf sich herum, versteifte sich und lockerte keuchend wieder die Muskeln. Überall in ihrem Gesicht klebte Haar und juckte. Aber die Hand zu heben, um es abzuwischen, hätte sie eine Kraft gekostet, die sie nicht besaß. Das Schlimmste war das Gefühl, allein und vollkommen ausgeliefert zu sein. Ich werde hier sterben, dachte sie, und Ortolfs Kind auch. Tränen mischten sich in den Schweiß, lagen salzig auf ihrer Oberlippe.

»Ich habe gesagt, ihren Mann, nicht ihren Herrn!«, schrie die Wehmutter zwischen ihren Beinen.

Eine scharfe Männerstimme unterbrach sie. Blankas Schreie verstummten keuchend. Orientierungslos sah sie sich um. Jemand schob ihr das Haar aus dem Gesicht, nahm ihre Hand und beugte sich über sie. »Es wird alles gut«, sagte Ortolf mit bebender Stimme.

Blanka starrte ihn an. Er legte den Arm um sie und hielt sie aufrecht an sich gepresst. Seine Nähe ließ ein warmes Gefühl durch ihren Körper strömen. Er war es wirklich. Er lebte.

»Du bist ja so bleich«, flüsterte sie und berührte seine Wange. »Das ist nur eine Geburt, du Narr.«

Die Wehen waren so stark wie vorher, aber sie war nicht mehr allein. Aus einem verborgenen Ort tief in ihrem Inneren floss ihr neue Kraft zu. Noch einige Male brüllte sie und bäumte sich auf. Dann war es ganz plötzlich vorbei. Keuchend sank sie zurück in Ortolfs Arme. Die Wehmutter legte ihr ein warmes, atmendes Bündel auf die Brust. Es hatte die Augen geöffnet und versuchte neugierig den Kopf zu heben. »Euer Sohn.«

Ortolf bestand darauf, die Geburt seines Kindes angemessen zu feiern. Er schickte den Knecht, den er mitgebracht hatte, um aus der nächsten Taverne ein Fass Wein und ein Ferkel herzuschaffen, und ließ ein Feuer machen. Daran, dass das Kind nicht von ihm sein könnte, verschwendete er keinen Gedanken. Und Blanka wusste, dass er recht hatte.

Den Rücken mit einer zusammengerollten Decke gestützt, saß sie mit ihrem Sohn am Feuer. Jemand reichte ihr einen Becher Wein und ein Stück Brot mit Fleisch. Dankbar griff sie zu. Seit Wochen hatte sie nicht mehr richtig gegessen, und das warme Fleisch und der Wein belebten sie. Hatte sie noch vor einer Stunde geglaubt zu sterben, fühlte sie sich jetzt stark und wach. Verzaubert berührte sie immer wieder das kleine zarte Mündchen und die durchscheinenden Lider.

Ortolf küsste sie und streichelte das weiche Köpfchen. »Ich bringe euch zu mir, sobald du eine Stunde reiten kannst. Du musst zu Kräften kommen. Allerdings wird es mir schwerfallen, die Finger von dir zu lassen.«

Blanka lachte. Jetzt, da alles vorbei war, war sie einfach nur noch glücklich. Das Spiel des Feuerscheins auf Ortolfs Gesicht und Haar, die feiernden Menschen, das alles hatte sie vermisst. Sie konnte es noch immer kaum glauben, dass er lebte, dass sie wieder bei ihm war.

Der Knecht trommelte mit den Fingern einen Rhythmus und sang eines der neuen Lieder, die man jetzt immer öfter hörte.

»›Slâfest du, friedel ziere?/man wecket uns leider schiere.
in vogellîn sô wol getân,/daz ist der linden an daz zwî gegân.‹
›Ich was vil sanfte entslâfen,/nu rüefest du kint: wâfen.
liep âne leit mac niht gesîn./swaz du gebiutest, daz leiste ich,
 friundîn mîn.‹
Diu frouwe begunde weinen:/›du rîtest und lâst mich eine.
wenne wilt du wider her zuo mir?/ôwê, du füerest mîn fröude
 sament dir!‹«[11]

Vermutlich hatte er es in Regensburg aufgeschnappt. Blanka musste an die letzte Nacht und den Morgen dort denken und nahm Ortolfs Hand. Sie wusste selbst nicht, warum, aber etwas an den Versen und in der Musik wühlte sie auf.

»Herr?«

Katharina trat von einem Bein auf das andere.

Ortolf küsste Blanka noch einmal und erhob sich. Aufmerksam

beobachtete Blanka, wie er der Frau zuhörte und ernst wurde. Katharina hatte ihn ein Stück abseits gezogen, sie konnte das Gespräch nicht verstehen. Aber es musste wichtig sein, wenn das Weib nicht an die seltene Festmahlzeit dachte. Das Ferkel war in kurzer Zeit geschrumpft. Den Kopf mit dem weichen Backenfleisch würden die Köhlersleute beanspruchen, um für die nächsten Tage Suppe daraus zu kochen.

»Mein Mann hat Schulden«, gestand Katharina dem jungen Herrn. »Die Säule für Bischof Otto soll jetzt doch nicht gemacht werden, und er hatte fest mit dem Lohn gerechnet. Wir mussten den Gläubigern schon die Sau geben und haben den Winter gehungert. Mehr haben wir nicht. Ich habe Angst, Herr. Wenn sie meinen Mann töten, kann ich meine Kinder nicht mehr ernähren.«

»Du hast selbst einen Säugling.« Ortolf sah nach Katharinas eigenem Nachwuchs, den sie inzwischen gestillt und auf eine Decke gelegt hatte. Er ahnte, worauf sie hinauswollte.

Katharina lächelte stolz. »Ich dachte, ich muss sie begraben, aber sie hat das Fieber vom Winter überstanden. Inzwischen kann ich ihr schon Getreidebrei zur Muttermilch geben. Aber meine Brüste sind noch immer voll genug für zwei Kinder. Und Frau Blanka würde nicht erklären müssen, wessen Sohn sie geboren hat.«

Ortolf dachte nach. Vielleicht war es wirklich besser, diese Geburt vorerst zu verheimlichen. Er würde in der nächsten Zeit viel unterwegs sein. Auch wenn ihm Blanka ihr Tintenfass nachwerfen würde, wenn er es aussprach, eine Wöchnerin brauchte Ruhe. Viele Frauen seines Standes gaben ihre Wickelkinder Bäuerinnen in Pflege. Und Katharina würde das wenige Geld die schwerste Last von den Schultern nehmen, bis ihr Mann einen anderen Auftrag bekam.

Katharinas Mädchen begann zu schreien.

»Wenn Blanka einverstanden ist und ihn jederzeit besuchen kann, soll es mir recht sein«, stimmte er zu. »Ich schicke dir Lohn für deine Hilfe bei der Geburt und für sechs Monate Pflege. Aber ich verbiete dir, ihn aus der Stadt zu bringen. Es wird in nächster Zeit

Kämpfe geben. Und«, setzte er mit dem kalten Lächeln nach, das seine Feinde fürchteten, »sag mir, wer die Gläubiger deines Mannes sind. Ich möchte ihnen einschärfen, dass sie sich von meinem Sohn fernzuhalten haben.«

Katharina küsste seine Hände. Ortolf warf einen besorgten Blick zu Blanka. Sie wusste nicht, was in ihrer Abwesenheit hier geschehen war. Er würde mit ihr über das sprechen müssen, was bevorstand.

In der Unterstadt von Freising kam Rupert vom Schuster. Er sah einer hübschen, barfüßigen Bauersfrau nach, die einen Korb Brote auf dem Kopf durch das Marktgewimmel balancierte. Rücksichtslos trieb ein Bengel seine Schafe vorbei, und Rupert fluchte, als er beim Ausweichen in eine Pfütze trat. Offenbar war die Moosach in der Nacht wieder einmal über die Ufer getreten. Dieses Sumpfloch der Unterstadt konnte ihm wahrhaft gestohlen bleiben. Er wollte auf sein Pferd steigen, aber jemand hielt ihn zurück.

»Gerhoh«, stellte Rupert fest. Er hatte mit Peros Bruder nie viel zu tun gehabt, aber sie kannten sich vom Sehen.

»Was macht Eure Schwester, die Ehebrecherin?«, begrüßte ihn Gerhoh. Die beiden Knechte, die ihn begleiteten, lachten laut.

»Schweigt!« Natürlich reckten die Leute sofort neugierig die Hälse. Die Sache mit Blanka hatte sich in Windeseile herumgesprochen. Jemand kicherte verstohlen, und Kinder und Alte scharten sich um sie.

»Was haltet ihr hier Maulaffen feil?«, brüllte Rupert. Er zog das Schwert aus dem Gürtel und ließ es einen waagrechten Halbkreis beschreiben, dass die Gaffer erschrocken zurückwichen. »Verschwindet!«

»Ich hatte gestern eine Hure aus dem verdreckten Bordell an der Moosach unter mir. Sie sah aus wie Eure Schwester«, forderte ihn Gerhoh heraus. »Und sie stöhnte so lüstern, dass ich sie gleich noch einmal hergenommen habe.«

Wütend ging Rupert auf ihn los. Gerhoh blockte den Hieb ab und lenkte ihn seitlich zu Boden. Er gab Rupert einen Tritt, der ihn in die Knie gehen ließ, und setzte ihm die eigene Klinge an die Kehle. »Ihr verdammter Hurensohn!«, zischte er. »Das unkeusche Weib hat Schande über meine Familie gebracht.« Aufgeregte schmutzige Gesichter und nackte Füße unter geflickten Cotten drängten sich um Rupert. Eine Frau kreischte nach dem Marktrichter, und Rupert hörte einen vorlauten Jungen rufen: »Die glauben, weil sie einen gepanzerten Hintern haben, sind sie was Besseres!«

Die Kinder johlten, und jemand warf sogar ein faules Kohlblatt. »Verschwindet, ihr hässlichen Bauerntölpel!«, brüllte Rupert. Der Tumult hatte Aufsehen erregt. Mehrere Büttel drängten sich durch die Leute und trennten die Streitenden.

»Die Schande werdet Ihr bezahlen«, brüllte Gerhoh, während ihn die Waffenknechte des Marktrichters wegzerrten. »Das wird Euch teuer zu stehen kommen.«

»Ihr wollt eine Fehde?«, schrie Rupert zurück. Mit einem Ruck befreite er sich aus dem Griff der Büttel und brüllte ihm nach: »Ihr könnt sie haben, Gerhoh. Hört Ihr? Ihr könnt sie haben!«

In der getäfelten Sakristei des Doms legte Otto die Stola sorgfältig auf den kostbaren Bischofsgewändern zusammen. Nach der Totenmesse für den verstorbenen Grafen von Wolfratshausen hatte er die Zisterzienserkutte wieder angezogen. Er nahm es genau mit dem Verbot, weltliche Kleidung zu tragen, und dieses Gewand erinnerte ihn an seine Zeit als einfacher Mönch in Morimond. Vielleicht hätte er nie von dort weggehen sollen. Die Streitereien der Welt fielen ihm mehr und mehr zur Last. Nur wenn er sich nachts, ausgelaugt von Kälte und Müdigkeit, im Hemd in die Kapelle schleppte und die alten Psalmen intonierte, nur dann gelang es ihm, all das einen Moment zu vergessen.

Gefolgt von Rahewin und seinen Rittern ging er zu der Pforte, die aus dem nördlichen Kirchenschiff zum Kreuzgang der Domburg führte. In das kahle Gewölbe fiel nur wenig Licht von der Kaiserempore des Westwerks. Hier warteten die üblichen Bettler. Auf sein Zeichen hin drückte Rahewin Almosen in die ausgestreckten schmutzigen Hände.

Otto wollte durch die Pforte treten, da schlug eines der knienden Weiber die Kapuze zurück. Das Licht glänzte auf ihrem honigfarbenen Haar. Wortlos streckte sie ihm zwei zusammengerollte Pergamente hin.

Otto war wie gelähmt. So hatte er sie in Erinnerung gehabt. Mit ihrer hellen Haut und diesen großen, aufmerksamen Augen, die in sein Innerstes drangen.

»Wibald von Stablo schickt Euch diese Urkunden«, sagte Blanka. Ein unsicheres Lächeln zuckte um ihren Mund, aber ihre Lippen bebten. »Ich bitte Euch um Vergebung. Euch und Rupert.«

Es war warm im Westwerk. Zwischen ihren Beinen wurde es unangenehm feucht, obwohl sie sich neu mit Leintüchern gepolstert hatte. Sie hatte sich nicht weiter in die Kirche gewagt. Eine Wöchnerin galt als unrein und musste erst von einem Priester ausgesegnet werden. Ottos vertraute Nähe hier an diesem Ort war schmerzhaft. Aber gerade deshalb wäre es noch viel schlimmer gewesen, sich heimlich davonzustehlen.

Rahewin hatte die Pergamente genommen und aufgerollt. »Hol mich der Teufel!«, entfuhr es ihm. Er reichte sie an seinen Herrn weiter.

»Du Hure!«, brüllte Rupert. Er war hinter den Geistlichen herangekommen. Jetzt drängte er sich an Rahewin vorbei und wollte auf Blanka losgehen. Der Sekretär hielt ihn fest, er versuchte sich loszureißen, doch Rahewin schrie: »Ihr seid ein Ritter des Bischofs! Wo ist Euer Gehorsam gegenüber Eurem Herrn?«

Wütend befreite sich Rupert, aber er gehorchte. Trotzig wies er auf Katharina, die hinter Blanka mit dem Neugeborenen wartete. »Ist das sein Bastard?«

»Mein Sohn aus der Ehe mit Pero von Föhring«, antwortete Blanka

mit gesenkten Lidern. Sie glaubte es zwar nicht, aber es gab auch keinen Beweis dagegen. »Ich war schwanger, als man mich verbannte.«
»Aber kaum von deinem Mann, du Metze!« Rupert wollte wieder auf sie los, aber Rahewin hielt ihn zurück.
»Sie ist noch nicht ausgesegnet. Vielleicht habt Ihr ein Recht, sie zu töten, das entscheidet Euer Herr. Aber nicht hier, auf geweihtem Boden. Und nicht jetzt, ohne Beichte.«
Otto hatte die ganze Zeit geschwiegen. Mit bleichen Lippen und geweiteten Augen, die hier in der Kirche dunkler wirkten, starrte er auf die Pergamente. Blanka hatte den Eindruck, er brächte es nicht fertig, sie anzusehen.
»Ich habe gebüßt«, sagte sie ernst. »Obwohl mich das Gottesurteil von jeder Schuld freigesprochen hat.«
Otto schien mit sich zu kämpfen. Auf einmal wurde sein Gesicht hart. »Willst du die Vergebung Gottes erkaufen?«, stieß er hervor. »Ich will diese Urkunden nicht.«
Er warf ihr die Pergamente ins Gesicht. Dann ging er an ihr vorbei durch die Pforte. Einige Gaffer zerstreuten sich. Andere blieben, um Blanka zu beobachten, die mit fahrigen Händen die Schriftstücke aufsammelte. Die Steinfliesen waren kalt, und ihre Beine und ihr Rücken schmerzten. Verzweifelt blickte sie Otto nach. Ihre ganze Hoffnung hatte sie auf diesen Augenblick gesetzt.
»Du hast meinen Bund mit Pero von Föhring zerstört!«, schrie Rupert. Sie fuhr zusammen, aber er hielt sich an Rahewins Befehl und berührte sie nicht. »Und unsere Familie in Schande gestürzt. Der Bischof hat nicht mich mit Peros Nachfolge belehnt, sondern Cuno, den Münzmeister. Warum wohl? Weil ein Mann ohne Ehre einen so wichtigen Posten nicht übernehmen kann.«
»Rupert, hör auf!« Blanka konnte die Tränen nicht mehr zurückhalten.
Er wies mit dem Kopf auf das Kind. »Glaubst du, ich nehme dich mit offenen Armen auf? Mit dem Balg dieses Verräters?«
»Es ist Peros Kind«, wiederholte sie. Die Urkunden an die Brust

gepresst, trat sie zu Katharina und stellte sich schützend vor ihren Sohn. Beim Klang der streitenden Stimmen verzog der kleine Hartnit das Gesicht und fing an zu weinen.

Rupert stieß einen wütenden Laut aus. »Wenn du etwas zu bereden hast, gib vorher den Bastard weg.«

»Niemals!« Blanka suchte in seinem Gesicht ihren bewunderten Bruder, den sie liebte. Sie suchte sein Lachen von damals, als er ihr auf den Wiesen vor der Domburg das Bogenschießen beibrachte, das Gefühl seiner warmen, starken Arme, in denen sie sich sicher gefühlt hatte. Sie wollte nicht glauben, dass all das unwiederbringlich verloren sein sollte. Es tat unendlich weh.

Rupert spuckte vor ihr aus. Dann folgte er seinem Herrn.

Otto stieg so hastig die Stufen zum Skriptorium hinauf, dass Rahewin kaum hinterherkam. Der Bischof befahl den Rittern, unten zu warten, und öffnete die niedrige Tür.

Überrascht blickten die Schreiber auf. Rahewin schickte sie hinaus, und der Bischof ging zu seinem eigenen hölzernen Pult ganz am Eingang. Er legte die bleichen, blaugeäderten Hände auf die geschnitzten Ränder und zögerte. Dann nahm er den engbeschriebenen Packen Pergament, der darauf lag, und reichte ihn Rahewin.

»Schick das an Kaiser Friedrich, so schnell wie möglich«, befahl er. »Am besten, du reitest selbst.«

Verblüfft starrte Rahewin ihn an. Seit Jahren war er nicht mehr so weit zu Pferde gereist, und schon gar nicht allein und mit einem solchen Auftrag. Er wusste nicht einmal, ob er noch passende Reisegewänder besaß.

»Blanka wollte mich nicht nur versöhnen«, dachte Otto laut. »Ich kenne sie. Das war eine Warnung. Ich muss Kaiser Friedrich für mich einnehmen, ehe meine Feinde handeln.«

»Aber, Herr, das ist Euer neues Geschichtswerk.« Rahewin verstand nicht. »Die *Gesta Frederici*, Eure Chronik der Taten Kaiser Friedrichs.«

»Genau. Ich bin bis zum Regensburger Hoftag im letzten Jahr gekommen. Einige Exkurse fehlen noch, aber für den Augenblick muss es reichen.« Otto nahm das unterste Pergament. Er überflog es, runzelte die Stirn. Dann tauchte er einen Kiel in das Rinderhörnchen an seinem Pult, strich die letzten Sätze und überlegte. Endlich schrieb er hastig ein paar neue Zeilen. »Schreib das noch ins Reine«, befahl er und reichte es Rahewin.

»›Von diesem Tage an lächelte dem ganzen Reich ein heiterer Friede‹?« Rahewin ließ den Bogen sinken und starrte seinen Herrn an. »Die Wittelsbacher Reiter treiben es schlimmer denn je. Gerade haben wir die Totenmesse für den Grafen von Wolfratshausen gelesen, der mit uns verbündet war. Er starb ohne Erben. Damit fällt sein Besitz an der Isar dem neuen Herzog zu, und Heinrich der Löwe fletscht jetzt vor unserer Haustür die Zähne. *Heiterer Friede* ist nicht gerade der Ausdruck, der mir zu unserer Lage einfällt.«

Otto presste die Finger auf die Nasenwurzel. Seit Tagen hatte er starke Kopfschmerzen, aber nach einer Weile atmete er dennoch ruhiger. »Darüber hinaus habe ich auch verschwiegen, wie Friedrich den Papst brüskiert und um ein Haar seine Kaiserkrönung verspielt hätte«, ergänzte er. »Das ist richtig. Ebenso wenig habe ich festgehalten, dass er das Herzogtum Baiern einem herrischen jungen Narren gab, weil er ohne Heinrich den Löwen nicht regieren kann. Heinrich hat ihm in Italien die aufständischen Römer vom Leib gehalten. Mit ihrem Blut hat er das Herzogtum Baiern gekauft.« Er blickte auf. »Mein teurer Neffe Friedrich will ein zweiter Kaiser Karl der Große sein. Ich soll seinen Ruhm für die Nachwelt erhalten, wie es der Geschichtsschreiber Einhard für Karl tat. Erinnerst du dich an Friedrichs Brief, den er mir im April schrieb? Er hat bis ins Detail aufgelistet, welche Ereignisse er in dieser Chronik haben will und welche nicht. Was glaubst du wohl, würde er tun, wenn ich ihm stattdessen die Wahrheit vorlege?«

Rahewin schluckte. »Aber ist das nicht ...«

»Wenn es dich tröstet: Ich glaube, Einhard ist mit dem Leben des großen Karl auch nicht anders verfahren«, unterbrach ihn Otto. Ich bin ironisch und bitter geworden, dachte er. Aber was blieb ihm anderes übrig?

»Ich weiß, dass es nicht die Wahrheit ist«, meinte er dann. »Aber ich wünschte, es wäre so. Vielleicht zeigt es ja Wirkung, und Friedrich kommt auf den Gedanken, dass es ruhmvoll wäre, Frieden zu schaffen. Wenn es mir nicht gelingt, ihn für mich einzunehmen, verliere ich diesen Kampf.«

»Und Blanka?«, fragte Rahewin.

Otto verstummte. Als er sie vorhin wiedergesehen hatte, hätte er sie am liebsten umarmt und an sich gezogen. Ein schon erloschen geglaubtes Feuer hatte ihn zu ihr gedrängt, und gleichzeitig hätte er ihr ein Schwert ins Herz stoßen können. Aber was er im Inneren empfand, durfte ihn nicht bewegen, seine Pflicht zu verletzen. »Kümmere dich um deinen Auftrag!«, befahl er rau. Aber seine Stimme schwankte.

7

Pfingsten nahte, und Herzog Heinrich der Löwe zog mit seinem Gefolge nach Süden, um die Huldigungen der letzten bairischen Fürsten zu empfangen, die nicht auf dem Hoftag gewesen waren. Die Stunde seines Weibes schlug, als er den Tross in Regensburg zurückließ, um nur mit wenigen Männern von Burg zu Burg zu reisen.

»Lasst mich los, ihr Hurensöhne!«, kreischte Magdalena, als zwei Knechte sie in den Stall schleiften. Sie warfen sie auf den Boden, und sie stürzte der Länge nach in den Dreck. Gackernd stoben die Hühner auseinander, die hier nach Fressbarem gepickt hatten. Pferde schnaubten, und die Spatzen schimpften von den Dachbalken. »Ihr Schweine, den Surcot werdet ihr mir bezahlen!«

»Das glaube ich kaum.« Der bestickte Saum eines kostbaren Seidenkleids kam in ihr Blickfeld. Sie sah daran hinauf. Clementia von Zähringen.

Der Teufel hole die Bergziege!, dachte Magdalena.

Clementias schmales Gesicht wirkte bleich. Das straff zurückgekämmte, vom Gebende gehaltene Haar war hinten zu einem Knoten geschlungen. Sie gab dem einen Knecht ein Zeichen. Er zog eine zusammengerollte Peitsche aus dem Gürtel seiner graubraunen Cotte und grinste.

Magdalena sog pfeifend den Atem ein, als das Leder auf ihren Rücken schlug. Der Schmerz schnitt ihr die Luft ab. Die Männer drehten sie herum und droschen nun beide auf sie ein.

Schreiend zog sie die Hände vor den Kopf, um ihr Gesicht zu schützen. Einer der Knechte riss sie ihr weg. Er versetzte ihr eine Ohrfeige, dann schlug er mit der Peitsche über ihre Wange. Wimmernd presste sie die Hand auf die Stelle und spürte, dass sie blutete.

»Heinrich wird die Lust auf eine dreckige Hure wie dich schon vergehen!«, zischte Clementia. »Ich kann ihm nicht vorschreiben, wen er besteigt. Aber du wirst keine Frau verhöhnen, die aus einem königswürdigen Geschlecht stammt.« Sie gab ihren Männern ein Zeichen. Lachend hoben sie ihre fleckigen Cotten. Verglichen mit den schmutzigen Knien und Füßen wirkten die behaarten Oberschenkel hell. Einer der beiden begann sein Glied zu reiben.

»Ich bin eine Dame von Adel«, sagte Clementia. »Es liegt mir nicht, meinen Knechten zuzusehen, wie sie sich paaren. Also: Gehst du freiwillig?«

Durch wirres, verschmiertes Haar starrte Magdalena sie verständnislos an. Ihre Wange brannte, und sie spürte das warme Blut herablaufen. Es wird eine Narbe geben, dachte sie verzweifelt. Welcher adlige Mann würde noch mit einer Frau schlafen wollen, die entstellt war?

»Ich frage nur aus einem Grund«, fuhr Clementia mit derselben trügerischen Sanftheit fort. »Da du offenbar nicht genug von Männern bekommst, lasse ich dich von meinen Knechten der Reihe nach hernehmen, bis du nicht mehr laufen kannst. Es sind kräftige Burschen, sieh sie dir nur an. Schon möglich, dass du unter einem von ihnen erstickst.«

Keuchend vor Angst blickte Magdalena sich um. Die beiden Männer waren bereit. Sie konnte ihren Gestank von den ungewaschenen Cotten bis zu sich her riechen und begriff, dass sie weit mehr zu verlieren hatte als ihre Schönheit.

»Und wenn ich genug habe?«, keuchte sie.

Clementia lächelte schmal. »Dann erwarte ich, dass du wieder auf die Straße verschwindest, von der Heinrich dich aufgelesen hat.«

Der eine Knecht kniete sich auf sie. Seine tiefliegenden fischblauen Augen waren dicht über ihr, sein Atem stank nach Lauch und Wein.

»Ich gehe!«, schrie Magdalena. »Ich schwöre es. Ich werde Euren Gemahl nie wiedersehen.«

Clementia rief den Mann zurück.

»Loslassen?«, beschwerte er sich. »Und was ist mit meinem Schwanz?«

»Es ist mir gleich, in welche Gosse sich ein lüsterner Stallknecht entleert«, zischte Clementia. »Du hast einen Befehl bekommen, und ich rate dir zu gehorchen.«

Offenbar war seine Furcht vor Clementia größer als seine Gier. Widerwillig ließ der Knecht Magdalena los. Keuchend vor Angst kam die Vagantin auf die Knie. Sie ergriff den beschmutzten Kleidersaum der Herzogin und küsste ihn.

»Geh mir aus den Augen.« Clementia versetzte ihr einen Tritt und verließ den Stall. Im Tor blieb sie noch einmal stehen, ein magerer schwarzer Umriss vor dem hellen Hof. »Ich verschone dich nicht aus Mitleid, sondern nur weil ich mir mit dir nicht die Hände schmutzig machen will.«

Magdalena beeilte sich, auf die Beine zu kommen. Sie fuhr sich mit dem Ärmel über die blutende Wange und suchte hinkend das Weite. Sollten die Männer doch die nächste ahnungslose Stallmagd zuschanden machen. Sie dachte nur noch daran, ihre eigene Haut zu retten.

Magdalena wusste nicht, wohin sie sonst hätte gehen sollen, also zog sie wieder nach Freising. Blankas Stadthaus war verlassen und wirkte, als sei es länger nicht bewohnt worden. Der geflochtene Zaun war schief und löchrig, der Gemüsegarten voller Unkraut. Kein Geräusch, kein Essensduft drang heraus.

Ratlos blickte Magdalena sich um. Sie wusste, dass Herzog Heinrich ihre Schwester freigesprochen hatte – ein wenig hatte sie dabei nachgeholfen, weil sie ein schlechtes Gewissen gehabt hatte. Allerdings hätte Heinrich Blanka wohl in jedem Fall für unschuldig erklärt, schon um Bischof Otto zu ärgern. Magdalena war sicher gewesen, sie hier anzutreffen. Vielleicht war sie in Föhring.

Als sie die Straße zum Stadttor hinablief, hörte sie aus einer der Handwerkerhütten ihren Namen rufen. In dem kleinen Garten unter einem Obstbaum schlug eine Frau die Kapuze von ihrem honigfarbenen Haar zurück. Magdalena grinste.

»Blut ist dicker als Wasser«, meinte sie, als sie mit Blanka und Liutprecht an dem groben Tisch im Haus des Steinmetzen saß. Blanka wirkte müde und traurig. Der Streit mit ihrem Bruder, von dem sie erzählte, schien ihr zuzusetzen. Magdalena prostete ihrer Schwester mit dem Tonbecher zu und trank dankbar das Bier. »Und was willst du jetzt tun?«

Der kleine Hartnit hatte vorhin wie am Spieß gebrüllt. Jetzt lag er zufrieden in der hölzernen Wiege neben der Tochter des Steinmetzen und nuckelte an einem in Honig getauchten Leintuch. Am Feuer zischte es, und ein starker Duft erfüllte den Raum. Katharina briet Petersilie und Zwiebeln in Schmalz, es gab Eintopf mit Fleischbrühe, Brot und Eiern. Hinter ihr trocknete Wäsche, die Stube war dunkel, und an den rauchgeschwärzten Dachbalken stieß man sich ständig den Kopf. Aber Magdalena war dieses einfache Haus lieber als ein Palast, in dem Clementia von Zähringen herrschte.

Sie zeigte auf die verschorfte Stelle an ihrer Wange. »Meinst du, das gibt eine Narbe?«

Katharina, die mit einem neuen Krug Bier kam, beugte sich herab und packte sie am Kinn. »Scheint nicht tief zu sein. Wenn du willst, kümmere ich mich darum.«

»Mein Weib ist eine Viehbesprecherin«, erklärte Liutprecht gedehnt. Seine rötlichen Brauen zogen sich zusammen.

»Frag das Vieh, ob es geholfen hat«, erwiderte Katharina scharf. »Und das Brot, das ich von meinem Lohn kaufe, isst du ja auch. Von deiner Pfaffensäule können wir nicht leben.« Grob stellte sie das Bier ab, und etwas schwappte auf Liutprechts Cotte. Magdalena war sicher, dass es Absicht gewesen war.

»Es ist ein Glück, dass du mit Heinrich dem Löwen gezogen bist«, mischte sich Blanka ein, ehe sich die beiden in die Haare geraten konnten. »Du musst ihm etwas bringen.«

Magdalena sprang so hastig auf, dass Liutprecht schnell die Becher festhielt. »Zu Heinrich?«, stieß sie hervor. »Um nichts in der Welt!« Überrascht schüttelte Blanka den Kopf. »Als wir uns zuletzt sahen, wolltest du unbedingt seine Hure werden.«

»Ja. Aber er hat einen Drachen zum Weib, das mich auch gleich zur Metze seiner Stallknechte machen wollte«, fauchte Magdalena. »Wenn ich wiederkomme, lässt sie mich von ihren Knechten schänden, bis ich meine Seele aushauche. Ich bin eine einfache Frau, aber ich bin nicht blöd. Die adlige Hexe meint es ernst. Nein, ich mache meine Taverne in Munichen wieder auf.«

»Ich habe unten beim Schmied Neuigkeiten gehört«, meinte Liutprecht. »Der Herzog und der Pfalzgraf werden ohne Clementia auf Wartenberg eintreffen. Sie ist schwanger, und eine zugige Festung ist kein Aufenthalt für eine Dame in anderen Umständen. Sie bleibt in Regensburg.« Die Frauengespräche schienen ihm unbehaglich zu sein. Er stand auf und nahm sein Bier. »Ich gehe zur Werkstatt.«

»Was soll das heißen?«, tobte der Löwe einen Tag später. Erschrocken flatterten ein paar Wasservögel aus dem Uferschilf und flogen schnatternd über den glitzernden Fluss. Magdalena hatte ihn bei Munichen angetroffen, auf den sonnendurchglühten Kiesbänken der Isar. Als er vom Tod des Wolfratshauseners gehört hatte, war Heinrich sofort hergekommen. Angeblich, um das Land zu begutachten, das nun ihm gehörte. Doch in Wahrheit offenbar, um das sommerliche Niedrigwasser zu nutzen: Seine Knechte standen an seichten Stellen im Wasser und rammten Pfosten in den Grund. Die ersten wurden schon mit Holzwänden verbunden und die so entstandenen Wasserstuben leer geschöpft. Überall zwischen diesem Ufer, der langgezogenen Insel in der Flussmitte und dem gegenüberliegenden Strand, wo der Gache Steig nach dem Dorf Giesing hinaufführte, entstanden solche Wasserkammern. Immer wieder riefen die Männer den heiligen Nepomuk an, den Schutzpatron des Wassers und der Brücken. Neugierig reckte Magdalena den Hals.

»Münzrechte!«, tobte Heinrich. »Und Befreiung aller Salztransporte vom herzoglichen Zoll! Willst du mich zum Narren halten, Weib?«

Magdalena zog den Kopf ein und trat zurück, nicht ohne den Rocksaum dabei kokett über die Unterschenkel zu heben. »Ich kann doch nicht einmal lesen, Herr. Ich bringe nur, was man mir aufgetragen hat.«

Heinrich fasste sie am Kinn und fuhr mit dem Finger über die verschorfte Stelle auf der Wange. Mit schlecht gespielter Sprödigkeit blickte Magdalena zur Seite und beobachtete die Knechte. Einige hoben in den Wasserstuben Löcher aus. Unter Rufen und Fluchen wurden schwere Felsen herangeschafft und lange, wuchtige Holzbalken. Am Ufer war ein Floß vertäut, das offenbar noch mehr Steine und Stämme aus den Bergen brachte. Ein weiteres näherte sich. Ohne Zweifel, Heinrich baute eine Brücke.

Sie leckte sich die Lippen. Wo es eine Brücke gab, brauchte man auch eine Herberge. Eine Herberge wiederum brauchte eine tüchtige Wirtin, die dem Herzog das Bett warm hielt, falls er vorbeikam. Für Clementia war Munichen kein standesgemäßer Aufenthaltsort. Nachdenklich begann Magdalena mit den Knöpfen an Heinrichs Halsausschnitt zu spielen und ließ ihre Hand nach unten gleiten. Die Finger des Herzogs wanderten zu ihrem Hintern.

Ortolf bemerkte sie nicht gleich. Mit nacktem Oberkörper stand er im Wasser und beaufsichtigte die Arbeiten. Die Sonne rötete seine Haut und ließ den Schweiß darauf brennen. »Den Stamm hier herüber!«, schrie er. Ungeduldig kam er den Flößern durch das hüfttiefe Wasser entgegen und packte mit an. Keuchend schleppten sie den ungeschälten Balken zu der ersten Wasserstube, in der bereits ein fertiger Brückenpfeiler stand. »Sobald die Pfeiler fertig sind, verbindet sie mit den Stämmen. Aber achtet darauf, dass sie fest verankert und ausreichend mit Felsen beschwert sind. Ihr wisst, eine Salzscheibe wiegt so viel wie ein Mann. Die Brücke muss Karren mit mehreren Scheiben aushalten.«

Aufatmend tauchte er die Hände ins kalte Wasser und schöpfte sich etwas ins Gesicht. Er kannte die Furt bei Munichen. Hin und wieder hatte er sie selbst schon benutzt, wenn er den bischöflichen Zoll in Föhring hatte umgehen wollen. Seinerseits hatte er den Schmuggler Lantpert wegen desselben Verbrechens schon öfter hier festgenommen. Wie war Heinrich, ein Fremder, nur auf diesen Ort gekommen? Er hörte den Rotkopf rufen und watete ans Ufer.

»Und wieder zaubert Otto im rechten Moment eine Urkunde aus dem Ärmel«, begrüßte ihn der Freund. Ortolf wischte sich den Schweiß von der sonnenverbrannten Stirn, warf einen Blick auf die Pergamente und fuhr zusammen.

Er würde ein Wörtchen mit Blanka zu reden haben, dachte er wütend. Wie hatte dieser Satansbraten nur all die Jahre die Leute glauben lassen, sie sei eine Heilige? Der Teufel wusste, warum es immer dann besonders stark in seinen Lenden zog, wenn er sie bei einer Schurkerei erwischte.

»Ich bringe den Burschen persönlich um, der uns zum Narren hält!«, fluchte der Rotkopf. »Der Bastard wird sich wünschen, nie geboren zu sein!«

Ortolf wollte sich einmischen, doch der Herzog kam ihm zuvor.

»Ich habe genug von diesem Spiel«, sagte Heinrich hart und schob Magdalena weg. »Ob dieses Ding nun echt ist oder nicht, Otto zwingt mich, Tatsachen zu schaffen. Oder«, wandte er sich mit einem gefährlichen Lächeln an den Rotkopf, »seht Ihr das anders? Als Pfalzgraf ist es Eure Aufgabe zu urteilen, wenn es Streit zwischen dem Herzog und einem Bischof gibt.«

Der Rotkopf stieß einen zornigen Laut aus. »Worauf wartet Ihr?«

Heinrich lachte und blickte zu seinen Knechten an der Brücke. Seine dunklen Augen schweiften zu den Flößen, wo die Fährleute unter Rufen ihre Ware abluden und ans Ufer schafften. Es war ihm anzusehen, dass er überlegte, wie lange der Bau noch dauern würde.

»Lassen wir uns einen Moment Zeit. Otto rechnet damit, dass wir vor September nichts unternehmen werden. Meine offizielle Ernennung zum Herzog jährt sich dann. Allerdings wurde ich inoffiziell bereits zu Pfingsten ernannt.« Seine Stimme wurde leise und bedrohlich. »Unser frommer Zisterzienser wird ein Pfingstwunder der anderen Art erleben. Ich werde Flammen auf sein Haupt regnen lassen, dass er in allen Zungen um Gnade wimmert.«

8

Am Samstag vor Pfingsten hämmerte Liutprecht völlig versunken in seiner Werkstatt. Er bemerkte nicht einmal, wie sein Gesicht und Körper sich mit weißem Staub bedeckten. Gelobt sei der Herr, dachte er. Bischof Otto war kein Steinmetz. Er hatte die Säule nicht schwer beschädigt, und so hatte Liutprecht sie retten können. Es würde ihn den Kopf kosten, wenn Otto bemerkte, dass er sie nicht zerstört hatte. Er strich über das kühle steinerne Tau, welches das Kapitell abtrennte. Niemand wusste, wie viel Kraft und Mühe er an diese Säule verwendet hatte. Längst war sie viel mehr als nur sein Meisterstück. Sie war die Summe seiner tiefsten Ängste und verborgensten Wünsche. Er würde sie nicht einfach zerstören.

Ein Geräusch in seinem Rücken ließ ihn herumfahren. Liutprecht starrte zum Eingang. Dann atmete er auf. Es war nur Katharina. Den kleinen Hartnit hatte sie sich wie üblich in einem Tuch auf den Rücken gebunden. Sie wollte nicht riskieren, dass dem Kind eines Ortolf Kopf etwas zustieß. Widerwillig warf er eine Decke über die Säule.

»Der Bischof wird dich hinauswerfen«, bemerkte Katharina. »Ist ein Stück Stein das wert?«

Liutprecht hängte das Tuch wieder vor die Säule, mit dem er den hinteren Teil der Werkstatt zusätzlich vor Blicken schützte. »Davon verstehst du nichts.«

»Dann lass es mich verstehen.« Sie schob das Tuch zur Seite, ging in den Schatten dahinter und zog die Decke herab. Staub rieselte auf den Boden. Sie hielt den Atem an.

Ihre Hände glitten über die Figuren, die Drachenschlünde, die kämpfenden Ritter und schließlich die Frau mit der Blütenranke.

»Es ist unheimlich«, meinte sie endlich. »Als würden Geister aus den Bäumen wachsen.«

»Aber auch großartig«, sagte Katharina.

Überrascht blickte er sich um. Noch nie hatte sie etwas anderes über seine Arbeit gesagt, als dass er den Pfaffenchristen half, die alte Religion zu verdrängen. Zögernd reichte er ihr den Becher hinüber.

»Du hast recht«, sagte Katharina, nachdem sie getrunken hatte. Sie gab ihrem Mann den Becher zurück, und mit einem Schlag war die Fremdheit zwischen ihnen verschwunden. »Das ist etwas, das es sonst hier in Baiern nicht gibt. Vielleicht nicht einmal im ganzen Reich. Du musst es fertig machen.«

Als Blanka und Ortolf die Schmiede unterhalb des Dombergs erreichten, fiel ihr wieder auf, wie angespannt er wirkte. Sein Pferd hatte ein Eisen verloren, und er wollte es neu beschlagen lassen. Gefährlich nahe unter dem grasgedeckten Dach und an den Pfosten, die es hielten, glühte die Esse. Der muskulöse junge Schmied in seiner speckigen Lederschürze besah sich den Schaden und versprach, ihn gleich zu richten. Als er das glühende Metall auf den Huf drückte, zischte es, und stinkender Qualm stieg auf.

»Ich habe deine Schwester übrigens bei Herzog Heinrich gesehen«, bemerkte Ortolf leise.

»Magdalena?«, fragte Blanka harmlos. »Ja, sie schafft es nicht, den dicken Fisch von der Angel zu lassen. Aber früher oder später wird sie zu ihrem Poeta zurückgehen.« Das Wissen um die Urkunden hätte Ortolf nur in Zweifel gestürzt, die sie ihm ersparen wollte. In der letzten Zeit hatte er sie mit einer Rücksicht behandelt, die sie ihm nicht zugetraut hatte. Es fiel ihm sichtlich schwer, aber er drängte sie weder zum fleischlichen Akt noch dazu, für immer bei ihm zu bleiben. Sie fühlte sich ihm näher denn je. »Ich gehe voraus«, meinte sie und küsste ihn. »Komm bald nach.«

Sie lief über die Brücke. Die Befestigung reichte hier fast bis zum Bach herab. An der bemoosten Mauer streckten ein paar Bettler die Hände aus. Ganz hinten lag eine Elendsgestalt, die kaum auf die Knie kam. Blanka warf ihnen einige Münzen zu. Es war noch nicht lange her, dass sie selbst so im Straßendreck gekniet hatte.

»Gott segne Euch«, krächzte die Frau.

Blanka blieb stehen. »Gepa?« An die meisten Aussätzigen erinnerte sie sich nicht einmal, in diesen Häusern dachte jeder nur ans eigene Überleben. Aber Gepa hatte ihr damals Mut gemacht.

»Ich bin nicht bis Wolfratshausen gekommen, wie du siehst«, lachte Gepa krächzend. Sie schien Fieber zu haben. Auf ihrer bleichen Stirn perlte Schweiß, und ihre Haut war wächsern wie die einer Puppe. »Das Geschwür hat sich entzündet und vergiftet das Blut. Was soll's. Freising ist zum Sterben so gut wie jeder andere Ort.«

Blanka raffte ihren Rock und watete durch den Schlamm, um ihr aufzuhelfen. Erschrocken bemerkte sie, dass ihre Finger tiefe Spuren in Gepas kalter Haut hinterließen. »Kann ich etwas für dich tun?«, fragte sie rau.

Gepa schüttelte den Kopf und legte ihre umwickelte Hand auf Blankas. »Hier habe ich mir den Aussatz damals eingefangen«, meinte sie. »Passend, dass ich hier sterbe. Den edlen Herrn von Burgrain hat die Hölle sicher auch schon geholt.«

Blanka hatte das Gefühl, dass ihr jemand mit einem Schlag den Boden unter den Füßen wegzog. Wortlos starrte sie Gepa an. »Von Burgrain?«, flüsterte sie endlich.

»Ich hatte meinen Mann verloren und wollte ein Vergnügen«, erwiderte die Kranke mühsam. »Damals arbeitete ich in der Badestube drüben am Nordtor. Er kam gerade aus dem Heiligen Land zurück. Wir hatten es schon einige Male getrieben, ehe ich das Geschwür bemerkte. Es war ganz unauffällig, am hinteren Teil des Unterschenkels.«

Der kalte Hauch des Moorbachs stieg empor und perlte an der bemoosten Mauer herab. Blanka starrte auf die funkelnden Tropfen, ohne zu begreifen. »Er hatte es schon?«, brachte sie endlich hervor. »Das Geschwür hatte er schon in Jerusalem?«

Ein plötzlicher Frost schüttelte Gepa. Ihr Atem ging schnell und schwer, und einen Augenblick lang wirkte sie benommen. Blanka hatte schon Angst, sie würde ihr unter den Händen sterben. Dann bejahte die Kranke und richtete sich ein wenig auf. »Kanntest du ihn?«

Blanka antwortete nicht. Wenn ihr Vater schon in Jerusalem ein Geschwür gehabt hatte, hätte er Wochen vorher erkrankt sein müssen. Der Aussatz brach nicht so schnell aus. Es ist unmöglich, hämmerte es in ihrem Kopf. Unmöglich. Sie wollte noch nicht verstehen, was Gepas Worte bedeuteten. »Weißt du, wie er sich die Krankheit holte?«, fragte sie endlich tonlos.

»Bei einer Hure in Kleinasien.« Gepa hustete trocken und rang wieder nach Atem. »Er war schon lange Witwer. Hatte ein schlechtes Gewissen, weil er seine unschuldige Tochter angesteckt hatte. Was mich betraf, na ja. Er gab mir Geld, damit ich den Mund hielt und mir einen Arzt suchen konnte. Wollte die Krankheit um jeden Preis verheimlichen. Kein Wunder. Ein aussätziger Ritter verliert alles. Er hätte betteln müssen.«

Blanka starrte sie an. Sie erinnerte sich an Ruperts verzweifelte Worte: *Warum lässt Gott das zu? Er verschont ein nutzloses Mädchen, damit es einen Ritter ansteckt.* Neun Jahre lang hatte sie mit der Schuld gelebt, ihre Familie zerstört zu haben. Bei jedem Dokument, das sie gefälscht hatte, hatte sie gehofft, so diese Schuld wiedergutzumachen. Damit ihr Überleben wenigstens einen Sinn hatte.

Auf einmal brachen alle ungeweinten Tränen aus ihr heraus. Sie liefen unaufhaltsam über ihr Gesicht, zuerst tonlos, dann mit einem ersten erstickten Laut. Sie warf die Kapuze zurück und löste ihre Zöpfe, schrie vor Trauer, dass es ihren ganzen Körper schüttelte. Es war schmerzhaft und befreiend zugleich, als würde jemand eine unendliche Last von ihren Schultern nehmen.

Als sie sich endlich aufrichtete, brannten ihre Augen von den Tränen. Aber sie atmete leichter.

»Meinst du, Gott wird mir vergeben, dass ich Unzucht getrieben habe?«, flüsterte Gepa mühsam.

Blanka fuhr sich übers Gesicht. Ihr ganzes Leben lang hatte sie es gehasst, wenn man sie für eine Heilige hielt. Aber jetzt beugte sie sich zu der Sterbenden, nahm die mit Leinen umwickelte Hand und drückte sie. »Ich bin kein Priester, aber die Leute hier glauben, dass ich gesegnet bin.« Sie nickte ihr zu. »Ich weiß es.«

»Du bist eine lausige Heilige«, krächzte Gepa. »Heilige vergeben so etwas nicht.« Dann erstarrten ihre Augen.

Aufgewühlt erreichte Blanka Liutprechts Haus. Sie warf die Kappa auf einen Hocker und wusch sich gründlich die Hände. Dann nahm sie Katharina den kleinen Hartnit ab und trug ihn in den Garten. Es war üblich, Neugeborene in einem abgedunkelten Raum zu lassen, aber Sonne konnte ihrem Kind nicht schaden. Die Wange an das weiche Köpfchen gelegt, sang sie ihm ein Lied vor. Sie war voller Gefühle, die sich widersprachen, fühlte sich von einer Last befreit, die sie neun Jahre lang mit sich herumgeschleppt hatte.

Katharina schickte die beiden größeren Kinder in die Werkstatt, um dem Vater das Essen zu bringen. Sie selbst ging mit ihrer Jüngsten zur Mühle. Endlich kam Ortolf.

»Was ist denn los?«, lächelte er, als Blanka ihn am Halsausschnitt seiner Cotte an sich zog.

»Ich bin noch nicht ausgesegnet«, erwiderte sie und ließ ihre Hand über seine Brust gleiten. Erst jetzt wurde ihr klar, wie sehr sie seinen Körper vermisst hatte. »Aber ich habe eine Art Absolution bekommen. Und einem missratenen Heiden wie dir ist es sicher gleich, dass ich noch ein wenig blute.«

Überrascht blieb er im Eingang stehen.

Dann stieß er die Tür hinter sich zu, packte Blanka an den Hüften und küsste sie. Er schmeckte noch so gut wie das letzte Mal, als sie sich geliebt hatten. Ortolf hob sie hoch und legte sie rücklings auf die nächste Schlafbank. Ein paar Holzbecher rollten krachend herab, und der kleine Hartnit quäkte im Schlaf. Sie warf den Kopf zurück und genoss seine wilden Küsse auf ihrem Hals. Er riss ihr die Cotte auf der Brust auf. Ihre rhythmischen Schreie drangen durch das dünne Flechtwerk der Wände, bis sie endlich erhitzt in seinen Armen lag.

Als Blanka gewaschen und ohne die zerrissene Cotte, nur im Surcot, zurückkam, stand Ortolf an der Wiege.

»Nimm ihn heraus«, lächelte sie.

Er wirkte ungewohnt verlegen. »Ich will ihm nicht weh tun. Ich weiß doch nicht einmal, wie man ein Kind hält.«

Blanka nahm ihren Sohn und legte ihn in seine Arme. Sie lachte ihn aus, als er das Kind ungeschickt an sich drückte, und holte frische Leinenwindeln von einem Haken.

»Denkst du, es verändert einen Mann, Vater zu sein?«

»Wenn, dann ist es eine Veränderung, die schon weniger gerissene Männer als du unbeschadet überstanden haben.« Sie nahm ihm den Kleinen ab und begann ihn zu wickeln. Verstohlen bemerkte sie, wie Ortolf ihre nackten Arme in dem ärmellosen Surcot beobachtete. Es war ein einfaches blaues Obergewand aus Wolle, die ein wenig kratzte und am Saum feucht war. Die zerrissene Cotte wollte sie später flicken.

»Bleib die nächsten Tage mit ihm hier«, sagte Ortolf auf einmal. »Oder nimm ihn mit.«

Wachsam blickte sie auf. »Warum?«

Das Kind begann zu weinen, und sie beeilte sich, ihm die frischen Tücher umzulegen. Zärtlich hob sie Hartnit hoch und wiegte ihn in den Armen, bis er ruhiger wurde. Dann legte sie ihn wieder in sein Bettchen.

»Ich will nicht wissen, ob die beiden Urkunden gefälscht waren«, erwiderte Ortolf langsam. »Aber sie haben Heinrich aufgestachelt. Er wird Föhring niederbrennen, sobald Pfingsten vorüber ist.«

Blanka erschrak. »Das kann er nicht machen!«

Er lachte trocken. »Du kennst den Löwen nicht. Er vergisst niemals eine Beleidigung. Wenn du Otto helfen willst«, sagte er ernst, »dann rate ihm, den Herzog anzuerkennen.«

»Du weißt, dass er das nicht tun wird.« Blanka überlegte fieberhaft. »Und wenn ich Heinrich sage, dass die Urkunden gefälscht waren?«

»Nein!«, schrie Ortolf sie an.

Verblüfft sah sie ihn an.

»Mein Herr und er sind Verbündete. Der Rotkopf ist wie ein Bruder für mich, aber er ist auch stolz und unversöhnlich. Du hast ihn gereizt bis aufs Blut, das kann er nicht vergeben. Unser Kind braucht dich, und ich ...« Er zog sie an sich und hielt sie so fest, dass sie kaum atmen konnte. »Wenn du dich stellst, werden sie dich töten und dann trotzdem tun, was sie sich vorgenommen haben. Es würde nichts ändern.«

Sie spürte seine Angst. Er meinte es ernst.

»Versprich mir, dass du es nicht tust.« Ortolf packte sie bei den Schultern und sah sie an.

Blanka biss sich auf die Lippen. Endlich nickte sie widerwillig.

Seine hellen Augen blieben misstrauisch auf sie gerichtet. »Ich will es hören.«

»Also gut. Ich werde nicht zu ihm gehen.«

Blanka hatte ihre Cotte geflickt und wieder angezogen. Aber sie war unschlüssig und fahrig, und es fiel ihr schwer, bei der Sache zu bleiben. Eine Weile trug sie ihren Sohn fest an sich gepresst im Garten herum. Als Katharina, bis zum Bersten gefüllt mit Neuigkeiten, von der Mühle zurückkam, hörte sie sich nicht wie sonst den Klatsch an.

Blanka wusste, dass Otto von Freising das Abendgebet oft in der Benediktuskirche hinter dem Dom verrichtete, bei der Grablege des heiligen Korbinian. Vor Hunderten Jahren war der Heilige aus Frankreich gekommen, um das Bischofsamt hier anzutreten. Wie Otto selbst hatte Korbinian durch seinen strengen Glauben den Unmut des bairischen Herzogs erregt. Otto würde im Gebet bei ihm Rat suchen.

Als Wöchnerin war es Blanka verboten, geweihten Boden zu betreten. Doch sie konnte nicht warten. Sie lief in den Kreuzgang hinter der Apsis des Doms. Duftende Rosen blühten und erinnerten sie an die Tugend des Schweigens. Von hier waren es nur wenige Schritte durch den kahlen, lichtdurchfluteten Gang, wo die kleine Benediktuskirche lag.

Der uralte Bau war ein niedriges, von wuchtigen Säulen gehaltenes Gewölbe, eine der ältesten Kirchen in Freising. Dünne Kerzen brannten vor dem einfachen Holzschrein wie Seelen, die um Erlösung flehten. Davor kniete Otto, magerer denn je in seiner grauen Kutte. Er wirkte bleich und presste die Hände gegen die Schläfen wie unter Schmerzen. Als könnte er ihre Nähe spüren, drehte er sich um.

»Was ...« Er unterbrach sich. Mit schmerzverzerrtem Gesicht hielt er wieder die Hände an den Kopf. Erschrocken wollte Blanka zu ihm, um ihn zu stützen, aber er winkte ab. Tief durchatmend richtete er sich auf.

Sie kniete sich neben ihn auf die hölzerne Bank und bekreuzigte sich. Seine vertraute Nähe hatte etwas Beruhigendes.

»Bist du schon ausgesegnet?«, fragte er abweisend.

Ohne den Blick vom Schrein des Heiligen zu nehmen, erwiderte sie: »Gebt dem Löwen nach.«

Otto stand hastig auf, und die Kirchenbank quietschte. »Hat er dich bezahlt, damit du mir das vorschlägst?«

Blanka sah ihm ins Gesicht. »Warum verletzt Ihr mich?«

Otto versuchte ihren Blick zu erwidern, aber er vermochte es nicht. Er sah sie an, blickte dann zur Seite und wieder auf den Schrein. Schließlich erhob er sich mühsam und strebte zum Ausgang.

»Wenn Ihr ihn nicht anerkennt, verliert Ihr Eure Lehen«, rief sie ihm nach. Ihre Stimme hallte in dem Gewölbe und schien es zu sprengen. »Er wird gegen Freising ziehen!«

»Das hat auch sein Vorgänger getan.« Otto blieb in der Tür stehen. »Ich will nichts mehr davon hören. Das ist mein letztes Wort.« Sie hörte seine raschen Schritte seltsam unregelmäßig im Kreuzgang verklingen. Dann war es still.

Blanka faltete die Hände so fest, dass es schmerzte. Jetzt war sie es, die hilfesuchend den Schrein des heiligen Korbinian anstarrte. Aber der Heilige schwieg.

Auf einmal hatte sie Angst. Todesangst. Mit ihrer letzten Fälschung hatte sie einen Krieg heraufbeschworen. Und Otto weigerte sich, ihn zu verhindern. Es blieb ihr nur, sich zu stellen. Der Rotkopf würde keine Gnade walten lassen für die Frau, die ihn jahrelang genarrt hatte. Er würde sie lebendig begraben lassen oder ihr an Ort und Stelle den Kopf abschlagen.

Mit zitternden Lippen sank sie auf die wurmstichige Kirchenbank. Sie wollte leben. Alles in ihr schrie danach. Sie versuchte ein Ave-Maria zu beten, brach aber ab. Noch konnte sie ihr Kind nehmen und fliehen. Dann würde sie im Bewusstsein leben, einen Krieg verschuldet zu haben, der für viele Menschen den Tod bedeutete und den Herzog und das Bistum Freising für immer zu Feinden machte. Aber sie würde leben. Würde ihr Kind aufwachsen sehen, was ihre eigene Mutter nicht gekonnt hatte. Im Herbst mit ihm Äpfel pflücken, ihm Brei kochen und Kinderlieder für ihn singen. Da sein, wenn er die ersten Schritte machte, die ersten Worte sprach.

Blanka presste die Stirn so fest auf die gefalteten Hände, dass es schmerzte. Die Kirchenbank drückte auf ihre Knie, sie spürte das kühle alte Holz an den Handgelenken.

Hartnit gehörte beiden Seiten. Durch seinen Vater war er dem Rotkopf verbunden, durch seine Mutter dem Bischof. Wenn diese beiden verfeindet waren und sich auf den Tod bekämpften, was blieb ihm dann? Und wie viele Kinder wie er würden in diesem Krieg sterben oder ihre Eltern verlieren? Tränen schossen ihr in die Augen. Verzweifelt betete sie um die Kraft, das Unvermeidliche zu tun. Würde ihr Sohn, wenn er groß sein würde, verstehen, was sie getan hatte und warum?

Es war spät, als sie die Kirche verließ, bleich, mit schweren Schritten, aber entschlossen. Blanka ging noch einmal bei Liutprecht vorbei, um ihr Kind zu küssen und den Esel auszuleihen. Hartnits Lippen waren vom Schlaf feucht und seine Wangen gerötet. Er hat Ortolfs Mund, dachte sie. Der Junge nuckelte an seinem Leintuch und wachte nicht einmal auf, als sie ihn aus dem Bettchen hob und an sich drückte. Es fiel ihr unendlich schwer, sich von ihm zu lösen. Sie war schon in der Tür, da lief sie noch einmal zurück und umarmte ihn. »Pass auf ihn auf«, sagte sie leise zu Katharina. »Ganz gleich, was geschieht.«

Über dem nächtlichen Moor hingen Nebelschleier. Bizarre Wolkenformationen fegten über den Himmel. Hin und wieder kam Blanka an der verlassenen Hütte eines Torfgräbers oder einer zerbröckelnden Steinmauer aus der Römerzeit vorbei. Nur schwach war der Qualm von den Brandfeldern am Rande des Moors zu riechen. Schwarze Seen spiegelten tote Bäume. Hellgrüne Algen quollen zwischen klebrigem Sonnentau hervor, der langsam jedes Insekt fraß, das sich darauf verirrte. Einen Moment kam Blanka der Gedanke an trügerische Irrlichter und böse Geister. Das, was sie jenseits des Moors erwartete, war kaum besser.

Als sie das Moor verließ, brach der Mond durch die Wolken, so dass sie den Weg besser erkennen konnte. Auf Wartenberg war sie schon einmal gewesen, damals mit Rahewin. Eine sonderbare Ruhe lag über der Burg ihres Feindes.

Blanka ließ den Esel traben. Niemand schien sie zu bemerken, nur das dumpfe Schlagen der Hufe auf dem federnden Waldboden war zu hören. Die Hütten der Burgsassen schienen verlassen. Sie erreichte die Vorburg, aber niemand hielt sie auf. Die Brücke über den Halsgraben war hochgezogen.

Blanka wendete das Tier und sah sich um. Sie rief, um sich bemerkbar zu machen. Endlich streckte ein verschlafener Waffenknecht den Kopf aus einem der Steinhäuser.

»Ich muss zum Pfalzgrafen«, rief sie.

Der Waffenknecht spuckte ein Rindenstück aus, auf dem er herumgekaut hatte. »Hat zu tun.«

»Ich muss ihn sofort sprechen. Ich habe wichtige Informationen.«

Der Mann zuckte die Achseln. »Die müssen warten. Er ist nicht hier.«

Blanka wurde kalt. »Was heißt das?«, flüsterte sie. »Wo ist er?«

Der Mann grinste. »In Föhring. Hat eine Rechnung offen mit dem Bischof. An Eurer Stelle würde ich ihm nicht nachreiten, Frau. Das ist keine Angelegenheit, in die sich Weiber einmischen sollten.«

Blanka verschlug es den Atem. Nach Pfingsten, jagte es ihr durch den Kopf. Ortolf hatte gesagt, dass sie erst nach dem Pfingstwochenende reiten würden. »Heute, am Pfingstsonntag?«, brachte sie endlich hervor.

Der Mann grinste. »War wohl Ortolf Kopf, der nicht mehr warten wollte. Diese Brüder Kopf waren schon immer Draufgänger.« Damit schloss er das Fenster. Keuchend starrte Blanka auf ihren Sattel. Der Krieg hatte begonnen!

9

»Die Spaltbohlen an den Türmen sind einigermaßen neu. Wir werden Brandpfeile und mit Pech getränkte Strohballen brauchen.«

Ortolf blickte zwischen den Ohren seines Braunen hindurch nach Föhring. Noch lag der Ort verschlafen in zartgrauen Nebelschleiern. Nur die Lichter auf der Brücke verrieten die Wachposten. Vorsichtig schob er ein paar Erlenzweige zur Seite. Hier im Wald waren sie von der Befestigung aus nicht zu sehen. »Wir hatten seit Tagen keinen Regen. Das Holz muss trocken sein.«

Mondlicht drang durch den Nebel, und er konnte die schilfgedeckte Holzkirche von Föhring erkennen. Die Straße mit den tiefen Karrenspuren zog sich in weitem Halbkreis zu dem Flecken und dann steil abwärts zum Fluss. Dort unten lag die bewehrte Brücke, vor der sich der Markt mit seinen hölzernen Ständen erstreckte.

»Sie haben den Wald weit um Markt und Dorf gerodet«, bemerkte der Rotkopf mit einem Blick auf die Baumstümpfe. Ihre helle Farbe verriet, dass sie frisch geschlagen waren. »Wollt Ihr die Mautburg belagern?«

»Auf keinen Fall. Eine Belagerung kann Wochen dauern, das gäbe Otto Zeit. Wir haben nur einen Versuch. Wenn er misslingt, ist es vorbei.« Heinrich der Löwe kniff die schwarzen Augen zusammen und zupfte an seinen Handschuhen. Gewappnet wirkte er noch massiger, und das Gesicht unter der Kettenhaube strahlte eine düstere Selbstsicherheit aus.

Der Rotkopf rief seinen Leuten einen leisen Befehl zu, und sie zogen die Schwerter. Einer bekreuzigte sich und sprach ein lautloses Gebet. Die Pferde spürten die Anspannung, die Knechte hatten Mühe, sie zu halten. Waffen klirrten, und die bemalten Holzschilde stießen dumpf gegeneinander. Ein aufgeschreckter Vogel flatterte auf.

»Herr!«

Das bloße Schwert in der Hand, ließ Ortolf sein Pferd steigen, um es zu wenden. Die Rüstung erlaubte ihm nicht, den Kopf bis zu dem Sprecher zu drehen. Die Reiter hinter ihnen bildeten eine Gasse, durch die Waffenknechte eine junge Frau brachten. Sie wirkte erschöpft. Ihr Schleier war verrutscht, das honigfarbene Haar aufgelöst. »Sie behauptet, sie hätte eine Nachricht für den Herzog.«

Blanka spürte Ortolfs Erschrecken. Er kam aus dem Sattel und packte ihren Arm. »Tu es nicht«, zischte er.

Blanka traute ihm zu, dass er tatsächlich hinter dem überraschend schnellen Angriff steckte. Der Rotkopf war aufbrausend und vermutlich leicht zu überzeugen. Ortolf hatte Tatsachen schaffen wollen, ehe sie sich doch noch stellen konnte.

Verstohlen drückte sie seine Hand und wandte sich an den Herzog. »Ihr wollt Föhring«, sagte sie einfach. »Ich kann Euch das Tor der Mautburg öffnen.«

Heinrich und der Rotkopf wechselten einen überraschten Blick. Fassungslos starrte Ortolf sie an.

Blankas Herz raste. Sie hatte ihren Lehnsherrn verraten, dem sie alles verdankte. Aber ihr Kind gehörte ebenso nach Wartenberg wie nach Freising. Es sollte nicht in einer Welt aufwachsen müssen, in der es jederzeit von den Kämpfern seiner Mutter oder des Vaters niedergemacht werden konnte. Um Ottos willen hatte sie mit ihren Fälschungen einen Krieg heraufbeschworen, und jetzt, wo sie ihn brauchte, tat ihr Herr nichts, um ihn zu verhindern. Ihr Kind bedeutete ihr mehr als ihre Lehnspflicht.

»Ich öffne Euch die Tore«, wiederholte sie leise. »Im Gegenzug schwört Ihr, dass Eure Leute das Dorf nicht plündern und die Bewohner ungeschoren lassen. Ihr bekommt, was Ihr wollt. Dafür verzichtet Ihr darauf, Eure Rache an unschuldigen Leibeigenen und Bürgern zu vollziehen.«

Sie betete, dass es die Wahrheit war, was man über Heinrich sagte. Es hieß, er sei herrisch und rachsüchtig, aber er galt auch als geldgierig. Sie gab ihm die Möglichkeit, seinen Einfluss bis an die Isar auszudehnen und die Hand auf die einträglichen Zölle aus dem Salzhandel zu legen. Allerdings konnte er ihr auch einfach den Kopf abschlagen und Föhring mit Gewalt einnehmen.

»Eure Sippe würde Otto niemals verraten. Ihr seid eine Spionin!« Der Rotkopf hob das Schwert und schlug seinem Pferd die Sporen in die Flanken, um sie niederzureiten. Ortolf stieß Blanka zur Seite und warf sich vor sie.

Das Pferd scheute und stieg. Blankas Gewand verhakte sich irgendwo, sie stürzte. Die stampfenden Hufe schleuderten Erde auf sie, erschrocken rollte sie sich weg. Dornige Brombeerranken rissen ihre Arme auf, es brannte wie Feuer. Sie kam auf die Beine und wich verängstigt zurück. Mühsam bändigte der Pfalzgraf sein schnaubendes Pferd. Er starrte Ortolf an, dann den Herzog.

»Mir scheint, wenn Ihr Euren Mann behalten wollt, müsst Ihr die Frau verschonen«, bemerkte der Herzog. Seine schwarzen Augen blieben undurchschaubar, aber seine Lippen zuckten. »Ich war wohl ein wenig voreilig, die Anklage des Ehebruchs für nichtig zu erklären.«

Seine Männer lachten und steckten ihre Schwerter ein. Erleichtert riss Blanka ihr Kleid aus den Dornenranken. Sie rieb sich die schmerzenden Kratzer und richtete ihr Haar.

»Ich nehme Euch beim Wort«, sagte der Herzog. Seine dunklen Augen musterten sie eindringlich und kalt. Blanka verstand, warum seine Feinde ihn fürchteten. »Weib oder nicht, wenn Ihr mich zum Narren haltet, hänge ich Euch an Euren Eingeweiden am nächsten Baum auf«, drohte er mit gefährlich leiser, metallischer Stimme. Er wendete sein Pferd. »Also gut, Blanka von Burgrain«, sagte er dann laut. »Öffnet mir das Tor. Im Gegenzug schwöre ich, dass Euren Leuten nichts geschieht. Nur Markt, Münze und Brücke werden zerstört.«

Die Wachposten auf dem Turm der Mautburg hockten unter ihrer Fackel bei Dünnbier und Brot und vertrieben sich die Zeit mit einem Spielchen. Rhythmisch rasselten die Würfel in dem einfachen Lederbecher. Hin und wieder warfen sie einen Blick über die angespitzten Palisaden. Von hier aus konnten sie die steile Straße hoch zum Dorf und bis zum nachtschwarzen Wald sehen.

Auf einmal zeigte einer der Wachposten mit einem leisen Ruf dort hinauf. Seine Gefährten warfen ihr Spiel hin und griffen zu den Waffen. Einzelne beinerne Würfel rollten auf den Boden, und der Lederbecher blieb in einer Bierpfütze liegen.

»Drei Berittene«, stellte Engelschalk fest, der Mann, der sie gerufen hatte. »Hinter einem sitzt jemand auf dem Pferd. Könnte eine Frau sein, mit ihrem Geleitschutz.«

Die anderen Wachposten beruhigten sich und reckten die Köpfe. Engelschalk konnte die Männer noch nicht genau erkennen. Aber der Mond war hell, und der Nebel stieg in der warmen Sommernacht nicht höher als bis über die Sprunggelenke der Pferde. Langsam kamen sie zum Tor und ins Fackellicht. »Die Farben des Herzogs«, rief er. »Einer trägt einen Schild mit dem Löwen der Welfen.« Er kniff die Augen zusammen und stierte überrascht auf die Frau, die hinter dem einen Reiter saß. »Das Tor auf, ihr Narren!«, schrie er die anderen an. »Das ist ja Frau Blanka!«

»Sie soll die Ehe gebrochen haben«, tuschelte ein Waffenknecht, während er den schweren eichenen Riegel hob.

»Und das Gottesurteil?«, hielt ein anderer dagegen. »Der heilige Kaiser Heinrich hat seine Frau auch als Ehebrecherin angeklagt und nach einem Gottesurteil freigesprochen.«

»Wer's glaubt«, lachte der erste. »Die Spatzen pfeifen es von den Dächern, dass Blankas Balg von ihrem Liebhaber ist! Aber was soll's, sie ist unsere Herrin. Mir war sie lieber als das Weib vom Münzmeister, das jetzt hier das Sagen hat.«

Knarrend öffnete sich das schwere Tor. Die Reiter trieben ihre

Pferde näher und hielten sie im offenen Torhaus an. Im Fackellicht waren sie gut zu erkennen. Vermutlich wollten sie ihre friedliche Absicht zeigen, indem sie ins Licht kamen. Allerdings konnten die Knechte so auch das Tor nicht wieder schließen.

»Ihr habt gewiss Gerüchte über mich gehört«, kam Blanka den Wachposten zuvor. Gestützt vom gepanzerten Arm eines welfischen Ritters, sprang sie aus dem Sattel und wies auf sein Waffenhemd mit dem Löwen. »Nichts davon ist wahr, wie ihr seht. Richtet dem Münzmeister Cuno aus, dass der Bischof meine Unschuld anerkannt hat. Ich werde hier bleiben, bis mein Herr eine neue Heirat ausgehandelt hat.«

Sie musterten den eingerissenen Saum ihres grünen Surcot und das notdürftig geflochtene Haar unter dem Schleier. Witwentracht sah anders aus. Aber Blanka hatte diesen Markt oft genug allein und gut geführt, wenn Pero unterwegs war: Keiner der Männer schöpfte Verdacht. Sie kannten sie und hatten keinen Grund, ihr nicht zu glauben. Einer der Wachposten lief über die Brücke, um im Hof und im Münzhaus am anderen Ufer Bescheid zu geben. Die anderen warteten, auf ihre Lanzen gestützt.

Der Berittene, der Blanka hergebracht hatte, war ebenfalls abgestiegen. Die Zügel locker in der Hand, schien er neugierig die Brücke zu begaffen. Doch unter dem Topfhelm fing Blanka ein verstohlenes Lächeln auf. Das Welfenhemd steht Ortolf, dachte sie zärtlich. Es war erschreckend, wie unauffällig er sich geben konnte, wenn er wollte.

»Da wird sich Euer Bruder freuen«, meinte der eine Wachposten zu Blanka. »Er ist diese Nacht hier.«

Blanka erschrak zu Tode. »Rupert?«

»Ja, er hat doch seinen Salzstadel hier. Gestern kam ein Händler, und er wollte sehen, ob alles in Ordnung ist. Ist wohl spät geworden«, grinste er.

Blanka fühlte die Farbe aus ihrem Gesicht weichen. Sie wollte Ortolf zurufen abzubrechen. In diesem Moment stieß der Waffenknecht einen überraschten Schrei aus und zeigte zum Wald. Die Reiter waren aus ihrer Deckung gebrochen und jagten über die gerodeten Kohlfelder heran.

Überrascht brüllte der Wachposten und wollte das Tor schließen. Doch Ortolf war schneller. Mit einem Fausthieb fegte er ihn von den Beinen und setzte ihm das Schwert auf die Brust. Die beiden anderen Ritter des Herzogs hoben ihre gespannten Bogen, und erschrocken wichen die Knechte zurück. Im selben Augenblick waren die Reiter des Herzogs heran.

10

Flammen loderten aus den hölzernen Marktständen am Fluss. Die Reiter hatten Tontöpfe mit glühenden Kohlen an den Sätteln befestigt, in die sie nun Fackeln und Brandpfeile tauchten. Von Qualm und Lärm aufgeschreckt, taumelten die Händler aus ihren abschließbaren Ständen. Manche standen nackt, wie sie waren, auf der Straße und blickten sich verständnislos um. Andere begriffen schneller. Sie versuchten zu retten, was zu retten war, oder nutzten die Gunst der Stunde, um sich selbst zu bereichern. Der Wachposten an der Brücke brüllte seine Männer zusammen. Verschlafen krochen die Waffenknechte aus ihren Strohlagern im untersten Geschoss der Mautburg. Doch ehe sie ihre Bogen spannen konnten, war ein Teil der Reiter schon auf der Brücke und sprengte zum Münzhaus hinüber.

»Lauf zum Dorf hinauf!«, rief Ortolf Blanka zu, die sich im Torhaus dicht an die Wand gedrückt hatte. Eine blutende Schramme an seinem Arm bewies, dass die bischöflichen Ritter Widerstand leisteten. Er stellte sich vor sie und deckte sie mit seinem Körper, als ein neuer Trupp Reiter vorbeijagte. Hufe donnerten auf den Bohlen und ließen den Boden zittern. Die Reiter waren so nahe, dass einer der Waffenröcke sie streifte.

»Bring dich in Sicherheit«, keuchte Ortolf, kaum waren sie vorbei. Er überzeugte sich, dass der Weg frei war, und zog Blanka unter den Torbogen. »Warte oben im Dorf auf mich, dort bist du sicher. Der Löwe wird sein Versprechen halten und nicht plündern.«

»Rupert ist beim Münzmeister!«, schrie Blanka. »Er wird sich wehren, sie werden ihn töten.«

Ortolf zögerte. Er kämpfte mit sich, dann sagte er: »Ihm wird nichts geschehen.«

Blanka starrte in sein verzerrtes, verschmiertes Gesicht. Sie wusste, wie sehr er seinen Bruder geliebt hatte und Rupert für dessen Tod hasste.

Ortolf zog sie an sich und küsste sie. Hungrig sog sie seinen Geschmack auf und ließ ihre Hände über seine rauen Wangen gleiten. Er nahm den großen hölzernen Schild ab, den er an einem Lederband über der Schulter trug, und reichte ihn ihr. »Lass dich von keinem Pfeil treffen«, sagte er zärtlich. Dann verschwand er im Rauch, und sie hörte seine Schritte auf der Brücke verklingen.

Den Schild über den Kopf gehoben, taumelte Blanka ins Freie. Sie hustete. Der unhandliche Schild war so schwer, dass sie ihn kaum halten konnte. Befehle, Flüche und Stoßgebete brüllend, waren die Männer des Herzogs und die des Bischofs in einen wütenden Kampf verstrickt. Rüstungen schimmerten im Qualm. Die Fackeln in den Händen der welfischen Reiter glänzten rötlich, ehe sie als glühende Punkte durch die Luft flogen. Aus Karren und Holzständen schlugen Flammen, der Markt brannte lichterloh. Wind fachte das Feuer an und trug den beißenden Qualm zum Dorf hinauf. Aus der Taverne waren ein paar betrunkene Schmuggler getorkelt und stierten verständnislos auf das Schauspiel. Es machte Blanka die Schwere dessen bewusst, was sie getan hatte. Sie hatte diesen Markt mit viel Mühe aufgebaut. Es tat weh, und sie fühlte sich wie eine Verräterin.

Einige Marktfrauen und Knechte waren zum Fluss gerannt, schöpften Wasser und versuchten verzweifelt zu löschen. Das Gefühl, an ihrem Unglück schuld zu sein, überfiel Blanka. Sie warf Ortolfs Schild auf die Kiesbank und versuchte zu helfen. Nach kurzer Zeit war sie genauso verschmiert wie die anderen. In ihrer Lunge brannte der schwarze Qualm. Es war aussichtslos. Sie wies auf einige Weinfässer, die über den Boden rollten, und schrie einen Knecht an: »Nimm die hier!«

Aus einem Gesicht voll schwarzer Schlieren sah er sie verständnislos an. Dann begriff er. Er zog die Axt aus seinem Gürtel, schlug das erste Fass auf und kippte den Inhalt in die Flammen.

Waffenknechte des Münzmeisters und des Herzogs waren in einen wütenden Kampf verwickelt. Sie waren abgestiegen, auf den scheuenden Pferden konnte niemand mehr sicher das Schwert führen. Der Boden zitterte, und wachsam drückte sich Blanka unter ein Vordach. Eine durchgehende Rinderherde donnerte über den Markt. Einer von Ortolfs Leuten stand noch auf der Straße. Sie schrie ihm eine Warnung zu, er fuhr herum, und sie sah das Entsetzen auf seinem bärtigen Gesicht. Dann trampelten ihn die panikblinden Tiere nieder. Ihre schweren, stark duftenden Körper jagten über ihn hinweg und ließen ihn als blutüberströmtes Stück Fleisch liegen.

Entsetzt stolperte sie rückwärts und stieß mit dem Fuß gegen ein Schwert. Zögernd sah Blanka zum Dorf hinauf. Die Bewohner hatten inzwischen gemerkt, was auf dem Markt und an der Brücke geschah, sie hörte Rufe. Dort wäre sie in Sicherheit.

Sie hob das Schwert aus dem zerstampften Reisig. Schon vor langer Zeit hatte sie zu kämpfen begonnen, auch wenn ihre Waffe nicht aus Stahl gewesen war. Sie konnte nicht mehr wie als Kind zu Rupert laufen und fragen, was sie tun sollte. Er war nicht stark genug gewesen, ihr zu verzeihen. Also musste sie den ersten Schritt tun. Sie hielt die Waffe schützend vor sich und lief zur Brücke in Richtung des Münzhauses.

Längst waren die breiten Kiesbänke an der Isar besudelt von Blut und Asche. Ortolf hatte sich mit einer Handvoll Männer zum Münzhaus vorgekämpft. Am anderen Ende der Brücke gab es einen weiteren hölzernen Wachturm. Ortolfs Bogenschützen hatten die Posten von dort herabgeschossen, sogar einen Armbrustschützen hatten sie erwischt. Da es verboten war, diese Waffe gegen Christen einzusetzen, betrachtete man sie hier offenbar als Heiden, dachte Ortolf sarkastisch. Sein ganzer Körper brannte und bebte vor Anstrengung. Mit Äxten und Fackeln hatten sie sich den Weg freigeschlagen und das Münzhaus und den Ministerialenhof in Brand gesteckt. Rupert war nirgends zu sehen.

Einige bischöfliche Waffenknechte hatten sich gesammelt. Die hohen dreieckigen Schilde wie eine Mauer aufgestellt, versperrten sie ihnen den Rückweg über die Brücke. Aber auch die Bohlen des breiten Stegs schwelten bereits.

»Das genügt!«, brüllte Ortolf. Münze und Hof brannten lichterloh, die Flammen schlugen hoch aus den Rieddächern. Erleichtert sah er, wie Rantolf geduckt, mit einer eisenbeschlagenen Kiste unter dem Arm, aus dem Münzhaus kam. Die Einnahmen aus Zoll und Geldwechsel, auf die es der Herzog abgesehen hatte. »Wir haben, was wir wollten. Zurück!«, schrie Ortolf. »Ehe die Brücke niederbrennt!«

Die Axt in der Linken, das Schwert in der Rechten, liefen sie gegen den Schilderwall an. Es krachte, und Ortolf duckte sich unter den Holzsplittern hindurch. Es wäre besser gewesen, den Helm und wenigstens die Kettenhaube mitzunehmen, dachte er. Er hatte beides weggelassen, um beweglicher zu sein. Es gelang ihm, mit der Rückseite der Axt hinter einen Schild zu kommen. Er verhakte sie und zog die Waffe und den Schild ruckartig zu sich heran.

Der Schildträger wurde mitgerissen und stolperte. Ortolf triumphierte. Die Deckung der Gegner war durchbrochen. Er trat den Gestürzten zur Seite, und johlend kamen ihm seine Männer nach.

Mit der Klinge und der Axt fegte er mehrere Schwerter auf einmal weg. Einer der Verteidiger stürzte schreiend ins Wasser. In einer Drehung duckte sich Ortolf unter einem Dolch weg und stieß dem Mann das Schwert in den Bauch. Ein Schwall Blut schoss heraus, durchnässte seinen Oberkörper, doch er spürte kaum, wie es an ihm herabrann.

Ein letzter Waffenknecht wollte ihm den Rückweg versperren, doch er hatte sichtlich Angst. Eiserne, unbarmherzige Entschlossenheit beherrschte Ortolf, und er wusste, dass man sie ihm ansah. Er warf das Haar zurück, wog das Schwert in der Rechten und hob langsam die Axt.

Der Waffenknecht schlug mit einem waagrechten Hieb von der Seite zu. Ortolf fing ihn mit der Axt auf und lenkte beide Waffen zur anderen Seite. Sein Ellbogen war fast taub von der Wucht des Aufpralls, doch er setzte blitzschnell nach. Der Mann erkannte seine Absicht, und Ortolfs Klinge prallte auf seinen Schild. Mit einem Tritt verschaffte sich Ortolf Luft.

Er nutzte die Atempause und blickte über die Schulter. Der Boden schwelte und qualmte, die Brücke brannte jetzt an manchen Stellen lichterloh. Das Rauschen der Isar unter seinen Füßen machte ihm bewusst, dass er jederzeit mit den knirschenden Balken hinab in den Fluss stürzen konnte. Er brüllte nach seinen Männern. »Runter hier!«

Noch immer versuchten die Händler auf dem Markt zu löschen, aber Blanka war klar, dass es vergeblich sein würde. Ihre qualmerfüllte Lunge brannte. Der Wind hatte sich gedreht und trieb den Rauch jetzt in dicken Schwaden über die Kiesbänke zur Isar. Blanka lief auf die Brücke und wollte hinüber zur Münze. Jemand kam ihr entgegen.

»Dann ist es also wahr«, sagte Rupert.

Sie ließ die Klinge sinken. Rupert war so rußverschmiert und abgekämpft wie alle anderen um sie herum. Sie war so erleichtert, ihn lebend zu sehen, dass sie unwillkürlich auf ihn zulief. Dann bemerkte sie das bloße Schwert in seiner Hand und blieb stehen.

»Nun hast du also auch noch deinen Herrn verraten.« Er spie die Worte aus, als bereitete es ihm Abscheu, sie nur auszusprechen. »Nachdem du deinen Mann und deine Familie entehrt hast. Unwiederbringlich!«, schrie er sie an.

»Ich gehöre weder meiner Familie noch meinem Herrn«, erwiderte Blanka. Ihre Stimme und ihre Lippen zitterten, aber sie war entschlossen, nicht nachzugeben.

»Das hier ist dein Werk«, zischte er und wies hinter sich zum brennenden Münzhaus. Die ersten Dachbalken brachen krachend zusammen, und ein Funkenregen stob in den dämmernden Himmel. »Ich habe fast ein Jahr darauf gewartet, meine Ehre reinzuwaschen und dich zu töten.«

Die Kinderspiele fielen ihr ein, die sie zusammen gespielt hatten, die Puppe, die er ihr einmal geschnitzt hatte. Sie hatte geweint, als ein Pferd daraufgetreten war und sie zerbrochen hatte. Es war Rupert gewesen, der sie für sie geflickt hatte. Als sie älter wurde, hatte er ihr zum Spaß das Fechten beigebracht. Blanka konnte die Tränen nicht zurückhalten. Sie ließ die Waffe fallen. Um nichts in der Welt würde sie sie gegen ihren Bruder erheben.

Ortolf hatte sich den Weg auf der Brücke freigekämpft. Er brüllte ihren Namen und kam die wenigen Schritte herüber.

Rupert zerrte sie zu sich heran und setzte ihr das Schwert an den Hals.

Blanka hörte Ortolfs hastigen Atem. Sie spürte seine Angst, aber sie wusste auch, dass er ihr hier nicht helfen konnte. Die Klinge lag kühl und dünn auf ihrer Haut. Ein warmer Tropfen Blut rann ihren Hals herab. Sie spürte ihren eigenen kalten Schweiß. Aber sie war merkwürdig ruhig.

Ruperts Hand zitterte, er krampfte sie um die Waffe, aber er stieß nicht zu. Langsam drehte Blanka den Kopf und sah ihn an.

Rupert stieß einen Fluch aus. Sein Gesicht verzerrte sich, Schmutz und Schweißspuren zogen sich darüber. Aber dennoch war es das vertraute Gesicht des Mannes, der sie auf dem Kreuzzug zu sich aufs Pferd gehoben hatte. Der Tag fiel ihr ein, als sie sich aus dem Jerusalemer Aussätzigenhaus zur Herberge gewagt hatte. Dieses Gesicht war das einzige außer Ottos gewesen, in dem keine Abscheu gestanden hatte.

Auf einmal ließ Rupert sie los. Er stieß sie von sich weg, dann rannte er geduckt über die Brücke und verschwand im Qualm.

Mit einem Schritt war Ortolf bei ihr und zog sie in seine Arme. Keuchend betastete er ihr Gesicht, ihren Hals, hielt sie fest und begann sie wild zu küssen. Jetzt, da es vorbei war, zitterte Blanka am ganzen Leib. Tränen rannen über ihre bebenden Lippen, sie konnte kaum aufrecht stehen.

»Komm jetzt!« Sie mit dem eigenen Körper deckend, schob Ortolf sie in Richtung des Ufers. Etwas zischte.

Wachsam fuhr er herum. Blanka hörte einen Aufprall, etwas Warmes spritzte auf ihr Gesicht. Erschrocken fuhr sie mit der Hand darüber. Es war Blut.

Atemlos blickte sie zum Münzhaus. Im Qualm am Westtor stand ein Armbrustschütze. Ortolfs Männer hatten ihn ebenfalls bemerkt und gingen mit Wutschreien auf ihn los.

Sie spürte, wie Ortolf taumelte und nach Atem rang. Ohne zu begreifen, sah sie an ihm herab. Aus seinem Bauch ragte ein kurzer Bolzen.

»Mein Gott!« Sie kam auf die Beine. So gut es ging, stützte sie ihn und versuchte, ihm ans Ufer zu helfen. Aber er war schwer, und nach den ersten Schritten brach er zusammen.

Ortolfs Männer waren ihnen nachgekommen. Rantolf sah die Wunde und sog zischend die Luft ein. Dann packte er seinen Freund unter den Armen und zog ihn durch das qualmende Torhaus ans Ufer.

»Einen Arzt!«, schrie Blanka ihn an. Tränen liefen ihr über die Wangen und mischten sich mit Ortolfs Blut. »Hol doch endlich einen Arzt!«

Ortolf war totenbleich, er musste starke Schmerzen haben. Sie drückte ihren Schleier auf die Wunde und strich zärtlich über seine Brust. Ihre Hände waren voll Blut, es quoll unaufhaltsam unter ihren Fingern aus dem Kettenhemd und durchnässte den Schleier. Verzweifelt drehte sie sein schmutziges Gesicht zu sich, küsste ihn, betete und flüsterte ihm zärtliche Worte zu.

Ortolf atmete mühsam, auf seiner Stirn perlte Schweiß. »Mir ist kalt«, brachte er hervor.

Abtei Morimond, Champagne,
22. September Anno Domini 1158

Die Glocke rief zum Gebet. Ihr sehnsüchtiger Klang drang aus den Klostermauern in die Herbstwälder von Morimond. Weinlaub schimmerte rot. Auf den gerodeten Wiesen reiften Äpfel. Rinder grasten an dem mäandernden Bach, der hinter dem Kloster zu einem stillen See aufgestaut war. Am Ufer lagen flache Kähne vertäut, die ersten Blätter fielen. Es war die Zeit der Ernte.

»Soll ich Euch nicht lieber wieder in Eure Zelle bringen?«, fragte Rahewin besorgt. Die fiebertrockenen Lippen Ottos von Freising waren aufgeplatzt, die gefalteten Hände wachsbleich. Er kniete in der Kirche unter den schlichten Pfeilern, die an Schilfrohr erinnerten. Sein ausgemergelter Körper wirkte gebrechlich und alt. Mühsam hob er den Kopf, um der Glocke zu lauschen. Eine helle, geschwätzigere mischte sich in ihren Klang, dann noch eine. Tiefe, dunkle Schläge, die langsamer wurden und in dem hohen Steingewölbe verklangen wie eine verlorene Erinnerung.

»Sie wird kommen«, flüsterte er. »Ich muss hier warten. Sie darf das Dormitorium der Mönche nicht betreten. Ich bete nur, dass sie rechtzeitig kommt.«

Rahewin kämpfte gegen die würgende Trauer in seiner Kehle. Es tat ihm weh, seinen Herrn so zu sehen, dieses eingefallene Gesicht, diese angsterregende, durchscheinende Blässe. Wie jedes Jahr war Bischof Otto zum Generalkapitel nach Morimond gereist. Aber schon beim Aufbruch hatte Rahewin geahnt, dass sein Herr dieses Mal nicht zurückkehren würde. Die Auszehrung war zu weit vorangeschritten, sie hatten langsam reisen müssen. Als er unterwegs noch Fieber bekommen hatte, hatte Rahewin einen Boten zu Blanka geschickt. Es war, als hätte Otto seine ganze Kraft aufgebracht, um an dem einzigen Ort sterben zu können, an dem er je Frieden gefunden hatte.

»Ich habe die Ruhe hier vermisst«, sagte Otto nachdenklich. »Die Gemeinschaft meiner Brüder, die Verbundenheit, wenn wir nach langen Nachtwachen unsere Psalmen singen. Es hat eine ganz besondere Tiefe und Süße.«

Rahewin fuhr sich mit dem Ärmel seiner Kutte über das Gesicht. Er konnte die Tränen nicht zurückhalten.

Otto hob den Kopf, und seine bleichen Lippen öffneten sich. »Sie kommt«, flüsterte er.

Rahewin lauschte, aber er konnte nichts hören.

»Schnell«, begrüßte Prior Etienne die junge Frau an der Pforte. »Ich glaubte schon, Ihr würdet ihn nicht mehr lebend antreffen.«

Blanka hatte die Lider unter dem weißen Schleier gesenkt und raffte mit klammen Händen die grobe Kutte, die sie trug. Sie hatte kaum einen Blick für den kahlen Kreuzgang und seine runden Bögen. Wieder tönte die Glocke vom Dachreiter, und sie zuckte zusammen wie unter einem bösen Vorzeichen. Am Eingang der Kirche, unter einem Baum, wartete der Prior. Nur das rhythmische Geräusch eines Reisigbesens war zu hören, mit dem ein Novize die Blätter zusammenfegte. Etienne legte die Hand auf das schwere hölzerne Tor und öffnete es einen Spalt.

»Geht nur hinein. Rahewin ist bei ihm.«

Ein schmuckloser Kirchenraum nahm sie auf. Durch die hohen runden Bogenfenster fiel graues Licht herein. Vorn kauerte Rahewin neben einer zusammengesunkenen Gestalt in grauer Kutte.

Blanka lief durch die Kirche und kniete neben dem Kranken nieder. »Herr!«

Rahewin trat zurück und gab ihr stumm zu verstehen, dass er in Sichtweite, aber weit genug entfernt warten würde, um ihnen Worte unter vier Augen zu erlauben.

Otto legte seine zitternde, eiskalte Hand auf ihre.

Überrascht sah Blanka ihn an. Nie zuvor hatte er sich eine solche Berührung erlaubt.

»Hör mir zu«, flüsterte er mühsam. »Ich will, dass du Heinrich dem Löwen eine Botschaft überbringst. In den anderthalb Jahren seit seinem Handstreich hat er die ganze Salzstraße in seine Gewalt gebracht. Von den Salzpfannen in Reichenhall bis zum Lech ist er es, der den Zoll erhebt. Kaiser Friedrich hat das Urteil zwischen uns gesprochen: Munichen ist der neue Zollplatz, ein Drittel der Einnahmen steht der Freisinger Kirche zu. Es gibt Dinge, die man nicht aufhalten kann. Ich hege keinen Groll mehr gegen ihn.«

Blanka nickte. Sie wollte etwas sagen, aber ihre Stimme war wie erstickt. Er war so verändert. »Verlasst mich nicht noch einmal«, brachte sie endlich hervor.

Ein Lächeln zuckte um seine fahlen Lippen. »Ich bin schon an dem Tag gestorben, als ich in dieses Kloster eintrat«, flüsterte er und drückte ihre Hand.

Blanka konnte die Tränen nicht mehr zurückhalten. »Es gibt etwas, das ich Euch beichten muss.«

»Was du damals in Föhring getan hast? Du musst mir nichts sagen. Vielleicht ist es das, was diesem geschundenen Land nun endlich Frieden bringt.« Er stützte sich mühsam auf ihre Hand, um sich aufzurichten. »Aber es gibt etwas, was du mir verzeihen musst. Deshalb habe ich dich gerufen.«

Tränen in den Augen, schüttelte sie den Kopf. »Ihr seid der Herr. Ihr müsst mich nicht um Verzeihung bitten, ganz gleich, was es ist.«

Otto presste die Lippen zusammen, als hätte er plötzlich starke Schmerzen. Er legte die Hand an die Schläfe, und erschrocken sprang sie auf, um ihn festzuhalten. Sein ausgemergelter Körper war kühl und so klein geworden, dass es ihr die Kehle zuschnürte. Sie bemerkte die rauen Stellen, wo die grobe Kutte die zarte Haut an Hals und Nacken aufgeschürft hatte, zog ihn an sich und hielt ihn fest.

Keuchend stützte sich Otto auf ihren Arm. Er atmete tief durch, dann war der Anfall vorbei.

»Als ich dich ein zweites Mal zu den Aussätzigen schickte«, flüsterte er. Sie musste sich dicht zu ihm beugen, um ihn überhaupt noch zu verstehen. »Dafür muss ich dich um Vergebung bitten, ehe ich vor meinen Richter trete. Sei dieses eine Mal mein Beichtvater.«

»Ihr hattet das Recht dazu.«

»Nein.« Ottos Blässe war jetzt beängstigend durchscheinend. Mühsam kämpfte sich jedes Wort über seine fahlen Lippen, nur getragen von der eisernen Entschlossenheit, seine Beichte noch zu vollenden. »Ich habe dich aus Selbstsucht weggeschickt. Ich hätte mich selbst bestrafen müssen, aber ich hatte nicht die Kraft.«

Schwer atmend fiel sein Kopf nach vorne. Einen bangen Augenblick fragte sie sich, ob dies das Ende war. Doch er blieb auf den Knien, und seine mageren Schultern bewegten sich kaum spürbar im Takt seines Atems.

»Als ich als junger Mann hierherkam, schwor ich, dass die Kirche meine einzige Geliebte sein würde. Ich habe diesen Schwur gehalten«, flüsterte er tonlos. »Aber es gab eine Zeit, da war ich in Versuchung, die Grundsätze zu verraten, für die ich ein Leben lang gekämpft hatte. Ich wollte es mir nicht eingestehen, dass ich versucht gewesen war, die Kirche zu betrügen. Dass ich ein letztes Mal sterbliche Gefühle hatte.«

Er fuhr mit seinem zitternden Finger ihre Lippen nach.

Blanka starrte ihn ungläubig an.

Seine Hand fiel einfach herab. Lautlos sank er nach vorn auf die Kirchenbank. Sie streckte die Hände aus und fing ihn auf. Er lag erschreckend leicht in ihren Armen.

»Um Gottes willen!« Rahewin kam hastig zurück. Er hob seinen Herrn auf, sah in seine Augen und hielt die Hand an seinen Mund. Langsam ließ er den Körper zu Boden gleiten und schlug das Kreuz darüber.

Blanka schluchzte auf. Sie schloss die Lider des Toten und nahm ihn in die Arme. »Ich habe Euch geliebt«, flüsterte sie. »Nicht wie eine Frau einen Mann liebt. Aber ich habe Euch geliebt. Selbst als ich Euch verraten habe.«

Als sie ins Freie trat, schien die Septembersonne warm auf die goldenen Blätter. Hinter ihr lagen die Mauern der Kirche mit den an Bäume erinnernden schlichten Pfeilern. Ihre Knechte schienen schon ins Gästehaus gegangen zu sein. Pfeifend wartete der Bauernjunge in der Sonne und rieb eine aufgeschnittene Knoblauchzehe auf ein Stück altbackenes Brot. Sie streifte den Schleier von ihrem geflochtenen Haar, schälte sich aus der geliehenen Kutte und gab ihm beides zurück. Darunter trug sie einen blauen, mit Borten besetzten Bliaut. Langsam ging sie den ausgetretenen Pfad durch das braune Gras zum See hinab.

Verträumt schaukelte ein Fischerboot auf dem glitzernden Wasser, und der blassblaue Himmel sog die letzten Nebelstreifen auf. Im raschelnden Laub auf der Wiese krabbelte ihr Kind in seiner kurzen Cotte und spielte mit den Blättern. Sein Lachen durchbrach die Verschwiegenheit dieses Orts mitten im Wald. Der Mann, der hinter ihm im Gras gesessen hatte, erhob sich. Auf sein schulterlanges Haar warf die Sonne braungoldene Schimmer wie fallende Blätter.

»Er ist tot«, stellte Ortolf fest.

Blanka nickte. Sie nahm ihr Kind auf den Arm und blickte über den See von Morimond, in dem sich die bewaldeten Hügel spiegelten. Ortolf fragte nicht weiter, und sie war ihm dankbar dafür. Sie war kein Priester und nicht zu schweigen verpflichtet, aber nicht einmal ihm würde sie die letzte Beichte Ottos von Freising anvertrauen.

Blanka setzte ihren Sohn ab und sah ihm zu, wie er lachend die Blätter zerriss. Sie hatte gehofft, ihm einmal eine bessere Zukunft zu bieten. Doch Rupert hatte ihr noch nicht vergeben können. Sie wusste nicht, ob sie je ins Bistum zurückkehren konnte. Seit dem Föhringer Handstreich lebte sie bei Ortolf, dem Namen nach als Geisel, in Wahrheit als seine Geliebte.

»Er wird seinen Weg machen, ob er nun in Schande geboren wurde oder nicht«, meinte Ortolf. Er trat hinter sie und nahm sie in die Arme. »Ich hätte dich gerne gefragt, ob du mein Weib werden willst. Aber das Gesetz verbietet es, eine Frau zu heiraten, mit der man die Ehe gebrochen hat. Jeder weiß, dass er mein Sohn ist.«

Blanka blickte auf die glatte Oberfläche des Sees. Der Fischer zog rhythmisch seine Netze ein. Sonne funkelte auf dem stillen Wasser, und der Wald duftete nach Pilzen und Moos. Otto hatte alles von ihr gefordert. Aber er hatte ihr auch etwas gegeben.

Ein Lächeln stahl sich auf ihre Lippen. »Mir kommt da ein Gedanke«, meinte sie. »Dass Bischof Otto womöglich kurz vor seinem Tod doch noch über uns Recht gesprochen hat. In dem Dokument erkennt er unsere Unschuld an und bestätigt, dass der Junge Peros Sohn ist.«

Ortolf schwieg überrascht. Dann lachte er leise. »Gehst du jetzt nicht zu weit, Weib?«

»Für mein Kind würde ich noch viel weiter gehen.« Sie musste an die Frau auf der Bestiensäule denken. Es schien ihr ein halbes Leben her zu sein, seit sie mit der Bürde des göttlichen Segens aus Jerusalem zurückgekommen war. Otto hatte seinem Bistum eine Heilige geben wollen. Sie hatte ihn enttäuscht, aber mit der Säule hatte er ihnen allen ein weit bedeutenderes Vermächtnis hinterlassen. Seit tausend Jahren hatten Menschen nichts Vergleichbares geschaffen. Liutprecht zeigte die Frau mitten in der Zerrissenheit des Kampfes, und doch davon unberührt. Was immer der Steinmetz geahnt haben mochte, niemand würde je erfahren, wie tief sie wirklich in das Ringen um die Macht verstrickt gewesen war. Es war ihr Fluch, im Verborgenen zu bleiben, namenlos, der Fluch aller Frauen. Und vielleicht war die Blume in der Hand der steinernen Figur auch eine Mahnung an sie. Der Kampf, den sie mit nichts als einer Feder gegen das Schwert geführt hatte, würde in ihr verschlossen bleiben. Verborgen wie unter den Blütenblättern einer Rose.

NACHWORT ZUR »FÄLSCHERIN«

Selbst wenn man wie ich an vielen Orten der Welt wissenschaftlich geforscht hat, ist jede neue Recherche ein Abenteuer. Die für die »Fälscherin« führte mich besonders ins Bayerische Hauptstaatsarchiv und in den Aventinus-Lesesaal der Bayerischen Staatsbibliothek, wo die *Bavarica* aufbewahrt werden. Dieser Saal ist so etwas wie das *finis Africae* der Bibliothek (heute nennt man das *zugangsbeschränkt*; aber mich erinnerte es an den bibliothekarischen Giftschrank des Jorge von Burgos in »Der Name der Rose«). Ich liebe es, in der Gesellschaft anderer Wissenschaftler über Originaldokumenten zu brüten. Die Stunden mit den Urkunden und lateinischen Chroniken wurden zu einer Entdeckerreise, in deren Verlauf sich mir die Topographie des alten Freising erschloss, die Reisewege der Könige und die Schicksale der historischen Figuren. Am Ende war ich Teil des Kampfes zwischen *imperium* und *sacerdotium* geworden: des Kampfes zwischen weltlicher Herrschaft und Geistlichkeit. Einer der Hauptdarsteller darin ist Otto von Freising.

Als Zisterzienser gehörte Otto einer Bewegung an, die sich unter anderem gegen das Vogtwesen wandte: dagegen also, dass für die Lehen der Kirche ein weltlicher Verwalter eingesetzt wurde – der natürlich an den Erträgen mitverdiente. Das musste zum Konflikt mit seinen Vögten wie den Wittelsbachern führen.

WER WAR DER FÄLSCHER – ODER DIE FÄLSCHERIN?

Und so tauchten unversehens Besitzurkunden auf wie die für Föhring und Burgrain, aus denen ich wörtlich zitiert habe. Großzügig verleiht Otto seinem Bistum das Markt-, Zoll- und Münzrecht.

Wibald von Stablo gilt gemeinhin als der Mann, der für die Vorlagen sorgte. Auf wunderbare Weise finden sich Münzprivilegien für Corvey, Worms, Freising und Passau. Sogar die freche Fälschung, nach welcher der alte Pfalzgraf auf die Gerichtsgewalt über die bischöflichen Ministerialen verzichtet, ist historisch belegt, samt ihrem toten Kanzler und dem Schreibfehler. Hier ist offenbar etwas unter Zeitdruck und in Eile entstanden – wenn man als Autorin auf so etwas stößt, glaubt man an das Rad des Schicksals!

Wer die Schreiber der Fälschungen waren, wird wohl Ottos Geheimnis bleiben. Ein Glücksfall für diesen Roman. Denn wer forderte an Ottos Seite den mächtigsten Feind des Bischofs heraus?

Natürlich könnte es ebenso gut ein Schreiber aus dem Skriptorium gewesen sein. Oder Rahewin. Aber in der älteren Mittelalterforschung ist zu wenig Gewicht darauf gelegt worden, dass auch Frauen schrieben, wie etwa die Nonne Guta auf der Innenklappe dieses Buches. Das 12. Jahrhundert ist nicht nur das des Bernhard von Clairvaux, sondern auch der Hildegard von Bingen. (Sie ist auf den Seiten 157 und 289 gemeint.) Das Laienschwestern und Mönche im selben Skriptorium arbeiteten, war zwar selten, ist aber (etwa für Kloster Schäftlarn) belegt.

Historische Figuren

Für diesen Roman lieferte mir die Geschichte die Figuren frei Haus. Ich musste mir viel weniger Freiheiten herausnehmen, als ich erwartet hatte. Blanka (Heilwig) von Burgrain, Ortolf (Otto) Kopf, sein Bruder Harnit, Rahewin ... Sie alle haben wirklich gelebt. Eine Tochter aus der späteren Ehe von Blanka und Ortolf sollte übrigens zur Ahnfrau der Haldenberger werden: der Familie, um die es in meinem Roman »Die Gauklerin von Kaltenberg« geht. In den Ministerialenfamilien sind die Personen schwer auseinanderzuhalten, da Väter und Söhne oft denselben Namen führen. Deshalb habe ich hier teilweise mit Spitznamen gearbeitet.

Dank neuer Studien zu den Wittelsbachern und ihren Vasallen im Raum Erding/Wartenberg ist etwas Material über die Familie Kopf ausgewertet. Sie galten als die wichtigsten Ritter der Wittelsbacher, rücksichtslos und gerissen wie die Teufel. Die Heirat zwischen Ortolf und Blanka, der Erbtochter von Burgrain, ermöglichte es ihnen, bischöflichen Besitz zu beanspruchen. Ob Blanka schon eine erste Ehe hinter sich hatte, wissen wir nicht. Bei der Bestrafung für ihren Ehebruch habe ich mich an dem berühmten Epos um Tristan und Isolde orientiert. Ich hatte mit dem Gedanken gespielt, Ortolf sterben zu lassen. Die Historie hat sein Leben gerettet: Er ist deutlich nach 1157 noch immer bezeugt. Allem Anschein nach hat er sogar ein Alter erreicht, das im Mittelalter nicht selbstverständlich war. Ich gönne es ihm.

Wie der Ritter, so der Herr: Auch die Wittelsbacher zeichneten sich damals nicht gerade durch Respekt vor der Kirche aus. Tatsächlich griff der Rotkopf Otto von Freising im Dom an, weil er sich über dessen Chronik geärgert hatte. Auch der Überfall auf Kloster Tegernsee hat stattgefunden. Ausgiebig beschreibt Rahewin die Zustände des Vogtwesens und schildert Otto als Lichtgestalt, die dem gottlosen Treiben ein Ende machte. Tatsächlich aber geht die moderne Forschung davon aus, dass die Medaille zwei Seiten hatte: Mit ihrer modernen, schlagkräftigen Reitertruppe sicherten die Wittelsbacher die Straßen und waren daher nicht so unbeliebt, wie Otto uns glauben machen möchte.

Dass die Wittelsbacher vom Föhringer Handstreich Heinrichs des Löwen zumindest wussten, vermutlich sogar daran beteiligt waren, gilt inzwischen als sicher. Während die ältere Forschung die Zerstörung der Brücke auf 1158 ansetzt, gibt es heute zahlreiche, sehr unterschiedliche Datierungen, man diskutiert sogar, ob die Brücke überhaupt je zerstört wurde. Ich habe mich für 1157 entschieden, weil mir dieser Zeitpunkt aufgrund der Rechtssituation und der politischen Lage einleuchtete.

Heiden und Christen

Otto kämpfte auch für die Ausbreitung des Christentums, die zu seiner Zeit noch nicht so weit fortgeschritten war, wie man glauben möchte. Noch heute holen die Bauern in manchen Gebieten Bayerns lieber die Besprecherin als den Tierarzt. Der berühmte Merseburger Zauberspruch, den Katharina auf Seite 279 verwendet, ist ein Beweis, wie alt diese Praktiken sind. Diese Zaubersprüche gelten als eines der ältesten Zeugnisse in deutscher Sprache.

Als Religionswissenschaftlerin wollte ich einen Eindruck der damaligen Glaubenswelt vermitteln, von der wir heute nur noch so wenig wissen – von den Sagen um Wilde Männer, Kobolde und die alten Götter, die als Dämonen im Christentum aufgingen, selbst als Fratzen an den Kirchenportalen.

Eine letzte Versuchung?

Dieser Roman zeigt Otto von Freising, anders als die üblichen hagiographischen Darstellungen, als Menschen voller Widersprüche. Als Held dieses Buchs hätte ein Heiliger ohne Ecken und Kanten nicht getaugt. Der Mönch und der Fürstensohn, vermutlich der stärkste Konflikt in seinem Handeln, streiten zeitlebens in ihm, ein Konflikt, an dem der Chronist von Freising zerbrechen wird.

Natürlich ist keine Liebesgeschichte Ottos mit Blanka belegt. Trotzdem war es kein Geringerer als Rahewin, sein Schüler und Vertrauter, der mich auf den Gedanken brachte. Er schreibt über Otto, der Bischof wurde, nachdem »die Leidenschaft der Jugend vorbei und die Reize des gefährlichen Alters erloschen waren«:

»*Unde factum est, ut, si quid ex conversatione mundana pulverulentie contraxisset ... raderetur atque purgaretur.*« – So kam es, dass, falls doch ein Staubkörnchen vom Umgang mit der Welt an ihm hing ... es ausgemerzt und gereinigt wurde.

Blanka könnte dieses weltliche Staubkorn gewesen sein. Die eigentliche Idee einer letzten Versuchung des großen Geschichtsschreibers kam mir jedoch angesichts der Bestiensäule.

Die Bestiensäule

Schon als Kind, wenn ich in der Krypta des Freisinger Doms stand – meine Schule lag direkt gegenüber –, fragte ich mich, wer die geheimnisvolle Frau auf der Säule ist. Von dem Künstler kennen wir nur seinen Namen: Liutprecht.

Bestiensäulen stammen aus Frankreich, wo sie als Mittelpfeiler bei Eingangsportalen verwendet wurden, wie etwa in Souillac. Es ist denkbar, dass auch die Freisinger Säule ursprünglich als Eingangspfeiler geplant war und – wie ihr Pendant in Souillac – nach dem Brand 1159 ins Innere des neuen Doms verlegt wurde. Die Freisinger Säule ist die einzige ihrer Art in Deutschland. In der älteren Forschung wurde sie auf um 1200 datiert (eigentlich viel zu spät für eine Bestiensäule), heute tendiert man zu einer wesentlich früheren Einordnung. Was läge näher, als dass der Kosmopolit Otto von Freising diese Anregung aus seiner eigenen Zeit in Frankreich mitbrachte? Bestiensäulen zeigen oft apokalyptische Motive, wie sie auch für Ottos Geschichtsbild typisch sind. So zielt eine Interpretation der Säule auf das apokalyptische Weib, andere auf die Kirche oder die heilige Maria. Interessant ist die Haartracht der Frau: Ihre Zöpfe sind ungewöhnlich. Eine verheiratete Frau? Schwer zu deuten auch die Blume in ihren Händen. Eine Rose, Symbol (nicht nur) der Zisterzienser für das Schweigen? Sind die Drachen apokalyptische Monster – oder gar eine Anspielung auf die Wittelsbacher? Man sollte den Propaganda-Aspekt romanischer Skulpturen nicht unterschätzen. Mehr als einmal geißelte Otto das Treiben der weltlichen Herren, das in seinen Augen auf das nahe Weltende verweist. Und schließlich könnte man den Drachenkampf als Psychomachie deuten: als Symbol für den Kampf innerhalb der eigenen Seele.

Zwei Kulturen und ein Erzpoet

Denn letztlich stehen sich im 12. Jahrhundert zwei Kulturen gegenüber: die Kultur der Kirche, besonders der strenggläubigen Zisterzienser, und die Kultur der Menschen auf der Straße.

Damit sind wir bei einem Mann, der mich schon in meiner »Gauklerin von Kaltenberg« fasziniert hat: Der Poeta wird sich später »Archipoeta« (Erzdichter) nennen, nach seinem Herrn, dem Erzbischof Rainald von Dassel. Vermutlich war er einer der Notare um von Dassel, ist vielleicht identisch mit einem gewissen Rainald H., der ab 1158 in der Kanzlei auftaucht. Vieles spricht dafür, dass sein Leben nicht ganz so wild war, wie er tut. Allerdings dürfte er in Paris gewesen sein. Ich habe schamlos die Dunkelheit genutzt, die über seiner Lebensgeschichte liegt, und wissenschaftliche Theorien und Phantasie miteinander verwoben.

Rainald von Dassel selbst bestimmte als scharfer Gegner der Reformgeistlichen (wie Otto) den Kurs, den Barbarossas Regierung nahm. Angeblich nannte er sich selbst *ruina mundi* (Ruin der Welt), was allerdings zweifelhaft ist. Auf diesen Beinamen spielen Rainalds Worte auf S. 305 an.

Ritter und Sänger

Ebenso zwiespältig wie die der Geistlichen ist die Welt der Ritter. Ursprünglich eine Welt von Kind an zur Gewalt erzogener Haudegen, wird sie im 12. Jahrhundert auch zur Welt höfischer Liebeskunst. Deshalb zitiert eine Szene des Romans bewusst das älteste bekannte Tagelied des Dietmar von Aist. Die Welten des Geistlichen und des Kriegers nehmen aufeinander Einfluss.

Ein unauflösbares Paradoxon – bis die Frau als dritte Figur hinzutritt. Aus dem Konflikt, den Otto und seine Wittelsbacher Vögte exemplarisch verkörpern, geht das größte Ideal des Mittelalters hervor: das des nicht nur kämpferischen, sondern auch liebenden Ritters. Ovid heißt ihr Meister, der Verfasser der »Liebeskunst«. Auf ihn spielt der Poeta S. 176 an: Bei Ovid heißt es, wenn man(n) eine Frau ins Bett bekommen habe, möge er auf seine Beute schreiben: »Dies hat mich Naso (Ovid) gelehrt.« Aber nicht nur die handfeste Liebe wird in diesen Jahren entdeckt. Parallel zur Marienanbetung der Zisterzienser entsteht eine säkulare Frauenverehrung, die Minnelyrik: *Factus est per clericum miles cythereus*. Durch den Geistlichen erst wurde der Ritter zum Liebhaber.

Danksagung

Mein guter Freund Prof. Dr. Peter Godman stellte mir großzügig sein unveröffentlichtes Manuskript über den Archipoeta zur Verfügung *(The Archpoet)*, das auch ein brillantes Panorama der damaligen »High Society« ist. In vielen Gesprächen hat er meinen Mann und mich von seinem Wissen profitieren lassen. Allerdings ist die Erinnerung an deren Inhalte durch reichlich guten Wein und gebratene Wachteln ein wenig getrübt.

Dr. Sebastian Gleixner, Historiker, wissenschaftlicher Archivar und ehemaliger Freisinger Stadtführer, stand mir auch für dieses Buch mit seinem Wissen zur Verfügung.

Ohne die wissenschaftliche Aufarbeitung der von Otto gefälschten Urkunden hätte ich dieses Buch nicht schreiben können. Deshalb gilt Dr. Hans Constantin Faußner mein besonderer Dank. Seine rechtshistorischen Analysen haben meine Phantasie angeregt, und nach seiner Edition habe ich die meisten Originalurkunden übersetzt. Auch allen anderen Wissenschaftlern, deren Arbeiten mir weitergeholfen haben, möchte ich hier danken. Stellvertretend seien hier Prof. Dr. Knut Görich und PD Dr. Roman Deutinger genannt.

Schließlich danke ich dem Bayerischen Hauptstaatsarchiv München, das Ottos Originalurkunden verwahrt, sowie der Bayerischen Staatsbibliothek München.

Wenn man für einen Roman wie diesen recherchiert, entdeckt der eine oder andere Informant plötzlich ungeahnte Seiten krimineller Energie an sich:

Florian Pelz, Rettungsassistent und Reenactor, unterstützte mich in medizinischen Fragen und bewies eine verdächtige Kompetenz in Sachen Schauoperationen, Bußgürtel, Aussatz und natürlich Kriegsverletzungen. Wir haben sehr anregende Stunden verbracht, um besonders schöne Gebrechen zu entwerfen. Danke auch an Bini, die Viehbesprecherin, die ihn mir dafür ausgeliehen hat.

Andriy Samsonyuk gab mir als Promovent der Chemie und Reenactor bedenklich praktische Tipps zur Herstellung einer mittelalterlichen Fälschung.

Arndt Stroscher hatte verdächtige Kenntnisse über Ulmer Gauklerkneipen. Diese Anregung verdanke ich ihm.

Und schließlich noch die Quellenangaben:
Das Zitat des Bernhard von Clairvaux wurde übernommen von: F. W. Bautz, *Biographisch-Bibliographisches Kirchenlexikon* (www.bautz.de/bbkl).

Eine ausgezeichnete Übersetzung von Ovids »Liebeskunst« ist bei dtv 1996 erschienen (Nachdruck der Artemis-Ausgabe 1988). Ich habe daraus einen Satz zitiert, denn besser hätte ich ihn einfach nicht übersetzen können: »Nachlässig schön zu sein steht den Männern.« Ebenso ein Klassiker für *Naso magister erat*: »Dies hat mich Naso gelehrt.«

Viele andere, die ich nicht alle namentlich nennen kann oder soll, haben mich mit ihrer Arbeit unterstützt, ihnen allen gebührt mein Dank.

Anmerkungen

1 Ich wollte auf die Wiesen gehen, Blümelein zu pflücken. Da wollt' sich so ein Drecksvagant in meine Blume drücken.
2 Du bist mein, ich bin dein, dessen sollst du sicher sein. Du bist beschlossen in meinem Herzen, der Schlüssel ist verloren: Du musst für immer darin bleiben.
3 Ich zog mir einen Falken, länger als ein Jahr. Als ich ihn gezähmt hatte, wie ich ihn haben wollte, und als sein Gefieder goldbraun geworden war, da hob er sich in die Lüfte und flog in ein anderes Land.
4 Seither sah ich den Falken fliegen. Er trug an seinem Fuß noch die seidenen Riemen, und sein Gefieder glänzte rotgolden. Gott sende die zusammen, die geliebt werden wollen!
5 So renke sich der Knochen ein, das Blut und das Glied./Knochen zu Knochen, Blut zu Blut./Glied an Glied, als wäre es geleimt.
6 Weil Pygmalion gesehen hatte, wie die Frauen im Leben nur sündigten und empört über die Laster war, welche die Natur den Weibern so zahlreich gab, lebte er lange ehelos und teilte auch mit keiner Geliebten das Bett.
7 Unterdessen meißelte er eine Skulptur aus schneeweißem Elfenbein und machte sie schöner als jede lebende Frau. Und prompt verliebte er sich in sein eigenes Werk.
8 Gott sei diesem Säufer gnädig.
9 Im Lukasevangelium heißt es allerdings nicht *diesem Säufer (huic potatori)*, sondern *mir Sünder (mihi peccatori)*.
10 Eine Frau stand allein auf der Heide, wartete auf ihren Geliebten, als sie einen Falken fliegen sah. »Du hast es gut, Falke«, sagte sie. »Du fliegst, wohin du willst, und setzt dich auf den Baum, den du dir aussuchst. Das habe auch ich getan: Ich habe mir selbst den Mann ge-

wählt, der mir gefällt. Das neiden mir die schönen Frauen. Wann lassen sie mir meinen Liebsten? Ich mache mir doch auch nichts aus ihren Geliebten.«
»Schläfst du, mein Liebster? Es ist Zeit aufzuwachen. Ein Vogel ist auf den Lindenzweig geflogen.« – »Ich war so sanft eingeschlafen, und nun weckst du mich, Liebste. Es gibt wohl keine Liebe ohne Leid. Was immer du willst, meine Freundin, werde ich tun.« Die Frau begann zu weinen. »Du reitest und lässt mich hier zurück. Wann wirst du wiederkommen? Du nimmst all meine Freude mit dir.«

Julia Freidank
Die Gauklerin von Kaltenberg

Historischer Roman | 496 Seiten | Gebunden
ISBN 978-3-547-71166-0

Das große historische Abenteuer um die »Carmina Burana«

Kaltenberg, 1315. Mit einem sinnlichen Lied aus den »Carmina Burana« soll die junge Anna ihren Geliebten, den Burgherrn Ulrich, verhext haben. In letzter Minute rettet sie der Schwarze Ritter Raoul vor dem Tod. Fortan steht Anna zwischen den beiden Männern, die sich abgrundtief hassen. Der leidenschaftliche Kampf einer Frau um Freiheit und Glück beginnt.

»Niemand, der historische Abenteuer liebt, wird an diesem Buch vorbeigehen können! Ich habe diesen Roman mit großer Begeisterung gelesen.« *Iny Lorentz*

»Atmosphärisch, spannend und einfach besonders. Schon lange habe ich mich nicht mehr so süffig unterhalten gefühlt.« *Peter Prange*

Marion von Schröder

Sabine Weiß
Die Buchdruckerin

Historischer Roman | 432 Seiten | Gebunden mit Schutzumschlag
ISBN 978-3-547-71160-8

Kann Lesen die Welt verändern?

Straßburg um 1520. Margarethe Prüß hat gegen den Willen der Zunft eine Druckerei geerbt. Als die Reformation die Stadt erreicht, heiratet sie den ehemaligen Mönch Johannes. Doch ihr Mann sieht den Platz einer Frau im Haus. Allen Widerständen zum Trotz kämpft Margarethe für ihr großes Ziel: Jeder soll Bücher lesen dürfen.
Ein dramatisches Frauenleben in unruhigen Zeiten, mitreißend und souverän erzählt.

Marion von Schröder

Elizabeth Peters
Tod auf dem Tempelberg

Ein Amelia-Peabody-Krimi | Aus dem Englischen von Beate Darius
400 Seiten | Gebunden mit Schutzumschlag
ISBN 978-3-547-71173-8

Palästina, 1910. Archäologin und Hobby-Detektivin Amelia
Peabody ermittelt

Im Auftrag der englischen Regierung reisen Amelia Peabody
und ihr Mann Emerson nach Jerusalem. Das Paar soll einen
dilettantischen Amateur-Archäologen im Auge behalten,
der auf dem Tempelberg nach der Bundeslade sucht.
Drei Konfessionen streiten um die sagenumwobene Reliquie.
Dann schreckt ein Mord das Ehepaar auf. Und eine schöne
Deutsche macht sich verdächtig. Schon bald schweben sie
alle in Lebensgefahr.

Marion von Schröder